海上花列传

·经典书香·
中国古典世情小说丛书

[清]韩邦庆 著

团结出版社

图书在版编目(CIP)数据

海上花列传 / (清) 韩邦庆著 . —北京:团结出版社, 2016. 9 (2025. 7重印)

ISBN 978 -7 -5126 -4400 -7

Ⅰ. ①海… Ⅱ. ①韩… Ⅲ. ①章回小说 - 中国 - 清代 Ⅳ. ①I242. 4

中国版本图书馆 CIP 数据核字(2016)第 199122 号

出　版: 团结出版社
(北京市东城区东皇城根南街 84 号　邮编:100006)
电　话: (010)65228880　65244790 (传真]
网　址: www. tjpress. com
E - mail: zb65244790@ vip. 163. com
经　销: 全国新华书店
印　刷: 三河市明华印务有限公司
开　本: 620mm * 889mm　1/16
印　张: 33
字　数: 384 千字
版　次: 2017 年 1 月第 1 版
印　次: 2025 年 7 月第 3 次印刷
书　号: ISBN 978 -7 -5126 -4400 -7
定　价: 79. 00 元

前　　言

《海上花列传》作者韩邦庆，曾用名寄，字子云，别署太仙、大一山人、花也怜侬、三庆。江苏松江（一说华亭，今均属上海）人。

韩邦庆于清光绪年间考中秀才，被地方推选入国子监读书。他很有文才，却屡试不第。作者于光绪辛卯（1891）秋，到北京应试，落第后遂归上海，常为《申报》写稿，所得笔墨之资，均挥霍于花丛中。《海上花列传》就是以娼妓为题材的长篇小说，又名《绘图青楼宝鉴》、《绘图海上青楼奇缘》。《海上花列传》是最著名的吴语小说，也是中国第一部方言小说。全书由文言和苏白写成，其中对话皆用吴语（苏州话）是该书的鲜明特点，使用苏白也是19世纪兴起的吴语小说的共同特点。

《海上花列传》首刊于韩邦庆自编文艺半月刊《海上奇书》(三十四回)。作者称此书“为劝戒而作”(《例言》)。小说以赵朴斋、赵二宝兄妹为主线，描写了他们自农村到上海后，因生活所迫而堕落的故事。赵朴斋因狎妓招致生活窘迫，沦落到以拉洋车为生。赵二宝则沦为娼妓。赵氏兄妹的遭遇和经历，在上海下层社会生活中，具有一定的典型性。除了主线之外，书中还灵活地插入了罗子富与黄翠凤，王莲生与张蕙贞、沈小红，陶玉甫与李漱芳诸人的故事。作者通过善于牵线的人物洪善卿与齐韵叟，使得这些故事紧密联系起来，成为一个有机整体。作者很着力于人物个性的描写。他在“例言”中说：“合传之体有三难：一曰无雷同，一书百十人，其性情言语面目行为，与彼稍有相仿，即是雷同。一曰无矛盾：一人而前后数见，前与后稍有不符之处，即是矛盾。一曰无挂漏，写一人而无结局，挂漏也；叙一事而无收场，亦挂漏也。知是三者，而后可言说部。”这正是作者的写作经验之谈。描写人物，既无雷同又无矛盾，确实是作家应当注意而又很难做到满意的地方。无雷同，才能个性分明，跃然纸上；无矛盾，才能人格一致，并达到人物事件的统一性。在中国过去的小说界，像韩邦庆这样自觉注意到创作小说的技术，是非常难得的。

鲁迅评《海上花列传》称：“记载如实，绝少夸张”，“书中人物，亦多实有”。

这次出版，我们对书中的笔误、缺漏和难解字词进行了更正、校勘和释义，对原书缺字的地方用□标示了出来，以方便读者阅读。由于时间仓促，水平有限，难免还会有疏漏之处，敬请专家和读者指正。

编　者

2016 年 5 月

自 序[①]

或谓六十四回不结而结，甚善。顾既曰全书矣，而简端又无序，毋乃阙[②]与？

花也怜侬曰：是有说。昔冬心先生续集自序，多述其生平所遇前辈闻人品题赞美之语，仆[③]将援斯例以为之，且推而广之。凡读吾书而有得于中者，必不能已于言。其言也，不徒品题赞美之语，爱我厚而教我多也。苟有以抉[④]吾之疵，发吾之覆，振吾之聩[⑤]，起吾之疴[⑥]，虽至呵责唾骂，讪谤诙嘲，皆当录诸简端，以存吾书之真焉。敬告同人，毋閟[⑦]金玉！

光绪甲午孟春，云间花也怜侬识于九天珠玉之楼。

---

① 题目系注释者所加。
② 阙——同“缺”。
③ 仆——古代男子谦称自己。
④ 抉——剔除，剜出。
⑤ 聩——耳聋。引申为不明事理。
⑥ 疴（kē）——病。
⑦ 閟（bì）——掩闭，拒绝。

例　　言[1]

此书为劝戒而作，其形容尽致处，如见其人，如闻其声。阅者深味其言，更返观风月场中，自当厌弃嫉恶之不暇矣。所载人名事实俱系凭空捏造，并无所指。如有强作解人，妄言某人隐某人，某事隐某事，此则不善读书，不足与谈者矣。

苏州土白，弹词中所载多系俗字，但通行已久，人所共知，故仍用之，盖演义小说不必沾沾于考据也。唯有有音而无字者，如说“勿要”二字，苏人每急呼之，并为一音，若仍作“勿要”二字，便不合当时神理，又无他字可以替代，故将“勿要”二字并写一格。阅者须知“（要勿）②”字本无此字，乃合二字作一音读也。他若口音眼，嗄音贾，耐即你，俚即伊之类，阅者自能意会，兹不多赘。

全书笔法自谓从《儒林外史》脱化出来，惟穿插藏闪之法，则为从来说部所未有。一波未平，一波又起，或竟接连起十余波，忽东忽西，忽南忽北，随手叙来并无一事完，全部并无一丝挂漏；阅之觉其背面无文字处尚有许多文字，虽未明明叙出，而可以意会得之。此穿插之法也。劈空而来，使阅者茫然不解其如

---

① 此例言根据上海亚东图书馆《海上花》（1926 年版）辑入。原随《海上花列传》分期断续刊载于《海上奇书》封底。全书石印本初版未收入。

② （要勿）——“勿要”二字的合音，此字为本书作者所创造。

何缘故，急欲观后文，而后文又舍而叙他事矣；及他事叙毕，再叙明其缘故，而其缘故仍未尽明，直至全体尽露，乃知前文所叙并无半个闲字。此藏闪之法也。

此书正面文章如是如是，尚有一半反面文章，藏在字句之间，令人意会，直须阅至数十回后方能明白。恐阅者急不及待，特先指出一二。如写王阿二时，处处有一张小村在内；写沈小红时，处处有一小柳儿在内；写黄翠凤时，处处有一钱子刚在内。此外每出一人，即核定其生平事实，句句照应，并无落空。阅者细会自知。

从来说部必有大段落，乃是正面文章精神团结之处，断不可含糊了事。此书虽用穿插藏闪之法，而其中仍有段落可寻。如第九回沈小红如此大闹，以后慢慢收拾，一丝不漏，又整齐，又暇豫①，即一大段落也。然此大段落中间仍参用穿插藏闪之法，以合全书体例。

说部书，题是断语，书是叙事。往往有题目系说某事，而书中长篇累幅竟不说起，一若与题目毫无关涉者，前人已有此例。今十三回陆秀宝开苞，十四回杨媛媛通谋，亦此例也。

此书俱系闲话，然若真是闲话，更复成何文字？阅者于闲话中间寻其线索，则得之矣。如周氏双珠、双宝、双玉及李漱芳、林素芬诸人终身结局，此两回中俱可想见。

第廿二回，如黄翠凤、张蕙贞、吴雪香诸人，皆是第二次描写，所载事实言语，自应前后关照。至于性情脾气，态度行为，有一丝不合之处否？阅者反复查勘之，幸甚！

或谓书中专叙妓家，不及他事，未免令阅者生厌否？仆谓不

---

① 暇豫——悠闲安逸。

然，小说作法与制艺同：连章题要包括，如《三国》演说汉、魏间事，兴亡掌故了如指掌，而不嫌其简略；枯窘题要生发，如《水浒》之强盗，《儒林》之文士，《红楼》之闺娃，一意到底，颠倒敷陈，而不嫌其琐碎。彼有以忠孝，神仙，英雄，儿女，赃官，剧盗，恶鬼，妖狐，以至琴棋书画，医卜星相，萃于一书，自谓五花八门，贯通淹博①，不知正见其才之窘耳。

合传之体有三难：一曰无雷同，一书百十人，其性情言语面目行为，此与彼稍有相仿，即是雷同。一曰无矛盾，一人而前后数见，前与后稍有不符，即是矛盾。一曰无挂漏，写一人而无结局，挂漏也；叙一事而无收场，亦挂漏也。知是三者而后可与言说部。

① 淹博——渊博；广博。

目　　录

第　一　回

赵朴斋咸瓜街访舅　洪善卿聚秀堂做媒

按①：此一大说部书，系花也怜侬所著，名曰《海上花列传》。只因海上自通商以来，南部烟花，日新月盛。凡冶游子弟倾覆流离于狎邪②者，不知凡几。虽有父兄，禁之不可；虽有师友，谏之不从。此岂其冥顽不灵哉？独不得一过来人为之现身说法耳。方其目挑心许，百样绸缪③，当局者津津乎若有味焉。一经描摹出来，便觉令人欲呕，其有不爽然若失，废然自返者乎？花也怜侬具菩提心，运广长舌，写照传神，属辞比事，点缀渲染，跃跃如生，却绝无半个淫亵秽污字样，盖总不离警觉提撕之旨云。苟阅者按迹寻踪，心通其意，见当前之媚于西子，即可知背后之泼于夜叉；见今日之密于糟糠，即可卜他年之毒于蛇蝎。也算得是欲觉晨钟，发人深省者矣。此《海上花列传》之所以作也。

看官，你道这花也怜侬究是何等样人？原来古槐安国之北，有黑甜乡，其主者曰趾离氏，尝仕为天禄大夫，晋封醴泉郡公，乃流寓于众香国之温柔乡，而自号花也怜侬云。所以花也怜侬实是黑甜乡主人，日日在梦中过活，自己偏不信是梦，只当真的，作起书来。及至捏造了这一部梦中之书，然后唤醒了那一场书中

---

① 此按语为作者所加，说明作此书之意。

② 狎（xiá）邪——举止轻佻，品行不端。

③ 绸缪（móu）——缠绵。

之梦。看官啊，你不要只在那里做梦，且看看这书倒也无啥。

这书即从花也怜侬一梦而起。也不知花也怜侬如何到了梦中，只觉得自己身子飘飘荡荡，把握不定，好似云催雾赶地滚了去。举首一望，已不在本原之地了，前后左右，寻不出一条道路，竟是一大片浩淼①苍茫、无边无际的花海。

看官，须知道“花海”二字不是杜撰的，只因这海本来没有什么水，只有无数花朵，连枝带叶，漂在海面上，又平匀，又绵软，浑如绣茵锦罽②一般，竟把海水都盖住了。花也怜侬只见花，不见水，喜得手舞足蹈起来，并不去理会这海的阔若千顷，深若千寻，还当在平地上似的，踯躅③流连，不忍舍去。不料那花虽然枝叶扶疏，却都是没有根蒂的，花底下即是海水，被海水冲激起来，那花也只得随波逐流，听其所止。若不是遇着了蝶浪蜂狂，莺欺燕妒，就为那蚱蜢、蜣螂、虾蟆、蝼蚁之属，一味地披猖折辱，狼藉蹂躏。惟夭如桃，秾如李，富贵如牡丹，犹能砥柱中流，为群芳吐气。至于菊之秀逸，梅之孤高，兰之空山自芳，莲之出水不染，哪里禁得起一些委屈，早已沉沦汩没于其间！

花也怜侬见此光景，辄有所感，又不禁怆然悲之。这一喜一悲也不打紧，只反害了自己，更觉得心慌意乱，目眩神摇。又被罡风④一吹，身子越发乱撞乱磕的，登时闯空了一脚，便从那花缝里陷溺下去，竟跌在花海中了。花也怜侬大叫一声，待要挣扎，早已一落千丈，直坠至地。却正坠在一处，睁眼看时，乃是

① 浩淼（miǎo）——形容广大辽阔。

② 罽（jì）——用毛做成的毡子一类的东西。

③ 踯躅（zhízhú）——徘徊不前。

④ 罡（gāng）风——指强烈的风。

上海地面，华洋交界①的陆家石桥。花也怜侬揉揉眼睛，立定了脚跟，方记得今日是二月十二日。大清早起，从家里出门，走了错路，混入花海里面，翻了一个筋斗，幸亏这一跌倒跌醒了。回想适才多少情事，历历在目，自觉好笑道："竟做了一场大梦。"叹息怪诧了一回。

看官，你道这花也怜侬究竟醒了不曾？请各位猜一猜这哑谜儿如何？但在花也怜侬自己以为是醒的了，想要回家里去，不知从哪一头走，模模糊糊，踅下桥来。刚至桥堍，突然有一个后生，穿着月白竹布箭衣，金酱宁绸马褂，从桥下直冲上来。花也怜侬让避不及，对面一撞，那后生"扑跶"地跌了一跤，跌得满身淋漓的泥浆水。那后生一骨碌爬起来，拉住花也怜侬乱嚷乱骂。花也怜侬向他分说，也不听见。当时有青布号衣中国巡捕过来查问。后生道："我叫赵朴斋，要到咸瓜街浪②去，陆里③晓得个冒失鬼，奔得来跌我一跤。耐看我马褂浪烂泥，要俚④赔个婉！"花也怜侬正要回言，只见巡捕道："耐自家也勿小心婉，放俚去罢。"赵朴斋还咕哝了两句，没奈何放开手，眼睁睁地看着花也怜侬扬长自去。看的人挤满了路口，有说的，有笑的。赵朴斋抖抖衣襟，发急道："教我哪价去见我娘舅嗄？"巡捕也笑起来，道："耐去茶馆里拿手巾来揩揩婉。"一句提醒了赵朴斋，即在桥堍近水台茶馆占着个靠街的座儿，脱下马褂。等到堂倌舀面水来，朴斋绞把手巾，细细地擦那马褂，擦得没一些痕迹，方才

① 华洋交界——当时上海旧城南面由中国政府管辖，北面市区是各帝国主义国家的租界，所以有华洋交界之说。

② 浪——上。

③ 陆里——苏州方言。哪里。

④ 俚——他。

穿上。呷一口茶，会帐起身，径至咸瓜街中市，寻见永昌参店招牌，踱进石库门，高声问“洪善卿先生”。有小伙计答应，邀进客堂，问明姓字，忙去通报。

不多时，洪善卿匆匆出来。赵朴斋虽也久别，见他削骨脸，爆眼睛，却还认得。趋步上前，口称“娘舅”，行下礼去。洪善卿还礼不迭，请起上坐。随问：“令堂阿好？阿曾一淘①来？寓来哚②陆里？”朴斋道：“小寓宝善街悦来客栈。无娒③勿曾来，说搭娘舅请安。”说着，小伙计送上烟茶二事。洪善卿问及来意。朴斋道：“也无啥事干，要想寻点生意来做做。”善卿道：“近来上海滩浪，倒也勿好做啥生意（要勿）。”朴斋道：“为仔无娒说，人末一年大一年哉，来哚④屋里做啥嗅？还是出来做做生意罢。”善卿道：“说也勿差。耐今年十几岁？”朴斋说：“十七。”善卿道：“耐还有个令妹，也好几年勿见哉，比耐小几岁？阿曾受茶⑤？”朴斋道：“勿曾。今年也十五岁哉。”善卿道：“屋里还有啥人？”朴斋道：“不过三个人，用个娘姨⑥。”善卿道：“人淘⑦少，开销总也有限。”朴斋道：“比仔从前省得多哉。”

说话时，只听得天然几上自鸣钟连敲了十二下，善卿即留朴斋便饭，叫小伙计来说了。须臾，搬上四盘两碗，还有一壶酒，甥舅两人对坐同饮，絮语些近年景况，闲谈些乡下情形。善卿又道：“耐一干仔住来哚客栈里，无拨照应啘。”朴斋道：“有个米

---

① 一淘——一起，一道。
② 来哚——方言。在。
③ 无娒——方言。母亲。
④ 哚——语助词。
⑤ 受茶——旧时指女子受聘。
⑥ 娘姨——旧时称女佣。
⑦ 人淘——在一起的人。

行里朋友，叫张小村，也到上海来寻生意，一淘住来哚。”善卿道：“故也罢哉。”吃过了饭，揩面漱口。善卿将水烟筒授与朴斋道：“耐坐一歇，等我干出点小事体①，搭②耐一淘北头去。”朴斋唯唯听命。善卿仍匆匆地进去了。

朴斋独自坐着，把水烟吸了个不耐烦。直敲过两点钟，方见善卿出来，又叫小伙计来叮嘱了几句，然后让朴斋前行，同至街上，向北一直过了陆家石桥，坐上两把东洋车，径拉至宝善街悦来客栈门口停下，善卿约数都给了钱。朴斋即请善卿进栈，到房间里。那同寓的张小村已吃过中饭，床上铺着大红绒毯，摆着亮汪汪的烟盘，正吸得烟腾腾的。见赵朴斋同人进房，便料定是他娘舅，忙丢下烟枪起身厮见。洪善卿道：“尊姓是张？”张小村道：“正是。老伯阿是善卿先生？”善卿道：“岂敢，岂敢。”小村道：“勿曾过来奉候，抱歉之至。”谦逊一回，对面坐定。赵朴斋取一支水烟筒送上善卿。善卿道：“舍甥初次到上海，全仗大力照应照应。”小村道：“小侄也勿懂啥事体，一淘上来末自然大家照应点。”又谈了些客套，善卿把水烟筒送过来，小村一手接着，一手让去床上吸鸦片烟。善卿说：“勿会吃。”仍各坐下。

朴斋坐在一边，听他们说话，慢慢地说到堂子③倌人④。朴斋正要开口问问，恰好小村送过水烟筒，朴斋趁势向小村耳边说了几句。小村先哈哈一笑，然后向善卿道：“朴兄说要到堂子里见识见识，阿好？”善卿道：“陆里去（要勿）？”小村道：“还是

---

① 事体——事情。

② 搭——和、同。

③ 堂子——旧称妓院。

④ 倌人——旧时吴语地区对妓女的称呼。

棋盘街浪去走走罢。”善卿道：“我记得西棋盘街聚秀堂里有个倌人，叫陆秀宝，倒无啥。”朴斋插嘴道：“就去哉啘。”小村只是笑，善卿也不觉笑了。朴斋催小村收拾起烟盘，又等他换了一副簇新行头，头戴瓜棱小帽，脚登京式镶鞋，身穿银灰杭线棉袍，外罩宝蓝宁绸马褂，再把脱下的衣裳，一件件都折叠起来，方才与善卿相让同行。朴斋正自性急，拽上房门，随手锁了，跟着善卿、小村出了客栈。转两个弯，已到西棋盘街，望见一盏八角玻璃灯，从铁管撑起在大门首，上写“聚秀堂”三个朱字。善卿引小村、朴斋进去，外场认得善卿，忙喊：“杨家姆①，庄大少爷朋友来。”只听得楼上答应一声，便登登登一路脚声到楼门口迎接。三人上楼，那娘姨杨家姆见了道：“噢，洪大少爷，房里请坐。”一个十三四岁的大姐，早打起帘子等候。不料房间里先有一人横躺在榻床上，搂着个倌人，正戏笑哩。见洪善卿进房，方丢下倌人，起身招呼，向张小村、赵朴斋也拱一拱手，随问尊姓。洪善卿代答了，又转身向张小村道：“第位②是庄荔甫先生。”小村说声“久仰”。那倌人掩在庄荔甫背后，等坐定了，才上前来敬瓜子。大姐也拿水烟筒来装水烟。庄荔甫向洪善卿道：“正要来寻耐，有多花③物事④，耐看看阿有啥人作成？”即去身边摸出个折子，授与善卿。善卿打开看时，上面开列的或是珍宝，或是古董，或是书画，或是衣服，底下角明价值号码。善卿皱眉道：“第号物事，消场倒难嗄。听见说杭州黎篆鸿来里⑤，阿要去问声

---

① 姆——也作“姆妈”，对中年妇女的称呼。

② 第位——这位。

③ 多花——指很多。

④ 物事——东西，物品。

⑤ 来里——在这里，在那里。

俚看？”庄荔甫道：“黎篆鸿搭①，我教陈小云拿仔去哉，勿曾有回信。”善卿道：“物事来哚陆里？”荔甫道：“就来哚宏寿书坊里楼浪，阿要去看看？”善卿道：“我是外行，看啥嗹。”赵朴斋听这等说话，好不耐烦，自别转头，细细地打量那倌人：一张雪白的圆面孔，五官端正，七窍玲珑，最可爱的是一点朱唇时时含笑，一双俏眼处处生情；见她家常只戴得一枝银丝蝴蝶，穿一件东方亮竹布衫，罩一件元色绉心缎镶马甲，下束膏荷绉心月白缎镶三道绣织花边的裤子。

朴斋看得出神，早被那倌人觉着，笑了一笑，慢慢走到靠壁大洋镜前，左右端详，掠掠鬓角。朴斋忘其所以，眼光也跟了过去。忽听洪善卿叫道：“秀林小姐，我替耐秀宝妹子做个媒人阿好？”朴斋方知那倌人是陆秀林，不是陆秀宝。只见陆秀林回头答道：“照应倪②妹子，阿有啥勿好。”即高声叫杨家姆。正值杨家姆来绞手巾，冲茶碗，陆秀林便叫她喊秀宝上来加茶碗。杨家姆问：“陆里一位嗄？”洪善卿伸手指着朴斋，说是：“赵大少爷。”杨家姆睃了两眼道：“阿是第位赵大少爷，我去喊秀宝来。”接了手巾，忙“登登登”跑了去。

不多时，一路“咭咭咯咯”小脚声音，知道是陆秀宝来了。赵朴斋眼望着帘子，见陆秀宝一进房间，先取瓜子碟子，从庄大少爷、洪大少爷挨顺敬去。敬到张小村、赵朴斋两位，问了尊姓，却向朴斋微微一笑。朴斋看陆秀宝也是个小圆面孔，同陆秀林一模一样，但比秀林年纪轻些，身材短些，若不是同在一处，竟认不清楚。

陆秀宝放下碟子，挨着赵朴斋肩膀坐下。朴斋倒有些不好意

---

① 搭——处所，地方。

② 倪——我，我们。

思的，左不是，右不是，坐又坐不定，走又走不开。幸亏杨家娒又跑来说："赵大少爷，房间里去。"陆秀宝道："一淘请过去哉啘。"大家听说，都立起来相让。庄荔甫道："我来引导。"正要先走，被陆秀林一把拉住袖口说道："耐（要勿）去嗹，让俚哚①去末哉。"洪善卿回头一笑，随同张小村、赵朴斋跟着杨家娒，走过陆秀宝房间里。就在陆秀林房间的间壁，一切铺设装潢不相上下，也有着衣镜，也有自鸣钟，也有泥金笺对，也有彩画绢灯。大家随意散坐，杨家娒又乱着加茶碗，又叫大姐装水烟。接着外场送进干湿②来，陆秀宝一手托了，又敬一遍，仍去和赵朴斋并坐。

杨家娒站在一旁，问洪善卿道："赵大少爷公馆来哚陆里嗄？"善卿道："俚搭张大少爷一淘来哚悦来栈。"杨家娒转问张小村道："张大少爷阿有相好嗄？"小村微笑摇头。杨家娒道："张大少爷无拨③相好末，也攀一个哉啘。"小村道："阿是耐教我攀相好？我就攀仔耐末哉啘，阿好？"说得大家哄然一笑。杨家娒笑了，又道："攀仔相好末，搭赵大少爷一淘走走，阿是闹热④点？"小村冷笑不答，自去榻床躺下吸烟。杨家娒向赵朴斋道："赵大少爷，耐来做个媒人罢。"朴斋正和陆秀宝鬼混，装做不听见。秀宝夺过手说道："教耐做媒人，啥勿响嗄？"朴斋仍不语。秀宝催道："耐说说嗄。"朴斋没法，看看张小村面色要说，小村只管吸烟不理他。正在为难，恰好庄荔甫掀帘进房。赵朴斋借势起身让坐。杨家娒见没意思，方同大姐出去了。

---

① 俚哚——他们。
② 干湿——原意是点心或糖果。到妓院暂时坐一会儿叫"装干湿"。
③ 无拨——方言。没有。
④ 闹热——即热闹。

庄荔甫对着洪善卿坐下，讲论些生意场中情事，张小村仍躺下吸烟。陆秀宝两只手按住赵朴斋的手，不许动，只和朴斋说闲话，一回说要看戏，一回说要吃酒，朴斋嘻着嘴笑。秀宝索性搁起脚来，滚在怀里，朴斋腾出一手，伸进秀宝袖子里去。秀宝掩紧胸脯，发急道："（要勿）嗄！"张小村正吸完两口烟，笑道："耐放来哚'水饺子'勿吃，倒要吃'馒头'。朴斋不懂，问小村道："耐说啥？"秀宝忙放下脚，拉朴斋道："耐（要勿）去听俚，俚来哚寻耐开心哉嗄！"复睐着张小村，把嘴披下来道："耐相好末勿攀，说倒会说得野哚！"一句说得张小村没趣起来，讪讪地起身去看钟。洪善卿觉小村意思要走，也立起来道："倪一淘吃夜饭去。"赵朴斋听说，慌忙摸块洋钱丢在干湿碟子里。陆秀宝见了道："再坐歇①嗄。"一面喊秀林："阿姐，要去哉。"陆秀林也跑过这边来，低声和庄荔甫说了些什么，才同陆秀宝送至楼门口，都说："晚歇一淘来。"四人答应下楼。

第一回终。

---

① 歇——很短的一段时间；一会儿。

第 二 回

小伙子装烟空一笑 清倌人吃酒枉相讥

按：四人离了聚秀堂，出西棋盘街北口，至斜角对过保合楼，进去拣了正厅后面小小一间亭子坐下。堂倌送过烟茶，便请点菜。洪善卿开了个菜壳子①，另外加一汤一碗。堂倌铺上台单，摆上围签，集亮了自来火②。看钟时已过六点。洪善卿叫烫酒来，让张小村首座，小村执意不肯，苦苦的推庄荔甫坐了。张小村次坐，赵朴斋第三，洪善卿主位。

堂倌上了两道小碗，庄荔甫又与洪善卿谈起生意来，张小村还戗说③两句。赵朴斋本自不懂，也无心相去听他，只听得厅侧书房内，弹唱之声十分热闹，便坐不住，推做解手溜出来，向玻璃窗下去张看。只见一桌圆台，共是六客，许多倌人团团围绕，夹着些娘姨、大姐④，挤满了一屋子。其中向外坐着紫糖面色三绺乌须的一个胖子，叫了两个局⑤。右首倌人正唱那二黄《采桑》一套，被琵琶遮着脸，不知生的怎样。那左首的年纪大些，却也风流倜傥，见胖子划拳⑥输了，便要代酒。胖子不许代，一

① 菜壳子——旧时上海餐馆里，客人不具体点菜，只是笼统地说要几个荤菜，几个素菜，几个冷菜，由餐馆具体搭配。

② 自来火——这里指煤气灯。

③ 戗（qiāng）说——言语冲突，方向相反。

④ 大姐——丫头，年轻女仆。

⑤ 局——妓女被召到酒筵劝酒叫“出局”。

⑥ 划拳——即猜拳，饮酒时的一种博戏。

面拦住她手，一面伸下嘴去要呷。不料被右首倌人停了琵琶，从袖子底下伸过手来，悄悄地取那一杯酒授与她娘姨吃了。胖子没看见，呷了个空，引得哄堂大笑。

赵朴斋看了满心羡慕，只可恨不知趣的堂倌请去用菜，朴斋只得归席。席间六个小碗陆续上毕，庄荔甫还指手画脚谈个不了。堂倌见不大吃酒，随去预备饭菜。洪善卿又每位各敬一杯，然后各拣干稀饭吃了，揩面散坐。堂倌呈上菜帐，洪善卿略看一看，叫写永昌参店，堂倌连声答应。

四人相让而行，刚至正厅上，正值书房内那胖子在厅外解手回来，已吃得满面通红。一见洪善卿，嚷道："善翁也来里，巧极哉，里向①坐。"不由分说，一把拉住，又拦着三人道："一淘叙叙哉唲。"庄荔甫辞了先走。张小村向赵朴斋丢个眼色，两人遂也辞了，与洪善卿作别，走出保合楼。

赵朴斋在路上咕噜道："耐为啥要走哩？镶边酒末落得扰扰俚哉唲。"被张小村啐了一口道："俚哚叫来哚长三书寓，耐去叫幺二②，阿要坍台③！"朴斋方知道有这个缘故，便想了想道："庄荔甫只怕来哚陆秀林搭，倪也到秀宝搭去打茶会④，阿好？小村又哼了一声道："俚勿搭耐一淘去，耐去寻俚做啥？阿要去讨惹厌！"朴斋道："价末⑤到陆里去哩？"小村只是冷笑，慢慢说道："也怪勿得耐，头一埭到上海，陆里晓得白相⑥个多花经络⑦。我

---

① 里向——里边，里面。

② 幺二——次一等的妓女。

③ 坍台——丢脸，出丑。

④ 打茶会——到妓院喝茶调笑，也叫打茶围。

⑤ 价（gǎ）末——那么。

⑥ 白相——玩耍。

⑦ 经络——花样，诀窍。

看起来，（要勿）说啥长三书寓，就是幺二浪耐也（要勿）去个好。俚哚才看惯仔大场面哉，耐拿三四十洋钱去用拨俚，也勿来俚眼睛里。况且陆秀宝是清倌人，耐阿有几百洋钱来搭俚开苞？就省点也要一百开外哚，耐也犯勿着碗。耐要白相末，还是到老老实实场花①去，倒无啥。”朴斋道：“陆里搭嗄？”小村道：“耐要去，我同耐去未哉。比仔长三书寓②，不过场花小点，人是也差勿多。”朴斋道：“价末去喤。”小村立住脚一看，恰走到景星银楼门前，便说：“耐要去末打几首③走。”当下领朴斋转身，重又向南，过打狗桥，至法租界新街尽头一家，门首挂一盏熏黑的玻璃灯，跨进门口，便是楼梯。朴斋跟小村上去看时，只有半间楼房，狭窄得很，左首横安着一张广漆大床，右首把搁板拼做一张烟榻，却是向外对楼梯摆的，靠窗杉木妆台，两边“川”字高椅，便是这些东西，倒铺得花团锦簇。

朴斋见房里没人，便低声问小村道：“第搭阿是幺二嗄？”小村笑道：“勿是幺二，叫阿二。”朴斋道：“阿二末比仔幺二阿省点？”小村笑而不答。忽听得楼梯下高声喊道：“二小姐，来碗。”喊了两遍，方有人远远答应，一路嬉笑而来。朴斋还只管问，小村忙告诉他说：“是花烟间。”朴斋道：“价末为啥说是阿二呢？”小村道：“俚名字叫王阿二。耐坐来里，（要勿）多说多话。”话声未绝，那王阿二已上楼来了，朴斋遂不言语。王阿二一见小村，便撺上去嚷道：“耐好啊，骗我阿是？耐说转去两三个月碗，直到仔做歇坎坎来④！阿是两三个月嗄，只怕有两三年哉。我教

① 场花——地方。

② 长三书寓——清末旧上海指高档妓女寓所，也指高级妓女。

③ 几首——那边。该首为这边。

④ 故歇坎坎来——这时候刚刚来。

娘姨到栈房里看仔耐几埭，说是勿曾来，我还信勿过，间壁郭孝婆也来看耐，倒说道勿来个哉。耐只嘴阿是放屁，说来哚闲话阿有一句做到。把我倒记好来里，耐再勿来末，索性搭耐上一上①，试试看末哉！”小村忙赔笑央告道：“耐（要勿）动气，我搭耐说。”便凑着王阿二耳朵边轻轻地说话。说不到三四句，王阿二忽跳起来，沉下脸道：“耐倒乖杀哚！耐想拿件湿布衫②拨来别人着仔，耐末脱体哉，阿是？”小村发急道：“勿是呀，耐也等我说完仔了嗄。”王阿二便又趴在小村怀里去听，也不知咕咕唧唧说些什么。只见小村说着又努嘴，王阿二即回头把赵朴斋瞟了一眼，接着小村又说了几句。王阿二道：“耐末那价③呢？”小村道：“我是原照旧嗄。”王阿二方才罢了，立起身来剔亮了灯台，问朴斋尊姓，又自头至足细细打量。朴斋别转脸去装做看单条。只见一个半老娘姨，一手提水铫子，一手托两盒烟膏，蹭上楼来，见了小村，也说道：“阿唷，张先生啘。倪只道仔耐勿来个哉，还算耐有良心哚。”王阿二道：“呸，人要有仔良心是狗也勿吃仔屎哉！”小村笑道：“我来仔倒说我无良心，从明朝起勿来哉。”王阿二也笑道：“耐阿敢嗄！”说时，那半老娘姨已把烟盒放在烟盘里，点了烟灯，冲了茶碗，仍提铫子下楼自去。王阿二靠在小村身旁，烧起烟来；见朴斋独自坐着，便说：“榻床浪来躲④躲嗄。”朴斋巴不得一声，随向烟榻下手躺下，看着王阿二烧好一口烟，装在枪上授与小村，“飕溜溜”地直吸到底。又烧了一口，小村也吸了。至第三口，小村说：“（要勿）吃哉。”王阿

① 上——较量。
② 湿布衫——难以摆脱的麻烦事。
③ 那价——如何。
④ 躲（duǒ）——躺卧。

二调过枪来授与朴斋。朴斋吸不惯，不到半口，斗门噎住。王阿二接过枪去打了一签，再吸再噎。王阿二"嗤"的一笑，朴斋正自动火，被她一笑，心里越发痒痒的。王阿二将签子打通烟眼，替他把火，朴斋趁势捏她手腕。王阿二夺过手，把朴斋腿膀尽力摔了一把，摔得朴斋又酸，又痛，又爽快。朴斋吸完烟，却偷眼去看小村，见小村闭着眼，朦朦胧胧，似睡非睡光景。朴斋低声叫："小村哥。"连叫两声，小村只摇手不答应。王阿二道："烟迷呀，随俚去罢。"朴斋便不叫了。

王阿二索性挨过朴斋这边，拿签子来烧烟。朴斋心里热得像炽炭一般，却关碍着小村，不敢动手，只目不转睛地呆看。见她雪白的面孔，漆黑的眉毛，亮晶晶的眼睛，血滴滴的嘴唇，越看越爱，越爱越看。王阿二见他如此，笑问："看啥？"朴斋要说又说不出，也嘻着嘴笑了。王阿二知道是个没有开荤的小伙子，但看那一种腼腆神情，倒也惹气，装上烟，把枪头塞到朴斋嘴边，说道："哪，请耐吃仔罢。"自己起身，向桌上取碗茶呷了一口，回身见朴斋不吃烟，便问："阿要用口茶？"把半碗茶授与朴斋。慌的朴斋一骨碌爬起来，双手来接，与王阿二对面一碰，淋淋漓漓泼了一身的茶，几乎砸破茶碗，引得王阿二放声大笑起来。这一笑连小村都笑醒了，揉揉眼问："耐哚笑啥？"王阿二见小村呆呆地出神，更加弯腰拍手，笑个不了。朴斋也跟着笑了一阵。

小村抬身起坐，又打个呵欠，向朴斋说"倪去罢。"朴斋知道他为这烟不过瘾，要紧回去，只得说："好"。王阿二和小村两个又轻轻说了好些话。小村说毕，一径下楼。朴斋随后要走，王阿二一把拉住朴斋袖子，悄说："明朝耐一干仔①来。"朴斋点点

① 一干仔——一个人，独自一个。

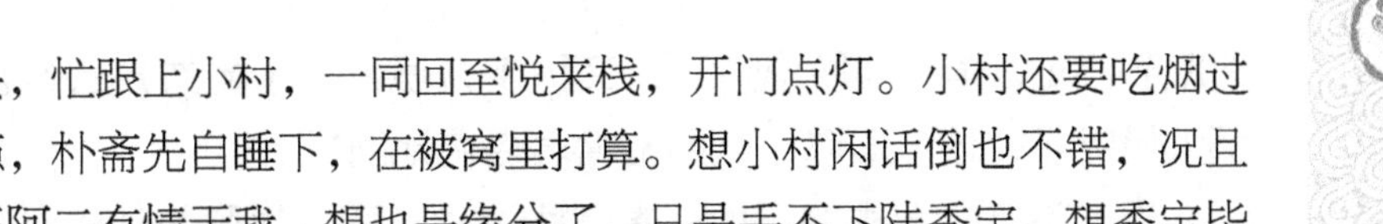

头，忙跟上小村，一同回至悦来栈，开门点灯。小村还要吃烟过瘾，朴斋先自睡下，在被窝里打算。想小村闲话倒也不错，况且王阿二有情于我，想也是缘分了。只是丢不下陆秀宝，想秀宝毕竟比王阿二缥致①些，若要兼顾，又恐费用不敷。这个想想，那个想想，想得翻来覆去地睡不着。

一时，小村吸足了烟，出灰洗手，收拾要睡。扑斋重又披衣坐起，取水烟筒吸了几口水烟，再睡下去，却不知不觉睡着了。睡到早晨六点钟，朴斋已自起身，叫栈使舀水洗脸，想到街上去吃点心，也好趁此白相相。看小村时，正鼾鼾的好困辰光②。因把房门掩上，独自走出宝善街，在石路口长源馆里吃了一碗廿八个钱的焖肉大面。由石路转到四马路，东张西望，大踱而行。正碰着拉垃圾的车子下来，几个工人把长柄铁铲铲了垃圾抛上车去，落下来四面飞洒，溅得远远的。朴斋怕沾染衣裳，待欲回栈，却见前面即是尚仁里，闻得这尚仁里都是长三书寓，便进弄去逛逛。只见弄内家家门首贴着红笺条子，上写倌人姓名。中有一家，石刻门坊，挂的牌子是黑漆金书，写着“卫霞仙书寓”五字。

朴斋站在门前，向内观望，只见娘姨蓬着头，正在天井里浆洗衣裳，外场跷着腿，正在客堂里揩拭玻璃各式洋灯。有一个十四五岁的大姐，嘴里不知咕噜些什么，从里面直跑出大门来，一头撞到朴斋怀里。朴斋正待发作，只听那大姐张口骂道：“撞杀耐哚娘起来，眼睛阿生来哚！”朴斋一听这娇滴滴声音，早把一腔怒气消化净尽，再看她模样俊秀，身材伶俐，倒嘻嘻地笑了。那大姐撇了朴斋，一转身又跑了去。忽又见一个老婆子，也从里

① 缥致——标致。

② 辰光——吴语。指时候，相貌、姿态美好。

面跑到门前。高声叫“阿巧”，又招手儿说：“（要勿）去哉。”那大姐听了，便撅着嘴，一路咕噜着慢慢地回来。

那老婆子正要进去，见朴斋有些诧异，即立住脚，估量是什么人。朴斋不好意思，方讪讪地走开，仍向北出弄，先前垃圾车子早已过去，遂去华众会楼上泡了一碗茶，一直吃到七八开，将近十二点钟时分，始回栈房。

那时小村也起身了。栈使搬上中饭，大家吃过洗脸，朴斋便要去聚秀堂打茶会。小村笑道：“第歇辰光，倌人才①困来哚床浪，去做啥？”朴斋无可如何。小村打开烟盘，躲下吸烟。朴斋也躺在自己床上，眼看着帐顶，心里辘辘地转念头，把右手抵住门牙去咬那指甲。一会儿又起来向房里转圈儿，踱来踱去，不知踱了几百圈。见小村刚吸得一口烟，不好便催，哎的一声叹口气，重复躺下。小村暗暗好笑，也不理他。等得小村过了瘾，朴斋已连催四五遍。小村勉强和朴斋同去，一径至聚秀堂。只见两个外场同娘姨在客堂里一桌碰和，一个忙丢下牌去楼梯边喊一声“客人上来”。朴斋三脚两步，早自上楼，小村跟着到了房里。只见陆秀宝坐在靠窗桌子前，摆着紫檀洋镜台，正梳头哩。杨家姆在背后用篦篦着，一边大姐理那脱下的头发。小村、朴斋就桌子两旁高椅上坐下，秀宝笑问：“阿曾用饭嘎？”小村道：“吃过仔歇哉。”秀宝道：“啥能早嘎？”杨家姆接口道：“俚哚栈房里才实概②个，到仔十二点钟末就要开饭哉。勿像倪堂子里，无拨啥数目，晚得来！”

说时，大姐已点了烟灯，又把水烟筒给朴斋装水烟。秀宝即

---

① 才——全，都。《海上花列传》原书中凡是“方才”意思的“才”，全用繁体字“纔”，两字用法有明显区别。

② 实概——如此，这样。

请小村榻上用烟，小村便去躺下吸起来。外场提水铫子来冲茶，杨家娒绞了手巾。朴斋看秀宝梳好头，脱下蓝洋布衫，穿上件元绉马甲，走过壁间大洋镜前，自己端详一回。忽听得间壁喊杨家娒，是陆秀林声音。杨家娒答应着，忙收拾起镜台，过那边秀林房里去了。

小村问秀宝道："庄大少爷阿来里？"秀宝点点头。朴斋听说，便要过去招呼，小村连声喊住。秀宝也拉着朴斋袖子说："坐来浪。"朴斋被她一拉，趁势在大床前藤椅上坐了。秀宝就坐在他膝盖上，与他唧唧说话，朴斋茫然不懂。秀宝重说一遍，朴斋终听不清说的是什么。秀宝没法，咬牙恨道："耐个人啊！"说着，想了一想，又拉起朴斋来说："耐过来，我搭耐说啘。"两个去横躺在大床上，背着小村，方渐渐说明白了。一会儿，秀宝忽格格笑说"阿唷，（要勿）喤！"一会儿又极声喊道："哎哟，杨家娒快点来喤！"接着"哎哟哟"喊个不住。杨家娒从间壁房里跑过来，着实说道："赵大少爷啘吵啘！"朴斋只得放手。秀宝起身，掠掠鬓角，杨家娒向枕边拾起一支银丝蝴蝶替她戴上，又道："赵大少爷阿要会吵，倪秀宝小姐是清倌人①。啘"朴斋只是笑，却向烟榻下手与小村对面歪着，轻轻说道："秀宝搭我说，要吃台酒。"小村道："耐阿吃嗄？"朴斋道："我答应俚哉。"小村冷笑两声，停了半晌，始说道："秀宝是清倌人喤，耐阿晓得？"秀宝插嘴道："清倌人末，阿是无拨客人来吃酒个哉？"小村冷笑道："清倌人只许吃酒勿许吵，倒凶得野哚！"秀宝道："张大少爷，倪娘姨哚说差句把闲话，阿有啥要紧嗄？耐是赵大少爷朋友末，倪也望耐照应照应，阿有啥撺掇赵大少爷来扳倪个

① 清倌人——旧称尚未接客的妓女。

差头？耐做大少爷也犯勿着啘。”杨家姆也说道：“我说赵大少爷（要勿）吵，也勿曾说差啥闲话啘。倪要是说差仔，得罪仔赵大少爷，赵大少爷自家也蛮会说哚，阿要啥搀掇嗄？”秀宝道：“幸亏倪赵大少爷是明白人，要听仔朋友哚闲话，也好煞哉。”一语未了，忽听得楼下喊道：“杨家姆，洪大少爷上来。”秀宝方住了嘴。杨家姆忙迎出去，朴斋也起身等候。不料随后一路脚声，却至间壁候庄荔甫去了。

第二回终。

第　三　回

议芳名小妹附招牌　拘俗礼细崽翻首座

按：不多时，洪善卿与庄荔甫都过这边陆秀宝房里来，张小村、赵朴斋忙招呼让坐。朴斋暗暗教小村替他说请吃酒，小村微微冷笑，尚未说出。陆秀宝看出朴斋意思，戗说道："吃酒末阿有啥勿好意思说嗄？赵大少爷请耐哚两位用酒，说一声末是哉。"朴斋只得跟着也说了。庄荔甫笑说："应得奉陪。"洪善卿沉吟道："阿就是四家头①？"朴斋道："四家头忒②少。"随问张小村道："耐晓得吴松桥来哚陆里？"小村道："俚来哚义大洋行里，耐陆里请得着嗄。要我搭耐自家去寻哚。"朴斋道："价末费神耐替我跑一埭，阿好？"

小村答应了，朴斋又央洪善卿代请两位。庄荔甫道："去请仔陈小云罢。"洪善卿道："晚歇我随便碰着啥人，就搭俚一淘来末哉。"说了，便站起来道："价末晚歇六点钟再来，我要去干出点小事体。"朴斋重又恳托。陆秀宝送洪善卿走出房间，庄荔甫随后追上，叫住善卿道："耐碰着仔陈小云，搭我问声看，黎篆鸿搭物事阿曾拿得去。"

洪善卿答应下楼，一直出了西棋盘街，恰有一把东洋车拉过。善卿坐上，拉至四马路西荟芳里停下，随意给了些钱。便向弄口沈小红书寓进去，在天井里喊"阿珠"。一个娘姨从楼窗口

---

① 家头——量词，用于人。一个人叫一家头。

② 忒（tuī）——太。

探出头来，见了道："洪老爷，上来啘。"善卿问："王老爷阿来里?"阿珠道："勿曾来，有三四日勿来哉。阿晓得来哚陆里?"善卿道："我也好几日勿曾碰着。先生呢?"阿珠道："先生坐马车去哉，楼浪来坐歇啘。"善卿已自转身出门，随口答道："（要勿）哉。"阿珠又叫道："碰着王老爷末，同俚一淘来。"

善卿一面应一面走，由同安里穿出三马路，至公阳里周双珠家，直走过客堂，只有一个相帮的喊声"洪老爷来"，楼上也不见答应。善卿上去，静悄悄地，自己掀帘进房看时，竟没有一个人。善卿向榻床坐下，随后周双珠从对过房里款步而来，手里还拿着一根水烟筒，见了善卿，微笑问道："耐昨日夜头保合楼出来，到仔陆里去?"善卿道："我就转去哉啘。"双珠道："我只道耐同朋友打茶会去，教娘姨哚等仔一歇哚，耐末倒转去哉。"善卿笑说："对勿住。"双珠也笑着，坐在榻床前杌子上，装好一口水烟，给善卿吸。善卿伸手要接，双珠道："（要勿）哩，我装耐吃。"把水烟筒嘴凑到嘴边，善卿一口气吸了。忽然大门口一阵嚷骂之声，蜂拥至客堂里，劈劈拍拍打起架来。善卿失惊道："做啥?"双珠道："咿是阿金哚哉哩，成日成夜吵勿清爽①，阿德保也勿好。"善卿便去楼窗口往下张看。只见娘姨阿金揪着她家主公阿德保辫子要拉，却拉不动，被阿德保按住阿金鬏髻，只一揿，直揿下去。阿金伏倒在地，挣不起来，还气呼呼的嚷道："耐打我啊!"阿德保也不则声，屈一只腿压在她背上，提起拳来，擂鼓似地从肩膀直敲到屁股，敲得阿金杀猪也似叫起来。双珠听不过，向窗口喊道："耐哚算啥嗄，阿要面孔!"楼下众人也齐声喊住，阿德保方才放手。双珠挽着善卿臂膊扳转身来，笑

① 清爽——清楚，明白。

道："（要勿）去看俚哚喤。"将水烟筒授与善卿自吸。

须臾，阿金上楼，撅着嘴，哭得满面泪痕。双珠道："成日成夜吵勿清爽，也勿管啥客人来哚勿来哚。"阿金道："俚拿我皮袄去当脱仔了，还要打我。"说着又哭了。双珠道："阿有啥说嘎，耐自家见乖点，也吃勿着眼前亏哉碗。"阿金没得说，取茶碗，撮茶叶，自去客堂里坐着哭。接着阿德保提水铫子进房，双珠道："耐为啥打俚嘎？"阿德保笑道："三先生阿有啥勿晓得。"双珠道："俚说耐当脱仔俚皮袄，阿有价事嘎？"阿德保冷笑两声道："三先生耐问声俚看，前日仔收得来会钱①到仔陆里去哉喤？我说送阿大去学生意，也要五六块洋钱哚，教俚拿会钱来，俚拿勿出哉呀，难末②拿仔件皮袄去当四块半洋钱。想想阿要气煞人！"双珠道："会钱末也是俚赚得来洋钱去合个会，而倒勿许俚用。"阿德保笑道："三先生也蛮明白哚。俚真真用脱仔倒罢哉，耐看俚阿有啥用场嘎？沓来哚黄浦里末也听见仔点响声，俚是一点点响声也无拨碗。"双珠微笑不语。阿德保冲了茶，又随手绞了把手巾，然后下去。善卿挨近双珠，悄问道："阿金有几花③姘头嘎？"双珠忙摇手道："耐（要勿）去多说多话。耐末算说白相，拨来阿德保听见仔要吵煞哉。"善卿道："耐还搭俚瞒啥，我也晓得点来里。"双珠大声道："瞎说哉喤！坐下来，我搭耐说句闲话。"

善卿仍退下归坐。双珠道："倪无娒阿曾搭耐说起歇啥？"善卿低头一想道："阿是要买个讨人④？"双珠点头道："说好哉呀，

---

① 会钱——旧时一种筹款的方式。

② 难末——因此。

③ 几花（hǔ）——很多，许多。

④ 讨人——旧时妓院买来当妓女的姑娘。

五百块洋钱哚。”善卿道：“人阿缥致嗄？”双珠道：“就要来快哉。我是勿曾看见，想来比双宝缥致点哚。”善卿道：“房间铺来哚陆里呢？”双珠道：“就是对过房间，双宝末搬仔下头去。”善卿叹道：“双宝心里是也巴勿得要好，就吃亏仔老实点，做勿来生意。”双珠道：“倪无娒为仔双宝，也豁脱仔几花洋钱哉。”善卿道：“耐原照应点俚，劝劝耐无娒看过点，赛过做好事。”

正说时，只听得一路大脚声音，直跑到客堂里，连说：“来哉，来哉！”善卿忙又向楼窗口去看，乃是大姐巧囡跑得喘吁吁的。善卿知道那新买的讨人来了，和双珠爬在窗槛上等候。只见双珠的亲生娘周兰亲自搀着一个清倌人进门，巧囡前走，径上楼来。周兰直拉到善卿面前，问道：“洪老爷，耐看看倪小先生阿好？”善卿故意上前去打个照面。巧囡教她叫洪老爷，她便含含糊糊叫了一声，却羞得别转脸去，彻耳通红。善卿见那一种风韵可怜可爱，正色说道：“出色哉！恭喜，恭喜！发财，发财！”周兰笑道：“谢谢耐金口。只要俚巴结点，也像仔俚哚姊妹三家头末，好哉。”口里说，手指著双珠。善卿回头向双珠一笑。双珠道：“阿姐是才嫁仔人了，好哉。单剩我一干仔，无啥人来讨得去，要耐养到老死哚，啥好嗄！”周兰呵呵笑道：“耐有洪老爷来里啘。耐嫁仔洪老爷，比双福要加倍好哚。洪老爷阿是？”善卿只是笑。周兰又道：“洪老爷先搭倪起个名字，等俚会做仔生意末，双珠就拨仔耐罢。”善卿道：“名字叫周双玉，阿好？”又珠道：“阿有啥好听点个嗄？原是‘双’啥‘双’啥，阿要讨人厌！”周兰道：“周双玉无啥，把势里要名气响末好。叫仔周双玉，上海滩浪随便啥人，看见牌子就晓得是周双珠哚个妹子哉啘，终比仔新鲜名字好点哚。”巧囡在傍笑道：“倒有点像大先生个名字。周双福，周双玉，阿是听仔差勿多？”双珠笑道：“耐末晓得啥差勿多。阳台浪晾来哚一块手帕子搭我拿得来。”

巧囡去后，周兰挈过双玉，和她到对过房里去。善卿见天色晚将下来，也要走了。双珠道：“耐啥要紧喤？”善卿道：“我要寻个朋友去。”双珠起身，待送不送的，只嘱咐道：“耐晚歇要转去末，先来一埭，（要勿）忘记。”善卿答应出房。那时娘姨阿金已不在客堂里，想是别处去了。善卿至楼门口，隐隐听见亭子间①有饮泣之声。从帘子缝里一张，也不是阿金，竟是周兰的讨人周双宝，淌眼抹眼，面壁而坐。善卿要安慰她，跨进亭子，搭讪问道：“一干子来里做啥？”那周双宝见是善卿，忙起身赔笑，叫一声“洪老爷”，低头不语。善卿又问道：“阿是耐要搬到下头去哉？”双宝只点点头。善卿道：“下头房间倒比仔楼浪要便当多花哚。”双宝手弄衣襟，仍是不语。善卿不好深谈，但道：“耐闲仔点，原到楼浪来阿姐搭多坐歇，说说闲话也无啥。”双宝方微微答应。善卿乃退出下楼，双宝倒送至楼梯边而回。

善卿出了公阳里，往东转至南昼锦里中祥发吕宋票店，只见管账胡竹山正站在门首观望。善卿上前厮见，胡竹山忙请进里面，善卿也不归坐，问：“小云阿来里？”胡竹山道：“勿多歇朱蔼人来同仔俚一淘出去哉，看光景是吃局。”善卿即改邀胡竹山道：“价末倪也吃局去。”胡竹山连连推辞。善卿不由分说，死拖活拽同往西棋盘街来。到了聚秀堂陆秀宝房里，见赵朴斋、张小村都在，还有一客，约摸是吴松桥，询问不错。胡竹山都不认识，各通姓名，然后就坐，大家随意闲谈。等至上灯以后，独有庄荔甫未到，问陆秀林，说是往抛球场买物事去的。外场罩圆台，排高椅，把挂的湘竹绢片方灯都点上了。赵朴斋已等得不耐

① 亭子间——上海旧式里弄房子正楼后部的小房间。

烦，便满房间大踱起来，被大姐一把仍拉他坐了。张小村与吴松桥两个向榻床左右对面躺着，也不吸烟，却悄悄地说些秘密事务。陆秀林、陆秀宝姊妹并坐在大床上，指点众人背地说笑。胡竹山没甚说的，仰着脸看壁间单条对联。

洪善卿叫杨家姆拿笔砚来开局票①，先写了陆秀林、周双珠二人。胡竹山叫清和坊的袁三宝，也写了。再问吴松桥、张小村叫啥人，松桥说叫孙素兰，住兆贵里；小村说叫马桂生，住庆云里。赵朴斋在旁看着写毕，忽想起，向张小村道："倪再去叫个王阿二来，倒有白相个哫。"被小村着实瞪了一眼，朴斋后悔不迭。吴松桥只道朴斋要叫局，也拦道："耐自家吃酒，也（要勿）叫啥局哉。"朴斋要说不是叫局，却顿住嘴说不下去。恰好楼下外场喊说："庄大少爷上来。"陆秀林听了急奔出去，朴斋也借势走开去迎庄荔甫。荔甫进房见过众人，就和陆秀林过间壁房间里去。洪善卿叫"起手巾"，杨家姆应着，随把局票带下去。及至外场绞上手巾，庄荔甫也已过来，大家都揩了面。于是赵朴斋高举酒壶，恭恭敬敬定胡竹山首座。竹山吃一大惊，极力推却，洪善卿说着也不依。赵朴斋没法，便将就请吴松桥坐了，竹山次位，其余略让一让，即已坐定。

陆秀宝上前筛了一巡酒，朴斋举杯让客，大家道谢而饮。第一道菜照例上的是鱼翅，赵朴斋待要奉敬，大家拦说："（要勿）客气，随意好。"朴斋从直遵命，只说得一声"请"。鱼翅以后，方是小碗。陆秀林已换了出局衣裳过来，杨家姆报说："上先生哉。"秀林、秀宝也并没有唱大曲，只有两个乌师②坐在帘子外吹弹了一套。及至乌师下去，叫的局也陆续到了。张小村叫的马桂

① 局票——旧时嫖客召唤妓女陪伴的纸条。

② 乌师——为妓女伴奏的乐工。

生，也是个不会唱的。孙素兰一到，即问袁三宝："阿曾唱?"袁三宝的娘姨会意，回说："耐倷先唱末哉。"孙素兰和准琵琶，唱一支开片，一段京调。庄荔甫先鼓起兴致，叫拿大杯来摆庄。杨家媕去间壁房里取过三只鸡缸杯，列在荔甫面前。荔甫说："我先摆十杯。"吴松桥听说，揎袖攘臂，和荔甫豁起拳来。孙素兰唱毕，即替吴松桥代酒，代了两杯，又要存两杯，说："倪要转局去，对勿住。"

孙素兰去后，周双珠方姗姗其来。洪善卿见阿金两只眼睛肿得像胡桃一般，便接过水烟筒来自吸，不要她装，阿金背转身去立在一边。周双珠揭开豆蔻盒子盖，取出一张请客票头授与洪善卿。善卿接来看时，是朱蔼人的，请至尚仁里林素芬家酒叙，后面另是一行小字，写道："再有要事面商，见字速驾为幸。"这行却加上密密的圈子。善卿猜不出是什么事，问周双珠道："送票头来是啥辰光?"双珠道："来仔一歇哉，阿去嘎?"善卿道："勿晓得啥事体，实概要紧。"双珠道："阿要教相帮倷去问声看?"善卿点点头。双珠叫过阿金道："耐去喊俚倷到尚仁里林素芬搭台面浪看看，阿曾散。问朱老爷阿有啥事体，无要紧末，说洪老爷谢谢勿来哉。"

阿金下楼与轿班说去。庄荔甫伸手要票头来看了道："阿是蔼人写个嘎?"善卿道："为此勿懂啘。票头末是罗子富个笔迹，到底是啥人有事体喤。"荔甫道："罗子富做啥生意嘎?"善卿道："俚是山东人，江苏候补知县，有差使来里上海。昨日夜头保合楼厅浪阿看见个胖子，就是俚。"赵朴斋方知那个胖子叫罗子富，记在肚里。只见庄荔甫又向善卿道："耐要先去末，先打两杯庄。"善卿伸拳豁了五杯，正值那轿班回来，说道："台面是要散快哉，说请洪老爷带局过去，等来倷。"

善卿乃告罪先行。赵朴斋不敢强留，送至房门口。外场赶忙绞上手巾。善卿略揩一把，然后出门，款步转至宝善街，径往尚仁里来。比及到了林素芬家门首，见周双珠的轿子倒已先在等候，便与周双珠一同上楼进房。只见觥筹交错①，履舄②纵横，已是酒阑③灯灺④时候。台面上只有四位，除罗子富、陈小云外，还有个汤啸庵，是朱蔼人得力朋友。这三位都与洪善卿时常聚首的。只一位不认识，是个清瘦面庞，长跳身材的后生。及至叙谈起来，才知道姓葛，号仲英，乃苏州有名贵公子。洪善卿重复拱手致敬道："一向渴慕，幸会，幸会。"罗子富听说，即移过一鸡缸杯酒来授与善卿道："请耐吃一杯湿湿喉咙，（要勿）害仔耐渴慕得要死。"善卿只是讪笑，接来放在桌上，随意向空着的高椅坐了。周双珠坐在背后，林素芬的娘姨另取一副杯箸奉上。林素芬亲自筛了一杯酒，罗子富偏要善卿吃那一鸡缸杯。善卿笑道："耐哚吃也吃完哉，还请我来吃啥酒！耐要请我吃酒末，也摆一台起来。"罗子富一听，直跳起来道："价末（要勿）耐吃哉，倪去罢。"

第三回终。

---

① 觥（gōng）筹交错——觥，古代酒器。形容许多人聚会喝酒时的热闹场景。

② 舄（xì）——鞋。

③ 酒阑（lán）——酒筵将尽。

④ 灺（xiè）——蜡烛的余烬。

第　四　回

看面情代庖当买办　丢眼色吃醋是包荒

按：汤啸庵拉罗子富坐下，说道："耐啥要紧嗅？我说末，耐先教月琴先生打发个娘姨转去，摆起台面来。善卿坎坎来，也让俚摆个庄，等蔼人转来仔一淘过去，俚哚也舒齐①哉，阿是嗄？耐第歇去也不过等来哚，做啥呢？"罗子富连说"勿差"。子富叫的两个倌人，一个是老相好蒋月琴，便令娘姨转去，看俚哚台面摆好仔末，再来。

洪善卿四面一看，果然不见朱蔼人，只有林素芬和汤啸庵应酬台面。还有素芬的妹子林翠芬，是汤啸庵叫的本堂局，也帮着张罗。洪善卿诧异，问道："蔼人是主人啘，陆里去哉嗅？"汤啸庵道："黎篆鸿说句闲话，教俚去一埭②，要转来快哉。"洪善卿道："说起黎篆鸿，倒想着哉。"即向陈小云道："荔甫要问耐，一篇帐阿曾拿到黎篆鸿搭去？"陈小云道："我托蔼人拿得去哉，我看价钱开得忒大仔点。"洪善卿道："阿晓得第号物事陆里来个嗄？"陈小云道："说是广东人家，细底也勿清爽。"罗子富向洪善卿道："我也要问耐，耐阿是做仔包打听③哉？双珠先生有个广东客人，勿晓得俚细底，耐阿曾搭俚打听歇？"大家呵呵一笑。

---

① 舒齐——安排好，准备好。

② 一埭——一趟。

③ 包打听——侦探，官府的缉私人员。后泛指消息灵通的人。

洪善卿也笑了。周双珠道："倪陆里有啥广东客人嗄，耐倒搭倪拉个广东客人来做做哉碗。"

罗子富正要回言，洪善卿拦住道："（要勿）瞎说哉。我摆十杯庄，耐来打。"罗子富挽起袖子，与洪善卿划拳，一交手便输了。罗子富道："豁仔一淘吃。"接连豁了五拳，竟输了五拳。蒋月琴代了一杯，那一个新做的倌人叫黄翠凤，也伸手来接酒。洪善卿道："怪勿得耐要划拳，有几花人搭耐代酒哚。"罗子富道："大家勿许代，我自家吃。"洪善卿拍手地笑。陈小云说："代代罢。"汤啸庵帮他筛酒，取一杯授与黄翠凤吃。黄翠凤知道罗子富要翻台到蒋月琴家去，因说道："倪去哉，阿要存两杯？"罗子富摇头说："（要勿）存哉。"黄翠凤乃先走了。

汤啸庵劝罗子富停歇再豁，却教陈小云先与洪善卿交手，也豁上五拳。接着汤啸庵自己都豁过了，单剩下葛仲英一个。那葛仲英正扭转身，和倌人吴雪香两个唧唧哝哝地咬耳朵说话，连半日洪善卿如何摆庄都没有理会。及至汤啸庵叫他划拳，葛仲英方回头问："做啥？"罗子富道："晓得耐哚是恩相好，台面浪也推扳点末哉。阿是要做出来拨倪看看？"吴雪香把手帕子往罗子富面上甩来，说道："耐末总无拨一句好闲话说出来！"洪善卿拱手向葛仲英道："请教划拳。"葛仲英只豁得两拳，吃过酒，仍和吴雪香去说话。

罗子富已耐不得，伸拳与洪善卿重又豁起，这番却是赢的。洪善卿十杯庄消去九杯，罗子富想打完这庄，偏不巧又输了。忽听得楼下外场喊说"朱老爷上来"。陈小云忙阻止罗子富道："让蔼人来豁仔一拳，收令罢。"罗子富听说有理，便不再豁。朱蔼

人匆匆归席，连说：“失陪，得罪。”又问：“啥人来里摆庄？”洪善卿且不划拳，却反问朱蔼人道：“耐有啥要紧事体搭我商量？”朱蔼人茫然不知，说：“我无啥事体畹。”罗子富不禁笑道：“请耐吃花酒①，倒勿是要紧事体。”洪善卿也笑道：“我就晓得是耐来哚捏忙②。”罗子富道：“就算是我捏忙，快点豁仔拳了去。”朱蔼人道：“只剩仔一拳，也（要勿）豁哉。我来每位敬一杯。”大家说：“遵命。”朱蔼人取齐六只鸡缸杯，都筛上酒，一齐干讫，离席散坐。外场七手八脚绞了手巾，那蒋月琴的娘姨早来回话过了，当下又上前催请一遍。葛仲英、罗子富、朱蔼人各有轿子，陈小云自坐包车，一起倌人随着客轿，带局过去；惟汤啸庵与洪善卿步行，乃约同了先走一步。

二人离了林素芬家，来到尚仁里弄口，有一人正要进弄，见了忙侧身垂手，叫声“洪老爷”。洪善卿认得是王莲生的管家，名叫来安的，便问他：“老爷呢？”来安道：“倪老爷来哚祥春里，请洪老爷过去说句闲话。”洪善卿道：“祥春里啥人家嗄？”来安道：“叫张蕙贞。倪老爷也坎坎做起，有勿多两日。”洪善卿听了，即转向汤啸庵说：“我去一埭就来，蒋月琴搭请俚哚先坐罢。”汤啸庵叮嘱快点，自去了。

洪善卿随着来安，径至祥春里，弄内黑魆魆的，摸过二三家，推开两扇大门进去。来安喊说：“洪老爷来里。”楼上接应了，不见动静。来安又说：“拿只洋灯下来嗄。”楼上连说：“来哉。”又等好一会，方见一个老娘姨，手提马口铁回光壁灯，迎下楼来，

---

① 花酒——旧时由妓女陪着饮酒作乐。

② 捏忙——说谎，瞎说。

说："请洪老爷楼浪去喤。"

善卿见楼下客堂里七横八竖地堆着许多红木桌椅，像要搬场光景。上楼看时，当中挂一盏保险灯，映着四壁，像月洞一般，却空落落的没有一些东西，只剩下一张跋步床，一只梳妆台，连帘帐灯镜诸件都收拾干净了。王莲生坐在梳壮台前，正摆着四个小碗吃便夜饭，旁边一个倌人陪他同吃，想来便是张蕙贞。

善卿到了房里，即笑说道："耐倒一干仔来里寻开心。"莲生起身招呼，觉善卿脸上有酒意，问："阿是来哚吃酒？"善卿道："吃仔两台哉。俚哚请仔耐好几埭哚，故歇罗子富翻到仔蒋月琴搭去哉，耐阿高兴一淘去？"莲生微笑摇头。善卿随意向床上坐下，张蕙贞亲自送过一支水烟筒来。善卿接了，忙说："（要勿）客气，耐请用饭嘎。"蕙贞笑道："倪吃好哉呀。"善卿见张蕙贞满面和气，蔼然可亲，约摸是幺二住家，问她："阿是要调头①？"蕙贞点头应"是"。善卿道："调来哚陆里？"蕙贞说："是东合兴里大脚姚家，来哚吴雪香哚对门。"善卿道："包房间呢？做伙计？"蕙贞道："倪是包房间，三十块洋钱一月哚。"善卿道："有限得势。单是王老爷一干仔末，一节做下来也差勿多五六百局钱哚，阿怕啥开销勿出。"说着，王莲生已吃毕饭，揩面漱口。那老娘姨端了一副鸦片烟盘，问蕙贞："摆陆里嘎？"蕙贞道："生来摆来哚床浪哉碗，阿要摆到地浪去。"老娘姨唏唏呵呵地端到床上，说道："拨来洪老爷看仔，阿要笑煞嘎。"蕙贞道："耐收捉仔下头去罢，（要勿）多说多话哉。"那老娘姨方搬了碗碟杯筷下楼。

① 调头——旧时妓女换一个妓院营业。

蕙贞乃请莲生吃烟。莲生去床上与善卿对面躺下，然后说道："我请耐来，要买两样物事，一只大理石红木榻床，一堂湘妃竹翎毛灯片。耐明朝就搭我买得来最好。"善卿道："送到陆里嗄？"连生道："就送到大脚姚家去，来哚楼浪西面房间里。"善卿听说，看看蕙贞，嘻嘻地笑道："耐教别人去搭耐买仔罢，我勿来买。拨来沈小红晓得仔，吃俚两记耳光哉嗄！"莲生笑而不言。蕙贞道："洪老爷，耐啥见仔沈小红也怕个嗄？"善卿道："啥勿怕！耐问声王老爷看，凶得来。"蕙贞道："洪老爷，谢谢耐，看王老爷面浪照应点倪。"善卿道："耐拿啥物事来谢我□？"蕙贞道："请耐吃酒阿好？"善卿道："啥人要吃耐台把啥酒嗄！阿是我勿曾吃歇，稀奇煞仔。"蕙贞道："价末谢耐啥喤？"善卿道："耐要请我吃酒末，倒是请我吃点心罢。耐末也便得势，（要勿）去难为啥洋钱哉，阿是？"蕙贞哧地笑道："耐哚才勿是好人。"善卿呵呵一笑，站起来道："还有啥闲话末说，倪要去哉。"莲生道："无啥哉，后日请耐吃酒。耐看见子富哚，先搭我说一声，明朝送条子去。"善卿一面答应，一面下楼，仍至四马路东公和里蒋月琴家吃酒去了。

蕙贞见善卿已去，才上床来歪在莲生身上，给他烧烟。莲生接连吸了七八口，渐渐合拢眼睛，似乎睡去。蕙贞低声叫道："王老爷安置罢。"莲生点点头。于是端过烟盘，收拾共睡。

次日一点钟辰光，两人始起身洗脸。老娘姨搬上稀饭来吃了些，蕙贞就在梳装台前梳头。老娘姨仍把烟盘摆在床上，连生自去吸起烟来，心想沈小红家须得先去撒个谎，然后再慢慢地告诉她才好。盘算一回，打定主意，便取马褂着了要走。蕙贞忙问："陆里去？"莲生道："我到沈小红搭去一埭。"蕙贞道："价末吃仔饭了去喤。”莲生道：“（要勿）吃哉。”蕙贞又问：“晚歇阿来嗄？”莲生想了想，说道：“耐明朝啥辰光到东合兴去？”蕙贞道：“倪一早就过去哉。”莲生道：“我明朝一点钟到东合兴来。”蕙贞道：“耐有工夫末晚歇来一埭。”莲生应诺，踅下楼来，来安跟了，出祥春里，向东至西荟芳里弄口，令来安回公馆去打轿子来，自己即转弯进弄。娘姨阿珠先已望见，喊道：“阿唷，王老爷来哉！”赶忙迎出天井里，一把拉住袖子，进去又喊道：“先生，王老爷来哉。”拉到楼梯边，方放了手。

莲生款步上楼。沈小红也出房相迎，似笑不笑的说道：“王老爷，耐倒好意思——”说得半句，便噎住了。莲生见她一副凄凉面孔，着实有些不过意，嘻着嘴进房坐下。沈小红也跟进来，挨在身旁，挽着莲生的手问道：“我要问耐，耐三日天来哚陆里？”莲生道：“我来里城里，为仔个朋友做生日，去吃仔三日天酒。”小红冷笑道：“耐只好去骗骗小干仵！①”阿珠绞上手巾，揩了。小红又问道：“耐来哚城里末，夜头阿转来嗄？”莲生道：“夜头末就住来哚朋友搭哉啘。”小红道：“耐个朋友倒开仔堂子哉。”莲生不禁笑了。小红也笑道：“阿珠，耐哚听听俚闲话！我前日仔教阿金大到耐公馆里来看耐，说轿子末来哚，人是出去哉。耐两只脚倒燥②来哚啘，一直走到仔城里。阿是坐仔马车打城头浪跳进去个嗄？”阿珠呵呵笑道：“王老爷难也有点勿老实哉！陆里去想得来好主意，说来哚城里。”小红道：“瞒倒瞒得紧哚，连朋友哚寻仔好几埭也寻勿着。”阿珠道：“王老爷，耐也老

① 小干仵——方言。小孩子。

② 燥——快。吴语货物易销也称“燥”。

相好哉，耐就说仔要去做啥人也无啥啘，阿怕倪先生勿许耐嗄？”小红道：“耐去做啥人也勿关倪事；耐定规要瞒仔倪了去做，倒好像是倪吃醋，勿许耐去，阿要气煞人！”

莲生见她们一递一句，插不下嘴去，只看着讪笑。及至阿珠事毕下楼，莲生方向小红说道：“耐（要勿）去听啥别人个闲话。我搭耐也三四年哉，我个脾气，耐阿有啥勿晓得？我就是要去做啥人末，搭耐说明白仔再做末哉啘，瞒耐做啥？”小红道：“我也勿晓得耐啘。耐自家去想想看，耐一直下来，东去叫个局，西去叫个局，我阿曾说歇啥一句闲话嗄？”耐第歇倒要瞒我哉，故末为啥呢？莲生道：“我是无价事，勿是要瞒耐。”小红道：“我到猜着耐个意思来里：耐也勿是要瞒我，耐是有心来哚要跳槽哉，阿是？我倒要看耐跳跳看！”莲生一听，沉下脸，别转头，冷笑道：“我不过三日天勿曾来，耐就说是跳槽；从前我搭耐说个闲话，阿是耐忘记脱哉？”小红道：“正要耐说啘。耐勿忘记末，耐说啘，三日天来哚陆里？做个啥人？耐说出来，我勿搭耐吵末哉。”莲生道：“耐教我说啥喤？我说来里城里，耐勿信。”小红道：“耐倒还要拨当水①我上，我打听仔了再问耐。”莲生道：“故末蛮好。第歇耐来哚气头浪，搭耐也无处去说；隔两日等耐快活仔点，我再搭耐说个明白末哉。”小红鼻子里哼了一声，半日不言语。莲生央告道：“倪去吃筒烟去啘。”小红仍拉着手，同至榻床前。莲生脱去马褂，躺下吸烟，小红却呆呆地坐在下手。莲生要想些闲话来说，又没甚说的。

忽听得楼梯上一阵脚声，跑进房来，却是大姐阿金大，一见

① 当水——指骗局。

莲生，说道："王老爷，我末到耐公馆里请耐，耐倒先来里哉。"又道："王老爷为啥几日勿来，阿是动气哉？"莲生不答。小红嗔道："动啥气嗄。打两记耳光哉喤，动气！"阿金大道："王老爷，耐勿来仔末，倪先生气得来，害倪一埭一埭来请耐。难（要勿）实概，阿晓得！"说着，移过一碗茶来，放在烟盘里，遂把马褂去挂在衣架上，要去。莲生见小红呆呆地，乃说道："倪去弄点点心来吃，阿好？"小红道："耐要吃啥，说末哉。"莲生道："耐也吃点，倪一淘吃；耐（要勿）吃末，也（要勿）去弄哉。"小红道："价末耐说喤。"莲生想小红喜吃的是虾仁炒面，即说了。小红叫住阿金大，叫她喊下去，到聚丰园去叫。须臾送来，莲生要小红同吃。小红攒眉道："勿晓得为啥，厌酸[①]得来，吃勿落。"莲生道："价末多少吃点。"小红没法，用小碟拣几根来吃了，放下。莲生也吃不多几筷，即叫收下去。

阿珠绞手巾来，回说："耐管家打轿子来里。"莲生问："阿有啥事体？"阿珠往楼窗口叫："来二爷。"来安听唤，立即上楼见莲生，呈上一封请帖。莲生开看，是葛仲英当晚请至吴雪香家吃酒的，随手撂下。来安仍退下去了。

莲生仍去榻床吸烟，忽又想起一件事来，叫阿珠要马褂来着。阿珠便去衣架上取下，小红喝住道："倒要紧哚啘，耐想陆里去？"阿珠忙丢个眼色与小红，道："让俚吃酒去罢。"小红才不说了。适被莲生抬头看见，心想阿珠做什么鬼戏，难道张蕙贞的事被她们打听明白了不成。莲生一面想，一面阿珠把马褂替莲生披上，口里道："难末就来叫，（要勿）去叫啥别人哉。"小红

① 厌酸——泛酸水。

道："搭俚说啥嗄！俚要叫啥人，等俚去叫末哉啘。"莲生着好马褂，挽着小红的手，笑道："耐送送我啘。"小红使劲地一撒手，反在靠壁高椅上坐下了。莲生也挨在身旁，轻轻说了好些知己话。小红低着头剔理指甲，只是不理，好一会，方说道："耐个心勿晓得那价生来哚，变得来！"莲生道："为啥说我变心？"小红道："问耐自家啘。"莲生还紧着要问，小红叉起两手把莲生推开道："去罢，去罢！看仔耐倒惹气。"莲生仍佯笑而去。

第四回终。

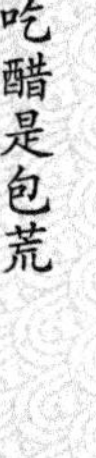

第　五　回

垫空当快手[1]结新欢　包住宅调头瞒旧好

按：当下上灯时候，王莲生下楼上轿，抬至东合兴里吴雪香家。来安通报，娘姨打起帘子，迎到房里，只有朱蔼人和葛仲英并坐闲谈。王莲生进去，彼此拱手就坐。莲生叫来安来吩咐道："耐到对过姚家去看看，楼浪房间里物事阿曾齐？"

来安去后，葛仲英因问道："我今朝看见耐条子，我想，东合兴无拨啥张蕙贞哘。后来相帮哚说，明朝有个张蕙贞调到对过来，阿是嗄？"朱蔼人道："张蕙贞名字也勿曾见过歇，耐到陆里去寻出来个嗄？"莲生微笑道："谢谢耐哚，晚歇沈小红来，（要勿）说起，阿好？"朱蔼人、葛仲英听了皆大笑。

一时，来安回来禀说："房间里才舒齐哚哉。四盏灯搭一只榻床，说是勿多歇送得去，榻床末排好，灯末也挂起来哉。"莲生又吩咐道："耐再到祥春里去告诉俚哚。"来安答应，退出客堂，交代两个轿班道："耐哚（要勿）走开，要走末，等我转来仔了去。"说毕出门，行至东合兴里弄口，黑暗里闪过一个人影子，挽住来安臂膊。来安看是朱蔼人的管家，名叫张寿，乃嗔道："做啥嗄，吓我价一跳。"张寿问："到陆里去？"来安搀着他说："搭耐一淘去白相歇。"于是两人勾肩搭背，同至祥春里张蕙

---

① 快手——捕快，差役。

贞家，向老娘姨说了，叫她传话上去。张蕙贞又开出楼窗来，问来安道："王老爷阿来嗄"来安道："老爷来哚吃酒，勿见得来哉喤。"蕙贞道："吃酒叫啥人？"来安道："勿晓得。"蕙贞道："阿是叫沈小红？"来安道："也勿晓得啘。"蕙贞笑道："耐末算帮耐哚老爷，勿叫沈小红叫啥人嗄？"来安更不答话，同张寿出了祥春里，商量"到陆里去白相"。张寿道："就不过兰芳里哉嗄。"来安说："忒远。"张寿道："勿是末潘三搭去，看看徐茂荣阿来哚。"来安道："好。"

两人转至居安里，摸到潘三家门首，先在门缝里张一张，举手推时，却是拴着的。张寿敲了两下，不见答应，又连敲了几下，方有娘姨在内问道："啥人来哚碰门嗄？"来安接嘴道："是我。"娘姨道："小姐出去哉，对勿住。"来安道："耐开门啘。"等了好一会，里面静悄悄地不见开门。张寿性起，拐起脚来把门"嘭嘭嘭"踢得怪响，嘴里便骂起来。娘姨才慌道："来哉，来哉！"开门见了，道："张大爷、来大爷来哉，我道是啥人。"来安问："徐大爷阿来里？"娘姨道："勿曾来啘。"张寿见厢房内有些火光，三脚两步，直闯到房间里，来安也跟进去。只见一人从大床帐子里钻出来，拍手跺脚的大笑。看时，正是徐茂荣。张寿、来安齐说道："倪倒来惊动仔耐哉啘，阿要对勿住嗄！"娘姨在后面也呵呵笑道："我只道徐大爷去个哉，倒来哚床浪。"

徐茂荣点了榻床烟灯，叫张寿吸烟。张寿叫来安去吸，自己却撩开大床帐子，直爬上去。只听得床上扭做一团，又大声喊道："啥嗄，吵勿清爽！"娘姨忙上前劝道："张大爷，（要勿）喤。"张寿不肯放手，徐茂荣过去一把拉起张寿来道："耐末一泡子吵去看光景，阿有点清头①嗄！”张寿抹脸羞他道：“耐算帮耐倷相好哉，阿是耐个相好嗄？哪，面孔②！”

那野鸡③潘三披着棉袄下床。张寿还笑嘻嘻睐着她做景致。潘三沉下脸来，白瞪着眼，直直地看了张寿半日。张寿把头颈一缩道：“啊唷，阿唷！我吓得来！”潘三没奈何，只挣出一句道：“倪要板面孔个！”张寿随口答道：“（要勿）说啥面孔哉！耐就板起屁股来，倪……”说到“倪”字，却顿住嘴，重又上前去潘三耳朵边说了两句。潘三发极道：“徐大爷耐听啘，耐倷好朋友说个啥闲话嗄！”徐茂荣向张寿央告道：“种种是倪勿好，叨光耐搭倪包荒④点。好阿哥！”张寿道：“耐叫饶仔也罢哉，勿然我要问声俚看，大家是朋友，阿是徐大爷比仔张大爷长三寸倷”潘三接嘴道：“耐张大爷有恩相好来倷，倪是巴结勿上啘，只好徐大爷来照应点倪啘。”张寿向来安道：“耐听啘，徐大爷叫得阿要开心！徐大爷个魂灵也拨俚叫仔去哉。”来安道：“倪（要勿）听，阿有啥人来叫声倪嗄。”潘三笑道：“来大爷末算得是好朋友哉，说说闲话也要帮句把倷。”张寿道：“耐要是说起朋友来……”刚说得一句，被徐茂荣大喝一声，剪住了道：“耐再要说出啥来末，两记耳光！”张寿道：“就算我怕仔耐末哉，阿好？”徐茂荣道：“耐倒来讨我个便宜哉！”一面说，一面挽起袖子，赶去要打。张寿慌忙奔出天井，徐茂荣也赶出去，张寿拔去门闩，直奔到弄东转弯处，不料黑暗中有人走来，劈头一撞。那人说：“做啥，做

---

① 清头——乖巧，懂事。
② 面孔——脸，容貌。
③ 野鸡——暗妓私娼。
④ 包荒——宽容，原谅。

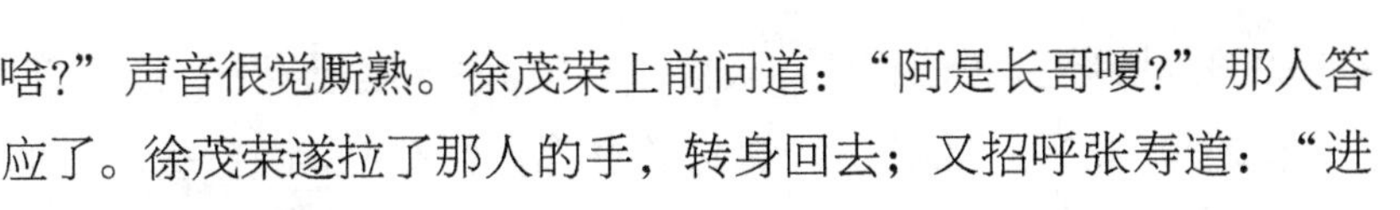
啥？”声音很觉厮熟。徐茂荣上前问道：“阿是长哥嗄？”那人答应了。徐茂荣遂拉了那人的手，转身回去；又招呼张寿道：“进来罢，饶仔耐罢。”

张寿放轻脚步，随后进门，仍把门闩上，先向帘下去张看那人，原来是陈小云的管家，名叫长福。张寿忙进去问他：“阿是散仔台面哉？”长福道；“陆里就散，局票坎坎发下去。”张寿想了想叫：“来哥，倪先去罢。”徐茂荣道：“倪一淘去哉。”说着，即一哄而去，潘三送也送不及。

四人同离了居安里，往东至石路口。张寿不知就里，只往前走。徐茂荣一把拉住，叫他朝南。张寿向来安道：“倪勿去哉嗄。”徐茂荣从背后一推说道：“耐勿去，耐强强①看。”张寿几乎打跌，只得一同过了郑家木桥。走到新街中，只见街傍一个娘姨，抢过来叫声“长大爷”，拉了长福袖子，口里说着话，脚下仍走着路，引到一处，推开一扇半截门阑进去。里面只有个六七十岁的老婆子，靠壁而坐，桌子上放着一盏暗昏昏的油灯。娘姨赶着叫郭孝婆，问：“烟盘来哚陆里？”郭孝婆道：“原来里床浪碗。”娘姨忙取个纸吹②，到后半间去，向壁间点着了马口铁回光镜玻璃罩壁灯，集得高高的，请四人房里来坐，又去点起烟灯来。长福道：“鸦片烟倪（要勿）吃，耐去叫王阿二来。”娘姨答应去了。那郭孝婆也颠头簸脑，摸索到房里，手里拿着根洋铜水烟筒，说：“陆里一位用烟？”长福一手接来，说声“（要勿）客气”。郭孝婆仍到外半间自坐着去。张寿问道：“该搭③是啥个场

---

① 强强——闹别扭、顶牛。

② 纸吹——用表芯纸卷成的细长棍状引火物。

③ 该搭——方言。指这里。

花嗄？耐哚倒也会白相哚！”长福道：“耐说像啥场花？”张寿道：“我看起来叫‘三勿像’：野鸡勿像野鸡，台基①勿像台基，花烟间勿像花烟间。”长福道：“原是花烟间。为仔俚有客人来哚，借该搭场花来坐歇，阿懂哉？”

说着，听得那门阑“呀”的一声响。长福忙往外看时，正是王阿二。进房即叫声“长大爷”，又问三位尊姓，随说：“对勿住，刚刚勿恰好。耐哚要是勿嫌龌龊末，就该搭坐歇吃筒烟，阿好？”长福看看徐茂荣，候他意思。徐茂荣见那王阿二倒是花烟间内出类拔萃的人物，就此坐坐倒也无啥，即点了点头。王阿二自去外间，拿进一根烟枪与两盒子鸦片烟，又叫郭孝婆去喊娘姨来冲茶。张寿见那后半间只排着一张大床，连桌子都摆不下，局促极了，便又叫：“来哥，倪先去罢。”徐茂荣看光景也不好再留。于是张寿作别，自和来安一路同回，仍至东合兴里吴雪香家。那时台面已散，问：“朱老爷、王老爷陆里去哉？”都说“勿晓得”。张寿赶着寻去，来安也寻到西荟芳里沈小红家来，见轿子停在门口，忙走进客堂，问轿班道：“台面散仔啥辰光哉？”轿班道：“勿多一歇。”来安方放下心。

适值娘姨阿珠提着水铫子上楼，来安上前央告道：“谢谢耐，搭倪老爷说一声。”阿珠不答，却招手儿叫他上去。来安蹑手蹑脚，跟她到楼上当中间坐下，阿珠自进房去。来安等了个不耐烦，侧耳听听，毫无声音，却又不敢下去。正要瞌睡上来，忽听得王莲生咳嗽声，接着脚步声。又一会儿，阿珠掀开帘子招手儿。来安随即进房，只见王莲生独坐在烟榻上打呵欠，一语不

① 台基——指下等妓妇活动的场所。

发。阿珠忙着绞手巾，莲生接来揩了一把，方吩咐来安打轿回去。来安应了下楼，喊轿班点灯笼，等莲生下来上了轿，一径跟着回到五马路公馆。来安才回说："张蕙贞搭去说过哉。"莲生点头无语。来安伺候安寝。

十五日是好日子，莲生十点半钟已自起身，洗脸漱口，用过点心，便坐轿子去回拜葛仲英。来安跟了，至后马路永安里德大汇划庄，投进帖子，有二爷出来挡驾说："出门哉。"

莲生乃命转轿到东合兴里，在轿中望见"张蕙贞寓"四个字，泥金黑漆，高揭门楣。及下轿进门，见天井里一班小堂名①，搭着一座小小唱台，金碧丹青，五光十色。一个新用的外场看见，抢过来叫声"王老爷"，打了个千。一个新用的娘姨，立在楼梯上，请王老爷上楼。张蕙贞也迎出房来，打扮得浑身上下簇然一新，莲生看着比先时更自不同。蕙贞见莲生不转睛地看，倒不好意思的，忙忍住笑，拉了莲生袖子，推进房去。房间里齐齐整整，铺设停当。莲生满心欢喜，但觉几幅单条字画还是市买的，不甚雅相。蕙贞把手帕子掩着嘴，取瓜子碟子敬与莲生。莲生笑道："客气哉。"蕙贞也要笑出来，忙回身推开侧首一扇屏门，走了出去。莲生看那屏门外原来是一角阳台，正靠着东合兴里，恰好当做大门的门楼。对过即是吴雪香家。莲生望见条子，叫："来安，去对门看看葛二少爷阿来哚，来哚末说请过来。"来安领命去请。葛仲英即时踅过这边，与王莲生厮见。张蕙贞上前敬瓜子。仲英问："阿是贵相好？"打量一回，然后坐下。莲生说起适才奉候不遇的话，又谈了些别的，只见吴雪香的娘姨，名叫

① 小堂名——旧时江苏上海一带人家有喜庆时，所雇佣的儿童乐队。

小妹姐，来请葛仲英去吃饭。王莲生听了，向仲英道：“耐也勿曾吃饭，倪一淘吃哉啘。”仲英说：“好”，叫小妹姐去搬过来。王莲生叫娘姨也去聚丰园叫两样。

须臾，陆续送到，都摆在靠窗桌子上。张蕙贞上前筛了两杯酒说：“请用点。”小妹姐也张罗一会道：“耐哚慢慢交用，倪搭先生梳头去，梳好仔头再来。”张蕙贞接说道：“请耐哚先生来白相。”小妹姐答应自去。

葛仲英吃了两杯，觉得寂寞，适值楼下小堂名唱一套《访普》昆曲，仲英把三个指头在桌子上拍板眼。王莲生见他没兴，便说：“倪来豁两拳。”仲英即伸拳来豁，豁一杯吃一杯。约摸豁过七八杯，忽听得张蕙贞在客堂里靠着楼窗口叫道：“雪香阿哥，上来喤。”王莲生往下一望，果然是吴雪香，即笑向葛仲英道：“贵相好寻得来哉。”随后一路小脚高底声响，吴雪香已自上楼，也叫声：“蕙贞阿哥”。张蕙贞请她房间里坐。

葛仲英方输了一拳，因叫吴雪香道：“耐过来，我搭耐说句闲话。”雪香趔趄着脚儿，靠在桌子横头问：“说啥嗄？说啘。”仲英知道不肯过来，觑①她不提防，伸过手去，拉住雪香的手腕，只一拖。雪香站不稳，一头跌在仲英怀里，着急道：“算啥嗄！”仲英笑道：“无啥，请耐吃杯酒。”雪香道：“耐放手嗄，我吃末哉。”仲英哪里肯放，把一杯酒送到雪香嘴边，道：“要耐吃仔了放哚。”雪香没奈何，就在仲英手里一口呷干，赶紧挣起身来，跑了开去。

葛仲英仍和王莲生划拳。吴雪香走到大洋镜前照了又照，两

---

① 觑（qū）——把眼睛合成一条缝看。

手反撑过去摸摸头看。张蕙贞忙上前替她把头用力的揿两揿，拔下一枝水仙花来，整理了重又插上，端详一回。因见雪香梳的头盘旋伏贴，乃问道："啥人搭耐梳个头？"雪香道："小妹姐婉，俚是梳勿好个哉。"蕙贞道："蛮好，倒有样式。"雪香道："耐看高得来，阿要难看。"蕙贞道："少微高仔点，也无啥。俚是梳惯仔，改勿转哉，阿晓得？"雪香道："我看耐个头阿好。"蕙贞道："先起头倪老外婆搭我梳个头，倒无啥，故歇教娘姨梳哉，耐看阿好？"说着，转过头来给雪香看。雪香道："忒歪哉。说末说歪头，真真歪来哚仔，阿像啥头嗄！"两个说得投机，连葛仲英、王莲生都听住了，拳也不豁，酒也不吃，只听她两个说话。及听至吴雪香说歪头，即一齐地笑起来。张蕙贞便也笑道："耐哚拳啥勿豁哉嗄？"王莲生道："倪听仔耐哚说闲话，忘记豁哉。"葛仲英道："勿豁哉，我吃仔十几杯哚。"张蕙贞道："再用两杯伲。"说了，取酒壶来给葛仲英筛酒。吴雪香插嘴道："蕙贞阿哥(要勿)筛哉，俚吃仔酒要无清头个，请王老爷用两杯罢。"张蕙贞笑着，转问王莲生道："耐阿要吃嗄。"莲生道："倪再豁五拳吃饭，总勿要紧婉。"又笑向吴雪香道："耐放心，我也勿拨俚我吃末哉。"雪香不好拦阻，看着葛仲英与王莲生又豁了五拳。张蕙贞筛上酒，随把酒壶授与娘姨收下去。王莲生也叫拿饭来，笑说："夜头再吃罢。"于是吃饭揩面，收拾散坐。吴雪香立时催葛仲英回去。仲英道："歇一歇喤。"雪香道："歇啥嗄，倪勿要。"仲英道："耐勿要，先去末哉。"雪香瞪着眼问道："阿是耐勿去？"仲英只是笑，不动身。雪香使性子，立起来一手指着仲英脸上道："耐晚歇来末，当心点！"又转身向王莲生说："王老爷来啊。"又说："蕙贞阿哥，倪搭来白相相喤。"张蕙贞答应，赶着去送，雪香已下楼了。

蕙贞回房，望葛仲英嗤地一笑。仲英自觉没趣，局促不安。倒是王莲生说道："耐请过去罢，贵相好有点勿舒齐哉。"仲英道："耐瞎说，管俚舒齐勿舒齐。"莲生道："耐（要勿）实概喤。俚教耐过去，总是搭耐要好，耐就依仔俚也蛮好哓。"仲英听说，方才起身。莲生拱拱手道："晚歇请耐早点。"仲英乃一笑告辞而去。

第五回终。

第　六　回

养囡鱼[①]戏言徵善教　管老鸨奇事反常情

按：葛仲英踅过对门吴雪香家，跨进房里，寂然无人，自向榻床躺下。随后娘姨小妹姐抬着饭碗进房，说："请坐歇，先生来哚吃饭。"随手把早晨泡过的茶碗倒去，另换茶叶，喊外场冲开水。

一会儿，吴雪香姗姗其来，见了仲英，即大声道："耐是坐来哚对过勿来哉呀，第歇来做啥？"一面说，一面从榻床上拉起仲英来，要推出门外去。又道："耐原搭我到对过去嗄！耐去坐来哚末哉，啥人要耐来嗄？"仲英猜不出她什么意思，怔怔地立着，问道："对过张蕙贞末，咿[②]勿是我相好，为啥耐要吃起醋来哉喤？"雪香听说也怔了，道："耐倒也说笑话哉啘！倪搭张蕙贞吃啥醋嗄？"仲英道："耐勿是吃醋末，教我到对过去做啥？"雪香道："我为仔耐坐来哚对过勿来哉末，我说耐原到对过去坐来哚末哉喤。阿是吃醋嗄？"

仲英乃恍然大悟，付诸一笑，就在高椅上坐下，问雪香道："耐意思要我成日成夜陪仔耐坐来里，勿许到别场花去，阿是嗄？"雪香道："耐听仔我闲话，别场花也去末哉。耐为啥勿听我闲话嗄？"仲英道："耐说陆里一句闲话我勿听耐？"雪香道："价末我教耐过来，耐勿来。"仲英道："我为仔刚刚吃好饭，要坐一

① 囡鱼（hōng）——也作囡仵，指女儿。

② 咿——又。

歇再来。啥人说勿来嗄？”

雪香不依，坐在仲英膝盖上，挽着仲英的手，用力揣捏，口里咕噜道：“倪勿来，耐要搭我说明白㗎。”仲英发躁道：“说啥嗄？”雪香道：“难下转耐来㗎陆里，我教耐来，耐听见仔就要跑得来㗎；耐要到陆里去，我说（要勿）去末，定规勿许耐去哉。耐阿听我？”仲英和她扭不过，没奈何应承了。雪香才喜欢，放手走开。仲英重又笑道：“我屋里家主婆从来勿曾说歇啥，耐倒要管起我来哉！”雪香也笑道：“耐是我倪子①喤，阿是要管耐个嗄。”仲英道：“说出来个闲话阿有点陶成，面孔才勿要哉！”雪香道：“我倪子养到仔实概大，咿会吃花酒，咿会打茶会，我也蛮体面㗎，倒说我（要勿）面孔。”仲英道：“勿搭耐说哉。”

恰好小妹姐吃毕饭，在房背后换衣裳。雪香叫道：“小妹姐，耐看我养来㗎倪子阿好？”小妹姐道：“陆里嗄？”雪香把手指仲英，笑道：“哪。”小妹姐也笑道：“阿要瞎说！耐自家有几花大，倒养出实概大个倪子来哉。”雪香道：“啥稀奇嗄！我养起倪子来，比仔俚要体面点㗎。”小妹姐道：“耐就搭二少爷养个倪子出来，故末好哉。”雪香道：“我养来㗎倪子，要像仔俚㗎堂子里来白相仔末，拨我打杀哉喤。”小妹姐不禁大笑道：“二少爷阿听见？幸亏有两个鼻头管，勿然要气煞㗎！”仲英道：“俚今朝来里发痴哉。”雪香滚到仲英怀里，两手勾住头颈，只是嘻嘻地憨笑。仲英也就鬼混一阵，及外场提水铫子进房始散。

仲英站起身来，像要走的光景，雪香问：“做啥？”仲英说：“我要买物事去。”雪香道：“勿许去。”仲英道：“我买仔就转来。”雪香道：“啥人说嗄？搭我坐来浪。”一把把仲英捺下坐了，

① 倪子——儿子。

悄问："耐去买啥物事？"仲英道："我到亨达利去买点零碎。"雪香道："倪坐仔马车一淘去，阿好？"仲英道："故倒无啥。"雪香便叫"喊把钢丝车"。外场应了去喊。小妹姐因问雪香道："耐吃仔饭阿要捕面嗄？"雪香取面手镜一照，道："（要勿）哉。"只将手巾揩揩嘴唇，点上些胭脂，再去穿起衣裳来。外场报说："马车来哉。"仲英听了，便说道："我先去。"起身要走。雪香忙叫住道："慢点喤，等倪一淘去。"仲英道："我来里马车浪等耐末哉。"雪香两脚一跺，嗔道："倪勿要！"仲英只得回来，因向小妹姐笑道："耐看俚脾气，原是个小干仵，倒要想养倪子哉。"雪香接嘴道："耐末小干仵无清头哉喤，阿有啥说起我来哉嗄。"说着，又侧转头点了两点，低声笑道："我是耐亲生娘喤，阿晓得？"仲英笑喝道："快点嗄，（要勿）说哉！"

雪香方才打扮停妥，小妹姐带了银水烟筒，三人同行，即在东合兴里弄口坐上马车，令车夫先往大马路亨达利洋行去。当下驰出抛球场，不多路到了，车夫等着下了车，拉马车去一边伺候。仲英与雪香、小妹姐踅进洋行门口，一眼望去，但觉陆离光怪，目眩神惊。看了这样，再看那样，大都不能指名，又不暇去细细根究，只大略一览而已。那洋行内伙计们将出许多玩意儿，拨动机关，任人赏鉴。有各色假鸟，能鼓翼而鸣的；有各色假兽，能按节而舞的；还有四五个列坐的铜铸洋人，能吹喇叭，能弹琵琶，能撞击金石革木诸响器，合成一套大曲的。其余会行会动的舟车狗马，不可以更仆数。仲英只取应用物件拣选齐备。雪香见一只时辰表，嵌在手镯之上，也中意了要买。仲英乃一股脑儿论定价值，先付庄票一纸，再写个字条，叫洋行内把所买物件送至后马路德大汇划庄，即去收清所该价值。处分已毕，然后一淘出门，离了洋行。雪香在马车上褪下时辰表的手镯来给小妹姐看，仲英道："也不过是好看生活，到底无啥趣势。"比及到了静安寺，进了明园，那时已五点钟了，游人尽散，车马将稀。仲英仍在洋房楼下泡一壶茶。雪香扶了小妹姐，沿着回廊曲榭兜一个圆圈子，便要回去。仲英没甚兴致，也就依她。

从黄浦滩转至四马路，两行自来火已点得能明，回家进门，外场禀说："对过邀客，请仔两转哉。"仲英略坐一刻，即别了雪香，踅过对门，王莲生迎进张蕙贞房里。先有几位客人在座，除朱蔼人、陈小云、洪善卿、汤啸庵以外，再有两位，系上海本城宦家子弟，一位号陶云甫，一位号陶玉甫，嫡亲弟兄，年纪不上三十岁，与葛仲英世交相好，彼此相让坐下。

一会儿，罗子富也到了。陈小云问王莲生："还有啥人?"莲生道："还有倪局里两位同事，说先到仔尚仁里卫霞仙搭去哉。"小云道："价末去催催嗅。"莲生道："去催哉，倪也（要勿）去等俚哉。"当下向娘姨说，叫摆起台面来。又请汤啸庵开局票，各人叫的都是老相好，啸庵不消问得，一概写好。罗子富拿局票来看，把黄翠凤一张抽去。王莲生问："做啥?"子富道："耐看俚昨日老晚来，坐仔一歇歇倒去哉，啥人高兴去叫俚嗄。"汤啸庵道："耐（要勿）怪俚，倘忙是转局。"子富道："转啥局！俚末三礼拜了六点钟哉啘！"啸庵道："要俚哚三礼拜六点钟末，好白相啘。"说着，催客的已回来，说："尚仁里请客说，请先坐罢。"王莲生便叫"起手巾"。娘姨答应，随将局票带下去。汤啸庵仍添写黄翠凤一张，夹在里面。王莲生请众人到当中间里，乃是三张方桌，接连着排做双台。大家宽去马褂，随意就坐，却空出中间两把高椅。张蕙贞筛酒敬瓜子，洪善卿举杯向蕙贞道："先生恭喜耐。"蕙贞羞地抿嘴笑道："啥嗄！"善卿也逼紧喉咙，学她说一声"啥嗄"。说的大家都笑了。

小堂名呈上一本戏目请点戏。王莲生随意点了一出《断桥》，一出《寻梦》，下去吹唱起来。外场带了个纬帽，上过第一道龟翅，黄翠凤的局倒早到了。汤啸庵向罗子富道："耐看，俚头一个先到，阿要巴结？"子富把嘴一努，啸庵回头看时，却见葛仲英背后吴雪香先自坐着。啸庵道："俚是赛过本堂局，走过来就是，比勿得俚哚。"黄翠凤的娘姨赵家姆正取出水烟筒来装水烟。听啸庵说，略怔了一怔，乃道："倪听见仔叫局，总忙煞个来；有辰光转局忙勿过末，阿是要晚点哚？"黄翠凤沉下脸，喝住赵家姆道："说啥嗄！早末就早点，晚末就晚点，要耐来多说多话。"汤啸庵分明听见，微笑不睬，罗了富却有点不耐烦起来。王莲生忙岔开说："倪来划拳，子富先摆五十杯。"子富道："就五十杯末哉，啥稀奇！"汤啸庵道："念杯哝哝罢。"王莲生道："俚多个局，至少三十杯。我先打。"即和罗子富豁起拳来。

黄翠凤问吴雪香："阿曾唱？"雪香道："倪勿唱哉，耐唱罢。"赵家姆授过琵琶，翠凤和准了弦，唱一支开片，又唱京调《三击掌》的一段抢板。赵家姆替罗子富连代了五杯酒，吃得满面通红。子富还要她代，适值蒋月琴到来，伸手接去。赵家姆趁势装两筒水烟，说："倪先去哉，阿要存两杯？"罗子富更觉生气，取过三只鸡缸杯，筛得满满的，给赵家姆。赵家姆执杯在手，待吃不吃。黄翠凤使性子，叫赵家姆："拿得来。"连那两杯都折在一只大玻璃斗内，一口气吸得精干，说声"晚歇请过来"，头也不回，一直去了。罗子富向汤啸庵道："耐看如何，阿是（要勿）去叫俚好？"蒋月琴接口道："原是耐勿好啘，俚哚吃勿落哉末，耐去教俚哚吃。"汤啸庵道："小干仵闹脾气，无啥要紧。耐勿做仔末是哉啘。"罗子富大声道："我倒还要去叫俚个局哉！娘姨，拿笔砚来。"蒋月琴将子富袖子一扯道："叫啥局嗄？

耐末……”只说半句，即又咽住。子富笑道：“耐也吃起‘酱油’来哉。”月琴别转头忍笑说道：“耐去叫罢，倪也去哉。”子富道：“耐去仔末，我也再来叫耐哉碗。”月琴也忍不住一笑。

娘姨抬着笔砚问：“阿要笔砚嗄？”王莲生道：“拿得来，我搭俚叫。”罗子富见莲生低着头写，不知写些什么。陈小云坐得近，看了看，笑而不言。陶云甫问罗子富道：“耐啥辰光去做个黄翠凤？”子富道：“我就做仔半个月光景。先起头看俚倒无啥。”云甫道：“耐有月琴先生来里末，去做啥翠凤嘘？翠凤脾气是勿大好。”子富道：“倌人有仔脾气，阿好做啥生意嗄！”云甫道：“耐勿晓得，要是客人摸着仔俚脾气，对景仔，俚个一点点假情假意也出色哚。就是坎做起要闹脾气勿好。”子富道：“翠凤是讨人碗，老鸨倒放俚闹脾气，勿去管管俚？”云甫道：“老鸨陆里敢管俚，俚末要管管老鸨哉嘘。老鸨随便啥事体先要去问俚，俚说那价是那价，还要三不时去拍拍俚马屁末好。”子富道：“老鸨也忒煞好人哉。”云甫道：“老鸨阿有啥好人嗄！耐阿晓得有个叫黄二姐，就是翠凤个老鸨，从娘姨出身，做到老鸨，该过七八个讨人，也算得是夷场①浪一挡脚色碗；就碰着仔翠凤末，俚也碰转弯哉。”子富道：“翠凤啥个本事呢？”云甫道：“说起来是厉害哚，还是翠凤做清倌人辰光，搭老鸨②相骂，拨老鸨打仔一顿。打个辰光，俚咬紧点牙齿，一声勿响，等到娘姨哚劝开仔，榻床浪一缸生鸦片烟，俚拿起来吃仔两把。老鸨晓得仔，吓煞哉，连忙去请仔先生来。俚勿肯吃药碗，骗俚也勿吃，吓俚也勿吃，老鸨阿有啥法子呢。后来老鸨对俚跪仔，搭俚磕头说：‘从此以后一点点勿敢得罪耐末哉。’难末算吐仔出来过去。”陶云甫这一席

① 夷场——即洋场，旧时指上海的租界。

② 老鸨（bǎo）——旧时开妓院的女人。

话，说得罗子富忐忑鹘突①，只是出神。在席的也同声赞叹，连倌人、娘姨等都听呆了。惟王莲生还在写票头，没有听见。及至写毕。交与娘姨，罗子富接过来看，原来是开的轿饭帐，随即丢开。王莲生道："耐哚酒啥勿吃哉，子富庄阿曾完嗄？"罗子富道："我还有十杯勿曾豁。"莲生便教汤啸庵打庄。啸庵道："玉甫也勿曾打庄啘。"一语未了，只听得楼梯上一阵脚声，直闯进两个人来，嚷道："啥人庄？倪来打。"大家知道是请的那两位局里朋友，都起身让坐。那两位都不坐，一个站在台面前，揎拳攘臂，"五魁""对手"，望空乱喊；一个把林素芬的妹子林翠芬拦腰抱住，要去亲嘴，口里喃喃说道："倪个小宝宝，香香面孔。"林翠芬急得掩着脸弯下身去，爬在汤啸庵背后，疾声喊道："（要勿）吵喤！"王莲生忙道："（要勿）去惹俚哚哭喤。"林素芬笑道："俚哭倒勿哭个。"又说翠芬道："香香面孔末碍啥，耐看鬓角也散哉。"翠芬挣脱身，取豆蔻盒子来，照照镜子，素芬替她整理一回，幸亏带局过来的两个倌人随后也到，方拉那两位各向空高椅上坐下。王莲生问，卫霞仙搭啥人请客？"那两位道："就是姚季莼嗄。"莲生道："怪勿得耐两家头才吃醉哚哉。"两位又嚷道："啥人说醉嗄？倪要划拳哉。"

罗子富见如此醉态，亦不敢助兴，只把摆庄剩下的十拳胡乱同那两位豁毕，又说："酒末随意代代罢。"蒋月琴也代了几杯，罗子富的庄打完时，林素芬、翠芬姊妹已去，蒋月琴也就兴辞。罗子富乃乘机出席，悄悄地约同汤啸庵到里间房里去着了马褂，径从大床背后出房，下楼先走。管家高升看见，忙喊打轿。罗子富吩咐把轿子打到尚仁里去。汤啸庵听说，便知他听了陶云甫的

① 鹘（gǔ）突——疑惑不定。

一席话，要到黄翠凤家去，心下暗笑。两人踅出门来，只见弄堂两边车子轿子堆得满满的，只得侧身而行。恰好迎面一个大姐从车轿夹缝里钻来挤住，那大姐抬头见了，笑道："阿唷！罗老爷。"忙退出让过一傍。罗子富仔细一认，却是沈小红家的大姐阿金大，即问："阿是来里跟局？"阿金大随口答应自去。

汤啸庵跟着罗子富一径至黄翠凤家。外场通报，大姐小阿宝迎到楼上，笑说："罗老爷，耐有好几日勿请过来哉啘。"一面打起帘子，请进房间。随后黄翠凤的两个妹子黄珠凤、黄金凤，从对过房里过来厮见，赶着罗子富叫"姐夫"，都敬了瓜子。汤啸庵先问道："阿姐阿是出局去哉？"金凤点头应"是"。小阿宝正在加茶碗。忙接说道："去仔一歇哉，要转来快哉。"罗子富觉得没趣，丢个眼色与汤啸庵要走，遂一齐起身，踅下楼来。小阿宝慌地喊说："（要勿）去喤。"拔步赶来，已是不及。

第六回终。

第七回

恶圈套罩住迷魂阵　美姻缘填成薄命坑

按：黄翠凤的妹子金凤见留不住罗子富、汤啸庵两位，即去趴在楼窗口，高声叫："无娒，罗老爷去哉！"那老鸨黄二姐在小房间内听了，急跑出来，恰好在楼梯下撞着，一把抓住罗子富袖子，说："勿许去。"子富连道："我无拨工夫来里。"黄二姐大声道："耐要去末，等倪翠凤转来仔了去。"又嗔着汤啸庵道："耐汤老爷倒也要紧哚畹，啥勿搭倪罗老爷坐一歇，说说闲话嘎。"于是不由分说，拉了罗子富上楼，叫小阿宝拉了汤啸庵，重到房间里来。黄二姐道："宽宽马褂，多坐歇。"说着，伸手替罗子富解纽扣。金凤见了，也请汤啸庵宽衣。小阿宝撮了茶叶，随向啸庵手中接过马褂。黄二姐将子富脱下的马褂也授与小阿宝，都去挂在衣架上。

黄二姐一回头，见珠凤站在一旁，嗔她不来应酬，瞪目直视。吓得珠凤倒退下去，慌取了一支水烟筒，装与子富吸。子富摇手道："耐去搭汤老爷装罢。"黄二姐问子富道："阿是多吃仔酒哉？榻床浪去躺躺喤。"子富随意向烟榻躺下。小阿宝绞了手巾，移过一只茶碗，放在烟盘里，又请啸庵用茶。啸庵坐在靠壁高椅上，旁边珠凤给他装水烟。黄二姐叫金凤也取一支水烟筒来，遂在榻床前杌子上坐了，自吸一口，却侧转头悄悄地笑向子富道："耐阿是动气哉？"子富道："动啥气嘎？"黄二姐道："价末为啥好几日勿请过来？"子富道："我无拨工夫畹。"黄二姐鼻子里“哼”的一声，半晌，笑道：“说也勿差，成日成夜来哚老相好搭，阿有啥工夫到倪搭来嗄。”子富含笑不答。黄二姐又吸了一口水烟，慢慢说道：“倪翠凤脾气是勿大好，也怪勿得耐罗老爷要动气。其实倪翠凤脾气末有点，也看客人起，俚来里罗老爷面浪，倒勿曾发过歇一点点脾气哩。汤老爷末也晓得点俚哉，俚做仔一户客人，要客人有长性，可以一直做下去，故末俚搭客人要好哚。俚搭客人要好仔，陆里有啥脾气嗄？俚就碰着仔无长性客人，难末要闹脾气哉。俚闹起脾气来，（要勿）说啥勿肯巴结，索性理也勿来理耐啘。汤老爷阿是？第歇耐罗老爷末好像倪翠凤勿巴结了动气，陆里晓得倪翠凤心里搭罗老爷倒原蛮要好，倒是耐罗老爷勿是定归要去做俚，俚末也勿好来瞎巴结耐哉啘。俚也晓得蒋月琴搭罗老爷做仔四五年哉，俚有辰光搭我说起，说：‘罗老爷倒有长性哚，蒋月琴搭做四五年末，来里倪搭做起来阿会推扳①嗄？’我说：‘耐晓得罗老爷有长性末，为啥勿巴结点哩？’俚也说得勿差，俚说：‘罗老爷有仔老相好，只怕倪巴结勿上，倒落仔蒋月琴哚笑眼里。’俚是实概意思。要说是俚勿肯巴结耐罗老爷，倒冤枉仔俚哉。我说罗老爷，耐故歇坎坎做起，耐也勿曾晓得倪翠凤个脾气，耐做一节②下来，耐就有数目哉。倪翠凤末也晓得耐罗老爷心里是要做俚，难末俚慢慢仔也巴结起来哚。”

子富听了，冷笑两声。黄二姐也笑道：“阿是耐有点勿相信我闲话？耐问声汤老爷看，汤老爷蛮明白哚。汤老爷，耐想哩，倘然俚搭罗老爷勿要好末，罗老爷陆里叫得到十几个局嗄？俚心

---

① 推扳——差，不好。

② 一节——旧时端午、中秋、年关三节是商店结账的时间。一节，即指节与节之间的一段时间。

里来哚要好，嘴里终勿肯说出来，连搭娘姨、大姐哚才勿晓得俚心里个事体，单有我末稍微摸着仔点。倘然我故歇放罗老爷去仔，晚歇俚转来就要埋怨我哉啘。我老实搭罗老爷说仔罢：俚做大生意下来，也有五年光景哉，通共就做仔三户客人，一户末来里上海，还有两户，一年上海不过来两埭，清爽是清爽得野哚。我再要俚自家看中仔一户客人，搭我多做点生意，故是难杀哚啘。推扳点客人（要勿）去说哉，就算客人末蛮好，俚说是无长性，只好拉倒，教我阿有啥法子嗄？为此我看见俚搭罗老爷蛮要好末，望罗老爷一直做下去，我也好多做点生意。勿然是老实说，像罗老爷个客人到倪搭来也勿少啘，走出走进，让俚哚去，我阿曾去应酬歇？为啥单是耐罗老爷末要我来陪陪耐嗄？”

子富仍是默然，汤啸庵也微微含笑。黄二姐又道：“罗老爷做末做仔半个月，待倪翠凤也总算无啥，不过倪翠凤看仔好像罗老爷有老相好来哚，倪搭是垫空个意思。我倒搭俚说：‘耐也巴结点，有啥老相好新相好，罗老爷阿会待差仔倪嗄？’俚说：‘隔两日再看末哉。’前日仔俚出局转来，倒搭我说道：‘无娒，耐说罗老爷搭倪好，罗老爷到仔蒋月琴搭吃酒去哉。’我说：‘多吃台把酒是也算勿得啥。’陆里晓得倪翠凤就多心哉喤，说：‘罗老爷原搭老相好要好末，阿肯搭倪要好嗄？’”子富听到这里，不等说完，接嘴道：“故是容易得势，就摆起来吃一台末哉啘。”黄二姐正色道：“罗老爷耐做倪翠凤，倒也勿在乎吃酒勿吃酒。（喤）为仔我一句闲话，吃仔酒了，晚歇翠凤原不过实概，倒说我骗耐。耐要做倪翠凤末，耐定归要单做倪翠凤一个哚，包耐十二分巴结，无拨一点点推扳。（要勿）做做倪翠凤，再去做做蒋月琴，做得两头勿讨好。耐勿相信我闲话，耐就试试看，看俚那价功架，阿巴结勿巴结。”子富笑道：“故也容易得势，蒋月琴搭就勿去仔末是哉啘。”黄二姐低头含笑，又吸了一口水烟，方说道：“罗老爷，耐倒也会说笑话哚！四五年老相好，说勿去就勿去哉，也亏耐说仔出来。倒说道容易得势，阿是来骗骗倪？”一面说，一面放下水烟筒，往对过房间里做什么去了。

子富回思陶云甫之言不谬，心下着实钦慕，要与汤啸庵商量，却又不便，自己忖度一番，坐起来呷口茶。珠凤忙送过水烟筒，子富仍摇手不吸。只见小阿宝和金凤两个趴在梳妆台前，凑近灯光，攒头搭颈，又看又笑。子富问：“啥物事？”金凤见问，劈手从小阿宝手中抢了，笑嘻嘻拿来与子富看，却是半个胡桃壳，内塑着五色粉捏的一出春宫。子富呵呵一笑。金凤道：“耐看喤。”拈着壳外线头抽拽起来，壳中人物都会摇动。汤啸庵也踅过来看了看，问金凤道：“耐阿懂嗄？”金凤道：“葡萄架啘，阿有啥勿懂。”小阿宝忙笑阻道：“耐（要勿）搭俚说啘，俚要讨耐便宜呀。”说笑间，黄二姐又至这边房里来，因问：“耐哚笑啥？”金凤又送去与黄二姐看。黄二姐道：“陆里拿得来嗄？原搭俚放好仔，晚歇弄坏仔末再要拨俚说哉。”金凤乃付与小阿宝将去收藏了。

罗子富立起身，丢个眼色与黄二姐，同至中间客堂，不知在黑暗里说些什么。”咕唧了好一会，只听得黄二姐向楼窗口问：“罗老爷管家阿来里？教俚上来。”一面见子富进房，即叫小阿宝拿笔砚来央汤啸庵写请客票，只就方才同席的胡乱请几位。黄二姐亲自去点起一盏保险台灯来，看着啸庵草草写毕，给小阿宝带下，令外场去请。黄二姐向子富道：“耐管家等来里，阿有啥说嗄？”子富说：“叫俚来。”高升在外听唤，忙掀帘进门候示。子富去身边取出一串钥匙，吩咐高升道：“耐转去到我床背后开第三只官箱，看里面有只拜盒拿得来。”高升接了钥匙，领命而去。

黄二姐问："台面阿要摆起来？"子富抬头看壁上的挂钟，已至一点二刻了，乃说："摆起来罢，天勿早哉。"汤啸庵笑道："啥要紧！等翠凤出局转来仔，正好。"黄二姐慌道："催去哉。俚哚是牌局，要么来哚替碰和，勿然陆里有实概长远嗄。"随喊："小阿宝，耐去催催罢，教俚快点就转来。"小阿宝答应，正要下楼，黄二姐忽又叫住道："耐慢点，我搭耐说嗄。"说着，急赶出去，到楼梯边和小阿宝咬耳朵叮嘱几句，道："记好仔。"小阿宝去后，黄二姐方率领外场调桌椅，设杯箸，安排停当。请客的也回来回话。惟朱蔼人及陶氏昆仲说就来，其余有回去了的，有睡下了的，都道谢谢，罗子富只得罢也。忽听得楼下有轿子抬进大门，黄二姐只道是翠凤，忙向楼窗口往下观看。原来是客轿，朱蔼人来了。罗子富迎见让坐。朱蔼人见黄翠凤又不在家，解不出吃酒的缘故，悄问汤啸庵方始明白。

三人闲谈着，直等至两点钟相近，才见小阿宝喘吁吁地一径跑到房间里说："来哉，来哉！"黄二姐说："跑啥？"小阿宝道："我要紧呀，先生急得来。"黄二姐道："啥实概长远嗄？"小阿宝道："来哚替碰和。"黄二姐道："我说是替碰和碗，阿是猜着哉。"接着一路咭咭咯咯的脚声上楼，黄二姐忙迎出去。先是赵家姆提着琵琶和水烟筒袋进来见了，叫声"罗老爷"，笑问："来仔一歇哉？倪刚刚勿巧，出牌局，勿催仔再有歇哩。"随后黄翠凤款步归房，敬过瓜子，却回头向罗子富嫣然展笑。子富从末见翠凤如此相待，得诸意外，喜也可知。一时陶云甫也到。罗子富道："单有玉甫勿曾来，倪先坐罢。"汤啸庵遂写一张催客条子，连局票一起交代赵家姆道："先到东兴里李漱芳搭，催客搭叫局一淘来海。"赵家姆应说："晓得哉。"

当下大家入席。黄翠凤上前筛一巡酒，靠罗子富背后坐了。

珠凤、金凤还过台面规矩，随意散坐。黄二姐捉空自去。翠凤叫小阿宝拿胡琴来，却把琵琶给金凤，也不唱开片，只拣自己拿手的《荡湖船》全套和金凤合唱起来。座上众客只要听唱，哪里还顾得吃酒。罗子富听得呆呆的，竟像发呆一般。赵家姆报说："陶二少爷来哉。"子富也没有理会，及陶玉甫至台面前，方惊起厮见。那时叫的局也陆续齐集了。陶玉甫是带局而来的，无须再叫。所怪者，陶玉甫带的局并不是李漱芳，却是一个十二三岁清倌人，眉目如画，憨态可掬，紧傍着玉甫肘下，有依依不舍之意。罗子富问："是啥人？"玉甫道："俚叫李浣芳，算是漱芳小妹子。为仔漱芳有点勿适意，坎坎稍微出仔点汗，困来哚，我教俚（要勿）起来哉，让俚来代仔个局罢。"

说话时，黄翠凤唱毕，张罗道："耐哚用点菜唲。"随推罗子富道："耐啥勿说说嗄？"子富笑道："我先来打个通关。"乃伸拳从朱蔼人挨顺豁起，内外无甚输赢，豁至陶玉甫，偏是玉甫输的。李浣芳见玉甫划拳，先将两只手盖住酒杯，不许玉甫吃酒，都授与娘姨代了。玉甫接连输了五拳，要取一杯来自吃。李浣芳抢住，发急道："谢谢耐，耐就照应点倪阿好？"玉甫只得放手。

罗子富听李浣芳说得诧异，回过头去，要问她为什么。只见黄二姐在帘子影里探头探脑，子富会意，即缩住口，一径出席，走过对过房间里。黄二姐带领管家高升跟进来，高升呈上拜匣，黄二姐集亮了桌上洋灯。子富另将一串小钥匙开了拜匣，取出一对十两重的金钏臂来，授与黄二姐手内，仍把拜匣锁好，令黄二姐暂为安放，自收起大小两副钥匙，说道："我去喊翠凤来，看看花头①阿中意。"说着，回至这边归座，悄向黄翠凤道："耐无

① 花头——花招，手段。

娒来哚喊耐。”翠凤装做不听见，俄延半晌，欻地站起身一直去了。罗子富见台面冷清清的，便道：“耐哚阿有啥人摆个庄嗄？”陶云甫道：“倪末再豁两拳，耐让玉甫先去罢。俚哚酒是勿许俚吃哉，坐来里做啥？为俚一干仔，倒害仔几花娘姨、大姐跑来跑去忙煞，再有人来哚勿放心。晚歇吓坏仔俚，才是倪个干已。让俚去仔倒清爽点。阿是？”说得哄堂大笑。

罗子富看时，果然有两个大姐、三个娘姨围绕在陶玉甫背后，乃道：“故倒勿好屈留耐哉唲。”陶玉甫得不的一声，讪讪地挈李浣芳告辞先行。

罗子富送客回来，说道：“李漱芳搭俚倒要好得野哚！”陶云甫道：“人家相好要好点，也多煞唲，就勿曾见歇俚哚个要好，说勿出描勿出哚！随便到陆里，教娘姨跟好仔，一淘去末原一淘来。倘忙一日勿看见仔，要娘姨、相帮哚四面八方去寻得来，寻勿着仔吵煞哉。我有日子到俚搭去，有心要看看俚哚，陆里晓得俚哚两家头对面坐好仔，呆望来哚，也勿说啥一句闲话。问俚哚阿是来里发痴，俚哚自家也说勿出唲。”汤啸庵道：“想来也是俚哚缘分。”云甫道：“啥缘分嗄，我说是冤牵！耐看玉甫近日来神气常有点呆致致，拨来俚哚圈牢仔，一步也走勿开个哉。有辰光我教玉甫去看戏，漱芳说：‘戏场里锣鼓闹得势，（要勿）去哉。’我教玉甫去坐马车，漱芳说：‘马车跑起来颠得势，（要勿）去哉。’最好笑有一转拍小照去，说是眼睛光也拨俚哚拍仔去哉；难末日朝天亮快勿曾起来，就搭俚恬眼睛，说恬仔半个月坎坎好。”

大家听说，重又大笑。陶云甫回头把手指着自己叫的倌人覃丽娟，笑道：“像倪做个相好，要好末勿要好，倒无啥。来仔也勿讨厌，去仔也想勿着，随耐个便，阿是要写意①多花哚？”覃丽娟接说道：“耐说说俚哚，啥说起倪来哉嗄？耐要像俚哚要好末，耐也去做仔俚末哉碗。”云甫道：“我说耐好，倒说差哉。”丽娟道：“耐去调皮末哉；倪不过实概样式，要好勿会好，要邱也勿会邱②。”云甫道：“为此我说耐好碗。耐自家去转仔啥念头，倒说我调皮。”朱蔼人正色道：“耐说末说白相，倒有点意思。我看下来，越是搭相好要好，越是做勿长。倒是不过实概末，一年一年，也做去看光景。”蔼人背后林素芬虽不来接嘴，却也在那里做鬼脸。罗子富一眼看见，忙岔开道：“（要勿）说哉。蔼人摆个庄。倪来划拳哉。”

第七回终。

---

① 写意——轻松，容易。

② 邱——同“丘”，不好。

第　八　回

蓄深心劫留红线盒　逞利口谢却七香车

按：罗子富正要朱蔼人摆庄，忽听得黄二姐低声叫“罗老爷”。子富不及划拳，丢下便走。黄二姐在外间迎着，道：“阿要金凤来替耐豁两拳?”子富点点头，黄二姐遂进房到台面上去。子富自过对过房间里，只见黄翠凤独自一个坐在桌子旁边高椅上，面前放着那一对金钏臂。翠凤见子富近前，笑说：“来嗄。”揣住子富的手捺到榻床坐下，说道：“倪无娒上耐当水，听仔耐闲话，快活得来。我就晓得耐是不过说说罢哉。耐有蒋月琴来哚，陆里肯来照应倪?倪无娒还拿仔钏臂来拨我看。我说：‘钏臂末啥稀奇，蒋月琴哚勿晓得送仔几花哉！就是倪也有两副来里，才放来哚用勿着，要得来做啥?’耐原拿仔转去罢。隔两日耐真个蒋月琴搭勿去仔，想着要来照应倪，再送拨我正好。”

子富听了，如一瓢冷水兜头浇下，随即分辩道：“我说过蒋月琴搭定规勿去哉。耐勿相信末，我明朝就教朋友去搭我开销局帐，阿好?”翠凤道：“耐开销仔，原好去个碗。耐搭蒋月琴是老相好，做仔四五年哉，俚哚也蛮要好；耐故歇末说勿去哉，耐要去起来，我阿好勿许耐去?”子富道：“说仔勿去，阿好再去嗄，说闲话勿是放屁。”翠凤道：“随便耐去说啥，我勿相信□。耐自家去想喤，耐末就说是勿去，俚哚阿要到耐公馆里来请耐嗄?俚里问耐，阿有啥得罪仔耐了动气，耐搭俚说啥?阿好意思说倪教耐（要勿）去嗄。”子富道：“俚请我，我勿去，俚阿有啥法子？”翠凤道：“耐倒说得写意哚，耐勿去，俚哚就罢哉。俚定归要拉耐去，耐阿有啥法子？”

子富自己筹度一回，乃问道：“价末耐说要我哪价喤？”翠凤道：“我说，耐要好末，要耐到倪搭来住两个月，耐勿许一干仔出门口。耐要到陆里，我搭耐一淘去，蒋月琴哚也勿好到倪搭来请耐。耐说阿好？”子富道：“我有几花公事哚，陆里能够勿出门口。”翠凤道：“勿然末，耐去拿个凭据来拨我。我拿仔耐凭据，也勿怕耐到蒋月琴搭去哉。”子富道：“故阿好写啥凭据嘎？”翠凤道：“写来哚赁据，阿有啥用场！耐要拿几样要紧物事来放来里，故末好算凭据。”子富道：“要紧物事，不过是洋钱啘。”翠凤冷笑道：“耐看出倪来啥邱得来！阿是倪要想头耐洋钱嘎？耐末拿洋钱算好物事，倪倒无啥要紧。”子富道：“价末啥物事□？”翠凤道：“耐（要勿）猜仔倪要耐啥物事，倪也为耐算计，不过拿耐物事来放来里，倘忙耐要到蒋月琴搭去末，想着有物事来哚我手里，耐勿敢去哉，也好死仔耐一条心。耐想阿是？”子富忽然想起，道：“有来里哉，坎坎拿得来个拜匣，倒是要紧物事。”翠凤道：“就是拜匣蛮好，耐放来里仔阿放心？我先搭耐说一声，耐到蒋月琴搭去仔一埭，我要拿出耐拜匣里物事来，一把火烧光个嘎。”子富吐舌摇头道：“阿唷，厉害哚！”翠凤笑道：“耐说我厉害，耐也识差仔人哉。我做末做仔个倌人，要拿洋钱来买我倒买勿动嘎。（要勿）说啥耐一对钏臂哉，就摆好仔十对钏臂也勿来里我眼睛里。耐个钏臂，耐原拿得去。耐要送拨我，随便陆里一日送末哉。今夜头倒（要勿）拨来耐看轻仔，好像是倪看中仔耐钏臂。”一面说，一面向桌上取那一对金钏臂，亲自替子富套在手上。子富不好再强，只得依她，道：“价末原放来哚拜匣里，隔两日再送拨耐也无啥。不过拜匣里有几张栈单庄票，有辰光要用着末，那价?”翠凤道：“耐用着末，拿得去末哉。就勿是栈单庄票，倘忙有用着个辰光，耐也好来拿个啘。到底原是耐个物事，阿怕倪吃没仔了?”子富复沉吟一回，道：“我要问耐，耐为啥钏臂是勿要嗄?”翠凤笑道：“耐陆里猜得着我意思。耐要晓得做仔我，耐（要勿）看重来哚洋钱浪。我要用着洋钱个辰光，就要仔耐一千八百，也算勿得啥多；我用勿着，就一厘一毫也勿来搭耐要。耐要送物事，送仔我钏臂，我不过见个情；耐就去拿仔一块砖头来送拨我，我倒也见耐个情。耐摸着仔我脾气末好哉。”子富听到这里，不禁大惊失色，站起身来道：“耐个人倒稀奇哚!”遂向翠凤深深作揖下去道：“我今朝真真佩服仔耐哉。”翠凤忙低声喝住，笑道：“耐阿怕难为情嗄?拨俚哚来看见仔，算啥?”说着，仍揣住子富的手说：“倪对过去罢。”挈至房门口，即推子富先行，翠凤随后，同向台面上来。

那时出局已散。黄二姐正帮着金凤等张罗，望见子富，报说：“罗老爷来哉。”朱蔼人道：“倪要吃稀饭哉，耐坎坎来。”子富道：“再豁两拳。”陶云甫道：“耐末倒有趣去，倪搭蔼人吃仔几花酒哚。”子富带笑而告失陪之罪，随叫拿稀饭来。席间如何吃得下，不过意思而已。当时席散，各自兴辞。子富送至楼梯边，见汤啸庵在后，因想着说道：“我有点小事体，托耐去办办。明朝碰头仔再搭耐说。”啸庵应诺。等到陶云甫、朱蔼人轿子出门，然后汤啸庵步行而归。罗子富回到房间里，外场已撤去台面，赵家姆把笤帚略扫几帚，和小阿宝收拾了茶碗出去。子富随意闲坐，看翠凤卸头面①。

须臾，黄二姐复进房与子富闲谈。翠凤便令取出那只拜匣

① 头面——旧指首饰。

来，交与子富。子富乃褪下钏臂，放在拜匣里。黄二姐不解何故，两只眼汩油油的，看看子富，看看翠凤。翠凤也不理她，子富照旧锁好。翠凤又令黄二姐将拜匣去放在后面官箱里，黄二姐才自明白，捧了拜匣要走，却回头问子富道："耐轿子阿教俚哚打转去？"子富道："耐去喊高升来。"黄二姐乃去喊了高升上楼。子富吩咐些说话，叫高升随轿子回公馆去了。随后小阿宝来请翠凤对过房间里去。翠凤将行，见房里只剩子富一个，即问："珠凤呢？"小阿宝道："无娒教俚哚困去哉。"翠凤看挂钟，已敲过四点，方不言语，便向楼窗口高声喊道："耐哚人才到仔陆里去哉！"赵家娒在楼下，连忙接应，一径来见子富，问道："罗老爷，安置罢？"子富点点头。于是赵家娒铺床吹灯，掩门退出。子富直等到翠凤归房安睡。一宿无话。

子富醒来，见红日满窗，天色尚早，小阿宝正拿抹布揩拭橱箱桌椅，也不知翠凤哪里去了。听得当中间声响，大约在窗下早妆。再要睡时，却睡不着。一会儿，翠凤梳好头，进房开橱脱换衣裳。子富遂坐起来，着衣下床。翠凤道："再困歇哓，十点钟还勿曾到哩。"子富道："耐起来仔啥辰光哉？"翠凤笑道："我困勿着哉呀，七点多钟就起来哉。耐正来哚䁖头①里。"

赵家娒听见子富起身，伺候洗脸刷牙漱口，随问点心。子富说："勿想吃。"翠凤道："停歇吃饭罢。"赵家娒道："中饭还有歇哩娒。"子富道："等歇正好。"翠凤道："教俚哚赶紧点。"赵家娒承命去说。子富复叫住问："高升阿曾来？"赵家娒道："来仔歇哉，我去喊得来。"高升闻唤，见了子富，呈上字条一张，洋钱一卷，问："阿要打轿子？"子富道："今朝礼拜，无啥事体，

① 䁖头——打盹，睡觉。

轿子勿要哉。”因转问翠凤：“倪去坐马车阿好？”翠凤道：“好个，倪要坐两把车哚。”子富也不作声，再看那张条子，乃是当晚洪善卿请至周双珠家吃酒的，即随手撂下。高升见没甚吩咐，亦遂退去。子富忽然记起一件事来，向翠凤道：“我记得旧年夏天，看见耐搭个长条子客人夜头来哚明园，我勿晓得耐名字叫啥，晓得仔名字，旧年就要来叫耐局哉。”翠凤脸上一呆，答道：“倪勿然搭客人一淘坐马车也无啥要紧，就为仔正月里有个广东客人要去坐马车，我勿高兴搭俚坐，我说：‘倪要坐两把车哚。’就说仔一句，也勿曾说啥。耐晓得俚那价？俚说：‘耐勿搭客人坐也罢哉；只要我看见耐搭客人一淘坐仔马车末，我来问声耐看。故末叫勿入味①哚。’”子富道：“耐搭俚说啥？”翠凤道：“我啊？我说：‘倪马车一个月难得坐转把，今朝为是耐第一埭教得去，我答应仔耐，耐倒说起闲话来哉。我勿去哉，耐请罢。’”子富道：“俚下勿落台哉碗？”翠凤道：“俚末只好搭我看看哉碗。”子富道：“怪勿得耐无娒也说耐有点脾气哚。”翠凤道：“广东客人野头野脑，老实说，勿高兴做俚，巴结俚做啥。”

说话之间，不觉到了十二点钟。只见赵家娒端着大盘，小阿宝提着酒壶进房，放在靠窗大理石方桌上，安排两副杯箸，请子富用酒。翠凤亲自筛了一鸡缸杯，奉与子富，自己另取小银杯，对坐相陪。黄二姐也来见子富，帮着让菜，说道：“耐吃倪自家烧来哚菜水，阿好？”子富道：“自家烧，倒比厨子好。”黄二姐道：“倪有厨子。”随指一碗小火方，一碗清蒸鸭掌，说：“是昨日台面浪个菜。”翠凤向黄二姐道：“耐也来吃仔口罢。”黄二姐道：“勿要，我下头去吃。我去喊金凤来陪陪耐哚。”子富道：

① 勿入味——不通情理；惹人厌恶。

“慢点去。”遂取那一卷洋钱交与黄二姐，开销下脚等项。黄二姐接了道：“谢谢耐。”子富问她：“谢啥？”黄二姐笑道：“我先替俚哚谢谢，倒谢差哉。”一路说笑，自去分派。

子富因没人在房里，装做三分酒意，走过翠凤这边，兜兜搭搭。翠凤推开道：“快点，赵家姆来哉。”子富回头，不见一人，索性爬到翠凤身上去不依道：“耐倒骗我！赵家姆搭俚家主公也来哚有趣，阿有啥工夫来看倪。”翠凤恨得咬牙切齿。幸而金凤进来，子富略一松手，翠凤趁势狠命一推，几乎把子富打跌。金凤拍手笑道：“姐夫做啥搭我磕个头？”子富转身，抱住金凤要亲嘴。金凤极声的喊说：“（要勿）噪啘！”翠凤两脚一跺道：“耐啥噪勿清爽！”子富连忙放手说：“勿噪哉，勿噪哉！先生（要勿）动气。”当向翠凤作了个半揖。引得翠凤也嗤地笑了。金凤推子富坐下道：“请用酒啘。”即取酒壶，要给子富筛酒，再也筛不出来，揭盖看时，笑道：“无拨哉。”乃喊小阿宝拿壶酒来。翠凤道：“（要勿）拨俚吃哉，吃醉仔末再搭倪瞎噪。”子富拱手央告道：“再吃三杯，勿噪末哉。”及至小阿宝提了一壶酒来，子富伸手要接，却被翠凤先抢过去道：“勿许耐吃哉。”子富只是苦苦央告。小阿宝在傍笑道：“无拨吃哉，快点哭啘。”子富真个哀哀地装出哭声。金凤道：“拨俚吃仔点末哉，我来筛。”从翠凤手里接过酒壶来，约七分满筛了一杯。子富合掌拜道：“谢谢耐，搭我筛满仔阿好？”翠凤不禁笑道：“耐啥实概厚皮嘎。”子富道：“我说吃三杯，再要吃末勿是人，耐阿相信？”翠凤别转脸不理。小阿宝、金凤都笑得打跌。

子富吃到第三杯，正值黄二姐端了饭盂上楼，叫小阿宝：“下头吃饭去，我来替耐。”子富心知黄二姐已是吃过饭了，便说：“倪也吃饭哉。”黄二姐道：“再用一杯啘。”子富听了，直跳起来，指定翠凤嚷道："耐阿听见无姆教我吃？耐阿敢勿拨我吃？"翠凤着实睐了一眼道："越说耐倒越高兴哉！"竟将酒壶授与小阿宝带下楼去，便叫盛饭。黄二姐盛上三碗饭来，金凤自取一双象牙箸同坐陪吃。一时，赵家姆、小阿宝齐来伺候。吃毕收拾，大家散坐吃茶。珠凤也扭扭捏捏地走来，要给子富装水烟。子富取来自吃。

将近三点钟时分，子富方叫小阿宝令外场去喊两把马车。赵家姆舀上面水，请翠凤捕面①。翠凤教金凤去打扮了一淘去，金凤应诺，同小阿宝到对过房里，也去捕起面来。翠凤只淡淡施了些脂粉，越觉得天然风致，顾盼非凡。妆毕，自往床背后去。赵家姆收过妆具，向橱内取一套衣裳，放在床上，随手带出银水烟筒，又自己忙着去脱换衣裳。金凤先已停当，过来等候。子富见她穿着银红小袖袄，蜜绿散脚裤，外面罩一件宝蓝缎心天青缎滚满身洒绣的马甲，并梳着两角丫髻，垂着两股流苏，宛然是《四郎探母》这一出戏内的耶律公主。因向她笑道："耐脚也（要勿）去缠哉，索性扮个满洲人，倒无啥。"金凤道："故是好煞哉，只好拨来人家做大姐哉。"子富道："拨来人家末，做奶奶，做太太，阿有啥做大姐个嗄？"金凤道："搭耐说说末，就无清头哉。"

翠凤听得，一面系裤带出来洗手，一面笑问子富道："拨耐做姨太太阿好？"子富道："（要勿）说是姨太太，就做大太太末，也蛮好哘。"复笑问金凤道："耐阿情愿？"羞得金凤掩着脸伏在桌上，问了几声不答应。子富弯下身子悄悄去问，偏要问出一句话来才罢。金凤连连摇手说："勿晓得，勿晓得！"子富道："情愿哉！"翠凤把手削脸羞金凤。珠凤坐在靠壁高椅上冷看，也格

① 捕面——苏州方言。洗脸。

声要笑。子富指道："哪，还有一位大太太，快活得来，自家来哚笑。"翠凤一见，嗔道："耐看俚阿要讨人厌。"珠凤慌地敛容端坐。翠凤越发大怒道："阿是说仔耐了动气哉？"走过去拉住她耳朵，往下一摔。珠凤从高椅上扑地一跤，急爬起来，站过一傍，只披嘴咽气，却不敢哭。幸值赵家姆来催说："马车来哉。"翠凤才丢开手，拿起床上衣裳来看了看，皱眉道："我（要勿）着俚。"叫赵家姆开橱，自拣一件织金牡丹盆景竹根青杭宁绸棉袄穿了，再添上一条膏荷绉面品月缎脚松江花边夹裤，又鲜艳又雅净。子富呆着脸只管看。赵家姆收起那一套衣裳，问子富："阿要着马褂？"子富自觉不好意思，即取马褂披在身上，说道："我先去哉。"一径踅下楼来，令高升随去。出至尚仁里口，见是两把皮篷车，自向前面一把坐了。随后赵家姆提银水烟筒前行，翠凤挈着金凤缓缓而来，去后面坐了那一把。高升也踹上车后踏镫。四轮一发，电掣飚驰地去了。

第八回终。

第　九　回

沈小红拳翻张蕙贞　黄翠凤舌战罗子富

按：罗子富和黄翠凤两把马车驰至大马路斜角转弯，道遇一把轿车驶过，自东而西，恰好与子富坐的车并驾齐驱。子富望那玻璃窗内，原来是王莲生带着张蕙贞同车并坐。大家见了，只点头微笑。将近泥城桥堍，那轿车加紧一鞭，争先过桥。这马见有前车引领，也自跟着纵辔飞跑。趁此下桥之势，滔滔滚滚，直奔静安寺来。一转瞬间，明园在望。当下鱼贯而入，停在穿堂阶下。

罗子富、王莲生下车相会，会齐了张蕙贞、黄翠凤、黄金凤及赵家娒一淘上楼。管家高升知没甚事，自在楼下伺候。王莲生说前轩爽朗，同罗子富各据一桌，相与凭栏远眺，瀹茗①清谈。王莲生问如何昨夜又去黄翠凤家吃酒，罗子富约略说了几句。罗子富也问如何认识张蕙贞，从何处调头过来，王莲生也说了。罗子富道："耐胆倒大得野哚！拨来沈小红晓得仔末，也好哉。"王莲生嘿然无语，只呲着嘴笑。黄翠凤解说道："耐末说得王老爷来阿有点相像嗄！见相好也怕仔末，见仔家主婆那价呢？"子富道："耐阿看见《梳妆》《跪池》两出戏？"翠凤道："只怕耐自家跪惯仔了，说得出。"一句倒说得王莲生、张蕙贞都好笑起来。罗子富也笑道："勿来搭耐说啥闲话哉。"

① 瀹（yuè）茗——即煮茶。

于是大家或坐或立，随意赏玩。园中芳草如绣，碧桃初开，听那黄鹂儿一声声好像叫出江南春意。又遇着这天朗气清、惠风和畅的礼拜日，有踏青的，有拾翠的，有修禊①的，有寻芳的，车辚辚，马萧萧，接连来了三四十把，各占着亭台轩馆的座儿。但见钗冠招展，履舄纵横；酒雾初消，茶烟乍起；比极乐世界"无遮会"还觉得热闹些。忽然又来了一个俊俏伶俐后生，穿着挖云镶边马甲，洒绣滚脚套裤，直至前轩站住，一眼注定张蕙贞，看了又孜孜地笑。看得蕙贞不耐烦，别转头去。王莲生见那后生大约是大观园戏班里武小生小柳儿，便不理会。那小柳儿站一会，也就去了。

黄翠凤搀了金凤，自去趴着阑干看进来的马车，看不多时，忽招手叫罗子富道："耐来看唍。"子富往下看时，不是别人，恰是沈小红，随身旧衣裳，头也没有梳便来了，正在穿堂前下车。子富忙向王莲生点首儿，悄说："沈小红来哉。"莲生忙也来看，问："来哚陆里？"翠凤道："楼浪来哉呀。"莲生回身，想要迎出去。只见沈小红早上楼来，直瞪着两只眼睛，满头都是油汗，喘吁吁的上气不接下气，带着娘姨阿珠，大姐阿金大，径往前轩扑来。劈面撞见王莲生，也不说什么，只伸一个指头照准莲生太阳里狠狠戳了一下。莲生吃这一戳，侧身闪过一傍。小红得空，迈步上前，一手抓住张蕙贞胸脯，一手轮起拳头便打。蕙贞不曾提防，避又避不开，挡又挡不住，也就抓住小红，一面还手，一面喊道："耐哚是啥人嗄！阿有啥勿问情由就打起人来哉嗄！"小红一声儿不言语，只是闷打，两个扭结作一处。黄翠凤、金凤见来势泼悍，退入轩后房里去，赵家姆也不好来劝。罗子富但在傍喝

① 禊（xì）——古人于春秋两季临水洗濯以祓除不祥的祭祀仪式。

教沈小红："放手，有闲话末好说个㖞！"小红得手，如何肯放，从正中桌上直打到西边阑干尽头，阿珠、阿金大还在暗里助小红打冷拳。楼下吃茶的听见楼上打架，都跑上来看。莲生看不过，只得过去勾了小红臂膊要往后扳，却扳不动，即又横身插在中间，猛可里把小红一推，才推开了。小红吃这一推，倒退了几步，靠住背后板壁，没有吃跌。蕙贞脱身站在当地，手指着小红，且哭且骂。小红要奔上去，被莲生叉住小红两肋，抵紧在板壁上，没口子分说道："耐要说啥闲话搭我说好哉，勿关俚啥事，耐去打俚做啥？"小红总没听见，把莲生口咬指掐，莲生忍着痛苦苦央告。不料刺斜里阿珠抢出来，两手格开莲生，嚷道："耐来帮啥人嗄，阿要面孔！"阿金大把莲生拦腰抱住，也嚷道："耐倒帮仔别人来打倪先生哉，连搭倪先生也勿认得哉！"两个故意和莲生厮缠住了。小红乘势挣出身子，呼的一阵风赶上蕙贞，又打将起来。莲生被他两个软禁了，无可排解。

蕙贞本不是小红对手，更兼小红拼着命，是结结实实下死手打的，早打得蕙贞桃花水泛，群玉山颓，素面朝天，金莲堕地。蕙贞还是不绝口地哭骂。看的人蜂拥而至，挤满了一带前轩，却不动手。莲生见不是事，狠命一洒，撇了阿珠、阿金大两个，分开看的人，要去楼下喊人来搭救。适遇明园管账的站在账房门口探望，莲生是认得的，急说道："快点叫两个堂倌来拉开仔嗄，要打出人命来哉呀！"说了，又挤出前轩来。只见小红竟揿倒蕙贞，仰叉在地，又腾身骑上腰胯，只顾夹七夹八瞎打。阿珠、阿金大一边一个按住蕙贞两手，动弹不得。蕙贞两脚乱蹬，只喊救命。看的人也齐声发喊，说："打勿得哉！"莲生一时火起，先把阿金大兜心一脚踢开去，阿金大就在地下打滚喊叫。阿珠忙站起来奔莲生，嚷道："耐倒好意思打起倪来哉，耐阿算得是人嗄！"

一头撞到莲生怀里，连说："耐打嘎，耐打嘎！"莲生立不定脚，往后一仰，倒栽葱跌下去，正跌在阿金大的身上。阿珠连身撞去，收札不来，也往前一扑，正伏在莲生的身上。五个人满地乱打，索性打成一团糟，倒引得看的人拍手大笑起来。

幸而三四个堂倌带领外国巡捕上楼，喝一声"不许打"。阿珠、阿金大见了，已自一骨碌爬起。莲生挽了堂倌的手起来。堂倌把小红拉过一边，然后搀扶着蕙贞坐在楼板上。小红被堂倌拦截，不好施展，方才大放悲声，号啕痛哭，两只脚跺得楼板似擂鼓一般。阿珠、阿金大都跟着海骂。莲生气得怔怔的，半晌说不出话。还是赵家姆去寻过那一只鞋给蕙贞穿上，与堂倌左提右挈，抬身立定，慢慢地送至轩后房里去歇歇。巡捕扬起手中短棒，吓散了看的人，复指指楼梯，叫小红下去。小红不敢倔强，同阿珠、阿金大一路哭着骂着，上车自回。

莲生顾不得小红，忙去轩后房里看蕙贞。只见管账的与罗子富、黄翠凤、黄金凤簇拥在那里讲说，张蕙贞直挺挺躺在榻床上，赵家姆替她挽起头发。王莲生忙问如何，赵家姆道："还好，就肋里伤仔点，勿碍事。"管账的道："勿碍事末也险个哉。为啥勿带个娘姨出来？有仔个娘姨来里，就吃亏也好点。"王莲生听说，又添了一桩心事，踌躇一回，只得央黄翠凤，要借他娘姨赵家姆送转去。翠凤道："王老爷，我说耐要自家送得去好。倒勿是为啥别样，俚吃仔亏转去，俚哚娘姨、大姐、相帮哚陆里一个肯罢嘎？倘忙喊仔十几个人，赶到沈小红搭去打还俚一顿，闯出点穷祸来，原是耐王老爷该晦气。耐自家去末，先搭俚哚说说明白，阿是嘎？"管账的道："说得勿差，耐自家送转去好。"莲生终不愿自己送去，又说不出为什么，只再三求告翠凤。翠凤不得已应了，乃嘱咐赵家姆道："耐去搭俚哚说，事体末有王老爷来里，教俚哚（要勿）管账。”又说：“蕙贞阿哥，阿是？耐自家也说一声末哉。”张蕙贞点点头。管家高升在房门口问：“阿要喊马车？”赵家娒道：“才去喊得来哉啘。”高升立即去喊。赵家娒将银水烟筒交与黄翠凤，便去扶起张蕙贞来。蕙贞看看王莲生，要说又没的说。莲生忙道：“耐气末（要勿）气，原快快活活转去，赛过拨一只邪狗来咬仔一口，也无啥要紧；耐要气出点病来，倒犯勿着。我晚歇转来仔就来，耐放心。”蕙贞也点点头，搭着赵家娒肩膀，一步一步硬撑下梯。管账的道：“头面带仔去喤。”王莲生见桌上一大堆零星首饰，知是打坏的，说道：“我搭俚收捉末哉。”堂倌又送上银水烟筒，说：“磕在楼下阶台上，瘪了。”莲生一总拿手巾包起。黄翠凤催道：“倪也转去哉啘。”说着，挈了金凤先行。王莲生乃向管账的拱手道谢，并说：“所有碰坏家生①，照例赔补。堂倌哚另外再谢。”管账的道：“小意思，说啥赔嗄。”

罗子富也向管账的作别，与王莲生同下楼来，问高升，知道张蕙贞、赵家娒已同车而去，黄翠凤姊妹还等在车上。王莲生乘了罗子富的车，一径归至四马路尚仁里口歇下。罗子富请王莲生至黄翠凤家，上楼进房，子富亲自点起烟灯来，请莲生吸烟。翠凤方脱换衣裳，见了道：“王老爷半日勿用烟哉啘，阿瘾嗄？”随叫小阿宝：“耐绞仔手巾，搭王老爷来装筒烟。”莲生道：“我自家装末哉。”翠凤道：“倪有发好个来里，阿好？”随叫小阿宝去喊金凤来拿。金凤也脱换了衣裳，过来见莲生，先笑道：“阿唷！王老爷，要吓煞哚！我吓得来拖牢仔阿姐，说：‘倪转去罢！晚歇打起倪来末，那价喤？’王老爷阿吓嗄？”莲生倒不禁一笑。罗

① 家生——居室用品；器物。

子富、黄翠凤也都笑了。金凤向烟盘里拣取一个海棠花式牛角盒子，揭开盖，盒内满满盛着烟泡，奉与王莲生。莲生即烧烟泡来吸，吸了几口，听得楼下有赵家姆声音，王莲生又坐起来听。黄翠凤见莲生着急，忙喊："赵家姆来哩。"赵家姆见了莲生，回说："送得去哉，一直送到仔楼浪哚。俚哚说：'有王老爷搭倪做主末，最好哉。教王老爷转来仔就来。'俚哚还谢谢我，教我来谢谢先生，倒要好煞哚。"莲生听了，才放下了一半心。接着王莲生的管家来安来寻。莲生唤至当面，问有甚事。来安道："沈小红哚娘姨坎坎来说，沈小红要到公馆里来。"莲生听了，心中又大不自在。黄翠凤向莲生道："我看沈小红比勿得张蕙贞，耐张蕙贞搭无啥要紧，就明朝去也正好，倒是沈小红搭耐就要去一埭哚，倒还要去吃两声闲话哉哩。"莲生着实沉吟，蹙頞①无语。翠凤笑道："王老爷，耐（要勿）见仔沈小红怕哩。有闲话末响响落落搭俚说，耐怕仔俚倒勿好说啥哉。"

莲生俄延了半日，叫来安打轿子来再说，却将那首饰包交代来安收藏，来安接了回去。罗子富道："沈小红倒看勿出，凶煞哚。"翠凤道："沈小红末，算啥凶嘎！"我做仔沈小红，也勿去打俚哚，自家末打得吃力煞，打坏个头面，原要王老爷去搭俚赔。倒害仔王老爷，阿有啥趣势？"子富道："耐做沈小红末那价呢？"翠凤笑道："我啊，我倒勿高兴搭耐说来哩。要么耐到蒋月琴搭去一埭试试看，阿好？"子富笑道："就去仔末，怕耐啥嘎！耐勿入调②末，我去教蒋月琴来也打耐一顿。"翠凤把眼一瞟，笑道："噢唷，倒说得体面哚！耐算说拨来啥人听嘎，阿是来里王老爷面浪摆架子？"王莲生一口烟吸在嘴里，听翠凤说，几乎笑

① 蹙頞（cùè）——皱缩鼻翼。愁苦的样子。

② 勿入调——言语不合时宜，行为不符规矩。

地呛出来。子富不好意思，搭讪说道："耐哚人一点点无拨啥道理！耐自家也去想想看，耐做个倌人末，几花客人做仔去，倒勿许客人再去做一个倌人，故末啥道理嗄？也亏耐哚有面孔，说得出。"翠凤笑道："为啥说勿出嗄？倪是做生意，叫无法啘。耐搭我一年三节[①]生意包仔下来，我就做耐一干仔，蛮好。"子富道："耐要想敲我一干仔哉！"翠凤道："做仔耐一干仔，勿敲耐敲啥人嗄？耐倒说得有道理。"子富被翠凤顶住嘴，没得说了。停了一会，翠凤道："耐有道理末，耐说啘。啥勿响哉嗄？"子富笑道："阿有啥说嗄，拨耐钝光哉啘。"翠凤也笑道："耐自家说得勿好，倒说我钝光。

谈笑之间，早又上灯以后。小阿宝送上票头一张，呈与罗子富。子富看毕，授与王莲生。莲生慌的接来看，是洪善卿催请子富的，便不在意。再看下面，另行添写有"莲翁若在，同请光临"八个字。莲生攒眉道："我勿去哉嗄。"子富道："善卿难得吃台把酒，耐原去应酬歇，就勿叫局也无啥。"黄翠凤道："王老爷、耐酒倒要去吃哚，耐勿去吃酒，倒拨沈小红哚好笑。我说耐只当无拨啥事体，酒末只管去吃，吃仔酒末就台面浪约好两个朋友，散下来一淘到小红搭去，阿是蛮好？"莲生一想勿差，就依着翠凤说，忙又吸了两口烟。来安领轿子来了，也呈上一张洪善卿请客票头。子富道："一淘去哉啘。"莲生点头说好。子富令喊高升，高升回说："轿子等仔歇哉。"

于是王莲生、罗子富各自坐轿，并赴公阳里周双珠家。到了楼上，洪善卿迎着，见两位一淘来了，便叫娘姨阿金喊"起手巾"，随请两位进房。房里先到的有葛仲英、陈小云、汤啸庵三

---

① 一年三节——指春节、端午节、中秋节。

位；还有两位面生的，乃是张小村、赵朴斋。大家问姓通名，拱手让坐。外场已绞了手巾上来。汤啸庵忙问王莲生："叫啥人?"莲生道："我勿叫哉。"周双珠插嘴道："耐末阿有啥勿叫局个嗄?"洪善卿道："就叫仔个清倌人罢。"汤啸庵道："我来荐一个，包耐出色。"遂把手一指，"耐看唍。"王莲生回头看时，周双珠肩下坐着一个清倌人，羞怯怯地低下头去，再也不抬起来。罗子富先过去弯着腰一看道："我只道是双宝，倒勿是。"周双珠道："俚叫双玉。"王莲生道："本堂局蛮好，写末哉。"洪善卿等汤啸庵写毕局票，即请入席。大姐巧囡立在周双玉身傍，说道："过去换衣裳哉唍。"双玉乃回身出房。

第九回终。

第　十　回

理新妆讨人严训导　还旧债清客钝机锋

按：周双玉趱进对过自己房里，巧囡跟过来问双玉道："出局衣裳，无姆阿曾拨来耐?"双玉摇摇头。巧囡道："我去搭耐问声看。耐拿鬓角来刷刷嘎。"说了，忙下楼去问老鸨周兰。

双玉自把保险台灯移置梳妆台上，且不去刷鬓角，就在床沿坐下，悄悄地侧耳而听。原来周双玉房间底下乃是老鸨周兰自己卧室，那周双宝搬下去铺的房间却在周双珠的房间底下。当时听得老鸨周兰叫巧囡掌起灯来，开橱启箱，翻腾一会，又咕咕唧唧说了许多闲话，然后出房，却又往双宝房背后去，不知做什么，一些也听不见。双玉方才丢开，起身对镜，照见两边鬓角稍微松了些，随取抿子轻轻刷了几刷，已自熨贴。只见巧囡怀里抱着衣裳，同周兰上楼来了。双玉收过抿子，便要取衣裳来穿。周兰道："慢点嘎。耐个头勿好碗，啥毛得来。"乃将手中揣着的豆蔻盒子放下，亲自动手替双玉弄头。捏了又捏，揿了又揿，浓浓地蘸透了一抿子刨花浸的水，顺着螺丝旋刷进去，又刷过周围刘海头。刷的那水从头颈里直流下去，连前面额角上也亮晶晶都是水渍。双玉伸手去拭，周兰忙阻止道："耐（要勿）动喤。"遂用手巾在头颈里略掩一掩，叫双玉转过脸来，仔细端详一回说："好哉。"

巧囡在傍提着衣裳领口，服侍双玉穿将起来，是一件织金撇兰盆景一色，镶滚湖色宁绸棉袄。巧囡看了道：“实概件衣裳，我好像勿曾看见歇。”周兰道：“耐末陆里看得见，说起来还是大先生个哉。俚哚姊妹三家头，才有点怪脾气，随便啥衣裳哉，头面哉，才要自家撑得起来，别人个物事，就拨来俚俚也勿要。双珠个头面末，也勿算少，单说衣裳，是陆里及得来阿大搭阿二嗄，比仔双珠要多几花哚。俚哚嫁出去辰光，拣中意点末拿仔去，剩下来也有几箱子，我收捉仔起来，一直用勿着，还有啥人来着喤？就拨来双宝着过歇，也勿多几件。还有几几花花①，连搭双宝也勿曾看见歇，（要勿）说啥耐哉。”

双玉穿上棉袄，向大洋镜前走了几步，托起臂膊，比比出手。周兰过去把衣襟绉纹拉直些，又唠叨说道：“耐要自家有志气，做生意末巴结点，阿晓得？我眼睛里望出来，无啥亲生勿亲生，才是我囡件。耐倘然学得到双珠阿姐末，大先生、二先生几花衣裳头面，随便耐中意陆里一样，只管拿得去末哉。要像仔双宝样子，就算是我亲生囡件，我也勿高兴拨俚碗。”双玉只听着不言语。周兰问她：“阿听见？”双玉说：“听见哉。”周兰道：“价末耐也答应声喤，啥一声也勿响嗄？”

巧囡听台面上叫的局先已到了，急取豆蔻盒子，连声催促，方剪住周兰的话头，搀了双玉，往前便走，却忽然想起银水烟筒来。巧囡道：“就三先生搭拿仔根罢。”周兰道：“勿要；耐到双宝搭去拿得来。双宝一根末让俚用仔，我再拿一根出来拨来双宝。”巧囡赶着跑去。周兰又教导些台面规矩与双玉听，并说：“耐勿晓得末，问阿姐好哉。阿姐搭耐说啥闲话，耐听好仔，（要

---

① 几几花花——好多好多。

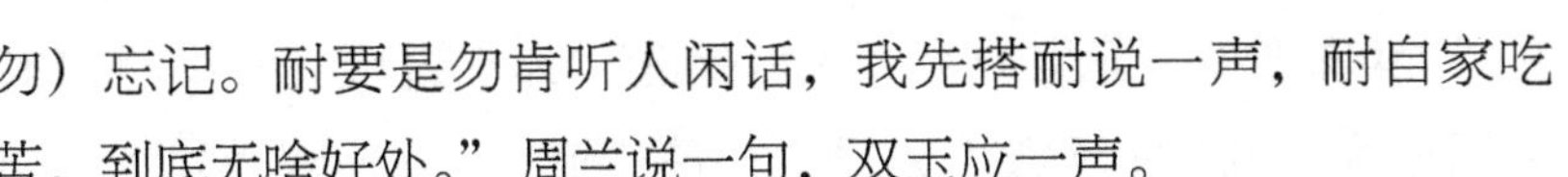

勿）忘记。耐要是勿肯听人闲话，我先搭耐说一声，耐自家吃苦，到底无啥好处。”周兰说一句，双玉应一声。

须臾，巧囡取银水烟筒回来，周兰自下楼去。巧囡忙挈双玉至这边台面上。只见先到的只有一个局，乃是陈小云的相好金巧珍，住在同安里口，只隔一条三马路，走过来就是，所以早些。当时金巧珍拉开嗓子唱京调，引得罗子富兴高采烈，摆庄划拳。更有赵朴斋、张小村刻意奉承，极力鼓舞，此外诸位也就随和着。独有王莲生没精打采，坐也坐不住。周双珠知道是厌烦，问他：“阿到对过去坐歇?”莲生正中胸怀，即时离席。巧囡领着踅过周双玉房间，点了烟灯，冲了茶碗，向莲生道：“我去喊双玉来。”莲生阻挡不及，只好听她喊去。只见周双玉冉冉归房，脱换衣裳，远远地端坐相陪，嘿然无语，莲生自然不去兜搭。一会儿，巧囡又跑来张罗，叮嘱双玉陪着，也就去了。莲生吸了两口烟，听那边台面上划拳唱曲，热闹得不耐烦，倒是双玉还静静地坐在那里低头敛足弄手帕子。莲生心有所感，不觉暗暗赞叹了一番。

忽听得娘姨阿金走出当中间，高声喊“绞手巾”。一时，履声，舄声，帘钩声，客辞主人声，主人送客声，杂沓并作，却不知去的是谁，只觉得台面上冷静了许多。随后汤啸庵也踱过这边房里来，吃得绯红的脸，一手拿着柳条剔牙杖剔牙，随意向榻床下首歪着，看莲生烧烟。莲生问：“子富去哉?”啸庵道：“俚哚还有啥局头，搭仲英、小云一淘去哉。”莲生遂约啸庵同洪善卿到沈小红家去，啸庵会意应诺。及巧囡来请用饭，两人方过那边归席入座。汤啸庵向洪善卿耳边说了几句，善卿听了微笑。周双珠也点头笑道：“耐哚说啥，我也懂来里哉。”啸庵道：“耐说说看。”双珠把嘴往莲生一努。大家笑着，都吃过饭。张小村知道他们有事，和赵朴斋告辞先行。王莲生道：“倪也去罢。”汤啸庵、洪善卿说“好”。周双珠忙喊双玉过来，送至楼门而回。

三人缓步同行。来安叫轿夫抬空轿子跟随在后，出了公阳里，就对门进同安里，穿至西荟芳里口，适被娘姨阿珠的儿子暗中瞧见，跑去报信。阿珠迎出门首，笑嘻嘻说道：“我说王老爷要来快哉，倒刚刚来哉。”当下王莲生在前，与汤啸庵、洪善卿进门，后面跟着阿珠，接踵上楼，早听得房间里小脚高底一阵怪响。王莲生方跨进当中间房门，只见沈小红越发蓬头垢面，如鬼怪一般，飞也似赶出当中间，望莲生纵身直扑上去，莲生错愕倒退。大姐阿金大随后追到，两手合抱拢来，扳住小红胸脯，只喊说：“先生（要勿）嘎！”慌地阿珠抢上去叉住小红臂膊，也喊说：“先生耐慢点看！”小红咬牙切齿，恨道：“耐哚走开点喤！我要死末关耐哚啥事嘎？”阿珠连连劝道：“耐就要死末，也勿实概个啘；故歇王老爷来仔，也好等王老爷说起来，说勿好耐再去死末哉啘。”小红一心和莲生拼命，哪里肯依。汤啸庵、洪善卿见如此撒泼，不好说甚，只是冷笑。莲生又羞又恼，又怕又急，四下里一逼，倒逼出些火性来，也冷笑说道：“让俚去死末哉！”说了一句，回身便走。汤啸庵、洪善卿只得跟着走了。阿珠见光景不好，也顾不得小红，赶紧来拉莲生；被莲生一豁，洒脱袖子，竟下楼梯。忽听得当中间板壁“蓬咚蓬咚”震天价响起来，阿金大在内极声喊道：“勿好哉，先生撞煞哉呀！”就这一声喊里，唤起楼下三四个外场，只道有甚祸事，急急跑上楼来，适与莲生等挤住在楼梯上。阿珠把莲生死拖活拽，往里挣去。汤啸庵、洪善卿料道走不脱，也撺掇莲生回至当中间。只见小红还把

头狠命往板壁上磕，阿金大扳住胸脯，哪里扳得开。阿珠着了忙，也狠命地拦腰一抱抱起来。汤啸庵、洪善卿齐说道："小红耐算啥喤？有闲话说末哉，实概样子，耐小红也犯勿着嗄。"

阿珠摸摸小红的头，没甚伤损，只有额角边被板壁了钉的钉头碰破些油皮，也不至流血。阿金大上前把手心摩挲着道："耐看阿险嗄！撞来哚太阳里末，那价呢?"莲生正站在一旁发呆。阿珠一眼睃见，说道："王老爷，闯出穷祸来耐也脱勿了个啘，(要勿）看仔像无要紧。"外场见没事，都笑道："倒吓得倪来要死！快点搀先生房间里去罢。"阿珠仍抱起小红来。阿金大拉了莲生，汤啸庵、洪善卿一同簇拥至房里。阿珠放小红向榻床躺下。阿金大端整茶碗，叫外场冲了茶。外场嘱咐阿珠说："耐哚小心点末哉。"都讪笑着下楼去了。

王莲生、汤啸庵、洪善卿一溜儿坐在靠壁高椅上。小红背灯向壁，掩面而哭。阿珠靠小红身傍坐着，慢慢与王莲生说道："王老爷，耐自家勿好，转差仔念头。耐起初要搭倪先生说明白仔，耐就去做仔十个张蕙贞，倪先生也无啥啘，为仔耐瞒仔倪先生末倒勿好哉。倪先生晓得耐去做仔张蕙贞，说难是王老爷倪搭勿来个哉，拨来张蕙贞哚拉仔去哉。"洪善卿不待说完，即拦说道："王老爷不过昨日夜头来哚张蕙贞搭吃仔台酒，故歇原到该搭来哉啘。"阿珠立起身来，走过洪善卿身傍，轻声说道："洪老爷，耐是蛮明白来里。倪先生倒（要勿）怪俚，俚是发极仔了呀。王老爷先起头做倪先生辰光，还有好几户老客人哚。后来搭王老爷要好仔末，有个把客人阿要动气勿来哉了，倪末去请哉啘，王老爷就搭倪先生说：'俚哚勿来，让俚哚勿来末哉，我一干仔来搭耐撑场面。'王老爷，阿是耐说来哚个闲话？先生有仔王老爷，倒蛮放心，请也勿去请哉。难末一户一户客人才勿来哉，到故歇是无拨哉，就剩仔王老爷一干仔哉。洪老爷，耐说王老爷去做仔张蕙贞，倪先生阿要发极①？”汤啸庵接说道：“难也（要勿）去说哉。张蕙贞喍末搿仔台哉，王老爷原到该搭来，耐沈小红场面也可以过得去哉。大家（要勿）说哉，阿是？”

小红正哭得涕泪交颐，听啸庵说，便分说道：“汤老爷，耐问声俚看。俚自家搭我说，教我生意（要勿）做哉，条子末撑②脱仔。我听仔俚，客人叫局也勿去。俚还搭我说，俚说：‘耐少来喍几花债末，我来搭耐还末哉。’我听仔快活煞，张开仔两只眼睛单望俚一干仔，望俚搭我还清仔债末，我也有仔好日脚哉，陆里晓得俚一直来里骗我！骗到我今日之下，索性豁脱仔，去包仔个张蕙贞嗄！”说到这里，两脚一跺，身子一掀，俯仰号啕，放声大哭。哭了又道：“俚就要去做张蕙贞，也无啥！我自家想想，衣裳末着完哉，头面末当脱哉，客人末一个也无拨哉，倒欠仔一身债。弄得我上勿上，落勿落，难末教我那价喤？”汤啸庵微笑道：“故也无啥那价。王老爷原来里，衣裳头面原教王老爷办得来，债末教王老爷去还清仔，阿是才舒齐哉啘？”小红道：“汤老爷，勿瞒耐说，王老爷来里该搭做仔两年半，买来喍几花物事才来里眼睛前头。张蕙贞搭勿到十日天，从头浪起到脚浪，陆里一样勿搭俚办起来？还有朋友喍拍马屁，鬼讨好，连忙搭俚买好仔家生送得去铺房间。耐汤老爷陆里晓得喤！”洪善卿插说道：“王老爷也叫瞎说！堂子里做个把倌人，只要局帐清爽仔末

---

① 发极——着急，慌张。

② 撑（xiāo）——揭下，翻动书页。

是哉。倌人欠来哚债，关客人啥事，要客人来搭俚还。老实说，倌人末勿是靠一个客人，客人也勿是做一个倌人；高兴多走走，勿高兴就少走走，无啥多花枝枝节节啘！”小红正要回嘴，阿珠赶着戗说道：“洪老爷说得勿差，‘倌人末勿是靠一个客人。’倪先生也有好几户客人哚，为啥要耐王老爷一干仔来撑场面喤？耐就一干仔撑仔场面，勿来搭倪先生还债，倪先生就欠仔一万债，阿好搭耐王老爷说，要耐王老爷来还嗄？耐王老爷自家搭倪先生说，要搭倪先生还债。只要王老爷真真还清好，倪先生阿有啥枝枝节节？耐就去做仔张蕙贞，‘客人也勿是做一个倌人’，倪先生阿好说耐啥？故歇耐王老爷原勿曾搭倪先生还歇一点点债，倒先去做仔张蕙贞哉。耐王老爷想想看，阿是倪先生来里枝枝节节呢？阿是耐王老爷自家来哚枝枝节节？”说罢，瞋了王莲生半日。

莲生仰着脸，只不作声。洪善卿笑道：“俚哚啥枝枝节节也勿关倪事，倪要去哉。”遂与汤啸庵立起身来。莲生意思要一同去，小红只作不看见，倒是阿金大搽住莲生道：“咦！王老爷，耐阿好去嗄？”阿珠喝阿金大放手，却向莲生道：“王老爷耐要去，去末哉；倪是勿好来屈留耐，就搭耐说一声是哉。昨日夜头我搭阿金大两家头陪倪先生坐来哚床浪，坐仔一夜天勿曾困，今夜头倪要困去哉。倪娘姨哚到底无啥干己，就闯仔点穷祸，也勿关倪事。倪先说仔末，王老爷也怪勿着倪。”几句说得莲生左右为难，不得主意。汤啸庵向莲生道：“倪先去，耐坐歇罢。”莲生乃附耳嘱他去张蕙贞家给个信。啸庵应诺，始与洪善卿偕行。小红却也抬身送了两步，说道：“倒难为仔耐哚，明朝倪也摆个双台谢谢耐哚末哉。”说着，倒自己笑了。莲生也忍不住要笑。

小红转身，伸一个指头向莲生脸上连点几点，道：“耐末……”

只说得两字，便缩住了，却哼的一声，像是叹气，半晌又道："耐一干仔来末，阿怕倪欺瞒仔耐嗄？耐算教两个朋友来做帮手，帮仔耐说闲话，阿要气煞人！"莲生自觉羞惭，佯作不睬。阿珠冷笑两声，道："王老爷倒蛮好，才是朋友哚搭俚出个主意，王老爷末去听仔俚。就张蕙贞搭，勿是朋友同得去，陆里认得嗄？"小红道："张蕙贞搭倒勿是朋友，俚乃自家去打个野鸡。"阿珠道："故歇是勿是野鸡哉，也算仔长三哉！叫仔一班小堂名，显焕得来！王老爷做仔几日天，用脱仔几花？阿有千把嗄？"莲生道："耐哚（要勿）瞎说。"阿珠道："倒勿是瞎说嗄。"随将烟盘收拾干净道："王老爷吃烟罢，（要勿）去转啥念头哉。"莲生乃去榻床躺下吸烟，阿珠、阿金大陆续下去。

第十回终。

第 十 一 回

乱撞钟比舍受虚惊　齐举案联襟承厚待

按：沈小红坐在榻床下手，一言不发，莲生自在上手吸烟，房里没有第三个人。足有一点钟光景，小红又呜呜咽咽地哭起来。莲生搔耳抓腮，无可解劝，也就凭她哭去。无如小红这一哭，直哭得伤心惨目，没个收场。莲生没奈何，只得挨上去央告道："耐哚意思我也蛮明白来里。我末就依仔耐，叨光耐（要勿）哭哉，阿好？耐再要哭，我肚肠要拨来耐哭出来哉。"小红哽噎着嗔道："（要勿）来搭我瞎说！耐一径骗下来，骗到仔故歇，耐倒还要来骗我！耐定归要拿我性命来骗得去仔了罢哚。"莲生道："我故歇随便说啥闲话，耐总勿相信，说是我骗耐。难也（要勿）说哉，我明朝就去打一张庄票来搭耐还债，耐说阿好？"小红道："耐个主意勿差，耐搭我还清仔债末，该搭勿来哉，阿是？故末好去做张蕙贞哉，阿是？耐倒乖来哚！耐勿情愿搭我还末，我也（要勿）耐还哉。"说着，仍别转头去，吞声暗哭。莲生急道："啥人说去做张蕙贞嗄？"小红道："耐勿去哉？"莲生道："勿去哉。"被小红劈面啮了一口，大声道："耐去骗末哉！耐看来哚，我明朝死来哚张蕙贞搭去。"

莲生一时摸不着头脑，呆脸思索，没得回话。适值阿珠提水铫子上来冲茶，莲生叫住，细细告诉她，问她："小红是啥意思？"阿珠笑道："王老爷蛮明白哚，倪末陆里晓得嗄。"莲生道："耐倒说得好，我为仔勿明白了问耐啘。"阿珠笑道："王老爷耐是聪明人，阿有啥勿明白嗄！耐想倪先生一径搭耐蛮要好，耐为啥勿搭倪先生还债呢？今朝反①仔一场，耐倒要搭倪先生还债哉，阿像是耐动气仔了说个闲话？耐为动气了说搭倪先生还债，耐想倪先生阿要耐还嗄？”莲生跳起来跺脚道：“只要俚勿动气末才是哉，倒说我动气！”阿珠笑道：“倪先生倒也无啥动气，单为仔王老爷啘。耐想倪先生阿有第二户客人？耐王老爷再勿来仔，教倪先生那价呢？只要倪先生面浪交代得过，耐就再去做个张蕙贞也无啥要紧。倪先生欠来哚几花债，早末也要耐王老爷还，晚末也要耐王老爷还，随耐王老爷个便好哉。耐王老爷待倪先生要好勿要好，也勿在乎此。王老爷阿对？”莲生道：“耐也说得勿明白啘。我勿搭俚还债末，生来说我勿好；我就搭俚还仔债，俚原说我勿好。俚到底要我那价末算我要好哉啥？”阿珠笑道：“王老爷也说笑话哉，阿要我来教耐？”说着，提水铫子一路佯笑下楼去了。

莲生一想没奈何，只得打叠起千百样柔情软语去服侍小红。小红见莲生真个肯去还债，也落得收场，遂趁此渐渐地止住哭声。莲生一块石头方才落地。小红一面拿手帕子拭泪，一面还咕噜道：“耐只怪我动气；耐也替我想想看，比方耐做仔我，阿要动气？”莲生忙赔笑道：“应该动气，应该动气！我做仔耐是一径要动到天亮哚。”说得小红也要笑出来，却勉强忍住道：“厚皮哚来，啥人来理耐嗄。”一语未了，忽听得半空中“咣咣咣”一阵钟声。小红先听见，即说：“阿是撞乱钟？”莲生听了，忙推开一扇玻璃窗，往下喊道：“撞乱钟哉！”阿珠在楼下接应，也喊说：“撞乱钟哉，耐哚快点去看看嗄！”随后有几个外场赶紧飞跑出

① 反——吵骂。

门。莲生等撞过乱钟，屈指一数，恰是四下，乃去后面露台上看时，月色中天，静悄悄地，并不见有火光。回到房里，适有一个外场先跑回来报说："来哚东棋盘街哚。"莲生忙踹在桌子傍高椅上，开直了玻璃窗向东南望去，在墙缺里现出一条火光来。莲生着急，喊："来安!"外场回说："来二爷搭轿班才跑得去看去哉。"莲生急得心里突突地跳。小红道："东棋盘街末关耐啥事嗄?"莲生道："我对门就是东棋盘街碗。"小红道："还隔出一条五马路哚。"

正说时，来安也跑回来，在天井里叫"老爷"，报说道："东棋盘街东首，远勿多嗄。巡捕看来哚，走勿过哉。"莲生一听，拔步便走。小红道："耐去哉?"莲生道："我去仔就来。"莲生只唤来安跟了，一直跑出四马路，往前面火光急急地赶。刚至南昼锦里口，只见陈小云独自一个站在廊下看火。莲生拉他同去，小云道："慢点走末哉。耐有保险来哚，怕啥嗄?"莲生脚下方放松些。只见转湾角上有个外国巡捕，带领多人整理皮带，通长衔接做一条，横放在地上，开了自来水管，将皮带一端套上龙头，并没有一些水声，却不知不觉皮带早涨胖起来，绷得紧紧的。于是顺着皮带而行，将近五马路，被巡捕挡住。莲生打两句外国话，才放过去。那火看去还离着好些，但耳朵边已拉拉杂杂爆得怪响，倒像放几千万炮仗一般，头上火星乱打下来。

莲生、小云把袖子遮了头，和来安一口气跑至公馆门首，只见莲生的侄儿及厨子、打杂的都在廊下，争先诉说道："保险局里来看过歇，说勿要紧，放心末哉。"陈小云道："要紧末勿要紧，耐拿保险单自家带来哚身边，洋钱末放铁箱子里，还有啥账目、契券、照票多花末，理齐仔一搭，交代一个人好哉。物事（勿要）去动。"莲生道："我保险单寄来哚朋友搭碗。"小云道：

“寄来哚朋友搭末最好哉。”

莲生遂邀小云到楼上房里，央小云帮着收拾。忽又听得“豁刺刺”一声响，知道是坍下屋面，慌去楼窗口看。那火舌头越发焰起来，高了丈余，趁着风势，正呼呼地发啸。莲生又慌的转身收拾，顾了这样却忘了那样，只得胡乱收拾完毕，再问小云道：“耐搭我想想看，阿忘记啥？”小云道：“也无啥哉。耐（要勿）极嗄，包耐勿要紧。”莲生也不答话，仍去站在楼窗口。忽又见火光里冒出一团团黑烟，夹着火星滚上去，直冲至半天里。门首许多人齐声说：“好哉，好哉！”小云也来看了，说道：“药水龙①来哉，打仔下去哉。”果然那火舌头低了些，渐渐看不见了，连黑烟也淡将下去。莲生始放心归坐。小云笑道：“耐保仔险末阿有啥勿放心喤？保险行里勿曾来，耐自家倒先发极哉，赛过勿曾保险啘。”莲生也笑道：“我也晓得勿要紧，看仔阿要发极嗄。”

不多时，只听得一路车轮碾动，气管中呜呜作放气声，乃是水龙打灭了火回去的。接着莲生的侄儿同来安等说着话，也都回进门来。莲生喊来安冲茶。小云道：“倪要去困去哉。”莲生道：“原搭耐一淘去。”小云问：“到陆里？”莲生说是“沈小红搭”。小云不去再问，下楼出门，正遇着轿班抬回空轿子来，停在门口。小云便道：“耐坐轿子去，我先去哉。”莲生也就依了，乃送小云先行。

小云见东首火场上原是烟腾腾地，只变作蛋白色，信步走去望望，无如地下被水龙浇得湿漉漉的，与那砖头瓦片，七高八低，只好在棋盘街口站住，觉有一股热气随风吹来，带着些灰尘气，着实难闻。小云忙回步而西，却见来安跟王莲生轿子已去有

---

① 药水龙——上海方言，指化学灭火器。吴语称消防车为“龙”。

一箭多远，马路上寂然无声。这夜既望之月，原是的皪圆的，逼得电气灯分外精神，如置身水晶宫中。小云自己徜徉一回，不料黑暗处，好像一个无常鬼直挺挺站立。正要发喊，那鬼倒走到亮里来，方看清是红头巡捕①，小云不禁好笑。当下径归南昼锦里祥发吕宋票店楼上，管家长福服侍睡下。明日起身稍晚了些，又觉得懒懒的。饭后，想要吸口鸦片烟，只是往哪里去吸，朱蔼人处虽近，闻得这两日陪了杭州黎篆鸿白相，未必在家，不如就金巧珍家，也甚便益。想毕，踅下楼来。胡竹山授与一张请客条子，说是即刻送来的。小云看是庄荔甫请至聚秀堂陆秀宝房吃酒。记得荔甫做的倌人叫陆秀林，如何倒在陆秀宝房吃酒起来，料到是代请的了。小云撂下出门，也不坐包车，只从夹墙窄弄进去，穿至同安里口金巧珍家，只见金巧珍正在楼上当中间梳头。大姐银大请小云房间里去，取水烟筒要来装水烟，小云令银大点烟灯。银大道："阿是要吃鸦片烟？我搭耐装。"小云道："只要一点点，小筒头好哉。"及至银大烧成一口鸦片烟，给小云吸了，那金巧珍也梳好头，进房换衣，却问小云道："耐今朝无拨啥事体末，我搭耐去坐马车，阿好？"小云笑道："耐还要想坐马车！张蕙贞哚拨沈小红打得来，为仔来哚坐马车碗。"巧珍道："俚哚也自家谄头，拨来沈小红白打仔一顿。像倪，要有人来打仔倪，倪倒有饭吃哉。"小云道："耐今朝啥高兴得来，想着去坐马车哉嗄？"巧珍道："勿是高兴坐马车，为仔倪阿姐昨日夜头吓得要死，跑到倪搭来哭，天亮仔坎坎转去，我要去望望俚阿好来哚。"小云道："耐阿姐来里绘春堂，远开仔几花哚，吓啥嗄？"巧珍道："耐倒说得写意哚！勿吓末，为啥人家才搬出来哉嗄？"小云

① 红头巡捕——指旧上海租界巡捕房的印度籍巡捕。

道："耐去望阿姐末，教我坐来哚马车浪等耐？"巧珍道："耐就一淘去望望倪阿姐，也无啥。"小云道："我去末算啥嗄？"巧珍道："耐去喊仔挡干湿末哉。"小云想也好，便道："价末就去哉啘。"巧珍即令娘姨阿海去叫外场喊马车。

须臾，马车已至同安里门口，陈小云、金巧珍带娘姨阿海坐了，叫车夫先从黄浦滩兜转到东棋盘街，车夫应诺。这一个圈仔没有多路，转眼间已至临河丽水台茶馆前停下。阿海领小云先行，巧珍缓步在后，进弄第一家便是绘春堂。小云跟定阿海一直上楼。至房门前，阿海打起帘子，请小云进去。只见金巧珍的阿姐金爱珍靠窗而坐，面前铺着本针线簿子，在那里绣一只鞋面；一见小云，带笑说道："陈老爷，难得到倪搭来啘。"阿海跟进去，接口道："倪先生来望望耐呀。"爱珍道："价末进来嗄。"阿海道："来哚来哉。"爱珍忙出房去迎。阿海请小云坐下，也去了。却有一群油头粉面倌人，杂沓前来，只道小云是移茶客人，周围打成栲栳圈儿，打情骂趣，假笑佯嗔，要小云攀相好。小云也觉其意，只不好说。适值金爱珍的娘姨来整备茶碗，小云乃叫她去喊干湿。那娘姨先怔了一怔，方笑说："陈老爷（要勿）客气哉。"小云道："故是本家规矩啘，耐去喊末哉。"那些倌人始知没想头而散。

一时，金爱珍、金巧珍并肩携手，和阿海同到房间里。巧珍一眼看见桌子上针线簿子，便去翻弄，翻出那鞋面来仔细玩索。爱珍敬过干湿，即要给小云烧烟。小云道："（要勿）客气，我勿吃烟。"爱珍又亲自开了妆台抽屉，取出一盖碗玫瑰酱，拔根银簪插在碗里，请小云吃。小云觉很不过意，巧珍也道："阿姐，耐（要勿）去理俚，让俚一干仔坐来哚末哉。倪来说说闲话啘。"爱珍只得叫娘姨来陪小云，自向窗下收拾起鞋面并针线簿子，笑

道："做得勿好。"巧珍道："耐倒原做得蛮好，我有三年勿做，做勿来哉。旧年描好一双鞋样要做，停仔半个月，原拿得去教人做仔。教人做来哚鞋子总无拨自家做个好。"爱珍上前撩起巧珍裤脚，巧珍伸出脚来给爱珍看。爱珍道："耐脚浪着来哚倒蛮有样子。"巧珍道："就脚浪一双也勿好哓，走起来只往仔前头戳去，看勿留心要跌煞哚。"爱珍道："耐自家无拨工夫去做末，只要教人做好仔，自家拿来上，就好哉。"巧珍道："我原要想自家做，到底称心点。"姊妹两个又说些别的闲话，不知说到什么事，忽然附耳低声，异常机密，还怕小云听见，商量要到间壁空房间去。巧珍嘱小云道："耐等一歇。"爱珍问小云："阿吃啥点心？"小云忙拦说："倪勿多歇吃饭，（要勿）客气。"爱珍道："稍微点点。"巧珍皱眉插嘴道："阿姐，耐啥实概嘎，我搭耐阿有啥客气嗄？俚乃要吃啥点心，我来说末哉，俚乃也（要勿）吃哓。"爱珍不好再问，只丢个眼色与娘姨，却同巧珍去空房间说话。

不多时，那娘姨搬上四色点心，摆下三副牙筷，先请小云上坐，小云只得努力应命。再去间壁请巧珍时，巧珍还埋怨她阿姐，不肯来吃，被爱珍半拖半拽，让了过来。巧珍见有四色，又说道："阿姐，倪勿来哉！耐算啥嗄？"爱珍笑而不答，捺巧珍向高椅上与小云对面坐了，便取牙筷来要敬。巧珍道："耐再要像客人来敬我，我勿吃哉。"爱珍道："价末耐吃点嗄。"当即转敬小云，小云道："我自家吃仔歇哉，耐（要勿）敬哉。"巧珍道："耐啥一点点勿客气哉嘎？倒亏耐（要勿）面孔。"小云笑道："耐阿姐赛过是我阿姐，阿是无啥客气？"爱珍也笑道："陈老爷倒会说哚。"巧珍向爱珍道："耐自家也吃点嗄，阿要倪来敬耐嘎？"小云听说，连忙取牙筷夹个烧卖送到爱珍面前。慌的爱珍起身说道："陈老爷（要勿）哓。"巧珍别转头一笑，又道："耐

（要勿）吃，我也要来敬耐哉。”爱珍将烧卖送还盆内，自去夹些蛋糕奉陪。巧珍也只吃了一角蛋糕放下，小云倒四色都领略些。巧珍道：“有辰光教耐吃点心，耐（要勿）吃，今朝倒吃仔多花。”小云笑道：“为仔阿姐去买起点心来请倪，倪少吃仔好像对勿住，阿是？”爱珍笑道：“陈老爷，耐倒说得倪来难为情煞哉，粗点心阿算啥敬意嗄。”娘姨绞过手巾，阿海也来回说：“马车浪催仔几埭哉，我恨得来。”巧珍道：“倪也是好去哉，点心也吃过哉。”小云笑道：“耐算搭阿姐客气，吃仔点心谢也勿谢，倒就要想去哉。也是个（要勿）面孔。”巧珍笑道：“耐勿去，阿要想吃夜饭？”爱珍笑道：“便夜饭是倪也吃得起哉，就请勿到陈老爷啘。”当时小云、巧珍道谢告辞而行。

第十一回终。

第十二回

背冤家拜烦和事老　装鬼戏催转踏谣娘

按：金巧珍和金爱珍一路说话，缓缓同行。陈小云走得快，先自上车，阿海也在车旁等候。金爱珍直送出棋盘街，眼看阿海搀巧珍上车坐定，扬鞭开轮，始回。

小云见天色将晚，不及再游静安寺，说与巧珍，令车夫仍打黄浦滩兜个圈子转去罢。于是出五马路，进大马路，复转过四马路，然后至三马路同安里口，卸车归家。

小云在巧珍房里略坐一刻，正要回店，适值车夫拉了包车来接，呈上两张请帖：一张是庄荔甫催请的，下面加上两句道："善卿兄亦在座，千万勿却是荷。"一张是王莲生请至沈小红家酒叙。小云想沈小红家断无不请善卿之理，不如先去应酬莲生这一局，好与善卿商定行止。遂叫车夫拉车到西荟芳里，自己却步行至沈小红家。

只见房间里除王莲生主人之外，仅有两客，系莲生局里同事，即前夜张蕙贞台面带局来的醉汉。一位姓杨，号柳堂；一位姓吕，号杰臣。这两位与陈小云虽非至交，却也熟识，彼此拱手就坐。随后管家来安请客回来，禀道："各位老爷才说是就来。就是朱老爷陪杭州黎篆鸿黎大人来哚，说谢谢哉。"王莲生没甚吩咐，来安放下横披客目①，退出下去。莲生便叫阿珠喊外场摆

① 横披客目——客目，是请客的名单或通知单，也叫知单。把所有拟请客人的名字都竖行横向排列写在一张红纸上，所以又叫横披客目。

台面。陈小云取客目来一看，共有十余位，问道："阿是双台？"王莲生点点头。沈小红笑道："倪勿然陆里晓得啥双台嗄，难末学仔乖，倒摆起双台来哉。也算体面体面。"陈小云不禁笑了，再从头至尾看那客目中姓名，诧异得很，竟与前夜张蕙贞家请的客一个不减，一个不添。因问王莲生是何意，莲生但笑不言。杨柳堂、吕杰臣齐道："想来是小红先生意思，耐说阿对？"陈小云恍然始悟。沈小红笑道："耐哚瞎说！倪搭请朋友，只好拣几个知己点末请得来绷绷场面，比勿得别人家有面孔。就像朱老爷末，阿是看勿起倪勿来哉啘！

说笑间，葛仲英、罗子富、汤啸庵先后到了，连陶云甫、陶玉甫昆仲接踵咸集。陈小云道："善卿为啥还勿来？只怕先到仔别场花去应酬哉啘。"王莲生道："勿是，我碰着歇善卿，有一点小事体教俚去跑一埭，要来快哉。"说声未绝，楼下外场喊："洪老爷上来。"王莲生迎出房去咕唧了好一会，方进房。沈小红一见洪善卿，慌忙起身，满面堆笑说道："洪老爷，耐（要勿）动气啘。倪个闲话无拨啥轻重，说去看光景，有辰光得罪仔客人，客人动仔气，倪自家倒勿曾觉着。昨日夜头我说：'洪老爷为啥一歇要去哉嗄？'王老爷说我得罪哉。我说：'啊哟，我勿晓得啘！我为啥去得罪洪老爷啘？'今朝一早我就要教阿珠到周双珠搭来张耐，也是王老爷说：'晚歇去请洪老爷来末哉。'洪老爷，耐看王老爷面浪搭倪包荒点个喤。"洪善卿呵呵笑道："我动啥气嗄？耐也无啥得罪我喤，耐（要勿）去多花瞎小心。倪不过是朋友，就得罪仔点，到底勿要紧，只要耐勿得罪王老爷末才是哉。耐要得罪仔王老爷，倪就搭耐说句把好听闲话，也无用啘。"小红笑道："倪倒勿是要洪老爷搭倪说好话，也勿是怕洪老爷说倪啥邱话，为仔洪老爷是王老爷朋友末，倪得罪仔洪老爷，连搭倪王老爷也有点难为情，好象对勿住朋友哉啘。洪老爷阿是？"王莲生插口剪住道："（要勿）说哉，请坐罢。"

大家一笑，齐出至当中间，入席让坐。陈小云乃问洪善卿道："庄荔甫请耐陆秀宝搭吃酒，耐阿去？"善卿愕然道："我勿晓得啘。"小云道："荔甫来请我，说耐也来哚。我想荔甫做陆秀林啘，陆秀宝搭阿是搭啥人代请嗄？"善卿道："我外甥赵朴斋末，陆秀宝搭吃过一台酒；今夜头勿晓得阿是俚连吃一台。"一时，台面上叫的局络绎而来，果然周双珠带一张聚秀堂陆秀宝处请帖与洪善卿看，竟是赵朴斋出名。善卿问陈小云："阿去？"小云道："我勿去哉，耐嗹？"善卿道："我倒间架来里，也只好勿去 。"说罢丢开。

罗子富见出局来了好几个，就要摆起庄来。王莲生向杨柳堂、吕杰臣道："耐哚喜欢闹酒，倪也有个子富来里，去闹末哉。"沈小红道："倪今朝倒忘记脱仔，勿曾去喊小堂名；喊仔一班小堂名来也要闹热点哚。"汤啸庵笑道："今年阿是二月里就交仔黄梅哉，为啥多花人嘴里向才酸得来？"洪善卿笑道："到仔黄梅天①倒好哉，为仔青梅子比黄梅子酸得野哚。"说得客人、倌人哄堂大笑。王莲生要搭讪开去，即请杨柳堂、吕杰臣伸拳打罗子富的庄。当下开筵坐花，飞觞②醉月，丝哀竹急，弁侧钗横，才把那油词醋意混过不提。

比及酒阑灯灺，众客兴辞，王莲生陆续送毕，单留下洪善卿一个请至房间里。善卿问有何事。莲生取出一大包首饰来，托善卿明日往景星银楼把这旧的贴换新的，就送去交张蕙贞收。善卿

① 黄梅天——春末夏初梅子黄熟时，我国长江中下游地区天气潮湿多雨，称作"黄梅天"。

② 觞（shāng）——古代盛酒的器皿。

应诺，开包点数，揣在怀里。原来莲生故意要沈小红来看，小红偏做不看见，坐一会儿，索性楼下去了。不知这一去正中莲生的心坎。

莲生见房间里没人，取出一篇细账交与善卿，悄悄嘱道：“另外再有几样物事，耐就照仔帐浪去办，办得来一淘送去，（要勿）拨小红晓得。”又嘱道：“耐今夜头先到俚搭去一埭，问声俚看，还要啥物事，就添来哚帐浪末哉，（要勿）忘记嗄。费神，费神！”善卿都应诺了，藏好那篇账。恰好小红也回至楼上，莲生含笑问道：“耐下头去做啥？”小红倒怔了一怔，道：“倪勿做啥哓。耐问我做啥嗄，阿是倪下头有啥人来哚？”莲生笑道：“我不过问问罢哉，耐啥多心得来。”小红正色道：“我为仔坐来里，倘忙耐有啥闲话勿好搭洪老爷说，我走开点末，让耐哚去说哉哓。阿对嗄？”莲生拱手笑道：“承情，承情！”小红也一笑而罢。

洪善卿料知没别的话，告辞要行。莲生送至楼梯，再三叮咛而别。善卿即往东合兴里张蕙贞处，径至楼上。张蕙贞迎进房间里。善卿坐下，把王莲生所托贴换另办一节彻底告诉蕙贞，然后问她：“阿再要啥物事？”蕙贞道：“物事倪倒勿要啥哉，不过帐浪一对嵌名字戒指要八钱重哚。”善卿令娘姨拿笔砚来，改注明白，仍自收起。蕙贞又说道：“王老爷是再要好也无拨，就勿晓得沈小红搭倪前世有啥多花冤家对头。倪坍仔台末，耐沈小红阿有啥好处？”说着，就掩面而泣。善卿叹道：“气（要勿）怪勿得耐气，想穿仔也无啥要紧。耐就吃仔点眼前亏，倪朋友哚说起，倒才说耐好。耐做下去，生意正要好哚。倒是沈小红外头名气自家做坏哉，就不过王老爷末原搭俚蛮好，除仔王老爷，阿有啥人说俚好嗄。”蕙贞道：“王老爷说末说糊涂，心里也蛮明白哚。耐沈小红自家想想看，阿对得住王老爷？倪是也勿去说俚哚，只要王老爷一径搭沈小红要好落去，故末算是耐沈小红本事大哉。”善卿点头说：“勿差。”随立起身来道：“倪去哉。耐倒要保重点，(要勿）气出啥病来。”蕙贞款步相送，笑着答道：“倪自家想，犯勿着气煞耐沈小红哚手里。老仔面皮倒无啥气，蛮快活来里。”善卿道：“故末蛮好。”一面说，一面走。出四马路看时，灯光渐稀；车声渐静，约摸有一点多钟，不如投宿周双珠家为便；重又转身向北，至公阳里，不料各家玻璃灯尽已吹灭，弄内黑魆魆的，摸至门口，惟门缝里微微射出些火光。善卿推进门去，直到周双珠房里，只见双珠倚窗而坐，正摆弄一副牙牌在那里“斩五关”，双玉站在桌旁观局。善卿自向高椅坐了，双珠像没有理会，猝然问道：“台面散仔一歇哉啘，耐来哚陆里嗄?”善卿道：“就张蕙贞搭去仔一埭。”因说起王莲生与张蕙贞情形，笑述一遍，将首饰包放在桌上。双珠道：“我只道耐转去哉，阿金哚等仔歇也才去哉。”善卿道：“俚哚去仔末，我来伺候耐。”双珠道：“耐阿吃稀饭嗄?”善卿道：“（要勿）吃。”

双珠的五关终斩他不通，随手丢下，走过这边打开首饰包看了，便开橱替善卿暂行庋置①。双玉就坐在双珠坐的椅上，掳拢牙牌，也接着去打五关。忽又听得楼下推门声响，一个小孩子声音问：“倪无娒喤?”客堂里外场答道：“耐哚无娒转去哉啘。”双珠听了，急靠楼窗口叫：“阿大，耐上来嗄。”那孩子飞跑上楼。善卿认得是阿德保的儿子，名唤阿大，年方十三岁，两只骨碌碌眼睛，满房间转个不住。双珠告诉他道：“耐无娒末，我教俚乔公馆里看个客人去，要一歇转来哚。耐等歇末哉。”阿大答应，却站在桌傍看双玉斩五关。双玉虽不言语，却登时沉下脸来，将

① 庋（guǐ）置——收藏，保存。

牙牌搅得历乱，取盒子装好，自往对过自己房里去了。善卿道：“双玉来仔几日天，阿曾搭耐哚说歇几声闲话？”双珠笑道：“原是唲。倪无姆也说仔几埭哉，问一声末说一句，一日到夜坐来哚，一点点声音也无拨。”善卿道：“人阿聪明嗄？”双珠道：“人是倒蛮聪明，俚看见我打五关，看仔两埭，俚也会打哉。难看俚做起生意来，勿晓得阿会做。”善卿道：“我看俚勿声勿响，倒蛮有意思，做起生意来比仔双宝总好点。”双珠道：“双宝是（要勿）去说俚哉！自家无拨本事末倒要说别人，应该耐说个辰光倒勿响哉。”

这里善卿、双珠正说些闲话，那阿大趔趄着脚儿，乘个眼错，溜出外间，跑下楼去。双珠一回头，早不见了。双珠因发怒，一片声喊“阿大”，阿大复应声而至。双珠沉下脸喝道：“啥多花要紧嗄，等耐无姆来一淘去！”阿大不敢违拗，但羞得遮遮掩掩，没处藏躲，幸而阿金也就回来。双珠叫道：“耐哚倪子等仔一歇哉，快点转去罢。”阿金上楼，向双珠耳朵边不知问什么话，双珠只做手势告诉阿金。阿金方辞善卿，领阿大同回。善卿笑道：“耐哚鬼戏装得来阿像嗄，只好骗骗小干仵！要阿德保来上耐哚当水，勿见得唲。”双珠道：“到底骗骗末也骗仔过去，勿然转去要反杀哉！”善卿道：“乔公馆去看啥客人？客人末来哚朱公馆，只怕俚到朱公馆去看仔一埭。”双珠嗤的笑道：“耐也算做仔点好事罢，（要勿）去说俚哉。”善卿付之一笑。良宵易度，好梦难传，表过不叙。

到十八日，洪善卿吃过中饭，就要去了结王莲生的公案，周双珠将橱中首饰包仍交善卿。于是善卿别了双珠，踅出公阳里，经由四马路，迎面遇见汤啸庵，拱手为礼。啸庵问善卿：“陆里去？”善卿略说大概，还问啸庵：“啥事体？”啸庵道：“也搭耐差勿多，我是替罗子富开销蒋月琴哚局账去。”善卿笑道：“倪两家头赛做过俚哚和事老，倒也好笑得极哉！”啸庵大笑，分路而去。善卿自往景星银楼，掌柜的招呼进内，先把那包首饰秤准分两，再拣取应用各件，色色俱全。唯有一对戒指，一只要“双喜双寿”花样，这也有现成的，一只要方空中嵌上“蕙贞张氏”四字，须是定打，约期来取。只得先取现成一只和拣定的各件装上纸盒，包札停当。善卿仍用手巾兜缚绾结，等掌柜的核算。扣除贴换之外还该若干，开明发票，请善卿过目。善卿不及细看，与王莲生那篇账一并收藏，当即提了手巾包儿，退出景星银楼门首。心想天色尚早，且去哪里勾留小坐，再送至张蕙贞处不迟。正打算那里去好，只见赵朴斋独自一个从北首跑下来，两只眼只顾往下看，两只脚只顾往前奔，擦过善卿身旁，竟自不觉。善卿猛叫一声：“朴斋！”朴斋见是娘舅，慌忙上前厮唤，并肩站在白墙根前说话。

善卿问：“张小村呢？”朴斋道：“小村搭吴松桥两家头勿晓得做啥，日逐①一淘来哚。”善卿道：“陆秀宝搭，耐为啥连浪去吃酒？”朴斋嗫嚅半晌，答道：“是拨来庄荔甫哚说起来，好像难为情，倒应酬俚连吃仔一台。”善卿冷笑道：“单是吃台把酒，也无啥要紧，耐是去上仔俚哚当水哉，阿是？”朴斋顿住嘴说不出，只模糊搪塞道：“故也无啥上当水。”善卿笑道：“耐瞒我做啥喤？我也勿来说耐，到底耐自家要有点主意末好。”朴斋连声诺诺，不敢再说。善卿问：“故歇一干仔陆里去？”朴斋又没得回答。善卿又笑道：“就是去打茶会末阿有啥勿好说嘎？我搭耐一淘去末哉。”原来善卿独恐朴斋被陆秀宝迷住，要去看看情形如何。

---

① 日逐——每天。

朴斋只好跟善卿同往南行。善卿慢慢说道："上海夷场浪来一埭，白相相，用脱两块洋钱也无啥。不过耐勿是白相个辰光，耐要有仔生意，自家赚得来，用脱点倒罢哉；耐故歇生意也无拨，就屋里带出来几块洋钱，用拨堂子里也用勿得啥好。倘忙耐洋钱末用光哉，原无拨啥生意，耐转去阿好交代？连搭我也对勿住耐哚老堂①哉碗。"朴斋悚然敬听，不作一声。善卿道："我看起来，上海场花要寻点生意也难得势哚。耐住来哚客栈里，开销也省勿来，一日日哝下去，终究勿是道理。耐白相末也算白相仔几日天哉，勿如转去罢。我搭耐留心来里，要有仔啥生意，我写封信来喊耐好哉。耐说阿是？"朴斋哪里敢说半个不字，一味应承，也说是"转去好"。甥舅两个口里说，脚下已踅到西棋盘街聚秀堂前。善卿且把闲话撩过一边，同朴斋进门上楼。

第十二回终。

① 老堂——称对方的母亲。客气说法是叫"令堂"。

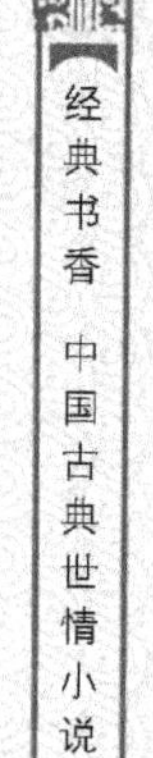

第 十 三 回

挨城门陆秀宝开宝　抬轿子[1]周少和碰和[2]

按：洪善卿、赵朴斋到了陆秀宝房间里。陆秀宝梳妆已罢，初换衣裳，一见朴斋，问道："耐一早起来去做啥？"朴斋使个眼色，叫她莫说；被秀宝啐了一口道："有啥多花鬼头鬼脑，人家比仔耐要乖点哚！"说得朴斋反不好意思的。秀宝转与善卿搭讪两句，见善卿将一大包放在桌上，便抢去扳开，抽出上面最小的纸盒来看，可巧是那一只"双喜双寿"戒指。秀宝径取出带上，跑过朴斋这边，嚷道："耐说无拨，耐看嗄。阿是'双喜双寿'?"口里紧着问，把手上这戒指直搁到朴斋鼻子上去。朴斋笑辩道："俚哚是景星招牌，耐要龙瑞，龙瑞里说无拨碗。"秀宝道："阿有啥无拨嗄，庄个倒勿是龙瑞里去拿得来？就是耐先起头吃酒日脚浪碗，说有十几只哚，隔仔一日就无拨哉，耐骗啥人嗄?"朴斋道："耐要么，耐教庄个去拿末哉。"秀宝道："耐拿洋钱来。"朴斋道："我有洋钱末，昨日我拿仔来哉，为啥要庄个去拿?"秀宝沉下脸道："耐倒调皮哚碗！"一屁股坐在朴斋大腿上，尽力地摇晃，问朴斋："阿要调皮嗄?"朴斋柔声告饶。秀宝道："耐去拿仔来就饶耐。"朴斋只是笑，也不说拿，也不说不拿。秀宝别转头来勾住朴斋头颈，撅着嘴，咕噜道："倪勿来，耐去拿得来嗄！"秀宝连说了几遍，朴斋终不开口。秀宝惭怒，大声道："耐

---

① 抬轿子——打麻将碰和时二家或三家串通，使第三方输钱。

② 碰和——即玩麻将牌。

阿敢勿去拿！”朴斋也有三分烦躁起来。秀宝哪里肯依，扭的身子像扭股儿糖一般，恨不得把朴斋立刻挤出银水来才好。

正当无可奈何之时，忽听得大姐在外喊道：“二小姐快点，施大少爷来哉。”秀宝顿然失色，飞跑出房，竟丢下朴斋和善卿在房间里，并没有一人相陪。善卿因问朴斋道：“秀宝要啥个戒指，阿是耐去买拨倒？”朴斋道：“就是庄荔甫去搭浆仔一句闲话。先起头倒哚说要一对戒指，我勿答应。荔甫去骗倒哚，说：‘戒指末现成无拨，隔两日再去打末哉。’倒为此故歇就要去打戒指。”善卿道：“故也是耐自家勿好，（要勿）去怪啥荔甫。荔甫是秀林老客人，生来帮倒哚碗。耐说荔甫去骗倒哚，荔甫是就来里骗耐。耐以后末碗再去上荔甫个当水哉，阿晓得？”朴斋唯唯而已，没一句回话。适见杨家姆进来取茶碗出去。善卿叫她：“喊秀宝拿戒指来，倪要去哉。”杨家姆摸不着头脑，胡乱应下去喊秀宝。秀宝回房见善卿面色不善，忙道：“我原搭耐装好仔。”善卿道：“我来装末哉。”一手接过戒指去。秀宝不敢招惹，只拉朴斋过一边，秘密说了好些话。及善卿装好首饰包，说声：“倪去罢。”转身便去，朴斋慌地紧紧跟随出来。秀宝也不曾留，却约下朴斋道：“耐晚歇要来个唍。”直叮嘱至楼梯边而别。

善卿出至街上，却问朴斋道：“耐阿搭倒去买戒指？”朴斋道：“隔两日再看哉碗。”善卿冷笑道：“隔两日再看个闲话，故是原要搭倒去买个哉。耐个意思阿是为仔秀宝搭用脱仔两钱舍勿得，想多用点拨倒末望倒来搭耐要好？我搭耐老实说仔罢，要秀宝来搭耐要好勿会个哉，耐趁早死仔一条心。耐就拿仔戒指去，秀宝只当耐是铲头，阿会要好嗄！”朴斋一路领会忖度。至宝善街口，将要分手，善卿复站住说道：“耐就上海场花搭两个朋友，也刻刻要留心。像庄荔甫本来算勿得啥朋友，就是张小村、吴松

桥算是自家场花人，好像靠得住哉，到仔上海倒也难说。先要耐自家有主意，俚哚随便说啥闲话，耐少听点也好点。”朴斋也不敢下一语。善卿还唠叨几句，自往张蕙贞处送首饰去了。

赵朴斋别过洪善卿，茫然不知所之。心想善卿如此相劝，倒不好开口向他借贷，若要在上海白相，须得想个法子敷衍过去，当此无聊之际，不如去寻吴松桥谈谈，或者碰着什么机会也未可知。遂叫把东洋车坐了，径往黄浦滩拉来。远远望见白墙上“义大洋行”四个大字，朴斋叫车夫就墙下停车，开发了车钱。只见洋行门首正在上货，挑夫络绎不绝。有一个棉袍马褂戴着眼镜的，像是管账先生，站在门旁向黄浦呆望，旁边一个挑夫拄着扁担与他说话。

朴斋上前拱手问：“吴松桥阿来里？”那先生也不回答，只嗤地一笑，仰着脸竟置不理。朴斋不好意思，正要走开。倒是那挑夫用手指道：“耐要寻人末去问账房里，该搭栈房，陆里有啥人嗄。”朴斋照他指的方向去看，果然一片矮墙，门口挂一块黑漆金字小招牌；一进了门，乃是一座极高大四方的外国房子。朴斋想这所在不好瞎闯的，徘徊瞻望，不敢声唤。恰好几个挑夫拖了扁担往里飞跑，直跑进旁边一扇小门。朴斋跟至门前，那门也有一块小招牌，写着“义大洋行账房”六个字，下面又画一只手，伸一个指头往门里指着。朴斋大着胆进去，踅到账房里，只见两行都是高柜台，约有二三十人在那里忙碌碌地不得空隙。朴斋拣个年轻学生，说明来意。那学生把朴斋打量一回，随手把壁间绳头抽了两抽，即有个打杂的应声而至。学生叫：“去喊小吴来，说有人来里寻。”打杂的去后，朴斋掩在一旁，等了个不耐烦，方才见吴松桥穿着本色洋绒短衫裤，把身子扎缚得紧紧的，十分即溜，赶忙奔至账房里。一见朴斋，怔了一怔，随说：“倪楼浪去坐歇罢。”乃领朴斋穿过账房，转两个弯，从一乘楼梯上去。松桥叫脚步放轻些。蹭到楼上，推开一扇屏门，只见窄窄一个外国房子，倒像是截断弄堂一般，满地下横七竖八堆着许多铜铁玻璃器具，只靠窗有一只半桌，一只皮杌子①。朴斋问：“阿曾碰着歇小村？”松桥忙摇摇手，叫他不要说话，又悄悄嘱道：“耐坐歇，等我完结仔事体，一淘北头去。”朴斋点头坐下，松桥掩上门匆匆去了。这门外常有外国人出进往来，履声橐橐②，吓得朴斋在内屏息危坐，捏着一把汗。一会儿，松桥推门进来，手中拿两个空的洋瓶撂在地下，嘱朴斋：“再等歇，完结快哉。”仍匆匆掩门而去。

足有一个时辰，松桥才来了，已另换一身棉袍马褂，时路行头，连镶鞋小帽并崭然一新，口中连说：“对勿住”。一手让朴斋先行，一手拽门上锁，同下楼来。原经由账房，转出旁边小门，迤逦至黄浦滩。松桥说道：“我约小村来哚兆贵里，倪坐车子去罢。”随喊两把东洋车坐了。车夫讨好，一路飞跑，顷刻已到石路兆贵里弄口停下。松桥把数好的两注车钱分给车夫，当领朴斋进弄，至孙素兰家。只见娘姨金姐在楼梯上迎着，请到亭子里坐，告诉吴松桥道：“周个搭张个来过歇哉，说到华众会去走一埭。”松桥叫拿笔砚来，央赵朴斋写请客票头，说尚仁里杨媛媛家请李鹤汀老爷。朴斋仿照格式，端楷缮写。才要写第二张，忽听得楼下外场喊：“吴大少爷朋友来。”吴松桥矍然③起道：“（要勿）写哉，来哉。”赵朴斋丢下笔，早见一个方面大耳长跳身材的胡子进房，后面跟的一个，就是张小村。拱手为礼，问起姓

---

① 皮杌（wù）子——即皮凳子。

② 橐橐（tuó）——象声词，皮鞋与地碰撞的声音。

③ 矍（jué）然——惊视的样子。

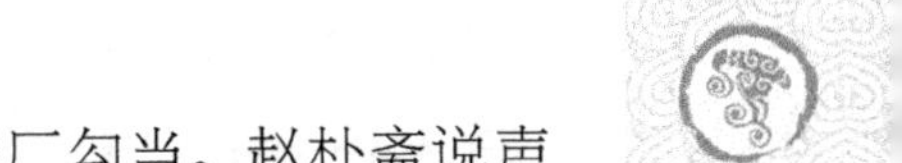

名，方知那胡子姓周，号少和，据说在铁厂勾当。赵朴斋说声“久仰”，大家就坐。吴松桥把请客票头交与金姐：“快点去请。”

那孙素兰在房间里听见这里热闹，只道客到齐了，免不得过来应酬。一眼看见朴斋，问道：“昨日夜头幺二浪吃酒，阿是俚?”吴松桥道：“吃仔两台哉。先起头吃一台，耐也来哚台面浪啘。”孙素兰点点头，略坐一坐，还回那边正房间陪客去了。这边谈谈讲讲，等到掌灯以后，先有李鹤汀的管家匡二来说：“大少爷搭四老爷来哚吃大菜①，说阿有啥人末先替碰歇。”吴松桥问赵朴斋：“耐阿会碰和?”朴斋说：“勿会。”周少和道：“就等一歇也无啥。”金姐问道：“先吃仔夜饭阿好?”张小村道：“俚来哚吃大菜末，倪也好吃饭哉。”吴松桥乃令开饭。不多时，金姐请各位去当中间用酒，只见当中间内已摆好一桌齐整饭菜。四人让坐，却为李鹤汀留出上首一位。孙素兰正换了出局衣裳出房，要来筛酒。吴松桥急阻止道：“耐请罢，（要勿）弄龌龊仔衣裳。”素兰也就罢了，随口说道：“耐哚慢慢交②用，对勿住，倪出局去。”既说便行。吴松桥举杯让客，周少和道：“吃仔酒晚歇勿好碰和，倒是吃饭罢。”松桥乃让赵朴斋道：“耐勿碰和，多吃两杯。”朴斋道：“我就吃两杯，耐（要勿）客气。”张小村道：“我来陪仔耐吃一杯末哉。”于是两人干杯对照。乃至赵朴斋吃得有些兴头，却值李鹤汀来了，大家起身，请他上坐。李鹤汀道：“我吃过哉。耐哚四家头阿曾碰歇和?”吴松桥指赵朴斋道：“俚勿会碰，等耐来里。”

周少和连声催饭。大家忙忙吃毕，揩把面，仍往亭子里来，

① 大菜——旧称西餐。
② 慢慢交——慢慢地。形容不要急。

却见靠窗那红木方桌已移在中央，四枝腊烛①点得雪亮，桌上一副乌木嵌牙麻雀牌和四分筹码，皆端正齐备。吴松桥请李鹤汀上场，同周少和、张小村拈阄②坐位。金姐把各人茶碗及高装糖果放在左右茶几上。李鹤汀叫拿票头来叫局。周少和便替他写，叫的是尚仁里杨媛媛。少和问："阿有啥人叫？"张小村说："倪勿叫哉。"吴松桥道："朴斋叫一个罢。"赵朴斋道："我勿碰和末，叫啥局嗄？"张小村道："阿要我搭耐合仔点？"李鹤汀道："合仔蛮好。"张小村道："写末哉，西棋盘街聚秀堂陆秀宝。"周少和一并写了，交与金姐。吴松桥道："让俚少合仔点罢，倘忙输得大仔好像难为情。"张小村道："合仔二分末哉。"赵朴斋道："二分要几花嗄？"周少和道："有限得势，输到十块洋钱碰满哉。"朴斋不好再说，却坐在张小村背后看他碰了一圈庄，丝毫不懂，自去榻床躺下吸烟。

一时，杨媛媛先来，陆秀宝随后并到。秀宝问赵朴斋道："坐来哚陆里嗄？"吴松桥道："耐就榻床浪去坐歇，俚要搭耐碰'对对和'。"陆秀宝坐在榻床前杌子上，杨家娒取出袋里水烟筒来装水烟。赵朴斋盘膝坐起，接了自吸。陆秀宝问道："耐阿碰和嗄？"朴斋道："我无拨洋钱，勿碰哉。"秀宝眼睛一瞟，冷笑道："耐个闲话是白说脱个宛，啥人来听耐嗄！"朴斋洋嘻嘻地道："勿听末就罢。"秀宝沉下脸来道："耐阿搭我拿戒指？"朴斋道："耐看我阿有工夫？"秀宝道："耐勿碰和，半日来哚做啥？"朴斋道："我末也有我事体，耐陆里晓得嗄。"秀宝又撅着嘴咕噜道："倪勿来，耐阿去拿嗄！"朴斋只嘻着嘴笑，不则一声。秀宝伸一个指头指定朴斋脸上道："只要耐晚歇勿拿得来末，我拿银

① 腊烛——当时石蜡制的烛都从国外进口，也叫洋烛。
② 阄（jiū）——抓阄儿时卷起或揉成团的纸片。

簪来戳烂耐口嘴，看耐阿吃得消！”朴斋笑道：“耐放心，我晚歇勿来末哉，（要勿）说得来怕人势势。”秀宝一听，急的问道：“啥人说教耐（要勿）来嗄？耐倒要说说看。”一面问个着落，一面咬紧牙关把朴斋腿膀狠命地摔一把，朴斋忍不住叫声“阿呀”。那台面上碰和的听了，异口同声呵呵一笑，秀宝赶紧放手。周少和叫金姐说道：“耐哚台子下头倒养一只呱呱啼来里，我明朝也要借一借哚！”大家听说，重笑一回，连杨媛媛也不禁笑了。陆秀宝恨得没法，只轻轻的骂：“短命！”赵朴斋侧着头，觑了觑，见秀宝水汪汪含着两眶眼泪，呆脸端坐，再不说话。朴斋想要安慰他，却没有什么可说的。忽见帘子缝里有人招手，叫：“杨家娒。”杨家娒随去问明，即复给朴斋装水烟，朴斋摇手不吸。杨家娒道：“倪要转局去，先去哉。”

秀宝却和杨家娒唧唧说了半晌。杨家娒转向朴斋道：“赵大少爷，耐只道仔秀宝要耐戒指，阿晓得俚哚无娒要说俚个碗？”秀宝接嘴道：“耐想碗，耐昨日末自家搭倪无碗说好仔，去打末哉，倪阿好搭倪无娒说，耐勿肯去打哉嗄？耐就勿去打也无啥，耐晚歇来搭倪无娒当面去说一声。阿听见？”朴斋怕人笑话，催促道：“耐去罢，晚歇再说。”秀宝也不好多话，扶着杨家娒肩膀去了。李鹤汀说道：“幺二浪倌人自有多花幺二浪功架。俚哚惯常仔，自家做出来也勿觉着哉。”杨媛媛嗔道：“关耐啥事嗄？要耐去说俚哚。”鹤汀微笑而罢。赵朴斋又惭又恼，且去看看张小村的筹码，倒赢了些，也自欢喜。正值四圈满庄，更调坐次，覆碰四圈。李鹤汀要吸口烟，叫杨媛媛替碰。杨媛媛接上去，也只碰了一圈，叫道：“也勿好，耐自家来碰罢。”鹤汀道：“耐碰下去末哉。”杨媛媛道：“蛮好牌，和勿出碗。”赵朴斋从旁窥探，见李鹤汀一堂筹码剩得有限。杨媛媛连碰一圈，恰好输完，定不肯再碰了。李鹤汀只得自己上场，向赢家周少和转了半堂筹码。杨媛媛也就辞去。

须臾碰毕，惟李鹤汀输家，输有一百余元。张小村也是赢的。赵朴斋应分得六元。周少和预约明日原班次场，问赵朴斋："阿高兴一淘来?"张小村拦道："俚勿会碰，(要勿)约哉。"周少和便不再言。吴松桥请李鹤汀吸烟。鹤汀道："勿吃哉，倪要去哉。"金姐忙道："等先生转来仔了啘。"鹤汀道："耐哚先生倒忙得势。"金姐道："今朝转仔五六个局哚。李大少爷，真真怠慢耐哚啘。"吴松桥笑说："(要勿)客气哉。"于是大家散场，一淘出兆贵里，方才分路各别。赵朴斋自和张小村同回宝善街悦来客栈。

第十三回终。

第十四回

单拆单单嫖明受侮　合上合合赌暗通谋

按：张小村、赵朴斋同行，至宝善街悦来客栈门首。朴斋道："我去一埭就来，耐等一歇。"小村笑而诺之，独自回栈。栈使开房点灯冲茶，小村自去铺设烟盘过瘾，吸不到两口烟，赵朴斋竟回来了。小村诧异得很，问其如何。朴斋叹口气道："（要勿）说起！"便将陆秀宝要打戒指一切情节仔细告诉小村，并说："我故歇去，就来里棋盘街浪望仔一望，望到俚房间里来哚摆酒，划拳，唱曲子，闹热得势。想来就是姓施个客人。"小村笑道："我看起来还有道理。耐想今朝一日天就有客人，阿是客人等好来哚？无拨实概凑巧啘。耐去上仔俚哚当水哉，姓施个客人末总也是上当水。耐想阿对？"

朴斋恍然大悟，从头想起，越想越像，悔恨不迭。小村道："难也（要勿）去说俚哉，以后耐（要勿）去仔末才是哉。我也正要搭耐说，我有一头生意来哚，就是十六铺朝南大生米行里，我明朝就要搬得去。我去仔，耐一干子住来里栈房里，终究勿是道理。最好末耐原转去，托朋友寻起生意来再说。勿然就搬到耐哚娘舅店里去，倒也省仔点房饭钱。耐说阿是？"朴斋寻思半晌，复叹口气道："耐生意倒有哉，我用脱仔多花洋钱，一点点勿曾做啥。"小村道："耐要来里上海寻生意，倒是难唿。就等到一年半载，也说勿定寻得着寻勿着。耐先要自家有主意，（要勿）隔两日用完仔洋钱，勿过去，拨来耐哚娘舅说，阿是无啥意思？"

朴斋寻思这话却也不差，乃问道：“耐哚碰和，一场输赢要几花嗄？”小村道：“要是牌勿好，输起来，就二三百洋钱也无啥稀奇嗄。”朴斋道：“耐输仔阿拨俚哚？”小村道：“输仔阿好勿拨嗄。”朴斋道：“陆里来几花洋钱去拨俚？”小村道：“耐勿晓得。来里上海场花，只要名气做得响末就好。耐看仔场面浪几个人，好像阔天阔地，其实搭倪也差勿多，不过名气响仔点。要是无拨仔名气，阿好做啥生意嗄？就算耐屋里向该好几花家当来里，也无用啘。耐看吴松桥，阿是个光身体？俚稍微有点名气末，二三千洋钱手里豁出豁进，无啥要紧。我是比勿得俚，价末要有啥用场，汇划庄浪去，四五百洋钱也拿仔就是。耐陆里晓得嗄！”朴斋道：“庄浪去拿仔末，原要还个啘。”小村道：“故末也要自家算计哉嗄。生意里借转点，碰着法①有啥进益，补凑补凑末还脱哉。”朴斋听他说来有理，仍是寻思不语。须臾各睡 。

次早十九日，朴斋醒来，见小村打叠起行李，叫栈使喊小车。朴斋忙起身相送，送至大门外，再三嘱托：“有啥生意，搭我吹嘘吹嘘。”小村满口应承。朴斋看小村押着小车去远，方回栈内。吃过中饭，正要去闲游散闷，只见聚秀堂的外场手持陆秀宝名片来请。朴斋赌气，把昨夜头一个局钱给他带回，外场哪里敢接。朴斋随手撂下，往外便走。外场只得收起，赶上朴斋，说些好话。朴斋只做不听见，自去四马路花雨楼顶上泡一碗茶，吃过四五开，也觉没甚意思，心想陆秀宝如此无情，倒不如原和王阿二混混，未始不妙。当下出花雨楼，朝南过打狗桥，径往法界新街尽头，认明王阿二门口，直上楼去，房间里不见一人。正在踌躇想要退下，不料一回身，王阿二蹑手蹑脚跟在后面，已到楼

① 碰着法——偶然、碰巧的机会。

门口了。喜的朴斋故意弯腰一瞧道："咦！耐阿是要来吓我？"王阿二站定，拍掌大笑道："我来哚间壁郭孝婆搭，看见耐低倒仔头只管走，我就晓得耐到倪搭来，跟来耐背后。看耐到仔房间里，东张张，西张张，我末来里好笑，要笑出来哉呀！"朴斋也笑道："我想勿到耐就来里我背后，倒一吓。"王阿二道："阿是耐勿看见？眼睛大得来。"

说话时，那老娘姨送上烟茶二事，见了朴斋笑道："赵先生，恭喜耐哉畹。"朴斋愕然道："我有啥喜嗄？"王阿二接嘴道："耐算瞒倪阿是，勿可账①倪倒才晓得个哉。"朴斋道："耐晓得啥喤？"王阿二不答，却转脸向老娘姨道："耐听俚，阿要惹人气！倒好像是倪要吃醋，瞒仔倪。"老娘姨呵呵笑道："赵先生，耐说末哉。倪搭勿比得堂子里，耐就去开仔十个苞也勿关倪啥事，阿怕倪二小姐搭俚哚去吃醋？倪倒有几几花花醋哚，也吃勿得陆里搭好畹。朴斋听说，方解其意，笑道："耐哚说陆秀宝，我只道仔耐哚说我有仔啥生意了恭喜我。"王阿二道："耐有生意无生意，倪陆里晓得嗄。"朴斋道："价末陆秀宝搭开苞，耐倒晓得哉。故是张先生来搭耐哚说个畹。"老娘姨道："张先生就搭耐来仔一埭，以后勿曾来歇。"王阿二道："张先生是勿来哉。我搭耐说仔罢，倪搭用好包打听来里，阿有啥勿晓得。"朴斋道："价末昨日夜头是啥人住来哚陆秀宝搭，耐阿晓得？"王阿二努起嘴来道："哪！是只狗哉嗄！"被朴斋一口啐道："我要是住来哚末，也勿来问耐哉畹！"王阿二冷笑道："（要勿）搭我瞎说哉！开苞客人住仔一夜天，就勿去哉，耐骗啥人嗄！"朴斋叹口气，也冷笑道："耐哚包打听阿是个聋甏②？教俚去喊个剃头司务拿耳朵来

---

① 勿可账——想不到，出人意料。

② 聋甏（lóngbèng）——聋子。

作作清爽，再去做包打听末哉。”王阿二听说，知道是真情了，忙即问道：“阿是耐昨日夜头勿来哚陆秀宝搭？”朴斋遂将陆秀宝如何倡议，如何受欺，如何变卦，如何绝交，前后大概略述一遍。那老娘姨插口说道：“赵先生，也要算耐有主意哚，倒拨来耐看穿哉。耐阿晓得，倌人开苞是俚哚堂子里口谈①啘，陆里有真个嗄，差勿多要三四转五六转哚。耐末豁脱仔洋钱，再去上俚哚当水，啥犯着嗄？”王阿二道：“早晓得耐要去上俚哚当水末，倪倒勿如也说是清倌人，只怕比仔陆秀宝要像点哚。”朴斋嘻嘻地笑道：“耐前门是勿像哉，我来搭耐开扇后门走走，便当点阿好？”王阿二也不禁笑道：“耐个人啊，拨两记耳光耐吃吃末好！”老娘姨随后说道：“赵先生，耐也自家勿好。耐要听仔张先生闲话，就来里倪搭走走，勿到别场花去末，倒也勿去上俚哚当水哉。像倪搭阿有啥当水来拨耐上嗄？”朴斋道：“别场花是我也无拨，陆秀宝搭勿去仔，就不过该搭来走走。前几日我心里要想来，为仔张先生，倘忙碰着仔，好像有点难为情。难是张先生搬得去哉，也勿要紧哉。”

王阿二忙即问道：“阿是张先生寻着仔生意哉？”朴斋遂又将张小村现住十六铺朝南大生米行里的话，备述一遍。那老娘姨又插口说道：“赵先生，耐忒啥胆小哉。（要勿）说啥张先生倪搭勿来，就算俚来仔碰着耐来里，也无啥要紧啘。有辰光倪搭客人合好仔三四个朋友一淘来，才是朋友，才是客人，俚哚也算闹热点好白相；耐看见仔要难为情杀哉！”王阿二道：“耐末真真是个铲头！张先生就是要打耐末，耐也打得过俚啘，怕俚啥嗄？要说是难为情，倪生意只好（要勿）做哉。”朴斋自觉惭愧，向榻床躺

① 口谈——口头禅，意为骗人话。

下，把王阿二装好的一口烟，拿过枪来，凑上灯去要吸，吸的不得法，焰腾腾烧起来了，王阿二在傍看着好笑。忽听得间壁郭孝婆高声叫："二小姐。"王阿二慌的令老娘姨去看："阿有啥人来哚！"老娘姨赶紧下楼。朴斋倒不在意，王阿二却抬头侧耳细细地去听。只听得老娘姨即在自己门前和人说话，说了半晌，不中用，复叫道："二小姐，耐下来嗄。"恨得王阿二咬咬牙，悄地咒骂两句，只得丢了朴斋。往下飞奔。

朴斋那口烟原没有吸到底，也就坐起来听是什么事。只听得王阿二走至半楼梯，先笑叫道："长大爷，我道是啥人！"接着咕咕唧唧更不知说些甚话，听不清楚。只听得老娘姨随后发急叫道："徐大爷，我搭耐说喤！"这一句还没有说完，不料楼梯上一阵脚声，早闯进两个长大汉子。一个尚是冷笑面孔，一个竟揎拳攘臂①，雄赳赳地据坐榻床，搭起烟枪，把烟盘乱搠，只嚷道："拿烟来！"王阿二忙上前赔笑道："娘姨来哚拿来哉。徐大爷(要勿)动气。"

朴斋见来意不善，虽是气不服，却是惹不得，便打闹里一溜烟走了，王阿二连送也不敢送。可巧老娘姨拿烟回来，在街相遇，一把拉住嘱咐道："日里向人多，耐夜头一点钟再来，倪等来里。"朴斋点头会意。

那时太阳渐渐下山。朴斋并不到栈房，胡乱在饭馆里吃了一顿饭，又去书场里听了一回书，捱过十二点钟，仍往王阿二家，果然畅情快意，一度春宵。明日午前回归栈房，栈使迎诉道："昨夜有个娘姨来寻仔耐好几埭哚。"朴斋知道是聚秀堂的杨家姆，立意不睬。唯恐今日再来纠缠，索性躲避为妙，一至饭后，

① 揎（xuān）拳攘（rǎng）臂——捋起袖子，露出胳膊。形容振奋或发怒的样子。

连忙出门，惘惘然不知所往。初从石路向北出大马路，既而进抛球场，兜了一个圈子，心下打算，毕竟到哪里去消遣消遣？忽想起吴松桥等碰和一局，且去孙素兰家问问何妨。因转弯过四马路，径往兆贵里孙素兰家，只向客堂里问：“吴大少爷阿来里？”外场回说：“勿曾来。”朴斋转身要走，适为娘姨金姐所见。因是前日一淘碰和的，乃明白告道：“阿是问吴大少爷？俚哚来里尚仁里杨媛媛搭碰和，耐去寻末哉。”朴斋听了出来，遂由兆贵里对过同庆里进去，便自直通尚仁里。当并寻着了杨媛媛的条子，欣然抠衣踵门，望见左边厢房里一桌碰和，迎面坐的正是张小村。朴斋隔窗招呼，踅进房里。张小村及吴松桥免不得寒暄两句，李鹤汀只说声“请坐”，周少和竟不理。赵朴斋站在吴松桥背后，静看一回，自觉没趣，讪讪告辞而去。

李鹤汀乃问吴松桥道：“俚阿做啥生意？”松桥道：“俚也出来白相相，无啥生意。”张小村道：“俚要寻点生意，耐阿有啥路道？”吴松桥嗤地笑道：“俚要做生意！耐看陆里一样生意末俚会做嗄？”大家一笑丢开。

比及碰完八圈，核算筹码，李鹤汀仍输百元之数。杨媛媛道：“耐倒会输哚，我勿曾听见耐赢歇啘。”吴松桥道：“碰和就输煞也勿要紧，只要牌九庄浪四五条统吃下来末，好哉啘。”周少和道：“吃花酒无啥趣势，倒勿如尤如意搭去翻翻本看。”李鹤汀微笑道：“尤如意搭，明朝去末哉。”张小村问道：“啥人请耐吃酒？”李鹤汀道：“就是黎篆鸿，勿然啥人高兴去吃花酒。俚也勿请啥人，单是我搭四家叔两家头。要拆仔俚冷台①，故是跳得来好白相煞哉！”吴松桥道：“老老头②倒高兴哚。”李鹤汀正色

① 拆冷台——把别人的热闹局面弄和冷冷清清。
② 老老头——指老年男子。

道："我说倒也是俚本事。耐想嗄，俚屋里末几花姨太太，外头末堂子里倌人，还有人家人，一塌括仔①算起来，差勿多几百哚！"周少和道："到底阿有几花现银子？"李鹤汀道："啥人去搭俚算嗄，连搭俚自家也有点模糊哉。要做起生意来，故末叫热昏搭仔邪，几千万做去看，阿有啥陶成！"大家听了，摇头吐舌，赞叹一番，也就陆续散去。

李鹤汀随意躺在榻床上，伸了个懒腰，打了个呵欠。杨媛媛问："阿要吃筒鸦片烟？"鹤汀说："（要勿）吃。昨日闹仔一夜天，今朝勿曾困醒，懒朴②得势。"媛媛道："昨日去输仔几花嗄？"鹤汀道："昨日还算好，连配仔两条就停哉，价末也输千把哚。"媛媛道："我劝耐少赌赌末哉。难为仔洋钱，还要糟蹋身体。耐要想翻本，我想俚哚人赢末倒拿仔进去哉，输仔勿见得再拿出来拨来耐哉啘。"鹤汀笑道："故是耐瞎说。先拿洋钱去买得来筹码，有筹码末总有洋钱来哚，阿有啥拿勿出？就怕翻本翻勿转，庄浪风头转仔点，俚哚倒勿打哉，赢勿动俚，无法仔！"媛媛道："原是啘。我说耐明朝要到尤如意搭去，算好仔几花输赢，索性再赌一场，翻得转末翻仔，翻勿转就气输仔罢哉。"鹤汀道："故末勿差。倘然翻勿转，我定规要戒赌哉。"媛媛道："耐能够戒脱仔勿赌，故是再好也勿有。就是要赌末，耐自家也留心点，像实概几万输下去，耐末倒也无啥要紧，别人听见仔阿要发极嗄？耐哚四老爷要问起倪来为啥勿劝劝倪，倪倒吃仔俚闲话，也只好勿响啘。"鹤汀道："故是无价事个，四老爷勿说我倒来说耐？"媛媛道："故歇说闲话个人多，倒说勿定啘。其实倪搭是耐自家高兴赌仔两场，闲人说起来，倒好像倪挑仔几花头钱哉。倪

---

① 一塌括子——全部；通通。

② 懒朴——懒惰没有精神。

堂子里勿是开啥赌场，也（要勿）挑啥头钱啘。”鹤汀道：“啥人来说耐嗄，耐自家来哚多心。”媛媛道：“难耐到尤如意搭去赌末哉，故末有啥闲话，也勿关倪事。”

说话时，鹤汀已自目饧①吻沥②，微笑不言，媛媛也就剪住了。当下鹤汀朦胧上来，径自睡去。媛媛知他欠困，并不声唤，亲自取一条绒毯替他悄地盖上。鹤汀直睡至上灯以后，娘姨盛姐搬夜饭进房，鹤汀听得碗响即又惊醒。杨媛媛问鹤汀道：“耐阿要先吃仔口，再去吃酒？”鹤汀一想，说道：“吃是倒吃勿落，点点也无啥。”盛姐道：“无拨啥小菜啘，我去教俚哚添两样。”鹤汀摇手道：“（要勿）去添，耐搭我盛一口口干饭好哉。”媛媛道：“俚乃喜欢糟蛋，耐去开仔个糟蛋罢。”盛姐答应，立刻齐备。鹤汀和媛媛同桌吃毕，恰值管家匡二从客栈里来，见鹤汀禀说：“四老爷吃酒去哉，教大少爷也早点去。”媛媛道：“等俚哚请客票头来仔了去，正好啘。”鹤汀道：“早点去吃仔，早点转去困觉哉。”媛媛道：“耐身向里有点勿舒齐末，原到倪搭来，比仔栈房里也适意点哚。”鹤汀道：“两日勿曾转去，四老爷好像有点勿放心，转去个好。”媛媛也无别语。李鹤汀乃叫匡二跟着，从杨媛媛家出门赴席。

第十四回终。

---

① 饧（xíng）——眼睛蒙眬，精神不振。

② 沥——液体一滴一滴地落下。

第 十 五 回

屠明珠出局公和里　李实夫开灯花雨楼

按：黎篆鸿毕竟在哪里吃酒？原来便是罗子富的老相好蒋月琴家。李鹤汀先已知道，带着匡二径往东公和里来。匡二抢上前去通报，大姐阿虎接着，打起帘子请进房里。李鹤汀看时，只有四老爷和一个帮闲门客，姓于，号老德的在座。四老爷乃是李鹤汀的嫡堂叔父，名叫李实夫。三人厮见，独有主人黎篆鸿未到。李鹤汀正要动问，于老德先诉说道："篆鸿来哚总办公馆里应酬，月琴也叫仔去哉。俚说教倪三家头先吃起来。"当下叫阿虎喊下去，摆台面，起手巾。适值蒋月琴出局回来，手中拿着四张局票，说道："黎大人来哚来哉，教耐哚多叫两个局，俚四个局末也搭俚去叫。"于老德乃去开局票，知道黎篆鸿高兴，径自首倡也叫了四个局。李鹤汀只得也叫四个，李实夫不肯助兴，只叫两个。发下局票，然后入席。

不多时，黎篆鸿到了，又拉了朱蔼人同来，相让就坐。黎篆鸿叫取局票来，请朱蔼人叫局。朱蔼人叫了林素芬、林翠芬姊妹两个。黎篆鸿说太少，定要叫足四个方罢。又问于老德："耐哚三家头叫仔几花局嗄？"于老德从实说了。黎篆鸿向李实夫一看道："耐啥也叫两个局哚。难为耐哉啘，要六块洋钱哚嗄，荒荒唐唐！"李实夫不好意思，也讪笑道："我无处去叫哉啘。"黎篆鸿道："耐也算是老白相啘，故歇叫个局就无拨哉。说出闲话来阿要无志气！"李实夫道："从前相好年纪忒大哉，叫得来做啥？"

黎篆鸿道："耐阿晓得？勿会白相末白相小，会白相倒要白相老；越是老末越是有白相。"李鹤汀听说，即道："我倒想着一个来里哉。"黎篆鸿遂叫送过笔砚去，请李鹤汀替李实夫写局票。李实夫留心去看，见李鹤汀写的是屠明珠，踌躇道："俚光景勿见得出局哉喤。"李鹤汀道："倪去叫，俚阿好意思勿来。"黎篆鸿拿局票来看，见李实夫仍只叫得三个局，乃皱眉道："我看耐要几花洋钱来放来哚箱子里做啥，阿是我面浪来做人家哉？"又怂恿李鹤汀道："耐再叫一个，也坍坍俚台，看俚阿有啥面孔！"李实夫只是讪笑。李鹤汀道："叫啥人喤？"想了一想，勉强添上个孙素兰。黎篆鸿自己复想起两个局来，也叫于老德添上，一并发下。

这一席原是双台，把两只方桌拼着摆的。宾主只有五位，座间宽绰得很，因此黎篆鸿叫倌人都靠台面与客人并坐。及至后来坐不下了，方排列在背后。总共廿二个倌人，连廿二个娘姨、大姐，密密层层挤了一屋子。于老德挨次数去，惟屠明珠未到。蒋月琴问："阿要去催？"李实夫忙说："（要勿）催，俚就勿来也无啥。"李鹤汀回头见孙素兰坐在身旁，因说道："借光耐绷绷场面。"孙素兰微笑道："（要勿）客气，耐也是照应倪碗。"杨媛媛和孙素兰也问答两句，李鹤汀更自喜欢。林素芬与妹子林翠芬和起琵琶商量合唱，朱蔼人揣度黎篆鸿意思，哪里有工夫听曲子，暗暗摇手止住。

黎篆鸿自己叫的局倒不理会，却看看这个，说说那个。及至屠明珠姗姗而来，黎篆鸿是认得的，又搭讪着问长问短，一时和屠明珠说起前十年长篇大套的老话来。李实夫凑趣说道："让俚转局过来阿好？"黎篆鸿道："转啥局嘎？耐叫来哚末一样好说说闲话个碗。"李实夫道："价末坐该搭来，说说闲话也近便点。"

黎篆鸿再要拦阻，屠明珠早立起身来，挪过坐位，紧靠在黎篆鸿肩下坐了。屠明珠的娘姨鲍二姐见机，随给黎篆鸿装水烟。黎篆鸿吸过一口，倒觉得不好意思的，便做意道："耐（要勿）来瞎巴结装水烟，晚歇四老太爷动仔气，吃起醋来，我老老头打勿过俚碗！"屠明珠格声笑道："黎大人放心。四老太爷要打耐末，我来帮耐末哉。"黎篆鸿也笑道："耐倒看中仔我三块洋钱哉，阿是?"屠明珠道："阿是耐勿舍得三块洋钱，连水烟才（要勿）吃哉? 鲍二姐拿得来，（要勿）拨俚吃！（要勿）难为仔俚三块洋钱，害俚一夜困勿着。"

那鲍二姐正装好一筒水烟给黎篆鸿吸，竟被屠明珠伸手接去，却忍不住掩口而笑。黎篆鸿道："耐哚来里欺瞒我老老头，阿怕罪过嗄? 要天打个喤！"屠明珠那筒烟正吸在嘴里，几乎呛出来，连忙喷了，笑道："耐哚看黎大人喤，要哭出来哉！哪，就拨耐吃仔筒罢。"随把水烟筒嘴凑到黎篆鸿嘴边。黎篆鸿伸颈张口，一气吸尽，喝声彩道："阿唷！鲜得来！"鲍二姐也失笑道："黎大人倒有白相哚。"于老德向屠明珠道："耐也上仔黎大人当水哉！水烟末吃仔，三块洋钱勿着杠①嗄。"黎篆鸿拍手叹道："拨来耐哚说穿仔末，倒勿好意思再吃一筒哉碗！"说的合席笑声不绝。

蒋月琴掩在一旁，插不上去，见朱蔼人抽身出席，向榻床躺下吸鸦片烟。蒋月琴趁空，因过去低声问朱蔼人道："阿看见罗老爷?"朱蔼人道："我有三四日勿看见哉。"蒋月琴道："罗老爷倪搭开销仔，勿来哉呀。耐哚阿晓得?"朱蔼人问："为啥?"蒋月琴道："故末也是上海滩浪一桩笑话，为仔黄翠凤勿许俚来，

① 勿着杠——落空。

俚勿敢来哉。倪从小来里堂子里做生意，倒勿曾听见歇像罗老爷个客人。”朱蔼人道：“阿有价事嗄？”蒋月琴道：“俚教汤老爷来开销，汤老爷搭倪说个啘。”朱蔼人道：“耐哚阿曾去请俚？”蒋月琴道：“倪是随便俚末哉，来也罢勿来也罢。倪搭说勿做末也做仔四五年哚，俚乃多花脾气，倪也摸着点个哉。俚搭黄翠凤来哚要好辰光，倪去请俚也请勿到，倒好像是搭俚打岔，倪索性勿去请。朱老爷耐看来哚，看俚做黄翠凤阿做得到四五年。到个辰光俚原要到倪搭来哉，也用勿着倪去请俚哉。”朱蔼人听言察理，倒觉得蒋月琴很有意思，再要问她底细，只听得台面上连声请朱老爷，朱蔼人只得归席。原来黎篆鸿叫屠明珠打个通关，李实夫、李鹤汀、于老德三人都已打过，挨着朱蔼人划拳。朱蔼人豁过之后，屠明珠的通关已毕。当下会划拳的倌人争先出手，请教划拳，这里也要豁，那里也要豁，一时袖舞钏鸣，灯摇花颤，听不清是“五魁”“八马”，看不出是“对手”“平拳”。闹得黎篆鸿烦躁起来，因叫干稀饭：“倪要吃饭哉。”倌人听说吃饭，方才罢休，渐渐各散。惟屠明珠迥不犹人，直等到吃过饭始去。

李鹤汀要早些睡，一至席终，和李实夫告辞先走，匡二跟了，径回石路长安客栈。到了房里，李实夫自向床上点灯吸烟。李鹤汀令匡二铺床。实夫诧异，问道：“杨媛媛搭啥勿去哉嗄？”鹤汀说：“勿去哉。”实夫道：“耐（要勿）为仔我来里，倒白相来勿舒齐，耐去末哉啘。”鹤汀道：“我昨日一夜天勿曾困，今朝要早点困觉哉。”实夫嘿然半晌，慢慢说道：“夷场浪赌是赌勿得个嗄。耐要赌末，转去到乡下去赌。”鹤汀道：“赌是也勿曾赌歇，就来哚堂子里碰仔几场和。”实夫道：“碰和是勿好算赌；只要勿赌，（要勿）去闯出啥穷祸来。”鹤汀不便接说下去，径自宽

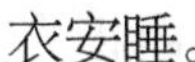

衣安睡。

实夫叫匡二把烟斗里烟灰出了。匡二一面低头挖灰，一面笑问："四老爷叫来哚个老倌人，名字叫啥?"实夫说："叫屠明珠，耐看阿好?"匡二笑而不言。实夫道："啥勿响嗄？勿好末，也说末哉畹。"匡二道："倪看仔无啥好。就不过黎大人末，倒抚牢仔当俚宝贝。四老爷，难下转（要勿）去叫俚哉，落得让拨来黎大人仔罢。"实夫听说，不禁一笑。匡二也笑道："四老爷，耐看俚阿好嗄？门前一路头发末才沓光个哉，嘴里牙齿也剩勿多几个，连面孔才咽仔进去哉。俚搭黎大人来哚说闲话，笑起来阿要难看！一只嘴张开仔，面孔浪皮才牵仔拢去，好像镶仔一埭水浪边。倪倒搭俚有点难为情，也亏俚做得出多花神妖鬼怪！拿面镜子来教俚自家去照照看，阿相像嗄!"实夫大笑道："今朝屠明珠真真倒仔满哉！耐勿晓得，俚名气倒响得野哚，手里也有两万洋钱，推扳点客人还来哚拍俚马屁哉。"匡二道："要是倪做仔客人，就算是屠明珠倒贴末，老实说，勿高兴。倒是黎大人吃酒个场花，阿是叫蒋月琴，倒还老实点。粉也勿曾拍，着仔一件月白竹布衫，头浪一点点勿插啥，年纪比仔屠明珠也差勿多哉嗄。好是无啥好，不过清清爽爽，倒像是个娘姨。"实夫道："也算耐眼睛光勿推扳。耐说俚像个娘姨，俚是衣裳头面多得来多勿过哉，为此着末也勿着，戴末也勿戴。耐看俚帽子浪一粒包头珠有几花大，要五百块洋钱哚!"匡二道："倒勿懂俚哚陆里来几花洋钱?"实夫道："才是客人去送拨俚哚个畹。就像今夜头一歇歇工夫末，也百把洋钱哉。黎大人是勿要紧，倪末叫冤枉煞哚，两家头难为廿几块。难下转俚要请倪去吃花酒，我勿去，让大少爷一干仔去末哉。"匡二道："四老爷末再要说笑话哉。到仔埭上海白相相，该应用脱两钱。要是无拨末叫无法子，像四老爷，就年势间里多下来用用末也用勿完碗。”实夫道：“勿是我做人家①，要白相末陆里勿好白相，做啥长三书寓呢？阿是长三书寓名气好听点，真真是铲头客人。”说得匡二格声笑了。不料鹤汀没有睡熟，也在被窝里发笑。实夫听得鹤汀笑，乃道：“我说个闲话，耐哚陆里听得进？怪勿得耐要笑起来哉。就像耐杨媛媛，也是挡角色碗，夷场浪倒是有点名气哚。”鹤汀一心要睡，不去接嘴。匡二出毕烟灰，送上烟斗，退出外间。实夫吸足烟瘾，收起烟盘，也就睡了。

这李实夫虽说吸烟，却限定每日八点钟起身，倒是李鹤汀早晚无定。那日廿一日，实夫独自一个在房里吃过午饭，见鹤汀睡得津津有味，并不叫唤，但吩咐匡二：“留心伺候，我到花雨楼去。”说罢出门，往四马路而来。相近尚仁里门口，忽听得有人叫声“实翁”。实夫抬头看，是朱蔼人从尚仁里出来，彼此厮见。朱蔼人道：“正要来奉邀。今夜头请黎篆鸿吃局，就借屠明珠搭摆摆台面，俚房间也宽势点。原是倪五家头。借重光陪，千乞勿却。”实夫道：“我谢谢哉嗄，晚歇教舍侄来奉陪。”朱蔼人沉吟道：“勿然也勿敢有屈，好像人忒少。阿可以赏光？”实夫不好峻辞，含糊应诺，朱蔼人拱手别去。实夫才往花雨楼，进门登楼，径至第三层顶上看时，恰是上市辰光，外边茶桌，里边烟榻，撑得堂子都满满的。有个堂倌认得实夫，知道他要开灯，当即招呼进去说：“空来里哉。”实夫见当中正面榻上烟客在那里会帐洗脸。实夫向下手坐下，等那烟客出去，堂倌收拾干净，然后调过上手来。

一转眼间，吃茶的，吸烟的，越发多了，乱烘烘像潮涌一

---

① 做人家——节省，节约。引申为吝啬。

般，哪里还有空座儿。并夹着些小买卖，吃的，耍的，杂用的，手里抬着，肩上搭着，胸前揣着，在人丛中钻出钻进兜圈子。实夫皆不在意，但留心要看野鸡。这花雨楼原是打野鸡绝大围场，逐队成群，不计其数，说笑话，寻开心，做出许多丑态。实夫看不入眼，吸了两口烟，盘膝坐起，堂倌送上热手巾，揩过手面，取水烟筒来吸着。只见一只野鸡，约有十六七岁，脸上拍的粉有一搭没一搭。脖子里乌沉沉一层油腻，不知在某年某月积下来的。身穿一件膏荷苏线棉袄，大襟上油透一块，倒变做茶青色了。手中拎的湖色熟罗手帕子，还算新鲜，怕人不看见，一路尽着甩了进来。实夫看了，不觉一笑。那野鸡只道实夫有情于她，一直踅到面前站住，不转眼地看定实夫，只等搭腔上来，便当乘间躺下。谁知恭候多时，毫无意思，没奈何回身要走。却值堂倌跷起一只腿，靠在屏门口照顾烟客，那野鸡遂和堂倌说闲话。不知堂倌说了些什么，挑拨得那野鸡又是笑，又是骂，又将手帕子往堂倌脸上甩来。堂倌慌忙仰后倒退，猛可里和一个贩洋广京货的顺势一撞，只听得“豁琅”一声响。众人攒拢去看，早把一盘子零星拉杂的东西撒得满地乱滚。那野鸡见不是事，已一溜烟走了。

恰好有两个大姐勾肩搭背趔趄而来，嘴里只顾嘻嘻哈哈说笑，不提防脚下踹着一面玻镜子。这个急了，提起脚来狠命一挣，挣过去。那个站不稳，也是一脚，把个寒暑表踹得粉碎。谅这等小买卖如何吃亏得起，自然要两个大姐赔偿。两个大姐偏不服道：“耐为啥突来哚地浪嘎？”两下里争执一说，几几乎嚷闹起来。堂倌没法，乃喝道：“去罢去罢，（要勿）响哉！”两个大姐方咕哝走开。堂倌向身边掏出一角小洋钱给与那小买卖的。小买卖的不敢再说，检点自去。气的堂倌没口子胡咒乱骂。实夫笑而慰藉之，乃止。

接着有个老婆子，扶墙摸壁，迤逦①近前，挤紧眼睛只瞧烟客，瞧到实夫，见是单挡，竟瞧住了。实夫不解其故，只见老婆子嗫嚅半晌道："阿要去白相相?"实夫方知是拉皮条的，笑置不理。堂倌提着水铫子要来冲茶，憎那老婆子挡在面前，白瞪着眼，咳的一声，吓得老婆子低首无言而去。

实夫复吸了两口烟，把象牙烟盒卷得精光。约摸那时有五点钟光景，里外吃客清了好些，连那许多野鸡都不知飞落何处，于是实夫叫堂倌收枪，摸块洋钱照例写票，另加小账一角。堂倌自去交账，喊下手打面水来。实夫洗了两把，耸身卓立，整理衣襟，只等取票子来便走。忽然又见一只野鸡款款飞来。兀的竟把实夫魂灵勾住。

第十五回终。

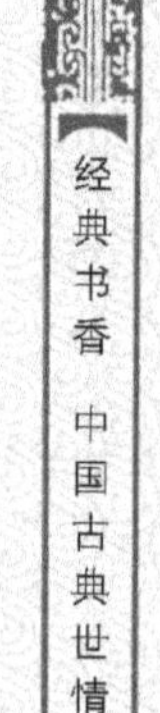

① 迤逦（yǐ lǐ）——曲折连绵。

第十六回

种果毒[1]大户揭便宜[2] 打花和小娘陪消遣

按：李实夫见那野鸡只穿一件月白竹布衫，外罩玄色绉心缎镶马甲，后面跟着个老娘姨，缓缓踅至屏门前，朝里望望，即便站住。实夫近前看时，亮晶晶的一张脸，水汪汪的两只眼，着实有些动情。正要搭讪上去，适值堂倌交账回来，老娘姨迎着问道："陈个阿曾来？"堂倌道："勿曾来啘，好几日勿来哉。"老娘姨没甚说话，讪讪的挈了野鸡往前轩去，靠着栏杆看四马路往来马车。

实夫问堂倌道："阿晓得俚名字叫啥？"堂倌道："俚叫诸十全，就来里倪隔壁。"实夫道："倒像是个人家人[3]。"堂倌道："耐末总喜欢人家人，阿去坐歇白相相？"实夫微笑摇头。堂倌道："故也无啥要紧，中意末走走，勿中意豁脱块洋钱好哉。"实夫只笑不答。堂倌揣度实夫意思是了，赶将手中揩擦的烟灯丢下，走出屏门外招手儿叫老娘姨过来，与她附耳说了许多话。老娘姨便笑嘻嘻进来，向实夫问了尊姓，随说："一淘去哉啘。"实夫听说，便不自在。堂倌先已觉着，说道："耐哚先去等来哚弄

---

① 果毒——即梅毒，也叫杨梅疮。

② 揭便宜——因物品价廉而购买。吴语暗中调戏妇女也叫"揭便宜"。

③ 人家人——有主（丈夫）的正派家庭妇女，区别于妓女、艺人等。

堂口末哉，一淘去末算啥嘎。”娘姨忙接道：“价末李老爷就来啘，倪来里大兴里等耐。”实夫乃点点头。娘姨回身要走，堂倌又叫住叮嘱道：“难末文静点，俚哚是长三书寓里惯常哚个，（要勿）做出啥话靶①戏来！”娘姨笑道：“晓得个哉，阿用得着耐来说。”说着，急至前轩挈了诸十全下楼先走。

实夫收了烟票，随后出了花雨楼，从四马路朝西，一直至大兴里，远远望见老娘姨真个站在弄口等候。比及实夫近前，娘姨方转身进弄，实夫跟着，至弄内转弯处，推开两扇石库门，让实夫进去。实夫看时，是一幢极高爽的楼房。那诸十全正靠在楼窗口打探，见实夫进门倒慌地退去。实夫上楼进房，诸十全羞羞怯怯地敬了瓜子，默然归坐。等到娘姨送上茶碗，点上烟灯，诸十全方横在榻床上替实夫装烟。实夫即去下手躺下，娘姨搭讪两句，也就退去。实夫一面看诸十全烧烟，一面想些闲话来说。说起那老娘姨，诸十全赶着叫“无娒”，原来即是她娘，有名唤做诸三姐。一会儿，诸三姐又上来点洋灯，把玻璃窗关好，随说：“李老爷就该搭用夜饭罢。”实夫一想，若回栈房，朱蔼人必来邀请，不如躲避为妙，乃点了两只小碗，摸块洋钱叫去聚丰园去叫。诸三姐随口客气一句，接了洋钱，自去叫菜。

须臾，搬上楼来，却又添了四只荤碟。诸三姐将两副杯筷对面安放，笑说：“十全来陪陪李老爷啘。”诸十全听说，方过来筛了一杯酒，向对面坐下。实夫拿酒壶来也要给她筛。诸十全推说：“勿会吃。”诸三姐道：“耐也吃一杯末哉，李老爷勿要紧个。”正要擎杯举筷，忽听得楼下声响，有人推门进来。诸三姐

① 话靶——即话柄。话靶戏，闹笑话的意思。

慌地下去，招呼那人到厨下说话，随后又喊诸十全下去。实夫只道有甚客人，悄悄至楼门口去窃听，约摸那人是花雨楼堂倌声音，便不理会，仍自归坐饮酒。接连干了五六杯，方见诸三姐与诸十全上楼。花雨楼堂倌也跟着来见实夫。实夫让他吃杯酒，堂倌道："倪吃哉，耐请用罢。"诸三姐叫他坐也不坐，站了一会，说声"明朝会"，自去了。诸十全又殷殷勤勤劝了几杯酒。实夫觉有醺意，遂叫盛饭。诸十全陪着吃毕，诸三姐绞上手巾，自收拾了往厨下去。诸十全仍与实夫装烟，实夫与她说话，十句中不过答应三四句，却也很有意思。及至实夫过足了瘾，身边摸出表来一看，已是十点多钟，遂把两块洋钱丢在烟盘中，立起身来。诸十全忙问："做啥?"实夫道："倪要去哉。"诸十全道："（要勿）去喤。"

实夫已自走出房门。慌地诸十全赶上去，一手拉住实夫衣襟，口中却喊："无娒，快点来嘎!"诸三姐听唤，也慌的跑上楼梯拉住实夫道："倪该搭清清爽爽，啥勿好耐要去嘎?"实夫道："我明朝再来。"诸三姐道："耐明朝来末，今夜头就（要勿）去哉畹。"实夫道："（要勿），我明朝定规来末哉。"诸三姐道："价末再坐歇畹，啥要紧嘎?"实夫道："天勿早哉，明朝会罢。"说着下楼。诸三姐恐怕决撒，不好强留，连道："李老爷，明朝要来个嘎。"诸十全只说得一声"明朝来"。

实夫随口答应，暗中出了大兴里，径回石路长安客栈。恰好匡二同时回栈，一见实夫，即道："四老爷到仔陆里去哉嘎?阿唷!今夜头是闹热得来，朱老爷叫仔一班毛儿戏①，黎大人也去

---

① 毛儿戏——指旧时全由女演员组成的戏班。

叫一班，教倪大少爷也叫一班。上海滩浪通共三班毛儿戏，才叫得来哉，有百十个人哚嗄。推扳点房子才要压坍哉！四老爷为啥勿来嗄?”实夫微笑不答，却问：“大少爷嗄?”匡二道：“大少爷是要紧到尤如意搭去，酒也勿曾吃，散下来就去哉。”实夫早就猜着几分，却也不说，自吸了烟，安睡无话。明日饭后仍至花雨楼顶上。那时天色尚早，烟客还清。堂倌闲着无事，便给实夫烧烟，因说起诸十全来。堂倌道：“俚哚一径勿出来，就到仔今年了坎坎做个生意。人是阿有啥说嗄，就不过应酬推扳点，耐喜欢人家人末倒也无啥。”实夫点点头。方吸过两口烟，烟客已络绎而来，堂倌自去照顾。

实夫坐起来吸水烟，只见昨日那挤紧眼睛的老婆子又摸索来了，摸到实夫对面榻上，正有三人吸烟。那老婆子即迷花笑眼说道：“咦，长大爷，二小姐来里牵记耐呀，说耐为啥勿来，教我来张张。耐倒刚巧来里。”实夫看那三人，都穿着青蓝布长衫，玄色绸马甲，大约是仆隶一流人物。那老婆子只管唠叨，三人也不大理会。老婆子即道：“长大爷晚歇要来个哚，各位一淘请过来。”说了自摸索而去。老婆子去后，诸三姐也来了，却没有挈诸十全。见了实夫，即说：“李老爷，倪搭去啘。”实夫有些不耐烦，急向她道：“我晚歇来，耐先去。”诸三姐会意，慌忙走开，还兜了一个圈子乃去。实夫直至五点多钟方吸完烟，出了花雨楼，仍往大兴里诸十全家去便夜饭。这回却熟落了许多，与诸十全谈谈讲讲，甚是投机。至于颠鸾倒凤，美满恩情，大都不用细说。

比及次日清晨，李实夫于睡梦中隐约听得饮泣之声，张眼看时，只见诸十全面向里床睡着，自在那里呜呜咽咽地哭。实夫猛吃一了惊，忙问："做啥？"连问几声，诸十全只不答应。实夫乃披衣坐起，乱想胡思，不解何故，仍伏下身去，脸偎脸问道："阿是我得罪仔耐了动气？阿是嫌我老，勿情愿？"诸十全都摇摇手。实夫皱眉道："价末为啥？耐说说看嗄。"又连问了几声，诸十全方答一句道："勿关耐事。"实夫道："就勿关我事末，耐也说说看。"诸十全仍不肯说。实夫无可如何，且自着衣下床，楼下诸三姐听得，舀上脸水，点了烟灯。实夫一面洗脸，却叫住诸三姐，盘问诸十全缘何啼哭。诸三姐先叹一口气，乃道："怪是也怪勿得俚。耐李老爷陆里晓得，我从养仔俚养到仔十八岁，一径勿舍得教俚做生意。旧年嫁仔个家主公，是个虹口银楼里小开①，家里还算过得去，夫妻也蛮好，阿是总算好个哉了？陆里晓得今年正月里碰着一桩事体出来，故歇原要俚做生意。李老爷，耐想俚阿要怨气？"实夫道："啥个事体嗄？"诸三姐道："（要勿）说起，就说末也是白说，倒去坍俚家主公②个台。阿是（要勿）说个好。"说时，实夫已洗毕脸，诸三姐接了脸水下楼。实夫被她说得忐忑鹘突，却向榻床躺下吸烟，细细猜度。

一会儿，诸三姐又来问点心。实夫因复问道："到底为啥事体？耐说出来，倘忙我能够帮帮俚也勿晓得。耐说说看嗄。"诸三姐道："李老爷，耐倘然肯帮帮俚，倒也赛过做好事。不过倪勿好意思搭耐说，搭耐说仔倒好像是倪来拆耐李老爷梢。"实夫焦躁道："耐（要勿）实概嗄，有闲话爽爽气气说出来末哉。"诸三姐又叹了一口气，方从头诉道："说起来，总是俚自家运气勿

---

① 小开——小老板、店主。

② 家主公——丈夫。

好。为仔正月里倌到娘舅家去吃喜酒，倌家主公末要场面，拨倌带仔一副头面转来，夜头放来哚枕头边，到明朝起来辰光说是无拨哉呀。难末害仔几花人四处八方去瞎寻一泡，陆里寻得着嘎。娘舅哚末吓得来要死，说寻勿着是只好吃生鸦片烟哉。倌家主公屋里还有爷娘来哚，转去末拿啥来交代嘎？真真无法子想哉。难末说勿如让倌出来做做生意看，倘忙碰着个好客人，看倌命苦，肯搭倌包瞒仔该桩事体，要救到七八条性命哚。我也无拨啥主意哉，只好等倌去做生意。李老爷，耐想倌家主公屋里也算过得去，夫妻也蛮好，勿然啥犯着吃到仔该碗把势饭嘎？”

那诸十全睡在床上，听诸三姐说，更加哀哀地哭出声来。实夫搔耳抓腮，无法可劝。诸三姐又道：“李老爷，故歇做生意也难，就是长三书寓，一节做下来差勿多也不过三四百洋钱生意。一个新出来人家人，生来勿比得倌哚，要撑起一副头面来，耐说阿容易？倌有辰光搭我说说闲话，说到仔做生意末，就哭。倌说生意做勿好，倒勿如死仔歇作①，阿有啥好日脚等出来！”实夫道：“年纪轻轻说啥死嘎，事体末慢慢交商量，总有法子好想。耐去劝劝倌，教倌（要勿）哭嘎。”诸三姐听说，乃爬上床去向诸十全耳朵边轻轻说了些什么。诸十全哭声渐住，着衣起身。诸三姐方下床来，却笑道：“倌出来头一户客人就碰着仔耐李老爷，倌命里总还勿该应就死，赛过一个救星来救仔倌。李老爷阿对？”

实夫俯首沉吟，一语不发。诸三姐忽想起道：“啊呀！说说闲话倒忘记哉，李老爷吃啥点心？我去买。”实夫道：“买两个团子末哉。”诸三姐慌的就去。

---

① 歇作——完结。

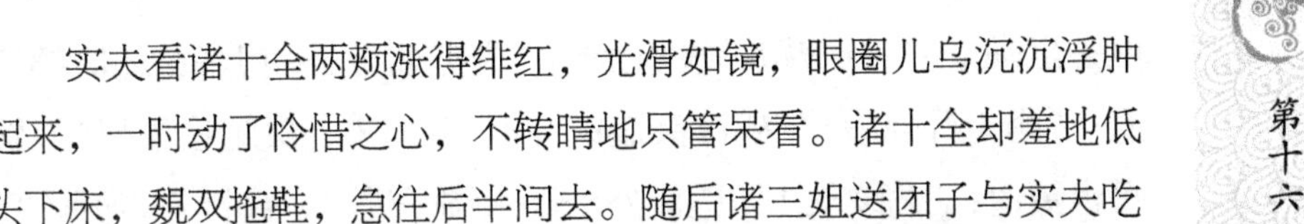

实夫看诸十全两颊涨得绯红，光滑如镜，眼圈儿乌沉沉浮肿起来，一时动了怜惜之心，不转睛地只管呆看。诸十全却羞地低头下床，靸双拖鞋，急往后半间去。随后诸三姐送团子与实夫吃了，诸十全也归房洗脸梳头。实夫复吸两口烟，起身拿马褂来着，向袋里掏出五块洋钱放在烟盘里。诸三姐问道："阿是耐要去哉?"实夫说："去哉。"诸三姐道："阿是耐去仔勿来哉?"实夫道："啥人说勿来。"诸三姐道："价末啥要紧嗄?"即取烟盘里五块洋钱仍塞在马褂袋里。实夫怔了一怔，问道："耐要我办副头面?"诸三姐笑道："勿是呀！倪有仔洋钱，倘忙用脱仔凑勿齐哉，放来哚李老爷搭末一样个啘。隔两日一淘拨来倪，阿对?"实夫始点点头说"好"。诸十全叮嘱道："耐晚歇要来个嗄。"实夫也答应了，着好马褂，下楼出门，回至石路长安栈中。不料李鹤汀先已回来，见了实夫，不禁一笑。实夫倒不好意思的。匡二也笑嘻嘻呈上一张请帖，实夫看是姚季莼当晚请至尚仁里卫霞仙家吃酒的。鹤汀问："阿去?"实夫道："耐去罢，我勿去哉。"

须臾，栈使搬中饭来，叔侄二人吃毕。李实夫自往花雨楼去吸烟。李鹤汀却往尚仁里杨媛媛家来，到了房里，只见娘姨盛姐正在靠窗桌上梳头，杨媛媛睡在床上，尚未起身。鹤汀过去揭开帐子，正要伸手去摸，杨媛媛已自惊醒，翻转身来，揣住鹤汀的手。鹤汀即向床沿坐下。杨媛媛问道："昨夜赌到仔啥辰光?"鹤汀道："今朝九点钟坎坎散，我是一径勿曾困歇。"媛媛道："阿赢嗄?"鹤汀说："输个。"媛媛道："耐也好哉！一径勿曾听见耐赢歇，再要搭俚哚去赌。"鹤汀道："（要勿）说哉。耐快点起来，倪去坐马车。”杨媛媛乃披衣坐起，先把捆身子①钮好，却憎鹤汀道：“耐走开点嘎！”鹤汀笑道：“我坐来里末，关耐啥事嘎？”媛媛也笑道：“倪勿要！”适值外场提水铫子进来，鹤汀方走开，自去点了烟灯吸烟。盛姐梳头已毕，忙着加茶碗，绞手巾。比及杨媛媛梳头吃饭，诸事舒齐，那天色忽阴阴的像要下雨。杨媛媛道：“马车（要勿）去坐哉，耐困歇罢。”鹤汀摇摇头。盛姐道：“倪来挖花，大少爷阿高兴？”鹤汀道：“好个，再有啥人？”杨媛媛道：“楼浪赵桂林也蛮喜欢挖花。”盛姐连忙去请，赵桂林即时与盛姐同下楼来。杨媛媛笑向鹤汀道：“听见仔挖花，就忙杀个跑得来，怪勿得耐去输脱仔两三万原起劲杀！”赵桂林把杨媛媛拍了一下，笑道：“耐说起来末倒就像个！”

鹤汀看那赵桂林，约有廿五六岁，满面烟容，又黄又瘦。赵桂林也随口与鹤汀搭讪两句。盛姐已将桌子掇开，取出竹牌牙筹。李鹤汀、杨媛媛、赵桂林、盛姐四人搬位就坐，掳起牌来。鹤汀见赵桂林右手两指黑得像煤炭一般，知道她烟瘾不小，心想如此倌人还有何等客人去做她。哪知碰到四圈，赵桂林适有客人来，接着卫霞仙家也要票头来请鹤汀。大家便说：“（要勿）碰哉。”一数筹码，鹤汀倒是赢的。杨媛媛笑道：“耐去输仔两三万，来赢倪两三块洋钱，阿要讨气②。”鹤汀也自好笑。赵桂林自上楼去，盛姐收拾干净。

鹤汀见外场点上洋灯，方往卫霞仙家赴宴。踅到门首，恰好朱蔼人从那边过来相遇，便一同登楼进房。姚季莼迎见让坐，卫

① 捆身子——这里指女性贴身内衣，专用于束胸。
② 讨气——惹人生气，令人厌烦。

霞仙敬过瓜子。李鹤汀向姚季莼说："四家叔末谢谢哉。"朱蔼人也道："陶家弟兄说上坟去，也勿来哉。"姚季莼道："人忒少哉啘。"当下又去写了两张请客票头，交与大姐阿巧。阿巧带下楼去给账房看。账房念道："公阳里周双珠家请洪老爷。"正要念那一张，不料朱蔼人的管家张寿坐在一边听得，忽抢出来道："洪老爷我去请末哉。"劈手接了票头，径自去了。

第十六回终。

第十七回

别有心肠私讥老母　将何面目重责贤甥

按：张寿接了请客票头，径往公阳里周双珠家。趱进大门，只见阿德保正跷起脚坐在客堂里，嘴里衔一支旱烟筒。张寿只得上前，将票头放在桌上说："请洪老爷。"阿德保也不去看票头，只说道："勿来里，放来里末哉。"张寿只得退出。阿德保又冷笑两声，响说道："故歇也新行出来，堂子里相帮用勿着个哉！"张寿只做不听见，低头急走。刚至公阳里弄口，劈面遇着洪善卿。张寿忙站过一旁，禀明姚老爷请。洪善卿点头答应，张寿乃自去了。

洪善卿仍先到周双珠家，在客堂里要票头来看过，然后上楼。只见老鸨周兰正在房里与周双珠对坐说话，善卿进去，周兰叫声"洪老爷"，即起身向双珠道："还是耐去说俚两声，俚还听点。"说着自往楼下去了。善卿问双珠："耐无娒来里说啥？"双珠道："说双玉有点勿适意。"善卿道："价末教耐去说俚两声，说啥嗄？"双珠道："就为仔双宝多说多话。双宝也是勿好，要争气争勿来，再要装体面。碰着个双玉嗄，一点点推扳勿起，两家头并仔堆末，弄勿好哉。"善卿道："双宝装啥体面？"双珠道："双宝来哚说：'双玉无拨银水烟筒末，我房里拿得去拨来俚；就是俚出局衣裳，我也着过歇个哉。'刚刚拨来双玉听见仔，衣裳也（要勿）着哉，银水烟筒也勿要哉，今朝一日天困来哚床浪勿起来，说是勿适意。难末无娒拿双宝来反仔一泡①，再要我去劝

① 一泡——方言。一场；一阵。

劝双玉，教俚起来。”善卿道：“耐去劝俚末说啥嗄？”双珠道：“我也勿高兴去劝俚。我看仔双玉倒讨气。耐不过多仔几个局，一歇海外得来，拿双宝来要打要骂，倒好像是俚该来哚个讨人！”善卿道：“双玉也是厉害点。耐幸亏勿是讨人，勿然俚也要看勿起耐哉。”双珠道：“俚搭我倒十二分要好。我说俚啥，俚总答应我，倒比仔无娒说个灵。”

正说着，只听得楼下阿德保喊道：“双玉先生出局。”楼上巧囡在对过房里接应道：“来个。”善卿便向双珠道：“用勿着耐去劝俚哉，俚要出局去，也只好起来。”双珠道：“我说俚勿起来末等俚歇，抵拼俚勿做生意末哉。故歇做清倌人，顺仔俚性子，隔两日才是俚世界哉碗！”道言未了，忽听得楼下周兰连说带骂，直骂到周双宝房间里，便劈劈啪啪一阵声响，接着周双宝哀哀地哭起来，知道是周兰把双宝打了一顿。双珠道：“倪无娒也勿公道，要打末双玉也该应打一顿。双玉稍微生意好仔点，就稀奇煞仔，生意勿好末能概苦嗄。”善卿正要说时，适见巧囡从对过房里走来。双珠即问道：“反过仔一泡哉碗，为啥再打起来嗄？”巧囡低声道：“双玉出局勿肯去呀。三先生去说说嗄，让俚去仔末好哉。”双珠冷笑两声，仍坐着不动身。善卿忽立起来道：“我去劝俚，俚定归去。”即时踅时周双玉房间里，只见双玉睡在大床上，床前点一盏长颈灯台，暗昏昏的。善卿笑嘻嘻搭讪道：“阿是耐有点勿适意？”双玉免不得叫声“洪老爷。”善卿便过去向床沿坐下，问道：“我听见耐要出局去碗？”双玉道：“为仔勿适意，勿去哉。”善卿道：“耐来里勿适意是（要勿）去个好。不过耐勿去末，耐无娒也无啥法子，只好教双宝去代局；教双宝去代局，勿如原是耐自家去。我说阿对？”双玉一听双宝代局，心里自是发急，想了想道：“洪老爷说得勿差，我去末哉。”说着，已坐起来，善卿也自喜欢，忙喊巧囡过来点灯收拾。

善卿仍至双珠房里，把双玉肯去的话诉与双珠。双珠也道：“说得好。”正值阿金搬夜饭来，摆在当中间方桌上。善卿道：“耐也吃饭罢，舒齐仔末也好出局去哉。”双珠道：“耐阿要吃仔口了去吃酒？”善卿道：“我先去哉，（要勿）吃。”双珠道：“耐就来叫末哉。倪吃仔饭捕面，快煞个。”善卿答应了，自去尚仁里卫霞仙家赴宴。双珠随至当中间坐下，却叫阿金去问双玉，说：“吃得落末，一淘来吃仔罢。”

双玉听见双宝挨打，十分气恼本已消去九分。又见阿姐特令娘姨来请吃饭，便趁势讨好，一口应承。欢欢喜喜出来，与双珠对坐，阿金、巧囡打横，四人同桌吃饭。吃饭中间，双珠乃从容向双玉说道：“双宝一只嘴无拨啥清头，说去看光景，我见仔俚也恨煞个哉。耐是勿比得双宝，生意末好，无娒也欢喜耐，耐就看过点。双宝有啥闲话听勿进，耐来告诉我好哉，（要勿）去搭无娒说。”双玉听了，一声儿不言语。双珠又微笑道：“阿是耐只道仔我帮仔双宝哉？我倒勿是帮双宝，我想倪故歇来里堂子里，大家不过做个倌人，再歇两年，才要嫁人去哉。来里做倌人辰光，就算耐有本事，会争气，也见谅得势①。实概一想，阿是推扳点好哉？”双玉也笑答道：“故是阿姐也多心哉。我人末笨，闲话个好邱听勿出仔也好煞哉！阿姐为好了搭我说，我倒怪仔阿姐，阿有啥实概个嗄？”双珠道：“只要耐心里明白，就蛮好。”

说着，都吃毕饭。巧囡忙催双玉收拾出局，双珠也自捕起面来。约至九点多种，方接到洪善卿叫局票头。另有一张票头叫双玉，客人姓朱，也叫到卫霞仙家，料道是同台面了。双珠却不等双玉，下楼先行。正在门前上轿，恰遇双玉回来，便说与他转轿同去。到了卫霞仙家台面上，洪善卿手指着一个年轻后生，向双

① 见谅得势——有限得很。

玉说："是朱五少爷叫耐。"双玉过去坐下。双珠见席上七客，主人姚季莼之外，乃是李鹤汀、王莲生、朱蔼人、陈小云等，都是熟识，只有这个后生面生。暗问洪善卿，始知是朱蔼人的小兄弟，号叫淑人，年方十六，没有娶亲。双珠看他眉清目秀，一表人才，有些与朱蔼人相像，只是羞怯怯地坐在那里局促不安，巧囡去装水烟也不吸，巧囡便去给王莲生装水烟。当时姚季莼要和朱蔼人划拳。朱蔼人坐在朱淑人上首，朱淑人趁划拳时偷眼去看周双玉，不料双玉也在偷看，四只眼睛刚刚凑一个准。双玉倒微微一笑，淑人却羞得回过头去。

朱蔼人豁过五拳，姚季莼又要和朱淑人豁。淑人推说："勿会"。姚季莼道："划拳末啥勿会嘎?"朱蔼人也说："豁豁末哉。"朱淑人只得伸手，起初三拳倒是赢的，末后输了两拳。朱淑人正取一杯在手，周双玉在背后把袖子一扯，道："倪来吃罢。"朱淑人不提防，猛吃一惊，略松了手，那一只银鸡缸杯便地溜溜落下来，坠在桌下，泼了周双玉淋淋漓漓一身的酒。朱淑人着了急，慌取手巾要来揩拭。周双玉掩口笑道："勿要紧个。"巧囡忙去拾起杯子，幸是银杯，尚未砸破。在席众人齐声一笑。朱淑人登时涨得满面通红，酒也不吃，低头缩手，掩在一边没处藏躲。巧囡问："倪阿是吃两杯?"朱淑人竟没有理会。周双玉向巧囡手里取一杯来代了，巧囡又代吃一杯过去。比及台面上出局初齐，周双玉又要转局去，只得撇了周双珠告辞先行。周双珠知道姚季莼最喜闹酒，直等至洪善卿摆过庄，方回。

周双珠去后，姚季莼还是兴高采烈，不肯歇手。洪善卿已略有酒意，又听得窗外雨声淙淙，因此不敢过醉，赶个眼错，逃席而去。一径向北出尚仁里，坐把东洋车，转至公阳里，仍往周双珠家。到了房里，只见周双珠正将一副牙牌独自坐着打五关。善卿脱下马褂，抖去水渍，交与阿金挂在衣架上。善卿随意坐下，望见对过房里仍是暗昏昏地，知道周双玉出局未归。双珠却向阿金道："耐舒齐仔末，转去罢。"阿金答应，忙预备好烟茶二事，就去铺床吹灯。善卿笑道："天还早来里，双玉出局也勿曾转来，啥要紧嗄？"双珠道："阿德保催过哉；为仔天落雨，我晓得耐要来，教俚等仔歇，再勿去是要相骂哉。"善卿不禁笑了。阿金去后，双玉方回。随后又有一群打茶会客人拥至双玉房里，说说笑笑，热闹得很。

这边双珠打完五关，不好就睡，便来和善卿对面歪在榻床上，一面取签子烧鸦片烟，一面说闲话，道："王老爷倒原去叫个张蕙贞，沈小红阿晓得嗄？"善卿道："阿有啥勿晓得！沈小红有仔洋钱末，生来勿吃啥醋哉啘。"双珠道："沈小红个人，搭倪双玉倒差勿多。"善卿道："双玉搭啥人吃醋？"双珠道："勿是说吃醋；俚倸自家算是有本事，会争气，倒像是一生一世做倌人，勿嫁个人哉。"正说时，双玉忽走过这边房里来，手中拿一枝银水烟筒给双珠看，问："样式阿好？"双珠看是景星店号，知道是客人给她新买的了，乃问："要几花洋钱？"双玉道："说是廿六块洋钱倸，阿贵嗄？"双珠道："是价模样，倒无啥。"双玉听说，更自欢喜，仍拿了过那边屋里去陪客人。双珠因又说道："耐看俚标①得来。"善卿道："俚会做生意末，最好哉；勿然，单靠耐一干仔去做生意，阿是总辛苦点？"双珠道："故是自然，我也单望俚生意好末好。"

说着，那对过房里打茶会客人一哄而散，四下里便静悄悄的。双珠卸下头面，方要安睡，却听得楼下双宝在房里和人咕唧说话，隐隐夹着些饮泣之声。善卿道："阿是双宝来倸哭？"双珠鼻子里哼了一声道："有实概哭末，（要勿）去多说多话哉啘。"

① 标——盛气，摆阔。

善卿问："搭啥人说闲话？"双珠说是"客人"。善卿道："双宝也有客人来浪。"双珠道："该个客人倒无啥，搭双宝也蛮要好，就是双宝总有点勿着勿落①。"善卿问客人姓甚。双珠说是"姓倪，大东门广亨南货店里个小开"。善卿便不再问，掩门共睡。无如楼下双宝和那客人说一回，哭一回，虽辨不出是甚言词，但听那吞吐断续之间，十分凄惨，害得善卿翻来覆去地睡不着。直至敲过四点钟，楼下声息渐微，善卿方蒙眬睡去。

不料睡到八点多钟，善卿正在南柯郡中与金枝公主游猎平原，却被阿金推门进房，低声叫："洪老爷。"双珠先自惊醒，问阿金："做啥？"阿金说："是有人来里寻。"双珠乃推醒善卿告诉了。善卿问："是啥人？"阿金又不认得。善卿不解，连忙着衣下床，靸鞋出房，叫阿金："去喊俚上来。"阿金引那人至楼上客堂里，善卿看时，也不认得，问他："寻我做啥？"那人道："倪是宝善街悦来栈里。有个赵朴斋，阿是耐亲眷？"善卿说："是个。"那人道："昨日夜头赵先生来哚新街浪同人相打，打开仔个头，满身才是血，巡捕看见仔，送到仁济医馆里去。今朝倪去张张俚，俚教倪来寻洪先生。"善卿问："为啥相打？"那人笑道："故是倪也勿晓得。"善卿也十猜八九，想了想便道："晓得哉。倒难为耐哚，晚歇我去末哉。"那人即退下楼去。善卿仍进房洗脸，双珠在帐子里问："啥事体？"善卿推说："无啥。"双珠道："耐要去末，吃点点心了去。"善卿因叫阿金去喊十件汤包来吃了，向双珠道："耐再困歇，我去哉。"双珠道："晚歇早点来。"

善卿答应，披上马褂，下楼出门。那时宿雨初晴，朝暾②耀眼，正是清和天气。善卿径往仁济医馆，询问赵朴斋，有一人引

① 勿着勿落——不得当，没分寸，也作"勿着落"。

② 朝暾（tūn）——初升的太阳。

领上楼。推开一扇屏门进去，乃是绝大一间外国房子，两行排着七八张铁床，横七竖八睡着几个病人，把洋纱帐子四面撩起掼在床顶。赵朴斋却在靠里一张床上，包着头，络着手，盘膝而坐；一见善卿，慌地下床叫声“娘舅”，满面羞惭。善卿向床前藤杌坐下。于是赵朴斋从头告诉，被徐、张两个流氓打伤头面，吃一大亏，却又噜苏疙嗒①说不明白。善卿道：“总是耐自家勿好，耐到新街浪去做啥？耐勿到新街浪去，俚哚阿好到耐栈里来打耐？”说得朴斋顿口无言。善卿道：“故歇无啥别样闲话，耐等稍微好仔点，快点转去罢。上海场花耐也（要勿）来哉。”朴斋嗫嚅②半晌，方说出客栈里缺了房饭钱，留下行李的话。善卿又数落一场，始为计算栈中房饭及回去川资，将五块洋钱给与朴斋，叫他作速回去，切勿迟延。朴斋哪里敢道半个“不”字，一味应承。

善卿再三叮咛而别，仍踅出仁济医馆，心想回店干些正事，便直向南行。将近打狗桥，忽然劈面来了一人，善卿一见大惊。乃是陶云甫的兄弟陶玉甫，低头急走，竟不理会。善卿一把拉住，问道：“耐轿子也勿坐，底下人也勿跟，一干仔来里街浪跑，做啥？”陶玉甫抬头见是善卿，忙拱手为礼。善卿问：“阿是到东兴里去？”玉甫含笑点头。善卿道：“价末也坐把东洋东去嗄。”随喊了一把东洋车来。善卿问：“阿是无拨车钱来里？”玉甫复含笑点头。善卿向马褂袋里捞出一把铜钱递与玉甫。玉甫见善卿如此相待，不好推却，只得依他坐上东洋车。善卿也就喊把东洋车，自回咸瓜街永昌参店去了。

陶玉甫别了洪善卿，径往四马路东兴里口停下。玉甫把那铜钱尽数给与车夫，方进弄至李漱芳家。适值娘姨大阿金在天井里

---

① 噜苏疙嗒——话语重复，层次不清。

② 嗫嚅（nièrú）——想说又吞吞吐吐不敢说。

浆洗衣裳，见了道：“二少爷倒来哉，阿看见桂福?”玉甫道：“勿曾看见。”大阿金道：“桂福来张耐呀。耐轿子哚?”玉甫道：“我勿曾坐轿子。”说着，大阿金去打起帘子，玉甫放轻脚步踅进房里。只见李漱芳睡在大床上，垂着湖色熟罗帐子，大姐阿招正在揩抹橱箱桌椅。玉甫只道李漱芳睡熟未醒，摇摇手向高椅坐下。阿招却低声告诉道：“昨日一夜天咿勿曾困，困好仔再要起来，起来一埭末咳嗽一埭，直到天亮仔坎坎困着。”玉甫忙问：“阿有寒热?”阿招道：“寒热倒无拨啥寒热。”玉甫又摇摇手道：“(要勿) 响哉，让俚再困歇罢。”不料大床上李漱芳又咳嗽起来。

第十七回终。

第十八回

添夹袄厚谊即深情　补双台阜财能解愠

按：陶玉甫听得李漱芳咳嗽，慌忙至大床前揭起帐子，要看嗽芳面色。漱芳回过头来睖了玉甫半日，叹一口气。玉甫连问："阿有啥勿适意？"漱芳也不答，却说道："耐个人也好个哉！我说仔几转，教耐昨日转来仔末就来，耐定归勿依我。随便啥闲话，搭耐说仔耐只当耳边风！"玉甫急分辩道："勿是呀；昨日转来末晚哉，屋里有亲眷来浪，难末阿哥说：'阿有啥要紧事体，要连夜赶出城去？'我阿好说啥嗄？"漱芳鼻子里哼的一声，说道："耐（要勿）来搭我瞎说！我也晓得点耐脾气。要说耐外头再有啥人来浪，故也冤枉仔耐哉。耐总不过一去仔末就想勿着，等耐去死也罢活也罢，总勿关耐事，阿对？"玉甫赔笑道："就算我想勿着，不过昨日一夜天，今朝阿是想着仔来哉。"漱芳道："耐是勿差，一瞌困下去，困到仔天亮末，一夜天就过哉。耐阿晓得困勿着了，坐来浪，一夜天比仔一年还要长点哩！"玉甫道："总是我勿好，害仔耐。耐（要勿）动气。"漱芳又嗽了几声，慢慢地说道："昨日夜头天末也讨气得来，落勿停个雨。浣芳哚出局去哉，阿招末搭无娒装烟，单剩仔大阿金坐来浪打磕铳。我教俚收拾好仔去困罢，大阿金去仔，我一干仔就榻床浪坐歇，落得个雨来加二大哉，一阵一阵风吹来哚玻璃窗浪，乒乒乓乓，像有人来哚碰。连窗帘才卷起来，直卷到面孔浪。故一吓末，吓得我来要死！难末只好去困。到仔床浪嗄，陆里困得着嗄，间壁人家刚刚来哚摆酒，划拳，唱曲子，闹得来头脑子也痛哉！等俚哚散仔台面末，台子浪一只自鸣钟，跌笃跌笃，我（要勿）去听俚，俚定归钻来里耳朵管里。再起来听听雨末，落得价高兴，望望天末，永远勿肯亮个哉。一径到两点半钟，眼睛算闭一闭。坎坎闭仔眼睛，倒说道耐来哉呀，一肩轿子抬到仔客堂里。看见耐轿子里出来，倒理也勿理我，一径往外头跑，我连忙喊末，自家倒喊醒哉。醒转来听听，客堂里真个有轿子，钉鞋脚地板浪声音，有好几个人来浪。我连忙爬起来，衣裳也勿着，开出门去，问俚哚：'二少爷啥？'相帮哚说：'陆里有啥二少爷嘎。'我说：'价末轿子陆里来个嘎？'俚哚说：'是浣芳出局转来个轿子。'倒拨俚哚好笑，说我困昏哉。我再要困歇，也无拨我困哉，一径到天亮，咳嗽勿曾停歇。"玉甫攒眉道："耐啥实概嘎！耐自家也保重点个嘎。昨日夜头风末来得价大，半夜三更勿着衣裳起来，再要开出门去，阿冷嘎？耐自家勿晓得保重，我就日日来里看牢仔耐也无么用碗。"

漱芳笑道："耐肯日日来里看牢仔我，耐也只好说说罢哉。我自家晓得命里无福气，我也勿想啥别样，再要耐陪我三年，耐依仔我，到仔三年我就死末我也蛮快活哉。倘忙我勿死，耐就再去讨别人，我也勿来管耐哉。就不过三年，耐也勿肯依我，倒说道日日来里看牢仔我！"玉甫道："耐说说末就说出勿好来哉。耐单有一个无娒离勿开，再三四年等耐兄弟做仔亲，让俚哚去当家，耐搭无娒到我屋里向去，故末真个日日看牢仔耐，耐末也称心哉。"漱芳又笑道："耐是生来一径蛮称心，我陆里有故号福气！我不过来里想，耐今年廿四岁，再歇三年也不过廿七岁。耐廿七岁讨一个转去，成双到老，要几十年哚。该个三年里向就算我冤屈仔耐也该应碗。"玉甫也笑道："耐瞎说个多花啥，讨转去成双到老末就是耐碗。"漱芳乃不言语了。只见李浣芳蓬着头，从后门进房，一面将手揉眼睛，一面见玉甫，说道："姐夫，耐昨日啥勿来嗄？"玉甫笑嘻嘻拉了浣芳的手过来，斜靠着梳妆台而立。

漱芳见浣芳只穿一件银红湖绉捆身子，遂说道："耐啥衣裳也勿着嗄？"浣芳道："今朝天热呀。"漱芳道："陆里热嗄，快点去着仔嗄！"浣芳道："我（要勿）着，热煞来里！"正说着，阿招已提了一件玫瑰紫夹袄来，向浣芳道："无娒也来哚说哉，快点着罢。"浣芳还不肯穿。玉甫一手接那夹袄替浣芳披在身上道："耐故歇就着仔，晚歇热末再脱末哉，阿好？"浣芳不得已依了。阿招又去舀进脸水请浣芳捕面梳头，漱芳也要起身。玉甫忙道："耐再困歇嗄，天早来里。"漱芳说："我（要勿）困哉。"玉甫只得去扶起来，坐在床上，复劝道："耐就床浪坐歇，倪说说闲话倒无啥。"漱芳仍说："（要勿）！"

及至漱芳下床，终觉得鼻塞声重，头眩脚软，惟咳嗽倒好些。嗽芳一路扶着桌椅，步至榻床坐下，玉甫跟过来放下一面窗帘。大阿金送上燕窝汤，漱芳只呷两口，即叫给浣芳吃了。浣芳新妆既罢，漱芳方去捕起面来。阿招道："头还蛮好来里，（要勿）梳哉。"漱芳也觉坐不住，就点点头。大阿金用抿子蘸刨花水略刷几刷，漱芳又自去刷出两边鬓角，已是吃力极了，遂去歪在榻床上喘气。玉甫见漱芳如此，心中虽甚焦急，却故作笑嘻嘻面孔。单有浣芳立在玉甫膝前，呆呆地只向漱芳呆看。漱芳问她："看啥？"浣芳说不出，也自笑了。大阿金正在收拾镜台，笑道："俚末看见阿姐勿适意仔也勿起劲哉，阿晓得？"浣芳接说道："昨日蛮好来里，才是姐夫勿好碗，倪勿来①个！"说着便一

① 勿来——不允许，不答应。

头撞在玉甫怀里不依。玉甫忙笑道："俚哚骗耐呀。无啥勿适意，晚歇就好哉。"浣芳道："晚歇再勿好末，要耐赔还个好阿姐拨倪。"玉甫道："晓得哉，晚歇我定归拨耐个好阿姐末哉。"浣芳听说方罢。漱芳歪在榻床上，渐渐沉下眼睛，像要睡去，玉甫道："原到床浪去困罢。"漱芳摇摇手。玉甫向藤椅子上揭条绒毯，替漱芳盖在身上，漱芳憎道："重！"仍即揭去。玉甫没法，只去放下那一面窗帘，还恐漱芳睡熟着寒，要想些闲话来说，于是将乡下上坟许多景致，略加装点，演说起来。浣芳听得津津有味，漱芳却憎道："拨耐说得烦煞哉，我（要勿）听！"玉甫道："价末耐（要勿）困嗄。"漱芳道："我勿困着末哉，耐放心。"玉甫乃在榻床一边盘膝危坐，静静地留心看守。但害得个浣芳坐不定立不定，没处着落。漱芳叫她外头去白相歇，浣芳又不肯去。

一会儿，大阿金搬中饭进房。玉甫问漱芳："阿吃得落？吃得落末吃仔口罢。"漱芳说："（要勿）吃。"浣芳见漱芳饭都不吃，只道有甚大病，登时发极，涨得满面绯红，几乎掉下眼泪。倒引得漱芳一笑，说浣芳道："耐啥实概嗄，我还勿曾死哩。故歇吃漱落末，晚歇吃。"浣芳自知性急了些，连忙极力忍住。玉甫因浣芳着急，也苦苦地劝漱芳多少吃点。漱芳只得令大阿金买些稀饭，吃了半碗。浣芳也吃不下，只吃一碗。玉甫本自有限。大家吃毕中饭，收拾洗脸。玉甫思将浣芳支使开去，恰好阿招来报说："无娒起来哉。"浣芳犹自俄延。玉甫催道："快点去罢，无娒要说哉。"浣芳始讪讪的趔趄[①]而去。

浣芳去后，只有玉甫、漱芳两人在房里，并无一点声息。不

---

① 趔趄（lièqiè）——身体歪斜，走路不稳。

料至四点多钟，玉甫的亲兄陶云甫乘轿来寻。玉甫请进房里，相见就坐。云甫问漱芳："阿是勿适意？"漱芳说："是呀。"大阿金忙着预备茶碗，云甫阻止道："我说句闲话就去，（要勿）泡茶哉。"乃向玉甫道："三月初三是黎篆鸿生日，朱蔼人分个传单，包仔大观园一日戏酒。篆鸿末常恐惊动官场，勿肯来，难末蔼人另合一个公局，来噪屠明珠搭。勿多几个人，倪两家头也来海。我为此先搭耐说一声，到仔初三日脚浪，大观园里也勿必去哉，屠明珠搭定归要到个。"玉甫虽诺诺连声，却偷眼去看漱芳。偏被云甫觉得，笑问漱芳道："耐阿肯放俚去应酬歇？"漱芳不好意思，笑答道："大少爷倒说得诧异。故是正经事体，总要去个，倪阿有啥勿放俚去嗄？"云甫点头道："故末勿差。我说漱芳也是懂道理个人，要是正经事体也拉牢仔勿许去，阿算得啥要好嗄？"漱芳不好接说，含笑而已。云甫随说："我去哉。"玉甫慌忙直站起来，漱芳送至帘下。

云甫踅出门外上轿，吩咐轿班："朱公馆去。"轿班俱系稔熟，抬出东兴里，往东进中和里。相近朱公馆，朱蔼人管家张寿早已望见，忙跑至轿前禀说："倪老爷来噪尚仁里林家。"云甫便令转轿，仍由四马路径至尚仁里林素芬家。认得朱蔼人的轿子还停在门首，陶云甫遂下轿进门。到了楼上房里，朱蔼人迎着，即道："正要来请耐。我一干仔来勿及哉，屠明珠搭耐去办仔罢。"陶云甫问如何办法。朱蔼人向身边取出一篇草帐道："倪末两家弟兄搭李实夫叔侄，六个人作东，请于老德来陪客。中饭吃大菜，夜饭满汉全席。三班毛儿戏末，日里十一点钟一班，夜头两班，五点钟做起。耐说阿好？"陶云甫道："蛮好。"

林素芬等计议已定，方上前敬瓜子。陶云甫收了草帐，也就起身说："我还有点事体，再见罢。"朱蔼人并不挽留，与林素芬送至楼梯边而别。素芬回房，问蔼人："啥事体？"蔼人细细说明缘故。素芬遂说道："耐请客末勿到该搭来，也去拍屠明珠个马屁，阿要讨气。"蔼人道："勿是我请客，倪六个人公局。"素芬道："前日仔倒勿是耐请客？"蔼人没得说，笑了。素芬复道："倪该搭是小场花，请大人到该搭来，生来勿配。耐也一径冤屈煞哉，难末拣着个大场花，要适意点哚。"蔼人笑道："难末真真倒诧异哉。我阿曾去做屠明珠，耐啥就吃醋嘎？"素芬道："耐要做屠明珠去做末哉喤，我也勿曾拉牢仔耐。"蔼人笑道："我就勿说哉，随便耐去说啥罢。"素芬鼻子里哼了一声，咕噜道："耐末去拍屠明珠个马屁，屠明珠阿来搭耐要好嘎。"蔼人笑道："啥人要俚来要好？"素芬仍咕噜道："耐就摆仔十个双台，屠明珠也无啥稀奇，搭耐要好末倒勿见好，情愿去做铲头客人，上海滩浪也单有耐一个。"蔼人笑道："耐（要勿）动气，明朝夜头我也来摆个双台末哉。"

素芬呆着脸，也不答言。蔼人过去搀了素芬的手，至榻床前，央及道："搭我装筒烟嘎。"素芬道："倪是毛手毛脚，勿比得屠明珠会装嘎！"口中虽如此说，却已横躺着拿签子烧起烟来。蔼人挨在膝前坐了，又伏下身子向素芬耳朵边低声说道："耐一径搭我蛮要好，故歇为仔个屠明珠，啥气得来？耐看我阿要去做屠明珠？"素芬道："耐是倒也说勿定。"蔼人道："我再去做别人，故末说勿定，要说是屠明珠，就算俚搭我要好末，我也勿高兴去做俚。"素芬道："耐去做勿做关倪啥事体，耐也（要勿）来搭我说。"蔼人乃一笑而罢。素芬装好一口烟，放下烟枪，起身走开。蔼人自去吸了，知道素芬还有些芥蒂，遂又自去开了抽屉，寻着笔砚票头随意点几色菜水。素芬看见，装做不理，等蔼人写毕，方道："耐点菜末，阿要先点两样来吃夜饭？"蔼人忙应说："好。"另开两个小碗，素芬叫娘姨拿下楼去令外场叫菜。正是上灯时候，菜已送来，自己又添上四只荤碟，于是蔼人与素芬对酌闲谈。一时复说起屠明珠来，素芬道："做倌人也只做得个时髦，来哚时髦个辰光，自有多花客人去烘起来。客人末真真叫讨气，一样一千洋钱，用拨来生意清点个倌人，阿要好？用拨仔时髦倌人，俚哚觉也勿觉着。价末客人哚定归要去做时髦倌人，情愿豁脱仔洋钱去拍俚马屁。"蔼人道："耐（要勿）说客人讨气，倌人也讨气。生意清仔末，随便啥客人巴结得非凡哚，稍微生意好仔点，难末姘戏子、做恩客才上个哉，到后来弄得一场无结果。"素芬道："姘戏子多花到底少个，故也（要勿）去说俚哉，我看几个时髦倌人也无啥好结果，耐来里时髦辰光，拣个靠得住点客人嫁仔末好哉啘，俚哚才勿想嫁人，等到年纪大仔点，生意一清仔末，也好哉。"蔼人道："倌人嫁人也难，要嫁人陆里一个勿想嫁个好客人？碰着仔好客人，俚屋里大小老婆倒有好几个来浪，就嫁得去，总也勿称心个哉。要是无拨啥大小老婆末，客人靠勿住，拿耐衣裳、头面才当光仔，再出来做倌人。夷场浪常有该号事体。"素芬道："我说要搭客人脾气对末好，脾气对仔，就穷点，只要有口饭吃吃好哉。要是差仿勿多客人，故末宁可拣个有铜钱点总好点。"蔼人笑道："耐要拣个有铜钱点，像倪是挨勿着个哉。"素芬也笑道："噢唷！客气得来！耐算无铜钱，耐来里骗啥人嗄？"蔼人笑道："我就有仔铜钱，脾气勿对，耐也看勿中啘。"素芬道："耐说说末就说勿连牵①哉。"随取酒壶给蔼人筛酒。蔼人道："酒有哉，倪吃饭罢。"素芬遂喊娘姨拿饭来，并令叫妹子翠芬来同吃。娘姨回说："翠芬吃过哉。"

① 勿连牵——说不清，不对头。

蔼人、素芬两人刚吃毕饭，即有一帮打茶会客人上楼，坐在对过空房间里，随后复有叫素芬的局票。蔼人趁势要走，素芬知留不住，送至房门。蔼人下楼登轿，径回公馆。次日晚间，免不得请一班好友在林素芬家摆个双台，不必细说。

至三月初三，十点钟时，朱蔼人起来，即乘轿往大观园。只见门前挂灯结彩，张寿带着纬帽迎见，禀说："陈老爷、洪老爷、汤老爷才来里哉。"蔼人进去厮见，动问诸事，皆已齐备。蔼人大喜，乃说道："价末我到该首去哉，此地奉托三位。"陈小云、洪善卿、汤啸庵都说："应得效劳。"当时蔼人复乘轿往鼎丰里屠明珠家。

第十八回终。

第十九回

错会深心两情浃洽　强扶弱体一病缠绵

按：朱蔼人乘轿至屠明珠家，吩咐轿班："打轿回去接五少爷来。"说毕登楼，鲍二姐迎着，请去房间里坐。蔼人道："倪就书房里坐哉啘。"原来屠明珠寓所是五幢楼房，靠西两间乃正房间，东首三间，当中间为客堂，右边做了大菜间，粉壁素帏，铁床玻镜，像水晶宫一般。左边一间，本是铺腾着客人的空房间，却点缀些琴棋书画，因此唤作书房。当下朱蔼人往东首来，只见客堂板壁全行卸去，直通后面亭子间。在亭子间里搭起一座小小戏台，檐前挂两行珠灯，台上屏帷帘幕俱系洒绣的纱罗绸缎，五光十色，不可殚述①。又将吃大菜的桌椅移放客堂中央，仍铺着台单，上设玻罩彩花两架及刀叉瓶壶等架子，八块洋纱手巾，都折叠出各种花朵，插在玻璃杯内。蔼人见了，赞说："好极！"随到左边书房，望见对过厢房内屠明珠正在窗下梳头，相隔窎远②，只点点头，算是招呼。鲍二姐奉上烟茶，屠明珠买的四五个讨人俱来应酬，还有那毛儿戏一班孩子亦来陪坐。

不多时，陶云甫、陶玉甫、李实夫、李鹤汀、朱淑人六个主人陆续齐集。屠明珠新妆既毕，也就过这边来。正要发帖催请黎篆鸿，恰好于老德到了，说："勿必请，来里来哉。"陶云甫乃去调派，先是十六色外洋所产水果干果糖食暨牛奶点心，装着高脚

① 殚（dān）述——详尽叙述。

② 窎（diào）远——遥远。

玻璃盆子，排列桌上，戏场乐人收拾伺候，等黎篆鸿一到开台。

须臾，有一管家飞奔上楼报说：“黎大人来哉。”大家立起身来。屠明珠迎至楼梯边，搀了黎篆鸿的手，趱进客堂。篆鸿即嗔道：“忒费事哉，做啥嗄？”众人上前厮见。惟朱淑人是初次见面，黎篆鸿上下打量一回，转向朱蔼人道：“我说句讨气闲话，比仔耐再要好点哩。”众人掩口而笑，相与簇拥至书房中。屠明珠在旁道：“黎大人宽宽衣喤。”说着，即伸手去代解马褂纽扣。黎篆鸿脱下，说声“对勿住”。屠明珠笑道：“黎大人啥客气得来。”随将马褂交鲍二姐挂在衣架上，回身搛黎篆鸿向高椅坐下。戏班里娘姨呈上戏目请点戏。屠明珠代说道：“请于老爷点仔罢。”于老德点了两出，遂叫鲍二姐拿局票来。朱蔼人指陶玉甫、朱淑人道：“今朝俚哚两家头无拨几花局来叫末那价？”黎篆鸿道：“随意末哉。喜欢多叫就多叫点，叫一个也无啥。”朱蔼人乃点拨与于老德写，将各人叫过的局尽去叫来。陶玉甫还有李漱芳的妹子李浣芳可叫，只有朱淑人只叫得周双玉一个。局票写毕，陶云甫即请去入席。黎篆鸿说：“太早。”陶云甫道：“先用点点心。”黎篆鸿又埋怨朱蔼人费事，道：“才是耐起个头哙。”于是大众同趱出客堂来。只见大菜桌前一溜儿摆八只外国藤椅，正对着戏台，另用一式茶碗放在面前。黎篆鸿道：“倪随意坐，要吃末拿仔点好哉。”说了就先自去检一个牛奶饼，拉开旁边一只藤椅，靠壁坐下。众人只得从直遵命，随意散坐。

堂戏照例是《跳加官》开场，《跳加官》之后系点的《满床笏》、《打金枝》两出吉利戏。黎篆鸿看得厌烦，因向朱淑人道：“倪来讲讲闲话。”遂挈着手，仍进书房，朱蔼人也跟进去。黎篆鸿道：“耐末只管看戏去，睹应酬多花啥。”朱蔼人亦就退出。黎篆鸿令朱淑人对坐在榻床上，问他若干年纪，现读何书，曾否攀亲。朱淑人一一答应。一时，屠明珠把自己亲手剥的外国榛子，松子，胡桃等类，两手捧了，送来给黎篆鸿吃。篆鸿收下，却分一半与朱淑人，叫他："吃点喤。"淑人拈了些，仍不吃。黎篆鸿又问长问短。

说话多时，屠明珠傍坐观听，微喻其意。谈至十二点钟，鲍二姐来取局票，屠明珠料到要吃大菜了，方将黎篆鸿请出客堂。众人起身，正要把酒定位，黎篆鸿不许，原拉了朱淑人并坐。众人不好过于客气，于老德以外皆依齿为序。第一道元蛤汤吃过，第二道上的板鱼，屠明珠忙替黎篆鸿用刀叉出骨。其时叫的局已接踵而来，戏台上正做昆曲《絮阁》，钲鼓不鸣，笙琶竞奏，倒觉得清幽之致。黎篆鸿自顾背后出局团团围住，而来者还络绎不绝，因问朱蔼人道："耐搭我叫仔几花局嗄?"朱蔼人笑道："有限得势，十几个。"黎篆鸿攒眉道："耐末就叫无淘成!"再看众人背后，有叫两三个的，有叫四五个的，单有朱淑人只叫一个局。黎篆鸿问知是周双玉，也上下打量一回，点点头道："真真是一对玉人。"众人齐声赞和。黎篆鸿复向朱蔼人道："耐做老阿哥末，(要勿)假痴假呆，该应搭俚哚团圆拢来，故末是正经。"朱淑人听了，满面含羞，连周双玉都低下头去。黎篆鸿道："耐哚两家头（要勿）客气喤，坐过来说说闲话，让倪末也听听。"朱蔼人道："耐要听俚哚两家头说句闲话，故末难哉。"黎篆鸿怔道："阿是哑子?"众人不禁一笑。朱蔼人笑道："哑子末勿是哑子，不过勿开口。"黎篆鸿怂恿朱淑人道："耐快点急气点！定归说两句拨俚哚听听，(要勿)拨耐阿哥猜着。"朱淑人越发不好意思的，黎篆鸿再和周双玉兜搭，叫她说话。周双玉只是微笑，被篆鸿逼不过，始笑道："无啥说晥，说啥嗄?"众人哄然道："开仔金口哉!"黎篆鸿举杯相属道："倪大家该应公贺一杯。"说毕，即一口吸尽，向朱淑人照杯。众人一例皆干。羞得个朱淑人彻耳通红，哪里还肯吃酒。幸亏戏台上另换一出《天水关》，其声聒耳①，方剪住了黎篆鸿话头。

第八道大菜将完，乃系芥辣鸡带饭。出局见了，散去大半。周双玉也要兴辞，适为黎篆鸿所见，遂道："耐慢点去，我要搭耐说句闲话。"周双玉还道是说白相，朱蔼人帮着挽留，方仍归座。大姐巧囡向周双玉耳边说了些什么，周双玉嘱咐就来，巧囡答应先去。迨至②席终，各用一杯牛奶咖啡，揩面漱口而散。恰好毛儿戏正本同时唱毕，娘姨再请点戏。黎篆鸿道："随便啥人去点点罢。"朱蔼人素知黎篆鸿须睡中觉，不如暂行停场，俟晚间两班合演为妙，并不与黎篆鸿商量，径自将这班毛儿戏遣散了。

黎篆鸿丢开众人，左手挈了朱淑人，右手挈了周双玉道："倪到该搭来。"慢慢踱至左边大菜间中，向靠壁半榻气褥坐下，令朱淑人、周双玉分坐两旁，遂问周双玉若干年纪，寓居何处，有无亲娘。周双玉一一应答。黎篆鸿转问朱淑人："几时做起?"朱淑人茫然不解，周双玉代答道："就不过前月底，朱老爷替俚乃叫仔一个局，倪搭来也勿曾来歇。"黎篆鸿登时沉下脸，埋冤朱淑人道："耐个人真勿好！日日望耐来，耐为啥勿来嗄?"朱淑人倒吃一吓。被周双玉嗤的一笑，朱淑人才回过味来。黎篆鸿复安慰周双玉道："耐（要勿）动气，明朝我同俚一淘来末哉。俚要是再勿好末，耐告诉我，我来打俚。"周双玉别转头笑道："谢谢耐。"黎篆鸿道："故歇（要勿）耐谢；我搭耐做仔个大媒人末，耐一淘谢我末哉。"说得周双玉亦敛笑不语。黎篆鸿道："阿

---

① 聒（guō）耳——指声音刺耳。

② 迨（dài）至——及至，等到。

是耐勿肯嫁拨俚？耐看实概一个小伙子，嫁仔俚阿有啥勿好？耐勿肯，错过个哩。”周双玉道：“倪陆里有该号福气。”黎篆鸿道：“我搭耐做主末，就是耐福气。耐答应仔一声，我一说就成功哉唍。”周双玉仍不语。篆鸿连道：“说哩，阿肯嗄？”双玉嗔道：“黎大人，耐该号闲话阿有啥问倪个嗄？”黎篆鸿道：“阿是要问耐无娒？故也勿差。耐肯仔末，我生来去问耐无娒。”周双玉仍别转头不语。适值鲍二姐送茶进房，周双玉就戗说道：“黎大人吃茶罢。”黎篆鸿接茶在手，因问鲍二姐：“俚哚几花人呢？”鲍二姐道：“才来里书房里讲闲话，阿要去请过来？”黎篆鸿说：“部去请。”将茶碗授与鲍二姐，遂横身躺在半榻上。鲍二姐既去，房内静悄悄的，不觉模模糊糊，口开眼闭。

周双玉先已睃见①，即蹑手蹑脚一溜而去。朱淑人依然陪坐，不敢离开。俄延之间，闻得黎篆鸿鼻管中鼾声渐起，乃故意咳嗽一声，亦并未惊醒，于是朱淑人也溜出房来，要寻周双玉说话。踅至对过书房里，只见朱、陶、李诸人陪着于老德围坐长谈，屠明珠在旁搭话，独不见周双玉。正要退出，却为屠明珠所见，急忙问道：“阿是黎大人一干仔来浪？”朱淑人点点头，屠明珠慌地赶去。朱淑人趁势回身，立在房门前思索，猜不出周双玉去向。偶然向外望之，忽见东首厢房楼窗口靠着一人，看时，正是周双玉。朱淑人不胜之喜，竟大着胆从房后抄向东来，进了屠明珠的正房间，放轻脚步，掩至周双玉背后。周双玉早自乖觉，只做不理。朱淑人慢慢伸手去摸她手腕，周双玉欻②地将手一豁，大声道：“劲噪哩！”朱淑人初不料其如此，猛吃一惊，退下两步，缩在榻床前呆脸出神。周双玉等了一会，不见动静，回过头来看他

---

① 睃（suō）见——斜着眼看。

② 欻（chuā）——象声词。急促的声响。

做甚，不料他竟像吓痴一般，知道自己莽撞了些，觉得很不过意，心想如何去安慰他。想来想去，不得主意，只斜瞟了一眼，微微的似笑不笑。朱淑人始放下心，叹口气道：“耐好，吓得我来要死！”周双玉忍笑低声道：“耐晓得吓末，再要动手动脚。”朱淑人道：“我陆里敢动手动脚，我要问耐一句闲话。”周双玉问：“是啥闲话？”朱淑人道：“我问耐公阳里来哚陆里？耐屋里有几花人？我阿好到耐搭来？”周双玉总不答言，朱淑人连问几遍，周双玉厌烦道：“勿晓得。”说了，即立起身来往外径去。朱淑人怔怔的看着她，不好拦阻。

周双玉踅至帘前，重复转身笑问朱淑人道：“耐搭洪善卿阿知己？”朱淑人想了想道：“洪善卿知己末勿知己，我阿哥搭俚也老朋友哉。”周双玉道：“耐去寻洪善卿好哉。”朱淑人正要问她缘故，周双玉已自出房。朱淑人只得跟着，同过西边书房里来。正遇巧囡来接，周双玉即欲辞去。朱蔼人道：“耐去搭黎大人说一声。”屠明珠道：“黎大人困着来浪，扬说哉。”朱蔼人沉吟道：“价末去罢，晚歇再叫末哉。”

刚打发周双玉去后，随后一个娘姨从帘子缝里探头探脑。陶玉甫见了，忙至外间，唧唧说了一会，仍回书房陪坐。陶云甫见玉甫神色不定，乃道：“咿有啥花头哉，阿是？”玉甫嗫嚅道：“无啥，说漱芳有点勿适意。”陶云甫道：“坎坎蛮好来里。”玉甫随口道：“怎晓得俚。”云甫鼻子里哼地冷笑道：“耐要去末先去出一埭，故歇无啥事体，晚歇早点来。”玉甫得不的一声，便辞众人而行，下楼登轿，径往东兴里李漱芳家。踅进房间，只见李漱芳拥被而卧，单有妹子李浣芳趴在床口相陪。陶玉甫先伸手向额上一按，稍觉有些发烧 。浣芳连叫：“阿姐，姐夫来哉。”漱芳睁眼见了，说道：“耐翻就来喤，耐阿哥阿要说嗄？”玉甫道：

"阿哥教我来，勿要紧个。"漱芳道："为啥倒教耐来？"玉甫道："阿哥说，教我先来一埭，晚晚末早点去。"漱芳半晌才接说道："耐阿哥是蛮好，耐额去搭俚强，就听点俚闲话末哉。"玉甫不答，伏下身子，把漱芳两手塞进被窝，拉起被来直盖到脖子里，将两肩膀裹得严严的，只露出半面通气。又劝漱芳卸下耳环，漱芳不肯道："我困一歇就好哉。"玉甫道："耐坎坎一点点无啥，阿是轿子里吹仔风？"漱芳道："勿是，就拨来倒霉个《天水关》，闹得来头脑子要涨煞快。"玉甫道："价末耐为啥勿先走嗄？"漱芳道："局还勿曾齐，我阿好意思先走？"玉甫道："故也勿要紧唍。"浣芳插嘴道："姐夫，耐也说一声个嗄。耐说仔末让阿姐先走，我末多坐歇，阿是蛮好？"玉甫道："耐为啥勿说一声？"浣芳道："我勿晓得阿姐来里勿适意唍。"玉甫笑道："耐勿晓得，我倒晓得哉。"浣芳也自笑了。

于是玉甫就床沿坐下，浣芳靠在玉甫膝前，都不言语。漱芳眼睁睁地并未睡着。到了上灯时分，陶云甫的轿班来说："摆台面哉，请二少爷就过去。"玉甫应诺。漱芳偏也听见，乃道："耐快点去罢，（要勿）拨耐阿哥说。"玉甫道："正好哩。"漱芳道："勿呀！早点去末早点来，耐阿哥看见仔阿见得耐好。勿然，总说是耐迷昏哉，连搭仔正经事体才勿管。"玉甫一想，转向浣芳道："价末耐陪陪俚，（要勿）走开。"漱芳忙道："（要勿）。让俚去吃夜饭，吃仔饭末出局去。"浣芳道："我就该搭吃哉呀。"漱芳道："我迹吃，耐搭无迹两家头吃罢。"玉甫劝道："耐也多少吃一口，阿好。耐勿吃，耐无娒先要急杀哉。"漱芳道："我晓得哉，耐去罢。"当下玉甫乘轿至鼎丰里屠明珠家赴席。浣芳仍趴在床沿问长问短，漱芳道："耐去搭无娒说，我要困一歇，无啥勿适意，夜饭末（要勿）吃哉。"浣芳初不肯去说，后被漱芳催

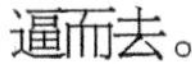

逼而去。

须臾，漱芳的亲生娘李秀姐从床后推门进房，见房内没人，说道：“二少爷啥去哉嗄?”漱芳道：“我教俚去个。俚乃做主人，生来要应酬歇。”李秀姐踅至床前看看面色，东揣西摸了一回。漱芳笑阻道：“无媢（要勿）啘，我无啥勿适意呀。”秀姐道：“耐阿想吃啥？教俚哚去做，灶下空来浪。”漱芳道：“我（要勿）吃。”秀姐道：“我有一碗五香鸽子来浪，教俚哚炖口稀饭，耐晚歇吃。”漱芳道：“无媢，耐吃罢。我想着仔就勿好过，陆里吃得落。”秀姐复叮嘱几句，将妆台上长颈灯台拨得高高的，再将厢房挂的保险灯集下了些，随手放下窗帘，原出后房门，自去吃夜饭，只剩李漱芳一人在房。

第十九回终。

第二十回

提心事对镜出谵言　动情魔同衾惊噩梦

按：李漱芳病中自要静养，连阿招、大阿金都不许伺候，眼睁睁地睡在床上，并没有一人相陪。捱了多时，思欲小遗，自己披衣下床，靸双便鞋，手扶床栏摸至床背后。刚向净桶坐下，忽听得后房门呀的声响，开了一缝，漱芳忙问："啥人?"没人答应，心下便自着急。慌欲起身，只见乌黑的一团从门缝里滚进来，直滚向大床下去。漱芳急的不及结带，一步一跌扑至房中，扶住中间大理石圆台，方才站定。正欲点火去看是什么，原来一只乌云盖雪的大黑猫，从床下钻出来，望漱芳嗥然一声，直挺挺地立着。漱芳发狠，把脚一跺，那猫窜至房门前，还回过头来瞪出两只通明眼睛眈眈相视。漱芳没奈何，回至床前，心里兀自突突地跳。要喊个人来陪伴，又恐惊动无娒，只得忍住，仍上床拥被危坐。适值陶玉甫的局票来叫浣芳，浣芳打扮了，进房见漱芳，说道："阿姐，我去哉。阿有啥闲话搭姐夫说?"漱芳道："无啥，教俚酒少吃点，吃好仔就来。"浣芳答应要走。漱芳复叫住问："啥人跟局?"浣芳说是"阿招"。漱芳道："教大阿金也跟得去代代酒。"浣芳答应自去了。漱芳觉支不住，且自躺下。不料那大黑猫偏会打岔，又藏藏躲躲溜进房中。漱芳面向里睡，没有理会。那猫悄悄地竟由高椅跳上妆台，将妆台上所有洋镜、灯台、茶壶、自鸣钟等物，一件一件撅起鼻子尽着去闻。漱芳见帐子里一个黑影子闪动，好像是个人头，登时吓得满身寒凛，手

足发抖，连喊都喊不出。比及硬撑起来，那猫已一跳窜去。漱芳切齿骂道："短命众生，敲杀俚！"存想一回，神志稍定，随手向镜台上取一面手镜照看，一张黄瘦面庞，涨得像福橘一般。叹一口气，丢下手镜，翻身向外睡下，仍是眼睁睁地只等陶玉甫散席回来。等了许久，不但玉甫杳然，连浣芳也一去不返。

正自心焦，恰好李秀姐复进房，向漱芳道："稀饭好哉，吃仔口罢。"。漱芳道："无娒，我无啥呀。故歇吃勿落，晚歇吃。"秀姐道："价末晚歇要吃末，耐说。我困仔，俚哚陆里想得着。"漱芳应诺，转问秀姐道："浣芳出局去仔歇哉，还勿曾转来？"秀姐道："浣芳要转局去。"漱芳道："浣芳转局去仔末，耐也教个相帮去张张二少爷啘。"秀姐道："相帮才出去哉，二少爷搭有大阿金来浪。"漱芳道："等相帮转来仔，教俚哚就去。"秀姐道："等俚哚转来等到啥辰光去，我教灶下去末哉。"即时到客堂里喊灶下出来，令他"去张张陶二少爷。"灶下应命要走，陶玉甫却已乘轿来了，大阿金也跟了回来。秀姐大喜道："来哉，来哉！(要勿）去哉。"

玉甫径至漱芳床前，问漱芳道："等仔半日哉，阿觉着气闷？"漱芳道："无啥。台面阿曾散？"玉甫道："勿曾哩；老老头高兴得来，点仔十几出戏，差勿多要唱到天亮哚。"漱芳道："耐先走末，阿搭俚哚说一声？"玉甫笑道："我说有点头痛，酒也一点吃勿落。俚哚说：'耐头痛末转去罢。'难末我先走哉啘。"漱芳道："阿是真个头痛嗄？"玉甫笑道："真是真个，坐来浪末要头痛，一走就勿痛哉。"漱芳也笑道："耐末也刁得来，怪勿得耐阿哥要说。"玉甫笑道："阿哥对仔我笑，倒勿曾说啥。"漱芳笑道："耐阿哥是气昏仔了来浪笑。"玉甫笑而不言，仍就床沿坐下，摸摸漱芳的手心问："故歇阿好点？"漱芳道："原不过实概哉啘。”又问：“夜饭吃几花？”漱芳道：“勿曾吃。无娒燉稀饭来浪，耐阿要吃？耐吃末，我也吃点末哉。”玉甫便要喊大阿金，大阿金正奉了李秀姐之命来问玉甫：“阿要吃稀饭？”玉甫即令搬来。大阿金去搬时，玉甫向漱芳道：“耐无娒要骗耐吃口稀饭，真真是勿容易。耐多吃点，无娒阿要快活。”漱芳道：“耐倒说得写意哚。我自家蛮要吃来里，吃勿落末那价呢？”

当下大阿金端进一大盘，放在妆台上，另点一盏保险台灯。玉甫扶漱芳坐在床上，自己就在床沿，各取一碗稀饭同吃。玉甫见那盘内四色精致素碟，再有一小碗五香鸽子，甚是清爽，劝漱芳吃些。漱芳摇头，只夹了些雪里红过口。正吃之时，可巧浣芳转局回家，不及更衣，即来问候阿姐。见了玉甫，笑道：“我说姐夫来仔歇哉。”又道：“耐哚来里吃啥，我也要吃个。”随回头叫阿招：“快点搭我盛一碗来啘。”阿招道：“换仔衣裳了吃啘，啥要紧嗄。”浣芳急急脱下出局衣裳，交与阿招，连催大阿金去盛碗稀饭，靠妆台立着便吃，吃着又自己好笑，引得玉甫、漱芳也都笑了。不多时，大家吃毕洗脸。大阿金复来说道：“二少爷，无娒请耐过去说句闲话。”玉甫不解何事，令浣芳陪伴漱芳，也出后房门，踅过后面李秀姐房里。秀姐迎见请坐，说道：“二少爷，我看俚病倒勿好嗅。单是发几个寒热，故也无啥要紧，俚个病勿像是寒热呀。从正月里到故歇，饭末一径吃勿落，耐看俚身浪瘦得来单剩仔骨头哉！二少爷，耐也劝劝俚，该应请个先生来，吃两贴药末好啘。”玉甫道：“俚个病，旧年冬里就该应请个先生来医治医治。我也搭俚说仔几转哚，俚定归勿肯吃药，教我也无法子。”秀姐道：“俚是一径实概脾气，生仔病末勿肯说出来，问俚总说是好点。请仔先生来教俚吃药，俚倒要勿快活哉。不过我来里想，故歇该个病勿比仔别样，俚再要勿肯吃药，二少

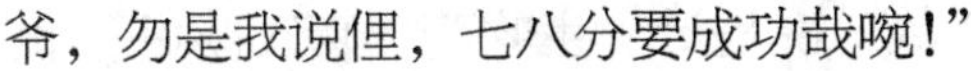

爷，勿是我说俚，七八分要成功哉啘！”

玉甫垂头无语。秀姐道：“耐去劝俚，也（要勿）说啥，单说是请个先生来，吃两贴药末好得快点。耐倘然老实说仔，俚心里一急，再要急出啥病来，倒加二勿好哉。二少爷，耐末也（要勿）急，就急杀也无么用。俚个病终究勿长远，吃仔两贴药还勿要紧哩。”玉甫攒眉道：“要紧是勿要紧，不过俚也要自家保重点末好。随便啥事体，推扳一点点俚就勿快活，耐想俚病陆里会好。”秀姐道：“二少爷，耐是蛮明白来浪。俚自家晓得保重点，也无拨该个病哉，才为仔勿快活了起个头啘。故末也要耐二少爷去说说俚，俚还好点。”玉甫点头无语。秀姐又说些别的，玉甫方兴辞，原回漱芳房来。漱芳问道：“无娒请耐去说啥？”玉甫道：“无啥，说屠明珠搭阿是烧路头。”漱芳道：“勿是该个闲话，无娒来浪说我啘。”玉甫道：“无娒为啥说耐。”漱芳道：“耐（要勿）来骗我，我也猜着个哉。”玉甫笑道：“耐猜着仔末，再要问我。”漱芳默然。浣芳拉了玉甫踅至床前，推他坐下，自己趴在玉甫身上问：“无娒真个说啥？”玉甫道：“无娒说耐勿好。”浣芳道：“说我啥勿好？”玉甫道：“说耐勿听阿姐个闲话，阿姐为何耐勿快活，生个病。”浣芳道：“再说啥？”玉甫道：“再说末，说耐阿姐也勿好。”浣芳道：“阿姐啥勿好嗄？”玉甫道：“阿姐末勿听无娒个闲话，听仔无娒，吃点鸦片烟寻寻开心，陆里会生病嗄。”浣芳道：“耐瞎说！啥人教阿姐吃鸦片烟？吃仔鸦片烟加二勿好哉。”

正说时，漱芳伸手要茶，玉甫忙取茶壶，凑在嘴边吸了两口，漱芳从容说道：“倪无娒是单养我一干仔，我有点勿适意仔，俚嘴里末勿说，心里是急杀来浪。我也巴勿得早点好仔末，让俚也快活点，陆里晓得一径病到仔故歇还勿好。我自家拿面镜子来

照照，瘦得来是勿像啥人个哉！说是请先生吃药，真真吃好仔也无啥，我该个病陆里吃得好嗄。旧年生仔病下来，头一个先是无娒急得来要死，耐末也无拨一日舒舒齐齐。我再要请先生哉，吃药哉，吵得一家人才勿安逸。娘姨、大姐做生活还忙杀来浪，再要搭我煎药，俚哚生来勿好来说我，说起来终究是为我一干子，病末倒原勿好，阿是无啥意思。”玉甫道：“故是耐自家来里多心，再有啥人来说耐？我说末，勿吃药也无啥，不过好起来慢性点，吃两贴药末早点好。耐说阿对？”漱芳道：“无娒定归要去请先生，故也只好依俚。倘然吃仔药原勿好，无娒加二要急杀哉。我想我从小到故歇，无娒一径稀奇杀仔，随便要啥，俚总依我，我无拨一点点好处拨俚，倒害俚要急杀快，耐说我陆里对得住俚。”玉甫道：“耐无娒就为仔耐病。耐病好仔，俚也好哉，耐也无啥对勿住。”漱芳道：“我自家生个病，自家阿有啥勿觉着。该个病死末勿见得就死，要俚好倒也难个哉。我是一径常恐无娒几个人听见仔要发急，一径勿曾说，故歇也只好说哉。耐末也白认得仔我一场，先起头说个几花闲话，（要勿）去提起哉，要么该世里碰着仔，再补偿耐。我自家想，我也无啥豁勿开，就不过一个无娒苦恼点。无娒说末说苦恼，终究有个兄弟来里，耐再照应点俚，还算无啥，我就死仔也蛮放心。除脱仔无娒，就是俚。”说着，手指浣芳：“俚虽然勿是我亲生妹子，一径搭我蛮要好，赛过是亲生个一样。我死仔倒是俚先要吃苦，我故歇别样事体才勿想，就是该个一桩事体要求耐。耐倘然勿忘记我，耐就听我一句闲话，依仔我，耐等我一死仔末，耐拿浣芳就讨仔转去，赛过是讨仔我。隔两日，俚要想着我阿姐个好处，也拨我一口羹饭吃吃，让我做仔鬼也好有个着落，故末我一生一世事体也总算是完全个哉。”

漱芳只管唠叨，谁想浣芳站在一旁，先时还怔怔地听着，听到这里，不禁哇的一声竟哭出来，再收纳不住。玉甫忙上前去劝。浣芳一撒手，带哭跑去，直哭到李秀姐房里，叫声“无娒”，说：“阿姐勿好哉呀！”秀姐猛吃一吓，急问：“做啥？”浣芳说不出，把手指道：“无娒去看唲！”秀姐要去看时，玉甫也跑过来，连说：“无啥，无啥。”遂将漱芳说话略述几句，复埋怨浣芳性急。秀姐也埋怨道：“耐啥一点勿懂事！阿姐是生仔病了，说说罢哉，阿是真个勿好哉嗄。”于是秀姐挈了浣芳的手，与玉甫偕至前边，并立在漱芳床前。见漱芳没甚不好，大家放心。秀姐乃呵呵笑道：“俚末阿晓得啥，听见耐说得苦恼末就急杀哉。倒吓得我来要死！”漱芳见浣芳泪痕未干，微笑道：“耐要哭末，等我死仔多哭两声末哉，啥要紧得来。”秀姐道：“耐也（要勿）说哉啘，再说说，俚再要哭哉。”随望望妆台上摆的黑石自鸣钟道：“天也十二点钟哉，到我房里去困罢。”挈了浣芳的手要走。浣芳不肯去，道：“我就该搭藤高椅浪困末哉。”秀姐道：“藤高椅浪陆里好困，快点去喤。”浣芳又急的要哭。玉甫调停道：“让俚该搭床浪困罢，该只床三个人困也蛮适意哉。”秀姐便就依了，再叮嘱浣芳“（要勿）哭”，方去。随后大阿金、阿招齐来收拾，吹灯掩门，叫声“安置”而退。玉甫令浣芳先睡，浣芳宽去外面大衣，自去漱芳脚后里床曲体拳卧。玉甫也穿着紧身衫裤，和漱芳并坐多时，方各睡下。

玉甫心想漱芳的病，甚是焦急，哪里睡得着。漱芳先已睡熟，玉甫觉天色很热，想欲翻身，却被漱芳臂膊搭在肋下，不敢惊动，只轻轻探出手来，将自己这边盖的衣服揭去一层，随手一甩，直甩在里床浣芳身边，浣芳仍寂然不动，想也是睡熟的了。玉甫睁眼看时，妆台上点的灯台隔着纱帐，黑魆魆看不清楚，约摸两点钟光景，四下里已静悄悄的，惟远远听得马路上还有些车轮碾动声音。玉甫稍觉心下清凉了些，渐渐要睡。朦胧之间，忽然漱芳在睡梦中大声叫唤，一只手抓住玉甫捆身子，狠命的往里挣，口中只喊道："我勿去呀！我勿去呀！"玉甫早自惊醒，连说："我来里呀，（要勿）吓啘。"慌忙起身，抱住漱芳，且摇且拍。漱芳才醒转来，手中兀自紧紧揣着不放，瞪着眼看定玉甫，只是喘气。玉甫问："阿是做梦？"漱芳半日方道："两个外国人要拉我去呀！"玉甫道："耐总是日里看见仔外国人了，吓哉。"漱芳喘定放手，又叹口气道："我腰里酸得来。"玉甫道："阿要我来跌跌①？"漱芳道："我要翻转去。"玉甫乃侧转身，让漱芳翻身向内。漱芳缩紧身子，钻进被窝中，一头顶住玉甫怀里，教玉甫两手合抱而卧。这一翻身，复惊醒了浣芳，先叫一声"姐夫"。玉甫应了，浣芳便坐起来，揉揉眼睛问："阿姐啘？"玉甫道："阿姐末困哉，耐快点困啘，起来做啥？"浣芳道："阿姐困来哚陆里嗄？"玉甫道："哪，来里该搭。"浣芳不信，爬过来扳开被横头看见了方罢。玉甫催她去困。浣芳睡下，复叫道："姐夫，耐（要勿）困着，等我困着仔末，耐困。"玉甫随口应承。

一会儿，大家不知不觉同归黑甜乡中。及至明日九点钟时都未起身，大阿金在床前隔帐子低声叫："二少爷。"陶玉甫、李漱芳同时惊醒。大阿金呈上一张条子，玉甫看是云甫的笔迹，看毕回说："晓得哉。"大阿金出去传言。漱芳问："啥事体？"玉甫道："黎篆鸿昨夜接着个电报，说有要紧事体，今朝转去哉，阿哥教我等一歇一淘去送送。"漱芳道："耐阿哥倒巴结哚。"玉甫道："耐困来浪，我去一埭就来。"漱芳道："昨夜耐赛过勿曾困，

① 跌跌——指在身上轻轻敲打。

晚歇早点转来，再困歇。”玉甫方着好衣裳下床，浣芳也醒了，嚷道：“姐夫啥起来哉嗄？耐倒喊也勿喊我一声就起来哉。”说着，已爬下床来。玉甫急取她衣裳替他披上。瀬芳道：“耐也多着点，黄浦滩风大。”玉甫自己乃换了一件棉马褂，替浣芳加上一件棉马甲。收拾粗完，陶云甫已乘轿而来。玉甫忙将帐子放下，请云甫到房里来。

第二十回终。

第二十一回

问失物瞒客诈求签　限归期怕妻偷摆酒

按：陶玉甫请陶云甫到李漱芳房里来坐，云甫先问漱芳的病，便催玉甫洗脸打辫，吃些点心，然后各自上轿，出东兴里，向黄浦滩来。只见一只小火轮船泊在洋行码头，先有一肩官轿，一辆马车，傍岸停着。陶云甫、陶玉甫投上名片，黎篆鸿迎进中舱。舱内还有李实夫、李鹤汀叔侄两位，也是来送行的。大家相见就坐，叙些别话。须臾，于老德、朱蔼人乘轿同至。黎篆鸿一见，即问如何。朱蔼人道："说好哉，总共八千洋钱。"黎篆鸿拱手说："费神。"李实夫问是"何事"，黎篆鸿道："买两样旧物事。"于老德道："物事总算无啥，价钱也可以哉，单是一件五尺高景泰窑花瓶就三千洋钱哚。"李实夫吐舌摇头道："（要勿）去买哉，要俚做啥？"黎篆鸿笑而不言。徘徊片刻，将要开船，大家兴辞登岸。黎篆鸿、于老德送至船头，陶云甫、陶玉甫、朱蔼人皆乘轿而回。惟李实夫与李鹤汀坐的是马车，马夫本是稔熟，径驶至四马路尚仁里口停下。李实夫知道李鹤汀要往杨媛媛家，因推说有事，不肯同行。鹤汀知道实夫脾气，遂作别进弄。

李实夫实无所事，心想天色尚早，哪里去好，不若仍去扰诸十全的便饭为妙。当下一直朝西，至大兴里，刚跨进诸十全家门口，只见客堂里坐着一个老婆子，便是花雨楼所见挤紧眼睛的那个，实夫好生诧异。诸三姐迎见，嚷道："阿唷！李老爷来哉。"说着，慌即跑出天井，一把拉住实夫袖子，拉进客堂。那老婆子见机，起身告辞。诸三姐也不留，只道："闲仔末来白相。"那老婆子道谢而去。诸三姐关门回来，说："李老爷楼浪去喤。"实夫到了楼上，房内并无一人。诸三姐一面划根自来火点烟灯，一面说道："李老爷，对勿住，请坐一歇。十全末烧香去，要转来快哉。耐吃烟喤，我去泡茶来。"诸三姐正要走，实夫叫住，问那个老婆子是何人。诸三姐道："俚叫郭孝婆，是我个阿姐。李老爷阿认得俚？"实夫道："人是勿认得，来浪花雨楼看见仔几转哉。"诸三姐道："李老爷，耐勿认得俚，说起来耐也晓得哉，俚末就是倪七姊妹个大阿姐。从前倪有七个人，才是姊妹淘里，为仔要好了，结拜个姊妹，一淘做生意，一淘白相，来里上海也总算有点名气个哉。李老爷，耐阿看见照相店里的'七姊妹'个照相片子？就是倪唍。"实夫道："噢，耐就是七姊妹。价末一径倒勿曾说起。"诸三姐道："阿是说仔七姊妹，李老爷就晓得哉。难故歇个七姊妹，勿比得先起头，嫁个末嫁哉，死个末死哉，单乘倪三家头来浪。郭孝婆是大姐，弄得实概样式。我末挨着第三。再有第二个阿姐，叫黄二姐，算顶好点，该仔几个讨人，自家开个堂子，生意倒蛮好。"实夫道："故歇郭孝婆来里做啥？"诸三姐道："说起倪大阿阻来，再讨气也无拨，本事末挨着俚顶大，独是运道勿好。前年还寻着一头生意，刚刚做仔两个月，拨新衙门来捉得去，倒说是俚拐逃，吃仔一年多官司，旧年年底坎坎放出来。"

实夫再要问时，忽听得楼下门铃摇响。诸三姐道："十全转来哉。"即忙下楼去迎。实夫抬头隔着玻璃窗一望，只见诸十全既已进门，后面却还跟着一个年轻俊俏后生，穿着玄色湖绉夹袄，白灰宁绸棉裤。实夫料道是新打的一户野鸡客人，便留心侧耳去听。听得诸三姐迎至楼下客堂里，与那后生唧唧说话，但听

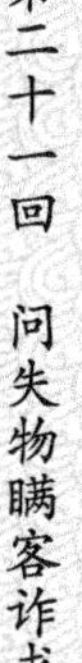

不清说的什么。说毕，诸三姐乃往厨下泡茶，送上楼来。实夫趁此要走，诸三姐拉住低声道：“李老爷（要勿）去嗹。耐道是啥人？该个末就是俚家主公呀，一淘同得去烧香转来。我说楼浪有女客来里，俚勿上来，就要去哉。李老爷，耐请坐一歇，对勿住。”实夫失惊道：“俚有实概一个家主公！”诸三姐道：“倒勿是。”实夫想了一想道：“倘忙俚定归要楼浪来末，那价呢？”诸三姐道：“李老爷放心。俚阿敢上来！就上来仔，有我来里，也勿要紧唲。”

实夫归坐无语。诸三姐复下楼去张罗一会，果然那后生径自去了。诸十全送出门口，又和诸三姐同往厨下唧唧说了一会，始上楼来陪实夫。实夫问：“阿是耐家主公？”诸十全含笑不答。实夫紧着要问，诸十全嗔道：“耐问俚做啥嗄？”实夫道：“问问耐家主公末也无啥唲，阿有啥人来抢得去仔了发极。”诸十全道：“（要勿）耐问。”实夫笑道：“噢唷！有仔个家主公子，稀奇得来，问一声都勿许问。”诸十全伸手去实夫腿上摔了一把，实夫叫声“啊唷喂。”诸十全道：“耐阿要说？”实夫连道：“勿说哉，勿说哉！”诸十全方才放手。实夫仍洋嘻嘻笑着说道：“耐个家主公倒出色得野哚，年纪末轻，蛮蛮标致个面孔，就是一身衣裳也着得价清爽，真真是耐好福气。”诸十全听了，欻地连身直扑上去，将实夫撳倒在烟榻上，两手向肋下乱搔乱戳。实夫笑得涎流气噎，没个开交。幸值诸三姐来问中饭，诸十全讪讪的只得走开。诸三姐扶起实夫，笑道：“李老爷，耐也是怕肉痒个？倒搭俚家主公差勿多。”实夫道：“耐再要去说俚家主公！为是我说仔俚家主公末，俚动气，搭我噪。”诸三姐道：“耐说俚家主公啥，俚动气？”实夫道：“我说俚家主公好，勿曾说啥。”诸三姐道：“耐末说好，俚只道仔耐调皮，寻俚个开心，阿对？”实夫笑而点

头，却偷眼去看诸十全，见诸十全靠窗端坐，哆口低头，剔理指甲，早羞得满面红光，油滑如镜。实夫便不再说。诸三姐问道："李老爷吃啥？我去叫菜。"实夫随意说了两色，诸三姐即时去叫。

实夫吸过两口烟，令诸十全坐近前来说些闲话。诸十全向怀中摸出一纸签诗，授与实夫看了，即请推详。实夫道："阿是问生意好勿好？"诸十全嗔道："耐末真真调皮得来，倪做啥生意嗄？"实夫道："价末是问耐家主公？"诸十全又欻地叉起两手，实夫慌忙起身躲避，连声告饶。诸十全乘间把签诗抢回，说："（要勿）耐详哉。"实夫涎着脸伸手去讨，说："（要勿）动气，让我来念拨耐听。"诸十全越发把签诗撂在桌上，别转头，说："我（要勿）听。"实夫甚觉没意思，想了想，正色说道："该个签末是中平，句子倒说得蛮好，就是上上签也不过实概。"诸十全听说，回头向桌上去看，果然是"中平签"。实夫趁势过去指点道："耐看该搭阿是说得蛮好？"诸十全道："说个啥？耐念念看唍。"实夫道："我来念，我来念。"一手取过签诗来，将前面四句丢开，单念旁边注解的四句道：

"媒到婚姻遂，医来疾病除；
行人虽未至，失物自无虞。"

念毕，诸十全原是茫然，实夫复逐句演说一遍。诸十全问道："啥物事叫'医来？"实夫道："'医来'末就是说请先生。请着仔先生，病就好哉。"诸十全道："先生陆里去请嗄？"实夫道："故是俚倒勿曾说嘷。耐生仔啥个病，要请先生？"诸十全推说："无啥。"实夫道："耐要请先生，问我好哉。我有个朋友，内外科才会，真真好本事；随便耐稀奇古怪个病，俚一把脉，就有数哉。阿要去请俚来？"诸十全道："我无啥病末请先生来做啥？”实夫道：“耐说陆里去请先生，我问耐阿要请；耐勿说，我阿好问耐？”诸十全自觉好笑，并不答言。实夫再要问时，诸三姐已叫菜回来，搬上中饭，方打断话头不提。饭毕，李实夫欲往花雨楼去吸烟。诸十全虽未坚留，却叮嘱道：“晚歇早点来，该搭来用夜饭，我等来里。”实夫应承下楼。诸三姐也赶着叮嘱两句，送至门首而别。

实夫出了大兴里，由四马路缓步东行，刚经过尚仁里口，恰遇一班熟识朋友从东踅来，系是罗子富、王莲生、朱蔼人及姚季莼四位。李实夫不及招呼，早被姚季莼一把拉住，说：“妙极哉，一淘去！”李实夫固辞不获，被姚季莼拉进尚仁里，直往卫霞仙家来。只见客堂中挂一轴神模，四众道流，对坐宣卷①，香烟缭绕，钟鼓悠扬，李实夫就猜着几分。姚季莼让众人上楼，到了房里，卫霞仙接见坐定，姚季莼即令大姐阿巧：“喊下去，台面摆起来。”李实夫乃道：“我坎坎吃饭，陆里吃得落。”姚季莼道：“啥人勿是坎坎吃饭！耐吃勿落末，请坐歇，谈谈。”朱蔼人道：“实翁阿是要紧用筒烟？”卫霞仙道：“烟末该搭有来里畹。”李实夫让别人先吸，王莲生道：“倪是才吃过歇哉，耐请罢。”实夫知道不能脱身，只得向榻床上吸起烟来。

姚季莼去开局票，先开了罗子富、朱蔼人两个局，问王莲生：“阿是两个一淘叫？”莲生忙摇手道：“叫仔小红末哉。”问到李实夫叫啥人，实夫尚未说出，众人齐道：“生来屠明珠哉畹。”实夫要阻挡时，姚季莼已将局票写毕发下，又连声催“起手巾”。李实夫只吸得三口烟，尚未过瘾，乃问姚季莼道：“耐吃酒末，

---

① 宣卷——“宣讲宝卷”的简称，始于宋元时期，是继承唐代佛教“讲经说法”的传统而产生的一种新的说唱艺术形式，其演唱的文本就是宝卷。

晚歇吃也正好碗，啥要紧嗄？”罗子富笑道：“要紧是勿要紧，难为仔两个膝馒头①末，就晚歇也无啥？”李实夫还不懂。姚季莼不好意思，解说道：“为仔今朝宣卷，倪早点吃好仔，晚歇再有客人来吃酒末，房间空来里哉，阿对？”卫霞仙插嘴道：“啥人要耐让房间嗄？耐说要晚点吃，就晚点吃末哉碗。”即回头令阿巧：“下头去说一声，局票慢点发，晚歇吃哉。”

阿巧不知就里，答应要走。姚季莼连忙喊住道：“（要勿）去说哉，台面摆好哉呀。”卫霞仙道：“台面末摆来浪末哉。”季莼道：“我肚皮也饿煞来里，就故歇吃仔罢。”霞仙道：“耐说坎坎吃饭呀，阿要先买点点心来点点。”说着，又令阿巧去买点心。季莼没奈何，低声央告道：“谢谢耐，（要勿）难为我，哝哝罢！”霞仙嗤地笑道：“价末耐为啥倒说倪嗄，阿是倪教耐早点吃？”季莼连说：“勿是，勿是！”霞仙方罢了，仍咕噜道：“人人怕家主婆，总勿像耐怕得实概样式，真真也少有出见个。”说得众人哄堂大笑。姚季莼涎着脸无可掩饰，幸而外场起手巾上来，季莼趁势请众人入席。

酒过三巡，黄翠凤、沈小红、林素芬陆续齐来，惟屠明珠后至。朱蔼人手指李实夫告诉屠明珠道：“俚仍搭黎大人来里吃醋哉，勿肯叫耐。”屠明珠道：“俚乃搭黎大人末吃啥醋嗄？俚乃勿肯叫，勿是个吃醋，总寻着仔头寸②来浪哉，想叫别人，阿晓得？”李实夫问：“想叫啥人？”屠明珠道：“怎晓得耐。”李实夫只是讪笑，王莲生也笑道：“做客人倒也勿好做，耐三日天勿去叫俚个局，俚哚就瞎说，总说是叫仔别人哉，才实概个。”沈小红坐在背后，冷接一句道：“倒勿是瞎说喤。”罗子富大笑道：

---

① 膝馒头——方言。指膝盖。

② 头寸——这里指买主，客人。

“啥勿是瞎说嘎！客人末也不来里瞎说，倌人末也来里瞎说！故歇末吃酒，瞎说个多花啥。”姚季莼喝声彩，叫阿巧取大杯来。当下摆庄划拳，闹了一阵。及至酒阑局散，已日色沉西矣。

罗子富因姚季莼要早些归家，不敢放量，覆杯告醉。姚季莼乃命拿干稀饭来。李实夫饭也不吃，先就兴辞。王莲生、朱蔼人只吃一口，要紧吸烟，也匆匆辞去。惟罗子富吃了两碗干饭，始揩面漱口而行。姚季莼即要同走，卫霞仙拉住道：“倪吃酒客人勿曾来哋，耐就要让房间哉。”姚季莼笑道：“要来快哉呀。”霞仙道：“就来仔末，等俚哚亭子间里吃，耐搭我坐来浪，(要勿)耐让末哉。”季莼复作揖谢罪，然后跟着罗子富下楼。轿班皆已在门前伺候，姚季莼作别上轿，自回公馆。

罗子富却并不坐轿，令轿班抬空轿子跟在后面，向南转一个弯，往中弄黄翠凤家。正欲登楼，望见楼梯边黄二姐所住的小房间开着门，有个老头儿当门踞坐。子富也不理会，及至楼上，黄二姐却在房间里，黄翠凤沉着脸，哆着嘴，坐在一旁吸水烟，似有不豫之色。子富进去，黄二姐起身叫声“罗老爷”，问：“台面散哉？”子富随口答应坐下。翠凤且自吸水烟，竟不搭话。子富不知为着甚事，也不则声。俄延多时，翠凤忽说道：“耐自家算算看，几花年纪哉！再要去轧姘头，阿要面孔！”黄二姐自觉惭愧，并没一句回言。翠凤因子富当前，不好多说。又俄延多时，翠凤水烟方吸罢了，问子富：“阿有洋钱来浪？”子富忙应说：“有。”向身边摸出一个像皮靴叶子①授与翠凤。

翠凤揭开看时，叶子内夹着许多银行钞票。翠凤只拣一张拾圆的抽出，其余仍夹在内，交还子富，然后将那拾圆钞票一撩，

① 靴叶子——皮夹。清代官员穿高筒靴，皮夹可掖在靴筒里。

撩与黄二姐，大声道："再拿去贴拨俚哚!"黄二姐羞得没处藏躲，收起钞票，佯笑道："勿个。"翠凤道："我也勿来说耐哉，难看耐无拨仔再好搭啥人去借。"黄二姐笑道："耐放心，勿搭耐借末哉。难末谢谢罗老爷，倒难为耐。"说着，讪讪笑下楼去。翠凤还咕噜道："耐要晓得仔难为倒好哉!"

子富问道："俚要洋钱去做啥?"翠凤攒眉道："倪个无娒真真讨气，勿是我要说俚！有来浪洋钱，拨来姘头借得去，自家要用着哉，再搭我讨。说说俚，假痴假呆。随便耐骂俚打俚，俚隔两日忘记脱仔，原实概。我也同俚无那哈①个哉!"子富道："俚姘头是啥人?"翠凤道："算算俚姘头，倒无数目喤！老姘头（要勿）去说俚哉，就故歇姘个也好几个来浪。耐看俚年纪末大，阿有啥一点点清头嗄。"子富道："小房间里有个老老头，阿是俚姘头?"翠凤道："老老头是裁缝张司务，陆里是姘头。故歇就为仔拨俚裁缝帐，凑勿齐哉。"子富微笑丢开。闲谈一会，赵家娒搬上晚餐，子富说已吃过，翠凤乃喊妹子黄金凤来同吃。晚餐未毕，只听得楼下外场喊道："大先生出局。"翠凤高声问："陆里搭?"外场说："后马路。"翠凤应说，"来个"。

第二十一回终。

① 无那哈——没有办法的意思。

第二十二回

借洋钱赎身初定议　买物事赌嘴早伤和

按：黄翠凤因要出局，慌忙吃毕夜饭，即喊小阿宝舀面水来，对镜捕面。罗子富问："叫到后马路啥场花？"翠凤道："原是钱公馆哉喤。俚哚是牌局，一去仔末就要我代碰和，我要无拨啥转局，一径碰下去勿许走。有辰光两三点钟坐来浪，厌气得来。"子富道："厌气末就谢谢（要勿）去哉。"翠凤道："叫局阿好勿去？倪无娒要说个。"子富道："耐无娒阿敢来说耐？"翠凤道："无娒末啥勿敢说，我一径勿曾做差啥事体，生来无娒勿说啥，倘然推扳仔一点点，倪个无娒肯罢哉！"

说时，赵家娒取出出局衣裳。翠凤一面穿换，一面叮嘱子富道："耐坐来浪，我去一歇歇就转来个。"又叮嘱金凤"（要勿）走开"，又令小阿宝喊珠凤也来陪坐。然后赵家娒提了琵琶及水烟筒袋前行，翠凤随着，下楼登轿，径至后马路钱公馆门前停下。望见客堂里灯烛辉煌，又听得高声划拳，翠凤只道是酒局，及进去看时，席上只有杨柳堂、吕杰臣、陶云甫暨主人钱子刚四位，方知为碰和的便夜饭。杨柳堂一见黄翠凤，嚷道："来得正好，请耐吃两杯酒。"即取一鸡缸杯送到翠凤嘴边。翠凤侧首让过道："我勿来吃。"柳堂还要纠缠。翠凤不理，径去靠壁高椅坐下。钱子刚忙起身向柳堂道："耐去划拳，我来吃。"便接了那杯酒。柳堂归座与吕杰臣划拳。

钱子刚执杯在手，告诉黄翠凤道："倪四家头来里捉赢家，我一连输十拳哚，吃仔八杯，剩两杯勿曾吃。耐阿吃得落，替我代一杯，阿好？”翠凤听说，接来呷干，授还杯子，又说：“再有一杯去拿得来。”子刚道：“就剩一杯哉，让赵家姆代仔罢。”赵家姆向桌上取一杯来，也吃了。陶云甫怂恿杨柳堂道：“耐末也算得是谄头①哉！一样一杯酒，钱老爷教俚代，耐看俚吃得阿要快。”黄翠凤乃道：“耐是会说得来，吃杯酒也要说多花闲话哚！一样是朋友，耐帮仔杨老爷来说倪，赛过来里说钱老爷。记耐去说末哉，勿关倪事。”吕杰臣道：“故歇我输哉，耐也替我代一杯，让俚说勿出啥。”翠凤道：“吕老爷，勿然是代末哉，故歇拨俚说仔了，定归勿代。”杨柳堂催吕杰臣：“快点吃，吃他仔倪要碰和哉。”黄翠凤问：“阿曾碰歇？”钱子刚说：“四圈庄碰满哉，再有四圈。”吕杰臣吃完拳酒，因指陶云甫：“挨着耐捉赢家哉。”陶云甫遂与杨柳堂豁起拳来。

黄翠凤生恐代酒，假作随喜，避入左厢书房。只见书房中央几案纵横，筹牌错杂，四枝膻烛，却已吹灭，惟靠窗烟榻上烟灯甚明，随意坐在下手。随后钱子刚也到书房里，向上手躺着吸烟。翠凤乃问道：“倪无姆阿曾向耐借洋钱？”子刚道：“借末勿曾借，前日夜头我搭俚讲讲闲话，俚说故歇开销末大，洋钱无拨下来，过勿去，好像要搭我借，后来一泡仔讲别样事体，俚也就勿曾说起。”翠凤道：“倪无姆个心思重得野哚，耐倒要当心点。前转耐去镶仔一对钏臂，俚搭我说：‘钱老爷一径无拨生意，倒勿晓得陆里来个多花洋钱？’我说：‘客人个洋钱末，耐管俚陆里来个嗄。’俚说：‘倪无拨洋钱用，勿晓得洋钱才到仔陆里去哉。’我是气昏仔了，勿去说俚哉。耐想该号闲话俚是啥意思？”子刚

① 谄头——即孱头。软弱无能，不中用的人。

道："耐教我当心点，阿是当心倒借洋钱？"翠凤道："倒要向耐借洋钱末，耐定归（要勿）借拨倒。随便啥物事，耐也（要勿）去搭我买。耐故歇就说是买拨我，隔两日终是倒哚个物事。倒哚一点点勿见好，倒好像耐洋钱多煞来浪，害倒哚眼热煞。耐勿买倒无啥。"子刚道："倒倒一径搭耐蛮要好，故歇倒转差他啥个念头，勿相信耐哉，阿对？"翠凤道："一点勿差。故歇是倒有心要难为我。前日底有个客人动身，付下来一百洋钱局帐。倒有仔洋钱，十块廿块，才拨来姘头借得去，今朝要付裁缝帐，无拨哉，倒向我要洋钱。我说：'我末啥场花有洋钱嗄？出局衣裳，生来要耐做个惋。耐晓得今朝要付裁缝帐，为啥拨姘头借得去？'拨我反仔一泡，倒倒吓得勿响哉。"子刚道："价末今朝阿曾拨点倒？"翠凤道："我为仔第一转，绷绷倒场面，就罗个搭借仔十块洋钱拨倒。依仔倒心里，倒勿是要借罗个洋钱，要我来请耐向耐借，再要多借点，故末称子哉。"子刚道："实概说，倒勿曾借着我个洋钱，陆里会称心嗄？倘然倒向我借，我倒也勿好回头倒。"翠凤道："耐勿借也无啥惋，啥该应要借拨倒？耐说'我一径无拨生意了，洋钱也无拨哉'，阿是说得蛮体面？到仔节浪，通共叫几个局，该应付几花洋钱，局帐清爽仔，倒阿好说耐啥邱话？"子刚道："故是倒要恨煞哉。我说，倒不过要借洋钱，就少微借点拨倒，也有限煞个。再哝两节，等耐赎仔身末，好哉惋。"翠凤道："我勿要。耐同倒阿有啥讲究，定归要借拨倒，阿是真个洋钱忒多仔了？就算耐洋钱多，等我赎仔身借拨我末哉惋。"子刚道："故歇耐阿想赎身？"翠凤连忙摇手，叫他莫说；再回头向外窥觑，却正见一个人影影绰绰站在碧纱屏风前，急问："啥人嗄？"那人见唤，拍手大笑而出。原来是吕杰臣。钱子刚丢下烟枪起坐，笑道："耐来里吓人！"吕杰臣道："我是来里捉奸！耐

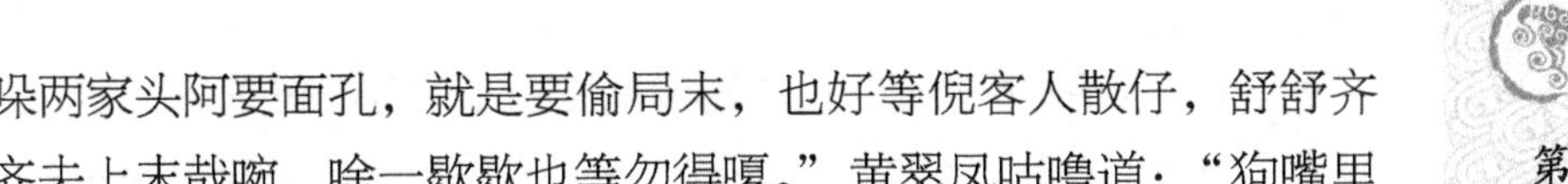

哚两家头阿要面孔，就是要偷局末，也好等倪客人散仔，舒舒齐齐去上末哉啘，啥一歇歇也等勿得嗄。”黄翠凤咕噜道：“狗嘴里阿会生出象牙来!”

吕杰臣再要回言，被钱子刚拉至客堂归席。杨柳堂道：“倪输仔拳，酒也无人代，耐主人家倒寻开心去哉。”陶云甫道：“故歇让耐去开心，晚歇碰和末抵桩多输点。”钱子刚并不置辨，只问拳酒如何。四人复哄饮一回，始用晚饭。饭后，同至书房点烛碰和。

钱子刚因吸烟过瘾，请黄翠凤代碰。翠凤碰过两圈，赢了许多，愈觉高兴，乃喊赵家姆来附耳叮嘱些说话。赵家姆领会，独自[illegible]回家中，径上楼寻罗子富。不料子富竟不在房，只有黄珠凤垂头伏桌打瞌铳。赵家姆拎起珠凤耳朵，问：“罗老爷呢?”珠凤醒而茫然，对答不出；连问几遍，方说道：“罗老爷去哉呀。”赵家姆问：“陆里去嗄?”珠凤道：“勿晓得啘。”赵家姆发怒，将指头照珠凤太阳里戳了一下，又下楼至小房间问黄二姐。黄二姐告诉道：“罗老爷末拨朋友请到吴雪香搭吃酒去哉。耐去搭大先生说，早点转来去转局。”赵家姆道：“价末等罗老爷票头来仔，我带得去罢。故歇俚也勿肯转来啘。”黄二姐应承了。等够多时，才接到罗子富局票，果然是叫到东合兴里吴雪香家的。

赵家姆手执票头，重往后马路钱公馆来。一进门口，见左厢书房里黑魆魆地并无灯光，知道碰和已毕，客人已散，即转身进右厢内室，见了钱子刚的正妻，免不得叫声“太太”。那钱太太倒眉花眼笑说道：“阿是接先生转去?先生来哚楼浪，耐就该搭等一歇末哉。”赵家姆只得坐下，却慢慢说出要去转局。钱太太道：“先生有转局末，早点去罢，晚仔勿局个。耐到楼梯下头去喊一声喤。”赵家姆急至后半间，仰首扬声叫“大先生”，楼上不见答应；又连叫两声，说："要转局去呀。"仍是寂然毫无声息。钱太太又叫住道："（要勿）喊哉，先生听见个哉。"赵家姆没法，仍出前半间陪钱太太对坐闲话。

一会儿，只得黄翠凤脚声下楼，赵家姆忙取琵琶及水烟筒袋上前相迎。翠凤盛气嗔道："啥要紧嗄，嘤喤嘤喤噪勿清爽！"钱太太含笑分解道："俚末也算勿差，为仔票头来仔歇哉，常恐忒晚仔勿局，喊耐早点去。"翠凤不好多言，和钱太太立谈两句，道谢辞行。钱太太直送至客堂前，看着翠凤上轿方回。赵家姆跟在轿后，径往东合兴里吴雪香家，搀了翠凤到台面上，只见客人、倌人、娘姨、大姐早挤得密层层没些空隙。罗子富座后紧靠妆台，赵家姆挤不进去。适罗子富与王莲生并坐，王莲生叫的局乃是张蕙贞，见了黄翠凤，即挪过自己坐的凳子，招呼道："翠凤阿哥，该搭来喤。"又招呼赵家姆，觉得着实殷勤，异常亲密。黄翠凤见张蕙贞金珠首饰奕奕有光，知道是新办的，因携着手看了看，道："故歇名字戒指出老样式哉。"张蕙贞见黄翠凤头上插着一对翡翠双莲蓬，也要索观。黄翠凤拔下一只授与张蕙贞，蕙贞道："绿头倒无啥。"

不料王莲生以下即系主人葛仲英坐位，背后吴雪香听得张蕙贞赞好，便伸过头来一看，问黄翠凤："几花洋钱买个？"翠凤说是"八块"。吴雪香忙向自己头上拔下一只，将来比试。张蕙贞见是全绿的，乃道："也无啥。"吴雪香艴然道："也无啥！我一对四十块洋钱哚呀，阿是也无啥！"黄翠凤听说，从吴雪香手里接来估量一回，问道："阿是耐自家买个嗄？"吴雪香道："买是客人去买得来个，来里城隍庙茶会浪。俚哚才说勿贵，珠宝店里陆里肯嗄！"张蕙贞道："倪是倒也看勿出。拿俚一对来比仔末，好像好点。"吴雪香道："翡翠个物事难讲究哚，稍微好一点就难得看见哉。我一对莲蓬，随便啥物事总比勿过俚。四十块洋钱，是实概模样呀。”

黄翠凤微笑不言，将莲蓬授还吴雪香。张蕙贞也将莲蓬授还黄翠凤。葛仲英正在打庄，约略听得吴雪香说话，不甚清楚；及三拳豁毕，即回头问吴雪香：“啥物事要四十块洋钱？”吴雪香遂将莲蓬授与葛仲英，仲英道：“耐上仔当哉，陆里有四十块洋钱嗄！买起来不过十块光景。”吴雪香道：“耐末晓得啥嗄！自家勿识货，再要批榻，十块光景耐去买哉喤！”罗子富道：“拿得来我来看。”擘手接过莲蓬来。黄翠凤道：“耐也是勿识货个末，看啥嗄？”罗子富大笑道：“我真个也勿识货。”遂又将莲蓬传与王莲生。莲生向张蕙贞道：“比仔耐头浪一对好多花哉。”张蕙贞道：“故是自然，我一对阿好比嗄。”吴雪香接嘴道：“耐也有来浪，让我看阿好。”张蕙贞道：“我一对是一点勿好个，难再要去买一对。”说着，也拔下一只，授与吴雪香。雪香问：“几块洋钱？”张蕙贞笑道：“耐一对末，我要买十对哚。”吴雪香道：“四块洋钱，生来无拨啥好物事买哉。耐再要买，情愿价钱大点。价钱大仔物事总好哉哓。”张蕙贞笑着，随向王莲生手里取那莲蓬和吴雪香更正。当时临到罗子富摆庄，“五魁”“对手”之声隆隆然如春霆震耳，才把吴雪香莲蓬议论剪断不提。原来这一席除罗子富、王莲生以外，都是钱庄朋友。只为葛仲英同吴雪香恩爱缠绵，意不在酒，大家争要凑趣，不肯放量，勉强把罗子富的庄打完，就草草终席而散。

吴雪香等客人散尽了，重复和葛仲英不依道：“我来里说闲话末，耐该应也帮我说句把，故末算得耐要好；耐倒来扳我个差头，阿要诧异！我说一对莲蓬要四十块洋钱哚，真个四十块洋钱，勿是我骗耐哓。耐勿相信，去问小妹姐好哉。耐一歇极得

来，常恐倪要耐拿出四十块洋钱来，连忙说十块。就是十块末，阿是耐搭我去买得来嗄？耐就搭我买仔一只洋铜钏臂连一只表，也说是三十几块唻，说到我自家个物事末就勿稀奇哉。耐心里只道仔我是蹩脚倌人，陆里买得起四十块洋钱莲蓬，只好拿洋铜钏臂来当仔金钏臂带带个哉，阿是？"一顿夹七夹八的胡话，倒说得仲英好笑起来，道："故末阿有啥要紧嗄？就是四十块末也勿关我事。"雪香道："价末耐说啥十块嗄？耐说是十块末，耐去照式照样买得来，我再要买一副头面哩。洋钱我自家出末哉，耐去搭我买。"仲英笑道："（要勿）说哉，我去买末哉。"雪香道："耐是来里搭浆碗，我明朝就要个喤。"仲英道："我今朝夜头去买，阿好？"雪香道："好个，耐去喤。"仲英真个取马褂来著，恰遇小妹姐进房，慌道："二少爷做啥？"正要拦阻，雪香丢个眼色，不使上前。仲英套上扳指，挂上表袋，手执折扇，笑向雪香道："我去哉。"雪香一把拉住，问："耐到陆里去？"仲英道："耐教我买物事去碗。"雪香道："好个，我搭耐一淘去。"携了仲英的手便走。踅至帘前，仲英立定不行，雪香尽力要拉出门外去。小妹姐在后拍手大笑道："拨巡捕来拉得去仔末好哉！"客堂里外场不解何事，也来查问。小妹姐乃做好做歹劝进房里，仍替仲英宽去马褂。雪香撅着嘴，坐在一旁，嘿然不语。仲英只是讪笑。小妹姐亦呵呵笑道："两个小干仵并仔一堆末，成日个哭哭笑笑，也勿晓得为啥，阿要笑话。"仲英道："对勿住，倒难为耐老太太讨气。"小妹姐道："划一①，我真个气煞来里。"说罢自去。仲英踅至雪香面前，低声笑道："耐阿听见，拨俚唻当笑话。一点无拨啥事体，瞎噪仔一泡，故末算啥喤？"雪香不禁嗤地笑

① 划一——的确，确实。

道："耐阿要再搭我强了？"仲英道："好哉，耐便宜个哉。"雪香方欢好如初。

仲英听得外场关门声响，随取下表袋看时，已至一点多钟，说道："天勿早哉，倪困罢。"雪香问："阿要吃稀饭？"仲英说："（要勿）吃。"雪香即喊小妹姐来收拾。小妹姐舀水倾盆，铺床叠被。正在忙乱之顷，忽然一个小大姐推进大门，跑至房里，赶着小妹姐叫一声"无姆"，便将袖子掩口要哭。小妹姐认得是外甥女，名叫阿巧，住在卫霞仙家的，急问她道："耐故歇跑得来做啥！"那阿巧要说，却一时说不出口。

第二十二回终。

第二十三回

外甥女听来背后言　家主婆出尽当场丑

按：吴雪香家娘姨小妹姐见外甥女阿巧要哭，骇异问道："啥嘎?"阿巧哭道："我勿去哉!"小妹姐不解，怔怔地看定阿巧；看了一会，问道："阿是搭啥人相骂哉?"阿巧摇头道："勿是。早晨揩只烟灯，跌碎仔玻璃罩，俚哚无娒说，要我赔个。我到洋货店里买仔一只末，嫌道勿好，再要去买，换一家洋货店，说要买好个。等到买得来，原勿好，要我去调，拿跌碎个玻璃罩一淘带得去，照样子买一只。洋货店里说要两角洋钱哚，调末也勿肯调。我做俚哚大姐，一块洋钱一月，正月里做下来勿满三块洋钱，早就寄到仔乡下去哉，陆里再有两角洋钱!"小妹姐听说，倒笑起来，道："故末阿有啥要紧嘎?耐个小干仵末也少有出见个!耐拿玻璃罩放来浪，明朝我搭耐去买。"阿巧忙道："无娒，勿呀!俚哚个生活，我做勿转呀!早晨一起来末，三只烟灯，八只水烟筒，才要我来收拙。再有三间房间，扫地，揩台子，倒痰盂罐头，陆里一样勿做。下半日汏衣裳，几几花花衣裳就交拨我一干仔，一日到夜总归无拨空。有辰光客人碰和，一夜天勿困，到天亮碰好仔，俚哚末去困哉，我末收拙房间。"小妹姐道："俚哚再有两个大姐哩，来浪做啥?"阿巧道："俚哚两家头阿肯做生活嘎!十二点钟喊俚哚起来吃中饭，就搭先生梳一个头；梳好仔头末，无事体哉，横来哚榻床浪，搁起仔脚吃鸦片烟；有客人来，搭客人讲讲笑话，蛮写意。我末绞手巾、装水烟忙煞。大月底，看俚哚拆下脚洋钱，三四块，五六块，阿要开心。我是一个小铜钱也勿曾看见。”说到这里，又哇地哭出声来。

小妹姐正色道：“耐末总归自家做生活，（要勿）去学俚哚个样。俚哚来浪拆下脚洋钱①，耐也（要勿）去眼热。故歇生来要吃点亏，耐要会梳仔个头末好哉。勿然我搭耐说仔罢，刚刚乡下上来，头一家做生意就勿高兴出来，出来仔耐想做啥？再有啥人家要耐？”阿巧呜咽道：“无娒，耐勿晓得呀！单是做生活倒罢哉，我来里做生活，俚哚再要搭我噪。我勿噪末，俚哚就勿快活，告诉无娒，说我做生活勿高兴。碰着会噪点个客人，俚哚同客人串通仔，使我来寻开心：一个客人拉住仔个手，一个客人扳牢仔个脚，俚哚两家头来剥我裤子。”说着，复呜呜咽咽哭个不住。却引得葛仲英、吴雪香都好笑起来。小妹姐也笑了，急问：“阿曾剥嗄？”阿巧哭道：“啥勿曾剥！倒是先生看勿过，拉我起来。无娒晓得仔，倒说我小干仵哭哭笑笑，讨人厌。”吴雪香接说道：“客人也忒啥无淘成！人家一个大姐，耐剥脱俚裤子，阿是勿作兴个。”葛仲英道：“一块洋钱一月，阿怕无拨人家要，（要勿）到俚哚去做哉。”小妹姐独无言。

迨房间内收拾已毕，葛仲英、吴雪香将要安置，小妹姐乃向阿巧道：“耐就勿做，也等我寻着仔人家末好出来，故歇耐转去，哝两日再说。”阿巧道：“价末无娒要搭我寻个喤。”小妹姐道：“晓得哉，耐去罢。”阿巧又问：“烟灯罩阿要赔嗄。”小妹姐叫把跌碎的留下：“明朝我去买。”又叮嘱：“难末做生活当心点。”阿巧答应，辞了小妹姐，仍归至尚仁里卫霞仙家。那时客堂里宣卷道流正演说《洛阳桥》故事，许多闲人簇拥观听。阿巧概不理

---

① 下脚洋钱——也简作“下脚”，即小账。

会，径去后面小房间见老鸨卫姐，回说："烟灯罩洋货店里勿肯调，明朝无娒去买得来。"卫姐道："耐到无娒搭去个？"阿巧说："去个。"卫姐嗔道："一点点事体，再要去告诉无娒！阿是告诉仔耐无娒末（要勿）赔哉？"阿巧不敢顶嘴，趄上楼来，只见卫霞仙房里第二台吃酒客人尚未尽散。那客人乃北信典铺中翟掌柜暨几个朝奉，正是会噪的。阿巧自思生意将歇，何必再去巴结，遂不进房，竟去亭子间烟榻上暗中摸索睡下；听得前面一阵阵嘻笑之声不绝于耳，哪里睡得着。随后拖台掇凳，又夹着忽刺刺牙牌散落声音，知道是碰和了。

阿巧正要起身，却听得那两个大姐出房喊外场起手巾，复下楼寻阿巧。卫姐说："阿巧来里楼浪啘，常恐去困哉。"一个大姐道："俚倒开心哚啘！耐去喊唲。"一个大姐道："我勿去喊，俚勿高兴做生活末，倪来做末哉。啥稀奇。"阿巧听了，赌气复睡，只因心灰意懒，遂不觉沉沉一觉，直到日上三竿。阿巧醒来，坐在榻上，揉揉眼睛，侧耳听时，楼下寂然，宣卷已毕，惟卫霞仙房中碰和之后，外场搬点心进去，客人和两个大姐兀自噪①做一团。阿巧依然回避，径往灶下揩一把面，先将空房间收拾起来。

须臾，小妹姐来了。阿巧且不收拾，留心窃听。听得小妹姐到小房间见了卫姐，把买的烟灯罩交付，问卫姐："阿对？"卫姐呵呵笑道："耐末去上小干仵个当，倒真真去买得来哉！我为仔俚做生活勿当心 说要俚赔末，让俚当心点，阿是真个教俚赔嗄。"说着，取两角小洋钱给还小妹姐。小妹姐坚却不收。卫姐只得道谢，随拉小妹姐并坐闲谈。

卫姐又道："该个小干仵生活倒无啥，就不过独幅②点。来里

① 噪——吵，声音嘈杂，吵架。

② 独幅——性格孤僻，不合群。

堂子里，有个把客人打搭俚噪噪，也无啥要紧啘，俚乃噪仔要勿快活个。”阿巧听到这里，越发生气，不欲再听，仍回空房间来收拾。等得小妹姐辞别卫姐出门，阿巧忙赶上去，叫声“无姆”，直跟至弄堂转弯处，方问：“无姆阿去搭我寻人家?”小妹姐道：“耐啥在紧得来！就有人家末，也要过仔该节哚，故歇陆里去寻。”阿巧复再三叮咛而归。

小妹姐去后，接连数日，不得消息。阿巧因没工夫，亦不曾去吴雪香家探望。到了三月十四这一日，阿巧早起，正在客堂里揩擦水烟筒，忽见一肩轿子停在门首，一个娘姨打起轿帘，搀出一个半老佳人，举止大方，妆饰入古。阿巧揣度当是谁家奶奶。那奶奶满面怒气，挺直胸脯踅进大门，即高声问：“该搭阿是卫霞仙?”阿巧应说：“是个。”那奶奶并不再问，带领娘姨径上楼梯。阿巧诧异得紧，且向门首私问轿班，方知为姚季莼正室。阿巧急跑至小房间告诉卫姐，卫姐不解甚事，便和阿巧飞奔上楼，跟随姚奶奶都到卫霞仙房里来。

其时卫霞仙面窗端会，梳洗未完。姚奶奶一见，即复高声问道：“耐阿是卫霞仙?”霞仙抬头看了，猛吃一惊，将姚奶奶上下打量一回，才冷冷答道：“我末就是卫霞仙哉喤。耐是啥人嗄?”姚奶奶俨然向高椅坐下，嚷道：“勿搭耐说闲话！二少爷喤？喊俚出来!”霞仙早猜着几分来意，仍冷冷的答道：“耐问陆里一个二少爷嗄？二少爷是耐啥人嗄?”姚奶奶大吼，举手指定霞仙面上道：“耐（要勿）来浪假痴假呆！二少爷末是我家主公，耐拿二少爷来迷得好！耐阿认得我是啥人?”说着，恶狠狠瞪出眼睛，像要奋身直扑上去。霞仙见如此情形，倒不禁哑然失笑，尚未回言。阿巧胆小怕事，忙去取茶碗，撮茶叶，喊外场冲了开水，说：“姚奶奶请用茶。”再拿一支水烟筒，问：“姚奶奶阿用烟?

我来装。”卫姐也按住姚奶奶，没口子分说道：“二少爷该搭勿大来个呀，故歇长远勿来哉。真真难得有转把叫个局，酒也勿曾吃歇。姚奶奶（要勿）去听别人个闲话。”

大家七张八嘴劝解之际，被卫霞仙一声喝住道：“（要勿）响！瞎说个多花啥！”于是霞仙正色向姚奶奶朗朗说道：“耐个家主公末，该应到耐府浪去寻唲。耐啥辰光交代拨倪，故歇到该搭来寻耐家主公？倪堂子里倒勿曾到耐府浪来请客人，耐倒先到倪堂子里来寻耐家主公，阿要笑话！倪开仔堂子做生意，走得进来，总是客人，阿管俚是啥人个家主公！耐个家主公末，阿是勿许倪做嗄？老实搭耐说仔罢：二少爷来里耐府浪，故末是耐家主公；到仔该搭来，就是倪个客人哉。耐有本事，耐拿家主公看牢仔，为啥放俚到堂子里来白相？来里该搭堂子里，耐再要想拉得去，耐去问声看，上海夷场浪阿有该号规矩？故歇（要勿）说二少爷勿曾来，就来仔，耐阿敢骂俚一声，打俚一记！耐欺瞒耐家主公，勿关倪事；要欺瞒仔倪个客人，耐当心点！二少爷末怕耐，倪是勿认得耐个奶奶唲！”

一席话说得姚奶奶顿口无言，回答不出，登时涨得彻耳通红，几乎迸出急泪来。正待想一句来扳驳，只见霞仙复道：“耐是奶奶呀，阿是奶奶做得勿耐烦仔了，也到倪该搭堂子里来寻寻开心？可惜故歇无啥人来打茶会！倘然有个把客人来里，我教客人捉牢仔耐强奸一泡，耐转去阿有面孔！耐就告到新衙门里，堂子里奸情事体也无啥稀奇喤！”

不料这里说得闹热，楼下外场蓦喊一声“客人上来。”霞仙便道：“来得正好，请房里来。”卫姐掀起帘子，迎进一个四十余岁的客人，三绺髭须，身材肥胖，原来即系北信典铺翟掌柜。早吓得姚奶奶心头小鹿儿横冲直撞，坐也不是，走也不是，又羞又恼，哪里还说得出半个字。

翟掌柜进房，且不入座，也将姚奶奶上下打量一回，终猜不出是什么人。霞仙笑问翟掌柜道："耐阿认得俚！俚末是姚季莼姚二少爷个家主婆，今朝到倪该搭堂子里来，有心要坍坍二少爷个台。"翟掌柜听罢茫然，卫姐过去附耳说些大概，方始明白。翟掌柜攒眉道："故是姚奶奶失斟酌哉！倪搭季莼兄也同过几转台面，总算是朋友。姚奶奶到该搭来，季莼兄面浪好像勿好看相。"霞仙道："啥勿好看相？出色得野哚！二少爷一径生意勿好，该着仔实概一个家主婆，难末要发财哉！"翟掌柜摇手止住，转劝姚奶奶道："姚奶奶故歇请回府，有啥闲话末，教季莼兄来说好哉。"姚奶奶无可如何，一口气奔上喉咙，哇的一声要哭，慌忙立起身来，带领娘姨出房下楼。霞仙还冷笑道："姚奶奶再坐歇啘，倘忙二少爷来仔末，我教娘姨来请耐！"姚奶奶趱至楼下，忍不住呜呜咽咽，大放悲声，似乎连说带骂，却听不清楚，仍就门首上轿而回。

姚奶奶既去，霞仙新妆亦罢，越想越觉好笑，道："蛮体面个二少爷，难看俚阿好出来做人！一个奶奶跑到堂子里拉客人，赛过是野鸡哉啘！"卫姐也叹口气道："做仔个奶奶，再有啥勿开心？自家走上门来，讨倪骂两声，阿要倒运！"霞仙道："耐末也（要勿）说哉！勿曾拨俚丁倒骂两声，总算耐运气！"卫姐微笑自去。

翟掌柜问："为啥要丁倒拨俚骂两声？"霞仙笑而告诉道："倪无娒末真真是好人，二少爷就日日到倪搭来，倪也无啥说勿出啘；倪无娒定归要说是二少爷长远勿来哉，倒好像是倪怕俚。再有个阿巧，加二讨气！前日仔宣卷，楼浪下头几花客人来浪，喊俚冲茶，勿晓得到仔陆里去哉，客人个茶碗也勿曾加；今朝二

少爷家主婆来仔，耐勿曾看见俚巴结得来！倪勿曾喊俚，俚倒先去泡仔一碗茶，再要搭俚装水烟，姚奶奶长，姚奶奶短。自家生活豁脱仔勿做，单去巴结个姚奶奶。陆里晓得姚奶奶觉也勿曾觉着，拍马屁拍到仔马脚浪去哉。"

阿巧适舀一盆面水上来给霞仙洗手，听说，即回嘴道："姚奶奶末也是客人，为啥勿该应泡茶拨俚吃？"霞仙笑向翟掌柜道："耐听听俚闲话，阿要气煞人！姚奶奶说是客人，阿是倪做个嗄？"阿巧道："做勿做勿关我事，耐哚同姚奶奶来里相骂，倒说我拍马屁！"霞仙沉下脸道："耐个人啥梗①得来！耐该搭勿高兴做，去末哉唲，姚奶奶喜欢耐拍马屁！"

阿巧撅起嘴踅下楼来，草草收拾完毕，吃过中饭，捱至日色平西，捉个空复往东合兴里吴雪香家，寻见小妹姐，诉说适间情事，哭道："生活勿做，生来要说；做仔生活，再要说！随便啥事体，总是我勿好！无娒说哝两日，哝勿落哉唲！"小妹姐道："哝勿落末，出来到啥场花去？"阿巧道："随便啥场花，就无拨工钱也无啥！"小妹姐沉吟不语。吴雪香道："价末到该搭来帮帮耐无娒，再去寻人家，阿好？"阿巧说："蛮好。"小妹姐也就依了。当晚小妹姐便向卫霞仙家算清工钱，取出铺盖。

阿巧在吴雪香家仅宿一宵，次日饭后，吴雪香取出一对翡翠双莲蓬，令阿巧赍②至对门大脚姚家交还张蕙贞，并说："绿头蛮好，比我一对倒差仿勿多，十六块洋钱，一点勿贵。"阿巧见张蕙贞传说明白，张蕙贞因问阿巧："阿是新来个？"阿巧据实说了，蕙贞道："倪故歇再要添个大姐，先生勿用末，该搭来罢。"阿巧不胜之喜，道："故是再好也勿有！"连忙归来说与小妹姐，

---

① 梗——犟，强顶。

② 赍（jī）——把东西送给别人。

即日小妹姐亲自送去。阿巧因住在张蕙贞家。适遇王莲生偕洪善卿两个在张蕙贞家便夜饭，蕙贞将翡翠双莲蓬与王莲生看，问：“十六块洋钱阿贵?”洪善卿只估十块。莲生道：“还俚十块，多到十二块（要勿）添哉。”蕙贞又诉说添用大姐一节。莲生见阿巧好生面善，问起来，方知在卫霞仙家见过数次。

追夜饭吃毕，张蕙贞已烧成七八枚烟泡放在烟盘里。王莲生揩把手巾，向榻床躺下，蕙贞授过烟枪，飕飕地直吸到底。蕙贞接枪，通过斗门，再取烟泡来装。莲生向蕙贞道：“耐要买翡翠物事，教洪老爷到城隍庙茶会浪去买，便宜点。”蕙贞因要买一副翡翠头面，拜托洪善卿。善卿应诺，辞别先行，自回南市永昌参店去了。

第二十三回终。

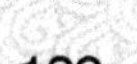

第二十四回

只怕招冤同行相护 自甘落魄失路谁悲

按：王莲生躺在榻床右首吸烟过瘾，复调过左首来吸上三口，渐觉眉低眼合，像是烟迷。张蕙贞装好一口烟，将枪头凑到嘴边，替莲生把火，莲生摇手不吸。蕙贞轻轻放下烟枪，要坐起来。莲生扳住蕙贞胸脯，说："耐也吃一筒喤。"蕙贞道"我（要勿）吃；吃上仔瘾，阿好做生意嗄。"莲生道："陆里会上。小红一径吃，勿曾有瘾。"蕙贞道："小红自然；俚是本事好，生意会做，就吃上仔也勿要紧。倪要像仔俚也好哉。"莲生道："耐说小红会做生意，为啥客人也无拨哉嗄？"蕙贞道："耐怎晓得俚无拨客人？"莲生道："我看见俚前节堂簿，除脱仔我就不过几户老客人叫仔二三十个局。"蕙贞道"做仔耐一户客人，再有二三十个局，也就好哉啘。"莲生道："耐勿晓得；小红也勿过去，俚开销大，爷娘兄弟有好几个人来浪，才靠俚一干仔做生意。"蕙贞道："爷娘兄弟来里小房子里，陆里有几花开销？常恐俚自家个用场忒大仔点。"莲生道："俚自家倒无啥用场，就不过三日两头去坐坐马车。"蕙贞道："坐马车也有限得势。"莲生道："价末啥个用场嗄？"蕙贞道："倪怎晓得俚。"

莲生便不再问，自取烟盘内所剩两枚烟泡，且烧且吸，移时始尽，于是一手扶住榻床栏杆，抬身坐起。蕙贞知道是要吸水烟，忙也起身，取一支水烟筒，就在榻床边挨着莲生肩膀偎倚而坐，装水烟与莲生吸。莲生吸了两筒，复问道："耐说小红自家用场大，是啥个用场耐说说看哩。”蕙贞略怔一怔道：“倪是说说罢哉呀，小红自家末再有啥个用场，耐（要勿）到小红搭去瞎说瞎话。倘然耐说仔啥末，俚只道倪说仔俚邱话，再拨俚骂。”莲生笑道：“耐说末哉，我阿去告诉小红！”蕙贞大声道：“教我说啥物事嗄？耐搭小红三四年老相好，再有啥勿晓得，倒来问倪。”莲生笑而叹道：“耐末真真是谄头！小红说仔耐几花邱话，耐勿说俚倒罢哉，再要替俚包瞒。”蕙贞也叹道：“勿是包瞒呀，耐末也缠煞哉！小红有仔爷娘兄弟，再要坐坐马车，阿是用场比仔倪大点。”莲生冷笑丢开。水烟吸罢，蕙贞仍并坐相陪，和莲生美满恩情，温存浃洽，消磨了好一会，敲过十二点钟，唤娘姨收拾安睡。

蕙贞在枕上又劝莲生道：“小红个人，凶末凶煞，搭耐是总算无啥。俚故歇客人末也赛过无拨，就不过耐一个人去搭俚绷绷场面，俚勿搭耐要好，再搭啥人要好？前转明园俚要同耐拼命，倒勿是为别样，常恐耐做仔我，俚搭勿去哉。耐勿去仔，俚阿是要发极嗄？我倒劝耐，耐搭俚相好仔三四年，也该应摸着点俚脾气个哉，稍微有点勿快活，耐哝得过就哝哝罢。俚有辰光就推扳仔点，耐也（要勿）去说俚。耐说仔俚，俚勿好来怪耐，倒说是倪教耐个闲话，倪末结仔俚几花冤家。单是背后骂倪两声倒也罢哉，倘忙台面浪碰着仔，俚末倒（要勿）面孔，搭倪相骂，倪阿要难为情？”莲生道：“耐说俚搭我要好，陆里会要好嗄？我坎做俚辰光，俚搭我说：‘做倌人也难得势，就不过无拨好客人；故歇有仔耐，故是再好也勿有。难再要去做一户蓦生客人，定归勿做个哉。’我说：‘耐勿做末，就嫁拨我好哉。’俚嘴里末也说是‘蛮好’，一径搭浆①下去。起初说要还清仔债末嫁哉，故歇还仔

① 搭浆——敷衍，搪塞。吴语评物品质量低劣称为“搭浆货”。

债，再说是爷娘勿许去。看俚光景，总归勿肯嫁人，也勿晓得俚终究是啥意思。”蕙贞道：“故倒也无啥别样意思。俚做惯仔倌人，到人家去规矩勿来，勿肯嫁。再歇两年，年纪大仔点，难末要嫁耐哉。”莲生摇手道：“倘然沈小红要嫁拨我，我也讨勿起。前两年三节开销差勿多二千光景；今年加二勿对哉，还债买物事同局帐，一节勿曾到，用拨俚二千多。耐想，我陆里有几花洋钱去用？”蕙贞复叹道：“像倪，一年就一千洋钱也好哉。”莲生再要说时，只听得当中间内阿巧睡梦中咳嗽声音，遂被插断不提。

次日上午，王莲生、张蕙贞初起身，管家来安即来禀说：“沈小红搭娘姨请老爷过去说句闲话。”蕙贞忙问甚事，莲生道：“陆里有啥闲话，两日勿去仔末，生来要来请哉啘。”蕙贞寻思一会道：“我猜小红定归有点闲话要搭耐说。耐想嗄？随便啥辰光，耐一到仔该搭来，俚哚就晓得哉。故歇是晓得耐来里该搭，来请耐，就无啥闲话也要想句把出来说说，噪得耐勿舒齐。耐说阿对？”莲生不答。比及用毕午餐，吸足烟瘾，莲生方思过去。蕙贞连连叮嘱道：“耐到沈小红搭去，小红问耐陆里来，耐就说是来里该搭好哉。俚要搭耐说啥闲话，勿要紧个末依仔俚一半；耐就勿依俚，也（要勿）搭俚强，好好交搭俚说。小红个人不过性子梗点，耐说明白仔，俚也无啥。耐记好仔，（要勿）忘记。”

莲生答应下楼，并不坐轿，带了来安出门，只见一个小孩子往南飞跑，仿佛是阿珠的儿子，想欲声唤，已是不及。莲生却往北出东合兴里，由横弄穿至西荟芳里。阿珠早迎出门首，相随上楼，同到房里。沈小红当窗闲坐，手中执着一对翡翠双莲蓬在那里玩弄；见了莲生，也不起身，只冷笑道：“倪该搭勿请耐是想勿着个哉！两日天有几花公事，忙得来一埭出勿来。”莲生佯笑坐下，阿珠接着笑道：“王老爷一请仔倒就来，还算倪有面孔，勿曾坍台。先生，耐要谢谢我个啘。"说着，先绞把手巾，忙将茶碗放在烟盘里，点起烟灯，说："王老爷请用烟。"莲生过去躺在榻床上手，吸起烟来。小红便道："耐到该搭来，苦煞个啘！才是笨手笨脚，无啥人来搭耐装烟。"莲生笑道："啥人要耐装烟嗄？"当时阿珠抽空回避。

莲生本已过瘾，只略吸一口，即坐起来吸水烟。小红乃将翡翠双莲蓬给莲生看。莲生问："阿是卖珠宝个拿得来看？"小红道："是呀；我买哉，十六块洋钱，比仔茶会浪阿贵点？"莲生道："耐有几对莲蓬来浪，也好哉，再去买得来做啥？"小红道："耐搭别人末去买仔，挨着我末就勿该应买哉？"莲生道："勿是说勿该应买；耐莲蓬用勿着末，买别样物事好哉。"小红道："别样物事再买哉啘。莲蓬用末用勿着，我为仔气勿过，定归要买俚一对，多豁脱耐十六块洋钱。"莲生道："价末耐拿十六块洋钱去，随便耐买啥。该个一对莲蓬也无啥好，(要勿) 买哉，阿对？"小红道："倪是人也无啥好，陆里有好物事拨倪买。"莲生低声做势道："阿唷！先生客气得来，啥人勿晓得上海滩浪沈小红先生，再要说勿好！"小红道："倪末阿算得是先生嗄？比仔野鸡也勿如啘！惶恐哉喤，叫先生！"莲生料想说不过，不敢多言，仍嘿然躺下，一面取签子烧烟，一面偷眼去看小红。见小红垂头哆口，斜倚窗栏，手中还执那一对翡翠双莲蓬，将指甲掐着细细分数莲子颗粒。莲生大有不忍之心，只是无从解劝。

适值外场报说："王老爷朋友来。"莲生迎见，乃是洪善卿，进房即说道："我先到东合兴里去寻耐，说去哉；我就晓得来里该搭。"小红敬上瓜子，笑向善卿道："洪老爷，耐寻朋友倒会寻哚，王老爷刚刚到该搭来，也拨耐寻着哉！该搭王老爷难得来个啘，一径来里东合兴里。今朝为仔倪请仔了，坎坎来一埭。晚歇原到东合兴去。洪老爷，耐下转要寻王老爷末，到东合兴去寻好哉。东合兴勿来浪，倒说勿定来里啥场花。耐就等来浪东合兴，王老爷完结仔事体转去末，碰头哉碗。东合兴赛过是王老爷个公馆。”

小红正在唠叨，善卿呵呵一笑，剪住道：“（要勿）说哉！我来一埭听耐说一埭，我听仔也厌气煞哉。”小红道：“洪老爷说得勿差，倪是生来勿会说闲话，说出来就惹人气。像人家会说会笑，阿要巴结。一样打茶会，客人喜欢到俚哚去，同得去个朋友讲讲说说，也闹热点。到仔该搭，听仔倪讨气闲话，才勿对哉，再要得罪朋友。耐说王老爷陆里想得着到该搭来嘎！”善卿正色道：“小红（要勿）实概，王老爷做末做仔个张蕙贞，搭耐原蛮要好，耐也就哝哝罢。耐定归要王老爷勿去做张蕙贞，在王老爷也无啥，听仔耐闲话就勿去哉。不过我来里说，张蕙贞也苦煞来浪，让王老爷去照应点俚，耐也赛过做好事。”这几句倒说得沈小红盛气都平，无言可笑。

于是洪善卿、王莲生谈些别事。已近黄昏，善卿将欲告辞，莲生阻止了，却去沈小红耳边悄悄说了几句，听不出说的什么。只见小红道：“耐去末哉碗，啥人拉牢耐嘎？”莲生又说两句，小红道：“来勿来随耐个便。”莲生乃与善卿相让同行。小红略送两步，咕噜道：“张蕙贞等来浪，定归要去一埭末舒齐。”莲生笑道：“张蕙贞搭勿去。”说着，下楼出门。善卿问：“到陆里？”莲生道：“到耐相好搭去。”

两人往北，由同安里穿至公阳里周双珠家。巧因为王莲生叫过周双玉的局，引莲生至双玉房里。洪善卿也跟进去，见周双玉睡在床上。善卿踅到床前，问双玉：“阿是勿适意？”双玉手拍床沿，笑说：“洪老爷请坐嗄，对勿住。”善卿即坐在床前，与双玉

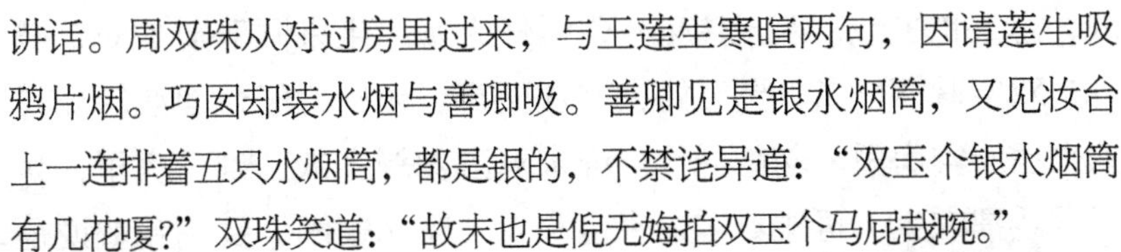

讲话。周双珠从对过房里过来，与王莲生寒暄两句，因请莲生吸鸦片烟。巧囡却装水烟与善卿吸。善卿见是银水烟筒，又见妆台上一连排着五只水烟筒，都是银的，不禁诧异道：“双玉个银水烟筒有几花嗄?”双珠笑道：“故末也是倪无娒拍双玉个马屁哉啘。”

双玉听见，嗔道：“阿姐末总瞎说！无娒拍倪个马屁，阿要笑话。”善卿笑问其故，双珠道：“就是前转为仔银水烟筒，双玉教客人去买仔一只，难末无娒拿大阿姐、二阿姐个几只银水烟筒才拨仔双玉，双宝末一只也无拨。”善卿道：“价末故歇再有啥勿适意?”双玉接说道：“发寒热呀。前日夜头客人碰和，一夜勿曾困，发仔个寒热。”

说话之时，王莲生烧成一口鸦片烟要吸，不料烟枪不通，斗门咽住。双珠先见，即道：“对过去吃罢，有只老枪来浪。”当下众人翻过对过双珠房间，善卿始与莲生说知，翡翠头面先买几色，价值若干，已面交与张蕙贞了。莲生亦问善卿道：“有人说沈小红自家个用场大，耐阿晓得俚啥个用场?”善卿沉吟半晌，答道：“沈小红也无啥用场；就为仔坐马车，用场大点。”莲生听说是坐马车，并不在意。

谈至上灯时候，莲生要赴沈小红之约，匆匆告别。善卿即在双珠房里便饭。往常善卿便饭，因是熟客，并不添菜，和双珠、双玉共桌而食；这晚双玉不来，善卿说道：“双玉为啥三日两头勿适意?”双珠道：“耐听俚呀，陆里有啥寒热。才为仔无娒忒欢喜仔了，俚装个病。”善卿问：“为啥装病?”双珠道：“前日夜头双玉起初无拨局，刚刚我搭双宝出局去末，接连有四张票头来叫双玉。相帮、轿子才勿来浪，连忙去喊双宝转来。碰着双宝台面浪要转个局，教相帮先拿轿子抬双玉去出局，再去抬双宝。等到双宝转来仔，再到双玉搭去末，晚哉。转到第四个局，台面也散哉，客人也去哉，双玉转来，告诉仔无娒，生来同双宝勿对，就说是双宝耽搁仔了，要无娒去骂俚两声。无娒为仔台面浪转局客人来里双宝房里，勿曾说啥。难末双玉勿舒齐哉，到仔房里，乒乒乓乓掼家生。再碰着客人来碰和，一夜勿曾困，到明朝就说是勿适意。”

善卿道：“双宝苦恼子，碰着仔前世个冤家。”双珠道：“先起头无娒勿欢喜双宝，为仔俚勿会做生意，说两声；双玉进来到故歇，双宝打仔几转哉，才为仔双玉。”善卿道：“故歇双玉搭耐阿要好？”双珠道：“双玉要好末要好，见仔我倒有点怕个。无娒随便啥总依俚，我勿管俚生意好勿好，看勿过定归要说个，让俚去怪末哉。”善卿道：“耐说俚也勿要紧，俚阿敢怪耐。”

须臾，用过晚饭，善卿无事即欲回店。双珠也不甚留。洪善卿乃从周双珠家出来，踅出公阳里南口，向东步行，忽听得背后有人叫声“娘舅”。善卿回头一看，正是外甥赵朴斋，只着一件稀破的二蓝洋布短袄，下身倒还是湖色熟罗套裤，靸着一双京式镶鞋，已戳出半只脚趾。善卿吃了一惊，急问道：“耐为啥长衫也勿着嘎？”赵朴斋嗫嚅多时，才说：“仁济医馆出来，客栈里耽搁仔两日，缺仔几百房饭钱，铺盖衣裳才拨俚哚押来浪。”善卿道：“价末为啥勿转去嘎？”朴斋道：“原想要转去，无拨铜钱。娘舅阿好借块洋钱拨我去乘航船？”被善卿啐了一口，道：“耐个人再有面孔来见我！耐到上海来坍我个台，耐再要叫我娘舅末，拨两记耳光耐吃！”

善卿说了，转身便走。朴斋紧跟在后，苦苦求告。约走一箭多远，善卿心想无可如何，到底有碍体面，只得喝道：“同我到客栈里去！”朴斋诺诺连声，趋前引路，却不往悦来栈，直引至六马路一家小客栈，指道：“就来里该搭。”善卿忍气进门，向柜台上查问。那掌柜的笑道："陆里有铺盖嗄，就不过一件长衫，脱下来押仔四百个铜钱。"善卿转问朴斋，朴斋垂头无语。善卿复狠狠地啐了一口，向身边取出小洋钱赎还长衫，再给一夜房钱，令小客栈暂留一宿，喝叫朴斋："明朝到我行里来！"朴斋答应，送出善卿。善卿毫不理会，叫把东洋车自回南市咸瓜街永昌参店，短叹长吁，没法处置。

次早，朴斋果然穿着长衫来了。善卿叫个出店①领朴斋去乘航船，只给三百铜钱与朴斋路上买点心。赵朴斋跟着出店辞别洪善卿而去。

第二十四回终。

① 出店——旧时店铺里从事接送货物等勤杂工作的人。

第二十五回

翻前事抢白更多情　约后期落红谁解语

按：洪善卿等出店回话，知赵朴斋已送上航船，船钱亦经付讫。善卿还不放心，又备细写一封书信与朴斋母亲，嘱她管束儿子，不许再到上海。令出店交信局寄去，善卿方了理自己店务。下午无事，正欲出门，适接一张条子，却系庄荔甫请至西棋盘街聚秀堂陆秀林房吃酒的。当下向柜上伙计叮嘱些说话，独自出门北行。因天色尚早，坐把东洋车令拉至四马路中，先去东合兴里张蕙贞、西荟芳里沈小红两家，寻王莲生谈谈。两家都回说不在。

善卿遂转出昼锦里，至祥发吕宋票店，与胡竹山拱手，问陈小云。竹山说："来里楼浪。"善卿即上楼来，陈小云厮见让坐。小云问："庄荔甫幺二浪吃酒，阿曾来请耐?"善卿道："陆秀林搭呀，晚歇搭耐一淘去。"小云应诺。善卿问："前转庄荔甫有多花物事阿曾搭俚卖脱点?"小云道："就不过黎篆鸿拣仔几样，再有几花才勿曾动。阿有啥主顾，耐也搭俚问声看。"善卿应诺。

须臾，词穷意竭，相对无聊，两人商量着，打个茶会再去吃酒不迟。于是联步下楼，别了胡竹山，穿进夹墙窄弄，就近至同安里金巧珍家。陈小云领洪善卿径到楼上房里，金巧珍起身相迎。两人坐定，巧珍问道："西棋盘街有张票头来请耐，阿是吃酒?"小云道："就是庄荔甫请倪两家头。"巧珍道："庄个该节倒吃仔几台哉。"小云道："前转庄个搭朋友代请，勿是俚吃酒。今

夜头常恐是烧路头，勿是末宣卷。”巧珍道：“划一，倪廿三也宣卷呀，耐也来吃酒哉啘。”小云沉吟道：“吃酒是吃末哉；倘然耐再有客人吃酒末，我就晚一日，廿四吃也无啥。”巧珍道：“无拨呀。有仔客人末，倪也勿教耐吃酒哉；为仔无拨了，来里说啘。”小云故意笑道：“客人无拨末教我吃酒，有仔客人就挨勿着我哉。”巧珍听说，要去拧小云的嘴，碍着洪善卿，遂也笑了一笑道：“耐倒再要想扳差头哉！陆里一句闲话我说差嘎？耐是长客呀，宣卷勿摆台面，阿要坍台？生天耐绷绷倪场面，勿然为啥要做长客？倘然有仔吃酒个客人，耐吃勿吃就随耐便，耐是长客，随便陆里一日好吃个。我说个阿差？”小云笑道：“耐（要勿）发急嗄，我勿曾说耐差啘。”巧珍道：“价末耐‘挨得着’‘挨勿着’瞎说，真真火冒得来。”

洪善卿坐在一旁，只是呵呵地笑。巧珍睃见道：“难末拨洪老爷要笑杀哉！四五年个老客人，再要瞎三话四，倒好像坎坎做起。”小云道：“说说末笑笑，阿是蛮好？勿说仔气闷煞哉。”巧珍道：“啥人教耐（要勿）说？耐说出来就讨人气，倒说是笑话。耐看一样洪老爷做个周双珠，比仔耐再要长远点，陆里有一句打岔闲话？单有耐末独是多花说勿出描勿出神妖鬼怪！”善卿接着笑说道：“耐两家头来里相骂，做啥拿我来寻开心？”巧珍也笑着：“洪老爷，耐勿晓得俚脾气。看俚个人末，好像蛮好说闲话；勿好起来，故末叫讨气。有一转俚来，碰着倪房间里有客人，请俚对过房里坐一歇，俚响也勿响就走。我问俚：‘为啥要去嘎？’俚倒说得好，俚说：‘耐有恩客来浪，我来做讨厌人，勿高兴。’”

小云不等说完，插住笑道：“前几年个闲话，再要说俚做啥？”巧珍瞟了一眼，带笑而嗔道：“耐末说过仔忘记脱哉，倪是勿忘记，才要说出来拨洪老爷听听。洪老爷到该搭来末，总怠慢点，就不过听两句发松①闲话，倒也无啥。”小云一时着急，叉开两手跑过去，一股脑儿搂住巧珍不依。巧珍发喊道：“做啥嗄？”娘姨阿海、大姐银大闻声并至，小云始放了手。巧珍挣开，反手摸摸头发，却沉下脸喝小云道：“搭我去坐来浪！”小云做势连说：“噢，噢！”倒退归坐。阿海、银大在傍齐声道：“陈老你一径规规矩矩，今朝快活得来。”善卿点头道：“我也一径勿曾看见俚实概会噪。”这一噪，不知不觉早是上灯以后了。小云的管家长福寻来，呈上庄荔甫催请票头。善卿起身道：“倪去罢。”即时与小云同行。金巧珍送至楼梯边，说声“就来叫。”小云答应出门，吩咐长福道：“我同洪老爷一淘去，耐转去喊车夫拉到西棋盘街来。”长福承命自去。

陈小云、洪善卿比肩交臂，步履从容，迤逦对四马路宝善街，方到西棋盘街聚秀堂。进门登楼，办见房内先有两客。洪善卿认得是吴松桥、张小村，惟与陈小云各通姓名，然后大家随意就坐。庄荔甫忙写两张催条交与杨家姆，道：“一面去催客，一面摆台面。”比及台面摆好，催客的也回来报说：“尚仁里卫霞仙搭请客勿来浪，杨媛媛搭末就来。”洪善卿问：“阿是请姚季莼？”庄荔甫道：“勿是，我请老翟。”善卿道：“前日仔姚季莼夫人到卫霞仙搭去相骂，阿晓得？”荔甫骇异，忙问如何相骂。善卿正要说时，适外场又报说：“庄大少爷朋友来。”荔甫急迎出去，众人起立拱候。恰正是李鹤汀来了，大家曾经识面，不消问讯。庄荔甫即令杨家姆去间壁陆秀宝房里请施大少爷过来。众人见是年轻后生，面庞俊俏，衣衫华丽，手挈陆秀宝一同进房，都不知为何人。庄荔甫在旁代说，才知姓施，号瑞生。略道渴慕，便请入

① 发松——滑稽、有趣。

席。庄荔甫请李鹤汀首座，次即施瑞生，其余随意坐定。

先是陆秀宝换了出局衣裳过来，坐在施瑞生背后，因见洪善卿，想起问道："赵大少爷阿看见？"善卿道："俚今朝转去战。"张小村接嘴道："朴斋勿曾转去，我坎坎四马路还看见俚个哩。"善卿讶甚，却不便问明。施瑞生向庄荔甫道："我也要问耐：'双喜双寿'个戒指陆里去买嗄？"荔甫道："就是龙瑞里，多煞来浪。"瑞生转向陆秀林索取戒指看个样式，仍即归还。吴松桥问李鹤汀："两日阿曾碰歇和？"鹤汀说："勿曾。"松桥道："晚歇阿高兴碰？"鹤汀攒眉道："无拨人唲。"松桥转问陈小云："阿碰和？"小云道："倪碰和不过应酬倌人，无啥大输赢。"松桥听说默然。

当下金巧珍、周双珠、杨媛媛、孙素兰及马桂生陆续齐集。马桂生暗中将张小村袖口一拉，小村回过头去，桂生张开折扇遮住半面，和小村唧唧说话。小村只点点头，随即起身，踅至烟榻前，暗中点首叫过吴松桥来，附耳说道："桂生屋里也来浪宣卷，教我去绷绷场面。耐搭鹤汀说一声，晚歇搭俚碰场和。"松桥道："再有啥人？"小村道："无拨末就是陈小云，阿好？"松桥沉吟一会，方道："小云常恐勿肯碰。我说桂生搭来浪宣卷末，耐也该应吃台酒哉；耐索性翻台过去吃酒，吃到实概模样，难末说再碰场和，就容易哉。"小村亦沉吟道："吃酒勿高兴；桂生搭去吃也无啥趣势。"松桥道："耐勿晓得，要吃酒倒是幺二浪吃个好，长三书寓里倌人，时髦勿过，就摆个双台也不过实概。像桂生搭，耐应酬仔一台酒，连浪再碰场和，俚倗阿要巴结。"小村道："价末耐去吃仔罢，我贴耐两块下脚末哉。"松桥道："耐做个相好，我阿好去吃酒？要么碰起和来，我赢仔我也出一半。"小村想了一想，便起身拱手向诸位说明翻台缘故，务请赏光。众人都说奉扰不当。马桂生不胜之喜，即令娘姨回家收拾起来。

这里众人挨肩划拳。先是庄荔甫打个通关，各敬三拳，藉申主谊，然后请诸位行令。李鹤汀量浅拳疏，拱手求免。施瑞生正和陆秀宝鬼混，意不在酒。张小村因要翻台，不敢先醉，和吴松桥商议合伙摆庄，不过点景而已。惟陈小云、洪善卿两人兴致如常，热闹一会，金巧珍、周双珠各代了两杯酒，同杨媛媛、孙素兰一哄而散。陆秀宝也脱去出局衣裳，重来酬应。张小村乃教马桂生："先去摆起台面来。"桂生坚嘱："就请过来。"桂生去后，随即散席。陆秀宝早拉施瑞生踅过间壁自己房里，捺瑞生横躺在烟榻上。秀宝爬在身边，低声问道："阿是再要去吃酒哩？"瑞生道："俚哚要翻台，我勿高兴去。"秀宝道："一淘吃酒末，生来一淘翻台，独是耐勿去勿好个。"瑞生道："不过少叫仔一个局，无啥勿好。"秀宝冷笑道："耐叫袁三宝三块洋钱一个局，连浪叫仔几花。挨着倪末，就算省哉！"瑞生道："袁三宝是清倌人，陆里有三块洋钱。"秀宝道："起初是清倌人，耐去做仔末就勿清哉啘。"瑞生呵呵笑道："耐来里说自家。我就不过一个陆秀宝，故末起初是清倌人，我一做仔就勿清哉。"秀宝嘻嘻痴笑，一手伸进瑞生袖口，揣捏臂膊。瑞生趁势搂住，正要摸下，偏值不做美的杨家姆进房传说："张大少爷请过去。"瑞生坐起身来，被秀宝推倒道："啥要紧嗄？让俚哚先去末哉。"瑞生只得回说："请张大少爷先去，停仔歇就来。"杨家姆笑应自去。

瑞生、秀宝搂在一处，却悄悄地侧耳静听。听得间壁房里张小村得了杨家姆回话，便道："价末倪去罢。"李鹤汀、陈小云因有车轿前行，张小村引着洪善卿、吴松桥及主人庄荔甫，一路说笑，款步下楼。瑞生向秀宝附耳说道："才去哉。"秀宝佯嗔道："去仔末那价嗄？"

一语未了，不意陆秀林送客回来，偏也踅到秀宝房里。秀宝已自动情，恨得咬咬牙，把瑞生狠命推开，两脚一蹬，咭咭咯咯一阵响，跑到梳妆台前照着洋镜，整理鬏髻。秀林向瑞生道："张大少爷教倪搭耐说一声，来里庆云里第三家，常恐耐勿认得。"瑞生嘴里连说："晓得哉，晓得哉。"两只眼只斜睃着秀宝。秀林回头见秀宝满面通红，更不多言，急忙退出。

瑞生歪在烟榻上，暗暗招手，低声唤秀宝道："来浣。"秀宝眼光向瑞生一瞟，却跺跺脚使气作答道："勿来！"瑞生猛吃一惊，盘膝坐起，手拍腿膀，央说道："（要勿）！我替耐阿姐磕个头，看我面浪，（要勿）动气。"秀宝听说要笑，又忍住了，撅起一张小嘴，趔趄着小脚儿，左扭右扭，欲前不前，还离烟榻有三四步远，欻地奋身一扑，直扑上来。瑞生挡不住，仰叉躺下。秀宝一个头钻紧在瑞生怀里，复浑身压住，使瑞生动弹不得，任凭瑞生千呼万唤，再也不抬起来。瑞生没奈何，腾出右手，慢慢从腰下摸进去，忽摸着肚带结头，想要拉动。秀宝觉着，"唉"的大喊一声，好像《水浒传》乐和吹的"铁叫子"一般，一面捏牢瑞生的手，抬起头来，与瑞生四只眼睛睁睁相对。瑞生悄问道："耐为啥再要强嗄?"接连问了几遍，终不答话。

好一会，秀宝始喃喃说道："耐要去吃酒哩呀。晚歇吃仔酒早点来，阿好?"瑞生道："故歇也空来里，为啥定归要晚歇嗄?"秀宝见问得紧，要说又说不出口，只将手指指自已胸膛。瑞生仍属不解，秀宝急了，撒手起身，攒眉道："耐个人啥说勿明白个嗄!"瑞生想了想，没奈何叹口气，咕噜道："咳！故歇就饶仔耐末哉，晚歇耐再要强末，办耐个生活。"秀宝把嘴一撇道："耐阿有几花本事!"瑞生笑道："我也无啥本事，不过要耐死。"秀宝道："噢唷！闲话倒说得蛮像，（要勿）晚歇讨气。"瑞生道：

“价末故歇先试试看哪!”秀宝见说，慌忙走开。瑞生沉下脸道：“碰也勿曾碰着，就逃走哉。耐个小娘仵也少有出见个!”秀宝正要回嘴，只听得外场喊“杨家姆”，说：“请客叫局一淘来海。”秀宝便道：“来请耐哉。”杨家姆送进票头，果然是张小村的。秀宝问：“阿是说就来?”瑞生道：“耐姆我末，我生来去哉!”秀宝大声道：“啥嘎!耐个人末……”说到半句，即又咽住。杨家姆在傍帮着憨笑一阵，竟自作主张，喊下去道：“请客就来。”瑞生也不理会。

秀宝自去收拾一回，见瑞生依然高卧，因问道：“耐吃酒阿去嘎?”瑞生冷冷地道：“我勿去哉!空心汤团①吃饱来里，吃勿落哉。”秀宝登时跳起身，两脚在楼板上着实一跺，只挣出一字道：“咳!”于是重复爬上烟榻，向瑞生耳边悄悄说了些话。瑞生方才大悟，道：“价末耐为啥勿早说嗅?”秀宝也不置辩，仍即走开。瑞生立起来，抖抖衣裳要走，却向秀宝道：“我也搭耐老实说仔罢，今朝耐勿曾舒齐末，我就明朝来。故歇去吃仔酒，我要转去哉。”秀宝瞪目反问道：“耐来里说啥?”瑞生赔笑道：“勿呀，我搭耐商量呀，明朝我定归来末哉。”秀宝嚷道：“啥人说教耐明朝来?耐要转去，去罢!”瑞生不暇分说，回过头去也把脚一跺，“咳”了一声，引得杨家姆都笑起来。瑞生转身，先行告罪，随取出局衣裳涎皮涎脸地亲替秀宝披在身上。秀宝假做不理，约同秀林径自下楼。瑞生跟至门首，看着秀林、秀宝登轿，方与杨家姆在后步行。往西转弯，刚踅过景星银楼，忽然劈面来了一个年轻娘姨，拉住杨家姆，叫声“好婆”，说：“慢点嗅。”

施瑞生因前面轿子走得远了，不及等杨家姆，急急跟去。比

---

① 空心汤团——指不落实的许诺。

至庆云里，见那两肩轿子早停在马桂生家门首，找寻杨家姆，瑞生乃说被个娘姨拉住之故。陆秀林生气，径自下轿进门。瑞生问秀宝："阿要我来搀耐？"秀宝忙道："（要勿），耐先进去喤。"瑞生始随秀林都到马桂生房中。众人先已入席，虚左以待。施瑞生不便再让，勉强首座。

等够多时，杨家姆才搀陆秀宝进来。陆秀林一见，嗔道："耐阿有点清头嗄！跟局跟到仔陆里去哉？"杨家姆含笑分说道："俚哚小干仵碰着仔一点点事体，吓得来要死。我说勿要紧个，俚哚勿相信，再要教我去哩。"秀林还要埋怨，施瑞生插嘴问道："碰着仔啥事体？"杨家姆当下慢慢地诉说出来，请诸位洗耳听者。

第二十五回终。

第二十六回

真本事耳际夜闻声　假好人眉间春动色

按：杨家娒道："就是苏冠香哉喤，说拨新衙门里捉得去哉。"陈小云矍然道："苏冠香阿是宁波人家逃走出来个小老母？"杨家娒道："正是。逃走倒勿是逃走，为仔大老母①搭俚勿对，俚家主公放俚出来，教俚再嫁人，不过勿许做生产。故歇做仔生意了，家主公扳俚个差头，难末我孙囡末，刚刚来里苏冠香搭做娘姨，阿要讨气。"庄荔甫道："耐孙囡阿有带挡②？"杨家娒道："原说呀。要是掮洋钱个，故末有点间架哉；像倪阿有啥要紧，阿怕新衙门里要捉倪个人。"李鹤汀道："苏冠香倒标煞个，难末要吃苦哉。"杨家娒道："勿碍个，听说齐大人来里上海。"洪善卿道："阿是平湖齐韵叟？"杨家娒道："正是。俚哚一家，就是苏冠香搭齐大人讨得去个苏萃香是亲姊妹，再有几个才是讨人。"

庄荔甫忽然想起，欲有所问，却为吴松桥、张小村两人一心只想碰和，故意摆庄划拳，叉断话头。等至出局初齐，张小村便怂恿陈小云碰和。小云问筹码若干，小村说是一百块底。小云道："忒大哉。"小村极力央求应酬一次，吴松桥在旁帮说。陈小云乃问洪善卿："我搭耐合碰阿好？"善卿道："我勿会碰末，合啥嗄？要么耐搭荔甫合仔罢。"小云又问庄荔甫，荔甫转向施瑞生道："耐也合点。"瑞生心中亦有要事，慌忙摇手，断不肯合。

---

① 大老母——吴语方言对大老婆的称呼。

② 带挡——妓院男女帮佣投入妓院的股份。

于是陈小云、庄荔甫言定输赢对拆，各碰四圈。李鹤汀道：“要碰和末，伲酒（要勿）吃哉。”施瑞生听说，趁势告辞，仍和陆秀宝回去。张小村不知就里，深致不安，并恐洪善卿扫兴，急取鸡缸杯筛满了酒，专敬五拳。吴松桥也代主人敬了洪善卿五拳。十杯豁毕，局已尽行，惟留下杨媛媛连为牌局。众人略用稀饭而散。

登时收过台面，开场碰和。张小村问洪善卿：“阿高兴碰两副?”善卿说：“真个勿会碰。”吴松桥道：“看看末就会哉。”洪善卿即拉只凳子坐于张小村、吴松桥之间，两边骑看。杨媛媛自然坐李鹤汀背后。庄荔甫急于吸烟，让陈小云先碰。恰好骰色挨着小云起庄。小云立起牌来即咕噜道：“牌啥实概样式嗄?”三家催他发张。发张以后，摸过四五圈，临到小云，摸上一张又迟疑不决，忽唤庄荔甫道：“耐来看喤，我倒也勿会碰哉喤。”

荔甫从烟榻上崛起跑来看时，乃是在手筒子清一色，系：（此处缺失十四字）共十四张。荔甫翻腾颠倒配搭多时，抽出一张六筒教陈小云打出去，被三家都猜着是筒子一色。张小村道：“勿是四七筒就是五八筒，大家当心点。”可巧小村摸起一张幺筒，因台面上幺筒是熟张，随手打出。陈小云急说：“和哉!”摊出牌来，核算三倍，计八十和。三家筹码交清，庄荔甫复道：“该副牌，阿是该应打六筒？耐看，一四七筒，二五八筒，要几花和张哚。”吴松桥沉吟道：“我说该应打七筒，打仔七筒，不过七八筒两张勿和，一筒到六筒一样要和。难一筒和下来，多三副掐子，廿二和加三倍，要一百七十六和哚，耐去算喤。”张小村道：“蛮准，小云打差哉。”庄荔甫也自佩服。李鹤汀道：“耐哚几个人才有多花讲究，啥人高兴去算俚嗄!”说着，便历乱掳牌。洪善卿在傍默默寻思这副牌，觉得各人所言皆有意见，方知碰和亦非易事，不如推说不会，作门外汉为妙。为此无心再看，讪讪辞去。杨媛媛坐了一会，也自言归。

比及八圈满庄，已是两点多钟了。吴松桥、张小村皆为马桂生留下，其余三人不及用稀饭，告别出门。李鹤汀轿子，陈小云包车，分路前行，独庄荔甫从容款步，仍回西棋盘街聚秀堂来。黑暗中摸到门首，举手敲门，敲了十数下，倒是陆秀林先从楼上听见，推开楼窗喊起外场，开门迎进。外场见是庄荔甫，忙划根自来火，点着洋灯，照荔甫上楼。荔甫至楼梯下，只见杨家姆也挤紧眼睛，拖双鞋皮，跌撞而出。外场将洋灯交与杨家姆，荔甫即向外场说："开水勿要哉，耐去困罢。"外场应诺。

杨家姆送荔甫到楼上陆秀林房，荔甫又令杨家姆去困，杨家姆逡巡自去。房内保险灯俱灭，惟梳妆台上点一盏长颈灯台。陆秀林卸妆闲坐吸水烟，见了荔甫，问："碰和阿赢嗄?"荔甫说："稍微赢点。"还问秀林："耐为啥勿困?"秀林道："等耐呀。"荔甫笑而道谢，随脱马褂挂于衣架。秀林授过水烟筒，亲自去点起烟灯。荔甫跟至烟榻前，见一只玻璃船内盛着烧好的许多烟泡，尤为喜惬，遂不暇吸水烟，先躺下去过瘾。秀林复移过苏绣六角茶壶套，问荔甫："阿要吃茶？蛮蛮热个。"荔甫摇摇头，吸过两口鸦片烟，将钢签递给秀林。秀林躺在左首，替荔甫化开烟泡，装在枪上。

荔甫起身，向大床背后去小解，忽隐约听见间壁房内有微微喘息之声，方想起是施瑞生宿在那里。解毕，蹑足出房，从廊下玻璃窗张觑，无如灯光半明不灭，隔着湖色绸帐，竟一些看不出。只听得低声说道："难阿要强嗄?"仿佛施瑞生声音。那陆秀宝也说一句，其声更低，不知说的什么。施瑞生复道："耐只嘴倒硬哚啘！一点点小性命，阿是定归勿要个哉?"

庄荔甫听到这里，不禁格声一笑。被房内觉着，悄说：“快点（要勿）喤！房外头有人来浪看！”施瑞生竟出声道：“故末让俚哚看末哉啘。”随向空问道：“阿好看嗄？耐要看末来喤。”庄荔甫极力忍笑，正待回身。不料陆秀林烟已装好，见庄荔甫一去许久，早自猜破，也就蹑足出房，猛可里拉住荔甫耳朵，拉进门口，用力一推，荔甫几乎打跌，接着“嘭”的一声，索性把房门关上。荔甫兀自弯腰掩口笑个不住。秀林沉下脸埋怨道：“耐个倒霉人末少有出见个！”荔甫只呲着嘴笑，双手挽秀林过来，并坐烟榻，细述其言，并揣摩想像仿效情形。秀林别转头假怒道：“我（要勿）听！”荔甫没趣躺下，将枪上装的烟吸了，乃复敛笑端容和秀林闲话，仍渐渐说到秀宝。荔甫偶赞施瑞生：“总算是好客人。”秀林摇手道：“施个脾气勿好，赛过是石灰布袋①。故歇新做起，好像蛮要好，熟仔点就厌气勿来哉。”荔甫道：“故也陆里晓得嗄。我说俚哚两家头才是好本事，拆勿开个哉。施个再要去攀相好，推扳点倌人也吃俚勿消。”秀林瞪目嗔道：“耐再要去说俚！”说了，取根水烟筒走开。

荔甫再吸两枚烟泡，吹灭烟灯，手捧茶壶套安放妆台原处，即褪鞋箕坐于大床中，看钟时将敲四点。荔甫点头招手要秀林来。秀林佯做不理。荔甫大声道：“让我吃筒水烟喤！”秀林不防，倒吃一惊，忙带水烟筒来就荔甫，着实说道：“人家才困仔歇哉，嘤喤嘤喤，拨俚哚骂！”荔甫笑而不辩，伸臂勾住秀林颈项，附耳说话。说得秀林且笑且怒，道：“耐来喘热昏哉，阿是？”将水烟筒丢与荔甫，强挣脱身，趄往大床背后。

荔甫一筒水烟尚未吸完，却听秀林自已在那里嗤地好笑。荔

① 石灰布袋——到处闯祸，留下不好影响的人。

甫问："笑啥?"秀林不答，须臾事毕，出立床前，犹觉笑容可掬。荔甫放下水烟筒，款款股股要问适间笑的缘故。秀林要说，又笑一会，然后低声道："先起头耐勿听见，故末叫讨气！我庆云里出局转来，同杨家娒两家头来里讲讲闲话，听见秀宝房间里该首玻璃窗浪啥物事来浪碰。我道仔秀宝下头去哉，连忙说：'杨家娒，耐快点去看啘。'杨家娒去仔转来，倒说道：'晦气，房门也关个哉！'我说：'阿进去看嗄?'杨家娒说：'看俚做啥，碰坏仔教俚赔。'难末我刚刚想着。停一歇，杨家娒下头去困哉，我一干仔打通一副五关，烧仔七八个烟泡，几花辰光哚，再听听，玻璃窗浪原来哚响呀。我恨得来，自家两只耳朵要扳脱俚末好！"荔甫一面听，一面笑。秀林说毕，两人前仰后合，笑作一团。荔甫忽向秀林耳边又说几句，秀林带笑而怒道："难勿搭耐说哉！"荔甫忙即告饶。当时天色将明，庄荔甫、陆秀林收拾安睡。

次日早晨，荔甫心记一事，约至七点钟警醒，嘱秀林再睡，先自起身。大姐舀进面水，荔甫问杨家娒为何不见。大姐道："俚孙囡来叫得去哉。"

荔甫便不再问，略揩把面，即离了聚秀堂，从东兜转至昼锦里祥发吕宋票店。陈小云也初起身，请荔甫登楼厮见。小云讶其太早，荔甫道："我再要托耐桩事体，听说齐韵叟来里哉。"小云道："齐韵叟同过歇台面，倒勿大相熟。故歇勿晓得阿来里?"荔甫道："阿可以托相熟个去问声俚，阿要交易点。"小云沉思道："就是葛仲英、李鹤汀末搭俚世交，要末写张条子去托俚哚。"荔甫欣然道谢。小云即时缮就两封行书便启，唤管家长福交代：一封送德大钱庄，一封送长安客栈，并说如不在，须送至吴雪香、杨媛媛两家。长福连声应"是"，持信出门，拣最近之处，先往东合兴里吴雪香家询葛二少爷，果然在内，惟因高卧未醒，交信而去。方欲再往尚仁里，适于四马路中遇见李鹤汀管家匡二。长福说明送信之事，匡二道：“耐交拨我好哉。”长福出信授与匡二，因问：“故歇陆里去？”匡二说：“无啥事体，走白相。”长福道：“潘三搭去坐歇，阿好？”匡二踌躇道：“难为情个喤。”长福道：“徐茂荣生天勿去哉呀，就去也无啥难为情。”匡二微笑应诺，转身和长福同行。行至石路口，只见李实夫独自一个从石路下来，往西而去。匡二诧异道：“四老爷往该首去做啥？”长福道：“常恐是寻朋友。”匡二道：“勿见得。”长福道：“倪跟得去看看。”

两人遮遮掩掩一路随来，相离只十余步。李实夫一直从大兴里进去。长福、匡二仅于弄口窥探，见实夫踅至弄内转弯处石库门前，举手敲门，有一老婆子笑脸相迎，进门仍即关上。长福、匡二因也进弄，相度一回，并不识何等人家。向门缝里张时，一些都看不见；退后数步，隔墙仰望，绿玻璃窗模糊不明，亦不清楚。

徘徊之间，忽有一只红颜绿鬓的野鸡推开一扇楼窗，探身俯首，好像与楼下人说话，李实夫正立在那野鸡身后。匡二见了，手拉长福急急回身，却随后听得开门声响，有人出来。长福、匡二踅至弄口，立定稍待，见出来的即是那个老婆子。匡二不好搭讪，长福贸贸然问老婆子道：“耐个小姐名字叫啥？”那老婆子将两人上下打量，沉下脸答道：“啥个小姐勿小姐，（要勿）来里瞎说！”说着自去。长福虽不回言，也咕噜了一句。匡二道：“常恐是人家人。”长福道：“定归是野鸡；要是人家人，再要拨俚骂两声哩。”匡二道：“野鸡末，叫俚小姐也无啥啘。”长福道：“要么就是耐哚四老爷包来浪，勿做生意哉，阿对？”匡二道：“管俚哚包勿包，倪到潘三搭去。”

于是两人折回，往东至居安里，见潘三家开着门，一个娘姨在天井里，当门箕踞浆洗衣裳。两人进门，娘姨只认得长福，起迎笑道：“长大爷，楼浪去喤。”匡二知道有客人，因说：“倪晚歇再来罢。”娘姨听说，急甩去两手水渍，向裙襕上一抹，两把拉住两人，坚留不放。长福悄问娘姨：“客人阿是徐茂荣？”娘姨道：“勿是，要去快哉。耐㨃楼浪请坐歇。”长福问匡二如何。匡二勉从长福之意，同上楼来。匡二见房中铺设亦甚周备，因问房间何人所居。长福道：“该搭就是潘三一干仔。再有几个勿来里，有客人来末去喊得来。”匡二始晓得是台基之类。

不一会，娘姨送上烟茶二事，长福叫住，问：“客人是啥人？”娘姨道：“是虹口姓杨，七点钟来个，难要去哉。俚哚事体多，七八日来一埭。勿要紧个。”长福问是何行业，娘姨道：“故倒勿晓得俚做啥生意。”说时，潘三也踯躅上楼，还蓬着头，靸着拖鞋，只穿一件捆身子。先令娘姨下头去，又亲点烟灯请用烟。匡二随向烟榻躺下，长福眼睁睁地看着潘三，只是嬉笑。潘三不好意思，问道：“啥好笑嗄？”长福正色道：“我为仔看见耐面孔浪有一点点龌龊①来浪，来里笑。耐晚歇揩面末，记好仔，拿洋肥皂净脱俚。”潘三别转头不理。匡二老实，起身来看。长福用手指道：“耐看喤，阿是？勿晓得龌龊物事为啥弄到面孔浪去，倒也稀奇哉！”匡二呵呵助笑，潘三道：“匡大爷末也去上俚个当，俚哚一只嘴阿算得是嘴嗄。”长福跳起来道：“耐自家去拿镜子来照，阿是我瞎说。”匡二道：“常恐是头浪洋绒突色②仔了，阿对？”潘三信是真的，方欲下楼。只听得娘姨高声喊道：

---

① 龌龊（wòchuò）——污垢；垃圾。

② 突色——衣料等物掉颜色。

“下头来请坐罢。”长福、匡二遂跟潘三同到楼下房里。潘三忙取面手镜照看，面上毫无瘢点，叫声“匡大爷”，道：“我道仔耐是好人，难也学坏哉。倒上仔耐个当！”

长福、匡二拍手跺脚，几乎笑得打跌。潘三忍不住亦笑。长福笑止，又道：“我倒勿是瞎说，耐面孔浪齷齪勿少来浪，不过看勿出末哉。多揩两把手巾，故末是正经。”潘三道：“耐只嘴也要揩揩末好。”匡二道：“倪是蛮干净来里，要么耐面孔齷齪仔，连只嘴也齷齪哉。”潘三道：“匡大爷，耐末再要去学俚哚，俚哚个人再要邱也无拨。阿是算俚哚会说，会说也无啥稀奇哓。”长福道：“耐听俚个闲话，幸亏生两个鼻头管，勿然要气煞哉！”三人赌嘴说笑。娘姨提水铫子来倾在盆内，潘三始捕面梳头。时已近午，长福要回家吃饭，匡二只得相与同行。潘三将匡二袖子一拉，说：“晚歇再来。”长福没有看见，胡乱答应，和匡二一路而去。

第二十六回终。

第二十七回

搅欢场醉汉吐空喉　证孽冤淫娼烧炙手

按：长福、匡二同行至四马路尚仁里口，长福自回祥发吕宋票店复命。匡二进弄至杨媛媛家，探听主人李鹤汀，虽已起身，尚未洗漱，不敢惊动。外场邀匡二到后面厨房间壁账房内便饭，特地燉起一壶绍兴酒，大鱼大肉，吃了一饱；见盛姐端一盘盛馔向杨媛媛房里去，连忙趋前，谆嘱代禀。

少时，传唤进见，李鹤汀正和杨媛媛对坐小酌。匡二呈上陈小云书信，鹤汀阅毕搁下。匡二仍即退出。饭后，轿班也来伺候。匡二私问盛姐，有甚事否。盛姐道："听说要去坐马车。"匡二只得兀坐以待，不料待至三点多钟，尚未去喊马车。忽见姚季莼坐轿而来，特地要访李鹤汀。鹤汀便知必有事故，请姚季莼到杨媛媛房里，对坐闲谈。季莼说来说去，并未说起甚事，鹤汀忍不住，问他有甚事否。季莼推说没事，却转问鹤汀："阿有啥事体？"鹤汀也说没事。季莼道："价末倪一淘到卫霞仙搭去打个茶会，阿好？"鹤汀不解其意，随口应诺。惟杨媛媛在傍乖觉，格声一笑。季莼不去根问，只催鹤汀穿起马褂。因相去甚近，两人都不坐轿，肩随步行，同至卫霞仙家，一进门口，即有一个大姐迎着笑道："二少爷，为啥几日天勿来？"季莼笑而不答，同鹤汀一直上楼。卫霞仙也含笑相迎，道："啊唷！二少爷晼，耐几日天关来哚'巡捕房'里，今朝倒放耐出来哉？"季莼只是讪笑，鹤汀诧异问故。霞仙笑指季莼道："耐问俚呀，阿是拨巡捕拉得去关仔几日天？”鹤汀早闻姚奶奶之事，方知为此而发，因就一笑丢开。

大家坐定。霞仙紧靠季莼身旁，悄悄问道：“耐家主婆来浪骂我呀，阿对？”季莼道：“啥人说俚骂耐？”霞仙鼻子里哼了一声，道：“耐（要勿）我瞎说！耐家主婆骂两声，倒也（要勿）去说俚，耐末再要帮仔耐家主婆说倪个邱话，倪才晓得个哉。”季莼道：“耐来里瞎说哉喤，耐晓得俚骂耐啥嗄？”霞仙道：“俚来里该搭就一径骂得去，到仔屋里，阿有啥勿骂个。”季莼道：“俚到该搭来倒勿是要来相骂；为仔我有点要紧事体，到吴淞去仔三日天，屋里勿曾晓得，道仔我来里该搭，来问一声。等到我转来仔，晓得来里吴淞，勿关耐事，俚也就勿曾说啥。”霞仙道：“耐说勿是来相骂，俚一进来就竖起仔个面孔，嘤喤嘤喤，下头噪到楼浪，勿是相骂是啥嗄？”季莼道：“难（要勿）说哉。俚吃仔耐几花闲话，一声也响勿出，耐也气得过个哉。”霞仙道：“正经说，俚是个奶奶，倪阿好去得罪俚！俚自家到该搭来，要扳倪个差头，倪也只好说俚两声。阿是倪说差哉嗄？”季莼道：“耐说俚两声说得蛮好，我倒要谢谢耐；勿然，俚只道无啥人得罪俚，下转打听我来里啥场花吃酒，俚也实概奔得来哉，阿要难为情。”霞仙本要尽情痛诋，今见如此说，又碍着李鹤汀在傍，只得留些体面，不复多言。停了半晌，叫声“二少爷”，冷笑道：“我说耐也忒费心哉！耐来里屋里末，要奶奶快活，说倪个邱话；到仔该搭来，倒说是奶奶勿好，该应拨倪说两声。像耐实概费心末，阿觉着苦恼嗄？”这几句正打在季莼心坎上，无可回答，嘿然而罢。李鹤汀见机，也要想些闲话搭讪开去，因问姚季莼道：“齐韵叟耐阿认得？”季莼道：“同过几转台面，稍微认得点。勿晓得故歇阿来里上海。”鹤汀道：“说末说来里，我是勿曾碰着。”

当下卫霞仙问及点心。姚季莼随意说了两色，陪着李鹤汀用过。霞仙复请鹤汀吸鸦片烟。不觉天色将晚，匡二带领轿子来接，呈上一张请客票头。鹤汀见系周少和请至公阳里尤如意家的，知是赌局，随问季莼："阿高兴去白相歇？"季莼推说不会。鹤汀吩咐匡二回栈看守，不必跟随："四老爷若问我，只说在杨媛媛家。"匡二应诺。

于是李鹤汀辞别姚季莼，离了卫霞仙家。匡二从至门前，看着上轿，直等轿已去远，方自折回石路长安栈中。吃过晚饭，趁四老爷尚未回来，锁上房门，独自一个溜至四马路居安里潘三家门首，将门上兽环轻轻击了三下。娘姨答应开门，询知潘三在家没客，匡二不胜之喜，低下头钻进房间。

那潘三正躺在榻上吸鸦片烟，知道来的乃是匡二，故意闭目，装做熟睡样子。匡二悄悄上前，也横下身去伏在潘三身上，先亲了个嘴。潘三仍置不睬。匡二乃伸手去摸，四肢百体，一一摸到。摸得潘三不耐烦起来，睁开眼笑道："耐个人啥实概嘎！"匡二喜而不辩，推开烟盘，脸偎着脸，问道："徐茂荣真个阿来？"潘三道："来勿来勿关耐事碗，耐问俚做啥？"匡二道："勿局个。"潘三道："我搭耐说仔罢，倪老底子客人是姓夏个①，夏个末同徐个一淘来，徐个同耐一淘来。大家差勿多，啥勿局嘎？"

正是引手搓挪，整备入港的时候，猛可里"嘭"的一声，敲门声响。娘姨在内高声问："啥人？"外边应说："是我！"竟像是徐茂荣声音。匡二惊惶失措，起身要躲。潘三一把拉住，道："耐个人啥实概嘎？"匡二摇摇手，连说："勿局个，勿局个！"竟挣脱身子，蹑足登楼。楼上黑魆魆地，暗中摸着高椅坐下，侧耳

① 个——前面加姓氏，即姓某的人。

静听。听得娘姨开出门去，只有徐茂荣一人，已吃得烂醉，即于门前倾盆大吐，随后踉跄进房。潘三作怒声道："陆里去寻开心，吃仔酒到该搭来撒酒风！"徐茂荣不敢言语。娘姨做好做歹，给他呷杯热茶。茂荣要吸鸦片烟，潘三道："倪鸦片烟也有来浪，耐吃末哉啘。"茂荣道："耐搭我装一筒喤。"潘三道："耐酒末别场花会吃个，鸦片烟倒勿会装哉。"茂荣跳起来大声道："阿是耐姘仔戏子哉，来里讨厌我？"潘三亦大声道："啥人讨厌耐嗄，我就姘仔戏子末，阿挨得着耐来管我？"茂荣倒不禁笑了。

匡二在楼上揣度徐茂荣光景不肯就去，不如回避，因而踮手踮脚踅下楼梯，却又转至后面厨房内，悄悄向娘姨说："我去哉。"娘姨吃一大惊，反手抓了匡二衣襟，说道："（要勿）去喤！"匡二急道："我明朝来。"娘姨不放，道："（要勿）。耐去仔晚歇小姐要说倪个喤！"匡二道："价末耐去喊小姐来，我搭俚说句闲话。"娘姨不知就里，真的去喊潘三。匡二早一溜烟溜至天井，拔去门闩，一跳而出。不意踏 着徐茂荣所吐酒菜，站不住，滑了一跤。连忙爬起，更不回头，一直回至长安客栈。栈使送上两张京片。匡二看时，系陈小云请两位主人于明日至同安里金巧珍家吃酒的，尚不要紧，且自收藏起来。料道大少爷通宵大赌，四老爷燕尔新欢，都不回来的了，竟然关门安睡。心中却想潘三好事将成，偏生遇这冤家冲散，害得我竟夕凄惶；又想到大少爷豁了许多洋钱在杨媛媛身上，反不若潘三的多情；再想到四老爷打着这野鸡，倒搨了个便宜货，此时不知如何得趣。颠来倒去，哪里还睡得着，由想生恨，由恨生妒："四老爷背地做的好事，我偏要去戳破他，看他如何见我！"主意已定。

次日早晨，匡二起身洗脸打辫吃点心。挨到九点钟时候，带了陈小云请帖，径往四马路西首大兴里，踅到转弯处石库门前，再相度一遍，方大着胆举手敲门。开门出来，仍是昨日所见的那个老婆子，一见匡二，盛气问道："该搭来做啥？"匡二朗朗扬声道："四老爷阿来里？大少爷教我来张哩。"那老婆子听说"四老爷"，怔了一怔，不敢怠慢，令匡二等候，忙去楼上低声告诉李实夫。实夫正吸着鸦片烟，还没有过早瘾，见诸三姐报说，十分诧异，亲自同诸三姐下楼来看。匡二上前叫声"四老爷"，呈上陈小云请帖。实夫满面惭愧，且不去看请帖，笑问匡二道："耐陆里晓得我来里该搭？"匡二尚未回言，诸三姐在傍拍手笑道："俚是昨日跟四老爷一淘来个呀，阿是四老爷勿晓得？"说着，又指定匡二呵呵笑道："幸亏我昨日勿曾骂耐。为仔耐闲话稀奇，我想总是认得点倪个人，勿然，再要拨两记耳光耐吃哉。"

李实夫也自讪笑，手持请帖，仍上楼去。匡二待要退出，诸三姐慌道："来仔末，啥就去嘎？请坐歇喤。"一手挽了匡二臂膊，挽进客堂，捺向高椅坐下，随取一支水烟筒奉敬，并筛一杯便茶，和匡二问长问短，亲热异常。匡二也问问生意情形。诸三姐遂凑近匡二身边，悄地长谈道："倪先起头勿是做生意个呀，为仔今年一桩事体勿过去，难末做起个生意。刚刚做生意，第一户客人就碰着四老爷，也总算是倪运气。四老爷是规矩人，勿欢喜多花空场面。像倪该搭老老实实，清清爽爽，四老爷倒蛮对。不过倪做仔四老爷，外头人才说是做着仔好生意，搭倪吃醋，说倪多花邱话，说拨四老爷听。倪搭算得老实个哉，俚哚说倪是假个；倪搭算得清爽个哉，俚哚倒说倪勿干净。听仔该号闲话，真真讨气。故歇四老爷也勿去听俚哚，倪终有点勿放心。倘忙四老爷听仔俚哚，倪搭勿来仔，倪是无拨第二户客人啘，娘囡仵阿是要饿煞？我为此要拜托耐匡大爷，劝劝四老爷（要勿）去听别人个闲话。匡大爷说比仔倪自家说个灵。"匡二不知就里，一味应承，谈够多时，匡二始起身告别。诸三姐送至门首，说道："无啥公事末，该搭来坐歇末哉。"匡二唯唯而去。诸三姐关门回来，照常请李实夫点菜便饭。诸十全虽与实夫同吃，却因忌口，不吃饭菜，另用素馔相陪。

饭后，李实夫照常往花雨楼去开灯。堂倌早为留出一榻，并装好一口烟在枪上。实夫吸了一会，陆续上市，须臾撑堂，来者还络绎不绝。忽见那个郭孝婆偏又挤紧眼睛摸索而来，缘见过实夫一面，早被她打听明白，摸至榻前，即眉花眼笑地叫声"四老爷"，问："十全搭阿去？"实夫只点点头。堂倌见郭孝婆搭腔，便抢过来坐在烟榻下手，看定郭孝婆，目不转睛。郭孝婆冷笑一声，低头走开。堂倌乃躺下给实夫烧烟，问实夫："耐陆里去认得个郭孝婆？"实夫道："就来里诸三姐搭看见俚。"堂倌道："诸三姐末也勿好，该号杀胚，再去认得俚做啥。耐看俚末实概年纪，眼睛才瞎个哉，俚本事大得野哚，真真勿是个好东西！"实夫笑问为何。堂倌道："就前年宁波人家一个千金小姐，俚会得去骗出来浪夷场浪做生意。拨县里捉得去，办俚拐逃，揪二百藤条，收仔长监；勿晓得啥人去说仔个情，故歇倒放俚出来哉。"

实夫初不料其如此稔①恶，倒不禁慨叹一番。堂倌烧成烟泡，授与实夫，另去应酬别榻。迨至实夫匣中烟尽，见吃客渐稀，也就逐队而散；既不去金巧珍家赴席，又不回长安客栈，竟一直往诸十全家来。

自李实夫做诸十全之后，五日再宿，秘而不宣；今既为匡二所见，遂不复隐瞒，索性流连旬日不返，惟匡二逐日探望一次。有时遇见诸十全脸晕绯红，眼圈乌黑，匡二十分疑惑，因暗暗告

① 稔（rěn）——熟悉。

诉主人李鹤汀。鹤汀兀自不信。

这日四月初间，天气骤热，李实夫适从花雨楼而回，尚未坐定，复闻推门响声，却是匡二，报说："大少爷来哉。"诸三姐一听着了慌，正要请实夫意旨，李鹤汀已款步进门。诸三姐只得含笑前迎，说："四老爷来里楼浪。"鹤汀乃令匡二在客堂伺候，自己径上楼来，与实夫叔侄相见。诸十全也起身叫声"大少爷"，掩在一旁局促不安。实夫问鹤汀何处来。鹤汀说："来浪坐马车。"实夫道："价末杨媛媛喤？"鹤汀道："俚哚先转去哉。"说时，诸三姐送上一盖碗茶，又取一只玻璃高脚盆子，揩抹干净，向床下瓦坛内捞了一把西瓜子，授与诸十全。诸十全没法，腼腼腆腆敬与鹤汀。鹤汀正要看诸十全如何，看得诸十全羞缩无地，越发连脖项涨得通红。实夫觉得，想些闲话来搭讪，即问鹤汀道："该两日应酬阿忙？"鹤汀道："该两日还算好，难下去归帐路头①，家家有点台面哉。"

诸十全趁此空隙，竟躲出外间。诸三姐偏死命地拖进来，要她陪伴，却自往床背后提出一串铜钱，在手轮数。实夫看见，问她："做啥？"诸三姐又说不出。实夫道："耐阿是去买点心？"鹤汀忙道："点心（要勿）去买，我刚刚吃过。"诸三姐笑说："总要个。"转身便走。实夫复叫住道"点心末真个（要勿）去买，耐去买两匣纸烟罢。"诸三姐才答应下楼。鹤汀道："纸烟也有来浪碗。"实夫道："我晓得耐有来浪，让俚再买点末哉。一点点勿买啥，俚心里终究勿舒齐个。"说得诸十全愈加惭愧。

比及诸三姐买纸烟归来，早到上灯时候。鹤汀没甚言语，告辞要行。实夫问："陆里去？"鹤汀说是"东合兴里去吃酒，王莲

---

① 归帐路头——吴方言称财神爷为"路头菩萨"。结账时要祭财神，称为归帐路头。

生请个”。诸十全听说，忙上前帮着挽留。鹤汀趁势去拉诸十全的手，果然觉得手心滚热。诸十全同实夫并送至楼梯边。鹤汀到了楼下，诸三姐从厨房内跑出来，嘴里急说：“大少爷（要勿）去嗅，该搭便夜饭哉呀。”鹤汀道：“谢谢哉，我要吃酒去。”诸三姐没法，只得送出，匡二也跟在后面。同至门首，诸三姐还说：“大少爷到该搭来是真真怠慢个嗅。”鹤汀笑说：“（要勿）客气。”带着匡二，踅出大兴里，往东至石路口，鹤汀令匡二去喊轿班打轿子来，匡二应命自去。鹤汀独行，到了东合兴里张蕙贞家，客已齐集。王莲生便命起手巾。

第二十七回终。

第二十八回

局赌露风巡丁登屋　乡亲削色嫖客拉车

按：李鹤汀至东合兴里张蕙贞家赴宴，系王莲生请的，正为烧归帐路头。当晚大脚姚家各房间皆有台面，莲生又摆的是双台，因此忙乱异常，大家没甚酒兴，草草终席。王莲生暗暗约下洪善卿，等诸客一散，即乞善卿同行。张惠贞慌问："陆里去?"莲生说不出。蕙贞只道莲生动气要去，拉住不放。洪善卿在旁笑道："王老爷要紧去消差，耐（要勿）瞎缠，误俚公事。"蕙贞虽不解"消差"之说，然亦知其为沈小红而言，遂不敢强留。

莲生令来安、轿班都回公馆，与善卿缓步至西荟芳里沈小红家，阿珠在客堂里迎见，跟着上楼，只见房里暗昏昏地，沈小红和衣睡在大床上。阿珠忙去低声叫"先生"，说："王老爷来哉。"连叫四五声，小红使气道："晓得哉!"阿珠含笑退下，嘴里却咕噜道："喊耐一声倒喊差哉，生意勿好末也叫无法，别人家去眼热个啥!"说着，集亮了保险灯①，自去预备烟茶。小红慢慢起身，跨下床沿，俄延半晌，彳亍②前来，就高椅坐下，匿面向壁，一言不发。莲生、善卿坐在烟榻，也自默然。阿珠复问小红："阿要吃夜饭?"小红摇摇头。莲生听说，因道："倪夜饭也勿曾吃，去吃两样菜，一淘吃哉。"阿珠道："耐酒也吃过哉碗，啥勿曾吃饭嗄?"莲生说："真个勿曾。"阿珠乃转问小红："价末叫得

① 保险灯——即有罩的煤油灯。
② 彳亍（chì chù）——慢步行走，徘徊。

来一淘吃点，阿要？”小红大声道：“我（要勿）呀！”阿珠笑而站住道：“王老爷，耐自家要吃末去叫；倪先生馆子里菜也（要勿）吃，让俚晚歇吃口稀饭罢。”莲生只得依了。洪善卿知无所事，即欲兴辞，莲生不再挽留。小红缘善卿是极脱熟朋友，竟不相送，连一句客气套话都没有说，倒是阿珠一直送下楼去。

善卿去后，莲生方过去，捱在小红身傍，一手揣住小红的手，一手勾着小红头颈，扳转脸来。小红嗔道：“做啥！”莲生央告道：“（要勿）喤！倪到榻床浪去䠂䠂，我搭耐说句闲话。”小红挣脱道：“耐有闲话，说末哉啘。”莲生道：“我也无啥别样闲话，就不过要耐快活点。我随便啥辰光来，耐总无拨一点点快活面孔；我看见仔耐勿快活末，心里就说勿出个多花难过。耐总算照应点我，（要勿）实概阿好？”小红道：“倪是生来无啥快活！耐心里难过末，到好过个场花去。”莲生不禁长叹一声道：“我实概搭耐说，耐倒原是猛扪①闲话。”说到此处，竟致咽住。两人并坐，寂静无言。

多时，小红始答道：“我故歇是勿曾说耐啥，得罪耐；耐来里说我勿快活，咿说是猛扪闲话。耐末说仔别人倒勿觉着，别人听仔阿快活得出？”莲生知道小红回心，这话分明是遁辞，忙赔笑道：“总是我说得勿好，害仔耐勿快活。难也罢哉，下转我再要勿好末，耐索性打我骂我，我倒无啥，总（要勿）实概勿快活。”一面说，一面就搀了小红过来。小红不由自主，向榻床并卧，各据一边。

莲生又道：“我再要搭耐商量，我朋友约末约定哉，约来浪初九。为仔该两日路头酒多勿过：初七末周双珠搭，初八末黄翠

---

① 猛扪——强词夺理，蛮横。

凤搭，才是路头酒。俚哚说该搭勿烧路头末，就初九吃仔罢。我倒答应哉，耐说阿好？”小红道：“故也随便末哉。”莲生见小红并无违拗，愈觉喜欢，吃不多几口烟，就怂恿小红吃稀饭。小红道：“倪是自家燉个火腿粥，耐阿要吃？”莲生说：“蛮好。”小红乃喊阿珠搬上稀饭，阿金大也来帮着伺候。稀饭吃毕，莲生复吸足烟瘾，便和小红收拾同睡。

次日初七，十二点钟，来安领轿来接。王莲生吃了中饭，坐轿而去，干些公事，天色已晚，再到沈小红家点卯，然后往公阳里周双珠家赴宴。先到的，主人洪善卿以外，已有葛仲英、姚季莼、朱蔼人、陈小云四位。洪善卿因对过周双玉房里台面摆得极早，即说：“倪也起手巾罢。”王莲生问：“再有啥人？”善卿道：“李鹤汀勿来，就不过罗子富哉。”当下入席，留出一位。周双珠敬过瓜子，问王莲生：“阿要叫本堂局？”莲生道：“俚有台面来浪，勿叫哉。”比及上过鱼翅第一道菜，金巧珍出局依然先到，随后罗子富带了黄翠凤同来。子富已略有酒意，兴致愈高，一到便叫拿鸡缸杯来摆庄。偏又拣中姚季莼划拳，说是前转输与季莼拳酒，至今尚不甘心，再交交手看如何。姚季莼也不肯相让，揎袖攘臂而出。无如初豁三拳，全是罗子富输的，黄翠凤要代酒，子富不许，自己将来一口呷干，伸手再豁。此次三拳，季莼输了两拳。那时叫的局，林素芬、吴雪香、沈小红、卫霞仙陆续齐集，霞仙因代饮一杯。罗子富却嚷道：“代个勿算！”霞仙道：“啥人说嘎？倪是要代个，耐代勿代随耐便。”黄翠凤遂把罗子富手中一杯抢去，授与赵家姆，说道：“耐个伉大①末，再要自家吃哩！”罗子富适见妆台上有一只极大的玻璃杯，劈手取来，指与

① 伉大——笨蛋、愚笨的人。

姚季莼道："难倪说好仔，自家吃，勿许代。"随把酒壶亲自筛在玻璃杯内，尚未满杯，壶中酒罄，一面就将酒壶令巧囡去添酒，一面先和姚季莼划拳。季莼勃然作气，旗鼓相当，真正是罗子富轻敌。反是后面上旁观的替两人捏着一把汗。

两人正待交手，只听得巧囡在当中间内极声喊道："快点呀，有个人来浪呀！"合台面的人都吃一大惊，只道是失火，争先出房去看。巧囡只往窗外乱指，道："哪，哪！"众人看时，并不是火，原来是一个外国巡捕，直挺挺地立在对过楼房脊梁上，浑身玄色号衣，手执一把钢刀，映着电气灯光，闪烁耀眼。洪善卿十猜八九，忙安慰众人道："勿要紧个，勿要紧个。"陈小云要喊管家长福问个端的，却为门前七张八嘴，嘈嘈聒耳，喊了半天喊不着。张寿倒趁此机会飞跑上楼，禀说："是前弄尤如意搭捉赌，勿要紧个。"众人始放下心。忽又见对过楼上开出两扇玻璃窗，有一个人钻出来，爬到阳台上，要跨过间壁披屋逃走。不料后面一个巡捕飞身一跳，追过阳台，抢起手中短棍乘势击下，正中那人脚踝。那人站不稳，倒栽葱一交从墙头跌出外面，连两张瓦豁琅琅卸落到地。周双玉慌张出房，悄地告诉周双珠道："弄堂里跌杀个人来浪！"众人皆为嗟讶。

洪善卿见双玉的吃酒客人业经尽散，便到她房里，靠在楼窗口往下窥觑。果然那跌下来的赌客躺在墙脚边，一些不动，好像死去一般。众人也簇拥进房，争先要看。惟吴雪香胆小害怕，拉住葛仲英衣襟道："倪转去罢。"仲英道："故歇去末，拨巡捕拉得去哉喤。"雪香不信道："耐瞎说！"周双珠亦阻挡道："倒勿是瞎说，巡捕守来浪门口，外头勿许去呀。"雪香没法，只得等耐。洪善卿因道："倪去吃酒去，让俚哚捉末哉，无啥好看。"当请诸位归席。周双珠亲往楼梯边喊巧囡拿酒来。巧囡正在门前赶热闹，那里还听见。双珠再喊阿金，也不答应。喊得急了，阿金却从亭子间溜出，低首无言，径下楼去。双珠望亭子间内，黑魆魆地并无灯烛，大怒道："啥样式嗄，真真无拨仔淘成[①]哉！"阿金自然不敢回嘴。双珠一转身，张寿也一溜烟下楼。双珠装做不觉，款步回房。比及阿金取酒壶送上洪善卿，众人要看捉赌，无暇饮酒。俄而弄堂内一阵脚声，自西徂东，势如风雨。洪善卿也去一望，已将那跌下的赌客扛在板门上前行，许多中外巡捕押着出弄，后面更有一群看的人跟随围绕，指点笑语，连楼下管家、相帮亦在其内。一时门前寂静。楼上众人看罢退下，洪善卿方一一招呼拢来，洗盏更酌。罗子富歇这半日，宿酒全醒，不肯再饮。姚季莼为归期近限，不复划拳。众人即喊干稀饭，吴雪香急忙先行，其余出局也纷纷各散。

忙乱之中，仍是张寿献勤，打听得捉赌情形，上楼禀说："尤如意一家，连二三十个老爷们，才捉得去哉，房子也封脱。跌下来个倒勿曾死，就不过跌坏仔一只脚。"众人嗟叹一番。适值阿德保搬干稀饭到楼上，张寿只得怏怏下去。饭罢席终，客行主倦。接着对过房里周双玉连摆两上台面，楼下周双宝也摆一台，重复忙乱起来。

洪善卿不甚舒服，遂亦辞了周双珠归到南市永昌参店歇宿。次日傍晚，往北径至尚仁里黄翠凤家。罗子富迎见，即问："李鹤汀转去哉，耐阿晓得？"洪善卿道："前日夜头碰着俚，勿曾说起晼。"子富道："就勿多歇我去请俚，说同实夫一淘下船去哉。"善卿道："常恐有啥事体。"说着，葛仲英、王莲生、朱蔼人、汤啸庵次第并至，说起李鹤汀，都道他倏地回家，也有缘故。比及

① 淘成——也作陶成，规矩、道理。

陈小云到，罗子富因客已齐，令赵家姆喊起手巾。小云问子富道："耐阿曾请李鹤汀？"子富道："说是转去哉呀，耐阿晓得俚为啥事体？"小云道："陆里有啥事体，就为仔昨夜公阳里，鹤汀也来浪，一淘拉得去，到新衙门里，罚仔五十块洋钱，新衙门里出来就下船。我去张张俚，也勿曾看见。"洪善卿急道："价末楼浪跌下来个阿是鹤汀嗄？"陈小云道："跌下来个是大流氓，先起头三品顶戴，轿子扛出扛进海外①哚。就苏州去吃仔一场官司下去，故歇也来浪开赌场，挑挑头。昨日勿曾跌杀末，也算俚运气。"罗子富道："故是周少和啘，鹤汀为啥去认得俚？"陈小云道："鹤汀也自家勿好，要去赌。勿到一个月，输脱仔三万。倘然再输下去，鹤汀也勿得了哉喤！"子富道："实夫勿是道理，应该说说俚末好。"小云道："实夫倒是做人家人，到仔一埭上海，花酒也勿肯吃，蛮规矩。"洪善卿笑道："耐说实夫规矩，也勿好，忒啥做人家哉！南头一个朋友搭我说起，实夫为仔做人家也有仔点小毛病。"

陈小云待要问明如何小毛病，恰遇金巧珍出局坐定，暗将小云袖子一拉。小云回过头去，巧珍附耳说了些话。小云听不明白，笑道："耐倒忙哚啘，前转末宣卷，故歇烧路头！"巧珍道："勿是倪呀。"复附耳分辩清楚。小云想了一想，亦即首肯，遂奉请席上诸友，欲翻台到绘春堂去。众人应诺，却问绘春堂在何处。小云说："在东棋盘街，就是巧珍个阿姐，也为仔烧路头，要绷绷场面。"巧珍接说道："阿要教阿海先去摆起台面来，一淘带局过去？"众人说："蛮好。"娘姨阿海领命就行。罗子富因摆起庄来，不意子富划拳大赢，庄上二十杯打去一半，外家竟输三

① 海外——威风，神气。

十杯。大家计议挨次轮流，并帮分饮，方把那一半打完。

其时已上至后四道菜，阿海也回来复命，金巧珍再催请一遍。黄翠凤尚有楼上下两个台面应酬，向罗子富说明，稍缓片时，无须再叫。罗子富、葛仲英、王莲生、朱蔼人暨六个倌人，共是十肩轿子同行。陈小云先与洪善卿、汤啸庵步行出尚仁里口，令长福再喊两把东洋车，小云自坐包车，啸庵也坐一把。善卿上车时，忽见那车夫年纪甚轻，面庞斯熟，仔细一看，顿吃大惊，失声叫道："耐是赵朴斋啘！"那车夫回头见是洪善卿，即拉了空车没命地飞跑西去。善卿还招手喊叫，哪里还肯转来。这一气，把个洪善卿气得发昏，立在街心，瞪目无语。那陈、场两把车已自去远，没人照管，幸而随后十肩轿子出弄，为跟轿的所见，阿金、阿海上前拉住善卿问："洪老爷来里做啥?"善卿才醒过来，并不回言，再喊一把东洋车，跟着轿子到东棋盘街口停下，仍和众人同进绘春堂。

那金爱珍早在楼门首迎接。众人见客堂楼中已摆好台面，却先去房内暂坐。爱珍连忙各敬瓜子，又向烟榻烧鸦片烟。金巧珍叫声"阿姐"，道："耐装烟（要勿）装哉，喊下头起手巾罢，俚哚才要紧煞来浪。"爱珍乃笑说："陆里一位老爷请用烟?"大家不去兜揽，惟陈小云说声"谢谢耐"。爱珍抿嘴笑道："陈老爷客气得来。"巧珍不耐烦，先自出房闲逛。迨爱珍喊外场起上手巾，众人亦即入席，连带来出局皆已坐定。金爱珍和金巧珍并坐在陈小云背后，爱珍和准琵琶，欲与巧珍合唱。巧珍道："耐唱罢，我勿唱哉。"爱珍唱过一支京调，陈小云也拦说："（要勿）唱哉。"爱珍不依，再要和弦。巧珍道："阿姐啥实概嘎，唱一支末好哉啘。"爱珍才将琵琶放下。爱珍唱后，并无一人接唱。却值黄翠凤出局继至，罗子富便叫取鸡缸杯。娘姨去了半日，取出一只绝大玻璃杯。金爱珍嗔道："勿是呀!"慌令娘姨调换。罗子富见了喜道："玻璃杯蛮好，拿得来。"爱珍慌又奉上，揎袖前来，举酒壶筛满一玻璃杯。罗子富拍案道："我来摆五杯庄!"众人见这大杯，不敢出手。陈小云向葛仲英商量道："倪两家头拼一杯，阿好?"仲英说："好。"小云乃与罗子富豁了一拳，竟输一杯。金爱珍即欲代酒，陈小云分与一小杯，又分一小杯转给金巧珍。巧珍道："耐要豁，耐自家去吃，倪勿代。"爱珍笑说："我来吃。"伸手要接那一小杯。巧珍急从刺斜里拦住，大声道："阿姐（要勿）喤!"爱珍吃惊释手。小云笑而不辩，取杯呷干。葛仲英亦取半玻璃杯饮讫。

接下去朱蔼人和汤啸庵合打，王莲生和洪善卿合打，周而复始，至再至三。五杯打完之后，罗子富虽自负好量，玉山将颓，外家亦皆酩酊，遂觉酒兴阑珊，只等出局哄散。众人都不用干稀饭，随后告辞。其时未去者，客人惟洪善卿一人，倌人惟金巧珍一人。陈小云、金爱珍乃请二人房里去坐。

第二十八回终。

第二十九回

间壁邻居寻兄结伴　过房亲眷挈妹同游

按：洪善卿跟着陈小云，金巧珍跟着金爱珍，都到房里。外场送进台面干湿，爱珍敬过，便去烟榻烧鸦片烟。小云躺在上手，说："我来装。"爱珍道："陈老爷（要勿）嗹，我来装末哉啘。"小云笑道："啘客气。"遂接过签子去。爱珍又道："洪老爷，榻床浪来嗹嗹啘。"善卿即亦向下手躺下。爱珍亲自移过两碗茶，放在烟盘里，偶见巧珍立在梳妆台前照镜掠鬓，爱珍赶过去，取抿子替她刷得十分光滑，因而道长论短，秘密谈心。

这边善卿捉空将赵朴斋之事诉与小云，议个处置之法。小云先问善卿主意，善卿道："我想托耐去报仔巡捕房，教包打听查出陆里一把车子，拿俚个人关我店里去，勿许俚出来，耐说阿好？"小云沉吟道："勿对，耐要俚到店里去做啥？耐店里有拉东洋车个亲眷，阿要坍台嗄。我说耐写封信去交代俚哚娘，随便俚哚末哉，勿关耐事。"善卿恍然大悟，烦恼胥平，当即起身告别。金巧珍向小云道："倪也去哉啘。"小云乃丢下烟枪，慌的金爱珍一手按住道："陈老爷（要勿）去嗹。"一手拉着巧珍道："耐啥要紧得来？阿是倪小场花，定规勿肯坐一歇哉？"巧珍趔趄着脚儿，只说："去哉。"被爱珍拦腰一抱，嗔道："耐去呀，耐去仔末我也勿来张耐个哉？"小云在傍呵呵讪笑。洪善卿便道："耐两家头再坐歇，我先去。"说着径辞陈小云出房。金爱珍撇过金巧珍，相送至楼梯边，连说："洪老爷明朝来。"善卿随口答应，离

了绘春堂，行近三茅阁桥，喊把东洋车拉至小东门陆家石桥，缓步自回咸瓜街永昌参店。连夜写起一封书信，叙述赵朴斋浪游落魄情形，一早令小伙计送与信局，寄去乡间。

这赵朴斋母亲洪氏，年仅五十，耳聋眼瞎，柔懦无能。幸而朴斋妹子，小名二宝，颇能当家。前番接得洪善卿书信，只道朴斋将次回家，日日盼望，不想半月有余，毫无消息。忽又有洪善卿书信寄来，央间壁邻居张新弟拆阅。张新弟演说出来，母女二人登时惊诧着急，不禁放声大哭一场。却为张新弟的阿姊张秀英听见，趱过这边，问明缘由，婉言解劝。母女二人收泪道谢，大家商量如何。张新弟以为须到上海寻访回家，严加管束，斯为上策。赵洪氏道："上海夷场浪，陌生场花，陆里能够去嗄？"赵二宝道："（要勿）说无娒勿能够去，就去仔教无娒陆里去寻嗄？"张秀英道："价末托个妥当点人，教俚去寻，寻得来就拨两块洋钱俚也无啥。"洪氏道："倪再去托啥人嗄？要么原是娘舅哉嗄。"新弟道："娘舅信浪为俚勿好，坍仔台，恨煞个哉，阿肯去寻嗄。"二宝道："娘舅起先就靠勿住，托人去寻也无么用，还是我同无娒一淘去。"洪氏叹口气道："二宝，耐倒说得好。耐一个姑娘家，勿曾出歇门，到上海拨来拐子再拐得去仔末，那价呢？"二宝道："无娒末再要瞎说！人家骗骗小干仵，说（要勿）拨拐子拐得去，阿是真真有啥拐子嗄。"新弟道："上海拐子倒无拨个，不过要认得个人同得去末好。"秀英道："耐说节浪要上海去呀？"新弟道："我到仔上海就店里去，陆里再有工夫。"

二宝听见这话，藏在肚里，却不接嘴。张新弟见无成议，辞别自去。赵二宝留下张秀英，邀到卧房里。那秀英年方十九，是二宝闺中密友，无所不谈。当下私问："新弟到上海去做啥？"秀英说："是翟先生教得去做伙计。"二宝道："耐阿去？"秀英道：

“我勿做啥生意，去做啥?”二宝道：“我说耐同倪一淘到上海，我去寻阿哥，耐末夷场浪白相相，阿是蛮好?”秀英心中也喜白相，只为人言可畏，踌躇道：“勿局①个喤。”二宝附耳低言，如此如此。秀英领会笑诺，即时踅回家里。张新弟问起这事，秀英攒眉道：“俚哚想来想去无法子，倒怪仔倪阿哥，说拨倪小村阿哥合得去用完仔洋钱，无面孔见人，故歇倒要倪同得去寻倪小村阿哥。”道言未了，赵二宝亦过来，叫声“秀英阿姐”道：“耐（要勿）来浪假痴假呆！耐阿哥做个事体，我生来要寻着耐。耐同得去寻着仔小村阿哥，就勿关耐事。”新弟在旁道：“小村阿哥来里上海，耐自家去寻好哉。”二宝道：“我上海勿认得，要同仔俚一淘去。”新弟道：“俚去勿局个，我来同耐去阿好?”二宝道：“耐男人家，同倪一淘到上海，算啥样式嗄?俚勿肯去末，我定归噪得俚勿舒齐。”

新弟目视秀英，问如何。秀英道：“我无拨一点点事体，到上海去做啥?人家听见仔，只道倪去白相，阿是笑话?”二宝道：“耐末常恐人笑话，倪阿哥拉仔东洋车勿关耐事哉，阿对?”新弟笑劝秀英道：“阿姐就去一埭末哉，寻着仔转来，也勿多几日天。”秀英尚自不肯，被新弟极力怂恿，勉强答应。于是议定四月十七日启行，央对门剃头司务吴小大妻子吴家姆看守房屋。赵二宝回家告诉母亲赵洪氏，洪氏以为极好。当晚吴小大亲至两家先应承看房之托，并言闻得儿子吴松桥十分得意，要乘便船自去寻访。两家也就应承。

至日，雇了一只无锡网船，赵洪氏、赵二宝、张新弟、张秀英及吴小大，共是五人，搬下行李，开往上海。不止一日，到日

① 勿局——不妥，不好。

辉港停泊。吴小大并无铺盖，背上包裹，登岸自去。赵二宝缘赵朴斋住过悦来客栈，说与张新弟，即将行李交明悦来栈接客的，另喊四把东洋车，张新弟和张秀英、赵洪氏、赵二宝坐了，同往宝善街悦来客栈，恰好行李担子先后挑到，拣得一间极大房间，卸装下榻。安置粗讫，张新弟先去大马路北信典铺谒见先生翟掌柜，翟掌柜派在南信典铺中司事。张新弟回栈来搬铺盖，因问赵二宝："阿要一淘去寻倪小村阿哥？"二宝摇手道："寻着耐阿哥也勿相干哓。耐到咸瓜街浪永昌参店里，教倪娘舅该搭来一埭再说。"新弟依言去了。这晚，张秀英独自一个去看了一本戏，赵二宝与母亲赵洪氏愁颜对坐，并未出房。

次日一早，洪善卿到栈相访，见过嫡亲阿姊赵洪氏，然后赵二宝上前行礼。善卿略叙数年阔别之情，说到外甥赵朴斋，从实说出许多下流行事，并道："故歇我教人去寻得来，以后再有啥事体，我勿管账。"二宝插嘴道："娘舅寻得来最好，以后请娘舅放心，阿好再来惊动娘舅嗄。"善卿又问问乡下年来收成丰歉，方始告辞。张秀英本未起身，没有见面。

饭后，果然有人送赵朴斋到门，栈使认识通报，赵洪氏、赵二宝慌忙出迎。只见赵朴斋脸上沾染几搭乌煤，两边鬓发长至寸许。身穿七拼八补的短衫裤，暗昏昏不知是甚颜色。两足光赤，鞋袜俱无，俨然像乞丐一般。妹子二宝友于谊笃，一阵心酸，呜呜饮泣。母亲洪氏看不清楚，还问："来浪陆里嗄？"栈使推朴斋近前，令他磕头。洪氏猛吃一惊，顿足大哭道："我倪子为啥实概个嗄！"刚哭出这一声，气哽喉咙，几乎仰跌。幸有张秀英在后搀住，且复解劝。二宝为栈中寓客簇拥观看，羞愧难当，急同秀英扶母亲归房，手招朴斋进去，关上房门，再开皮箱搜出一套衫裤鞋袜，令朴斋向左近浴堂中剃头洗澡，早去早来，不多时，朴斋遵命换衣回栈，虽觉面庞略瘦，已算光彩一新。秀英让他坐下，洪氏、二宝着实埋怨一顿。朴斋低头垂泪，不敢则声。二宝定要问他缘何不想回家，连问十数遍，朴斋终呐呐然说不出口。秀英带笑代答道："俚转来末，好像难为情，阿对？"二宝道："勿对个，俚要晓得仔难为情，倒转来哉。我说俚定归是舍勿得上海，拉仔个东洋车，东望望，西望望，开心得来！"几句说得朴斋无地自容，回身对壁。洪氏忽有些怜惜之心，不复责备，转向秀英、二宝计议回家。二宝道："教栈里相帮去叫只船，明朝转去。"秀英道："耐教我来白相相，我一埭勿曾去，耐倒就要转去哉，勿成功。"二宝央及道："价末再白相一日天阿好？"秀英道："白相仔一日天再说。"洪氏只得依从。

吃过晚饭，秀英欲去听书。二宝道："倪先说好仔，书钱我来会，倘然耐客气末，我索性勿去哉。"秀英一想，含糊笑道："故也无啥，明朝夜头我请还耐末哉。"

秀英、二宝去后，惟留洪氏、朴斋在房，洪氏困倦早睡。朴斋独坐，听得宝善街上东洋车声如潮涌，络绎聒耳，远远地又有铮铮琵琶之声，仿佛唱的京调，是清倌人口角，但不知为谁家。朴斋心猿不安，然又不敢擅离。栈使曾于大房间后面小间内为朴斋另设一床，朴斋乃自去点起瓦灯台，和衣暂卧。不意间壁两个寓客在那里吸鸦片烟，又讲论上海白相情景，津津乎若有味焉，害朴斋火性上炎，欲眠少是，眼睁睁地等到秀英、二宝听书回来，重复下床出房，问："唱得阿好听？"二宝咳了一声道："我赛过勿曾听。今夜头刚刚勿巧，碰着俚哚姓施个亲眷，倪进去泡好茶末，书钱就拨来施个会仔去，买仔多花点心水果请倪吃，耐说阿要难为情？明朝再要请倪去坐马车，我是定归勿去。"秀英道："上海场花阿有啥要紧嗄，俚请倪末，倪落得去。"二宝道：

“耐生来无啥要紧，熟罗单衫才有来浪，去去末哉，我好像个叫花子，坍台煞个。”二宝无心说出这话，被秀英格声一笑。朴斋不好意思，仍欲回避。二宝忽叫住道：“阿哥慢点去。”朴斋忙问甚事。二宝打开手巾包，把书场带来的点心水果分给朴斋，并让秀英同吃。秀英道：“倪再吃筒鸦片烟。”二宝道：“耐（要勿）来浪无清头，吃上仔瘾也好哉。”秀英笑而不依，向竹丝篮内取出一副烟盘，点灯烧烟，却烧的不得法，斗门沥滞，呼吸不灵。朴斋凑趣道：“阿要我替耐装？”秀英道：“耐也会装烟哉？耐去装嗥。”说着让开。朴斋遂将烧僵的一筒烟发开装好，捏得精光，调转枪头，送上秀英。秀英略让一句，便呼呼呼一气到底，连声赞道：“倒装出出色哚，陆里去学得来个嗄？”朴斋含笑不答，再装一筒。秀英偏要二宝去吃，二宝没法，吃的。装到第三筒，系朴斋自己吃的。随后收起烟盘，各道安置。朴斋自归后面小间内歇宿。

翌日午后，突然一个车夫到栈，说是“施大少爷喊得来个马车，请太太同两位小姐一淘去。”二宝本不愿坐他马车，秀英不容分说，谆嘱朴斋看房，硬拉洪氏、二宝同游明园。朴斋在栈无事，私下探得那副烟盘并未加锁，竟自偷吃一口，再打两枚烟泡。可巧张小村闻信而来，特访他同堂弟妹，见朴斋如此齐整，以为稀奇。朴斋追思落魄之时，曾受小村奚落，故不甚款洽①，径将烟盘还放原处。小村没趣辞别，朴斋怕羞不出，并未相送。

待至天色将晚，马车未回，朴斋不耐烦，溜至天井踱望，恰好秀英、二宝扶着洪氏下车进门。朴斋迎见，即诉说张小村相访。二宝默然，秀英却道：“倪阿哥也勿是好人，难（要勿）去

① 款洽——亲切融洽。

理俚。”朴斋唯唯，跟到大房间内。二宝去身边摸出一瓶香水给朴斋估看。朴斋不识好歹，问价若干。二宝道：“说是两块洋钱哚。”朴斋吐舌道：“去买俚做啥嗄？”二宝道：“我原勿要呀，是俚哚瑞生阿哥定归要买，买仔三瓶，俚自家拿一瓶，一瓶送仔阿姐，一瓶说送拨我。”朴斋也就无言。

秀英、二宝各述明园许多景致，并及所见倌人、大姐面目衣饰，细细品评。秀英道：“耐照相楼浪勿曾去，我说倪几个人拍俚一张倒无啥。”二宝道：“瑞生阿哥也拍来浪，故是笑煞人哉！”秀英道：“才是亲眷，熟仔点无啥要紧。”二宝道：“瑞生阿哥倒蛮写意个人，一点点脾气也无拨，听见倪叫无娒末俚也叫无娒，请倪无娒吃点心，一淘同得去看孔雀，倒好像是倪无娒是个倪子。”洪氏喝住道：“耐说说末就无陶成①。”二宝咬着指头匿笑，秀英也笑道：“俚今夜头请倪大观园看戏呀，耐阿去？”二宝哆口做意道：“我终有点难为情，让阿哥去罢。”秀英道：“同阿哥一淘去蛮好。”朴斋接说道：“俚勿曾请我，我去算啥？”二宝道：“俚请倒才请个，坎坎还来浪说起：‘坐马车为啥勿一淘来？’倪说：‘栈里无拨人。’难末俚说：‘晚歇请俚去看戏。’秀英道：“故歇六点半钟，常恐就要来请哉，倪吃饭罢。”乃催栈使开饭，四人一桌。

须臾吃毕，只见一个人提着大观园灯笼，高擎一张票头，踅上阶沿，喊声“请客”。朴斋忙去接进，逐字念出，太太、少爷、两位小姐总写在内，底下出名仅一“施”字。二宝道：“难末那价回头俚嗅？”秀英道：“生来说就来。”朴斋扬声传命，请客的遂去。二宝佯嗔道：“耐说就来，我看戏倒勿高兴。”秀英道：

① 陶成——出息。

"耐末刁得来，做个人爽爽气气，（要勿）实概。"连催二宝换衣裳 。二宝道："价末慢点喤，啥要紧嗄。"先照照镜子，略施一些脂粉，才穿上一件月白湖绉单衫。事毕欲行，朴斋道："我谢谢哉喤。"秀英听说，倒笑起来道："耐阿是学耐妹子?"朴斋强辩道："勿呀，我看见大观园戏单，几出戏才看过歇，无啥好看。"秀英道："俚是包来浪一间包厢，就不过倪几个人，耐勿去，戏钱也省勿来。就勿好看也看看末哉。"

朴斋本自要看，口中虽说谢谢，两只眼只觑母亲、妹子的面色。二宝即道："阿姐教耐看末，耐就看看末哉。无娒阿对?"洪氏亦道："阿姐说生来去看，看完仔一淘转来，（要勿）到别场花去。"秀英又请洪氏。洪氏真个不去。朴斋乃鼓起兴致，讨了悦来栈字号灯笼，在前引导。张秀英、赵二宝因路近，即跟赵朴斋步行至大观园。

第二十九回终。

第三十回

新住家客栈用相帮　老司务茶楼谈不肖

按：赵朴斋领妹子赵二宝及张秀英同至大观园楼上包厢。主人系一个后生，穿着雪青纺绸单长衫，宝蓝茜纱夹马褂，先在包厢内靠边独坐。朴斋知为施瑞生，但未认识。施瑞生一见大喜，慌忙离位，满面堆笑，手搀秀英、二宝上坐凭栏，又让朴斋。朴斋放下灯笼，退坐后埭。瑞生坚欲拉向前边，朴斋相形自愧，局促不安。幸而瑞生只和秀英附耳说话，秀英又和二宝附耳说话，将朴斋搁在一边，朴斋倒得自在看戏。

这大观园头等角色最多，其中最出色的乃一个武小生，名叫小柳儿，做工唱口绝不犹人。当晚小柳儿偏排着末一出戏，做《翠屏山》中石秀。做到潘巧云赶骂，潘老丈解劝之际，小柳儿唱得声情激越，意气飞扬。及至酒店中，使一把单刀，又觉一线电光，满身飞绕，果然名不虚传。《翠屏山》做毕，天已十二点钟，戏场一时哄散，纷纷看的人恐后争先，挤塞门口。施瑞生道："倪慢慢交末哉。"随令赵朴斋掌灯前行，自己拥后，张秀英、赵二宝夹在中间，同至悦来客栈。二宝抢上一步，推开房门，叫声"无娒"。赵洪氏歪在床上，欻地起身。朴斋问道："无娒为啥勿困？"洪氏道："我等来里，困仔末啥人来开门嘎？"秀英道："今夜头蛮蛮好个好戏，无娒勿去看。"瑞生道："戏末礼拜六夜头最好。今朝礼拜三，再歇两日，同无娒一淘去看。"洪

氏听是瑞生声音，叫声“大少爷”，让坐致谢。二宝喊栈使冲茶，秀英将烟盘铺在床上，点灯请瑞生吸鸦片烟。朴斋不上台盘，远远地掩在一边。洪氏乃道：“大少爷，难末真真对勿住，两日天请仔倪好几埭。明朝倪定归要转去哉。”瑞生急道：“（要勿）去嗑。无娒末总实概，上海难得来一埭，生来多白相两日。”洪氏道：“勿瞒大少爷说，该搭栈房里，四个人房饭钱要八百铜钱一日哚，开销忒大，早点转去个好。”瑞生道：“勿要紧个，我有法子，比来里乡下再要省点。”瑞生只顾说话，签子上烧的烟淋下许多，还不自觉。秀英睃见，忙去上手躺下，接过签子给他代烧。二宝向自己床下提串铜钱，暗地交与朴斋，叫买点心。朴斋接钱，去厨下讨只大碗，并不呼唤栈使，亲往宝善街上去买。无如夜色将阑，店家闭歇，只买得六件百叶回来，分做三小碗，搬进房内。二宝攒眉道：“阿哥末也好个哉，去买该号物事。”朴斋道：“无拨哉呀。”瑞生从床上崛起，看了道：“百叶蛮好，我倒喜欢吃个。”说着竟不客气，取双竹筷努力吃了一件。二宝将一碗奉上洪氏，并喊秀英道：“阿姐来陪陪嗑。”秀英反觉不好意思，嗔道：“我（要勿）吃。”二宝笑道：“价末阿哥来吃仔罢。”朴斋遂一股脑儿吃完，喊栈使收去空碗。

瑞生再吸两口鸦片烟，告辞而去。朴斋始问秀英，和施瑞生如何亲眷。秀英笑道：“俚哚亲眷，耐陆里晓得嗄。瑞生阿哥个娘末就是我过房娘，我过房个辰光刚刚三岁，旧年来浪龙华碰着仔，大家勿认得，说起来倒蛮对，难末教我到俚哚屋里住仔三日，故歇倒算仔亲眷哉。”朴斋默然不问下去。一宿无话。

瑞生于次日午后到栈，栈中才开过中饭，收拾未毕。秀英催二宝道：“耐快点嗄，倪今朝买物事去呀。”二宝道：“我物事

（要勿）买，耐去末哉。”瑞生道：“倪也勿买啥物事，一淘去白相相。”秀英笑道：“耐（要勿）去搭俚说，我晓得俚个脾气，晚歇总归去末哉。”二宝听说，冷笑一声，倒在床上睡下。秀英道：“阿是说仔耐了动气哉？”二宝道：“啥人有闲工夫来搭耐动气嗄。”秀英道：“价末去嗄。”二宝道：“勿然末去也无啥，故歇拨耐猜着仔，定归勿去。”

秀英稔知二宝拗性，难于挽回，回顾瑞生努嘴示意。瑞生佯嘻嘻挨坐床沿，妹妹长，妹妹短，搭讪多时，然后劝她去白相。二宝坚卧不起。秀英道：“我末得罪仔耐，耐看瑞生阿哥面浪，就冤屈点阿好？”二宝又冷笑一声不答。洪氏坐在对面床上，听不清是什么，叫声“二宝”道：“（要勿）喤，瑞生阿哥来浪说呀，快点起来喤。”二宝秋气道：“无娒（要勿）响，耐晓得啥嗄。”瑞生觉道言语戗了，“呵呵”一笑，岔开道：“倪也勿去哉，就该搭坐歇，讲讲闲话倒蛮好。”因即站起身来。偶见朴斋靠窗侧坐，手中擎着一张新闻纸，低头细看。瑞生问：“阿有啥新闻？”朴斋将新闻纸双手奉上。瑞生接来，拣了一段，指手画脚且念且讲。秀英、朴斋同声附和，笑做一团。二宝初时不睬，听瑞生说得发松，再忍不住，因而欻地下床，去后面朴斋睡的小房间内小遗。秀英掩口暗笑，瑞生摇手止住。等到二宝出房，瑞生丢开新闻纸，另讲一件极好笑的笑话，逗引得二宝也不禁笑了。秀英故意偷眼去睃睃她如何，二宝自觉没意思，转身紧傍洪氏身旁坐下，一头撞在怀里，撒娇道：“无娒耐看喤，俚哚来浪欺瞒我。”秀英大声道：“啥人欺瞒耐嗄，耐倒说说看！”洪氏道：“阿姐阿要来欺瞒耐，（要勿）实概瞎说。”瑞生只是拍手狂笑，朴斋也跟着笑一阵，才把这无端口舌搁过一边。

瑞生重复慢慢地怂恿二宝去白相，二宝一时不好改口应承，只装做不听见。瑞生揣度意思是了，便取一件月白单衫，亲手替二宝披上，秀英早自收拾停当。于是三人告禀洪氏而行，惟留朴斋陪洪氏在栈。洪氏夜间少睡，趁此好歇中觉。朴斋气闷不过，手持水烟筒，踅出客堂，踞坐中间高椅和账房先生闲谈。谈至上灯以后，三人不见回来，栈使问："阿要开饭？"朴斋去问洪氏。洪氏叫先开两客。母子二人吃饭中间，忽听栈门首一片笑声，随见秀英拎着一个衣包，二宝捧着一卷纸裹，都吃得两颊绯红，唏唏哈哈进房。洪氏先问晚饭。秀英道："倪吃过哉，来浪吃大菜呀。"二宝抢步上前道："无娒，耐吃喤。"即拣纸裹中卷的虾仁饺，手拈一只喂与洪氏。洪氏仅咬一口，觉得吃不惯，转给朴斋吃。朴斋问起施瑞生，秀英道："俚有事体，送倪到门口，坐仔东洋车去哉。"迨洪氏、朴斋晚饭吃毕，二宝复打开衣包，将一件湖色茜纱单衫与朴斋估看。朴斋见花边云滚，正系时兴，吐舌道："常恐要十块洋钱哚喤！"二宝道："十六块哚。我（要勿）俚呀，阿姐买好仔嫌俚短仔点，我着末倒蛮好，难末教我买。我说无拨洋钱。阿姐说：'耐着来浪，停两日再说。'"朴斋不则一声。二宝翻出三四件纱罗衣服，说是阿姐买的。朴斋更不则一声。

这夜大家皆没有出游。朴斋无事早睡，秀英、二宝在前间唧唧说话，朴斋并未留心，沉沉睡去。朦胧中听得妹子二宝连声叫"无娒"，朴斋警醒呼问，二宝推说："无啥"。洪氏醒来，和秀英、二宝也唧唧说话。朴斋哪里理会，竟安然一觉，直至红日满窗，秀英、二宝已在前间梳头。朴斋心知失聪，慌的披衣走出。及见母亲洪氏拥被在床，始知天色尚早，喊栈使舀水洗脸。二宝道："倪点心吃哉。阿哥要吃啥，教俚哚去买。"朴斋说不出。秀英道："阿要也买仔两个汤团罢？"朴斋说："好。"栈使受钱而去。朴斋因桌上陈设梳头奁具，更无空隙，急取水烟筒往客堂里坐。吃过汤团，仍和账房先生闲谈。好一会，二宝在房内忽高声叫"阿哥"道："无娒喊耐。"朴斋应声进房。

其时秀英、二宝妆裹粗完，并坐床沿，洪氏亦起身散坐。朴斋傍坐候命，八目相视，半日不语。二宝不耐，催道："无娒搭阿哥说喤。"洪氏要说，却咳地叹口气道："俚哚瑞生阿哥末也忒啥要好哉，教倪再多白相两日。我说：'栈房里房饭钱忒大。'难末瑞生阿哥说：'清和坊有两幢房子空来浪，无拨人租'。教倪搬得去，说是为仔省点个意思。"秀英抢说道："瑞生阿哥个房子，房钱就勿要哉，倪自家烧来吃，一日不过二百个铜钱，比仔栈房里阿是要省多花哚。我是昨日答应俚哉，耐说阿好？"二宝接说道："该搭一日房饭钱，四个人要八百哚，搬得去末省六百，阿有啥勿好嗄？"朴斋如何能说不好，仅低头唯唯而已。

饭后，施瑞生带了一个男相帮来栈问："阿曾收作好？"秀英、二宝齐笑道："倪末陆里有几花物事收作嗄！"瑞生乃喊相帮来搬。朴斋帮着捆起箱笼，打好铺盖，叫把小车，与那相帮押后，先去清和坊铺房间。赵朴斋见那两幢楼房，玻璃莹澈，花纸鲜明，不但灶下釜甑齐备，楼上两间房间并有两副簇簇新新的宁波家生，床榻桌椅位置井井，连保险灯、着衣镜都全，所缺者惟单条字画帘幕帷帐耳。随后施瑞生陪送赵洪氏及张秀英、赵二宝进房，洪氏前后踅遍，啧啧赞道："倪乡下陆里有该号房子嗄，大少爷，故末真真难为耐。"瑞生极口谦逊。当时聚议，秀英、二宝分居楼上两间正房，洪氏居亭子间，朴斋与男相帮居于楼下。

须臾天晚，聚丰园挑一桌丰盛酒菜送来，瑞生令摆在秀英房内，说是暖房。洪氏又致谢不尽。大家团团围坐一桌圆台面，无拘无束，开怀畅饮。饮至半酣之际，秀英忽道："倪坎坎倒忘记脱哉，勿曾去叫两个出局来白相相，倒无啥。"二宝道："瑞生阿哥去叫嘎，倪要看呀。"洪氏喝阻道："二宝（要勿），耐末再要起花样。瑞生阿哥老实人，堂子里勿曾去白相歇，阿好叫嘎！"朴斋亦欲有言，终为心虚忸怩，顿住了嘴。瑞生笑道："我一干仔叫也无啥趣势。明朝我约两个朋友该搭吃夜饭，教俚哚才去叫得来，故末闹热点。"二宝道："倪阿哥也去叫一个，看俚哚阿来。"秀英手拍二宝肩背道："我也叫一个，就叫个赵二宝。"二宝道："我赵二宝个名字倒勿曾有过歇，耐张秀英末有仔三四个哉！才是时髦倌人，一径拨人家来浪叫出局。"几句说得秀英急了，要拧二宝的嘴，二宝笑而走避。瑞生出席拦劝，因相将向榻床吸鸦片烟。洪氏见后四道菜登席，就叫相帮盛饭来。朴斋闷饮，不胜酒力，遂陪母亲同吃过饭，送母亲到亭子间，径往楼下点灯弛衣，放心自睡。一觉醒来，酒消口渴，复披衣靸鞋，摸至厨房寻得黄砂大茶壶，两手捧起，咽咽呼饱，见那相帮危坐于水缸盖上，垂头打盹，即叫醒他。问知酒席虽撤，瑞生尚在。朴斋仍摸回房来，听楼上喁喁切切，笑语间作，夹着水烟、鸦片烟呼吸之声。朴斋剔亮灯芯，再睡下去，这一觉冥然无知，俨如小死。直至那相帮床前相唤，朴斋始惊起，问相帮："阿曾困歇？"相帮道："大少爷去，天也亮哉，阿好再困。"

朴斋就厨下捕个面，蹑足上楼。洪氏独在亭子间梳头，前面房里烟灯未灭，秀英、二宝还和衣对卧在一张榻床上。朴斋掀帘进房，秀英先觉，起坐，怀里摸出一张横批请客单，令朴斋写个

“知”字。朴斋看是当晚施瑞生移樽假座，请自己及张新弟陪客，更有陈小云、庄荔甫两人，沉吟道：“今夜头我真个谢谢哉。”秀英问：“为啥？”朴斋道：“我碰着仔难为情。”秀英道：“阿是说倪新弟？”朴斋说：“勿是。”秀英道：“价末啥嘎？”朴斋又不肯实说。适二宝闻声继寤①，朴斋转向二宝耳边，悄悄诉其缘故。二宝点头道：“也勿差。”秀英乃不便强邀，喊相帮交与请客单，照单赍送。

朴斋延至两点钟，涎脸问妹子讨出三角小洋钱，禀明母亲，大踱出门。初从四马路兜个圈子，兜回宝善街，顺便往悦来客栈，拟访账房先生与他谈谈。将及门首，出其不意，一个人从门内劈面冲出，身穿旧洋蓝短衫裤，背负小小包裹，翘起两根短须，满面愤怒，如不可遏。朴斋认得是剃头司务吴小大，甚为惊诧。吴小大一见赵朴斋，顿换喜色道：“我来里张耐呀，搬到仔陆里去哉嘎？”朴斋约略说了。吴小大携手并立，剌剌长谈。朴斋道：“倪角子浪去吃碗茶罢。”吴小大说“好”，跟随朴斋至石路口松风阁楼上，泡一碗“淡湘莲”。吴小大放下包裹，和朴斋对坐，各取副杯分腾让饮。吴小大倏地瞋目攘臂，问朴斋道：“我要问耐句闲话，耐阿是搭松桥一淘来浪白相？”朴斋被他突然一问，不知为着何事，心中突突乱跳。吴小大拍案攒眉道：“勿呀！我看耐年纪轻，来里上海，常恐去上俚当水！就像松桥个杀坯末，耐终（要勿）去认得俚个好。”朴斋依然目瞪口呆，没得回答。吴小大复鼻子里哼了一声，道：“我搭耐说仔罢，我个亲生爷俚还勿认得哩，再要来认得耐个朋友！”朴斋细味这话稍有

---

① 寤（wù）——睡醒。

头路，笑问究竟缘何。吴小大从容诉道：“我做个爷，穷末穷，还有碗把苦饭吃吃个哩。故歇到上海来，勿是要想啥倪子个好处，为是我倪子发仔财末，我来张张俚，也算体面体面。陆里晓得个杀坯实概样式，我连浪去三埭，账房里说勿来浪，倒也罢哉，第四埭我去，来浪里向勿出来，就账房里拿四百个铜钱拨我，说教我乘仔航船转去罢。我阿是等耐四百个铜钱用！我要转去，做叫花子讨饭末也转去仔，我要用耐四百个铜钱！”一面诉说，一面竟号啕痛哭起来。朴斋极力劝慰宽譬，且为吴松桥委曲解释。良久，吴小大收泪道：“我也自家勿好，教俚上海做生意，上海夷场浪勿是个好场花。”朴斋假意叹服。吃过五六开休，朴斋将一角小洋钱会了茶钱。吴小大顺口鸣谢，背上包裹同下茶楼，出门分路。吴小大自去日辉港觅得里河航船回乡，赵朴斋彳亍宝善街中，心想这顿夜饭如何吃法。

第三十回终。

第三十一回

长辈埋冤亲情断绝　方家贻笑臭味差池

按：赵朴斋自揣身边仅有两角小洋钱，数十铜钱，只好往石路小饭店内吃了一段黄鱼及一汤一饭，再往宝善街大观园正桌后面看了一本戏，然后散场回家。那时敲过十二点钟，清和坊各家门首皆点着玻璃灯，惟自己门前漆黑，两扇大门也自紧闭。朴斋略敲两下，那相帮开进。朴斋便问："台面阿曾散？"相帮道："散仔歇哉，就剩大少爷一干仔来浪 。"朴斋见楼梯边添挂一盏马口铁壁灯，倒觉甚亮，于是款步登楼，听得亭子间有说话声音，因即掀帘进去。只见母亲赵洪氏坐在床中，尚未睡下，张秀英、赵二宝并坐在床沿，正讲得热闹。见了朴斋，洪氏先问："阿曾吃夜饭？"朴斋说："吃过哉。"朴斋问："瑞生阿哥阿是去哉？"秀英道："勿曾去，困着来浪。"二宝抢说道："倪新用一个小大姐来浪，耐看阿好？"说着，高声叫："阿巧"。阿巧应声从秀英房里过来，站立一边。朴斋打量这小大姐面庞断熟，一时偏想不起。忽想着"阿巧"名字，方想起来，问他："阿是来浪卫霞仙搭出来？"阿巧道："卫霞仙搭做歇两个月，故歇来浪张蕙贞搭出来。耐陆里看见我，倒忘记脱哉哝。"朴斋却不说出，付之一笑，秀英、二宝亦未盘问。大家又讲起适才台面上情事，朴斋问："叫仔几个局？"秀英道："俚哚一人叫一个，倪看仔才无啥好。"二宝道："我说倒是幺二浪两个稍微好点。"朴斋问："新弟阿曾叫？"秀英道："新弟无工夫，也勿曾来。"朴斋问："瑞生阿

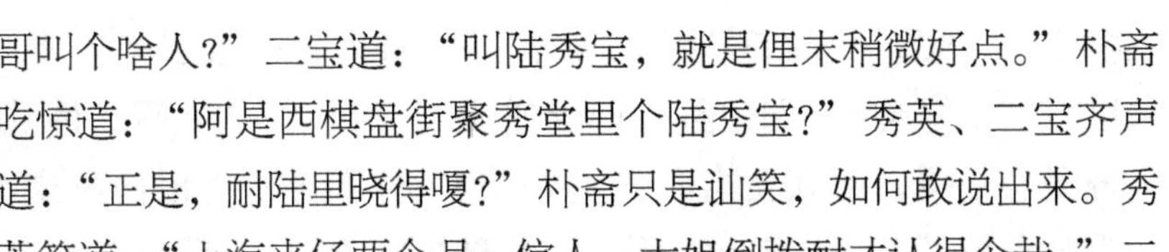

哥叫个啥人？”二宝道：“叫陆秀宝，就是俚末稍微好点。”朴斋吃惊道：“阿是西棋盘街聚秀堂里个陆秀宝？”秀英、二宝齐声道：“正是，耐陆里晓得嗄？”朴斋只是讪笑，如何敢说出来。秀英笑道：“上海来仔两个月，倌人、大姐倒拨耐才认得个哉。”二宝鼻子里哼了一声，道：“认得点倌人、大姐末，阿算啥体面嗄。”

朴斋不好意思，趔趄着脚儿退出亭子间，却轻轻溜进秀英房中。只见施瑞生横躺在烟榻上打鼾，满面醺醺然都是酒气，前后两盏保险灯还集得高高的，映着新糊花纸，十分耀眼，中间方桌罩着一张油晃晃圆台面，尚未卸去，门口旁边扫拢一大堆西瓜子壳及鸡鱼肉等骨头。朴斋不去惊动，仍就下楼，归至自己房间。那相帮早直挺挺睡在旁边板床上，朴斋将床前半桌上油灯心拨亮，便自宽衣安置。比及一觉醒来，日光过午，朴斋慌的爬起。相帮给他舀盆水洗过脸，阿巧即来说道：“请耐楼浪去呀。”朴斋跟阿巧到楼浪秀英房里，施瑞生正吸鸦片烟，虽未抬身，也点首招呼。秀英、二宝同在外间梳头。

须臾，阿巧请过赵洪氏，取五副杯筷摆在圆台。相帮搬上一大盘，皆是席间剩菜，系炒蹄、套鸭、南腿、鲥鱼四大碗，另有一大碗杂拌，乃各样汤炒小碗相并的。瑞生、洪氏、朴斋随意坐定。秀英、二宝新妆未成，并穿着蓝洋布背心，额角边叉起两只骨簪拦住鬓发，联步进房。瑞生举杯说“请”，秀英、二宝坚却不饮，令阿巧盛饭来，与洪氏同吃，惟朴斋对酌相陪。朴斋呷酒在口，攒眉道：“酒忒烫哉。”瑞生道：“我好像有点伤风，烫点倒无啥。”秀英道：“耐自家勿好啘。阿巧来喊耐，教耐床浪去困，耐为啥勿去困嗄？”二宝道：“倪两家头困来浪外头房间里，天亮仔还听见耐咳嗽。耐一干子来浪做啥？”瑞生微笑不言。洪氏因唠叨道：“大少爷，耐末身体也娇寡点，耐自家要当心个嗄。像前日夜头天亮辰光，耐再要转去，阿冷嗄？来里该搭蛮好啘。”瑞生整襟作色道：“无娒说得勿差呀，倪陆里晓得当心嗄，自家会当心仔倒好哉。”秀英道：“耐伤风末，酒少吃点罢。”二宝道：“阿哥也（要勿）吃哉。”瑞生、朴斋自然依从。

大家吃毕午饭，相帮、阿巧上前收拾。朴斋早溜去楼下厨房，胡乱绞把手巾揩了，手持一支水烟筒，踱出客堂，搁起腿膀巍然独坐，心计如何借个端由出门逛逛，以破岑寂①。正在颠思倒想之际，忽然有人敲门，朴斋喝问何人。门外接应，听不清楚，只得丢下水烟筒，亲去看看。谁知来者不是别人，即系朴斋的嫡亲娘舅洪善卿。朴斋登时失色，叫声“娘舅”，倒退两步。善卿毫不理会，怒吽吽②喝道：“喊耐无娒来！”

朴斋喏喏连声，慌地通报。那时秀英、二宝打扮齐整，各换一副时式行头，奉洪氏陪瑞生闲谈。朴斋诉说善卿情形。瑞生、秀英心虚气馁，不敢出头。二宝恐母亲语言失检，跟随洪氏下楼，见了善卿。善卿不及寒暄，盛气问洪氏道：“耐阿是年纪老仔，昏脱哉！耐故歇勿转去，再要做啥？该搭清和坊，耐晓得是啥场花嗄？”洪氏道：“倪是原要转去呀，巴勿得故歇就转去末最好，就为仔个秀英小姐再要白相两日，看两本戏，坐坐马车，买点零碎物事。”二宝在旁听说得不着筋节③，忙抢步上前，叉住道：“娘舅勿呀，倪无娒是……”刚说得半句，被善卿拍案叱道：“我搭耐无娒讲闲话，挨勿着耐来说！耐自家去照照镜子看，像

---

① 岑寂——寂寞，孤独冷清。
② 怒吽吽（hōng）——盛怒的样子。
③ 筋节——关键，要害。

啥个样子，（要勿）面孔个小娘仵①！”

二宝吃这一顿抢白，羞得两颊通红，掩过一旁，嘤嘤细泣。洪氏长吁一声，慢慢接说道：“难末俚哚个瑞生阿哥末也忒啥个要好哉……”善卿听说，更加暴跳如雷，跺脚大声道：“耐再要说瑞生阿哥！耐囡仵拨俚骗得去哉，耐阿晓得？”连问几遍，直问到洪氏脸上。洪氏也吓得目瞪口呆，说不下去。大家嘿嘿无言。楼上秀英听得作闹，特差阿巧打探。阿巧见朴斋躲在屏门背后暗暗窥觑，也缩住脚，听客堂中竟没有一些声息。

隔了半日，善卿气头过去，向洪氏朗朗道：“我要问耐，耐到底想转去勿想转去？”洪氏道：“为啥勿想转去嗄！难教我那价转去嗅？四五年省下来几块洋钱，拨个烂料②去撩完哉，故歇倪出来再用空仔点，连盘费也勿着杠喤。”善卿道：“盘费有来里，耐去叫只船，故歇就去。”洪氏顿住口，踌躇道：“转去是最好哉；不过有仔盘费末，秀英小姐搭借个三十洋钱也要还拨俚个喤。到仔乡下，屋里向大半年个柴米油盐一点点无拨，故末搭啥人去商量嗄？”善卿着实叹口气道：“耐说来说去末总归勿转去个哉，我也无啥大家当来照应外甥，随便做啥，勿关我事。从此以后，（要勿）来寻着我，坍我台，耐总算无拨我该个兄弟！”说毕起身，绝不回头，昂藏③径去。

洪氏瘫在椅上，气个发昏。二宝将手帕遮脸，呜咽不止。朴斋、阿巧等善卿去远，方从屏门背后出来。朴斋蚩蚩④侍立，欲劝无从。阿巧讶道：“我道仔啥人，是洪老爷喤。啥实概嗄！”

---

① 小娘仵——小姑娘。

② 烂料——没出息的东西；败家子。

③ 昂藏——形容人的仪表雄伟。

④ 蚩（chī）蚩——无知的样子。

洪氏令阿巧关上大门，唤过二宝说："倪楼浪去。"朴斋在后跟随，一淘上楼，仍与瑞生、秀英会坐。秀英先问洪氏："阿要转去?"洪氏道："转去是该应转去，娘舅个闲话终究勿差，我算末倒难嗄。"二宝带泣嚷道："无娒末再要说娘舅好！娘舅单会埋冤倪两声，说到仔洋钱就勿管账，去哉。"朴斋趁口道："娘舅个闲话也说得稀奇，妹妹一淘坐来浪，倒说道拨来人骗仔去哉！骗到陆里去嗄?"瑞生冷笑道："勿是我来里瞎说，耐哚个娘舅真真岂有此理！倪朋友淘里，间架辰光也作兴通融通融，耐做仔个娘舅倒勿管账，该号娘舅就勿认得俚也无啥要紧。"

大家议论一番，丢过不提。瑞生重复解劝二宝，安慰洪氏，并许为朴斋寻头生意，然后告辞别去。秀英挽留不住，嘱道："晚歇原到该搭来吃夜饭。"瑞生应诺，下楼出门，行过两家门首，猛然间一个绝俏的声音喊"施大少爷"。瑞生抬头一望，原来是袁三宝在楼窗口叫唤，且招手道："来坐歇喤。"

瑞生多时不见三宝，不料长得如此丰满，想要趁此打个茶会，细细品题，可巧另有两个客人劈面迎来，踅进袁三宝家，直上楼去，瑞生因而止步。袁三宝亦不再邀，回身转面接见两个客人。三宝只认得一个是钱子刚；问那一个尊姓，说是姓高。茶烟瓜子照例敬过，及坐谈时，钱子刚赶着那姓高的叫"亚白哥"。三宝想着京都杂剧中《送亲演礼》这出戏，不禁格声一笑。子刚问其缘故，三宝掩口胡卢①，那高亚白倒不理会。

俄延片刻，高亚白、钱子刚即起欲行，袁三宝送至楼梯边。两人并肩联袂，缓步逍遥，出清和坊，转四马路，经过壶中天大菜馆门首。钱子刚请吃大菜，亚白应承进去，拣定一间宽窄适中

① 胡卢——笑的样子。

的房间。堂倌呈上笔砚，子刚略一凝思，随说："我去请个朋友来陪陪耐。"写张请客票，付与堂倌。亚白见写的是"方蓬壶"，问："阿是蓬壶钓叟？"子刚道："正是。耐啥认得俚个哉？"亚白道："勿，为仔俚喜欢做诗，新闻纸浪时常看见俚大名。"不多时，堂倌回道："请客就来。"子刚再要开局票，问亚白："叫啥人？"亚白颦蹙道："随便末哉。"子刚道："难道上海几花倌人，耐一个也看勿对"耐心里要那价一个人？"亚白道："我自家也说勿出。不过我想俚哚做仔倌人，'幽娴贞静'四个字用勿着个哉；或者像王夫人之林下风，卓文君之风流放诞，庶几近之。"子刚笑道："耐实概大讲究，上海勿行个，我先勿懂耐闲话。"亚白也笑道："耐也何必去懂俚？"

说时，方蓬壶到了。亚白见他花白髭须，方袍朱履，仪表倒也不俗。蓬壶问知亚白姓名，呵呵大笑，竖起一只大指道："原来也是个江南大名士！幸会，幸会！"亚白他顾不答。子刚先写蓬壶叫的尚仁里赵桂林及自己叫的黄翠凤两张局票。亚白乃道："今朝去过歇三家，才去叫仔个局罢。"子刚因又写了三张，系袁三宝、李浣芳、周双玉三个。接着取张菜单，各拣爱吃的开点几色，都交堂倌发下。蓬壶笑道："亚白先生可谓博爱矣。"子刚道："勿是呀，俚个书读得来忒啥通透哉，无拨对景个倌人，随便叫叫。"蓬壶抵掌道："早点说个嘎！有一个来浪，包耐蛮对。"子刚道："啥人嘎？去叫得来看。"蓬壶道："来浪兆富里，叫文君玉。客人为仔俚眼睛高，勿敢去做，赛过留以待亚白先生个品题。"亚白因说得近情，听凭子刚写张局票后添去叫。

须臾，吃过汤鱼两道，后添局倒先至。亚白留心打量那文君玉，仅二十许年纪，满面烟容，十分消瘦，没甚可取之处，不解蓬壶何以剧赏。蓬壶向亚白道："耐晚歇去，看见君玉个书房，故末收作得出色！该面一埭才是书箱，一面四块挂屏，客人送拨俚个诗才裱来浪。上海堂子里陆里有嗄！”亚白听说，恍然始悟，爽然若失。文君玉接嘴道：“今朝新闻纸浪，勿晓得啥人有两首诗送拨我。”蓬壶道：“故歇上海个诗，风气坏哉。耐倒是请教高大少爷做两首出来，替耐扬扬名，比俚哚好交关哚。”亚白大声喝道：“（要勿）说哉，倪来划拳！”子刚应声出手，与亚白对垒交锋。蓬壶独自端坐，摇头闭目，不住咿唔。亚白知道此公诗兴陡发，只好置诸不睬。迨至十拳豁过，子刚输的，正要请蓬壶捉亚白赢家。蓬壶忽然呵呵大笑，取过笔砚，一挥而就，双手奉上亚白道：“如此雅集，不可无诗；聊赋俚言，即求法正。”亚白接来看，那张纸本是洋红单片，把诗写在粉背的，便道：“蛮好一张请客票头，阿是外国纸？倒可惜！”说毕，随手撂下。

子刚恐蓬壶没意思，取那诗朗念一遍。蓬壶还帮着拍案击节。亚白不能再耐，向子刚道：“耐请我吃酒呀，我故歇吃来浪个酒要还拨耐哉喤。”子刚一笑，搭讪道：“我再搭耐豁十记。”亚白说：“好。”这回是亚白输了。只为出局陆续齐集，七手八脚争着代酒，亚白自己反没得吃。文君玉代过一杯酒先去。蓬壶揣知亚白并不属意于文君玉，和子刚商量道：“倪两家头总要替俚寻一个对景点末好，勿然未免辜负仔俚个才情哉喤。”子刚道：“耐去替俚寻罢，该个媒人我做勿来。”黄翠凤插嘴道：“倪搭新来个诸金花阿好？”子刚道：“诸金花，我看也无啥好，俚陆里对嗄。”亚白道：“耐闲话先说差哉，我对勿对倒勿在乎好勿好。”子刚道：“价末倪一淘去看看也无啥。”

当下吃毕大菜，各用一杯咖啡，倌人、客人一哄而散。蓬壶因赵桂林有约，同亚白、子刚步行进尚仁里，然后分别。方蓬壶自往赵桂林家，高亚白、钱子刚并至黄翠凤家。翠凤转局未归，黄珠凤、黄金凤齐来陪坐。子刚令小阿宝喊诸金花来，小阿宝承命下去。子刚先向亚白诉说诸金花来由道："诸金花末是翠凤娘姨诸三姐个讨人。诸三姐亲生囡仵叫诸十全，做着姓李个客人，借仔三百洋钱买个诸金花，故歇寄来里该搭，过仔节到幺二浪去哉。"话未说完，诸金花早来了，敬毕瓜子，侍坐一旁。亚白见她眉目间有一种淫贱之相，果然是幺二人材，兼之不会应酬，坐了半日，寂然无言。亚白坐不住，起身告别。子刚欲与俱行，黄金凤慌地拦住道："姐夫（要勿）去嗅，阿姐要说个呀。"

子刚没法，只得送高亚白先去。金凤请子刚躺在榻床上，自去下手取签子给子刚烧鸦片烟。子刚一面吸烟，一面和金凤讲话，吸过三五口，只听得楼下有轿子进门，直至客堂停下，料道是黄翠凤回家。

翠凤回到房里，换去出局衣裳，取根水烟筒向靠窗高椅而坐，不则一声。金凤乖觉，竟拉了黄珠凤同过对面房间，只有诸金花还呆脸兀坐，如木偶一般。

第三十一回终。

第三十二回

诸金花效法受皮鞭　周双玉定情遗手帕

按：黄翠凤未免有些秘密闲话要和钱子刚说，争奈诸金花坐在一旁，可厌已甚。翠凤眼睁睁看她半日，不禁好笑，问道："耐坐来浪做啥？"金花道："钱大少爷喊我上来个呀。"翠凤方才会意，却叹口气道："钱大少爷喊耐上来末，替耐做媒人呀，耐阿晓得嗄？"金花茫然道："钱大少爷勿曾说碗。"翠凤冷笑道："也好哉！"子刚连忙摇手道："耐（要勿）怪俚。高亚白个脾气，我原说勿对个，一歇歇坐勿定，教俚也无处去应酬。"翠凤别转脸道："要是我个讨人像实概样式，定归一记拗杀①仔拉倒！"子刚婉言道："耐要教教俚个喤，俚坎坎出来，勿曾做歇生意末陆里会嗄。"翠凤从鼻子里叹出一声道："看仔倪娘姨要打俚乃末，好像作孽；陆里晓得打过仔，随便搭俚去说啥闲话，俚总归勿听耐个哉，耐说阿要讨气。"金花忙答道："阿姐说个闲话，我才记好来里。要慢慢交学起来个呀，阿对嗄？"翠凤倒又笑而问道："耐来浪学啥嗄！"金花堵住口说不出，子刚亦自粲然②。

翠凤吸过两口水烟，慢慢的向子刚道："俚个人生来是贱坯。俚见仔打末也怕个，价末耐巴结点个嗄；碰着俚哉嗄，说一声动一动。"说着转向金花道："我搭耐说仔罢，照实概样式，好好交要打两转得哩！"金花听说，呜咽饮泣，不敢出声。翠凤却也有

① 拗杀——打死。

② 粲（càn）然——露齿而笑的样子。

些怜惜之心，复叹口气道："耐做讨人还算耐运气，碰着仔倪个无娒，耐去试试看。珠凤比仔耐再要乖点，（要勿）说啥打两记，缠缠脚末脚指头就沓脱①仔三只！"金花仍一声儿不言语。翠凤且自吸水烟，良久，又向子刚道："论起来，俚哚做老鸨该仔倪讨人，要倪做生意来吃饭个呀，倪生意勿会做，俚哚阿要饿煞？生来要打哉啘。倪生意好仔点，俚哚阿敢打嗄？该应来拍拍倪马屁。就是像俚乃铲头倌人，替老鸨做仔生意再要拨老鸨打，我总勿懂俚乃为啥实概贱嗄。"

说话之时，只听得楼下再有一肩轿子进门，接着外场报说："罗老爷来。"黄金凤早于楼梯边迎接，叫声"姐夫，该搭来喤。"罗子富径往对过房间。这里钱子刚即欲兴辞。黄翠凤一把拉住，喝令诸金花："对过去陪陪！"金花去后，子刚方悄问翠凤道："耐阿曾搭无娒说歇？"翠凤道："勿曾。故歇去说，常恐说间架仔倒勿好，过仔节再看。该搭事体耐（要勿）管，闲话末我自家来说。罗个出仔身价，耐替我衣裳、头面、家生办舒齐仔好哉。"子刚应诺遂行。翠凤并不相送，放下水烟筒，向帘前喊道："过来末哉。"于是金凤手挈罗子富，珠凤跟在后面，小阿宝随带茶碗及脱下的衣裳，一齐拥至房里，惟诸金花去楼下为黄二姐作伴。

子富见壁上挂钟敲了十下，因告诉翠凤明晨有事，要早点转去困觉。翠凤道："就该搭耐也早点困末哉啘，我有闲话搭耐说，（要勿）转去。"子富自然从命，令高升和轿班回寓。翠凤喊赵家娒来收拾停当，打发子富睡下。赵家娒暨金凤、珠凤、小阿宝陆续散出。翠凤料定没有出局，也就安置，在被窝中与子富交头接

---

① 沓脱——丢失，脱落。

耳，商量多时，不必明叙。

高升知道次日某宦家喜事，借聚丰园请客，主人须去道喜，故绝早打轿子伺候。等到子富起身，乘轿往聚丰园，已是冠裳满座，灯彩盈门。吃过喜筵，子富不复坐轿，约同陶云甫、陶玉甫、朱蔼人、朱淑人两家弟兄，出聚丰园，散步闲行，适遇洪善卿，拱手立谈。朱蔼人忽想起一事，只因听见汤啸庵说善卿引着兄弟淑人曾于周双玉家打茶会，恐淑人年轻放荡，难于防闲，有心要试试他，便和洪善卿说："好几日勿看见贵相知，阿好一淘去望望俚？"善卿亦知其意，欣然愿导。陶云甫道："倪勿去哉喤。几花人跑得去，算啥嗄？"朱蔼人道："我有道理，勿碍个。"当时洪善卿领了罗子富及陶、朱弟兄，共是六人，并至公阳里周双珠家。双珠见这许多人，不解何故，迎见请坐，复喊过周双玉来。

朱蔼人一见双玉，即向淑人道："耐叫仔两个局，勿曾吃歇酒，今朝朋友齐来里，我替耐喊个台面下去，请请俚哚。"朱淑人应又不好，不应又不好，忸怩①一会，不觉红涨于面。罗子富最为高兴，连说："蛮好，蛮好。"催大姐巧囡："快点去喊嗄。"淑人着急，立起身来阻挡道："倪阿是到馆子浪去吃，叫个局罢？"子富嚷道："馆子浪倪（要勿）吃，该搭好。"不由分说，径令巧囡去喊："就故歇摆起来。"陶云甫向朱蔼人道："耐个老阿哥倒无啥，可惜淑人勿像耐会白相。倪玉甫做仔耐兄弟，故末一淘白相相对景哉。"陶玉甫见说到自己，有些不好意思。朱蔼人正色道："倪住家来里夷场浪，索性让俚哚白相相。从小看惯仔，倒也无啥要紧，勿然一径关来哚书房里，好像蛮规矩，放出

① 忸怩（niǔní）——不好意思，羞愧。

来仔来勿及个去白相，难末倒坏哉。”洪善卿接说道：“耐闲话是勿差，价末也要看人码①。淑人末无啥要紧，倘然喜欢白相个人，终究白相勿得。”说得朱淑人再坐不住，假做看单条字画，掩过一边，匿面向壁，连周双玉亦避出房外。周双珠笑道：“俚哚两家头一样个脾气，闲话末一声无拨，肚皮里蛮乖来浪。”大家呵呵一笑，剪住话头。

迨至台面摆好，阿金请去入席，众人方踅过对面周双玉房间，即时发局票，起手巾，无须推让，随意坐定。朱淑人虽系主人，也不敬酒，也不敬菜，竟自敛手低头，嘿然危坐。周双玉在旁，也只说得一句：“请用点。”众人举杯道谢，淑人又含羞不应。阿德保奉上第一道鱼翅，众人已自遍尝，独淑人不曾动箸。罗子富笑道：“耐个主人要客人来请耐个。”因即擎起牙筷，连说：“请，请，请。”羞得淑人越发回过头去。朱蔼人道：“耐越是去说俚，俚越勿好意思，索性等俚歇罢。”为此朱淑人落得一概不管，幸有本堂局周双珠在座代为应酬，颇不寂寞。一时，黄翠凤、林素芬、覃丽娟、李漱芳陆续齐集。罗子富首先摆庄，宾主虽只六人，也觉兴致勃勃。朱淑人捉空斜过眼梢往后偷觑，只见周双玉也是嘿然危坐，袖中一块玄色熟罗手帕拖出半块在外。淑人趁台面上划拳热闹，暗暗伸过手去要拉她手帕，被双玉觉着，忙将手帕缩进袖中，依然不睬。淑人没奈何，自己去腰里解下一件翡翠猴儿扇坠，暗暗递过双玉怀里，双玉缩手不迭。淑人只道双玉必然接受，将手一放，那猴儿便滴溜溜滚落楼板上。周双珠听见声响，即问：“沓脱仔啥物事？”令巧囡去桌下寻觅。淑人心慌，亲自去拾，不料双玉一脚踹住那猴儿，遮在裤脚管内，

① 人码——即人品。

推说“无啥”，随取酒壶转令巧囡去添酒，因此掩饰过去。适临着淑人打庄，罗子富伸拳候教。淑人匆促应命，连输五拳。淑人取酒欲饮，忽听周双珠高声唤道：“双玉嗄，来代酒呀。”淑人回身去看，果然周双玉已不在座，连楼板上翡翠猴儿也不知去向，淑人始放下心。巧囡适取酒进房，代饮两杯，再唤双玉来代。双玉代过酒，仍是嘿然危坐。淑人再去偷觑，只见双玉袖中另换一块湖色熟罗手帕，也拖出半块在外。淑人会意，又暗暗伸过手去要拉。双玉正呆着脸看台面上划拳，全不觉得，竟为淑人所得，揣在怀里，不胜之喜。意欲出席背地取那手帕来赏鉴赏鉴，又恐别人见疑，姑且忍耐。

无如罗子富兴致愈高，自己摆庄之后，定要每人各摆一庄。后来陶玉甫不胜酒力，和李漱芳先行，林素芬、覃丽娟随后告辞。黄翠凤上前撤去酒杯，按住罗子富不许再闹，方才散席。黄翠凤催着罗子富同去。朱蔼人、陶云甫向榻床对面躺下，吸烟闲谈。洪善卿踅过周双珠房间。剩下朱淑人，独自一个溜出客堂，掏取怀里那手帕，随手一抖，好像一股热香氤氲①喷鼻，仔细一闻，却又没有什么。淑人看那手帕，乃是簇新的湖色熟罗，四围绣着茶青狗牙针，不知是否双玉所绣，翻来覆去，骇想一回，然后折叠起来，藏好在荷包袋内。正欲转身，忽见周双玉立在屏门背后偷觑微笑，淑人又含羞要避。双玉点首相招，淑人喜出望外，急急赶去。双玉却沉下脸咕噜道：“耐该搭认得哉呀，同仔几花人来做啥？”淑人低声赔笑道：“价末歇两日我一干仔来。”双玉道：“耐有几花事体嗄？忙得来，再要歇两日。”淑人告罪道：“说差哉。明朝②来，明朝定归来。”双玉始不言语，淑人亦

---

① 氤氲（yīn yūn）——形容烟或气很盛。

② 明朝——即明天。

就回房。朱蔼人、陶云甫各吸两口烟，早是上灯时候，叫过洪善卿来，并连朱淑人相约同行。周双珠、周双玉并送至楼梯边而别。

双珠归到自己房间，双玉跟在后面。双珠不解其意，相与对坐于烟榻之上。双玉先自腼腆而笑，取出那翡翠猴儿给阿姐看。双珠看那猴儿浑身全翠，惟头是羊脂白玉，胸前捧着一颗仙桃，却是翡色，再有两点黑星，可巧雕做眼睛，虽非稀罕宝贝，料想价值匪轻。问双玉道："阿是五少爷送拨耐哉？"双玉不答，仅点点头。双珠笑道："故是送拨耐个表记，拿去坑好来浪。"双玉脸色一雌，叫声"阿姐"，央及道："（要勿）拨洪老爷晓得喤。"双珠问："为啥？"双玉道："洪老爷要告诉俚哚屋里个呀。"双珠道："洪老爷末为啥去告诉俚哚屋里嗄？"双玉呐呐然说不出口。双珠举两指头点了两点，笑道："耐末真真是外行！耐做五少爷是坎坎做起呀，告诉仔洪老爷末，随便啥拜托拜托，倘然五少爷勿来，也好教洪老爷去请，阿是蛮好？为啥要瞒俚嗄？"双玉道："价末阿姐搭洪老爷说一声，阿好？"双珠沉吟道："我说也无啥，就不过五少爷个闲话耐才要说出来，故末我替耐说。"双玉道："五少爷勿说啥，就说是明朝来。"双珠沉吟不语。

双玉取那翡翠猴儿，复欣欣然下楼，到周兰房间里，要给无娒看。只见周兰躺在榻床上，沉沉闭目，烟迷正浓，周双宝爬在榻床前烧烟。双玉不敢惊动，正要退出。不想周兰并未睡着，睁眼叫住，问双玉："啥事体？"双玉为双宝在旁，不肯显然呈出，含糊混过。周兰只道双玉又要说双宝的不是，因支使双宝出房。双宝去后，双玉然后近前，靠着周兰腿膀，递过那翡翠猴儿。周兰擎在掌中，啧啧称赞。双玉满心欢喜，待要诉说朱淑人如何情形，忽听得楼梯上咭咭咯咯是双宝脚声上楼。双玉急急地收起猴儿，辞了周兰，蹑手蹑脚一直跟到楼上。双宝径进双珠房间，双玉悄立帘下暗中窃听，听那双宝带哭带说道：“我碰着仔前世里冤家！刚刚反仔一泡，故歇咿来浪说我啥，我是定归活勿落个哉！”双珠道：“俚勿是说耐喤。”双宝道：“啥勿是嗄！勿是末，为啥教我走开点？”双玉听到这里，好似一盆焰腾腾炭火端上心头，欻地掀帘，挺身进去，向靠壁高椅一坐，盛气说道：“我搭无娒说句闲话，阿是耐勿许我说？我就依仔耐，从此以后，终勿到无娒房间里去说一声闲话末哉！阿好？”双珠厌闻口舌，攒眉嗔道：“啥要紧嗄！”一面调开双宝，一面按住双玉。双玉见阿姐如此，亦就隐忍。

晚餐以后，大家忙乱出局。及十点多钟，双珠先回，洪善卿吃得醉醺醺地接踵而至。双珠令阿金泡一碗极酽的雨前茶给善卿解渴，随意讲说，提起朱淑人和双玉来。双珠先嗤地一笑，然后说道：“故歇个清倌人比仔浑倌人花头再要大，耐一淘来里台面浪，阿是勿曾晓得？”善卿问故。双珠遂将淑人赠翡翠扇坠与双玉之事，细述一遍。善卿道：“双玉也好做大生意哉，就让俚来点仔大蜡烛罢。”双珠道：“好个，耐做媒人哉碗。”善卿道：“媒人耐去做，我末帮帮耐好哉。”双珠应诺。计议已定，一宿无话。

次日午牌时分，善卿、双珠同时起身，洗了脸，吃些点心，阿金即送上一张请客票头。善卿看是王莲生的，请至张蕙贞家面商事件，遂令传说：“晓得哉。”善卿就要兴辞。双珠嘱咐：“晚歇来。”善卿道：“晚歇淑人来，我间架头①倒是勿来个好。”双珠想也不差。

善卿乃离了周双珠家，出公阳里，经同安里，抄到东合兴张

---

① 间架头——处在困难的境地。

蕙贞家，上楼进房。那张蕙贞还蓬着头，给王莲生烧鸦片烟。莲生迎见善卿，当令娘姨去叫菜吃便饭。善卿坐下，莲生授过一篇账目，托善卿买办。善卿见开着一副翡翠头面，件件俱全，注明皆要全绿。善卿道：“翡翠物事，我搭耐一淘去买个好。推扳点，百十洋钱也是一副头面；倘然要好个，再要全绿，常恐要千把哚喤。”蕙贞插嘴道：“我说一千洋钱还勿够哩。耐去算喤，一对钏臂末就几百洋钱也勿稀奇啘。”善卿问蕙贞：“阿是耐要买？”蕙贞倒笑起来道：“洪老爷说笑话哉！倪末阿配嗄，金个还勿曾全哩，要翡翠个做啥？”善卿料知是为沈小红办的了。当时蕙贞去客堂窗下梳头，莲生躲在榻床上吸烟。善卿移坐下手，问莲生道：“沈小红搭，耐今年用脱仔勿少哉呀，再要办翡翠头面拨俚？”莲生蹙頞不语。善卿道：“我说耐就回头仔俚也无啥。”莲生叹口气道：“耐先搭俚办两样再说。”善卿度不可谏，不若见机缄口为妙。须臾，娘姨搬上聚丰园叫的四只小碗并自备的四只荤碟，又烫了一壶酒来，莲生请善卿对坐小酌。

第三十二回终。

第三十三回

高亚白填词狂掷地　王莲生醉酒怒冲天

按：洪善卿、王莲生吃酒中间，善卿偶欲小解，小解回来，经过房门道，见张蕙贞在客堂里点首相招。善卿便踱出去，蕙贞悄地说道："洪老爷难为耐，耐去买翡翠头面，就依俚一副买全仔。王老爷怕个沈小红真真怕得无淘成个哉！耐勿曾看见，王老爷臂膊浪，大膀①浪，拨沈小红指甲掐得来才是个血，倘然翡翠头面勿买得去，勿晓得沈小红再有啥刑罚要办俚哉！耐就搭俚买仔罢。王老爷多难为两块洋钱倒无啥要紧。"善卿微笑无言，嘿嘿归座。王莲生依稀听见，佯做不知，两人饮尽一壶，便令盛饭。蕙贞新妆已毕，即打横相陪，共桌而食。饭后，善卿遂往城内珠宝店去。莲生仍令蕙贞烧烟，接连吸了十来口，过足烟瘾。自鸣钟正敲五下，善卿已自回来，只买了钏臂、押发两样，价洋四百余元，其余货色不合，缓日续办。莲生大喜谢劳。

洪善卿自要了理永昌参店事务，告别南归。王莲生也别了张蕙贞，坐轿往西荟芳里，亲手赍与沈小红。小红一见，即问："洪老爷喤？"莲生说："转去哉。"小红道："阿曾去买嗄？"莲生道："买仔两样。"当下揭开纸盒，取翡翠钏臂、押发，排列桌上，说道："耐看，钏臂倒无啥，就是押发稍微推扳点，倘然耐勿要么，再拿去调。"小红正眼儿也不曾一觑，淡淡的答道："勿

---

① 大膀——即大腿。

曾全哩呀，放来浪末哉。”莲生忙依旧装好，藏在床前妆台抽屉内，复向小红道：“再有几样末才勿好，勿曾买，停两日我自家去拣。”小红道：“倪搭是拣剩下来物事，陆里有好个嗄！”莲生道：“啥人拣剩下来？”小红道：“价末为啥先要拿得去？”莲生着急，将出珠宝店发票送至小红面前道：“耐看哩，发票来里啘。”小红撒手撩开道：“我（要勿）看。”莲生丧气退下。阿珠适在加茶碗，呵呵笑道：“王老爷来里张蕙贞搭忒啥开心哉，也该应来吃两声闲话，阿对？”莲生亦只得讪笑而罢。维时天色晚将下来，来安呈上一张请客票头，系葛仲英请去吴雪香家酒叙。莲生为小红脸色似乎不喜欢，趁势兴辞赴席。小红不留不送，听凭自去。

莲生仍坐轿往东合兴里吴雪香家，主人葛仲英迎见让坐。先到者只有两位，都不认识，通起姓名，方知一位为高亚白，一位为尹痴鸳。莲生虽初次见面，早闻得高、尹齐名，并为两江才子，拱手致敬，说声“幸会”。接着外场报说：“壶中天请客说，请先坐。”葛仲英因令摆起台面来。王莲生问请的何人，仲英道：“是华铁眉。”这华铁眉和王莲生也有些世谊，葛仲英专诚请他，因他不喜热闹，仅请三位陪客。等了一会，华铁眉带局孙素兰同来。葛仲英发下三张局票，相请入席。华铁眉问高亚白：“阿曾碰着意中人？”亚白摇摇头。铁眉道：“不料亚白多情人，竟如此落落寡合！”尹痴鸳道：“亚白个脾气，我蛮明白来里。可惜我勿做倌人，我做仔倌人，定归要亚白生仔相思病，死来里上海。”高亚白大笑道：“耐就勿做倌人，我倒也来里想耐呀。”痴鸳亦自失笑道：“倒拨俚讨仔个便宜。”华铁眉道：“‘人尽愿为夫子妾，天教多结再生缘’，也算是一段佳话。”尹痴鸳又向高亚白道：“耐讨我便宜末，我要罚耐。”葛仲英即令小妹姐取鸡缸杯。痴鸳道：“且慢！亚白好酒量，罚俚吃酒无啥要紧。我说酒末勿拨俚吃，要俚照张船山诗意再做两首，比张船山做得好就饶仔俚，勿好末再罚俚酒。”亚白道：“我晓得耐要起我花头，怪勿得堂子里才叫耐‘囚犯’。”痴鸳道：“大家听听看，我要俚做首诗，就骂我‘囚犯’；倘然做仔学台主考，要俚做文章，故是‘乌龟’‘猪猡’才要骂出来个哉！”合席哄然一笑。高亚白自取酒壶筛满一鸡缸杯道：“价末先让我吃一杯，浇浇诗肚子。”尹痴鸳道：“故倒无啥，倪也陪陪耐末哉。”

大家把鸡缸杯斟上酒，照杯干讫，尹痴鸳讨过笔砚笺纸，道：“念出来，我来写。”高亚白道：“张船山两首诗，拨俚意思做完个哉，我改仔填词罢。”华铁眉点头说是。于是亚白念，痴鸳写道：

先生休矣！谅书生此福，几生修到？磊落须眉浑不喜，偏要双鬟窈窕。扑朔雌雄，骊黄牝牡，交在忘形好。钟情如是，鸳鸯何苦颠倒？

尹痴鸳道：“调皮得来，再要罚哩。”大家没有理会。又念又写道：

还怕妒煞仓庚，望穿杜宇，燕燕归来杳。收拾买花珠十斛，博得山妻一笑。杜牧三生，韦皋再世，白发添多少？回波一转，蓦惊画眉人老！

高亚白念毕，猝然问尹痴鸳道：“比张船山如何？”痴鸳道：“耐阿要面孔，倒真真比起张船山来哉！”亚白得意大笑。

王莲生接那词来，与华铁眉、葛仲英同阅。尹痴鸳取酒壶向高亚白道：“耐自家算好，我也勿管；不过‘画眉’两个字，平仄倒仔转来，要罚耐两杯酒。”亚白连道：“我吃，我吃。”又筛两鸡缸杯一气吸尽。

葛仲英阅过那词，道：“《百字令》末句，平仄可以通融点。”亚白道：“痴鸳要我吃酒，我勿吃，俚心里总归勿舒齐，勿是为

啥平仄。”华铁眉问道：“‘燕燕归来杳’，阿用啥典故？”亚白一想道：“就用个东坡诗，‘公子归来燕燕忙’。”铁眉默然。尹痴鸳冷笑道：“耐咿来浪骗人哉！耐是用个蒲松龄‘此似曾相识燕归来’一句呀，阿怕倪勿晓得。”亚白鼓掌道：“痴鸳可人！”铁眉茫然，问痴鸳道：“我勿懂耐闲话。‘似曾相识燕归来’，欧阳修、晏殊诗词集中皆有之，与蒲松龄何涉？”痴鸳道：“耐要晓得该个典故，再要读两年书得哩。”亚白向铁眉道：“耐（要勿）去听俚，陆里有啥典故。”痴鸳道：“耐说勿是典故，‘入市人呼好快刀’，‘回也何曾霸产’，用个啥嗄？”铁眉道：“我倒要请教请教，耐来浪说啥？我索性一点勿懂哉啘！”亚白道：“耐去拿《聊斋志异》，查出《莲香》一段来看好哉。”痴鸳道：“耐看完仔《聊斋》末，再拿《里乘》、《闽小纪》来看，故末‘快刀’‘霸产’包耐才懂。”

王莲生阅竟，将那词放在一边，向葛仲英道：“明朝拿得去上来哚新闻纸浪，倒无啥。”仲英待要回言，高亚白急取那词纷纷揉碎，丢在地下道：“故末谢谢耐，（要勿）去上！新闻纸浪有方蓬壶一班人，倪勿配个。”仲英问蓬壶钓叟如何，亚白笑而不答。尹痴鸳道：“教俚磨磨墨，还算好。”亚白道：“我是添香捧砚有耐痴鸳承乏个哉，蓬壶钓叟只好教俚去倒夜壶。”华铁眉笑道：“狂奴故态！倪吃酒罢。”遂取齐鸡缸杯首倡摆庄。

其时出局早全。尹痴鸳叫的林翠芬，高亚白叫的李浣芳，皆系清倌人；王莲生就叫对门张蕙贞。豁起拳来，大家争着代酒。高亚白存心要灌醉尹痴鸳，概不准代。王莲生微会其意，帮着撮弄痴鸳。不想痴鸳眼明手快，拳道最高，反把个莲生先灌醉了。张蕙贞等莲生摆过庄才去，临行时谆嘱莲生，切勿再饮。无如这华铁眉酒量尤大似高亚白，比至轮庄摆完，出局散尽之后，铁眉再要行“拍七”酒令，在席只得勉力相陪。王莲生糊糊涂涂，屡次差误，接着又罚了许多酒，一时觉得支持不住，不待令完，径自出席，去榻床躺下。华铁眉见此光景，也就胡乱收令。葛仲英请王莲生用口稀饭，莲生摇手不用，拿起签子，想要烧鸦片烟，却把不准火头，把烟都淋在盘里。吴雪香见了，忙唤小妹姐来装。莲生又摇手不要，欻地起身拱手，告辞先行。葛仲英不便再留，送至帘下，吩咐来安当心伺候。

来安请莲生登轿，挂上轿帘，搁好手版，问：“陆里去?”莲生说：“西荟芳。”来安因扶着轿，迳至西荟芳里沈小红家，停在客堂中。莲生出轿，一直跑上楼梯。阿珠在后面厨房内，慌忙赶上，高声喊道：“阿唷！王老爷，慢点哩!”莲生不答，只管跑。阿珠紧紧跟至房间，笑道：“王老爷，我吓得来！勿曾跌下去还算好。”莲生四顾不见沈小红。即问阿珠。阿珠道：“常恐来浪下头。”莲生并不再问，身子一歪，就直挺挺躺在大床前皮椅上，长衫也不脱，鸦片烟也不吸，已自瞢腾①睡去。外场送上水铫手巾，阿珠低声叫：“王老爷，揩把面。”莲生不应。阿珠目示外场，只冲茶碗而去。随后阿珠悄悄出房，将指甲向亭子间板壁上点了三下，说声“王老爷困哉”。

此也是合当有事。王莲生鼾声虽高，并未着睏，听阿珠说，诧异得很。只等阿珠下楼，莲生急急起来，放轻脚步，摸至客堂后面，见亭子间内有些灯光。举手推门，却从内拴着的。周围相度，找得板壁上一个鸽蛋大的椭圆窟窿，便去张觑。向来亭子间仅摆一张榻床，并无帷帐，一目了然。莲生见那榻床上横着两人，搂在一处。一个分明是沈小红；一个面庞亦甚厮熟，仔细一

① 瞢（méng）腾——形容熟睡的样子。

想，不是别人，乃大观园戏班中武小生小柳儿。莲生这一气非同小可，拨转身，抢进房间，先把大床前梳妆台狠命一扳，梳妆台便横倒下来，所有灯台，镜架，自鸣钟，玻璃花罩，乒乒乓乓撒满一地。但不知抽屉内新买的翡翠钏臂、押发，砸破不曾，并无下落。楼下娘姨阿珠听见，知道误事，飞奔上楼。大姐阿金大和三四个外场也簇拥而来。莲生早又去榻床上掇起烟盘往后一掼，将盘内全副烟具，零星摆设，像撒豆一般，豁琅琅直飞过中央圆桌。阿珠拼命上前，从莲生背后拦腰一抱。莲生本自怯弱，此刻却猛如虓虎，哪里抱得住，被莲生一脚踢倒，连阿金大都辟易①数步。莲生绰得烟枪在手，前后左右，满房乱舞，单留下挂的两架保险灯，其余一切玻璃方灯，玻璃壁灯，单条的玻璃面，衣橱的玻璃面，大床嵌的玻璃横额，逐件敲得粉碎。虽有三四个外场，只是横身拦劝，不好动手。来安暨两个轿班只在帘下偷窥，并不进见。阿金大呆立一旁，只管发抖。阿珠再也爬不过来，只极得嚷道："王老爷（要勿）𡞞！"莲生没有听见，只顾横七竖八打将过去，重复横七竖八打将过来。正打得没个开交，突然有一个后生钻进房里，便扑翻身向楼板上"嘭嘭嘭"磕响头，口中只喊："王老爷救救！王老爷救救！"莲生认得这后生系沈小红嫡亲兄弟，见他如此，心上一软，叹了口气，丢下烟枪，冲出人丛，往外就跑，来安暨两个轿班不提防，猛吃一惊，赶紧跟随下楼。莲生更不坐轿，一直跑出大门。来安顾不得轿班，迈步追去，见莲生进东合兴里，来安始回来领轿。

莲生跑到张蕙贞家，不待通报，闯进房间，坐在椅上，喘做一团，上气不接下气。吓得个张蕙贞怔怔地相视，不知为了什

---

① 辟易——退避，退却。

么，不敢动问。良久，先探一句道："台面散仔歇哉？"莲生白瞪着两只眼睛，一声儿没言语。蕙贞私下令娘姨去问来安，恰遇来安领轿同至，约略告诉几句，娘姨复至楼上向蕙贞耳朵边轻轻说了。蕙贞才放下心，想要说些闲话替莲生解闷，又没甚可说，且去装好一口鸦片烟请莲生吸，并代莲生解纽扣，脱下熟罗单衫。莲生接连吸了十来口烟，始终不发一词。蕙贞也只小心服侍，不去兜搭。约摸一点钟时，蕙贞悄问："阿吃口稀饭？"莲生摇摇头。蕙贞道："价末困罢。"莲生点点头。蕙贞乃传命来安打轿回去，令娘姨收拾床褥。蕙贞亲替莲生宽衣褪袜，相陪睡下。朦胧中但闻莲生长吁短叹，反侧不安。

及至蕙贞一觉醒来，晨曦在牖①，见莲生还仰着脸，眼睁睁只望床顶发呆。蕙贞不禁问道："耐阿曾困歇嗄？"莲生仍不答。蕙贞便坐起来，略挽一挽头发，重伏下去，脸对脸问道："耐啥实概嗄？气坏仔身体末，啥犯着嘿。"莲生听了这话，忽转一念，推开蕙贞，也坐起来，盛气问道："我要问耐，耐阿肯替我挣口气？"蕙贞不解其意，急得涨红了脸道："耐来浪说啥嗄？阿是我待差仔耐？"莲生知道误会，倒也一笑，勾着蕙贞脖项，相与躺下，慢慢说明小红出丑，要娶蕙贞之意。蕙贞如何不肯，万顺千依，霎时定议。当下两人起身洗脸，莲生令娘姨唤来安来。来安绝早承应，闻唤趋见。莲生先问："阿有啥公事？"来安道："无拨。就是沈小红个兄弟同娘姨到公馆里来哭哭笑笑，磕仔几花头，说请老爷过去一埭。"莲生不待说完，大喝道："啥人要耐说嗄！"来安连应几声"是"，退下两步，挺立候示。停了一会，莲生方道："请洪老爷来。"

---

① 牖（yǒu）——窗户。

来安承命下楼，叮嘱轿班而去。一路自思，不如先去沈小红家报信邀功为妙，遂由东合兴里北面转至西荟芳里沈小红家。沈小红兄弟接见，大喜，请进后面账房里坐，捧上水烟筒。来安吸着，说道："倪终究无啥几花主意，就不过闲话里帮句把末哉。故歇教我去请洪老爷，我说耐同我一淘去，教洪老爷想个法子，比仔倪说个灵。"沈小红兄弟感激非常，又和阿珠说知，三人同去。先至公阳里周双珠家，一问不在，出弄即各坐东洋车迳往小东门陆家石桥，然后步行到咸瓜街永昌参店。那小伙计认得来安，忙去通报。洪善卿刚踱出客堂，沈小红兄弟先上前磕个头，就鼻涕眼泪一齐滚出，诉说"昨日夜头匆晓得王老爷为啥动仔气"，如此如此。善卿听说，十猜八九，却转问来安："耐来做啥？"来安道："我是倪老爷差得来请洪老爷到张蕙贞搭去。"善卿低头一想，令两人在客堂等候，独唤娘姨阿珠向里面套间去细细商量。

第三十三回终。

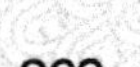

第三十四回

沥真诚淫凶甘服罪　惊实信仇怨激成亲

按：来安暨沈小红兄弟在客堂里等了多时，娘姨阿珠出来，却和沈小红兄弟先回。来安又等一会，洪善卿才出来，向来安道："俚哚教我劝劝王老爷，倪是朋友，倒有点间架头。要么同仔王老爷到俚搭去，让俚哚自家说，耐说阿对?"来安哪有不对之理，满口答应。善卿即带来安同行，仍坐东洋车，迳往四马路东合兴里张蕙贞家。其时王莲生正叫了四只小碗，独酌解闷。善卿进见，莲生让坐，善卿笑道："昨日夜头辛苦哉?"莲生含笑嗔道："耐再要调皮，起先我教耐打听，耐勿肯。"善卿道："打听啥嗄!"莲生道："倌人姘仔戏子，阿是无处打听哉。"善卿道："耐自家勿好，同俚去坐马车，才是马车浪坐出来个事体。我阿曾搭耐说，沈小红就为仔坐马车用场大点？耐勿觉着啘。"莲生连连摇手道："（要勿）说哉，倪吃酒。"

娘姨添上一副杯筷，张蕙贞亲来斟酒。莲生乃和善卿说："翡翠头面（要勿）买哉。"另有一篇账目，开着天青披、大红裙之类，托善卿赶紧买办。善卿笑向蕙贞道："恭喜耐。"蕙贞羞得远远走开。善卿正色说莲生道："故歇耐讨蕙贞先生是蛮好。不过沈小红搭耐就实概勿去仔，终好像勿局啘。"莲生焦躁道："耐管俚局勿局!"善卿讪笑婉言道："勿是呀，沈小红单做耐一个客人，耐勿去仔无拨哉。刚刚碰着仔节浪，几花开销才勿着杠；屋里再有爷娘搭兄弟，一家门要吃要用，教俚再有啥法子？四面逼上去，阿是要逼杀俚性命哉。虽然沈小红性命也无啥要紧，九九归原，终究是为仔耐，也算一桩罪过事体。倪为仔白相了，倒去做罪过事体末，何苦呢？”莲生沉吟点头道：“耐是也来浪帮俚哚。”善卿艴然①作色道：“耐倒说得稀奇，我为啥去帮俚哚？”莲生道：“耐要我到俚搭去，阿是帮俚哚嗄？”善卿咳地长叹一声，却转而笑道：“耐做仔沈小红末，我一径说无啥趣势，耐勿相信，搭俚恩煞。故歇耐动仔气，倒说我帮俚哚哉，故末真真无啥话头！”莲生道：“价末耐为啥要我去？”善卿道：“我勿是要耐再去做俚，耐就去一埭好哉。”莲生道：“去一埭末做啥嗄？”善卿道：“故末就是替耐算计，常恐有啥事体，耐去仔，俚哚要一放心哚，耐末也好看看俚哚光景。四五年做下来，总有万把洋钱哉，一点点局帐也犯勿着少俚，耐去拨仔俚，让俚去开销仔，节浪也好过去。难下节做勿做，随耐个便，阿是嗄？”莲生听罢无言。善卿因怂恿道：“晚歇我同耐一淘去，看俚说啥；倘然有半句闲语听勿进末，倪就走。”莲生直跳起来，嚷道：“我勿去！”善卿只得讪笑剪住。两人各饮数杯，仍和蕙贞一同吃过中饭。善卿要去代莲生买办，莲生也要暂回公馆，约善卿日落时候原于此处相会。善卿应诺先行。

莲生吸不多几口鸦片烟，就喊打轿，径归五马路公馆，坐在楼上卧房中，写两封应酬信札。来安在傍服侍。忽听得吉叮当铜铃摇响，似乎有人进门，与莲生的侄儿天井里说话，随后一乘轿子抬至门首停下。莲生只道是拜客的，令来安看来。来安一去，竟不复命，却有一阵咭咭咯咯小脚声音趷上楼梯。莲生自往外间看时，谁知即是沈小红，背后跟着阿珠。莲生一见，暴跳如雷，

① 艴（fú）然——发怒的样子。

厉声喝道："耐再有面孔来见我，搭我滚出去！"喝着，还不住地跺脚。沈小红水汪汪含着两眶眼泪，不则一声。阿珠上前分说，也按捺不下。莲生一顿胡闹，不知说些什么。

阿珠索性坐定，且等莲生火性稍杀，方朗朗说道："王老爷，比方耐做仔官，倪来告状 ，耐也要听明白仔，难末该应打该应罚，耐好断碗；故歇一句闲话也勿许倪说，耐陆里晓得有冤枉个事体？"莲生盛气问道："我冤枉仔俚啥？"阿珠道："耐是勿曾冤枉倪，倪先生有点冤枉，要搭耐说，耐阿要俚说嗄？"莲生道："俚再要说冤枉末，索性去嫁拨仔戏子好哉碗！"阿珠倒呵呵冷笑道："俚兄弟冤枉仔俚，好去搭俚爷娘说；俚爷娘冤枉仔俚，再好搭耐王老爷说；耐王老爷再要冤枉俚，真真教俚无处去说哉！"说了，转向小红道："倪去罢，再说啥嗄？"那小红亦坐在高椅上，将手帕掩着脸呜呜饮泣。莲生乱过一阵，跑进卧房，概置不睬。小红与阿珠在外间，寂静无声。

莲生提起笔来，仍要写信，久之不能成一字，但闻外间切切说话，接着小红竟踅到卧房中，隔着书桌，对面而坐。莲生低下头只顾写，小红颤声说道："耐说我啥个啥个，我倒无啥；我为仔自家差仔点，对勿住耐，随便耐去办我，我蛮情愿。为啥勿许我说闲话，阿是定归要我冤枉死个？"说到这里，一口气奔上喉咙，哽咽要哭。莲生搁下笔，听她说甚。小红又道："我是吃煞仔倪亲生娘个亏！先起头末要我做生意，故歇来仔个从前做过歇个客人，定归原要我做。我为仔娘了听仔俚，说勿出个冤枉，耐倒再要冤枉我姘戏子。"

莲生正待回驳，来安匆匆跑上，报说："洪老爷来。"莲生起身向小红道："我搭耐无啥闲话，我有事体来里，耐请罢。"说毕，丢下沈小红在房里、阿珠在外间，迳下楼和洪善卿同行，至

东合兴里张蕙贞家。张蕙贞将善卿办的物事与莲生过目。莲生将沈小红赔罪情形，述与蕙贞。大家又笑又叹，当晚善卿吃了晚饭始去。蕙贞临睡，笑问莲生道："耐阿要再去做沈小红？"莲生道："难是让小柳儿去做个哉。"蕙贞道："耐勿做末，倒（要勿）去糟蹋俚。俚教耐去，耐就去去也无啥，只要如此如此。"莲生道："起先我看沈小红好像蛮对景，故歇勿晓得为啥，俚凶末勿凶哉，我倒也看勿起俚。"蕙贞道："想必是缘分满哉。"闲论一回，不觉睡去。

次日五月初三，洪善卿于午后来访莲生，计议诸事，大略齐备，闲话中复说起沈小红来。善卿仍前相劝，莲生先入蕙贞之言，欣然愿往。于是洪善卿、王莲生约同过访沈小红。张蕙贞送出房门，望莲生丢个眼色，莲生笑而领会。及至西荟芳里沈小红家门首，阿珠迎着，喜出望外，呵呵笑道："倪只道仔王老爷倪搭勿来个哉。倪先生勿曾急煞，还好哩。"一路讪笑，拥至楼上房间。沈小红起身厮见，叫声"洪老爷""王老爷"，嘿然退坐。莲生见小红只穿一件月白竹布衫，不施脂粉，素净异常；又见房中陈设一空，殊形冷落，只剩一面着衣镜，为敲碎一角，还嵌在壁上，不觉动了今昔之感，浩然长叹。阿珠一面加茶碗，一面搭讪道："王老爷说倪先生啥个啥个，倪下头问我：'陆里来个闲话？'我说："王老爷肚皮里蛮明白来浪，故歇为仔气头浪说说罢哉呀，阿是真真说俚姘戏子。'"莲生道："姘勿姘啥要紧嗄？（要勿）说哉。"阿珠事毕自去。

善卿欲想些闲话来说，笑问小红道："王老爷勿来末，耐牵记煞；来仔倒勿响哉。"小红勉强一笑，向榻床取签子烧鸦片烟，装好一口在枪上，放在上手。莲生就躺下去吸，小红因道："该副烟盘还是我十四岁辰光搭倪娘装个烟，一径放来浪勿曾用，故歇倒用着哉。”善卿就问长问短，随意讲说。阿珠不等天晚，即请点菜便饭。莲生尚未答应，善卿竟作主张，开了四色去叫。莲生一味随和。

晚饭之后，阿珠早将来安、轿班打发回去，留下莲生，哪里肯放。善卿辞别独归，只剩莲生、小红两人在房。小红才向莲生说道："我认得仔耐四五年，一径勿曾看见耐实概个动气。故歇来里我面浪动个气，倒也为是搭我要好了，耐气到实概样式。我听仔娘个闲话，勿曾搭耐商量，故末是我勿好。耐要冤枉我姘戏子，我就冤枉死仔口眼也勿闭个哩！时髦倌人生意好，寻开心，要去姘戏子；像我生意阿好嗄？我咿勿是小干仵勿懂事体，姘仔戏子阿好做生意？外头人为仔耐搭我要好末，才来浪眼热；（要勿）说啥张蕙贞，连搭仔朋友也说我邱话。故歇耐去说仔我姘戏子，再有啥人来搭我伸冤，除非到仔阎罗王殿浪刚刚明白哚。"莲生微笑道："耐说勿姘就勿姘，啥要紧嗄。"小红又道："我身体末是爷娘养来浪，除仔身体，一块布，一根线，才是耐办拨我个物事，耐就打完仔也无啥要紧。不过耐要豁脱我个人，耐替我想想看，再要活来浪做啥？除仔死，无拨一条路好走。我死也勿怪耐，才是我娘勿好。不过我替耐想，耐来里上海当差使，家眷末也勿曾带，公馆里就是一个二爷，笨手笨脚，样色样勿周到；外头朋友就算耐知己末，总有勿明白个场花，就是我一个人晓得耐脾气。耐心里要有啥事体，我也猜得着，总称耐个心，就是说说笑笑，大家总蛮对景。张蕙贞巴结末巴结煞，阿能够像我？我是单做耐一个，耐就勿曾讨我转去，赛过是耐个人，才靠耐来里过去。耐心里除仔我也无拨第二个称心个人来浪。故歇耐为一时之气豁脱仔我，我是就不过死末哉，倒是替耐勿放心。耐今年也四十多岁哉，倪子囡仵才勿曾有，身体本底子娇寡，再吃仔两筒烟，有仔个人来浪陪陪耐，也好一生一世快快活活过日脚。耐倒硬仔心肠，拿自家称心个人冤枉杀仔，难下去耐再要有啥勿舒齐，啥人来替耐当心？就是说句闲话，再有啥人猜得着耐个心？睁开眼睛要喊个亲人，一歇也无处去喊。到该个辰光，耐要想着仔我沈小红，我就连忙去投仔人身来服侍耐，也来勿及个哉！”说着，重复呜呜地哭起来。

莲生仍微笑道：“该号闲话说俚做啥？”小红觉得莲生比前不同，毫无意思，忍住哭，又说道：“我搭耐实概说，耐原无拨回心，我再要说也无啥说个哉。就算我千勿好万勿好，四五年做下来，总有一点点好处。耐想着我好处末，就望耐照应点我爷娘，我末交代俚哚拿我放来浪善堂里。倘忙有一日伸仔冤，晓得我沈小红勿是姘戏子，原要耐收我转去，耐记好仔。”小红没有说完，仍禁不住哭了。莲生只是微笑，小红更无法子打动莲生。比及睡下，不知在枕头边又有几许柔情软语，不复细叙。

明日起来，莲生过午欲行。小红拉住，问道：“耐去仔阿来嗄？”莲生笑道：“来个。”小红道：“耐（要勿）骗我喤。我闲话才说完哉，随耐便罢。”莲生佯笑而去。不多时，来安送来局帐洋钱，小红收下，发回名片。接连三日不见王莲生来，小红差阿珠、阿金大请过几次，终不见面。

到初八日，阿珠复去请了回来，慌慌张张告诉小红道：“王老爷讨仔张蕙贞哉，就是今朝日脚浪讨得去。”小红还不甚信，再令阿金大去。阿金大回来，大声道：“啥勿是嗄！拜堂也拜过哉，故歇来浪吃酒，闹热得来。我就问仔一声，勿曾进去。”小红这一气却也非同小可，跺脚恨道：“耐就讨仔别人，倒无啥，为啥去讨张蕙贞！”当下欲往公馆当面问话，辗转一想，终不敢去。阿珠、阿金大没兴散开。小红足足哭了一夜，眼泡肿得像胡桃一般。

这日初九，小红气得病了，不料敲过十二点钟，来安送张局票来叫小红，叫至公馆里，说是酒局。阿珠叫住来安要问闲话，来安推说无工夫，急急跑去。小红听说叫局，又不敢不去，硬撑着起身梳洗，吃些点心，才去出局。到了五马路王公馆，早有几肩出局轿子停在门首。阿珠搀小红踅至楼上，只见两席酒并排在外间，并有一班毛儿戏在亭子间内搬演，正做着《跳墙着棋》一出昆曲。小红见席间皆是熟识朋友，想必是朋友公局，为纳宠贺喜。洪善卿见小红眼泡肿起，特地招呼，淡淡地似劝非劝，略说两句，正兜起小红心事，迸出一滴眼泪，几乎哭出声来。善卿忙搭讪开去，合席不禁点头暗叹。惟华铁眉、高亚白、尹痴鸳三人不知情节，没有理会。高亚白叫的系清和坊袁三宝。葛仲英知道亚白尚未定情，因问道："阿要同仔耐几花长三书寓里才去跑一埭?"亚白摇手道："耐说个更加勿对！故是'可遇而不可求'个事体。"华铁眉道："可惜亚白一生侠骨柔肠，未免辜负点。"亚白想起，向罗子富道："贵相好搭有个叫诸金花，朋友荐拨我，一点无啥好碗。"子富道："诸金花生来勿好，故歇到仔幺二浪去哉。"

说时，戏台上换了一出《翠屏山》。那做石秀的倒也慷慨激昂，声情并茂。做到酒店中，也能使一把单刀，虽非真实本领，毕竟有些工夫。沈小红看见这戏，心中感触，面色一红。高亚白喝声"好"，但不识其名胜。葛仲英认得，说是东合兴里大脚姚家的姚文君。尹痴鸳见亚白赏识，等她下场，即唤娘姨说："高老爷叫姚文君个局。"娘姨忙搀姚文君坐在高亚白背后。亚白细看这姚文君，眉宇间另有一种英锐之气，咄咄逼人。

那时出局到齐，王莲生忽往新房中商议一会出来，却请吴雪

香、黄翠凤、周双珠、姚文君、沈小红五人，说到房里去见见新人。沈小红左右为难，不得不随众进见。张蕙贞笑嘻嘻起身相迎，请坐讲话。沈小红又羞又气，绝不开口。临行各有所赠：吴雪香、黄翠凤、周双珠、姚文君四人，并是一只全绿的翡翠莲蓬；惟沈小红最重，是一对耳环，一只戒指。沈小红又不得不随众收谢。退出外间，出局已散去一半。高亚白复点一出姚文君的戏。这戏做完，出局尽散，因而收场撤席。

第三十四回终。

第三十五回

落烟花疗贫无上策　煞风景善病有同情

按：王公馆收场撤席，众客陆续辞别，惟洪善卿帮管杂务，傍晚始去，心里要往公阳里周双珠家。一路寻思，天下事哪里料得定，谁知沈小红的现成位置，反被个张蕙贞轻轻夺去，并揣莲生意思之间，和沈小红落落情形，不比从前亲热，大概是开交的了。

正自辘辘地转念头，忽闻有人叫声“娘舅”。善卿立定看时，果然是赵朴斋，身穿机白夏布长衫，丝鞋净袜，光景大佳，善卿不禁点头答应。朴斋不胜之喜，与善卿寒暄两句，傍立拱候洪善卿从南昼锦里抄去。赵朴斋等善卿去远，才往四马路华众会烟间寻见施瑞生。瑞生并无别语，将一卷洋钱付与朴斋道：“耐拿转去交代无娒，(要勿)拨张秀英看见。”朴斋应诺，赍归清和坊自己家里，只见妹子赵二宝和母亲赵洪氏对面坐在楼上亭子间内。赵洪氏似乎叹气，赵二宝淌眼抹泪，满面怒色，不知是为什么。二宝突然说道：“倪住来里也勿是耐个房子，也勿曾用啥耐个洋钱，为啥我要来巴结耐？就是三十块洋钱，阿是耐个嗄？耐倒有面孔向我讨！”

朴斋听说，方知为张秀英不睦之故，笑嘻嘻取出一卷洋钱交明母亲。赵洪氏转给二宝道：“耐拿去放好仔。”二宝身子一摔，秋气①道：“放啥嗄！”朴斋摸不着头脑，呆了一会。二宝始向朴

① 秋气——拗气，感情激动。

斋道："耐有洋钱开销，倪开销仔原到乡下？勿转去个，索性爽爽气气贴仔条子做生意。随便耐个主意，来里该搭做啥？"朴斋嗫嚅道："我陆里有啥主意，妹妹说末哉。"二宝道："故歇推我一干子，停两日（要勿）说我害仔耐。"朴斋赔笑道："故是无价事①个。"朴斋退下，自思更无别法，只好将计就计。

过了数日，二宝自去说定鼎丰里包房间，要了三百洋钱带挡回来，才与张秀英说知。秀英知不可留，听凭自便。选得十六日搬场，租了全副红木家生，先往铺设，复赶办些应用物件。大姐阿巧随带过去，另添一个娘姨，名唤阿虎，连个相帮，各掮二百洋钱。朴斋自取红笺，亲笔写了"赵二宝寓"四个大字，粘在门首。当晚施瑞生来吃开台酒，请的客即系陈小云、庄荔甫一班，因此传入洪善卿耳中。善卿付之浩叹，全然不睬。赵二宝一落堂子，生意兴隆，接二连三地碰和吃酒，做得十分兴头。赵朴斋也趾高气扬，安心乐业。二宝为施瑞生一力担承，另眼相待。不料张秀英因妒生忌，竟自坐轿亲往南市，至施瑞生家里告诉过房娘。那过房娘不知就里，夹七夹八把瑞生数说一顿。瑞生生气，索性断绝两家往来，反去做个清倌人袁三宝。张秀英没有瑞生帮助，门户如何支持。又见赵二宝洋洋得意，亦思步其后尘，于是搬在四马路西公和里，即系覃丽娟家，与丽娟对面房间，甚觉亲热。陶云甫见了张秀英，偶然一赞。覃丽娟便道："俚新出来，耐阿有朋友做做媒人。"云甫随口答应。秀英自恃其貌，日常乘坐马车为招揽嫖客之计。

那时六月中旬，天气骤热，室中虽用拉风，尚自津津出汗。陶云甫也要去坐马车，可以乘凉，因令相帮去问兄弟陶玉甫阿高

① 无价事——没这事，也作无介事。

兴去。相帮至东兴里李漱芳家，传话进去。陶玉甫见李漱芳病体粗安，游赏园林亦是保养一法，但不知其有此兴致否。漱芳道："耐阿哥教倪坐马车，教仔几转哉，倪就去一埭。我故歇也蛮好来浪。"李浣芳听得，赶出来道："姐夫，我也要去个。"玉甫道："生来一淘去，喊仔两把钢丝轿车罢。"漱芳道："耐坐仔轿车，再要拨耐阿哥笑；耐坐皮篷末哉。"遂向相帮回说："去个。"约在明园洋楼会聚，另差这里相帮桂福，速雇钢丝的轿车、皮篷车各一辆。浣芳最是高兴，重新打扮起来。漱芳只略按一按头，整一整钗环簪耳，亲往后面房间告知亲生娘李秀姐。秀姐切嘱早些归家。漱芳回到房里，大姐阿招和玉甫先已出外等候。漱芳徘徊顾影，对镜多时，方和浣芳携手同行。至东兴里口，浣芳定要同玉甫并坐皮篷车，漱芳带阿招坐了轿车。驶过泥城桥，两行树色葱茏，交柯接干，把太阳遮住一半，并有一阵阵清风扑入襟袖，暑气全消。追至明园，下车登楼，陶云甫、覃丽娟早到。陶玉甫、李漱芳就在对面别据一桌，泡两碗茶。李浣芳站在玉甫身旁，紧紧依靠，寸步不离。玉甫教她："下头去白相歇。"浣芳徘徊不肯。漱芳乃道："去喤。伏牢仔身浪，阿热嗄?"浣芳不得已，讪讪地邀阿招相扶而去。

陶云甫见李漱芳黄瘦脸儿，病容如故，问道："阿是原来浪勿适意?"漱芳道："故歇好仔多花哉。"云甫道："我看面色勿好喤，耐倒要保重点哚。"陶玉甫接嘴道："近来个医生也难。吃下去方子①才勿对碗。"覃丽娟道："窦小山蛮好个呀，阿请俚看嗄?"漱芳道："窦小山（要勿）去说俚哉，几花丸药，教我陆里吃得落。"云甫道："钱子刚说起，有个高亚白行末勿行，医道极

---

① 方子——指药方。

好。”玉甫正待根究，只见李浣芳已偕阿招趔趄回来，笑问：“阿是要转去哉？”玉甫道：“刚刚来唍，再白相歇唍。”浣芳道：“无啥白相，我（要勿）。”一面说，一面与玉甫厮缠，或爬在膝上，或滚在杯中，终不得一合意之处。玉甫低着头，脸偎脸问是为何。浣芳附耳说道：“倪转去罢。”漱芳见浣芳胡闹，嗔道：“算啥嗄，该搭来！”浣芳不敢违拗，慌地踅过漱芳这边。漱芳失声问道：“耐为啥面孔红得来，阿是吃仔酒嗄？”玉甫一看，果然浣芳两颊红得像胭脂一般，忙用手去按她额角，竟炙手地滚热，手心亦然，大惊道：“耐啥勿说个嗄？来里发寒热①呀！”浣芳只是嬉笑。漱芳道：“实概大个人，连搭仔自家发寒热才勿晓得，再要坐马车！”玉甫将浣芳拦腰抱起，抱向避风处坐。漱芳令阿招去喊了马车回去。阿招去后，陶云甫笑向李漱芳道：“耐两家头才喜欢生病，真真是好姊妹。”覃丽娟素闻漱芳多疑，忙望云甫丢个眼色。漱芳无暇应对。

须臾，阿招还报：“马车来浪哉。”陶玉甫、李漱芳各向陶云甫、覃丽娟作别。阿招在前，搀着李浣芳下楼。漱芳欲使浣芳换坐轿车，漱芳道：“我要姐夫一淘坐个喤。”漱芳道：“价末我就搭阿招坐皮篷末哉。”当下坐定开行。浣芳在车中，一头顶住玉甫胸胁间，玉甫用袖子遮盖头面，些儿没缝。行至四马路东兴里下车归家，漱芳连催浣芳去睡。浣芳恋恋地，要睡在阿姐房里，并说：“就榻床浪躲躲好哉。”漱芳知她拗性，就叫阿招取一条夹被给浣芳裹在身上。一时，惊动李秀姐，特令大阿金问是甚病。漱芳回说：“想必是马车浪吹仔点风。”李秀姐便不在意。漱芳挥出阿招，自偕玉甫守视。浣芳横着榻床左首，听房里没些声息，

① 发寒热——泛指发烧。

扳开被角，探出头来，叫道："姐夫来哙！"玉甫至榻床前，伏下身去问她："要啥？"浣芳央及道："姐夫坐该搭来，阿好？我困仔末，姐夫坐来浪看好仔我。"玉甫道："我就坐来里，耐困罢。"玉甫即坐在右首。

浣芳又睡一会，终不放心，睁开眼看了看道："姐夫（要勿）走得去嘷，我一干子怕煞个。"玉甫道："我勿去呀，耐困末哉。"浣芳复叫漱芳道："阿姐，阿要榻床浪来坐？"漱芳道："姐夫来浪末好哉嘷。"浣芳道："姐夫坐勿定个呀，阿姐坐来浪，故末让姐夫无处去。"漱芳亦即笑而依她，推开烟盘，紧挨浣芳腿膀坐下，重将夹被裹好。静坐些时，天色已晚，见浣芳一些不动，料其睡熟，漱芳始轻轻走开，向帘下招手叫"阿招"，悄说："保险灯点好仔末，耐拿得来。"阿招会意，当去取了保险灯来，安放灯盘，轻轻退下。漱芳向玉甫低声说道："该个小干仵做倌人，真作孽！客人看俚好白相，才喜欢俚，叫俚个局，生意倒忙煞。故歇发寒热，就为仔前日夜头困好仔再喊起来出局去，转来末天亮哉，阿是要着冷嘎。"玉甫也低声道："俚来里该搭，还算俚福气；人家亲生囡仵也不过实概末哉。"漱芳道："我倒也幸亏仔俚，勿然，几花老客人教我去应酬，要我个命哉。"

说时，阿招搬进晚饭，摆在中央圆桌上，另点一盏保险台灯。玉甫遂也轻轻走开，与漱芳对坐共食。阿招伺候添饭。大家虽甚留心，未免有些响动，早把浣芳惊觉。漱芳丢下饭碗，忙去安慰。浣芳呆脸相视，定一定神，始问："姐夫嘷？"漱芳道："姐夫末来浪吃夜饭，阿是陪仔耐了，教姐夫夜饭也（要勿）吃？"漱芳道："吃夜饭末啥勿喊我个嘎？"漱芳道："耐来浪发寒热，（要勿）吃哉。"浣芳着急，挣起身来道："我要吃个呀"漱芳乃叫阿招搀了，踅过圆桌前。玉甫问浣芳道："阿要我碗里吃仔口罢？"

浣芳点点头。玉甫将饭碗候在浣芳嘴边，仅喂得一口，浣芳含了良久，慢慢下咽。玉甫再喂时，浣芳摇摇头不吃了，漱芳道："阿是吃勿落？说耐末勿相信，好像无拨吃。"不多时，玉甫、漱芳吃毕，阿招搬出，舀面水来，顺便带述李秀姐之命与浣芳道："无娒教耐困罢，叫局末教楼浪两个去代哉。"浣芳转向玉甫道："我要困阿姐床浪，姐夫阿要我困？"玉甫一口应承。漱芳不复阻挡，亲替浣芳揩一把面，催她去睡。阿招点着床台上长颈灯台，即去收拾床铺。漱芳本未用席，撤下里床几条棉被，仍铺榻床盖的夹被，更于那头安设一个小枕头才去。浣芳上过净桶，尚不即睡，望着玉甫，如有所思。玉甫猜着意思，笑道："我来陪耐。"随向大床前来亲替浣芳解钮脱衣。浣芳乘间在玉甫耳朵边唧唧求告，玉甫笑而不许。漱芳问："说啥？"玉甫道："俚说教耐一淘床浪来。"漱芳道："再要起花头，快点困！"

浣芳上床，钻进被里，响说道："姐夫，讲点闲话拨阿姐听听嗄。"玉甫道："讲啥？"浣芳道："随便啥讲讲末哉呀。"玉甫未及答话，漱芳笑道："耐不过要我床浪来，啥个几花花头，阿要讨气！"说着，真的与玉甫并坐床沿。浣芳把被蒙头，亦自格格失笑，连玉甫都笑了。浣芳因阿姐、姐夫同在相陪，心中大快，不觉早入黑甜乡中。玉甫清闲无事，敲过十一点钟，就与漱芳并头睡下。漱芳反复床中，久不着瞭。玉甫知其为浣芳，婉言劝道："俚小干仵，发个把寒热无啥要紧。耐也好勿多两日，当心点嗄。"漱芳道："勿是呀，我个心勿晓得那价生来浪，随便啥事体，想着仔个头，一径想下去，就困勿着，自家要豁开点也勿成功。"玉甫道："故末就是耐个病根啘，难（要勿）去想哉。"漱芳道："故歇我就想着仔我个病。我生仔病，倒是俚第一个先发急，有辰光耐勿来浪，就是俚末陪陪我。别人看见仔也讨厌；

俚陪仔我，再要想出点花头要我快活。故歇俚个病，我也晓得勿要紧，等俚歇末哉，心浪终好像勿局。”玉甫再要劝时，忽闻那头浣芳翻了个身，转面向外。漱芳坐起身，叫声“浣芳”，不见答应，再去按他额角，寒热未退，夹被已掀下半身，再盖上些，漱芳才转身自睡。玉甫续劝道：“耐心里同俚好，（要勿）去瞎费心。耐就想仔一夜天，俚个病原勿好，倘忙耐倒为仔困勿着生起病来哩，阿是加二勿好？”漱芳长叹道：“俚也苦恼，生仔病就是我一干仔替俚当心点。”玉甫道：“价末当心点好哉，想个多花啥。”

这头说话，不想浣芳一觉初醒，依稀听见，柔声缓气的叫：“阿姐。”漱芳忙问：“阿要吃茶？”浣芳说：“（要勿）吃。”漱芳道：“价末困哩。”浣芳应了。半晌复叫“阿姐”，说道：“我怕！”玉甫接嘴道：“倪才来里，怕啥嗄？”浣芳道：“有个人来里后底门外头。”玉甫道：“后底门关好来浪，耐做梦呀。”又半晌，浣芳转叫“姐夫”，说道：“我要翻过来一淘困。”漱芳接嘴道：“（要勿）。姐夫许仔耐困来里，耐倒噪勿清爽。”浣芳如何敢强，默然无语。又半晌，似觉浣芳微微有呻吟之声。玉甫乃道：“我翻过去陪俚罢。”漱芳也应了。玉甫更取一个小枕头，调转那头去睡。浣芳大喜，缩手敛足钻紧在玉甫怀里。玉甫不甚怕热，仅将夹被撩开一角。浣芳睡定，却仰面问玉甫道：“姐夫坎坎搭阿姐说个啥？”玉甫含糊答了一句。浣芳道：“阿是说我嗄？”玉甫道：“（要勿）响哉，阿姐为仔耐困勿着，耐再要噪。”浣芳始不作声。一夜无话。

次日，漱芳睡足先醒，但自觉懒懒的，仍躺着大床上。等到十一点钟，玉甫、浣芳同时醒来，漱芳急问浣芳寒热。玉甫代答道：“好哉，天亮辰光就凉哉。”浣芳亦自觉松快爽朗，和玉甫着衣下床，洗脸梳头吃点心，依然一个活泼泼的小干件。独是漱芳筋弛力懈，气索神疲。别人见惯浑若寻常，惟玉甫深知漱芳之病，发一次重一次，脸上不露惊慌，心中早在焦急。比及晌午开饭，浣芳关切，叫道："阿姐，起来喤。"漱芳懒于开口，听凭浣芳连叫十来声，置若罔闻。浣芳高声道："姐夫来喤，阿姐啥勿响哉嗄。"漱芳厌气，挣出一句道："我要困，(要勿)响。"玉甫忙拉开浣芳，叮咛道："耐（要勿）去噪，阿姐来里勿适意。"浣芳道："为啥勿适意哉嗄?"玉甫道："就为仔耐碗，耐个病过拨仔阿姐，耐倒好哉。"浣芳发急道："价末教阿姐再过拨仔我末哉呀，我生仔病，一点点勿要紧。姐夫陪仔我，搭阿姐讲点闲话，倒蛮开心个呀。"玉甫不禁好笑，却道："倪吃饭去罢。"浣芳无心吃饭，仅陪玉甫应一应卯。饭后，李秀姐闻信出来，亲临抚慰，忧形于色。玉甫说起："昨日传闻有个先生，我想去请得来看。"漱芳听得，摇手道："耐阿哥说倪喜欢生病，再要问俚请先生!"玉甫道："我一径去问钱子刚好哉。"漱芳方没甚话。李秀姐乃撺掇①玉甫去问钱子刚请那先生。

第三十五回终。

① 撺掇（cuānduo）——怂恿；从旁鼓动人去做某事。

第三十六回

绝世奇情打成嘉耦　回天神力仰仗良医

按：陶玉甫从东兴里坐轿往后马路钱公馆，投帖谒见。钱子刚请进书房，送茶登炕，寒暄两句，玉甫重复拱手，奉恳代邀高亚白为李漱芳治病。子刚应了，却道："亚白个人有点脾气，说勿定来勿来。恰好今夜头亚白教我东合兴吃酒，我去搭俚当面说仔，就差人送信过来，阿好？"陶玉甫再三感谢，郑重而别。

钱子刚待至晚间，接得催请条子，方坐包车往东合兴里大脚姚家。姚文君房间铺在楼上，即系向时张蕙贞所居。钱子刚进去，止有葛仲英和主人高亚白两人，厮见让坐。钱子刚趁此时客尚未齐，将陶玉甫所托一书代为布达。高亚白果然不肯去，钱子刚因说起陶、李交好情形，委曲详尽，葛仲英亦为之感叹。适值姚文君在旁听了，跳起来问道："阿是说个东兴里李漱芳？俚搭仔陶二少爷真真要好得来，我碰着好几转，总归一淘来一淘去。为啥要生病？故歇阿曾好嘎？"钱子刚道："故歇为仔勿曾好，要请耐高老爷看。"姚文君转向高亚白道："故末耐定归要去看好俚个。上海把势里，客人骗倌人，倌人骗客人，大家（要勿）面孔。刚刚有两个要好仔点，偏偏勿争气，生病哉。耐去看好俚，让俚哚（要勿）面孔个客人、倌人看看榜样。"葛仲英不禁好笑。钱子刚笑问高亚白如何，亚白虽已心许，故意摇头。急得姚文君跑过去，揣住高亚白手腕，问道："为啥勿肯去看，阿是该应死个？"亚白笑道："勿看末勿看哉喤，为啥嘎？"文君瞋目大声道：

“勿成功，耐要说得出道理就勿看末哉！”葛仲英带笑排解道：“文君再要去上俚当！像李漱芳个人，俚晓得仔，蛮高兴看来浪。”姚文君放手，还看定高亚白，咕噜道：“耐阿敢勿去看，拉末也拉仔耐去。”亚白鼓掌狂笑道：“我个人倒拨耐管仔去哉！”文君道：“耐自家无拨道理啘。”钱子刚乃请高亚白约个时日。亚白说是“明朝早晨”。子刚令自己车夫传话于李漱芳家。转瞬间车夫返命，赍呈陶玉甫两张名片，请高、钱二位，上书“翌午杯茗候光”，下注“席设东兴里李漱芳家”。高亚白道：“价末故歇倪先去请俚。”忙写了请客票头，令相帮送去。陶玉甫自然就来，可巧和先请的客——华铁眉、尹痴鸳同时并至。高亚白即喊“起手巾”，大家入席就座。这高亚白做了主人，殷勤劝酬，无不尽量。席间除陶玉甫涓滴不饮之外，惟华铁眉争锋对垒，旗鼓相当。尹痴鸳自负猜拳，丝毫不让。至如葛仲英、钱子刚，不过胡乱应酬而已。当下出局一到，高亚白唤取鸡缸杯，先要敬通关。首座陶玉甫告罪免战，亚白说：“代代末哉。”玉甫勉强应命，所输为李浣芳取去令大阿金代了。临到尹痴鸳划拳，痴鸳道：“耐一家门代酒个人多煞来浪，倪就是林翠芬一干子，忒吃亏啘。”亚白道：“价末大家勿代。”痴鸳说好。亚白竟连输三拳，连饮三杯。其余三关，或代或否，各随其人。亚白将鸡缸杯移过华铁眉面前，铁眉前：“耐通关勿好算啥，再要摆个庄末好。”亚白说：“晚歇摆。”铁眉遂自摆二十杯的庄。尹痴鸳只要播弄高亚白一个，见孙素兰为华铁眉代酒，并无一言。

不多时，二十杯打完。华铁眉问：“啥人摆庄？”大家嘿嘿相视，不去接受。高亚白推尹痴鸳，痴鸳道：“耐先摆，我来打。”亚白照样也是二十杯。痴鸳攘臂特起，锐不可当。亚白豁一拳输一拳，姚文君要代酒，痴鸳不肯。五拳以后，亚白益自戒严，乘虚捣隙，方才赢了三拳。痴鸳自饮两杯，一杯系林翠芬代的。亚白只是冷笑，痴鸳佯为不知，姚文君气地别转头去。痴鸳饮毕，笑道：“换人打罢。”痴鸳并座是钱子刚，只顾和黄翠凤唧唧说话，正在商量秘密事务，没有工夫打庄，让葛仲英出手。仲英觉得这鸡缸杯大似常式，每输了拳必欲给吴雪香分饮半杯，尹痴鸳也不理会。但等高亚白输时，痴鸳忙代筛一杯酒送与亚白，道：“耐是好酒量，自家去吃。”亚白接来要饮，姚文君突然抢出，一手按住道：“慢点。俚哚代，为啥倪勿代？拿得来！”亚白道：“我自家吃，我故歇要吃酒来里。”文君道：“耐要吃酒末，晚歇散仔点耐一干子去吃一甏末哉，故歇定归要代个。”说着，一手把亚白袖子一拉。亚白不及放手，乒乓一声，将一只仿白定窑的鸡缸杯砸得粉碎，泼了亚白一身的酒。席间齐吃一吓，连钱子刚、黄翠凤的说话都吓住了。侍席娘姨拾去瓷片，绞把手巾替高亚白揩拭纱衫。尹痴鸳吓的连声劝道：“代仔罢，代仔罢。晚歇两家头再要打起来，我是吓勿起个。”说着，忙又代筛一杯酒，径送与姚文君。文君一口呷干，痴鸳喝一声彩。

钱子刚不解痴鸳之言，诧异动问。痴鸳道：“耐啥勿曾晓得，俚个相好是打成功个呀？先起头倒不过实概，打一转末好一转，故歇是打勿开个哉。”子刚道：“为啥要打嗄？”痴鸳道：“怎晓得俚哚。一句闲话勿对末就打，打个辰光大家勿让，打过仔咿要好哉。该号小干仵阿要讨气！”姚文君鼻子里嗤地一笑，斜视痴鸳道：“倪末是小干仵，耐大仔几花？”痴鸳顺口答道：“我大末勿大，也可以得个哉！耐阿要试试看？”文君说声“噢唷”道：“养耐大仔点，连讨便宜也会哉！啥人教耐个乖嗄？”说笑之间，高亚白的庄被钱子刚打败，姚文君更代两杯。钱子刚一气连赢，势如破竹，但打剩三杯，请华铁眉后殿。这庄既完，出局哄散，尹

痴鸳要减半，仅摆十杯。葛仲英、钱子刚又合伙也摆十杯。高亚白见陶玉甫在席，可止则止，不甚畅饮，为此撤酒用饭。陶玉甫临去，重申翌午之约。高亚白亲口应承，送至楼梯边而别。

陶玉甫仍归东兴里李漱芳家，停轿于客堂中，悄步进房。只见房内暗昏昏地止点着梳妆台上一盏长颈灯台，大床前茜纱帐子重重下垂，李秀姐和阿招在房相伴。玉甫低声问秀姐如何，秀姐不答，但用手往后指指。玉甫随取洋烛手照，向灯点了，揭帐看视，觉得李漱芳气喘丝丝，似睡非睡，不像从前病时光景。玉甫举起手照，照照面色。漱芳睁开眼来，看定玉甫，一言不发。玉甫按额角，摸手心，稍微有些发烧，问道："阿好点？"漱芳半晌才答"勿好"二字。玉甫道："耐自家觉着陆里勿舒齐？"漱芳又半晌答道："耐（要勿）极喤，我无啥。"玉甫退出帐外，吹灭洋烛，问秀姐："夜饭阿曾吃？"秀姐道："我说仔半日，教俚吃点稀饭，刚刚呷仔一口汤，稀饭是一粒也勿曾吃下去。"玉甫见说，和秀姐对立相视，嘿然良久。忽听得床上漱芳叫声"无娒"，道："耐去吃烟末哉。"秀姐应道："晓得哉，耐困罢。"适值李浣芳转局回家，忙着要看阿姐，见李秀姐、陶玉甫皆在，误猜阿姐病重，大惊失色。玉甫摇手示意，轻轻说道："阿姐困着来浪。"浣芳始放下心，自去对过房间换出局衣裳。漱芳又在床上叫声"无娒"，道："耐去豌。"秀姐应道："噢，我去哉。"却回头问玉甫："阿到后底去坐歇？"玉甫想在房亦无甚事，遂嘱阿招"当心"，跟秀姐从后房门踅过后面秀姐房中。坐定，秀姐道："二少爷，我要问耐，先起头俚生仔病，自家发极，说说闲话末就哭；故歇我去看俚，一句勿曾说啥，问问俚，闭拢仔一只嘴，好像要哭，眼泪倒也无拨。故末为啥？"玉甫点头道："我也来里说，此先起头两样仔点哉。明朝问声先生看。"秀姐又道："二少爷，我想着一桩事体，还是俚小个辰光，城隍庙里去烧香，拨叫花子圈住仔，吓仔一吓，难去搭俚打三日醮，求求城隍老爷，阿好？"玉甫道："故也无啥。"

说话时，李浣芳也跑来寻玉甫。玉甫问："房里阿有人？"浣芳说："阿招来浪。"秀姐向浣芳道："价末耐也去陪陪喤。"玉甫见浣芳踌躇，便起身辞了秀姐，挈著浣芳同至前边李漱芳房间，掂手掂脚，向大床前皮椅上偎抱而坐。阿招得间，暂溜出外，一时寂静无声。浣芳在玉甫怀里，定睛呆脸，口咬指头，不知转的什么念头。玉甫不去提破，怔怔看她。只觉浣芳眼圈儿渐渐作红色，眶中莹莹地如水晶一般。玉甫急拍肩膀，笑而问道："耐想着仔啥个冤枉嗄？"浣芳亦自失笑。阿招在外听不清楚，只道玉甫叫唤，应声而至。玉甫回她："无啥。"阿招转身欲行。谁知漱芳并未睡着，叫声"阿招"，道："耐舒齐仔困罢。"阿招答应，转问玉甫："阿要吃稀饭？"玉甫说："（要勿）。"阿招因去冲茶。漱芳叫声"浣芳"，道："耐也去困哉呀。"浣芳哪里肯去。玉甫以权词遣之，道："昨日夜头拨耐噪仔一夜，阿姐就生个病，耐再要困来里，无姆要说哉。"适值阿招送进茶壶，并喊浣芳，也道："无姆教耐去困。"浣芳没法，方跟阿招出房。

玉甫本待不睡，但恐漱芳不安，只得掩上房门，躺在外床，装做睡着的模样；唯一闻漱芳辗转反侧，便周旋伺应，无不臻至。漱芳于天明时候，鼻息微鼾，玉甫始得睡着一�，却为房外外场往来走动，即复惊醒。漱芳劝玉甫："多困歇。"玉甫只推说："困醒哉。"玉甫看漱芳似乎略有起色，不比昨日一切厌烦，趁清晨没人在房，亲切问道："耐到底再有啥勿称心，阿好说说看？"漱芳冷笑道："我末陆里会称心，耐也（要勿）问哉啘！"玉甫道："要是无啥别样末，等耐病好仔点，城里去租好房子，

耐同无娒搬得去，堂子里托仔账房先生，耐兄弟一淘管管，耐说阿好?”

漱芳听了，大拂其意，咳的一声，懊恼益甚。玉甫着慌赔笑，自认说差。漱芳倒又嗔道：“啥人说耐差嗄?”玉甫无可搭讪，转身去开房门喊娘姨大阿金。不想浣芳起的绝早，从后跑出，叫声“姐夫”，问知阿姐好点，亦自欢喜。迨阿招起来，与大阿金收拾粗毕，玉甫遂发两张名片，令外场催请高、钱二位。

俟至日色近午，钱子刚领高亚白踵门赴召。玉甫迎入对过李浣芳房间，厮见礼毕，安坐奉茶。高亚白先开言道：“兄弟初到上海，并勿是行医，因子刚兄传说尊命，辱承不弃，不敢固辞。阿好先去诊一诊脉，难末再闲谈，如何?”陶玉甫唯唯遵依。阿招忙去预备停当，关照玉甫。玉甫嘱李浣芳陪钱子刚少坐，自陪高亚白同过这边李漱芳房间。漱芳微微叫声“高老爷”，伸出手来，下面垫一个外国式小枕头。亚白斜签坐于床沿，用心调气，细细地诊。左右手皆诊毕，叫把窗帘揭起，看过舌苔，仍陪往对过房间。李浣芳亲取笔砚诗笺排列桌上，笔招磨起墨来。钱子刚让开一边。陶玉甫请高亚白坐下，诉说道：“漱芳个病还是旧年九月里起个头，受仔点风寒，发几个寒热，倒也勿要紧；到今年开春勿局哉，一径邱邱好好，赛过常来浪生病。病也勿像是寒热，先是胃口薄极，饮食渐渐减下来，有日把一点勿吃，身浪皮肉也瘦到个无陶成。来浪夏天五六月里，好像稍微好点，价末皮肤里原有点发热，就不过勿曾困倒。俚自家为仔好点末，忒啥个写意哉，前日天坐马车到明园去仔一埭，昨日就困倒，精神气力一点无拨。有时心里烦躁，嘴里就要气喘、有时昏昏沉沉，问俚一声勿响。一日天就吃半碗光景稀饭，吃下去也才变仔痰。夜头困勿著，困着仔末出冷汗。俚自家觉着勿局，再要哭。勿晓得阿有啥方法？”高亚白乃道：“此乃痨瘵[1]之症。旧年九月里起病辰光就用仔‘补中益气汤’，一点无啥要紧。算是发寒热末，也误事点。故歇个病也勿是为仔坐马车，本底子要复发哉。其原由于先天不足，气血两亏，脾胃生来娇弱之故。但是脾胃弱点还勿至于成功痨瘵，大约其为人必然绝顶聪明，加之以用心过度，所以忧思烦恼，日积月累，脾胃于是大伤。脾胃伤则形容羸瘦[2]，四肢无力，咳嗽痰饮，吞酸嗳气，饮食少进，寒热往来，此之谓痨瘵。难是岂止脾胃，心肾所伤实多。厌烦盗汗，略见一斑。停两日再有腰膝冷痛，心常忪悸，乱梦颠倒，几花毛病才要到哉。”玉甫插口道：“啥勿是嗄，故歇就有实概个毛病：困来浪时常要大惊大喊，醒转来说是做梦；至于腰膝，痛仔长远哉。”

亚白提笔蘸墨，想了一想道：“胃口既然浅薄，常恐吃药也难嗄。”玉甫攒眉道：“是呀，俚再有讳病忌医个脾气最勿好。请先生开好方子，吃仔三四贴，好点末停哉。有个丸药方子，索性勿曾吃。”当下高亚白兔起鹘落[3]地开了个方子，前叙脉案，后列药味，或拌或炒，一一注明，然后授与陶玉甫。钱子刚也过来倚桌同观。李浣芳只道有甚玩意儿，扳开玉甫臂膊要看，见是满纸草字，方罢了。玉甫约略过目，拱手道谢，重问道：“还要请教：俚病仔末喜欢哭，喜欢说闲话，故歇勿哭勿说哉，阿是病势中变？”亚白道：“非也。从前是焦躁，故歇是昏倦，才是心经毛病。倘然能得无思无虑，调摄得宜，比仔吃药再要灵。”子刚亦问道：“该个病阿会好嗄？”亚白道：“无拨啥勿会好个病。不过

① 痨瘵（láo zhài）——也称肺痨、痨病，旧称肺结核一类的病。
② 羸（léi）瘦——瘦弱。
③ 兔起鹘落——比喻动作快速敏捷。

病仔长远，好末也慢性点。眼前个把月总归勿要紧，大约过仔秋分，故末有点把握，可以望痊愈哉。”

陶玉甫闻言，怔了一会，便请高亚白、钱子刚宽坐，亲把方子送到李秀姐房间。秀姐初醒，坐于床中。玉甫念出脉案药味，并述适间问答之辞。秀姐也怔了，道：“二少爷，难末那价喤?”玉甫说不出话，站在当地发呆。直至外面摆好台面，只等起手巾，大阿金一片声请二少爷，玉甫才丢下方子而出。

第三十六回终。

第三十七回

惨受刑高足枉投师　强借债阔毛私狎妓

按：陶玉甫出至李浣芳房间，当请高亚白、钱子刚入席、宾主三人，对酌清谈，既无别客，又不叫局。李浣芳和准琵琶要唱，高亚白说："勿必哉。"钱子刚道："亚白哥喜欢听大曲，唱仔只大曲罢。我替耐吹笛。"阿招呈上笛子。钱子刚吹，李浣芳唱。唱的是《小宴》中"天淡云闲"两段。高亚白偶然兴发，接着也唱了《赏荷》中"坐对南薰"两段。钱子刚问陶玉甫："阿高兴唱？"玉甫道："我喉咙勿好。我来吹，耐唱罢。"子刚授过笛子，唱《南浦》这出，竟将"无限别离情，两月夫妻，一旦孤另"一套唱完。高亚白喝声彩。李浣芳乖觉，满斟一大觥酒奉劝亚白。亚白因陶玉甫没甚心绪，这觥饮干，就拟吃饭。玉甫满怀抱歉，复连劝三大觥始罢。

一会儿席终客散，陶玉甫送出客堂，匆匆回内。高亚白仍与钱子刚并肩联袂，同出了东兴里。亚白在路问子刚道："我倒勿懂，李漱芳俚个亲生娘、兄弟、妹子，连搭仔陶玉甫，才蛮要好，无拨一样勿称心，为啥生到实概个病？"子刚未言先叹道："李漱芳个人末勿该应吃把势饭。亲生娘勿好，开仔个堂子，俚无法子做个生意，就做仔玉甫一个人，要嫁拨来玉甫。倘然玉甫讨去做小老母，漱芳倒无啥勿肯，碰着个玉甫定归要算是大老母，难末玉甫个叔伯、哥嫂、姨夫、娘舅几花亲眷才勿许，说是讨倌人做大老母，场面下勿来。漱芳晓得仔，为仔俚自家本底子勿情愿做倌人，故歇做末赛过勿曾做，倒才说俚是个倌人，俚自家也阿好说‘我勿是倌人’？实概一气末，就气出个病。”亚白亦为之唏嘘。

两人一面说一面走，恰到了尚仁里口，高亚白别有所事，拱手分路。钱子刚独行进弄，相近黄翠凤家，只见前面一个倌人，手扶娘姨，步履蹒跚，循墙而走。子刚初不理会，及至门首，方看清是诸金花。金花叫声“钱老爷”，即往后面黄二姐小房间里去。子刚踅上楼来，黄珠凤、黄金凤争相迎接，各叫“姐夫”，簇拥进房。黄翠凤问：“诸金花哩？”子刚说：“来里下头。”金凤恐子刚有甚秘密事务，假做要看诸金花，挈了珠凤走避下楼。翠凤和子刚坐谈片刻，壁上挂钟正敲三下。子刚知道罗子富每日必到，即欲兴辞。翠凤道：“故也再坐歇末哉，啥要紧嗄？”子刚踌躇间，适值珠凤、金凤跟着诸金花来见翠凤。子刚便不再坐，告别径去。

诸金花一见翠凤，噙着一泡眼泪，颤巍巍地叫声“阿姐”，说道：“我前几日天就要来望望阿姐，一径走勿动，今朝是定规要来哉。阿姐阿好救救我？”说着，呜咽要哭。翠凤摸不着头脑，问道：“啥嗄？”金花自己撩起裤脚管给翠凤看。两只腿膀，一条青，一条紫，尽是皮鞭痕迹，并有一点一点鲜红血印，参差错落，似满天星斗一般。此系用烟签烧红戳伤的。翠凤不禁惨然道：“我交代耐，做生意末巴结点，耐勿听我闲话，打到实概样式！”金花道：“勿是呀。倪个无娒勿比得该搭无娒，做生意勿巴结生来要打，巴结仔再要打哩。故歇就为仔一个客人来仔三四埭，无娒说我巴结仔俚哉，难末打呀。”翠凤勃然怒道：“耐只嘴阿会说嗄？”金花道：“说个呀，就是阿姐教拨我个闲话。我说要我做生意末（要勿）打，打仔生意勿做哉！倪无娒为仔该声闲话，索性关仔房门，喊郭孝婆相帮，撳牢仔榻床浪，一径打到天亮，再要问我阿敢勿做生意。”翠凤道：“问耐末，耐就说定归勿做，让俚倷打末哉碗。”金花攒眉道：“故末阿姐哉，痛得来无那哈哉呀！再要说勿做呀，说勿来哉呀。”翠凤冷笑道：“耐怕痛末，该应做官人家去做奶奶、小姐个呀，阿好做倌人。”金凤、珠凤在傍嗤地失笑，金花羞得垂头嘿坐。翠凤又问道：“鸦片烟阿有嗄？”金花道：“鸦片烟有一缸来浪，碰着仔一点点就苦煞个，陆里吃得落嗄！再听见说，吃仔生鸦片烟要进断仔肚肠死倷，阿要难过。”翠凤伸两指着实指定金花，咬牙道：“耐个谄头东西！”一句未终，却顿住嘴不说了。

谁知这里说话，黄二姐与赵家娒正在外间客堂中，并摆两张方桌，把浆洗的被单铺排缝纫，听了翠凤之言，黄二姐耐不住，特到房里，笑向翠凤道：“耐要拿自家本事教拨俚末，今世勿成功个哉！耐去想，前月初十边进去，就是诸十全个客人——姓陈个——吃仔一台酒，绷绷俚场面。到故歇一个多月，说有一个客人装一挡干湿，打三埭茶会，陆里晓得该个客人倒是俚老相好，来里洋货店里柜台浪做生意，吃仔夜饭来末，总要到十二点钟去。难末本家说仔闲话了，诸三姐赶得去打俚呀。”翠凤道：“酒无拨末，局出仔几个嗄？”黄二姐摊开两掌，笑道：“通共一挡干湿，陆里来个局嗄！”翠凤欻地直跳起身，问金花道：“一个多月做仔一块洋钱生意，阿是教耐无娒去吃屎？”金花哪里敢回话。翠凤连问几声，推起金花头来道：“耐说喤，阿是教耐无娒去吃屎？耐倒再要寻开心，做恩客。”黄二姐劝开翠凤道：“耐去说俚做啥？”翠凤气地瞪目哆口，嚷道：“诸三姐个无用人，有气力打俚末打杀仔好哉碗！摆来浪再要赔洋钱！”黄二姐跺脚道：“好哉呀！”说着，捺翠凤坐下。翠凤随手把桌子一拍道：“赶俚出去，

看见仔讨气！”这一拍太重了些，将一只金镶玳瑁钏臂断作三段。黄二姐咳了一声，道：“故末陆里来个晦气。”连忙丢个眼色与金凤。金凤遂挈著金花，要让过对过房间，金花自觉没脸，就要回去，黄二姐亦不更留。倒是金凤多情，依依相送。送至庭前，可巧遇着罗子富在门口下轿。金花不欲见面，掩过一边，等子富进去，才和金凤作别，手扶娘姨，缓缓出兆荣里，从宝善街一直向东，归至东棋盘街绘春堂间壁得仙堂。

诸金花遭逢不幸，计较全无，但望诸三姐不来查问，苟且偷安而已。不料次日饭后，金花正在客堂中同几个相帮笑骂为乐，突然郭孝婆摸索到门，招手唤金花。金花猛吃一吓，慌的过去。郭孝婆道：“有两个蛮蛮好个客人，我搭耐做个媒人，难末巴结点阿晓得？”金花道：“客人来浪陆里嗄？”郭婆道：“哪，来哉。”金花抬头看时，一个是清瘦后生，一个有须的，跷着一只脚，各穿一件雪青官纱长衫。金花迎进房间，请问尊姓。后生姓张，有须的说是姓周。金花皆不认识，郭孝婆也只认识张小村一个。外场送进干湿，金花照例敬过，即向榻床烧鸦片烟。郭孝婆挨到张小村身傍，悄说道：“俚末是我外甥囡，耐阿好照应照应？随便耐开销末哉。”小村点点头。郭孝婆道：“阿要喊个台面下去？”小村正色禁止。郭孝婆俄延一会，复道：“价末问声耐朋友看，阿好？”小村反问郭孝婆道：“该个朋友耐阿认得？”郭孝婆摇摇头。小村道：“周少和呀。”郭孝婆听了，做嘴做脸，溜出外去。金花装好一口烟，奉与周少和。少和没有瘾，先让张小村。小村见这诸金花面张、唱口、应酬，并无一端可取，但将鸦片烟畅吸一顿，仍与少和一淘踅出得仙堂，散步逍遥，无拘无束，立在四马路口看看往来马车，随意往华众会楼上泡一碗茶，以为消遣之计。

两人方才坐定，忽见赵朴斋独自一个接踵而来，也穿一件雪青官纱长衫，嘴边衔着牙嘴香烟，鼻端架着墨晶眼镜，红光满面，气象不同，直上楼头，东张西望。小村有心依附，举手招呼。朴斋竟不理会，从后面烟间内团团兜转，踅过前面茶桌边，始见张小村，即问："阿看见施瑞生？"小村起身道："瑞生勿曾来，耐阿寻俚？就该搭等一歇哉呀。"朴斋本待绝交，意欲于周少和面前夸耀体面，因而趁势入座。小村喊堂倌再泡一碗。少和亲去点根纸吹，授过水烟筒来。朴斋见少和一步一拐，问是为啥。少和道："楼浪跌下来跌坏个。"小村指朴斋向少和道："倪一淘人就挨着俚运气最好，我同耐两家头才是倒霉人：耐个脚跌坏仔，我个脚别脱仔。"朴斋问吴松桥如何。小村道："松桥也勿好，巡捕房里关仔几日天，刚刚放出来。俚个亲生爷要搭俚借洋钱，噪仔一泡，幸亏外国人勿曾晓得，勿然生意也歇个哉。"少和道："李鹤汀转去仔阿出来？"小村道："郭孝婆搭我说，要出来快哉。为俚阿叔生仔杨梅疮，到上海来看，俚一淘来。"朴斋道："耐陆里看见个郭孝婆？"小村道："郭孝婆寻到我栈房里，说是俚外甥囡来哚么二浪，请我去看，就坎坎同少和去装仔挡干湿。"少和讶然道："坎坎个就是郭孝婆，我倒勿认得，失敬得极哉！前年我经手一桩官司就办个郭孝婆拐逃啘。"小村恍然道："怪勿得俚看见耐有点怕。"少和道："啥勿怕嗄！故歇再要收俚长监，一张禀单好哉。"

朴斋偶然别有会心，侧首寻思，不复插嘴，少和、小村也就无言。三人连饮五六开茶，日云暮矣，赵朴斋料这施瑞生游踪无定，无处堪寻，遂向周少和、张小村说声"再会"，离了华众会，径归三马路鼎丰里家中，回报妹子赵二宝，说是施瑞生寻勿著。二宝道："明朝耐早点到俚屋里去请。"朴斋道："俚勿来末，请

俚做啥？倪好客人多煞来浪。”二宝沉下脸道：“教耐请个客人末，耐就勿肯去，单会吃饱仔饭了白相，再有啥个用场嗄！”朴斋惶急，改口道：“我去，我去。我不过说说末哉。”二宝才回嗔敛怒。其时赵二宝时髦已甚，每晚碰和吃酒，不止一台，席间撤下的小碗送在赵洪氏房里，任凭赵朴斋雄啖大嚼，酣畅淋漓，吃到醉醺醺时，便倒下绳床，冥然罔觉，固自以为极乐世界矣。

这日，赵朴斋奉妹子之命，亲往南市请施瑞生，瑞生并不在家，留张名片而已。朴斋暗想，此刻径去复命，必要说我不会干事，不若且去王阿二家重联旧好，岂不妙哉。比到了新街口，却因前番曾遭横逆，打破头颅，故此格外谨慎，先至间壁访郭孝婆做个牵头，预为退步。郭孝婆欢颜晋接，像天上掉下来一般，安置朴斋于后半间稍待，自去唤过王阿二来。

王阿二见是朴斋，眉花眼笑，扭捏面前，亲亲热热的叫声“阿哥”道：“房里去啘。”朴斋道：“就该搭罢。”一面脱下青纱衫，挂在揞①帐竹竿上。王阿二遂央郭孝婆关照老娘姨，一面推朴斋坐于床沿，自己趴在朴斋身上，勾住脖项说道：“我末一径牵记煞耐，耐倒发仔财了想勿着我，倪勿成功个。”朴斋就势两手合抱，问道：“张先生阿来？”王阿二道：“耐再要说张先生，别脚哉呀！倪搭还欠十几块洋钱，勿着杠。”朴斋因历述昨日小村之言，王阿二跳起来道：“俚有洋钱倒去幺二浪攀相好，我明朝去问声俚看。”朴斋按住道：“耐去末（要勿）说起我啘。”王阿二道：“耐放心，勿关耐事。”

说着，老娘姨送过烟茶二事，仍回间壁看守空房。郭孝婆在外间听两人没些声息，知已入港，因恐他人再来打搅，亲去门前

① 揞（zhī）——同“支”，支撑。

看风哨探。好一会，忽然听得后半间地板上历历碌碌，一阵脚声，不解何事。进内看时，只见赵朴斋手取长衫要着，王阿二夺下不许，以致扭结做一处。郭孝婆劝道：“啥要紧嗄？”王阿二盛气诉道：“我搭俚商量阿好借十块洋钱拨我，烟钱浪算末哉？俚回报仔我无拨，倒立起来就走。”朴斋求告道：“故歇我无拨来里啘，停两日有仔末拿得来，阿好？”王阿二不依道：“耐要停两日末，长衫放来浪，拿仔十块洋钱来拿。”朴斋跺脚道：“耐要我命哉，教我转去说啥嗄？”郭孝婆做好做歹，自愿作保，要问朴斋定个日子。朴斋说是月底，郭孝婆道：“就是月底也无啥，不过到仔月底，定归要拿得来个喤。”王阿二给还长衫，亦着实嘱道：“月底耐勿拿来末，我自家到耐鼎丰里来请耐去吃碗茶①。”

朴斋连声唯唯，脱身而逃，一路寻思，自悔自恨，却又无可如何。归至鼎丰里口，远远望见自家门首停着两乘官轿，拴着一匹白马。踅进客堂，又有一个管家踞坐高椅，四名轿班列坐两旁。朴斋上楼，正待回话，却值赵二宝陪客闲谈，不敢惊动，只在帘子缝里暗地张觑。两位客人，惟认识一位是葛仲英，那一位不认识的，身材俊雅，举止轩昂，觉得眼中不曾见过这等人物。仍即悄然下楼，踅出客堂，请那管家往后面账房里坐。探问起来，方知他主人是天下闻名极富极贵的史三公子，祖籍金陵，出身翰苑，行年弱冠②，别号天然。今为养疴起见，暂作沪上之游，赁居大桥一所高大洋房，十分凉爽，日与二三知己杯酒谈心。但半月以来，尚未得一可意人儿承欢侍宴，未免辜负花晨月夕耳。朴斋听说，极口奉承，不遗余力。并问知这管家姓王。唤做小王，系三公子贴身服侍掌管银钱的。朴斋意欲得其欢心，茶烟点

① 吃碗茶——评理，旧时发生争执的双方到茶馆谳定是非。

② 弱冠——旧指男子二十岁左右的年纪。

心，络绎不绝，小王果然大喜。

将近上灯时候，娘姨阿虎传说，令相帮叫菜请客。朴斋得信，急去禀命母亲赵洪氏，拟另叫四色荤碟，四道大菜，专请管家，赵洪氏无不依从。等到楼上坐席以后，账房里也摆将起来，奉小王上坐，朴斋在下相陪，吃得兴致飞扬，杯盘狼藉。无如楼上这台酒仅请华铁眉、朱蔼人两人，席间冷清清的，兼之这史三公子素性怯热，不耐久坐，出局一散，宾主四人哄然出席，皆令轿班点灯，小王只得匆匆吃口干饭，趋出立候。三公子送过三位，然后小王伺候三公子登轿，自己上马，鱼贯而去。

第三十七回终。

第三十八回

史公馆痴心成好事　山家园雅集庆良辰

按：赵朴斋眼看小王扬鞭出弄，转身进内见赵洪氏，告知史三公子的来历，赵洪氏甚是快慰，遂把那请客回话搁起不提。不想接连三日，天气异常酷热，并不见史三公子到来。第四日，就是六月三十了，赵朴斋起个绝早，将私下积聚的洋钱凑成十元，径往新街，敲开郭孝婆的门，亲手交明，嘱其代付。朴斋即时遄返，料定母亲、妹子尚未起身，不致露绽。惟大姐阿巧勤于所事，朴斋进门，阿巧正立在客堂中蓬着头打呵欠。朴斋搭讪道："早来里，再困歇哉呀。"阿巧道："倪是要做生活个。"朴斋道："阿要我来帮耐做？"阿巧道是调戏，掉头不理。朴斋倒以为得计。

将近上午，忽有一缕乌云起于西北，顷刻间弥满寰宇，遮住骄阳，电掣雷轰，倾盆下注。约有两点钟时，雨停日出。赵二宝新妆才罢，正自披襟纳爽，开阁乘凉。却见一人走得喘吁吁地，满头都是油汗，手持局票，闯入客堂。随后朴斋上楼郑重通报，说是三公子叫的，叫至大桥史公馆。二宝亦欣然坐轿而去。谁知这一个局，直至傍晚，竟不归家。朴斋疑惑焦躁，竟欲自往相迎。可巧娘姨阿虎和两个轿班空身回来。朴斋大惊失色，瞪出眼睛，急问："人喤？"阿虎反觉好笑，转向赵洪氏说道："二小姐末勿转来哉，三公子请俚公馆里歇夏，包俚十个局一日。梳头家

生搭衣裳，教我故歇就拿得去。”洪氏没甚言语，朴斋嗔责阿虎道：“耐胆倒大哚，放生仔俚转来哉！”阿虎道：“二小姐教我转来个呀。”朴斋道：“难下转当心点，闯仔穷祸下来，耐做娘姨阿吃得消？”阿虎也沉下脸道：“耐（要勿）发极啘，倪也四百块洋钱哚呀！阿有啥勿当心个？从小来里把势里，到故歇做娘姨，耐去问声看，闯啥个穷祸嗄？”朴斋对答不出，默然而退。还是洪氏接嘴道：“耐（要勿）去听俚，快点收拾好仔去罢。”阿虎直咕噜到楼上，寻得洋袱，打成两包，辞洪氏自去了。

朴斋满心忐忑，终夜无眠，复和母亲商议，买许多水蜜桃、鲜荔枝，装盒盛筐，赍往探望。叫把东洋车，拉过大桥堍，迤逦问到史公馆门首，果然是高大洋房，两旁栏凳上列坐四五个方面大耳挺胸凸肚的，皆穿乌皮快靴，似乎军官打扮。朴斋呐呐然道达来意，那军官手执油搭扇，只顾招风，全然不睬。朴斋鞠躬鹄立，待命良久。忽一个军官回过头来喝道：“外头去等来浪！”朴斋喏喏，退出墙下，对着满街太阳，逼得面红吻燥。幸而昨日叫局的那人，牵了匹马，缓缓而归。朴斋上前拱手，求他通知小王。那人把朴斋略瞟一眼，径去不顾。一会儿，却有一个十三四岁孩子飞奔出来，一路喊问：“姓赵个来浪陆里？”朴斋不好接应，悄地望内窥探。那军官复瞪目喝道：“喊哉呀！”朴斋方喏喏提筐欲行。孩子拉住问道：“耐阿是姓赵？”朴斋连应：“是个。”孩子道：“跟我来。”朴斋跟定那孩子，踅进头门，只见里面一片二亩广阔的院子，遍地尽种奇花异卉，上边正屋是三层楼，两旁厢房并系平屋。朴斋踅过一条五色鹅卵石路，从厢房廊下穿去，隐约玻璃窗内有许多人，科头跣足①，阔论高谈。孩子引朴斋一直兜转正屋，后面另有一座平屋，小王已在帘下相迎。朴斋慌忙趋见，放下那筐，作一个揖。小王让朴斋卧房里坐，并道：“故歇勿曾下楼，宽宽衣吃筒烟，正好。”孩子送上一钟便茶。小王令孩子去打听道：“下楼仔末拨个信。”孩子应声出外。小王因说起：“三老爷倒喜欢耐妹子，说耐妹子像是人家人。倘然对景仔，真真是耐个运气。”朴斋只是喏喏。小王更约略教导些见面规矩，朴斋都领会了。

适值孩子隔窗叫唤，小王知道三公子必已下楼，教朴斋坐来浪，匆匆跑去。须臾跑来，掀帘招手。朴斋仍提了筐，跟定小王，绕出正屋帘前。小王接取那筐，带领谒见。三公子踞坐中间炕上，满面笑容，傍侍两个秃发书童。朴斋叫声“三老爷”，侧行而前，叩首打千。三公子颔首而已。小王附近禀说两句，三公子蹙軴向朴斋道：“送啥礼嘎。”朴斋不则一声。三公子目视小王。小王即掇只矮脚酒杌，放在下首，令朴斋坐下。俄而听得堂后楼梯上一阵小脚声音，随见阿虎搀了赵二宝，从容款步，出自屏门。朴斋起身屏气，不敢正视。二宝叫声“阿哥”，问声“无婳”，别无他语。阿虎插嘴道：“阿是二小姐蛮好来浪?”朴斋自然忍受。三公子吩咐小王道：“同俚外头坐歇，吃仔饭了去。”朴斋听说，侧行而出，仍与小王同至后面卧房。小王嘱道：“耐（要勿）客气，要啥末说。我有事体去。”当唤那孩子在房服侍。小王重复跑去。

---

① 科头跣足——科头，不戴帽子；跣足，光着脚。比喻极为随意，不受拘。

朴斋独自一个踱来踱去，壁上挂钟敲过一点，始见打杂的搬进一大盘酒来，摆在外间桌上。那孩子请朴斋上坐独酌。朴斋略一沾唇，推托不饮。孩子殷勤劝酬，朴斋不忍拂意，连举三杯。小王却又跑来，不许留量，定要尽壶，自己也筛一杯相陪。朴斋只得勉力从命。正欲讲话，突然一个秃发书童唤出小王。小王就和书童偕行，不知甚事。朴斋吃毕饭，洗过脸，等得小王回房，提着空筐，告辞道谢。小王道："三老爷困着来浪，二小姐再要说句闲话。"朴斋喏喏，仍跟定小王，绕出正屋帘前。小王令他暂候，传话进去，随有书童将帘子卷起钩住。赵二宝扶着阿虎，立在门限内说道："转去搭无娒说，我要初五转来哚。局票来末，说是苏州去哉。"朴斋也喏喏而出。小王竟送到大门之外，还说："停两日来白相。"朴斋坐上东洋车，径回鼎丰里，把所见情形细细告诉母亲。赵洪氏欣羡之至。

迨初五日，赵朴斋预先往聚丰园定做精致点心，再往福利洋行将外国糖、饼干、水果各色买些。待至下午，小王顶马而来，接着两乘官轿，一乘中轿，齐于门首停下。中轿内走出阿虎，搀了赵二宝，随史公子进门。朴斋抢下打个千儿，三公子仍是颔首。及到楼上房里，三公子即向二宝道："教耐无娒出来见见。"二宝令阿虎去请。赵洪氏本不愿见，然无可辞，特换一副玄色生丝衫裙，腼腆上楼，只叫得"三老爷"三字，脸上已涨得通红。三公子也只问问年纪饮食，便了。二宝乃向三公子道："耐坐歇，我同无娒下头去。"三公子道："无啥事体末，早点转去。"二宝应"噢"，挈赵洪氏联步下楼，趄进后面小房间。洪氏始觉身心舒泰，因问二宝："再要到陆里去？"二宝道："转去呀，原是俚公馆里。"洪氏道："难去仔，几日天转来嗄？"二宝道："说勿定。初七末山家园齐大人请俚。俚要同我一淘去，到俚花园里白相两日再说。”洪氏着实叮咛道：“耐自家要当心喤！俚哚大爷脾气，要好辰光末好像好煞，推扳仔一点点要板面孔个喤。”

二宝见说这话，向外一望，掩上房门，挨在洪氏身旁，切切说话。说这三公子承嗣①三房，本生这房虽已娶妻，尚未得子，那两房兼祧②嗣母，商议各娶一妻，异居分爨③，三公子恐娶来未必皆贤，故此因循不决。洪氏低声急问道：“价末阿曾说要讨耐嗄？”二宝道：“俚说先到屋里同俚嗣母商量，再要说定仔一个，难末两个一淘讨得去。教我生意（要勿）做哉，等俚三个月，俚舒齐好仔再到上海。”洪氏快活得嘻开嘴合不拢来。二宝又道：“难教阿哥公馆里（要勿）来，停两日做仔阿舅坍台煞个。水果也（要勿）去买，俚哚多花来浪。该应要送俚物事，阿怕我勿晓得。”洪氏听一句点一点头，没得半句回答。二宝再有多少话头，一时却想不起。洪氏催道：“一歇哉，俚一干仔来浪，耐上去罢。”二宝趔趄着脚儿，慢慢离了小房间，刚踅至楼梯半中间，从窗格眼张见账房中朴斋与小王并头横在榻上吸烟，再有大姐阿巧紧靠榻前胡乱搭讪。二宝心中生气，纵步回房。

史三公子等二宝近身，随手拉她衣襟，悄说道：“转去哉呀，再有啥事体嗄？”二宝见桌上摆着烧卖馒头之类，遂道：“耐也吃点倪点心嗄。”三公子道：“耐替我代吃仔罢。”二宝只做没有听见，挣脱走开，令阿虎传命小王打轿。

三公子竟像新女婿样式，临行还叫二宝转禀洪氏，代言辞

---

① 嗣——接续，继承。
② 兼祧（tiāo）——宗法上称一子继承两房。
③ 分爨（cuàn）——旧指分家过日子。

谢。洪氏怕羞不出，但将买的各色糖、饼干、水果装满筐中，付阿虎随轿带去。二宝回顾攒眉，洪氏附耳说道：“放来里无啥人吃呀，耐拿得去拨俚哚底下人，阿对？”二宝不及阻挡，赶出门首，和三公子同时上轿。当下小王前驱，阿虎后殿，一行人滔滔汩汩往大桥北堍史公馆而归。看门军官挺立迎候，轿夫抬进院子，停在正屋阶前。史三公子、赵二宝下轿登堂，并肩闲坐。三公子见阿虎提进那筐，问：“是啥嗄？”阿虎笑道：“倒是外国货，除仔上海无拨个嗄。”三公子揭盖看时，呵呵大笑。二宝手抓一把，拣一粒松子，剥出仁儿，递过三公子嘴边，笑道：“耐尝尝看，总算倪无娒一点意思。”三公子怃然正容，双手来接。引得二宝、阿虎都笑。三公子却唤秃发书童取那十景盆中供的香橼①撤去，即换这糖、饼干、水果，分盛两盆，高庋天然几上。二宝见三公子如此挚诚，感激非常，无须赘笔。

过了一日，正逢七夕佳期，史三公子绝早吩咐小王，预备一切应用物件。赵二宝盛妆艳服，分外风流。待至十点钟时，接得催请条子，三公子、二宝仍于堂前上轿，仅带小王、阿虎同行，经大马路，过泥城桥，抵山家园齐公馆大门首。门上人禀请税驾花园。又穿过一条街，即到花园正门。门楣横额刻着“一笠园”三个篆字。园丁请进轿子，直抬至凤仪水阁才停。高亚白、尹痴鸳迎于廊下，史天然、赵二宝历阶而升，就于水阁中少坐。接着苏冠香、姚文君、林翠芬皆上前厮唤，史天然怪问何早。苏冠香道：“倪三个人来仔两日哉呀。”尹痴鸳道：“韵叟是个风流广大

① 香橼（yuán）——常绿小乔木或灌木。亦指这种植物的果实。

教主，前两日为仔亚白、文君两家头，请俚哚吃合卺①杯，今朝末专诚请阁下同贵相好做个乞巧会。”谈次，齐韵叟从阁右翩翩翔步而出。史天然口称“年伯”，揖见问安。齐韵叟谦逊两句，顾见赵二宝，问：“阿是贵相好？”史天然应：“是。”赵二宝也叫声“齐大人”。齐韵叟带笑近前，携了赵二宝的手，上上下下打量一遍，转向高亚白、尹痴鸳点点头道：“果然是好人家风范！”赵二宝见齐韵叟年逾耳顺，花白胡须，一片天真，十分恳挚，不觉乐于亲近起来。

于是大家坐定，随意闲谈。赵二宝终未稔熟，不甚酬对。齐韵叟教苏冠香领赵二宝去各处白相，姚文君、林翠芬亦自高兴。四人结队成群，就近从阁左下阶。阶下万竿修竹，绿荫森森，仅有一线羊肠曲径。竹穷径转，便得一溪，隐隐见隔溪树影中，金碧楼台，参差高下，只可望而不可即。四人沿着溪岸穿入月牙式的十二回廊。廊之两头并嵌着草书石刻，其文曰“横波槛”。过了这廊，则珠帘画栋，碧瓦文琉，耸翠凌云，流丹映日。不过上下三十二楹，而游于其中者一若对霤②连甍③，千门万户，伥伥乎不知所之，故名之曰“大观楼”。楼前崱屴嵸巃④，奇峰突起，是为“蜿蜒岭”。岭上有八角亭，是为“天心亭”。自堂距岭，新盖一座棕榈凉棚，以补其隙。棚下排列茉莉花三百余盆，宛然是“香雪海”。四人各摘半开花蕊，簪于髻端。忽闻高处有人声唤，

---

① 合卺（jǐn）——旧时结婚男女同杯饮酒之礼，后泛指结婚。

② 霤（liù）——房顶上流下来的水。

③ 连甍（méng）——形容房屋连延成片。也指千家万户。

④ 崱屴嵸巃（zè lì zōng lóng）——崱屴，指交错不齐貌；纵横貌。嵸巃，形容山势高峻。

仰面看时，却系苏冠香的大姐，叫做小青，手执一枝荷花，独立亭中，笑而招手。苏冠香喊她下来。小青渺若罔闻，招手不止。姚文君如何耐得，飞身而上，直造其巅，不知为了什么，张着两手，招得更急。林翠芬道："倪也去看喤。"说着，纵步撩衣，愿为先导。苏冠香只得挈赵二宝从其后，遵循磴道，且止且行，娇喘微微，不胜困惫。

原来一笠园之名盖为一笠湖而起。其形像天之圜①，故曰"笠"；约广十余亩，故曰"湖"。这一笠湖居于园中央，西南当凤仪水阁之背，西北当蜿蜒岭之阳。从蜿蜒岭俯览全园，无不可见。苏冠香、赵二宝既至天心亭，遥望一笠湖东南角钓鱼矶畔，有一簇红妆翠袖，攒聚成围。大姐、娘姨络绎奔赴，问小青："啥事体?"小青道："是个娘姨采仔一朵荷花，看见个罾②，随手就扳，刚刚扳着蛮蛮大个金鲤鱼，难末大家来浪看。"苏冠香道："我道仔看啥个好物事，倒走得脚末痛煞。"赵二宝亦道："我着个平底鞋，再要跌哩。"姚文君还嫌道不仔细，定欲亲往一观，趁问答时，早又一溜烟赶了去。林翠芬欲步后尘，哪里还追得及。三人再坐一会，方慢慢踅下蜿蜒岭。林翠芬道："我要去换衣裳。"就于大观楼前分路自去。

苏冠香见大观楼窗寮四敞，帘幕低垂，四五个管家七手八脚调排桌椅，因问道："阿是该搭吃酒?"管家道："该搭是夜头，故歇便饭就来里凤仪水阁里吃哉。"苏冠香无语，挈赵二宝仍由原路，同回凤仪水阁来。只见水阁中衣裳环珮，香风四流，又来

① 圜（yuán）——同"圆"。

② 罾（zēng）——古时一种用木棍或竹竿做支架的方形渔网。

了华铁眉、葛仲英、陶云甫、朱蔼人四客，连孙素兰、吴雪香、覃丽娟、林素芬皆已在座。惟姚文君脱去外罩衣服，单穿一件小袖官纱衫，靠在临湖窗槛上，把一把蒲葵扇不住地摇。苏冠香问道："耐跑得去阿曾看见?"文君说不出话，努了努嘴。冠香回头去看，一只中号荷花缸放在冰桶架上，内盛着金鲤鱼，真有一尺多长。赵二宝也略瞟一眼。文君抢出指手画脚说道："再要捉俚一条，姘子对末好哉!"冠香笑道："故末请耐去捉哉碗。"大家不禁一笑。

第三十八回终。

第三十九回

造浮屠酒筹飞水阁　羡陬隅[①]渔艇斗湖塘

按：当下凤仪水阁掇开两只方桌，摆起十六碟八炒八菜寻常便菜，依照向例，各带相好，成双作对地就坐。一桌为华铁眉、葛仲英、陶云甫、朱蔼人；一桌为史天然、高亚白、尹痴鸳、齐韵叟。大家举杯相属，俗礼胥捐[②]。赵二宝尚觉含羞，垂手不动。齐韵叟说道："耐到该搭来，（要勿）客气，吃酒吃饭总归一淘吃。耐看俚哚呀。"

说时，果见姚文君夹了半只醉蟹，且剥且吃，且向赵二宝道："耐勿吃，无啥人来搭耐客气，晚歇饿来浪。"苏冠香笑着，执箸相让，夹块排南[③]，送过赵二宝面前。二宝才也吃些。高亚白忽问道："俚自家身体末，为啥做倌人？"史天然代答道："总不过是过勿去。"齐韵叟长叹道："上海个场花，赛过是陷阱，跌下去个人勿少嗱！"史天然因说："俚再有一个亲眷，一淘到上海，故歇也做仔倌人哉。"尹痴鸳忙问："名字叫啥？来哚陆里？"赵二宝接嘴道："叫张秀英，同覃丽娟一淘来浪西公和。"尹痴鸳特呼隔桌陶云甫，问其如何。云甫道："蛮好，也是人家人样式。阿要叫俚来？"痴鸳道："晚歇去叫，故歇要吃酒哉。"

于是齐韵叟请史天然行个酒令。天然道："好白相点酒令，

---

① 陬隅（zōu yóng）——原意是僻远之地，此处当指农村生活。

② 胥捐——全抛弃，舍弃的意思。

③ 排南——采用以金华火腿为主料烹制的杭州传统名菜。

才行过歇，无拨哉啘。”适管家上第一道菜鱼翅。天然一面吃一面想，想那桌朱蔼人、陶云甫不喜诗文，这令必须雅俗共赏为妙，因宣令道：“有末有一个来里。拈席间一物，用《四书》句叠塔，阿好？”大家皆说：“遵令。”管家惯于伺候，移过茶几，取紫檀文具撬开，其中笔砚筹牌，无一不备。史天然先饮一觥令酒道：“我就出个‘鱼’字，拈阄定次，末家接令。”齐韵叟道：“《四书》浪无拨几个字好说喤。”天然道：“说下去看。”在席八人，当拈一根牙筹，各照字数写名《四书》在牙筹上，注明别号为记。管家收齐下去，另用五色笺誊真呈阅。两席出位争观，见那笺上写的是：

鱼：史鱼（仲）。乌牣[1]鱼（蔼）。子谓伯鱼（亚）。胶鬲[2]举于鱼（韵）。昔者有馈生鱼（铁）。数罟[3]不入洿池，鱼（天）。二者不可得兼，舍鱼（痴）。曰：殆有甚焉，缘木求鱼（云）。

大家齐声互赞，各饮门面杯过令。末家挨着陶云甫，云甫说个“鸡”字。管家重将牙筹搪乱归筒，按位分掣。大家得筹默然，或低头散步，或屈指暗数。那姚文君见这酒令本已厌烦，及听说的是“鱼”，忽有所触，连饮两觥急酒，匆匆走开。高亚白只道她为气闷，并未留神。大家得句交筹，管家陆续誊在笺上，云：

鸡：割鸡（天）。人有鸡（韵）。月攘一鸡（痴）。舜之徒也，鸡（蔼）。止子路宿，杀鸡（亚）。畜马乘，不察于鸡（仲）。可以衣帛矣，鸡（云）。今有人，日攘其邻之鸡（铁）。

应是华铁眉接令，铁眉道：“鸡搭鱼才说过哉，第三个字倒

---

① 牣（rèn）——充满。
② 胶鬲（gé）——商末周初人。
③ 罟（gǔ）——指渔网。

就难嗄。”史天然道：“说勿出末，吃一鸡缸杯过令。啥人说得出，接下去。”华铁眉瞪目不语，矍然道：“有来里哉，‘肉’字阿好？”大家说：“好。”葛仲英道：“难末真个难起来哉！勿晓得啥人是末家。”等得管家誊出看时：

肉：燔肉（铁）。不宿肉（云）。庖有肥肉（天）。是鶂鶂之肉（仲）。亟问亟馈鼎肉（痴）。七十者衣帛食肉（韵）。闻其声不忍食其肉（蔼）。朋友馈，虽车马非祭肉（亚）。

高亚白且不接令，自己筛满一觥酒，慢慢吃着。尹痴鸳道：“阿是要吃仔酒了过令哉？”高亚白道：“耐倒稀奇哚，酒也勿许我吃哉！耐要说末耐就说仔。”痴鸳笑着，转令管家先将牙筹派开。亚白吃完，大声道：“就是‘酒’末哉！”齐韵叟呵呵笑道：“来浪吃酒，为啥‘酒’字才想勿着。”大家不假思索，一挥而就：

酒：沽酒（亚）。不为酒（仲）。乡人饮酒（铁）。博弈好饮酒（天）。诗云既醉以酒（蔼）。是犹恶醉而强酒（云）。曾元养曾子必有酒（韵）。有事弟子服其劳，有酒（痴）。

高亚白阅毕，向尹痴鸳道：“难去说罢，挨着哉！”痴鸳略一沉吟，答道：“耐罚仔一鸡缸杯，我再说。”亚白道：“为啥要罚嗄？”大家茫然，连史天然亦属不解，争问其故。痴鸳道：“造塔末要塔尖个呀！‘肉虽多’，‘鱼跃于渊’，‘鸡鸣狗吠相闻’，才是有尖个塔。耐说个酒，《四书》浪句子‘酒’字打头阿有嗄？”

齐韵叟先鼓掌道：“驳得有理！”史天然不觉点头。高亚白没法，受罚，但向尹痴鸳道：“耐个人就叫‘囚犯码子’，最喜欢扳差头①。”痴鸳不睬，即说令道：“我想着个‘粟’字来里，《四

① 扳差头——找岔子，挑毛病。

书》浪好像勿少。”亚白听说，哗道：“我也要罚耐哉，故歇来浪吃酒末，陆里来个‘粟’嗄？”一手取过酒壶，代筛一觥。痴鸳如何肯服，引得哄堂大笑。

正在辩论不决之顷，忽听得水阁后面三四个娘姨同声发喊。大家吃惊，皆向临湖槛外观看。只见钓鱼矶边系的瓜皮艇子，被姚文君坐上一只，带着丝网，要去捉金鲤鱼。娘姨着急，叫她转来。文君哪里听见，两手挽两枝桨，往湖心只管荡。高亚白一望，连忙从阁右赶至矶头，绰起一枝竹篙，就岸上只一点，已纵身跳上别只艇子，抽去桩上绳缆，随脚蹬开，这艇子便似箭离弦，紧对文君呼地射去。到得湖心，亚白照准文君坐的艇子后艄，将竹篙用力一拨，那艇子便滴溜溜的似车轮一般转个不住。文君作不得主，心里自是发急，却终不肯告饶。亚白笑而问道：“耐阿要去捉鱼嗄？耐去末，我戳翻耐个船，请耐豁个浴①，耐阿相信？”文君涨红两颊，不则一声，等艇子稍定，仍自己荡桨而回。亚白也调转竹篙，相随登岸。文君到得岸上，睁圆柳眼，哆起樱唇，一阵风向亚白直扑上来。亚白拔步奔逃，文君拼命追去，追至凤仪水阁中，仓皇四顾，不见亚白。再要追时，齐韵叟张开两臂，挡住去路。文君欲从肋下钻出，恰好为韵叟拦腰合抱拢来，劝道：“好哉，好哉，看我老老头面浪，饶仔俚末哉。”文君道：“齐大人（要勿）啘！俚要甩我河里去呀，教俚甩哩！”韵叟道：“俚瞎说，耐（要勿）去听俚。”文君还不肯罢休，韵叟见高亚白在阁左帘外探头探脑，遂唤道：“快点来哩，惹气仔相好倒逃走哉！”亚白挨进帘内，笑向文君作半个揖，自认不是。文君发狠，挣脱身子，亚白慌地复从阁右奔出。文君追了一段，料

---

① 豁个浴——洗澡。

道追不着，懊丧而归。尹痴鸳遂道：“文君来，倪两家头点将。”文君最喜是“点将”的令，无不从命。两席乃合从开战，才把闲气丢开一边。一时，钏①韵铿锵，钏光历乱。文君连负两次，玉山渐颓。大家亦欲留不尽之兴以卜其夜，齐韵叟乃令管家请高亚白吃饭。管家回说：“高老爷来浪书房里同马师爷一淘吃过哉。”韵叟微笑而罢。

饭后，大家四出散步，三五成群，或调鹤，或观鱼，或品茶，或斗草，以至枕流漱石，问柳寻花，不必细叙。惟主人齐韵叟自归内室，去睡中觉。尹痴鸳带着林翠芬及苏冠香、姚文君，相与踯躅湖滨，无可消遣。偶然又踅至大观楼前，见那三百盆茉莉花已尽数移放廊下，凉棚四周挂着密密层层的五色玻璃球，中间棕榈梁上，用极粗绠索挂着一丈五尺围圆的一箱烟火。苏冠香指点道：“说是广东教人来做个呀，勿晓得阿好看。”尹痴鸳道：“啥好看，原不过是烟火末哉！”林翠芬道：“勿好看末，人家为啥拿几十块洋钱去做俚嗄?”姚文君道：“我一径勿曾看见过烟火，倒先要看看俚啥样式。”说着踅下台阶，仔细仰视。适遇高亚白从东北行来，望见姚文君，远远地含笑，打拱，文君只作不理。亚白悄近凉棚，不敢直入。林翠芬不禁格声一笑。尹痴鸳回头见了，道：“耐两家头算啥嗄？晚歇客人才来仔，阿怕难为情。”苏冠香招手道：“高老爷来末哉，倪一淘人才帮耐。”

高亚白举步将登，却又望见一人飞奔而来，认得系齐府大总管夏余庆，匆匆报道：“客人来哉。”亚白即复缩住，转身避开。尹痴鸳同苏冠香、姚文君、林翠芬也哄然从东北走去。踅过九曲平桥，迎面假山坡下有三间留云榭，史天然、华铁眉在内对坐围

---

①　钏（chuàn）——用珠子或玉石等穿起来做的镯子。

棋，赵二宝、孙素兰倚案观局，一行人随意立定。

突然半空中吹来一声昆曲，倚着笛韵，悠悠扬扬，随风到耳。林翠芬道："啥人来浪唱？"苏冠香道："梨花院落里教曲子哉喤。"姚文君道："勿是个，倪去看。"就和林翠芳循声向北，于竹篱麂眼中窥见箭道之傍三十三级石台上，乃是葛仲英、吴雪香两人合唱，陶云甫摭笛，覃丽娟点鼓板。姚文君早一溜烟赶过箭道，奋勇先登。害得个林翠芬紧紧相从，汗流气促。幸而甫经志正堂前，即被阿姐林素芬叫住，喝问："跑得去做啥？"翠芬对答不出。素芬命其近前，替她整理钏钿，埋怨两句。翠芬见志正堂中间炕上，朱蔼人横躺着吸鸦片烟。翠芬叫声"姐夫"，爬在炕沿，陪着阿姐讲些闲话，不知不觉讲着由头①，竟一直讲到天晚。各处当值管家点起火来。志正堂上只点三盏自来火，直照到箭道尽头。接着张寿报说："马师爷来浪哉。"朱蔼人乃令张寿收起烟盘，率领林素芬、林翠芬前往赴宴。一路上皆有自来火，接递照耀。将近大观楼，更觉烟云缭绕，灯烛辉煌。不料楼前反是静悄悄的，仅有七八个女戏子在那里打扮。原来这席面设在后进中堂，共是九桌，匀作三层。

诸位宾客，毕至咸集，纷纷让坐。正中首座系马师爷，左为史天然，右为华铁眉。朱蔼人既至后进，见尹痴鸳坐的这席尚有空位，就于对面坐下。林素芬、林翠芬并肩连坐。其余后叫的局，有肯坐的留着位置，不肯坐的亦不相强。庭前穿堂内原有戏台，一班家伎搬演杂剧。锣鼓一响，大家只好饮酒听戏，不便闲谈。主人齐韵叟也无暇敬客，但说声"有亵"而已。

一会儿，又添了许多后叫的局，索性挤满一堂。并有叫双局

① 由头——关键，引申指关心的话。

的，连尹痴鸳都添叫一个张秀英。秀英见了赵二宝，点首招呼。二宝因施瑞生多时绝迹，不计前嫌，欲和秀英谈谈，终为众声所隔，不得畅叙。比及上过一道点心，唱过两出京调，赵二宝挤得热不过，起身离席，向尹痴鸳做个手势，便拉了张秀英由左廊抄出，径往九曲平桥，徙倚栏杆，消停絮语。先问秀英："生意阿好?"秀英摇摇头。二宝道："姓尹个客人倒无啥，耐巴结点做末哉。"秀英点点头。二宝问起施瑞生，秀英道："耐搭末来仔几埭，西公和一径勿曾来歇呀。"二宝道："该号客人靠勿住，我听说做仔袁三宝哉。"秀英急欲问个明白，可巧东首有人走来，两人只得住口。等到跟前，才看清是苏冠香。冠香道是两人要去更衣，悄问二宝，正中了二宝之意。冠香道："故歇我去喊琪官，倪就琪官搭去罢。"

秀英、二宝遂跟冠香下桥沿坡而北，转过一片白墙，从两扇黑漆角门推进看时，唯有一个老婆子在中间油灯下缝补衣服。苏冠香径引两人登楼，趄至琪官卧房。琪官睡在床上，闻有人来，慌即起身，迎见三人，叫声"先生"。冠香向琪官悄说一句。琪官道："倪搭是龌龊煞个喤。"冠香接道："故末也（要勿）客气哉。"赵二宝不禁失笑，自往床背后去。张秀英退出外间，靠窗乘凉。冠香因问琪官："阿是耐勿适意。"琪官道："勿要紧个，就是喉咙唱勿出。"冠香道："大人教我来请耐，唱勿出（要勿）唱哉。耐阿去?"琪官笑道："大人喊末，阿有啥勿去个嗄。要耐先生请，是笑话哉。"冠香道："勿是呀，大人常恐耐勿适意仔困来浪，问声耐阿好去，就勿去也无啥。"琪官满口应承。恰值赵二宝事毕洗手，琪官就拟随行。冠香道："价末耐也换件衣裳喤。"琪官讪讪地复换起衣裳来。

张秀英在外间忽招手道："阿姐来看喤，该搭好白相。"赵二宝跟至窗前，向外望去，但见西南角一座大观楼，上下四旁一片火光，倒映在一笠湖中，一条条异样波纹，明灭不定。那管弦歌唱之声，婉转苍凉，忽近忽远，似在云端里一般。二宝也说好看，与秀英看得出神。直等琪官脱着舒齐，苏冠香出房声请，四人始相让下楼出院，共循原路而回。回至半路，复遇着个大总管夏余庆，手提灯笼，不知何往。见了四人，旁立让路，并笑说道："先生去看喤，放烟火哉。"苏冠香且行且问道："价末耐去做啥嗄?"夏总管道："我去喊个人来放，该个烟火说要俚哚做个人自家来放末好看。"说罢自去。四人仍往大观楼后进中堂。赵二宝、张秀英各自归席，苏冠香令管家掇只酒杌放在齐韵叟身旁，教琪官坐下。

维时戏剧初停，后场乐人随带乐器，移置前面凉棚下伺候。席间交头接耳，大半都在讲话。那琪官不施脂粉，面色微黄，头上更无一些插戴，默然垂首，若不胜幽怨者然。齐韵叟自悔孟浪，特地安慰道："我喊耐来勿是唱戏，教耐看看烟火，看完仔去困末哉。"琪官起立应命。须臾，夏总管禀说："舒齐哉。"齐韵叟说声"请"。侍席管家高声奉请马师爷及诸位老爷移步前楼，看放烟火。一时宾客、倌人纷纷出席。

第三十九回终。

第 四 十 回

纵玩赏七夕鹊填桥　善俳谐一言雕贯箭

按：这马师爷别号龙池，钱塘人氏，年纪不过三十余岁，文名盖世，经学传家；高谊摩云，清标绝俗。观其貌则蔼蔼可亲，听其词则津津有味。上自贤士大夫，下至妇人孺子，无不乐与之游。齐韵叟请在家中，朝夕领教，尝谓人曰："龙池一言，辄[1]令吾三日思之不能尽。"龙池谓韵叟华而不缛[2]，和而不流，为酒地花天作砥住，戏赠一"风流广大教主"之名。每遇大宴会，龙池必想些新式玩法，异样奇观，以助韵叟之兴。就是七夕烟火，即为龙池所作，雇募粤工，口讲指划，一月而成。但龙池亦犯著一件惧内的通病，虽居沪渎，不敢胡行。韵叟必欲替他叫局，龙池只得勉强应酬，初时不论何人，随意叫叫，因龙池说起卫霞仙性情与乃眷有些相似，后来便叫定一个卫霞仙。当晚霞仙与龙池并坐首席，相随宾客、倌人趱出大观楼前进廊下，看放烟火。前进一带窗寮尽行关闭，廊下所有灯烛尽行吹灭，四下里黑魆魆地。

一时，粤工点着药线，乐人吹打《将军令》头。那药线燃进窟窿，箱底脱然委地。先是两串百子响鞭，劈劈啪啪，震得怪响。随后一阵金星，乱落如雨。忽有大光明从箱内放出，如月洞一般，照得五步之内针芥毕现。乐人换了一套细乐，才见牛郎、织女二人，分列左右，缓缓下垂。牛郎手牵耕田的牛，织女斜倚

① 辄（zhé）——总是，就。

② 缛（rù）——烦琐。

织布机边，作盈盈凝望之状。细乐既止，鼓声隆隆而起，乃有无数转贯球雌雌的闪烁盘旋，护着一条青龙，翔舞而下，适当牛郎、织女之间。隆隆者蓦易羯鼓①作爆豆声，铜钲②喤然应之。那龙口中吐出数十月炮，如大珠小珠，错落满地，浑身鳞甲间冒出黄烟，氤氲醲郁，良久不散。看的人皆喝声彩。俄而钲鼓一紧，那龙颠首掀尾，接连翻了百十个筋斗，不知从何处放出花子，满身环绕，跋扈飞扬，俨然有搅海翻江之势。喜得看的人喝彩不绝。

花子一住，钲鼓俱寂。那龙也居中不动，自首至尾，彻里通明，一鳞一爪，历历可数。龙头尺木披下一幅手卷，上书“玉帝有旨，牛女渡河”八个字。两旁牛郎、织女作躬身迎诏之状。乐人奏《朝天乐》以就其节拍，板眼一一吻合。看的人攒拢去细看，仅有一丝引线拴着手足而已。及那龙线断自堕，伺候管家忙从底下抽出拎起来，竟有一人一手多长，尚有几点未烬火星倏③亮倏暗。当下牛郎、织女钦奉旨意，作起法来，就于掌心飞起一个流星，缘着引线，冲入箱内，钟鱼铙钹之属，吣剥叮当，八音并作。登时飞落七七四十九只喜鹊，高高低低，上上下下，布成阵势，弯作桥形，张开两翅，兀自栩栩欲活。看的人愈觉稀奇，争着近前，并喝彩也不及了。乐人吹起唢呐，咿哑咿哑好像送房合卺之曲。牛郎乃舍牛而升，织女亦离机而上，恰好相遇于鹊桥之次。于是两个人，四十九只乌鹊，以及牛郎所牵的牛，织女所织的机，一齐放起花子来。这花子更是不同，朵朵皆作兰花竹

---

① 羯（jié）鼓——我国古代的一种鼓，两面蒙皮，均可击打，腰部细。

② 钲（zhēng）——古代的一种乐器，在行军中敲打。

③ 倏（shū）——忽然。

叶，往四面飞溅开去，真个是“火树银花合，星桥铁锁开”光景。连阶下所有管家都看的兴发，手舞足蹈，全没规矩。足有一刻时辰，陆续放毕，两个人，四十九只乌鹊，以及牛郎所牵的牛，织女所织的机，无不彻里通明，才看清牛郎、织女面庞姣好，眉目传情，作相傍相偎依依不舍之状。乐人仍用《将军令》煞尾收场。粤工只等乐阕时，将引线放宽，纷纷然坠地而灭，依然四下里黑魆魆地。大家尽说：“如此烟火，得未曾有！”齐韵叟、马龙池亦自欣然。管家重开前进窗寮，请去后进入席。后叫的许多出局趁此哄散，卫霞仙、张秀英也即辞别，琪官也即回房。诸位宾客生恐主人劳顿，也即不别而行，入席者寥寥十余位。齐韵叟要传命一班家乐开台重演，十余位皆道谢告醉。韵叟因琪官不唱，兴会阑珊①，遂令苏冠香每位再敬三大杯。冠香奉命离座，侍席管家早如数斟上酒，十余位不待相劝，如数干讫，各向冠香照杯。大家用饭散席。齐韵叟道：“本来要与诸君作长夜之饮，但今朝人间天上，未便辜负良宵，各请安置，翌日再叙如何？”说罢大笑。管家掌灯伺候，齐韵叟拱手告罪而去，马龙池自归书房。葛仲英、陶云甫、朱蔼人暨几个亲戚，另有卧处，管家各以灯笼分头相送。惟史天然、华铁眉卧房即铺设于大观楼上，与高亚白、尹痴鸳卧房相近。管家在前引导，四人随带相好，联步登楼。先至史天然房内，小坐闲谈。只见中间排著一张大床，帘栊帷幕一律新鲜，镜台衣桁②，粉盝唾盂，无不具备。

史天然举眼四顾，华铁眉、高亚白俱有相好陪伴，惟尹痴鸳只做清倌人林翠芬，因笑道：“痴鸳先生忒寂寞哉唲。”痴鸳将翠芬肩膀一拍道：“陆里会寂寞嗄，倪个小先生也蛮懂个哉！”翠芬

---

① 阑珊（lán shān）——将尽，将要结束。

② 衣桁（héng）——即衣架。

笑而脱走。痴鸳转向赵二宝，要盘问张秀英出身细底。二宝正待叙述，却被姚文君缠住痴鸳，要盘问烟火怎样做法。痴鸳回说：“勿晓得。”文君道：“箱子里阿是藏个人来浪做?”痴鸳道：“箱子里有仔人末跌杀哉。”文君道：“价末为啥像活个嗄?”大家不禁一笑。华铁眉道：“大约是提线傀儡之法。”文君原不得解，想了一想，也不再问。管家送进八色干点，大家随意用些，时则夜过三更，檐下所悬一带绛纱灯摇摇垂灭。华铁眉、高亚白、尹痴鸳及其相好就此兴辞归寝。娘姨阿虎叠被铺床，服侍史天然、赵二宝收拾安卧而退。

天然一觉醒来，只听得树林中小麻雀儿作队成群，喧噪不已，急忙摇醒二宝，一同披衣起身。唤阿虎进房间时，始知天色尚早，但又不便再睡，且自洗脸漱口吃点心。阿虎排开奁具，即为二宝梳妆。天然没事，闲步出房，偶经高亚白卧房门首，向内窥觑，高亚白、姚文君都不在房。天然掀帘进去，见那房中除床榻桌椅之外，空落落的，竟无一幅书画，又无一件陈设，壁间只挂着一把剑一张琴。唯有一顶素绫帐子，倒是密密画的梅花，知系尹痴鸳手笔；一方青缎帐颜，用铅粉写的篆字，知系华铁眉手笔。天然从头念下，系高亚白自己做的帐铭。其文道：

仙乡，醉乡，温柔乡，惟华胥乡掌之；佛国，香国，陈芳国，惟槐安国翼之。我游其间，三千大千，活泼泼地，纠缦缦天，不知今夕是何年！

天然徘徊赏鉴，不忍舍去。忽闻有人高叫：“天然兄，该搭来。”天然回头望去，乃尹痴鸳隔院相唤，当即退出抄至对过痴鸳卧房。痴鸳适才起身，刚要洗脸，迎见天然，暂请宽坐。这房中却另是一样，只觉金迷纸醉，锦簇花团，说不尽绮靡纷华之概。天然倒不理会，但见靠窗书桌上堆着几本草订书籍，问是何书。痴鸳道："旧年韵叟刻仔一部诗文，叫《一笠园同人全集》，再有几花零珠碎玉，不成篇幅，如楹联，匾额，印章，器铭，灯谜，酒令之类，一概豁脱好像可惜，难末教我再选一部，就叫'外集'。故歇选仔一半，勿曾发刻。"

天然取书在手，翻出一段，看是"白战"的酒令。天然道："'白战'两个字，名目就好。"再看下面有小字注道："欧阳文忠公小雪会饮聚星堂赋诗，约不得用'玉''月''梨''梅''练''絮''白''舞''鹅''鹤'等字。后东坡复举前体，末云：'当时号令君记取，白战不许持寸铁。'此令即仿此意。各拈一题，作诗两句，用字面映衬切贴者罚。"第一条"桃花"为题，诗曰：

一笑去年曾此日，再来前度复何人？

天然长吟点头道："倒勿容易喤！"痴鸳道："该个两名无啥好，耐看下去。先要看仔俚诗，再猜俚是啥个题目。题目猜勿出，故末诗好哉。"说着，揩干手面，踅过桌傍，接那书来翻过一页，掩住题目，单露出两句诗给天然看。诗曰：

谁欤①是主何须问，我以为君不可无。

天然道："空空洞洞，陆里有啥题目嗄。"痴鸳笑而放手。天然见题目是"修竹"，恍然大悟道："懂哉，懂哉！果然做得好！"痴鸳复以一条相示。诗曰：

借问当年谁得似？可怜如此更何堪！

天然蹙輊沉吟道："上头一句像飞燕，下头一句勿对哉啘。"细细地想了一会，终想不到是"残柳"的题目；及至看了，却即拍案叫绝道："好极哉！"再看诗曰：

---

① 欤（yú）——助词，用法与"乎"大致相同。

淡泊从来知者鲜，指挥其下慎无遗。

痴鸳道：“该个是‘诸葛菜’，借用个典故陆里猜得著。”天然道：“因难见巧，好在不脱不粘。”此后还有两条，已经痴鸳涂抹，看不清楚。

天然翻下去，都是选的酒令，五花八门，各体咸备，大略览毕，问道：“昨日个酒令阿要选嗄？”痴鸳道：“我想过歇哉，‘粟’字之外，再有‘羊’字‘汤’字好说，连‘鸡’‘鱼’‘酒’‘肉’，通共七个字。”天然道：“‘粟’‘羊’‘汤’三个字，《四书》浪阿全嗄？”痴鸳道：“《四书》浪句子，我也想好来里。”遂念道：

“粟：食粟。虽有粟。所食之粟。则农有余粟。其后廪人继粟。冉子为其母请粟。孟子曰，许子必种粟。圣人治天下使有菽粟。

“羊：五羊。犹犬羊。其父攘羊。见牛未见羊。何可废也，以羊。而曾子不忍食羊。伐冰之家不畜牛羊。子贡欲去告朔之饩①羊。

“汤：于汤。五就汤。伊尹相汤。冬日则饮汤。由尧、舜至于汤。伊尹以割烹要汤。嚣嚣然曰，吾何以汤。不识王之不可以为汤。”

天然听了，笑道：“耐阿是昨日夜头困勿着，一径来浪想？”痴鸳道：“我是无啥困勿着，耐末常恐来勿及困。”

说话时，赵二宝新妆既罢，闻得天然声音，根寻而至。痴鸳眼光直上直下只看二宝，且笑道：“难末今夜头要困勿着哉！”二宝不解痴鸳所说云何，然亦知其为己而发，别转头咕噜道：“随

---

① 告朔饩（xì）羊——饩，活的牲口。比喻照例应付，敷衍了事。

便耐去说啥末哉。"痴鸳慌自分辩，二宝哪里相信。天然呵呵一笑。可巧管家来请午餐，三人乃起身随管家下楼。这午餐摆在大观楼下前进中堂，平开三桌，下首一桌早为几个亲戚占坐。齐韵叟、苏冠香等得史天然、尹痴鸳、赵二宝到来，让于当中一桌坐下。随见姚文君身穿官纱短衫裤，腰悬一壶箭，背负一张弓，打头前行，后面跟着华铁眉、孙素兰、葛仲英、吴雪香、陶云甫、覃丽娟及朱蔼人、林素芬、林翠芬、高亚白十人，从花丛中迤逦登堂。姚文君卸去弓箭，就和众人坐了上首一桌。惟林翠芬仍过这边，坐在尹痴鸳肩下。

酒过三巡，食供两套，齐韵叟拟请行令。高亚白道："昨日个酒令勿曾完结碗。"史天然道："有哉。"历述尹痴鸳所说"粟""羊""汤"三字并《四书》叠塔句子。齐韵叟道："难道八个字拼勿满？"尹痴鸳道："倘然吃大菜末，说个'牛'字也无啥。"高亚白道："汤王犯仔啥个罪孽，放来浪多花众生里向？"华铁眉笑道："亚白先生一只嘴实在尖极，比仔文君个箭射得准。"尹痴鸳鼓掌道："妙啊，故末可称'一箭贯双雕'！"史天然接嘴道："鸡鱼牛羊多花众生，才有来浪，倪再说个'雕'字阿好？"席间初时不懂，既而一想，忍不住哄堂大笑，皆道："今朝为啥大家拿俚哚两家头寻开心？"齐韵叟睹髭道："此所谓'箭在弦上，不得不发'，耳。"高亚白点头道："倒骂得不俗！大家索性多骂两声，可以下酒。"便取酒壶自斟一大觥，给姚文君道："耐也是个雕，吃一杯赏骂酒。"席间重复笑起。史天然、华铁眉并道："倪大家奉陪一杯，算是受罚末哉。"管家见说，逐位斟上大觥。尹痴鸳慢慢吃着，问赵二宝道："张秀英酒量阿好？"二宝道："耐去做仔俚末，就晓得哉碗，问啥嗄！"陶云甫道："秀英酒量同耐差勿多，阿要去试试看？"高亚白道："痴鸳心心念念来里张秀英身浪，晚歇定归去。”尹痴鸳本自合意，不置一词，草草陪着行过两个容易酒令，然后终席。

消停一会，日薄崦嵫①，尹痴鸳约齐在席众人，特地过访张秀英，惟齐府几个亲戚辞谢不去。痴鸳拟邀主人齐韵叟，韵叟道：“故歇我勿去。耐倘然对景仔末，请俚一淘园里来好哉。”痴鸳应诺，当即雇到七把皮篷马车，分坐七对相好。林翠芬虽含醋意，尚未尽露，仍与尹痴鸳同车出一笠园，经泥城桥，由黄浦滩兜转四马路，停于西公和里。陶云甫、覃丽娟抢先下车，导引众人进弄至家，拥到楼上张秀英房间。秀英猝不及防，手忙脚乱。高亚白叫住道：“耐（要勿）瞎应酬，快点喊个台面下去，倪吃仔点末，转去哉。”张秀英唯唯，立刻传命外场，一面叫菜，一面摆席。朱蔼人乘间随陶云甫趱往覃丽娟房间，吸烟过过瘾。林翠芬不耐烦，拉了阿姐林素芬，相将走避。赵二宝静坐无聊，径去开了衣橱，寻出一件东西，手招史天然前来观看，乃是几本春宫册页。天然接来，授与尹痴鸳。痴鸳略一过目，随放桌上道：“画得勿好。”华铁眉抽取其中稀破的一本展视，虽丹青黯淡，而神采飞扬，赞道：“蛮好晼！”葛仲英在傍，也说：“无啥。”但惜其残缺不全，仅存七幅，又无图章款识，不知何人所绘。高亚白因为之搜讨一遍，始末两幅，若迎若送；中五幅，一男三女，面目差同；沉吟道：“大约是画个小说故事。”史天然笑说：“勿差。”随指一女道：“耐看，有点像文君。”大家一笑丢开。外场绞上手巾，尹痴鸳请出客堂，入席就坐。

第四十回终。

---

① 崦嵫（yān zī）——山名。在甘肃天水西。古时常用来指日落的地方。

第四十一回

冲绣阁恶语牵三画　佐瑶觞陈言别四声

按：席间七人一经坐定，摆庄划拳，热闹一阵。高亚白见张秀英十分巴结，只等点心上席，遂与史天然、华铁眉、葛仲英各率相好不别而行。朱蔼人也率林素芬、林翠芬辞去，单留下陶云甫、尹痴鸳两人。覃丽娟相知既深，无话可叙。张秀英听了赵二宝，宛转随和，并不作态，奉承得尹痴鸳满心欢喜。

到了初九日，齐府管家手持两张名片，请陶、尹二位带局回园。陶云甫向尹痴鸳道："耐去替我谢声罢，今夜陈小云请我，比仔一笠园近点。"尹痴鸳乃自率张秀英原坐皮篷马车，偕归齐府一笠园。

陶云甫待至傍晚，坐轿往同安里金巧珍家赴宴，可巧和王莲生同时并至，下轿厮见，相让进门。不料弄口一淘顽皮孩子之中，有个阿珠儿子，见了王莲生，飞奔回家，径自上楼，闯进沈小红房间，报说："王老爷来浪金巧珍搭吃酒。"恰值武小生小柳儿在内，搂做一处，阿珠儿子蓦见大惊，缩脚不迭。沈小红恼羞变怒，一顿喝骂。阿珠儿子不敢争论，咕噜下楼。阿珠问知缘故，高声顶嘴道："俚小干仵末晓得啥个事体嗄，先走头耐一埭一埭教俚去看王老爷，故歇看见仔王老爷回报耐，也勿曾差啘！耐自家想想看，王老爷为啥勿来？再有面孔骂人。"小红听了这些话，如何忍得，更加拍桌跺脚，沸反盈天。阿珠倒冷笑道："耐（要勿）反喤！倪是娘姨呀，勿对末好歇生意个啘。"小红怒极，嚷道："要滚末就滚，啥个稀奇煞仔！"阿珠连声冷笑，不复回言，将所有零碎细软打成一包，挈带儿子，辞别同人，萧然径去，暂于自己借的小房子混过一宿。比至清晨，阿珠令儿子看房，亲去寻着荐头人，取出铺盖，复去告诉沈小红的爷娘兄弟，志坚词辞，不愿帮佣。

吃过中饭，阿珠方踅往五马路王公馆前，举手推敲，铜铃即响，立候一会才见开门。阿珠见开门的是厨子，更不搭话，直进客堂。却被厨子喝住道："老爷勿来里，楼浪去做啥？"阿珠回答不出，进退两难。幸而王莲生的侄儿适因闻声，跑下楼梯，问阿珠："阿有啥闲话？"阿珠略叙大概，却为楼上张蕙贞听见，喊阿珠上楼进房。阿珠叫声"姨太太"，循规侍立。蕙贞正在裹脚，务令阿珠坐下，问起武小生小柳儿一节。阿珠心中怀恨，遂倾筐倒箧而出之。蕙贞得意到极处，说一场，笑一场。尚未讲完，王莲生已坐轿归家，一见阿珠，殊觉诧异，问蕙贞说笑之故。蕙贞历述阿珠之言，且说且笑。莲生终究多情，置诸不睬。阿珠未便再讲，始说到切已事情道："公阳里周双珠要添娘姨，王老爷阿好荐荐我？"莲生初意不允。阿珠求之再三，莲生只得给与一张名片，令其转恳洪善卿。

阿珠领谢而去。因天色未晚，阿珠就往公阳里来。只见周双珠家门首早停着两肩出局轿子，想其生意必然兴隆。当下寻了阿金问："洪老爷阿来里？"阿金道是王莲生所使，不好怠慢，领至楼上周双玉房间台面上。席间仅有四位，系陈小云、汤啸庵、洪善卿、朱淑人。阿珠向来熟识，逐位见过，袖出王莲生名片，呈上洪善卿，说明委曲，坚求吹嘘。善卿未及开言，周双珠道："倪搭就是该个房里，巧囡一干仔做勿转，要添个人。耐阿要做做看末哉？"阿珠喜诺，即帮巧囡应酬一会，接取酒壶，往厨房去添酒。下得楼梯，未尽一级，猛可里有一幅洋布手巾从客堂屏

门外甩进来，罩住阿珠头面。阿珠吃惊，喊问："啥人？"那人慌地赔罪。阿珠认得是朱淑人的管家张寿，掷还手巾，暂且隐忍。

及阿珠添酒回来，两个出局金巧珍、林翠芬同时告行。周双珠亦欲归房，连叫阿金，不见答应，竟不知其何处去了。阿珠忙说："我来。"一手拿了豆蔻盒，跟到对过房间。等双珠脱下出局衣裳，折叠停留，放在橱里。又听得巧囡高声喊手巾，阿珠知台面已散，忙来收拾。洪善卿推说有事，和陈小云、汤啸庵一哄散尽，止剩朱淑人一人未去。周双玉陪着，相对含笑，不发一言。阿珠凑趣，随同巧囡避往楼下。巧囡引阿珠见周兰，周兰将节边下脚分拆股数先与说知，阿珠无不遵命。周兰再问问王莲生、沈小红从前相好情形，并道："故歇王老爷倒叫仔倪双玉十几个局哚。"阿珠长叹一声道："勿是倪要说俚邱话，王老爷待到个沈小红再要好也无拨。"一语未了，忽闻阿金儿子名唤阿大的，从大门外一路哭喊而入。巧囡拨步奔出。阿珠顿住嘴，与周兰在内探听。那阿大只有哭，说不明白。倒是间壁一个相帮特地报信道："阿德保来浪相打呀，快点去劝嗅！"周兰一听，料是张寿，急令阿珠喊人去劝。不想楼上朱淑人得了这信，吓得面如土色，抢件衣衫披在身上，一溜烟跑下楼来，周双玉在后叫唤，并不理会。淑人下楼，正遇阿珠出房，对面相撞，几乎仰跌。阿珠一把拉住，没口子分说道："勿要紧个！五少爷（要勿）去嗅！"淑人发极，用力洒脱，一直跑去，要出公阳里南口，于转弯处望见南口簇拥着一群看的人，塞断去路。果然张寿被阿德保揪牢发辫，打倒在墙脚边，看的人嚷做一片。淑人便拨转身，出西口，兜个圈子，由四马路归到中和里家中，心头兀自突突地跳。张寿随后也至，头面有几搭伤痕，假说东洋车上跌坏的，淑人不去说破。张寿捉空央求淑人为之包瞒，淑人应许，却于背地戒饬一番。从此张寿再不敢往公阳里去，连朱淑人亦不敢去访周双玉。

倏经七八日，周双玉挽洪善卿面见代请，朱淑人始照常往来。张寿由羡生妒，故意把淑人为双玉开苞之事，当作新闻抵掌高谈。传入朱蔼人耳中，盘问兄弟淑人："阿有价事?"淑人满面通红，垂头不答。蔼人婉言劝道："白相相本底子勿要紧，我也一径教耐去白相。先起头周双玉就是我替耐去叫个局，耐故歇为啥要瞒我啘我教耐白相，我有我个道理。耐白相仔原要瞒我，故倒勿对哉碗。"淑人依然不答，蔼人不复深言。谁知淑人固执太甚，羞愧交并，竟致耐守书房，足不出户；惟周双玉之动作云为，声音笑貌，日往来于胸中，征诸咏歌，形诸梦寐，不浃辰而恹恹①病矣。蔼人心知其故，颇以为忧，反去请教洪善卿、陈小云、汤啸庵三人。三人心虚局促，主意全无。会尹痴鸳在座，矍然道："该号事体末，耐去同韵叟商量个啘。"朱蔼人想也不差，即时叫把马车，请尹痴鸳并坐，径诣一笠园谒见齐韵叟。尹痴鸳先正色道："我替耐寻着仔桩天字第一号个生意来里，耐阿要谢谢我?"齐韵叟不解所谓。朱蔼人当把兄弟朱淑人的怕羞性格，相思病根，历历叙出原由，求一善处之法。韵叟呵呵笑道："故末啥要紧嗄！请俚到我园里来，叫仔周双玉一淘白相两日末，好哉。"痴鸳道："阿是耐个生意到哉，我末赛过做仔掮客。"韵叟道："啥个掮客?耐末就叫拆梢。"大家哄然大笑。

韵叟定期翌日，请其进园养疴，蔼人感谢不尽。痴鸳道："耐自家倒（要勿）来，俚看见仔阿哥，规规矩矩勿局个。"韵叟道："我说俚病好仔，要紧搭俚定亲。"蔼人都说是极，拱手兴辞，独自一个乘车回家，急至朱淑人房中，问视毕，设言道："高亚白说，

---

① 恹恹（yān）——形容因患病而精神萎靡。

该个病该应出门去散散心。齐韵叟就请耐明朝到俚园里白相两日，我想可以就近诊脉，倒蛮好。”淑人本不愿去，但不忍拂阿哥美意，勉强应承。蔼人乃令张寿收拾一切应用物件。

次日是八月初五，日色平西，接得请帖，搀起淑人中堂上轿，抬往一笠园门首，齐府管家引领轿班直进园中东北角，一带湖房前停下。齐韵叟迎出，声说不必作揖。淑人虚怯怯地下轿，韵叟亲手相扶，同至里间卧房，安置淑人于大床上。房中几案、帷幕以及药铫、香炉、粥盂、参罐，位置井井，淑人深致不安。韵叟道：“（要勿）客气，耐困歇罢。”说毕，吩咐管家小心伺候，径自踅出水阁去了。淑人落得安心定神，朦胧暂卧。忽见面东窗外湖堤上，远远地有一个美人，身穿银罗衫子，从潇疏竹影内姗姗其来，望去绝似周双玉，然犹疑为眼花所致，讵意那美人绕个圈子，走入湖房。淑人近前逼视，不是周双玉更是何人？淑人始而惊讶，继而惶惑，终则大悟大喜，不觉说一声道：“噢！”双玉立于床前，眼波横流，嫣然一盼，忙用手帕掩口而笑。淑人挣扎起身，欲去拉手。双玉倒退避开。淑人没法，坐而问道：“耐阿晓得我生个病？”双玉忍笑说道：“耐个人末也少有出见个！”淑人问是云何，双玉不答。淑人央及双玉过来，手指床沿，令其并坐。双玉见几个管家皆在外间，努嘴示意，不肯过来。淑人摇摇手，又合掌膜拜，苦苦地央及。双玉踌躇半晌，向桌上取茶壶筛了半钟蓄仁茶送与淑人，趁势于床前酒杌上坐下。于是两人喁喁切切，对面长谈。谈到黄昏时候，淑人绝无倦容，病已去其大半。管家进房上灯，主人竟不再至，亦不见别个宾客。这夜双玉亲调一剂“十全大补汤”给淑人服下，风流汗出，二竖①潜逃，

---

① 二竖——指病魔，疾病。

但觉脚下稍微有些绵软。

齐韵叟得管家报信，用一乘小小篮舆往迎淑人，相见于凤仪水阁。淑人作揖申谢，韵叟不及阻止，但诫以后不得如此繁文。淑人只得领命，又与高亚白、尹痴鸳拱手为礼，相让坐定。正欲闲谈，苏冠香和周双玉携手并至。齐韵叟想起，向苏冠香道："姚文君、张秀英阿要去叫得来陪陪双玉？"冠香自然说好。韵叟随令管家传唤夏总管，当面命其写票叫局，夏总管承命退下。韵叟转念，又唤回来，再命其发帖请客，请的是史天然、华铁眉、葛仲英、陶云甫四位，夏总管自去照办。朱淑人特问高亚白饮食禁忌之品，亚白道："故歇病好仔，要紧调补，吃得落末最好哉，无啥禁忌。"尹痴鸳插说道："耐该应问双玉，双玉个医道比仔亚白好。"朱淑人听说，登时面红，无处藏躲。齐韵叟知他腼腆，急用别话岔开。

须臾，管家通报："陶大少爷来。"随后陶云甫、覃丽娟并带着张秀英接踵而入，见了众人，寒暄两句。陶云甫就问朱淑人："贵恙好哉？"淑人独怕相嘲，含糊答应。高亚白向陶云甫道："令弟相好李漱芳个病倒勿局喤。"云甫惊问如何，亚白道："今朝我来浪看，就不过一两日天哉。"云甫不禁慨叹，既而一想，漱芳既死，则玉甫的罣碍①牵缠反可断绝，为玉甫计未始不妙，兹且丢下不提。

接着史天然、华铁眉暨葛仲英各带相好，陆续齐集。齐韵叟为朱淑人沉疴新愈，宜用酸辛等味以开其胃，特唤雇大菜司务，请诸位任意点菜，就于水阁中并排三只方桌，铺上台单，团团围坐，每位面前放着一把自斟壶，不待相劝，随量而饮。齐韵叟犹

① 罣（guà）碍——罣，同"挂"。罣碍，指惦念。

嫌寂寞，问史天然道：“前回耐个《四书》叠塔倒无啥，再想想看，《四书》浪阿有啥酒令？”天然寻思不得。华铁眉道：“我想着个花样来里，要一个字有四个音，用《四书》句子做引证，像个‘行’字：

“**行己有耻，音蘅。公行子，音杭，行行如也，音笐。夷考其行，下孟切。**

“阿好？”高亚白道：“有个‘敦’字，好像十三个音哚，限定仔《四书》浪就难哉。我是一个说勿出。”朱淑人道：“《四书》浪‘射’字倒是四个音：

“**射不主皮，神夜切。弋不射宿，音实。矧可射思，音约。在此无射，音妒。**”

席间同声称赞道：“再要想一个倒少嗫！”葛仲英道：“三个音末，《四书》浪勿少。‘齐’‘华’‘乐’‘数’，可惜是三个音。”尹痴鸳忽抵掌道：“还有两个，一个‘辟’字，一个‘从’字：

“**相维辟公，音璧。放辟邪侈，音僻。贤者辟世，音避。辟如登高，音譬。**

“**从吾所好，墙容切。从者见之，才用切。从容中道，七恭切。从之纯如也，音纵。**

“一部《四书》，我才想过哉，无拨第五个字。”齐韵叟却掀髯道：“我倒有一个字，五个音哚。”席间错愕不信，韵叟道：“请诸位吃杯酒，我说。”大家饮讫候教。

韵叟未言先笑道：“就是痴鸳说个‘辟’字，璧、僻、避、譬四音之外，还有‘欲辟土地’一句，注与‘嗫’同，当读作‘别亦切’。阿是五个音？”席间尽说：“勿差。”高亚白作势道：“一部《四书》才想过哉呀，陆里钻出个‘辟’字来？吓得我也实概辞一跳!”尹痴鸳道:“比仔说勿出总强点。”陶云甫四顾微哂道:“倪说勿出也有两个来浪。”痴鸳乘势分辩道:“说勿出是无啥要紧,单有俚末,自家说勿出倒说啥十三个音,海外得来!”说得席间拍手而笑,皆道痴鸳利口,捷于转圜。

华铁眉复道:“再有个花样:举《四书》句子,要首尾同字而异音,像‘朝将视朝’一句样式,故末《四书》浪好像勿少。”齐韵叟道:“‘朝将视朝’,可以对‘王之不王’。”史天然道:“‘治人不治’,也可以对。”朱淑人说:“‘乐节礼乐’。”葛仲英说:“‘行尧之行’。”高亚白随口就说:“‘行桀之行’。”尹痴鸳道:“耐末单会抄别人个文章,再有‘乐骄乐’‘乐宴乐’阿要一淘抄得去?”亚白笑道:“价末‘弟子入则孝出则弟’阿好?”痴鸳道:“忒噜苏哉!我说‘与师言之道与’。”

以下止剩陶云甫一个。云甫沉吟半晌,预告在席道:“有是有一句,噜苏个嘎。”大家问是哪句,云甫恰待说出,讵①意刺斜里插出来把陶云甫话头平空剪住。

第四十一回终。

① 讵(jù)——岂,怎。

第四十二回

拆鸾交李漱芳弃世　急鸽难陶云甫临丧

按：陶云甫要说《四书》酒令之时，突然侍席管家引进一个脚夫，直造筵前。云甫认识系兄弟陶玉甫的轿班，问他何事。那轿班鞠躬附耳，悄地禀明一切。云甫但道："晓得哉，就来。"那轿班也就退去。

高亚白问道："阿是李漱芳个凶信？"云甫道："勿是，为仔玉甫个病。"亚白诧异道："玉甫无啥病婉。"云甫攒眉道："玉甫是自家来浪要生病！漱芳生仔病末，玉甫竟衣不解带个服侍漱芳，连浪几夜天勿曾困，故歇也来浪发寒热。漱芳个娘教玉甫去困，玉甫定归勿肯，难末漱芳个娘差仔轿班来请我去劝劝玉甫。"齐韵叟点头道："玉甫、漱芳才难得，漱芳个娘倒也难得。"云甫道："越是要好末，越是受累！玉甫前世里总欠仔俚哚几花债，今世来浪还。"合席听了，皆为太息。云甫本意欲留下覃丽娟侍坐和兴，丽娟不肯，早命娘姨收起银水烟筒、豆蔻盒子。云甫深为抱歉，遍告失陪之罪。尹痴鸳道："耐个噜苏句子说仔出来，(要勿）一淘带得去。"云甫乃说是"食饐而餲，鱼馁而肉败不食"十一字，说罢作别。齐韵叟送至帘前而止。

陶云甫、覃丽娟下阶登轿，另有两个管家掌着明角灯笼平列前行，导出门首。两肩轿子离了一笠园，望着四马路滔滔滥返。覃丽娟自归西公和里，陶云甫却往东兴里李漱芳家。及门下轿，踅进右首李浣芳房间，大阿金睃见跟去，加过茶碗，更要装烟。

云甫挥去，令她："喊二少爷来。"大阿金应命去喊。约有半刻时辰，陶玉甫才从左首李漱芳房间趔趄而至，后面随着李浣芳，见过云甫，默默坐下。云甫先问漱芳现在病势。玉甫说不出话，摇了摇头，那两眼眶中的泪已纷纷然如脱线之珠，仓促间不及取手巾，只将袖口去掩。浣芳趴在玉甫膝前，扳开玉甫的手，怔怔地仰面直视。见玉甫掉下泪痕，浣芳哇地失声便哭。大阿金呵禁不住，仍须玉甫叫她（要勿）哭，浣芳始极力含忍。云甫睹此光景，亦觉惨然，宛转说玉甫道："漱芳个病也可怜，耐一径住来浪服侍服侍，故也无啥，不过总要有点淘成末好。我听见说耐来浪发寒热，阿有价事？"玉甫呆着脸，眼注地板，不则一声。云甫再要说时，却闻李秀姐口音，在左首帘下低叫两声"二少爷"。玉甫惶急，撇下云甫，一溜奔过，浣芳紧紧相随。云甫因有心看其病势，也踱过左首房间，隔着圆桌望去。只见李漱芳坐在大床中，背后垫着几条棉被，面色如纸，眼睛似闭非闭，口中喘急气促。玉甫靠在床前，按着漱芳胸脯，缓缓往下揉挪；阿招蹲在里床，执著一杯参汤；秀姐站在床隅，秉著洋烛手照；浣芳挤上去，被秀姐赶下来，掩在玉甫后面偷眼张觑。

云甫料病势不妙，正待走开，忽觉漱芳喉咙"咕"的声响，吐出一口稠痰。秀姐递上手巾就口承接，轻轻拭净。漱芳气喘似乎稍定，阿招将银匙舀些参汤候在唇边。漱芳张口似乎吸受，虽喂了四五匙，仅有一半到肚。玉甫亲切问道："耐心里阿好过？"连问几遍，漱芳似乎抬起眼皮，略瞟一瞟，旋即沉下。玉甫知其厌烦，抽身起立。秀姐回头放下手照，始见陶云甫在前，慌说道："阿唷！大少爷也来里？该搭龌龊煞个，对过去请坐碗。"云甫方转步出房，秀姐令阿招下床留伴，自与玉甫、浣芳一齐拥在右首房间。大家都不入座，立在当地，你望着我，我望着你。浣芳只怔怔地看看这个面色，看看那个面色，盘旋蹀躞①，不知所为。还是秀姐开言道："漱芳个病是总归勿成功哉碗！起初倪才来浪望俚好起来，故歇看俚样式，勿像会好，故也是无法子。难俚末勿好，倪好个人原要过日脚②，阿有啥为仔俚说（要勿）活哉？无拨该个道理碗，大少爷阿对？"

玉甫在傍听到这里，从丹田里提起一口气，咽住喉管，竟欲哭出声来，连忙向房后溜去。云甫只做不知。秀姐又道："漱芳病仔一个多月，上上下下害仔几花人！先是一个二少爷，辛苦仔一个多月，成日成夜陪仔俚，困也无拨困。今朝我摸摸二少爷头浪好像有点寒热，大少爷倒要劝劝俚末好。我搭二少爷说过歇，漱芳死仔，原要耐二少爷照应点我。我看出个二少爷真真像是我亲人一样，故歇漱芳末病倒仔，二少爷再要生仔病，难末那价呢？"云甫听了，蹙頞沉思，迟回良久，复令大阿金去喊二少爷。大阿金寻到左首房间，并不在内，问阿招，说"勿来"。谁知玉甫竟在后面秀姐房里面壁而坐，呜呜饮泣，浣芳也哭着，拉衣扯袖，连声叫"姐夫（要勿）哭嗹。"大阿金寻着了说："大少爷喊耐去。"玉甫勉强收泪，消停一会，仍挈浣芳出至右首房间，坐在云甫对面。秀姐侧坐相陪。云甫乃将正言开导一番，说男子从无殉节之理，就算漱芳是正室，止可以礼节哀，况名分未正者乎？"玉甫不待词毕而答道："大哥放心！漱芳有勿多两日哉，我等俚死仔，后底事体舒体好仔，难末到屋里，从此勿出大门末哉。别样个闲话，大哥（要勿）去听。漱芳也苦恼，生仔病无拨个称心点人服侍俚，我为仔看勿过，说说罢哉。"云甫道："我说耐也是个聪明人，难道想勿穿？照耐实概说也无啥，不过耐有点

---

① 蹀躞（dié xiè）——往来徘徊。

② 日脚——日子，时间。

寒热，为啥勿困?”玉甫满口应承道：“日里向①困勿著，难要困哉，大哥放心。”

云甫没话，将行。秀姐却道：“再有句闲话商量，前两日漱芳样式勿好末，我想搭俚冲冲喜，二少爷总望俚好，勿许做。难故歇要去做哉喤，再勿做常恐来勿及。”云甫道：“故是做来浪末哉，就好仔也勿要紧。”说着起身。玉甫亦即侍立要送，浣芳只恐玉甫跟随同去，拦着不放。云甫也止住玉甫，坚嘱避风早睡。秀姐送出房来。云甫向秀姐道：“玉甫也勿大明白，倘然有啥事体末，耐差个人到西公和答应我，我来帮帮俚。”秀姐感谢不尽。云甫并吩咐玉甫的轿班，令其不时通报。秀姐直送出大门外，看着上轿方回。云甫还不放心，到了西公和里覃丽娟家，就差个轿班：“去东兴里打探二少爷阿曾困。”等够多时，轿班才回，说：“二少爷困末困哉，咿来浪发寒热。”云甫更令轿班去说：“受仔寒气，倒是发泄点个好，须要多盖被头，让俚出汗。”轿班说过返命。云甫吃了稀饭，和覃丽娟同床共寝。

次早睡醒，正拟问信，恰好玉甫的轿班来报说：“二少爷蛮好来浪，先生也清爽仔点。”云甫心上略宽，起身洗脸，又值张秀英的娘姨为换取衣裳什物，从一笠园归家，顺赍一封齐韵叟的便启，请云甫晚间园中小叙，且询及李漱芳之病。云甫令娘姨以名片回复，说：“晚歇无啥事体末来。”不料娘姨去后，敲过十二点钟，云甫午餐未毕，玉甫的轿班飞报，李漱芳业已去世。云甫急是玉甫，丢下饭碗，作速坐轿前赴东兴里，一路打算，定一处置之法。迨至门首，即命轿班去请陈小云、汤啸庵两位到此会话。

---

① 日里向——指白天。

云甫迈步进门，只见左首房间六扇玻璃窗豁然洞开，连门帘也揭去，烧得落床衣及纸钱、银箔之属，烟腾腾地直冲出天井里，随风四散。房内一片哭声，号啕震天，还有七张八嘴吆喝收拾的，听不清哪个为玉甫声音。适遇相帮桂福卸下大床帐子，胡乱卷起，掮出房来，见了云甫，高声向内喊道："大少爷来里哉。"云甫且往右首房间，兀坐以待。忽听得李秀姐极声嚷道："二少爷（要勿）喤！"随后一群娘姨、大姐飞奔拢去。轿班等都向窗口探首观望，不知为着甚事。接著秀姐、娘姨、大姐围定玉甫，前面挽，后面推，扯拽而出。玉甫哭的喉音尽哑，只打干噎，脚底下不晓得高低，跌跌撞撞进了右首房间。云甫见玉甫额角为床栏所磕，坟起一块，跺脚道："耐像啥样子嗄！"玉甫见云甫发怒，自己方渐渐把气遏抑下去，背转身，挺在椅上。秀姐正拟商量丧事，阿招在客堂里叫秀姐道："无娒来看婉，浣芳还来浪叫阿姐，要爬到床浪去拉起来。"秀姐慌的复去掣过浣芳，浣芳更哭的似泪人一般。秀姐埋怨两句，交与玉甫看管。

恰值轿班请的陈小云到了，云甫招呼迎见。小云先道："啸庵为仔朱淑人亲事，到仔杭州去哉。耐请俚啥事体？"云甫乃说出拜托丧事帮忙之意，小云应诺。云甫转向玉甫朗朗说道："故歇死末是死个哉，耐也勿懂啥事体，就来里该搭也无啥用场。我说末托小云去代办好，我同耐两家头走开点。"玉甫发急道："故末阿哥再放我四五日阿好？"刚说一句，又哭得接不下。云甫道："勿呀，故歇去仔晚歇再来末哉呀。我是教耐去散散心。"秀姐倒也撺掇道："大少爷同得去散散心，蛮好。二少爷来里，我也有点勿放心。"小云调停道："散散心也无啥。倘然有啥事体末，我来请耐。"玉甫被逼不过，垂首无言。云甫就喊打轿，亲手搀了玉甫同行，说："倪到对过西公和去。"

浣芳听说对过，只道他们去看漱芳，先自跑过左首房间，阿招要挡不及。既而浣芳候之不至，又茫茫然跑出客堂。玉甫方在门首上轿，浣芳顾不得什么，哭着喊着，一直跑出大门，狠命的将头颅往轿杠乱碰。犹幸秀姐眼快，赶紧追上，拦腰抱起，浣芳还倔强作跳。玉甫道："让俚一淘去仔罢。"秀姐应许放手。浣芳得隙，伏下身子，钻进轿内，和玉甫不依，经玉甫好言抚慰而罢。轿班抬往西公和里覃丽娟家。云甫出轿，领玉甫暨浣芳登楼进房。丽娟见玉甫、浣芳泪眼未干，料为漱芳新丧之故。外场绞上手巾，云甫命多绞两把给浣芳揩。丽娟索性叫娘姨舀盆面水，移过梳具，替浣芳刷光头发，并劝其傅些脂粉，浣芳情不可却。玉甫坐在烟榻上，忽睡忽起，没个着落。

不多时，陈小云来寻，坐而问道："棺材末有现成个来浪，一个婺源板，也无啥；一个价钱大点，故末是楠木。用陆里一个？"玉甫说："用楠木。"云甫遂不开口。小云道："所用衣裳开好一篇账来里，俚哚要用凤冠霞帔末如何？"玉甫回答不出，望着云甫。云甫道："故也无啥，总归玉甫就不过豁脱两块洋钱，姓李个事体与陶姓无涉。随便俚哚要用啥，让俚哚用末哉。"小云又诉说："阴阳先生看个，初九午时入殓，未时出殡，初十申时安葬。坟末来浪徐家汇，明朝就叫水作①下去打圹②，倒也要紧哉。"云甫、玉甫同声说"是"。小云说毕去了。

黄昏时候，玉甫想起一件事来，须去交代。云甫力阻不听，只得相陪乘轿同去。浣芳自然从行，仍和玉甫合坐一轿。及至东兴里李漱芳家看时，漱芳尸身早经载出，停于客堂中央，挂着蓝布孝幔，灵前四众尼姑对坐讽经。左首房间保险灯点得雪亮，有

---

① 水作——瓦工，泥瓦匠。

② 圹——墓穴。

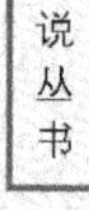

六七个裁缝摆开作台赶做孝白。陈小云在右首房间，正与李秀姐检点送行衣。玉甫见这光景，一阵心酸，哪里熬得，背着云甫，径往后面李秀姐房中，拍凳捶台，放声大恸。再有浣芳一唱一和，声彻于外。李秀姐急欲进劝，反是云甫叫住道："耐𠲎（要勿）去劝俚，单是哭还勿要紧，让俚哭出点个好。"秀姐因令大阿金准备茶汤伺候。比送行衣检点停当，后面哭声依然未绝，但不像是哭，竟是直声的叫喊。云甫道："难去劝罢。"秀姐进去，果然一劝便止，并出前边，洗过脸，漱过口。浣芳团团圈牢玉甫，刻不相离。玉甫略觉舒和，即问秀姐入殓头面。秀姐道："头面是勿少来浪，就缺仔点衣裳。"玉甫道："俚几对珠花同珠嵌条，才勿对，单喜欢帽子浪一料大珠子，原拿得来做仔帽正①末哉。再有一块羊脂玉珮，俚一径挂来哚钮子浪，故末让俚带仔去，𠲎（要勿）忘记。"秀姐说："晓得哉。"

玉甫心中有多少事，一时却想不起。云甫乃道："耐要哭末，随便啥辰光到该搭来哭末哉，倒也无啥；就不过夜头𠲎（要勿）住来浪，耐同我到西公和去。西公和赛过是间壁，耐有啥闲话就可以来，俚哚也好来请耐，大家蛮便，阿对？"玉甫知道是好意，不忍违逆，一概依从。云甫当请陈小云西公和便夜饭。秀姐坚意款留，云甫道："倪勿是客气，为仔该搭吃总勿舒齐。"秀姐道："倪自办菜烧好来浪，送过来阿好？"云甫应受。临行，又被浣芳拦着玉甫不放。云甫笑道："原一淘去末哉。"浣芳尚紧拉玉甫衣襟，不肯坐轿。于是小云、云甫前后遮护，一同步行。刚至覃丽娟家，相帮桂福提着竹丝罩笼随后送到，摆在楼上房里，清清楚楚，四盆四碗。云甫令丽娟、浣芳入席共饮，玉甫仍滴酒不闻。

① 帽正——清代时用珠和玉做的缝缀在帽子前面的装饰物。

小云公事未了，毫无酒兴，甫及三巡，就和玉甫、浣芳先偏吃饭，独有丽娟陪着云甫怀怀照干。云甫欲以酒为消愁遣闷之计，吃到醺然，方才告罢。小云饭后即行。云甫已向丽娟计定，腾出亭子间为玉甫安榻。

这一夜玉甫为思穷望绝，无可奈何，反得放下身心，鼾鼾一觉。只有浣芳睡在玉甫身傍，梦魂颠倒，时时惊醒。初八早晨，浣芳睡梦中欻地哭喊："阿姐，我也要去个呀！"玉甫忙唤醒抱起。浣芳还痴着脸，呜咽不止。玉甫并不根问，相与着衣下床，又惊动了云甫、丽娟，也比往常起的较早。吃过点心，玉甫要去东兴里看看，云甫终不放心，相陪并往。浣芳亦随来随去，分拆不开。玉甫自早至晚，往返三次，恸哭三场，害得个云甫焦劳备至。

第四十二回终。

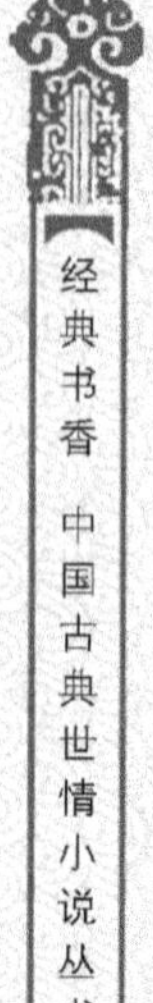

第四十三回

入其室人亡悲物在　信斯言死别冀生还

按：到了八月初九这日，陶云甫浓睡酣时，被炮声响震而醒。醒来遥闻吹打之声，道是失腮，连忙起身。覃丽娟惊觉，问："做啥？"云甫道："晚哉呀。"丽娟道："早得势哩。"云甫道："耐再困歇，我先起来。"遂唤娘姨进房，问："二少爷阿曾起来？"娘姨道："二少爷是天亮就去哉，轿子也勿坐。"云甫洗脸漱口，赶紧过去。一至东兴里口，早望见李漱芳家门首立著两架矗灯，一群孩子往来跳跃看热闹。

云甫下轿进门，只见客堂中灵前桌上，已供起一座白绫位套，两旁一对茶几八字分排，上设金漆长盘，一盘凤冠霞帔，一盘金珠首饰。有几个乡下女客，徘徊瞻眺，啧啧欣羡，都说"好福气。"再有十来个男客，在左首房间高谈阔论，粗细不伦，大约系李秀姐的本家亲戚，料玉甫必不在内。云甫踅进右首房间，陈小云方在分派执事夫役，拥做一堆，没些空隙。靠壁添设一张小小账台，坐着个白须老者，本系账房先生，摊着一本丧簿，登记各家送来奠礼。见了云甫，那先生垂手侍立，不敢招呼。云甫向问玉甫何在，那先生指道："来里该首。"

云甫转身去寻，只见陶玉甫将两臂围作栲栳①圈，伏倒在圆桌上，埋项匿面，声息全无，但有时头忽闪动，连两肩往上一

① 栲栳（kǎo lǎo）——用柳条编成，形状像斗的盛物器具。

掀。云甫知是吞声暗泣，置之不睬，等夫役散去，才与小云厮见。云甫向小云说，意欲调开玉甫。小云道："故歇陆里肯去，晚歇完结仔事体看。"云甫道："等到啥辰光嗄?"小云道："快哉，吃仔饭末，就端正行事哉。"云甫没法，且去榻床吸鸦片烟。须臾，果然传呼开饭，左首房间开了三桌，自本家亲戚以及引礼、乐人、炮手之属，挤得满满的；右首房间只有陈小云、陶云甫、陶玉甫三人一桌。正待入座，只见覃丽娟家一个相帮进房。云甫问他甚事，相帮说是送礼，袖出拜匣呈上帐台，匣内代楮①一封，夹着覃丽娟的名片。云甫觉得好笑，不去理会。接连又有送礼的，戴着紫缨凉帽，端盘来了。云甫认识是齐韵叟的管家，慌地去看，盘内三分楮锭缃，三张素帖，却系苏冠香、姚文君、张秀英出名。云甫笑向管家道："大人真真格外周到，其实何必呢?"管家应是，复禀道："大人说，倘然二少爷心里勿开爽末，请到倪园里去白相相。"云甫道："耐转去谢谢大人，停两日二少爷本来要到府面谢。"管家连应两声是，收盘自去。三人始各就位。小云因下面一位空着，招呼账房先生，那先生不肯，却去叫出李浣芳在下相陪。玉甫不但戒酒，索性水米不沾牙。云甫亦不强劝，大家用些稀饭而散。

饭后，小云径往外面去张罗诸事。玉甫怕人笑话，仍掩过一边。云甫见浣芳穿一套缟素衣裳，娇滴滴越显红白，着实可怜可爱，特地携着手，同过榻床前，随意说些没要紧的闲话。浣芳平日灵敏非常，此时也呆瞪瞪地，问一句，答一句。

正说间，突然一人从客堂吆喝而出，天井里四名红黑帽②便

---

① 代楮——古时丧礼以钱代纸锭。

② 红黑帽——代指旧时地方官府戴红、黑帽的衙役，后用为一般仪仗的称呼。

喝起道来。随后大炮三升，金锣九下，吓得浣芳向房后奔逃，玉甫早不知何往。云甫起立探望，客堂中密密层层，千头攒动，万声嘈杂，不知是否成殓。一会儿又喝道一遍，敲锣放炮如前，穿孝亲人暨会吊女客同声举哀。云甫退后躺下，静候多时，听得一阵鼓钹，接着钟铃摇响，念念有词，谅为殓毕洒净的俗例。洒净之后，半晌不见动静。云甫再欲探望，小云忽挤出人丛，在房门口招手。云甫急急趋出，只见玉甫两手扳牢棺板，弯腰曲背，上半身竟伏入棺内，李秀姐竭尽气力，哪里推挽得动。云甫上前，从后抱起，强拉到房间里。外面登时锣炮齐鸣，哭喊竞作。盖棺竣事，看的人遂渐渐稀少。于是吹打赞礼，设祭送行。云甫把守房门，不许玉甫出外。自立嗣兄弟、浣芳妹子、阿招大姐及楼上两个讨人，一一拜过，然后许多本家亲戚男女客陆续各拜如礼。小云赶出大门，指手画脚点拨，夫役拥上客堂，撤去祭桌，络起绳索。但闻一声炮响，众夫役发喊上肩，红黑帽敲锣喝道，与和尚鼓钹之声，先在弄口等候。这里丧舆方缓缓启行，秀姐率合家眷等步行哭送。本家亲戚或送或不送，一哄而去。

玉甫乘乱，欻地钻出云甫肋下，云甫看见拉回。玉甫没奈何，跌足发恨。云甫道："耐故歇去做啥？明朝我同耐徐家汇去一埭，故末是正经。故歇就送到仔船浪，一点无拨事体，做啥嗄？"玉甫听说的不差，只得罢休。云甫即要拉往西公和，玉甫定要俟送丧回来始去，云甫也只得依从。不意等之良久杳然。玉甫想着漱芳所遗物事，未稔秀姐曾否收拾，背着云甫，亲往左首房间要去查看。跨进门槛，四顾大惊，房间里竟搬得空落落的，一带橱箱都加上锁，大床上横堆着两张板凳，挂的玻璃灯打碎了一架，伶伶仃仃欲坠未坠，壁间字画亦脱落不全，满地下鸡鱼骨头尚未打扫。玉甫心想漱芳一死，如此糟蹋，不禁苦苦地又哭一

场。云甫在右首房间并未听见，任玉甫哭个尽情。玉甫一路哭至床前，忽见乌黑的一团，从梳妆台下滚出，眼前一瞥，顷刻不见。玉甫顿发一怔，心想莫非漱芳魂灵现此变异，使我勿哭，因此不劝自止。适值陈小云先回，玉甫趋见问信。小云道："船浪才舒齐，明朝开下去。耐末明朝吃仔中饭，坐马车到徐家汇好哉。"云甫甚不耐烦，不等轿班，连催玉甫快走。玉甫步出天井，却有一只乌云盖雪的猫，蹲着水缸盖上，侧转头咬嚼有声。玉甫恍然，所见乌黑的一团，即此众生作怪，叹一口气，径跟云甫踅往西公和里覃丽娟家。

那时愁云黯黯，日色无光，向晚，就濛濛地下起雨来。云甫气闷已甚，点了几色爱吃的菜，请陈小云事毕过来小饮。小云带了李浣芳同来，玉甫诧问何事，小云道："俚要寻姐夫呀，搭俚无娒噪仔一歇哉。"浣芳紧靠玉甫身边，悄悄诉道："姐夫阿曾晓得？阿姐一干仔来里船浪，倪末倒才转来哉，连搭仔桂福也跑仔起来。晚歇拨陌生人摇仔去，故末陆里去寻□？"小云、云甫听说，不觉失笑，玉甫仍以好言抚慰。覃丽娟在旁，点头赞叹道："俚无拨仔阿姐也苦恼！"云甫嗔道："耐阿是来浪要俚哭？刚刚哭好仔勿多歇，耐再要去惹俚。"丽娟看浣芳当真水汪汪含着一泡眼泪，不曾哭出，忙换笑脸挈浣芳的手过自己身边，问其年纪几岁，啥人教个曲子，大曲教仔几只，一顿搭讪，直搭讪到搬上晚餐始罢。云甫和小云对酌，丽娟稍可陪陪，玉甫、浣芳先自吃饭。云甫留心玉甫一日所食，仅有半碗光景，虽不强劝，却体贴说道："今朝耐起来得早，阿要困？先去困罢。"玉甫亦觉无味，趁此同浣芳辞往亭子间，关上房门，推说困哉。其实玉甫这些时像土木偶一般，到了亭子间，只对着一盏长颈灯台，默然闷坐。浣芳相偎相倚，也像有甚心事，注视一处，目不转睛。半日，浣

芳忽道："姐夫听喤！故歇雨停仔点哉，倪到船浪去陪陪阿姐，晚歇原到该搭来，阿好？"玉甫不答，但摇摇头。浣芳道："勿碍个呀，（要勿）拨俚哚晓得末哉。"玉甫因其痴心，愈形悲楚，一气奔上，两泪直流。浣芳见了，失声道："姐夫为啥哭嗄？"玉甫摇摇手，叫她"（要勿）响"。

浣芳反身抱住玉甫，等玉甫泪干气定，复道："姐夫，我有一句闲话，耐（要勿）去告诉别人，阿好？"玉甫问："啥闲话？"浣芳道："昨日账房先生搭我说：阿姐就不过去一埭，去仔两礼拜，原到屋里来。阴阳先生看好日脚来浪，说是廿一末定归转来个哉。账房先生是老实人，说来浪闲话一点点无拨差！俚还教我（要勿）哭，阿姐听见哭，常恐勿肯来。再教我（要勿）去同别人说，说穿仔，倒勿许阿姐来哉。姐夫难（要勿）哭喤，故末让阿姐转来呀。"玉甫听完这篇话，再也忍不住，呜呜咽咽大放悲声，浣芳急地跺脚叫唤。一时惊动小云、云甫，推进门去，看此情形，小云呵呵一笑。云甫攒眉道："耐阿有点淘成！"玉甫狠命收捺下去。覃丽娟令娘姨舀盆水来，并嘱道："二少爷揩仔面困罢，今朝辛苦仔一日哉。"说毕皆去。娘姨送上面水，玉甫洗过，再替浣芳揩一把。娘姨掇盆去后，玉甫就替浣芳宽衣上床，并头安睡。初时甚是清醒，后来渐次瞢腾，连陈小云辞别归去也一概不闻。

次早起身，天晴日出，爽气迎人，玉甫拟独自溜往洋泾浜寻那载棺的船。刚离亭子间，为娘姨所拦，说是："大少爷交代倪，教二少爷（要勿）去。"一面浣芳又追出相随。玉甫料不能脱，只好归房，俟至午牌时分，始闻云甫咳嗽声。丽娟蓬头出房喊娘姨，望见玉甫、浣芳，招呼道："才起来哉，房里来喤。"玉甫挈浣芳并过前面房间，见了云甫，欲令轿班叫马车。云甫道："吃仔饭去喊正好哓。”玉甫乃欲叫菜，云甫道：“叫来浪哉。”玉甫方就榻床坐下，看着丽娟对镜新妆。丽娟向浣芳道：“耐个头也毛得来，阿要梳？我替耐梳梳罢。”浣芳含羞不要。云甫道：“为啥（要勿）梳？耐自家去镜子里看，阿毛嘎？”玉甫帮着怂恿，浣芳愈形局促。玉甫道：“熟仔点倒恬面重①哉。”丽娟笑道：“勿要紧个，来喤。”一手挽过浣芳来梳，随口问其向日梳头何人。浣芳道：“原底子末阿姐，故歇是随便啥人。前日早晨，要换个湖色绒绳，无娒也梳仔一转。”

云甫唯恐闲话中打动玉甫心事，故意支说别事。丽娟会意，不复多言。玉甫虽呆脸端坐，意马心猿，无时或定，云甫岂不觉得。适外场报说：“菜来哉。”云甫便令搬上楼来。浣芳梳的两只丫角，比丽娟正头终究容易，赶着梳好，一同吃饭。饭后，玉甫更不耽延，亲喊轿班叫了马车，伺于弄口。云甫没法，和玉甫、浣芳即时动身，一直驶往西南，相近徐家汇官道之旁，只见一座绝大坟山，靠尽头新打一圹，七八个匠人往来工作，流汗相属。圹前叠着一堆砖瓦，铺着一坑石灰，知道是了，相将下车。一个监工的相帮上前禀说：“陈老爷也来个哉，才来里该首船浪。”玉甫回头望去，相隔一箭多路，遂请云甫挈浣芳步至堤前。只见一排停着三号无锡大船，首尾相接，最大一号载着灵柩暨一班和尚，陈小云偕风水先生坐了一号，李秀姐率合家眷等坐了一号。玉甫先送浣芳交与秀姐，才同云甫往小云坐的船上，拱手厮见，促膝闲谈。谈过半点多钟，风水先生道：“是时候了。”小云乃命桂福传唤本地炮手，作速赴工；传令小工头点齐夫役，准备行事；传语秀姐，教浣芳等换上孝衫。当下风水先生前行，小云、

---

① 恬面重——恬羞，害羞。

云甫、玉甫跟到坟头。

不多时，炮声大震，灵柩离船，和尚敲动法器，叮叮当当，当先接引，合家眷等且哭且走，簇拥于后。玉甫目见耳闻，心中有些作恶，兀自挣扎，却不道天旋地转地一阵瞑眩，立刻眼前漆黑，脚底下站不定，仰翻身跌倒在地。吓得小云、云甫搀的搀，叫的叫。秀姐慌张尤甚，顾不得灵柩，飞奔抢上，掐人中，许神愿，乱做一堆。幸而玉甫渐渐苏醒开目，众人稍放些心。风水先生指点侧首一座洋房，说系外国酒馆，可以勾留暂坐。秀姐、云甫听了，相与扶掖前往。维时皜皜秋阳，天气无殊三伏，玉甫本为炎热所致，既进洋房，脱下夹衫，已凉快许多，再吃点荷兰水①，自然清爽没事。玉甫见云甫出立廊下，乘间要溜，秀姐如何敢放。玉甫央及道："让我去看看末哉，我无啥呀，耐放手哩。"秀姐没口子劝道："故末二少爷哉，刚刚好仔点，再要去，倪个干己担勿起。"云甫隔壁听明，大声道："耐阿是要吓杀人，静办点罢！"

玉甫无奈归座，焦躁异常，取腰间佩的一块汉玉，将指甲用力刻画，恨不得砸个粉碎。秀姐婉婉商略道："我说二少爷，耐末坐来浪，我去看一埭。看俚哚做好仔，我教桂福来请耐，难末耐去看，阿是蛮好？"玉甫道："价末快点去哩。"秀姐请进云甫软款玉甫于洋房中，才去。玉甫由玻璃窗望到坟头，咫尺之间，历历在目，登科廪主，事事舒齐，再不想到个浣芳围绕坟旁，又哭又跳，不解其为甚缘故。恰遇桂福来请，云甫乃与玉甫离了外国酒馆，重至坟头。浣芳犹哭个不止，一见玉甫，连身扑上，只喊说："姐夫，勿好哉呀！"玉甫问："啥勿好？"浣芳哭道："耐

① 荷兰水——这里指汽水。

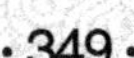

看喤！阿姊拨俚哚关仔里向去哉呀，难阿好出来嗄！”众人听着茫然，惟玉甫喻其痴意。浣芳复连连推掇玉甫，并哭道：“姐夫去说喤，教俚哚开个门来浪喤！”玉甫无可抚慰，且以诳言掩饰。浣芳哪里肯罢，转身扑到坟上，叉起两手，将廪的石灰拼命扒开，水作更禁不得，还是秀姐去拉，始拉下来。秀姐原把浣芳交与玉甫看管，且道：“事体总算完结哉，请耐二少爷先转去，该搭有倪来里。”

玉甫想在此荒野亦属无聊，即时跟从云甫并坐马车，浣芳挤在中间，驶归四马路西公和里，一路尚被浣芳胡缠瞎闹。及进覃丽娟家门口，只听得楼上有许多人声音。云甫问外场，知为尹痴鸳亲送张秀英回家，连高亚白、姚文君咸在。云甫甚喜，领玉甫、浣芳上楼，先往覃丽娟房间略坐片刻，便往对过张秀英房间。

第四十三回终。

第四十四回

赚势豪牢笼歌一曲　惩贪黩挟制价千金

按：高亚白、尹痴鸳一见陶云甫，动问李漱芳之事，云甫历陈大略。尹痴鸳闻陶玉甫在对过覃丽娟房间，特令娘姨相请。陶玉甫遂带李浣芳踅过张秀英房间，厮见坐定，高亚白力劝陶玉甫珍重加餐，尹痴鸳仅淡淡地宽譬两句。

玉甫最怕提起这些话，不由自主，黯然神伤。陶云甫忙搭讪问道："前日夜头《四书》酒令阿曾接下去?"尹痴鸳道："倪几日天添仔几几花花好酒令，耐说陆里一个?"高亚白道："就昨日倪大会，龙池先生想出个《四书》酒令也无啥。妙在不难不易，不少不多，通共六桌廿四位客，刚刚廿四根筹。"云甫问其体例。亚白指痴鸳道："耐去问俚，有底稿来浪。"痴鸳道："勿晓得阿曾带出来，让我寻寻看。遂取靴页子打开，恰好里面夹着三张诗笺，便是酒令。痴鸳抽出，送与云甫。云甫见诗笺上写着那酒令道：

平上入去天子一位	平去入上殷鉴不远
平入去上牲杀器皿	平上去入能者在职
平去上入忠信重禄	平入上去言必有中
上平去入使民战栗	上去平入虎豹之鞟
上入平去五十而慕	上平入去淡而不厌
上去入平管仲得君	上入去平美目盼兮
去平上入譬诸草木	去上平入放饭流歠

去入平上大学之道　　去平入上愿无伐善
去上入平好勇疾贫　　去入上平进不隐贤
入平上去若时雨降　　入上平去素隐行怪
入去平上百世之下　　入平去上忽焉在后
入上去平或敢侮予　　入去上平若圣与仁

陶云甫阅毕，沉吟道："照实概样式再要拼俚廿四句，勿晓得《四书》浪阿有？"尹痴鸳一面收起诗笺，一面答道："有倒还有，就不过行俚费事点。"高亚白道："行起来最有白相，我自家末想勿着，想着仔多花句子才勿对，耐末也有多花勿对个句子来浪；大家说仔出来，陆里晓得耐个句子耐末勿对，我倒对哉，我个句子，耐也对哉。"陶云甫颔首微笑。

谁知这里评论酒令，陶玉甫已与李浣芳溜过覃丽娟房间，背人闷坐，丽娟差个娘姨去陪。高亚白低声向陶云甫道："令弟气色有点涩滞，耐倒要劝劝俚保重点喤。"尹痴鸳接说道："耐为啥勿同令弟到一笠园去白相两日，让俚散散心？"云甫道："倪本来明朝要去。几日天，连搭仔我也无趣得势。"痴鸳四顾一想，即命张秀英喊个台面下去道："今朝末我先请请俚，难得凑巧，大家相好才来里，刚刚八个人一桌。"云甫正待阻止，秀英早自应命，令外场去叫菜了。姚文君起立说道："倪屋里有堂戏来浪，我先去做脱仔一出就来。"高亚白叮嘱："快点。"文君乃不别而行。

那时晚霞散绮，暮色苍然。姚文君下楼坐轿，从西公和里穿过四马路，回至东合兴里家中。跨进门口，便仰见楼上当中客堂，灯火点得耀眼，憧憧人影，挤满一间，管弦钲鼓之声，聒耳得紧。文君问知为赖公子，也吃一惊，先踅往后面小房间见了老鸨大脚姚，喁喁埋怨，说不应招揽这癞头鼋。大脚姚道："啥人去招揽嗄！俚自家跑得来寻耐，定归要做戏吃酒，倪阿好回报俚？”文君无可如何，且去席间随机应变。迨上得楼梯，娘姨报说：“文君先生转来哉。”登时客堂内一群帮闲门客像风驰潮涌一般，赶出迎接，围住文君，欢叫喜跃。文君屹然挺立，瞪目而视。帮闲的哪里敢啰唣，但说：“少大人等仔耐半日哉，快点来喤。”一个门客前行，为文君开路；一个门客掇过凳子，放在赖公子身后，请文君坐。文君因周围八九个出局倌人系赖公子一人所叫，密密层层，插不下去，索性将凳子拖得远些。赖公子屡屡回头，望着文君上下打量。文君缩手敛足，端凝不动，赖公子亦无可如何。文君见赖公子坐的主位，上首仅有两位客，乃是罗子富、王莲生，胆子为之稍壮。其余二十来个不三不四，近似流氓，并未入席，四散鹄立，大约赖公子带来的帮闲门客而已。当有一个门客趋近文君，鞠躬耸肩，问道：“耐做啥个戏？耐自家说。”文君心想做了戏就可托词出局，遂说做《文昭关》。那门客巴得这道玉音，连忙告诉赖公子，说文君做《文昭关》，并叙述《文昭关》的情节与赖公子听。更有一个门客怂恿文君，速去后场打扮起来。

等到前面一出演毕，文君改装登场，尚未开口，一个门客凑趣，先喊声“好”。不料接接连连，你也喊好，我也喊好，一片声嚷得天崩地塌，海搅江翻。席上两位客，王莲生惯于习静，脑痛已甚；罗子富算是粗豪的人，还禁不得这等胡闹。只有赖公子捧腹大笑，极其得意，唱过半出，就令当差的放赏。那当差的将一卷洋钱散放巴斗内，呈赖公子过目，往台上只一撒，但闻“索啷”一声响，便见许多晶莹焜耀的东西满台乱滚。台下这些帮闲门客又齐声一号。文君揣知赖公子其欲逐逐，心上一急，倒急出个计较来。当场依然用心地唱，唱罢落场，唤个娘姨于场后戏房

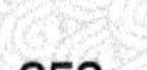

中暗暗定议，然后卸妆出房，含笑入席。不提防赖公子一手将文君拦入怀中，文君慌地推开起立，佯作怒色，却又趴在赖公子肩膀悄悄地附耳说了几句。赖公子连连点头，道："晓得哉。"于是文君取把酒壶，从罗子富、王莲生敬起，敬至赖公子，将酒杯送上赖公子唇边，赖公子一口吸干。文君再敬一杯，说是成双，赖公子也干了。文君才退下归坐。赖公子被文君挑逗动火，顾不得看戏，掇转屁股，紧对文君嘻开嘴笑，惟不敢动手动脚。文君故意打情骂俏，以示亲密。罗子富、五莲生皆为诧异，帮闲的更没见识，只道文君倾心巴结，信而不疑。

少顷，忽然有个外场高声向内说："叫局。"娘姨即高声问："陆里嘎?！外场说："老旗昌。"娘姨转身向文君道："难末好哉！三个局还勿曾去，老旗昌咿来叫哉。"文君道："俚哚老旗昌吃酒，生来要天亮哚，晚点也无啥。"娘姨高声回说道："来末来个，再有三个局转过来。"外场声喏下去。赖公子听得明白，着了干急，问文君："耐真个出局去?"文君道："出局末阿有啥假个嘎。"赖公子面色似乎一沉，文君只做不知，复与赖公子悄悄地附耳说了几句。赖公子复连连点头，反催文君道："价末耐早点去罢。"文君道："正好，啥要紧嘎。"俄延之间，外场提上灯笼，候于帘下，娘姨拎出琵琶、银水烟筒并代外场。赖公子再催一遍，文君嗔道："啥要紧嘎，耐阿是来浪讨厌我?"赖公子满心鹘突，欲去近身掏摸，却恐触怒不美。文君临行，仍与赖公子悄悄的附耳说了几句，赖公子仍连连点头，这些帮闲门客眼睁睁看着姚文君飘然径去，罗子富、王莲生始知文君用计脱身，不胜佩服。赖公子并不介意，吃酒看戏，余兴未阑。却有几个门客攒聚一处，切切议论，一会推出一个上前请问赖公子，缘何放走姚文君。赖公子回说："我自己叫她去，你不要管。"门客无言而退。

罗子富、王莲生等上到后四道茶，约会兴辞。赖公子不解迎送，听凭自便。两人联步下楼，分手上轿，王莲生自归五马路公馆。罗子富独往尚仁里黄翠凤家，大姐小阿宝引进楼上房间。黄翠凤、黄金凤皆出局未回，只有黄珠凤扭捏来陪。俄而老鸨黄二姐上楼厮见，与罗子富说说闲话，颇不寂寞。黄二姐因问子富道："翠凤要赎身哉呀，阿曾搭罗老爷说？"子富道："说末说起歇，好像勿成功。"黄二姐道："勿是个勿成功，俚哚自家赎身，要么勿说，说仔出来再有啥勿成功。阿是我勿许俚赎？我是要俚做生意，勿是要俚个人。倘然俚赎身勿成功，生来生意也勿高兴搭我做，阿是让俚赎个好？"子富道："价末俚为啥说勿成功？"黄二姐叹口气道："勿是我要说俚，翠凤个人调皮勿过！倪开个把势，买得来讨人才不过七八岁，养到仔十六岁末做生意，吃着费用倒（要勿）去说俚，样式样才要教拨俚末俚好会。罗老爷，耐说要费几花心血哚？价末生意倒也难说，倘然生意勿好，豁脱子本钱，再要白费心，故也无法子个事体。真真要运道末到哉，人末冲场也无啥，难末生意刚刚好点起来。比方有十个讨人，九个勿会做生意，单有一个生意蛮好，价末一径下来几花本钱生来才要俚一干子做出来个哉啘。罗老爷阿对？难故歇翠凤要赎身，俚倒搭我说，进来个身价一百块洋钱，就加仔十倍不过一千啘。罗老爷，耐说阿好拿进来个身价来比？"子富道："俚末说一千，耐要俚几花嗄？"黄二姐道："我末自家良心天地，到茶饭里教众人去断末哉。俚一节工夫，单是局帐要做千把哚，客人办个物事，拨俚个零用洋钱才勿算，俚就拿仔三千身价拨我，也不过一年个局帐洋钱。俚出去做下去，生意正要好哚。罗老爷阿对？"

子富寻思半晌不语，珠凤乘间掩在靠壁高椅上打瞌铳。黄二姐一眼睃见，随手横挞过去。珠凤扑的一跤，伏身跌下，竟没有醒，两手还向楼板上胡抓乱摸。子富笑问：“做啥？”连问两遍，珠凤挣出一句道：“沓脱哉呀！”黄二姐一手拎起来，狠狠的再挞一下，道：“沓脱仔耐个魂灵哉啘！”这一下才把珠凤挞醒，立定脚，做嘴做脸，侍于一旁。黄二姐又向子富说道：“就像珠凤个样式，白拨饭俚吃，阿好做生意，有啥人要俚？原是一百也让俚去末哉喤。阿好说翠凤赎身末几花哚，珠凤倒也少勿来？”子富道：“上海滩浪倌人身价，三千也有，一千也有，无拨一定个规矩。我说耐末推扳点，我末帮贴点，大家凑拢来，成功仔，总算是一桩好事体。”黄二姐道：“罗老爷说得勿差，我也勿是定归要俚三千。翠凤自家先说个多花猛扪闲话，我阿好说啥？”子富胸中筹划一番，欲趁此时说定数目，以成其事。恰好黄翠凤、黄金凤同台出局而回，子富便缩住嘴。黄二姐亦讪讪地告辞归寝。

翠凤跨进房门，就问珠凤：“阿是来浪打瞌铳？”珠凤说：“勿曾。”翠凤拉她面向台灯试验，道：“耐看两只眼睛，倒勿是打瞌铳？”珠凤道：“我一径来里听无娒讲闲话，陆里困嘎。”翠凤不信，转问子富。子富道：“无娒打过歇个哉，耐就哝哝罢，管俚做啥？”翠凤怒其虚诳，作色要打，却为子富劝说在先，暂时忍耐，子富忙喝珠凤退去。翠凤乃脱下出局衣裳，换上一件家常马甲。金凤也脱换了过来，叫声“姐夫”，坐定。子富爰将黄二姐所说身价云云，缕述綦①详。

翠凤鼻子里哼了一声，答道：“耐看末哉，一个人做仔老鸨，俚个心定归狠得野哚！无娒先起头是娘姨呀，就拿个带挡洋钱买仔伲几个讨人，陆里有几花本钱嘎！单是我一干子，五年生意末，做仔二万多，才是俚个啘。故歇衣裳、头面、家生，再有万

① 綦（qí）——极；很。

把，我阿能够带得去？倒倒再要我三千！”说到这里，又哼了两声，说：“三千也无啥稀奇，耐有本事末拿得去！”子富再将自己回答黄二姐云云，并为详述，翠凤一听，发嗔道：“啥人要耐帮贴嘎？我赎身末有我个道理，耐去瞎说个多花啥！”子富不意遭此抢白，只是讪笑。金凤见说的正事，也不敢搭嘴。翠凤重复叮嘱子富道：“难（要勿）去搭无娒多说多话，无娒个人，依仔倒倒勿好。”子富应诺，因而想起姚文君来，笑向翠凤道：“姚文君个人倒有点像耐。”翠凤道：“姚文君末陆里像我。我说癞头鼋怕人热势，文君勿做也无啥，勿该应拿‘空心汤团’拨倒吃。就算耐到仔老旗昌勿转去，明朝再有啥法子？”子富听说得有理，转为文君担忧道：“勿差呀，难末文君要吃亏哉！”金凤在旁笑道：“姐夫做啥嘎，阿姐（要勿）耐说末，耐去瞎说。姚文君吃亏勿吃亏，等倒歇末哉，要姐夫发急！”子富方笑而丢开。一宿晚景少叙。

十一日近午时候，翠凤、金凤并于当中间窗下梳头。子富独在房中，觉得精神欠爽，意欲吸口鸦片烟，亲自烧成一枚夹生的烟泡，装上枪去脱落下来，终不得吸。适值黄二姐进来看见，上前接过签子，替子富另烧一口，为此对躺在烟榻上，切切私议。黄二姐先问夜来帮贴之说，子富遂告诉她翠凤之意坚不可夺，不惟不肯加增，并且不许帮贴。黄二姐低声道：“翠凤总归是猛扪闲话！照翠凤个样式，我有点气勿过，心想就是三千末倒也勿拨倒赎得去；难故歇说末说仔一泡哉，罗老爷肯帮贴点，故是再好也勿有。我就请耐罗老爷吩咐一声，该应几花，我总依耐罗老爷。”子富着实踌躇，道：“勿然是也无啥，难倒说仔（要勿）我帮贴，我倒间架哉。勿曾懂倒啥个意思。”黄二姐道：“故末是翠凤个调皮哉喤，倒自家要赎身，阿有啥帮贴拨倒倒说是勿要个嘎？倒嘴里说勿要，心里来浪要。要耐罗老爷帮贴仔，难末倒出去几花用场，再要耐罗老爷照应点，阿是实概意思?”子富寻思此说倒亦的确，莽莽撞撞径和黄二姐背地议定，二千身价，帮贴一半。黄二姐大喜过望，连装三口鸦片烟。子富吸地够了，黄二姐乃抽身出房。

第四十四回终。

第四十五回

成局忽翻虔婆失色　旁观不忿雏妓争风

按：黄二姐撇下罗子富在房，踅往中间客堂。黄翠凤、黄金凤亲妆初毕，刷鬓簪花，黄二姐即欣欣然将子富帮贴一千之议，诉与翠凤。翠凤一声儿不言语，忙洗了手，赶进房间，高声向子富道："耐洋钱倒勿少哚，我倒勿曾晓得，还来里发极。我故歇赎身出去，衣裳，头面，家生，有仔三千末，刚刚好做生意。耐有来浪，蛮好，连搭仔二千身价，耐去拿五千洋钱来！"子富惶急道："我陆里有几花洋钱嗄？"翠凤冷笑道："该号客气闲话，耐故歇用勿着！无娒一说末，耐就帮仔我一千，阿好再说无拨？耐无拨末，教我赎身出去阿是饿杀？"

子富这才回过滋味，亦高声问道："价末耐意思总归（要勿）我帮贴，阿对？"翠凤道："帮贴末，阿有啥勿要个嗄！耐替我衣裳、头面、家生舒齐好仔，随便耐去帮贴几花末哉！"子富转向黄二姐道："坎坎说个闲说消脱，赛过勿曾说，俚赎身勿赎身也勿关我事。"说罢，倒身望烟榻躺下。黄二姐初不料如此决撒①，登时面色气得铁青，一手指定翠凤嘴脸，恶狠狠数落道："耐个人好良心，耐自家去想想看！耐七岁无拨仔爷娘，落个堂子，我为仔耐苦恼，一径当耐亲生囡仵，梳头缠脚，出理到故歇，陆里一桩事体我得罪仔耐，耐杀死个同我做冤家？耐好良心！耐赎仔

---

① 决撒——决裂。

身要升高哉呀，我一径望耐升高仔末照应点我老太婆，难故歇末来里照应哉！耐年纪轻轻，生仔实概个良心，无啥好个喤！”一面咬牙切齿地说，一面鼻涕眼泪一齐迸出。

翠凤慌忙眉花眼笑劝道：“无娒（要勿）喤，故末啥要紧嗄？我是耐个讨人呀，赎勿赎末随耐个便——难我勿赎哉，晚歇反得来拨间壁人家听见仔，倒拨俚哚笑话！”翠凤尚未说完，黄二姐已出房外，揩了把面。赵家娒还在收拾妆奁，略劝两句。黄二姐便向赵家娒道：“倌人自家赎身，客人帮贴末也多煞。倘然罗老爷勿肯帮，价末耐也好算是囡仵，该应搭罗老爷说，挑挑①我；阿有啥罗老爷肯帮仔，耐倒勿许罗老爷帮？阿是罗老爷个洋钱耐定归要一干子拿得去？”翠凤在房里吸水烟，听了笑阻道：“无娒（要勿）说哉呀！我赎身勿赎末哉，再替无娒做十年生意，一节末千把局帐，十年做下来要几花？”自己轮指一算，佯作失惊道：“阿唷，局帐洋钱要三万哚！故是无娒快活得来，连搭仔赎身洋钱也勿要个哉，说道：‘去罢，去罢！’”

几句说得子富也不禁发笑起来。黄二姐隔房答道：“耐（要勿）来浪花言巧语寻我个开心！耐要同我做冤家末做末哉，看耐阿有啥好处！”说着，迈步下楼。赵家娒事毕随去。珠凤、金凤并进房来，皆吓得呆瞪瞪的。翠凤始埋怨子富道：“耐啥一点无拨清头个嗄，白送拨俚一千洋钱为仔啥喤？有辰光该应耐要用个场花，我搭耐说仔，耐倒也勿是爽爽气气个拿出来；故歇勿该应耐用末，一千也肯哉！”子富抱惭不辩。自是，翠凤赎身之事搁散不提。

延过一日，子富偶阅新闻纸，见后面载着一条道：

---

① 挑挑——照顾，给人意外利益。

前晚粤人某甲在老旗昌狎妓请客，席间某乙叫东合兴里姚文君出局。因姚文君口角忤乙，乙竟大肆咆哮，挥拳殴辱，当经某甲力劝而散，传闻乙余怒未息，纠合无赖，声言寻仇，欲行入虎穴探骊珠之计，因而姚文君匿迹潜踪，不知何往云。

子富阅竟大惊，将这新闻告知翠凤，翠凤却不甚信。子富乃喊管家高升，当面吩咐，令其往大脚姚家打听文君如何吃亏，是否癞头鼋所为。高升承命而去，刚踅出四马路，即望见东合兴里口停着一辆皮篷马车，上面坐着一个倌人，身段与姚文君相仿。高升紧步近前，才看清倌人为覃丽娟，颇讶其坐马车何若是之早？略瞟一眼，转弯进弄，到大脚姚家客堂中向相帮探信。那相帮但说不关癞头鼋之事，其余说得含糊不明。高升迟回欲退，只见陶云甫从客堂后面出来，老鸨大脚姚随后相送。高升站过一边，叫声“陶老爷”。云甫问他到此何事，高升说：“打听文君个事体。”云甫低头一想，然后悄向高升道：“事体是无价事，骗骗个癞头鼋。常恐癞头鼋勿相信，去上个新闻纸。故歇文君来哚一笠园，蛮好来浪。耐去搭老爷说，（要勿）拨外头人听见。”高升连声应“是”。

云甫遂别了大脚姚，出弄上车，一路滔滔，直驶进一笠园门内方停。陶云甫、覃丽娟相将下车，当值管家当先引导，由东转北，绕至一处，背山临湖的五间通连厅屋，名曰拜月房栊。但见帘筛花影，檐袅茶烟，里面却静悄悄的，不闻笑语声息。陶云甫、覃丽娟进去，只有朱蔼人躺在榻床吸鸦片烟，旁边坐着陶玉甫、李浣芳，更无别人在内。正要动问，管家禀道：“几位老爷才来浪看射箭，就要来哉。”道言未了，果然一簇冠裳钗黛，跄济缤纷，从后面山坡下兜过来。打头就是姚文君，打扮得结灵即溜，比众不同。周双玉、张秀英、林素芬、苏冠香俱跟在后，再后方是朱淑人、高亚白、尹痴鸳、齐韵叟暨许多娘姨、管家。齐集于拜月房栊，随意散坐。陶云甫乃向姚文君道："坎坎我自家到耐屋里去问，耐无娒说，瘌头鼋昨日咿来，搭俚说仔倒蛮相信，就是一班流氓，七张八嘴有点闲话，我说也勿要紧。"

齐韵叟亦向陶云甫道："再有一桩事体要搭耐说，令弟今朝要转去，我问俚：'阿有事体？倪节浪末再要闹热闹热，啥要紧转去？'令弟说：'去仔再来。'难末我倒想着哉，明朝十三是李漱芳首七，大约就是为此，所以定归要去一埭。我说漱芳命薄情深，可怜亦可敬，倪七个人明朝一淘去吊吊俚，公祭一坛，倒是一段风流佳话。"云甫道："价末先要去拨个信末好。"韵叟道："勿必，倪吊仔就走，出来到贵相好搭去吃局。我末要见识见识贵相好同张秀英个房间，大家去噪俚哚一日天。"覃丽娟接说道："齐大人再要客气。倪搭场花小点，大人勿嫌龌龊，请过来坐坐，也算倪有面孔。"须臾，传呼开饭，管家即于拜月房栊中央，左右分排两桌圆台。众人无须推让，挨次就位：左首八位，右首六位。齐韵叟留心指数，讶道："翠芬到仔陆里去哉？今朝一径勿曾看见俚。"林素芬答道："俚起来仔咿困来浪。"尹痴鸳忙问："阿有啥勿适意？"素芬道："怎晓得俚，好像无啥。"韵叟遂令娘姨去请。那娘姨一去半日，不见回覆。韵叟忽想起一事道："前日天，我听见梨花院落里，瑶官同翠芬两家头合唱一套《迎像》，倒唱得无啥。"林素芬道："勿是翠芬喤，俚大曲会末会两只，《迎像》勿曾教唲。"苏冠香道："是翠芬来浪唱。俚就听俚哚教，听会仔好几只哚。"陶云甫道："《迎像》搭仔《哭像》连下去一淘唱，故末真生活。"高亚白道："《长生殿》其余角色派得蛮匀，就是个正生，《迎像》《哭像》两出吃力点。"齐韵叟闻此议论，偶然高兴，再令娘姨传唤瑶官。瑶官得命，随那娘姨而至。众人见瑶官的皪①圆的面孔，并不傅些脂粉，垂着一根绝大朴辫，好似乌云中推出一轮皓月。韵叟命其且坐一旁，留出一位，在尹痴鸳肩下，专等林翠芬。

维时，上过四道小碗，间着四色点心。管家端上茶碗，并将各种水烟、旱烟、锡加烟装好奉上。朱蔼人独出席就榻，仍去吸鸦片烟。陶云甫乃想起酒令来，倡议道："龙池先生个'四声酒令'，倪再行行看。"尹痴鸳摇手道："勿成功，一部《四书》我通通想过，再要凑俚廿四句，勿全个哉。就为仔去上平入单有一句'放饭流歠②'，无拨第二句好说。"云甫不信道："常恐耐勿曾想到。"痴鸳道："价末耐再去想。有仔一句'去上平入'末，其余就容易得势。最容易是'平上入去'：'时使薄敛'，'君子不器'，'而后国治'，'无所不至'，'然后东正'，'为礼不敬'，'芸者不变'，'言语必信'，'今也不幸'，'中士一位'，'君子不亮'，'来者不拒'，'汤使毫众'，'夫岂不义'……好像有廿几句哚，我也记勿得几花。"云甫想着一句道："'长幼之节'，倒勿是'上去平入'?"痴鸳道："我说个'去上平入'无拨呀，'上去平入'就勿稀奇：'请问其目'，'子路、曾晰'，'父召无诺'，'五亩之宅'，'子在陈曰'，'改废绳墨'，才推扳一点点。"众人见说，怃然若失，皆道："《四书》末，从小也读烂个哉，如此考据，可称别开生面，只怕从来经学家也勿曾讲究歇喤。"不想席间讲这酒令，适值林翠芬挈那娘姨，穿花度柳，姗姗来迟，悄悄地站了多时，大家都没有理会。尹痴鸳觉背后响动，回头看视，只见翠芬满面凄凉，毫无意兴，两鬓角蓬蓬松松，连簪珥钏环亦未齐整，一手扶定痴鸳椅背，一手只顾揉眼睛。痴鸳赔笑让坐，

---

① 的皪（lì）——光亮、鲜明。

② 放饭流歠（chuò）——比喻大吃大喝。

翠芬漠然不睬。痴鸳起身双手来搀，翠芬摔脱袖子，攒眉道：“（要勿）嗹！”齐韵叟先“格”声一笑，引得众人不禁哄堂。痴鸳不好意思，讪讪坐下。翠芬岂不知这笑的为己而发，越发气得别转脸去。张秀英谓其系清倌人，倒不放在心上，意欲劝和，无从搭口。还是林素芬招手相叫，翠芬方慢慢踅往阿姐面前。素芬替她理理头发，捉空于耳朵边说了两句。翠芬置若罔闻，等阿姐理好，复慢慢踅向远远的烟榻对过一带靠窗高椅上，斜签身子，坐在那里，将手帕握着脸，张开一张小嘴打了一个呵欠。

席间众人肚里好笑，不敢出声。尹痴鸳轻轻笑道：“只好我去倒运点哉嗹。”说了，便取根水烟筒，踅至烟榻前，点着纸吹，也去坐在靠窗高椅上，和翠芬隔着一张半桌。痴鸳知道清倌人吃醋，必然深自忌讳，不可劝解的，只用百计千方，逗引翠芬顽笑。翠芬回身爬上窗槛，眼望一笠湖中一对白凫出没游泳，听凭痴鸳装腔作势，并不觑一正眼儿。齐韵叟料急切不能挽回，姑命瑶官独唱一套《迎像》。瑶官自点鼓板，央苏冠香为之擫笛。席间要紧听曲，不复关心。朱蔼人自烟榻下来，顺便怂恿翠芬同去吃酒。翠芬苦苦告道：“有点勿舒齐，吃勿落呀！”蔼人只得走开。尹痴鸳没奈何，遂去挨坐翠芬身边，另换一副呆板面孔，正正经经，亲亲密密地，特地叫声“翠芬”道：“耐勿舒齐末，台面浪去稍微坐一歇，酒倒勿吃也无啥。耐勿去，就是我末晓得耐为仔勿舒齐，俚哚定归说耐是吃醋，耐自家想想看。”翠芬见痴鸳原是先时相待样子，气已消了几分，及听斯言，抉出真病，心中自是首肯，但一时翻不转面皮，垂头不语。痴鸳探微察隐，乘间要搀翠芬的手。翠芬夺手嗔道：“走开点嗄，讨厌得来！”痴鸳央及道：“价末耐一淘去阿好？”翠芬道：“耐去末哉畹，要我去做啥？”痴鸳道：“耐去坐仔歇原到该搭来末哉。”翠芬道：“耐

先去。”

痴鸳恐催促太迫，转致拂逆，遂再三叮嘱翠芬就来，先自归席。瑶官的《迎像》正唱到抑扬顿挫之际，席间悚然听之。痴鸳略为消停，即丢个眼色与林素芬，素芬复招手叫翠芬。翠芬便趁势趔趄而前问：“阿姐啥嗄？”素芬向高椅努嘴示意，痴鸳也欠身相让。翠芬却将高椅拉开些，仍斜签身子和瑶官对坐。痴鸳等瑶官唱完，暗将韵叟本要合唱之意附耳告诉翠芬。翠芬道：“《迎像》倪勿会个啘。”痴鸳又将韵叟曾经听得之说，附耳告诉翠芬。翠芬道：“勿曾全哩呀。”痴鸳连碰两个顶子①，并不介意，只切切求告翠芬吃杯热酒润润喉咙，拣拿手的唱一只。翠芬不忍再拗，装做不听见，故意想出些话头问瑶官，瑶官不得不答。痴鸳手取酒壶，筛满一鸡缸杯，送到翠芬嘴边。翠芬秋气大声道：“放来浪嗄！”痴鸳慌地缩手，放在桌上。翠芬只顾和瑶官搭讪问答，刺斜里抄过手去，取那杯酒一口呷干，丢下杯子，用手帕揩揩嘴。瑶官问翠芬：“阿唱？”翠芬点点头。于是瑶官捩笛，翠芬续唱半出《哭像》。席间自然称赞一番。然后用饭撤席。

那时将近三点钟，众人不等齐韵叟回房歇午，陆续踅出拜月房栊，三三两两，四散园中，各适其适去了。林翠芬赶人不见，拉了瑶官先行，转出山坡，抄西向北一直望梨花院落行来。只见院门大开，院中树荫森森，几只燕子飞出飞进，两边厢房恰有先生在内教一班初学曲子的女孩儿。瑶官径引翠芬上楼，到了自己卧房里。间壁琪官听见，也踅过来，见翠芬脸上粉黛阑珊，就道：“耐要捕捕面哉呀，陆里去噪得实概样式？”瑶官笑道：“勿是个噪，为仔吃醋。”翠芬怒道：“倪倒勿懂啥个叫吃醋，耐说说

① 碰顶子——顶，同“钉”。要求被拒绝，遭冷遇。

看!”瑶官不辩，代喊个老婆子舀盆面水，亲去移过镜台。翠芬坐下，重整新妆。琪官还待盘问，翠芬道:“耐问俚做啥嗄?俚乃是听俚哚来浪说吃醋，能末算学仔个乖哉。阿晓得吃醋是啥事体!”瑶官背地向琪官挤挤眼，摇摇头，琪官便不做声。不提防被翠芬在镜中看得分明，且不提破，急急地掠鬓匀脸，撒手就走;将及房门，复回身说道:“我去哉，难两家头去说我末哉!”

琪官、瑶官赶紧追上攀留，翠芬竟已拔步飞奔，登登下楼。出了梨花院落，一路自思何处去好，从白墙根下绕至三叉石子路口，抬头望去，遥见志正堂台阶上站立一人，背叉着手，形状似乎张寿。翠芬逆料①姐夫、阿姐必在那里，不如赶去消遣片时再说。

第四十五回终。

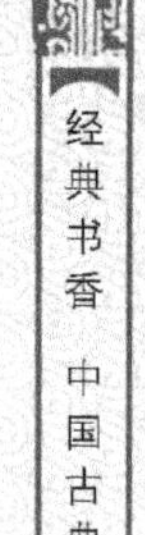

① 逆料——预料，预测。

第四十六回

逐儿嬉乍联新伴侣 陪公祭重睹旧门庭

按：林翠芬打定主意，迤逦踅到志正堂前，张寿揭起帘子，让其进去，只见姐夫朱蔼人躺在堂中榻床上吸鸦片烟，阿姐林素芬陪坐闲话。翠芬笑嘻嘻叫声“姐夫”，趴着阿姐膝盖，侧首观看。素芬想起，随口埋怨翠芬道：“难（要勿）去勿着勿落瞎噪！尹老爷原搭耐蛮好，耐也写意点，快快活活讲讲闲话末好哉。俚哚有交情，生来要好点。耐是清倌人，阿好眼热嗄。”翠芬不敢回嘴，登时面涨通红，几乎下泪。蔼人笑道：“耐再要去说俚，真真要气杀俚个哉！”素芬嗤地失笑道：“好邱也勿曾懂末，阿有啥气嗄。”翠芬一半羞惭，一半懊悔，要辩又不能辩，着实叫她为难。素芬不去理论，原与蔼人攀谈。良久良久，翠芬微微换些笑容，蔼人即撺掇她去白相。翠芬本觉在此无味，行将行。素芬叫住，叮咛道：“耐末自家要见乖，阿晓得？再去竖起仔个面孔，拨俚哚笑。”

翠芬默然，懒懒地由志正堂前箭道上低着头向前走，胸中还辘辘地转念头。不知不觉转个弯，穿入万花深处，顺路踅过九曲平桥。桥下一直西北系大观楼的正路，另有一条小路，向南岔去，都是层层叠叠的假山。那山势千回百折，如游龙一般，故总名为蜿蜒岭。及至岭尽头，翻过龙首天心亭，亦可通大观楼了。翠芬无心走此小路，或悬崖峭壁，或幽壑深岩，越走越觉隐僻。正拟转身退回，忽见前面一个人，身穿簇新绸缎，蹲踞假山洞口，湿漉漉地。翠芬失声问：“啥人？”那人绝不返顾。翠芬近前逼视，竟是朱淑人，弯着腰，蹑着脚，手中拿根竹签，在那里撩苔剔藓，拨石掏泥。翠芬问道：“沓脱仔啥物事嗄?”淑人但摇摇手，只管旁视侧听，一步步捱进假山洞。翠芬道：“耐看衣裳龌龊哉呀。”淑人始低声道：“（要勿）响喤，耐要看好物事末，该首去。”翠芬不知如何好看物事，照依所指方向，贸然往寻。只见山腰里盖着三间洁白光滑的浅浅石室，周双玉独自一个坐于石槛上，两手合捧一只青花白地瓷盆，凑到脸上，将盆盖微开一缝，孜孜的向内张觑。翠芬未至跟前，便嚷道：“啥物事嗄？拨我看喤!”双玉见是翠芬，笑说：“无啥好看。”随后授过瓷盆。

翠芬接得在手，揭起盆盖，不料那盆内单装着一只促织儿，撅起两根须，奕奕闪动。双玉慌地伸手来掩，翠芬只道是抢，将身一扭，那促织儿就猛可里一跳，跳在翠芬衣襟上。翠芬慌地捕捉，早跳向草地里去了。翠芬发急乱嚷，丢下瓷盆，迈步追赶，双玉随后跟去。那促织儿接连几跳，跳到一块山石之隙，被翠芬赶上一扑，扑入掌心，一把揣住，笑嘻嘻踅回来道：“来里哉，险个!”

双玉去草地里拾起瓷盆，翠芬松手，放进促织儿，加上盖。双玉再张时，不禁笑道：“无行用个哉，放仔俚生罢。”翠芬慌地拦阻问：“为啥无行用哉嗄?”双玉道：“沓脱仔脚哉呀。”翠芬道：“沓脱仔脚末，也勿要紧啘。”双玉恐她纠缠，笑而不答。适值朱淑人满面笑容，一手沾染一搭烂泥，一手揣得紧紧的，亦到了石室前。双玉忙问：“阿曾捉着?”淑人点头道：“好像无啥，耐去看喤。”双玉向翠芬道：“难要放生仔俚，装该只哉。”翠芬按定盆盖，不许放，嚷道：“我要个呀!”双玉遂把瓷盆交给翠芬，和淑人并进石室中间，翠芬接踵相从。这室内仅摆一张通长玛瑙石天然几，几上叠着一大堆东西，还有许多杂色瓷盆。双玉拣取空的一只描金白定窑，将淑人手中促织儿装上。双玉一张，果然玉冠金翅，雄杰非常，也啧啧道：“无啥！再要比‘蟹壳青’好。”翠芬在旁，拉着双玉袖口，央告要看。双玉教她看法，翠芬照样捧着，张见这盆内

原是一只促织儿，并无别的物事，便不看了。

双玉说起适间“蟹壳青”折脚一节，淑人也要放生。翠芬如何肯放，取那瓷盆抱于怀中，只道：“我要个呀！”淑人笑道：“耐要俚做啥嗄？”翠芬略怔一怔，反问道：“划一要俚做啥？我勿哓得啘，耐说嗹。”招得淑人只望着双玉笑。双玉嘱道：“耐(要勿）响，故末请耐一淘看好物事。”翠芬唯唯遵命。当下展开一条大红老虎绒毯，铺设几前石板甃成的平地上，搬下一架象牙嵌宝雕笼，陈于中央，许多杂色瓷盆，一字儿排列在外。淑人、双玉对面盘膝坐下，令翠芬南向中坐。先将现捉的促织儿下了雕笼，然后将所有“蝴蝶”“螳螂”“飞铃”“枣核”“金琵琶”“香狮子”“油利挞”各种促织儿，更替放入，捉对儿开闸厮斗。初时这玉冠金翅的昂昂不动，一经草茎撩拨，勃然暴怒起来，凭陵冲突，一往无前，两下里扭结做一处，哪里饶让一些儿。喜欢得翠芬拍腿狂笑，仍垂下头直瞪瞪地注视。不提防雕笼中戛然长鸣一声，倒把翠芬猛吓一跳。原来一只“香狮子”竟被玉冠金翅的咬死，还见它耸身振翼，似乎有得意之状。接连斗了五六阵，无不克捷。末后连那“油利挞”都败下奔逃。淑人也喝彩道：“故末是真将军哉！”双玉道：“耐搭俚起个名字嗹。”翠芬抢说道：“我有蛮好个名字来里。”淑人、双玉同声请教。

翠芬正待说出，忽见娘姨阿珠探头一望，笑道：“我说小先生也来里该搭，花园里才寻到个哉，快点去罢。”翠芬生气道：“寻啥嗄？阿怕我逃走得去！”阿珠沉下脸道：“尹老爷来浪寻呀，倪末寻耐小先生做啥！”说着，即闻尹痴鸳声音，一路说笑而至，淑人忙起立招呼。痴鸳当门止步，顾见翠芬，抵掌笑道：“难末耐也有仔淘伴哉。”翠芬道：“耐阿要看？来嗹。”痴鸳只是笑，双玉道：“今朝就是俚一只来里斗，（要勿）难为俚，明朝看罢。”阿珠听说，上前收拾一切家伙。淑人俯取雕笼，将这“玉冠金翅

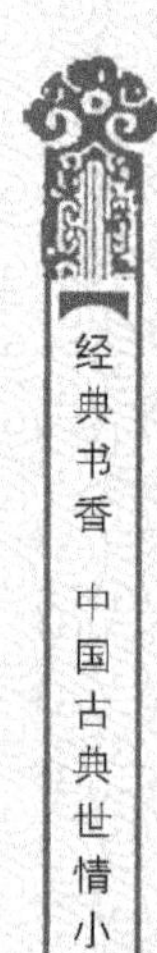

将军”亲手装盆，郑重标记。翠芬、双玉且撑且挽，一齐起身。痴鸳向双玉道：“耐也坐来里冰冷个石头浪，干已个喤！勿比得翠芬勿要紧。”淑人道：“故末为啥？”双玉斜瞅一眼道：“耐喤去问俚，阿有啥好闲话！”痴鸳呵呵一笑，因催翠芬先行。翠芬徙倚石几，还打量那折脚的促织儿，依依不舍。双玉乃道：“耐要么，拿得去。”翠芬欣然携盆出门。痴鸳问淑人道：“倪才来里大观楼，阿就来？”淑人点首应诺。痴鸳又道：“老兄两只贵手也要去揩揩哉喤。”一面搭讪，已和翠芬去的远了。

阿珠收拾粗毕，自己咕噜道：“人末小干仵，脾气倒勿小。”双玉道：“耐也勿着落，‘先生’末‘先生’，啥个‘小先生’嗄！”阿珠道：“叫俚小先生也无啥啘。”双玉道：“起先是无啥，故歇添仔个‘大先生’哉呀。”朱淑人接嘴说：“故倒勿差，倪也要当心点哚。”阿珠道：“啥人去当心嗄？勿理仔末好哉。”于是朱淑人、周双玉随带阿珠，从容联步，离了石室，踅至蜿蜒岭磴道之下，却不打天心亭翻过去。只因西首原有出路在龙颏间，乃是一洞，逶迤窈窕，约三五十步，穿出那洞，返在大观楼之西。虽然远些，较之登峰造极，终为省力，故三人皆由此路转入在观楼前堂。那知茶烟未散，寂无一人，料道那些人都向堂外近处散步，且令阿珠舀水洗手，少坐以待。既而当值管家上堂点灯，渐渐地暮色苍然，延及户牖，方才一对一对陆续咸集于堂上。谈笑之间，排上晚宴，大家偶然不甚高兴，因此早散。散后，各归卧房歇息。朱淑人初为养病，和周双玉暂居湖房，病愈将拟迁移，恰好朱蔼人、林素芬到园，喜其宽绰，就在湖房下榻，淑人亦遂相安。两朱卧房虽非连属，仅空出当中一间为客座。那林翠芬向居大观楼，于尹痴鸳房后别设一床。后来添了个张秀英，翠芬自觉不便，也搬进湖房来，便把客座后半间做了翠芬卧房，关断前半间，从阿姐房中出入。

这晚两朱暨其相好一起散归，直至客座，分路而别。朱蔼人到了房里，吸着鸦片烟，与林素芬随意攀谈，谈及明晨公祭，今夜须当早睡。素芬想起翠芬未归，必在尹痴鸳那边，叫她大姐吩咐道："耐拿个灯笼去张张俚嗅。晚歇无拨仔自来火，教俚一干子阿好走嗄！"大姐说是"来里该搭天井里。"素芬道："价末喊俚进来哉呀，天井里去做啥？"大姐承命去喊，半日杳然。素芬自望房门口高声叫唤，隐隐听得外面应说："来哉。"又半日，蔼人吸足烟瘾，吹灭烟灯，翠芬才匆匆趋至，向姐夫、阿姐面前打个遭儿，回身要走。素芬见其袖口露出一物，好像算盘，问："拿个啥物事？"翠芬举手一扬，笑道："是五少爷个呀。"说了已踅进里间，随手将房门掩上。外间蔼人宽衣先睡，比素芬登床，复隔房叫翠芬道："耐也困罢，明朝早点起来。"翠芬顺口噭①应。素芬亦就睡下，因恐睡的失瞻，落后见笑，自己格外留心。正自睡得沉酣甜熟，蔼人忽于梦中翻了个身，依然睡去，反惊醒了素芬。素芬张目存想，不知什么时候，轻轻欠身揭帐，剔亮灯台，看桌上自鸣钟，不过两点多些，再要睡时，只闻翠芬房里历历碌碌的作响，细听不是鼠耗，试叫一声"翠芬"。翠芬在内问道："阿是阿姐喊我？"素芬道："为啥勿困嗄？"翠芬道："难要困哉。"素芬道："两点钟哉，来浪做啥，再勿困？"翠芬更不答话，急急收拾，也睡了。素芬偏又睡不着，听那四下里一片蛙声，嘈嘈满耳，远远的还有鸡鸣声，狗吠声，小儿啼哭声，园中不应有此，园外如何得闻，猜解不出。接着巡夜更夫敲动梆子，迤逦经过湖房墙外，素芬无心中循声按拍，跟着敲去，遂不觉跟到黑甜乡中，流连忘返。

次日起身，幸未过晚，刚刚梳洗完备，早有管家传命于娘

① 噭（jiào）应——高声急应。

姨，请老爷、先生们到凤仪水阁会齐用点心。朱蔼人应诺，回说："就来。"适值对房里朱淑人亲来探问："阿曾舒齐？"林素芬说："舒齐哉。"淑人道："价末倪着好仔衣裳，一淘去。"素芬道："好个。"翠芬在里间听见淑人声音，忙扬声叫："五少爷。"淑人进去问："啥？"翠芬取那两件雕笼瓷盆交还淑人道："耐带得去，勿要哉。"淑人见雕笼内竟有两只促织儿，一只是折脚的"蟹壳青"，一只乃是"油葫芦"。笑问："陆里来个嗄？"翠芬咳了一声道："（要勿）去说俚！我末昨日夜里头倒辛辛苦苦捉着仔一只，搭俚姘个对。陆里晓得短命众生单会奔，团团转个奔得来奔得去。我煞死要俚斗，俚末煞死个奔，耐说阿要火冒？"淑人笑道："原说无行用个哉，耐勿相信。耐喜欢末，我送一对拨耐，拿转去白相相。"翠芬道："谢谢耐，勿要哉。看见仔也讨气。"淑人笑着，顺赍笼盆，赶紧回房，催周双玉换了衣裳便走。两边不先不后相遇于客座中间。五个人带着娘姨、大姐同出湖房，一路并不停留，径赴凤仪水阁，只见众人已齐集等候。厮见就坐，用过点心。总管夏余庆趋前禀道："一切祭礼同应用个物事，才舒齐，送得去一歇哉。人末就派仔两个知客去伺候，阿要用赞礼？"齐韵叟沉吟道："赞礼勿必哉，喊小赞去一埭。"夏总管出外宣命。

须臾，小赞带个羽缨凉帽，领那班跟出门的管家，攒聚帘外。韵叟顾问："马车阿曾套好？"管家回禀："套哉。"韵叟乃向众人道："倪去罢。"众人听说，各挈相好，即时起身。于是七客八局并从行仆媪，一行人下了凤仪水阁台阶，簇拥至石牌楼下。那牌楼外面一条宽广马路，直通园外通衢大道，十几辆马车，皆停在那里。一行人纷纷然登车坐定，蝉联鱼贯，驶出园门。

不多时，早又在于四马路上。陶玉甫从车中望见"东兴里"门楣三个金字，灿烂如故；左右店家装潢陈设，景象依然。弄口边摆着个拆字先生摊子，挂一轴面目部位图，又是出进所常见的。玉甫哪里忍得住，一阵心酸，急泪盈把，惹得个李浣芳也哭起来。幸而马车霎时俱停，知客迎候于弄外，一行人纷纷然下车进去。陶玉甫恐人讪笑，掩在陶云甫背后，缓步相随。比及门首，玉甫更吃一惊，不独李漱芳条子早经揭去，连李浣芳条子亦复不见。却见对门白墙上贴了一张黄榜，八众沙门在客堂中顶礼《大悲经忏》，烧的香烟氤氲不散。知客请一行人暂坐于右首李浣芳房间，不料陈小云在内，不及回避，齐韵叟殊为诧异。陶云甫抢步上前，代通姓名，并述相恳帮办一节。韵叟方拱手说："少会。"大家随便散坐。一时知客禀请行礼，齐韵叟亲身要行，陶云甫慌忙拦阻。韵叟道："我自有道理，耐也何必替俚哚客气？"云甫遂不言语。

韵叟举目四顾，单少了陶玉甫一人，内外寻觅不见。陶云甫便疑其往后面去的，果然从李秀姐房里寻了出来。韵叟见玉甫两眼圈儿红中泛紫，竟似鲜荔枝一般，后面跟的李浣芳更自满面泪痕，把新换的一件孝衫沾湿了一大块。韵叟点头感叹，却不好说什么。当和一行人穿过经坛，簇拥至对过左首房间。那房间比先前大不相同，橱箱、床榻、灯镜、几案，收拾得一件也没有了。靠后屏门，张起满堂月白繐①帐，中间直排三张方桌，桌上供一座三尺高五彩扎的灵宫，遮护位套。一应高装祭品，密密层层，摆列在下，龙香、看烛、饭亭俱全。

尔时帐后李秀姐等号啕举哀，秀姐嗣子羞惧不出，灵右仅有李浣芳俯伏在地。小赞手端托盘，内盛三只银爵，躬身侧立，只等主祭者行礼。

第四十六回终。

---

① 繐（suì）——同"穗"。用丝线、布条等扎成的、挂起来往下垂的装饰物。

海上花列传

第四十七回

陈小云运遇贵人亨　吴雪香祥占男子吉

按：齐韵叟随身便服，诣李漱芳灵案前恭恭敬敬朝上作了个揖，小赞在旁服侍拈香奠酒，再作一揖，乃退下两步，令苏冠香代拜。冠香承命，拜了四拜。其余诸位自然照样行事。次为高亚白，是姚文君代拜的。文君拜过平身，重复跪下再拜四拜。亚白悄问何故，文君道："先是代个呀，倪自家也该应拜拜俚。"亚白微笑。尹痴鸳欲令林翠芬代拜。翠芬不肯，推说："阿姐勿曾拜哉呀。"痴鸳笑道："倒也勿差。"只得令张秀英来代。及林素芬为朱蔼人代拜之后，翠芬就插上去也拜了。以下并不待开口，朱淑人作过揖，周双玉便拜；陶云甫作过揖，覃丽娟便拜。煞末挨到陶玉甫，正作揖下去，齐韵叟扬言道："浣芳间架头，玉甫只好自家拜。"玉甫听说，正中心怀，揖罢即拜，且拜且祝，不知祝些什么。祝罢又是一拜，方含泪而起。小赞乃于案头取下一卷，双手展开，系高亚白做的四言押韵祭文，叙述得奇丽哀艳，无限缠绵，小赞跪于案旁，高声朗诵一遍，然后齐韵叟作揖焚库。

礼成祭毕，陶玉甫打闹里挈起李浣芳先自溜去。一行人纷纷然重回右首李浣芳房间，陈小云侧立迎进。怎奈外间钟鼓之声，聒耳得紧，大家没得攀谈。覃丽娟、张秀英同词说道："倪完结哉呀，请该首去坐罢。"齐韵叟连说"好极"，却请陈小云一淘叙叙，小云嗫嚅不敢。韵叟转挽陶云甫代说，小云始遵命奉陪。临行时又寻起陶玉甫来，差大阿金往后面去寻，不见回复。齐韵叟攒眉道："故末真真罢哉！"陶云甫忙道："我去喊。"亲自从房后赶至李秀姐房门首，只见李浣芳独倚门旁，秀姐和玉甫并在房中，对面站立，一行说一行哭。云甫跺脚道："去哉呀，儿花人单等耐一干子！"秀姐因也催道："价末二少爷外头去罢，晚歇再说末哉。"玉甫只得跟云甫踅出前边，大家哄然说："来哉，来哉！"齐韵叟道："难人阿曾齐嘎？"苏冠香道："再有个浣芳。"一语未终，阿招搀着浣芳也来了。浣芳一直踅至韵叟面前，便扑翻身磕一个头。韵叟错愕问故，阿招代答道："无娒教俚替阿姐谢谢大人、老爷、先生、小姐。"韵叟挥手道："算啥嘎？勿许谢。"侧里冠香即一把拉浣芳到身边，替她宽带解纽，脱下孝衫，授与阿招收去。一面齐韵叟起身离座，请陈小云前行。小云如何敢僭①，垂手倒退。尹痴鸳笑道："（要勿）让哉，我来引导。"当先抢步出房。随后一个一个次第行动。痴鸳将及东兴里口，忽闻知客在后叫"尹老爷"，追上禀道："马车停来浪南昼锦里，我去喊得来。"痴鸳道："马车勿坐哉嘼，问声大人看。"知客回身拦禀请命，齐韵叟亦道："一点点路，倪走得去好。"知客应声"是"。韵叟令其传命执事人等一概撤回，但留两名跟班伺候。知客又应声"是"，退站一边。

一行人接踵联袂，步出马路，或左或右，或前或后，参差不齐。转瞬间已是西公和里。姚文君打头，跑进覃丽娟家，三脚两步，一溜上楼。尹痴鸳续到，却不进去，于门首伫立凝望。即时齐韵叟带领大队，簇拥而至。痴鸳拦臂请进，韵叟道："耐阿是算本家？"痴鸳笑而不辩，跟随进门，踅至客堂。一个外场手持

① 僭（jiàn）——越出本分。

一张请客票呈上陶云甫。云甫接来一看，塞向怀里，众人都不理会。覃丽娟等在屏门内，要搀扶齐韵叟。韵叟作色道：“耐道仔我走勿动？我不过老仔点，比仔小伙子勿推扳喤。”说着，撩衣蹑足，拾级登梯。娘姨打起帘子，请到房里。韵叟四面打量，夸赞两句。覃丽娟随口答道：“勿好个，大人请坐喤。”韵叟略让陈小云，方各坐下。大家陆续进房，随意散坐，恰好坐满一屋子。姚文君满面汗光，畅开一角衣襟，只顾搧扇子。高亚白就说道：“耐怕热末，坎坎啥要紧实概跑？”文君道：“陆里跑嘎！我常恐拨瘌头鼋个流氓看见，要紧仔点。”齐韵叟见房内人多天热，因向众人道：“倪再要去认认秀英个房间哉呀。”大家说：“好。”张秀英起立专候，并催道：“价末一淘请过去喤。”陈小云不复客气，先走一步，与齐韵叟同过对过张秀英房间。众人也有相陪过去的，也有信步走开的，只剩朱蔼人吸烟过瘾。

陶玉甫、李浣芳没精打采，尚在覃丽娟房里。陶云甫令娘姨传命外场摆台面，再去对过胡乱应酬一会，捉个空，仍回房来问陶玉甫道：“李秀姐搭耐说啥？”玉甫道：“说个浣芳。”云甫道：“说浣芳末，为啥哭嘎？”玉甫垂首无语。云甫从容劝道：“耐（要勿）单顾仔自家哭，样式样才勿管。今朝几花人跑得来做啥？说末说祭个李漱芳，终究是为仔耐。常恐耐一干子去，想着仔漱芳再要一泡仔哭，有几花人一淘来浪，故末让耐散散心，豁开点。故歇就说是豁勿开，耐也该应讲讲笑笑，做出点快活面孔，总算几花人面浪领个情。耐自家去想，阿对？”玉甫依然无语。适娘姨来说：“台面摆好哉。”云甫想去问齐韵叟阿要起手巾。朱蔼人道：“问啥喤，喊俚哚绞起来末哉。”娘姨应了。云甫替陈小云开张局票，授与娘姨带下发讫。比外场绞过手巾，两面房间客人、倌人齐赴当中客堂，分桌坐席，公议齐韵叟首位，高亚白次位，陈小云第三。其余诸位早自坐定。陈小云相机凑趣，极意逢迎。大家攀谈，颇相浃洽。陶玉甫勉承兄命，有时也搭讪两句。

俄而金巧珍出局到来，众人命于陈小云肩下骈坐。巧珍本系圆融的人，复见在席同侪衔杯举箸，饮啖自如，自己亦随和入席。齐韵叟赏其圆融，偶然奖许。巧珍益自卖弄，诙谐四出，满座风生。为此席间并不寂寞。齐韵叟忽然想着，问高亚白道："耐做个祭文里说起仔病源，有多花曲曲折折，啥个事体？"亚白见问，遂将李漱芳既属教坊，难居正室，以致抑郁成病之故，彻底表明。韵叟失声一叹，连称："可惜！可惜！起先搭我商量，我倒有个道理。"亚白问："是何道理？"韵叟道："容易得势，漱芳过房①拨我，算是我个囡仵，再有啥人说啥闲话？"大家听说默然。唯有陶玉甫以为此计绝妙，回思漱芳病中若得此计，或可回生，今则徒托空言，悔之何及。登时提起一肚皮眼泪，按捺不下，急急抽身溜入覃丽娟房间去了。高亚白道："故末是倪勿好，讲得起劲仔，忘记仔玉甫。"姚文君插口道："李漱芳个人也忒好哉！做仔倌人也无啥要紧哙，为啥勿许做大老母？外头人是瞎说呀，我做李漱芳末，先拿说闲话个人拨两记耳光俚吃。"说得大家一笑。

齐韵叟禁阻道："（要勿）去说俚哉，随便啥讲讲罢。"高亚白矍然道："有样好物事来里，拨耐看。"欻地出席，去张秀英房间取出一本破烂春册，授与韵叟。韵叟揭开细细阅竟，道："笔意蛮好，可惜勿全。"随将春册递下传观。亚白道："好像是玉壶山人手迹，不过寻勿出俚凭据。"韵叟道："名家此种笔墨，陆里肯落图章款识。再有仔个题跋就好哉。"尹痴鸳道："题个跋末勿

① 过房——也称过继，自己无子而以兄弟或他人之子转为己后。

如做篇记。就拿七幅来分出个次序，照叙事体做法，点缀点缀，竟算俚是全璧，阿是比仔题跋好？”亚白道：“故末要请教耐去做个哉。”痴鸳道：“耐请我老旗昌开厅，我做拨耐看。”亚白道：“我末就请仔耐开厅，倘然耐做出来，有一字不典，一句不雅，要罚耐十台开厅哚喤！”痴鸳拍案大声道：“一言为定，台面浪才是见证！”不料这一拍，倒惊动了陶玉甫，只道外面破口争论，悄悄地揩干泪痕，出房归席，见众人或仰着脸，或摇着头，皆说这篇文章着实难做。高亚白道：“俚敢于大言不惭，终有本事来浪管俚难勿难。”齐韵叟道：“我要紧拜读拜读。明朝耐就请仔俚，教俚快点做。”尹痴鸳道：“节浪无工夫，我十七做好仔，十八到老旗昌交卷。该应罚勿该应罚，大家公评。”亚白道：“准于十八老旗昌取齐，在席七位就此面订恕邀。”众人皆说：“应奉陪。”陶玉甫低问陈小云做的何等文章。小云取过春册，诉明缘由。玉甫无心展阅，略翻一翻，随手丢下。齐韵叟见玉甫强作欢容，毫无兴会，又见天色阴晦，恐其下雨，当约众人早些散席，大家无不遵命。金巧珍见出局不散，未便擅行。陈小云暗地催她：“去罢。”巧珍方去。

席散后，陶云甫拟进城回家，了理俗务。朱蔼人为汤啸庵出门，没个帮手，节间更忙，并向齐韵叟告罪失陪。韵叟欲请陈小云到园，小云亦托辞有事。韵叟道：“价末中秋日务必屈驾光临。”小云未及答言，陶云甫已代应了。韵叟转问尹痴鸳：“阿转去？”痴鸳道：“耐先请，我就来。”韵叟乃与高亚白、朱淑人、陶玉甫各率相好，拱手作别，仍坐原车归园，覃丽娟、张秀英直送出大门而回。接着朱蔼人兴辞，林翠芬跟阿姐林素芬乘轿同去。陈小云始向陶云甫打听中秋一笠园大会情形。云甫道：“啥个大会嗄！说末说日里赏桂花，夜头赏月，正经白相原不过叫局

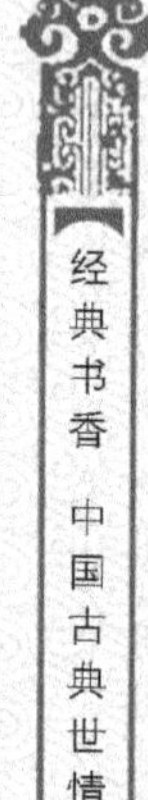

吃酒。”小云道：“听说吃仔酒末定归要做首诗，阿有价事？”云甫摇手笑道：“无拨个，啥人肯做诗嘎。倘然耐高兴做也做末哉，总无拨俚哚自家人做个好，徒然去献丑。”小云道：“我第一埭去阿要用个帖子拜望？”云甫摇手道：“无须。俚请仔耐末，交代园门口，簿子浪就添仔耐陈小云个名字。耐末便衣到园门口说明白仔，自有管家来接耐进去。看见仔韵叟，大家作个揖，切勿要装出点斯斯文文个腔调来。做生意末，生意本色好哉。”

小云再欲问时，尹痴鸳适从对过张秀英房里特来面说，即要归园。云甫赶着问道：“耐说做该篇记，我替耐想想，一个字也作勿出。耐如何做法，阿好先说拨我听听？”痴鸳笑道：“故歇我也说勿出如何作法。好像无啥难做，等我做好仔看罢。”云甫只得撩开。尹痴鸳既去，小云亦即起身，说要往东合兴里。云甫道：“阿是葛仲英请耐？我同耐一淘去，稍微应酬歇，我要进城哉。”小云应承暂驻，云甫匆匆着好熟罗单衫，夹纱马褂。覃丽娟并不相送，但说声“就来叫”。

云甫随小云下楼，各令车轿往东合兴伺候。两人联步出门，穿过马路，同至吴雪香家。一进房间，便见大床前梳妆台上亮汪汪点着一对大蜡烛，怪问何事，葛仲英笑而不言。吴雪香敬过瓜子，回说：“无啥。”须臾，罗子富、王莲生、洪善卿三位熟识朋友陆续咸集。葛仲英道：“蔼人、啸庵才勿来，就是倪六个人，请坐罢。”小妹姐检点局票，说：“王老爷局票勿曾有啘。”仲英问王莲生叫何人，莲生自去写了个黄金凤。然后相让入席。洪善卿趁小妹姐装水烟时，轻轻探问：“为啥点大蜡烛？”小妹姐悄诉道：“倪先生恭喜来浪，斋个催生婆婆。”善卿即向葛仲英、吴雪香道喜。席间闻得此信，一叠连声：“恭喜，恭喜！且借酒公贺三杯。”仲英只是笑，雪香却嗔道：“啥个喜嘎，小妹姐末瞎说！”

席间误会其意，皆正色说道："故是正经喜事，无啥难为情。"雪香咳了一声道："勿是难为情。人家倪子养得蛮蛮大，再要坏脱①个多煞；刚刚有仔两个月，怎晓得俚成人勿成人，就要道喜，也忒要紧哰。"

席间见如此说，反觉无可戏谑。雪香叹了一声，又道："（要勿）说啥养勿大，人家再有勿好个倪子，起先养个辰光，快活煞，大仔点倒讨气。"仲英不待说毕，笑喝道："耐再要说，人家听仔耐闲话，也来浪讨气！"雪香伸手将仲英臂膀捽了一把道："耐末讨气哉嘎！"仲英叫声"阿唷坏"，惹得哄堂大笑。连小妹姐并既到的出局亦笑声不绝。罗子富见黄翠凤、黄金凤早来，就拟摆庄。覃丽娟继至，为报陶云甫道："天来浪落雨，耐阿好（要勿）进城哉？"云甫缘有要件不可，转向罗子富通融，先摆十杯。子富应诺，席间乃争先出手打陶云甫的庄。那边黄翠凤乘间问罗子富道："今朝耐为啥勿来？"子富道："我常恐耐无娒再要多说多话。"翠凤道："倪无娒咿好哉呀，赎身也定归哉，身价末原是一千。"子富大为诧异道："原是一千末，为啥起先勿肯，故歇倒肯哉嘎？"翠凤满面冷笑，半晌答道："晚歇搭耐说。"子富心下鹘突，却不敢紧着问。洎乎②陶云甫满庄，要紧回家，挽留不住，径和覃丽娟告辞别去。罗子富意不在酒，虽也续摆一庄，胡乱应景而已；只等出局一散，约下王莲生要去打茶会。陈小云、洪善卿乖觉，覆杯请饭。葛仲英亦不强劝，草草终席。

罗子富喊轿班点灯，径同王莲生于客堂登轿，抬出东合兴里，正遇一阵斜风急雨顶头侵入轿中。高升、来安从旁放下轿帘，一路手扶轿杠，直至尚仁里黄翠凤家客堂停轿。子富让莲生

---

① 坏脱——坏掉，此指死亡。

② 洎（jì）乎——等到，待到。

前行。到了楼上，翠凤迎进房间，请莲生榻床上坐，令赵家娒先点烟灯，再加茶碗。黄金凤在对过房间，赶紧过来叫声“姐夫”，即道：“王老爷对过去用烟嘘。”莲生道：“就该搭吃一样个喥。”金凤道：“对过有多花烟泡来浪。”翠凤道：“烟泡末，耐去拿得来好哉。”金凤恍然，重复赶去取过七八根烟签子，签头上各有一枚烟泡。莲生本爱其娇小聪明，今见如此巴结，更胜似浑倌人，心有所感 ，欣然接受，嘴里说：“难为耐。”一手拉金凤坐于身旁。金凤半坐半趴看莲生吸烟。黄珠凤扭扭捏捏给罗子富装水烟，子富推开不吸，紧着要问赎身之事。翠凤且笑且叹，慢慢说来。

第四十七回终。

第四十八回

误中误侯门深似海　欺复欺市道薄于云

按：黄翠凤当着王莲生即向罗子富说道："倪个无娒终究是好人，听俚闲话末好像蛮会说，肚皮里意思倒不过实概。耐看俚，三日天气得来饭也吃勿落，昨日耐去仔，俚一干子来哚房间里反仔一泡①。今朝赵家娒下头去，无娒看见仔，就搭赵家娒说，说我个多花勿好，说起：'我衣裳、头面买俚要万把洋钱哚，勿然，俚赎身末我想多拨点俚，故歇定归一点也勿拨俚个哉！'我来里楼浪，刚刚听见，咿气末咿好笑。难末我去搭无娒说说明白，我说：'衣裳、头面才是我撑个物事，我来里该搭，我个物事随便啥人勿许动，我赎仔身阿好带得去？才要交代无娒个碗。倘然无娒要拨点我，勿是我客气，谢谢无娒，我末一点也勿要。（要勿）说啥衣裳、头面，就是头浪个绒绳，脚浪个鞋带，我通身一塌括仔换下来交代仔无娒，难末出该搭个门口。无娒放心末哉，我一点也勿要。'陆里晓得倪无娒倒真个要分点物事拨我，俚道仔我末定归要俚几花哚。我说仔一点勿要，故末倪无娒再要快活也无拨，教我赎身末赎末哉，一千身价就一千末哉，替我看仔个好日子，十六写纸②，十七调头，样式样③才说好。耐说阿要快？就是我也勿可账实概个容易。"

---

① 一泡——一场，一阵。

② 写纸——指订契约。

③ 样式样——指各种种样。

子富听了，代为翠凤一喜。莲生不胜叹服，赞翠凤好志气，且道："有句闲话说：'好男勿吃分家饭，好女勿着嫁时衣。'赛过就是耐。"翠凤道："做个倌人，总归自家有点算计，故末好挣口气。倘然我赎身出去，先空仔五六千个债，倒说勿定生意好勿好，我就要挣气也挣勿来。故歇我是打好仔稿子做个事体，有几户客人勿来里上海才勿算，来里上海个客人就不过两户，单是两户客人照应照应我，就勿要紧个哉。五六千个债也写意得势，我也犯勿着要俚哚衣裳，头面。王老爷说得好，'嫁时衣'还是亲生爷娘拨来哚囡仵个物事，囡仵好末也（要勿）着，我倒去要老鸨个物事！就要得来，碰关①千把洋钱，啥犯着嗄？"莲生仍赞不绝口。子富却早知赎身之后定有一番用度，自应格外周全，只不料其如许之多。沉吟问道："陆里有五六千个债？"翠凤道："耐说无拨五六千，耐算喤。身价末一千；衣裳、头面开好一篇账来里，煞死要减省末三千；三间房间铺铺，阿要千把？连搭仔零零碎碎几花用场，阿是五六千哚。故歇我就教带得去个赵家姆同下头一个相帮，先去借仔二千，付清仔身价，稍微买点要紧物事，调头过去再说。"

子富默然。莲生吸过四五口烟，抬身箕坐。金凤忙取水烟筒要装，莲生接来自吸。消停良久，子富方问起调头诸事。翠凤告诉大概：看定兆富里三间楼面，与楼下文君玉合借；除带去娘姨、相帮之外，添用账房、厨子、大姐、相帮四人、红木家生暂行租用，合意议价。又道："十六俚哚写纸，我末收捉物事交代无娒，无拨空，耐就月半吃仔台酒末哉。"子富遂面约了莲生，并写了张条子请葛、洪、陈三位，令高升立刻送去。

---

① 碰关——到顶，至多。

高升赶往东合兴里吴雪香家，果然洪善卿、陈小云为阻雨未散。看过条子，葛仲英先道："我只好谢谢哉，一笠园约定来浪。"小云亦以此约为辞。只有善卿准到，写张回条，打发高升复命。却听窗外雨声渐渐停歇，凉篷上点滴全无，洪善卿遂蹈隙步行而去。小云从容问仲英道："倌人叫到仔一笠园，几日天住来浪，算几花局嗄？"仲英道："看光景起，园里三四个倌人常有来浪，各人各样开销。再有倌人自家身体，喜欢白相，同客人约好仔，索性花园里歇夏，故也只好写意点。"小云道："耐阿是带仔雪香一淘去？"仲英道："有辰光一淘去，到仔园里再叫也无啥。"小云自己盘算一回，更无他话，辞别仲英，径归南昼锦里祥发吕宋票店。明日，陈小云亲往抛球场相熟衣庄，拣取一套簇新时花浅色衫褂，复往同安里金巧珍家给个信。巧珍一见，问道："耐陆里去认得个齐大人？"小云道："就昨日刚刚认得。"巧珍道："耐搭俚做仔朋友末，倪要到俚花园里白相相去。"小云道："明朝就请耐去白相，阿好？"巧珍道："故歇客客气气算啥嗄？"小云道："明朝是一笠园中秋大会，闹热得野哚，我末去吃酒。耐要白相，早点舒齐好仔，局票一到末就来。"巧珍自是欣喜，当晚小云、巧珍畅叙一宿。

到了八月十五中秋节日，陈小云绝早起身，打扮修饰，色色停当，钟上刚敲八点，即催起金巧珍，叮嘱两句。小云赶回店内，坐下包车，望山家园进发。比至齐府大门首，靠对过照墙边停下。小云下车看时，大门以内，直达正厅，崇闳①深邃，层层洞开，却有栅栏挡住，不得其门而入，只得退出，两旁观望，静悄悄地不见一人。长福手指左首，似是便门。小云过去打量，觉

---

① 崇闳（hóng）——高大宏伟。

得规模亦甚气概，跨进门口，始见门房内有三五个体面门公跷起脚说闲话。小云傍门立定，正要通说姓名，一个就摇手道：“耐有啥事体，账房里去。”小云喏喏，再历一重仪门，侧里三间堂屋，门楣上立着“账房”二字的直额。小云踅进账房，只见中间上面接连排着几号帐台，都是虚位，惟第一号坐着一位管账先生，旁边高椅上先有一人和那先生讲话。小云见讲话的不是别人，乃是庄荔甫，少不得厮见招呼。那先生道是同伙，略一颔首，荔甫让小云上坐。小云窃窥左右两间，皆有管账先生在内，据案低头，或算或写，竟无一人理会小云。小云心想不妥，踅近第一号帐台，向那先生拱手赔笑，叙明来意。那先生听了，忙说：“失敬，暂请宽坐。”喊个打杂的令其关照总知客。

小云安心坐候，半日杳然，但见仪门口一起一起出出进进，络绎不绝，都是些有职事的管家，并非赴席宾客。小云心疑太早，懊悔不迭。忽听得闹攘攘一阵呐喊之声，自远而近，庄荔甫慌地赶去。随后二三十脚夫，前扶后拥，扛进四只极大板箱。荔甫往来蹀躞，照顾磕碰，扛至账房廊下，轻轻放平，揭开箱盖，请那先生出来检点。小云仅从窗眼里望望，原来四只板箱分装十六扇紫楠黄杨半身屏风，雕镂全部《西厢》图像，楼台仕女，鸟兽花木，尽用珊瑚、翡翠、明珠、宝石，镶嵌的五色斑斓。看不得两三扇，只见打杂的引总知客匆匆跑来，问那先生客在何处，那先生说在账房。总知客一手整理缨帽，挨身进门，见了小云，却不认识，垂手站立门旁，请问：“老爷尊姓？”小云说了。又问：“老爷公馆来哚陆里？”小云也说了，总知客想了一想，笑问道：“陈老爷阿记得陆里一日送来个帖子？”小云乃说出前日覃丽娟家席间面约一节。总知客又想一想道：“前日是小赞跟得去个啘。”小云说：“勿差。”总知客回头令打杂的喊小赞立刻就来，

一面想些话头来说。因问道："陈老爷叫局末叫个啥人？倪去开好局票来浪，故末早点，头牌里就去叫。"

小云正待说时，小赞已喘吁吁跑进账房，叫声"陈老爷"，手持一条梅红字纸递上总知客。总知客排揎[①]道："耐办得事体好舒齐，我一点点勿曾晓得，害陈老爷末等仔半日！晚歇我去回大人。"小赞道："园门浪交代好个哉，就勿曾送条子。也为仔大人说，帖子（要勿）补哉。我想晚点送勿要紧，陆里晓得陈老爷走仔该搭宅门。"总知客道："耐再要说，昨日为啥勿送条子来？"小赞没得回言，肩随侍侧。总知客问知小云坐的包车，令小赞去照看车夫，亲自请小云由宅内取路进园。

其时那先生看毕屏风，和庄荔甫并立讲话，陈小云各与作别。庄荔甫眼看着总知客斜行前导，领了陈小云前往赴席，不胜艳羡之至。那先生讲过，径去右首账房取出一张德大庄票，交付荔甫。荔甫收藏怀里，亦就兴辞，踅出齐府便门，步行一段，叫把东洋车，先至后马路向德大钱庄，将票上八百两规银[②]兑换英洋[③]，半现半票，再至四马路向壶中天番菜馆，独自一个饱餐一顿，然后往西棋盘街聚秀堂来。陆秀林见其面有喜色，问道："阿曾发财？"荔甫道："做生意真难说！前回八千个生意，赚俚二百，吃力煞；阿歇蛮写意，八百生意，倒有四百好赚。"秀林道："耐个财气到哉！今年做掮客才勿好，就是耐末做仔点外拆生意，倒无啥。"荔甫道："耐说财气，陈小云故末财气到哉。"遂把小云赴席情形细述一遍。秀林道："我说无啥好。吃酒叫局，

---

① 排揎——埋怨，责难。

② 规银——当时上海通行的计算银两，每两规银约合银元一元四角。

③ 英洋——当时曾在我国市面上流通过的墨西哥银元，正面有凸起的鹰形，被讹称"英洋。"

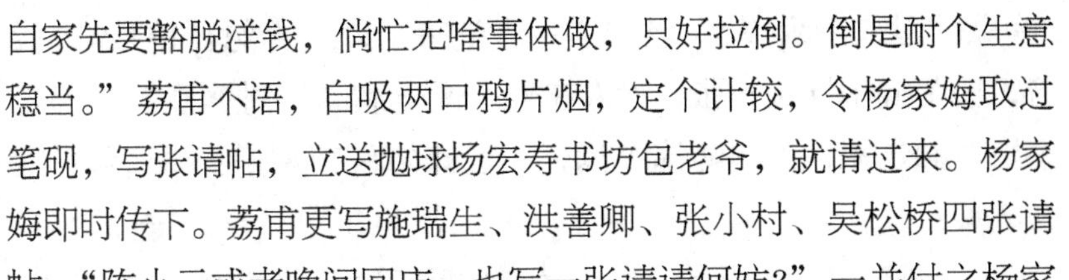

自家先要豁脱洋钱，倘忙无啥事体做，只好拉倒。倒是耐个生意稳当。”荔甫不语，自吸两口鸦片烟，定个计较，令杨家姆取过笔砚，写张请帖，立送抛球场宏寿书坊包老爷，就请过来。杨家姆即时传下。荔甫更写施瑞生、洪善卿、张小村、吴松桥四张请帖。“陈小云或者晚间回店，也写一张请请何妨？”一并付之杨家姆，拨派外场，分头请客，并喊个台面下去。

吩咐粗完，只听楼下绝俏的声音，大笑大喊，嚷做一片，都说：“‘老鸨’来哩，‘老鸨’来哩！”直嚷到楼上客堂。荔甫料知必系宏寿书坊请来的老包，忙出房相迎。不意老包陷入重围，被许多倌人、大姐此拖彼拽，没得开交。荔甫招手叫声“老包”，老包假意发个火跳①，挣脱身子。还有些不知事的清倌人，竟跟进房间里，这个捽一把，那个拍一下。有的说：“老包，今朝坐马车哉唍！”有的说：“老包，手帕子哩，阿曾带得来？”弄得老包左右支吾，应接不暇。荔甫佯嗔道：“我有要紧事体请耐来，啥个假痴假呆！”老包矍然起立，应声道：“噢，啥事体？”怔怔地敛容待命。清倌人方一哄而散。

荔甫开言道：“十六扇屏风末，卖拨仔齐韵叟，做到八百块洋钱，一块也勿少。不过俚哚常恐有点小毛病，先付六百，再有二百，约半个月期。我做生意，喜欢爽爽气气，一点点小交易（要勿）去多拌哉。故歇我来搭俚付清仔，到仔期我去收，勿关耐事，阿好？”老包连说：“好极。”荔甫于怀里摸出一张六百洋钱庄票，交明老包，另取现洋一百二十元，明白算道：“我末除脱仔四十，耐个四十晚歇拨耐。正价该应七百廿块，耐去交代仔卖主就来。”老包应诺，用手巾一总包好，将行。陆秀林问道：

---

① 火跳——即虎跳，跃身而起。

"晚歇陆里来请耐嗄?"老包道:"就来个,(要勿)请哉。"说着,望帘缝中探头一张,没人在外,便一溜烟溜过客堂。适遇杨家娒对面走来,不提防撞个满怀。杨家娒失声嚷道:"老包!啥去哉嗄?"

这一嚷,四下里倌人、大姐蜂拥赶出,协力擒拿,都说:"老包(要勿)去喤!"老包更不答话,奔下楼梯,夺门而逃。后面知道追不上,喃喃的骂了两声。老包只作不知,踅出西棋盘街,一直到抛球场生全洋广货店,专寻卖主殳三。

那殳三高居三层洋楼,身穿捆身子,靸着拖鞋,散着裤脚管,横躺在烟榻下手,有个贴身服侍小家丁名叫奢子的,在上手装烟。既见老包,说声"请坐",不来应酬。老包知其脾气,自去打开手巾包,将屏风正价庄票现洋摊在桌上,请殳三核数亲收,并道:"庄荔甫说:'一点点小交易,做得吃力煞,讲仔几日天,跑仔好几埭,俚哚收房门口再要几花开销。八十块洋钱末俚一干子要个哉。'我说:'随便末哉,有限得势,就无拨也勿要紧。'"殳三道:"耐无拨,勿对个啘。"随把念块零洋分给老包。老包推却不收道:"故末(要勿)客气。耐要挑挑我,做成点生意好哉。"殳三不好再强。老包就说声"我去哉。"殳三也任其扬长而去。

老包重回聚秀堂,幸而打茶会客人上市,倌人、大姐不得空,因此毫无兜搭,径抵陆秀林房间。庄荔甫早备下四张拾圆银行票,等得老包回话,即时付讫。当有些清倌人闻得秀林有台面,捉空而来,团团簇拥老包,都说:"老包叫我,老包叫我!"见老包佯嘻嘻不睬,越发说地急了。一个拉下老包耳朵,大声道:"老包,阿听见?"一个尽力把老包揣捏摇撼,白瞪着眼道:"老包说喤!"一个大些的不动手,惟嘴里帮说道:"生来一淘才

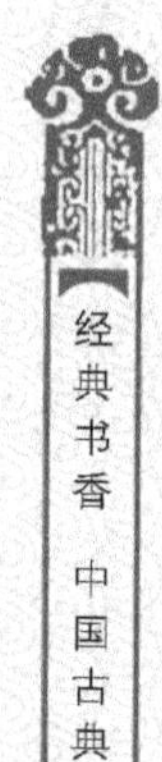

要叫个哉！来里该搭吃酒，耐阿好意思勿叫？”老包道：“陆里吃个酒嗄？”一个道：“庄大少爷勿是请耐吃酒？”老包道：“耐看庄大少爷阿是来浪吃酒？”一个不懂，转问秀林：“庄大少爷阿吃酒？”秀林随口答道：“怎晓得俚。”大家听说，面面厮觑，有些惶惑。可巧外场面禀荔甫道：“请客末才勿来浪，四马路烟间、茶馆通通去看也无拨，无处去请哉啘。”

荔甫未及拟议，倒是这些清倌人却一片声嚷将起来，只和老包不依，都说：“耐好！骗倪！难末定归才要叫个哉！”一个个抢上前磨墨蘸笔，寻票头，立逼老包开局票。老包无法可处。荔甫忍不住，翻转脸喝道：“陆里来一淘小把戏①，得罪我朋友，喊本家②上来问声俚看！俚开个把势③，阿晓得规矩？”外场见机，含糊答应，暗暗努嘴，催清倌人快走。秀林笑而排解道：“去罢，去罢，（要勿）来里瞎缠哉。倪吃酒个客人还勿曾齐，倒先要紧叫局。”这些清倌人一场没趣，讪讪走开。

荔甫向老包道：“我有道理。耐叫末叫本堂局，先起头叫过歇个定归勿叫。”老包道：“本堂就是秀林末勿曾叫歇。”秀林接嘴道：“秀宝也勿曾。”荔甫不由分说，即为老包开张局票叫陆秀宝。另写三张请帖，请的两位同业是必到的，其一张请胡竹山。外场接得在手，趁早赍送。

第四十八回终。

---

① 小把戏——小孩子，一般用为亲热的称呼。

② 本家——这里指妓院老板。

③ 把势——旧指妓院。

第四十九回

明弃暗取攘窃蒙赃　外亲内疏图谋挟质

按：聚秀堂外场手持请客票头，赍往南昼锦里，只见祥发吕宋票店中仅有一个小伙计坐守柜台。问胡竹山，说："勿来里，尚仁里吃花酒去哉。"外场笑道："今朝请客真真难煞，一个也请勿着！"

小伙计取看票头，忽转一念，要瞒着长福赚这轿饭钱，因说道："票头放来里，我替耐送得去，阿好？"外场喜谢恳托而去。那小伙计唤出厨子，嘱其代看，亲去尚仁里黄翠凤家，直至楼上客堂，张见房间内正乱着坐台面。小伙计怕羞却步，将票头交与大姐小阿宝。小阿宝呈上罗子富，子富转授胡竹山。竹山阅竟，回说："谢谢。"小伙计扫兴归店。

少顷，出局渐集。周双珠带赍一张票头给洪善卿阅，就是庄荔甫请的。善卿遂首倡摆庄，十觥打完，告辞作别。罗子富猜度黄翠凤必有预先了理之事，也想早些散席为妙。席间饮量平常，大抵与胡竹山差不多。唯有姚季莼喜欢闹酒，偏为他人催请不过，去的更早。可惜这华筵令节，竟不曾畅叙通宵，无事可叙，无话可述。罗子富等客散之后，将回公馆。黄翠凤问道："耐再有啥事体？"子富道："我是无啥事体。耐阿要收作收作？明朝一日天常恐忙勿过。"翠凤掉头笑道："咳！我个物事收作好仔长远哉，等到故歇。"子富重复坐下。翠凤道："明朝忙也勿忙，倒要用著耐，（要勿）去。"子富唯唯，打发高升、轿班自回。却听对过房间黄金凤台面上划拳唱曲之声，聒耳可厌。比及金凤席终，接着翠凤出局，子富又不免寂寞些，将金凤烧的烟泡连吸三口，提起精神。翠凤于夜分归家，嘱咐相帮小心照看斗香、椽烛。相帮约了赵家姆、小阿宝挖花赌钱，以为消夜之计。子富闻得楼下人声嘈嘈不绝，不知不觉和翠凤谈至天亮，连忙宽衣登床，瞢腾一觉。毕竟有事在心，不致失瞣，将近午刻，共起同餐。

早有人送到一包什物，翠凤令赵家姆将去暂交黄二姐，代为收存，明辰应用。用请黄二姐上楼，翠凤自去捧出先前子富寄留的拜匣，讨子富身边钥匙，当场开锁。匣内只有许多公私杂项文书，并无别样物件。翠凤教子富把文书点与黄二姐看，黄二姐笑拦道："晓得哉，耐个人陆里有推扳，（要勿）看哉。"翠凤道："无姆勿呀，该个是俚乃个物事，无姆看过仔我好带得去，让俚乃自家也点仔一点，倘忙停两日缺下来，勿关无姆事，阿对?"黄二姐只得看其点过锁好。翠凤亦令赵家姆将去，连适间一包，做一处安放。更请账房先生随带衣裳、头面账簿上楼。子富听这名目新奇，从旁看去。原来那账簿前半本开具头面若干件，后半本开具衣裳若干件，如有破坏改拆等情，下面分行小注，一览而知。子富暗地叹服其精细。当下小阿宝帮同赵家姆从橱肚中掇出三号头面箱。翠凤自去先开一箱，把箱内头面一总排列桌上，央账房先生从头念下。这边念一件，那边翠凤取一件头面付给黄二姐，亲眼验，亲手接。黄二姐递付赵家姆，仍装入箱内。装毕，请黄二姐加上锁。通共一箱金，一箱珠，一箱翡翠、白玉。三箱头面，照帐俱全，一件不缺。

赵家姆另喊两个相帮上楼，从床背后暨亭子间两处，抬出十号朱漆皮箱。翠凤自去先开一箱，把箱内衣裳一总堆列榻上，央账房先生从头念下。这边念一件，那边翠凤取一件衣裳付给黄二姐，亲眼验，亲手接。黄二姐递付赵家姆，仍装入箱内。装毕。请黄二姐加上锁。通共两箱大毛，两箱中毛，两箱小毛，两箱棉，一箱夹，一箱单与纱罗。十箱衣裳，照帐俱全，一件不缺。

翠凤重央账房先生翻到账簿末底两页，所有附开各账一概要念。此乃花梨、紫檀一切家生。以及自鸣钟、银水烟筒之类。翠凤一件件指点明白，某物在某所，某物在某所。黄二姐嘻开嘴，胡乱答应，实未留心。

翠凤一直接说道："再有我家常著个衣裳，同零零碎碎白相物事，帐末勿曾开，才来里官箱里，无娒空仔点查末哉。"黄二姐笑讽道："耐也该应吃力哉呀，吃筒水烟，请坐歇嗅。"

翠凤果然觉得疲乏，和黄二姐对面坐下。黄珠凤慌地过来装水烟，黄金凤正陪著子富说笑，亦遂停止。大家相视。嘿嘿无言。账房先生料无他事，随带账簿，领了相帮下楼。赵家姆、小阿宝陆续各散。翠凤特地叫声"无娒"，从容规谏道："我几花衣裳、头面，多末勿算多，撑得来也勿容易，今朝我交代仔无娒，无娒收作去，耐要自家有淘成点末好嗅！再拨来姘头骗仔去，耐要吃苦个嗅！耐几个老姘头，才是夷场浪拆梢[①]流氓，靠得住点正经人一个也无拨。我眼睛里看见末，勿晓得拨俚哚骗仔几花哉！我个物事，幸亏我捏牢子，替无娒看好来浪，一径到故歇，勿曾骗得去。倘然来哚无娒手里，故歇也无拨个哉。我末做仔四五年大生意，替无娒撑仔点物事，原有今朝日脚，无娒面浪总算我有交代。该搭事体我完结哉，倒是无娒个无淘成，有点勿放心。我去仔再有啥人来说耐嗄！耐末去听仔姘头[②]个闲话，勿消四五年，骗仔耐洋钱，再骗耐物事，等耐无拨仔，让耐去吃苦。

---

① 拆梢——敲诈，诈骗。

② 姘头——合伙人。

耐为仔姘头吃个苦，阿好意思教人照应点？耐也无拨面孔去说啘！”

一席话，说得黄二姐无地容身，低下头去，拨弄手中一把钥匙。子富但微微地笑。翠凤又叫声“无娒”道：“耐（要勿）怪我多说多话，我是替无娒算计。我赎身末赎仔出去，我个亲人单有耐无娒，随便到陆里，总是黄二姐哚出来个囡仵。无娒好，我也体面点；勿好，大家坍台。无娒样色样才无啥，做生意蛮巴结①，当个家蛮明白，就是来里姘头面浪吃个亏。我为仔看勿过说说耐，难下去我也勿好说个哉。耐要自家有淘成，五十多岁个年纪，原像仔先起头实概样式，做出点活靶戏拨小干仵笑话，我倒替耐难为情。”黄二姐听了，坐着不好，走开不好，渐渐涨得满面绯红。翠凤不忍再说下去，乃更端道：“我说耐故歇就拿一千洋钱买个把讨人，衣裳、头面才有来浪，做点生意下来，开销也够哉。再歇两年，金凤梳仔个正头，刚刚接下去，故末再好无拨。珠凤生来无用场，倘忙有人家要么，倒让俚好场花去罢。金凤阿有啥说嗄，定归是挨一挨二②个时髦倌人；就说勿时髦，抵桩③也像仔我末哉啘。无娒依仔我，是无娒福气。”子富连连点头，插口道：“故倒是正经闲话④，一点勿差。”翠凤道：“价末起先头闲话阿是说差哉？”黄二姐因而插嘴道：“才是好闲话，陆里有差嗄。”说罢，起立徘徊，自言自语道：“俚哚该应来快哉，我下头去等来浪。”遂拨转头径归楼下小房间。

翠凤在后手指黄二姐脊背，低声向子富道：“耐看俚，越说

---

① 巴结——努力，勤奋。

② 挨一挨二——首屈一指，数一数二。

③ 抵桩——即使……也不过。

④ 闲话——方言。话语。

倒越是个厚皮！难我说过仔勿说哉，倒要去吃苦，等倒歇。”子富道：“倒做老鸨苦恼，拨耐埋冤煞，一声也勿敢响。”翠凤道：“耐说哉喨，七姊妹淘里阿有啥好人！倪要做差仔点，拨倒打起来要死。”子富道：“我勿相信。”翠凤道：“耐勿相信，看诸金花。倒哚七姊妹，我碰着三个人。诸三姐比仔倪无娒好得野哚，就不过打仔两顿。要是倪无娒个讨人，定归要死勿死，要活勿活，教倒试试看末晓得哉。”子富笑而不语，翠凤叹口气道：“（要勿）说是倪无娒，耐看上海把势里陆里个老鸨是好人！倒要是好人，陆里会吃把势饭！再有个郭孝婆，耐也晓得点哉喨？故歇自家无拨讨人，再要去帮诸三姐打个诸金花，耐说阿要讨气。”

不料翠凤说话之间，突然楼梯上一起脚声，跑上三个人，黄二姐前引，账房先生后随，直往对过金凤房间。子富怪诧问故，翠凤摇手悄诉道：“才是流氓呀，倪赎身文书要倒哚到仔末好写喨。”子富见说，放下窗帘。翠凤惟令珠凤过去应酬，不许擅离。金凤竟不过去，怔怔痴坐，不则一声。子富视其面色如有所思，拉近身边，亲切问道：“阿姐去仔，阿冷静嗄？”金凤攒眉含泪而答道：“冷静点是勿要紧，我来里想：阿姐去仔，就剩我一干子做个生意，房钱、捐钱几花开销，忙煞我也无拨几台酒，几个局，无娒发极起来，故末要死哉！教我再有啥法子嗄！”翠凤一听，嗤地笑道：“耐故歇做生意来够开销仔，无娒要发财哉！”子富也笑慰道：“耐放心，无娒陆里来说耐。珠凤比耐大一岁，要说末先说倒。”金凤道：“倒乃生来无拨生意，倒也无啥。我是无娒一径来浪说：‘难末生意该应好点哉。’阿姐也实概说，陆里晓得该节个帐比仔前节倒少仔点。”翠凤道：“耐末（要勿）去转啥念头，自家巴结做生意好哉。”子富也道：“耐要记好仔阿姐个闲话，故末无娒喜欢耐。”

黄二姐适从对过房里踅来，听得“无姆”两字，问说甚话。翠凤为述金凤之言。黄二姐顺口赞道：“好囡仵，倒难为俚想得到！”金凤转觉害羞，一头撞入子富怀抱。大家一笑丢开。黄二姐袖中掏出一只金时辰表，一串金剔牙杖，双手奉与翠凤道：“耐说物事一点勿要，我也晓得耐个意思，勿好拨耐。该个两样，耐一径挂来哚身浪，无拨仔勿便个碗，耐带得去。小意思，也勿好算啥物事。”翠凤不推不接，并不觑一正眼儿，冷笑两声道：“无姆，谢谢耐！我说过一点勿要，无姆再要客气，笑话哉。”黄二姐伸出手缩不进，忸怩为难。子富在傍调停道：“拨仔金凤罢。”黄二姐想了想，不得已，给与金凤。翠凤正色道：“索性搭无姆说仔罢，我到仔兆富里，无姆要张张我，来末哉。倘然送副盘拨我，故末无姆（要勿）动气，连搭仔下脚洋钱才无拨。”

黄二姐欲说不说，嗫嚅为难。忽见赵家姆送上一张请客票头，黄二姐便趁势搭讪问：“陆里搭请？”子富看那票头乃泰和馆的，知系局中例酒。翠凤不去理会，盛气庄容，凛乎难犯。黄二姐自觉没趣，趔趄半晌，原往对过房里去了。子富将行，翠凤嘱道：“晚歇耐要来个喤，勿晓得俚哚赎身文书写个阿对。”子富应诺，踅出客堂，望见对过房间点得保险台灯分外明亮，但静悄悄地毫无一些声息。子富向帘子缝里暗立潜窥，只见账房先生架起眼镜，据案写字；三个流氓连黄二姐攒聚一堆儿，切切私语，不知商议什么事情；珠凤、小阿宝伺应左右。子富并未惊动，自去赴宴。到了泰和馆，自然摆庄叫局，热闹如常。惟子富牢记翠凤所嘱，生恐醉后误事，不敢尽欢，酬酢①一回，乘间逃席。那时金凤房间也摆起四盘八簋，请那流氓，雄啖大嚼，吮咂有声，笑

① 酬酢（chóuzuò）——泛指交际应酬。宾主互相敬酒（酬，向客人敬酒；酢，向主人敬酒）。

詈叫号，杂沓间作。子富逆揣赎身文书必然写好，见了翠凤，将出一张正契，一张收据，上面写的画蚓涂鸦，不成字体。及观文理，倒还清楚，盖有相传秘本作为底稿，所以不致乖谬。

翠凤终不放心，定要子富逐句讲解一遍，自己逐句推敲一遍，始令小阿宝赍交黄二姐签押盖印。子富记得年月底下一排姓名，地方、代笔之外，平列三个中证：一个周少和，一个徐茂荣，一个混江龙。问这混江龙是否拆号，翠凤道："该个末，倪无娒个姘头啘。就是俚勿声勿响，调皮得来，坎坎还来浪起个花头。我个人去上俚个当，拗空哉噱！"子富看过赎身文书，瞻顾県徨，若有行意。翠凤坚留如前，说："明朝倪一淘过去。"子富没法，遵命。待那三个流氓渐次散尽，方各睡下。

翠凤睡中留神，黎明即醒，唤起赵家娒，命向黄二姐索取一包什物。这包内包着一身行头，色色具备。翠凤坐于床沿，解松脚缠，另换新布。子富朦朦胧胧，重入睡乡。直至翠凤梳洗俱完，才来叫醒。子富一见翠凤，上下打量，不胜惊骇。竟是通身净素，湖色竹布衫裙，蜜色头绳，玄色鞋面，钗环簪珥一色白银，如穿重孝一般。翠凤不等动问，就道："我八岁无拨仔爷娘，进该搭个门口就勿曾戴孝；故歇出去，要补足俚三年。"子富称叹不置。翠凤道："（要勿）瞎说哉，快点去罢。"子富道："去末哉噱。"翠凤道："耐先去，我舒齐仔就来。"随命小阿宝跟子富至楼下，向黄二姐索取那只拜匣，置于轿中。于是子富乘轿往兆富里，先有一辆包车停歇门首。子富下轿进门，一个添用的大姐，曾经识面，一直请进楼上正房间。高升捧上拜匣，随即退下。子富四下里打一看时，不独场面铺陈无少欠缺，即家常动用器具亦莫不周匝齐全。子富满口说好，更欲看那对过腾客人的空房间，大姐拦说有客，乃止。

须臾，大门外点放一阵百子高升，赵家娒当头飞报：“来哉。”大姐忙去当中间点上一对大蜡烛。翠凤手执安息香，款步登楼，朝上伏拜。子富蹑足出房，隐身背后观其所为。翠凤觉着，回头招手道：“耐也来拜拜哘。”子富失笑倒退。翠凤道：“价末张啥嗄，房里去！”一手推子富进房，把怀中赎身文书教子富覆勘一遍，的真不误。翠凤自去床背后，从朱漆皮箱内捧出一只拜匣，较诸子富拜匣，色泽体制，大同小异。匣内只有一本新立账簿，十几篇店铺发票。翠凤当场装入赎身文书，照旧加上锁，然后将这拜匣同子富的拜匣一总捧去，收藏于床背后朱漆皮箱。凡事大概就绪，翠凤安顿子富在房，踅过对过空房间，打发钱子刚回家。

第四十九回终。

第五十回

软厮缠有意捉讹头[1]　恶打岔无端尝毒手

按：黄翠凤调头这日，罗子富早晚双台，张其场面。十二点钟时分，钱子刚回家既去，所请的客陆续才来，第一个为葛仲英。仲英见三间楼面清爽精致，随喜[2]一遭，既而踅上后面阳台，这阳台紧对着兆贵里孙素兰房间。仲英遥望玻璃窗内，可巧华铁眉和孙素兰衔杯对酌，其乐陶陶。大家颔首招呼。

华铁眉忽推窗叫道："耐空末，来说句闲话。"葛仲英度坐席尚早，便与罗子富说明，并不乘轿，步行兜转兆贵里。不意先有一群不三不四的人，身穿油晃晃暗昏昏绸缎衣服，聚立门前，若有所俟。葛仲英进门后，即有一顶官轿，接踵而至，一直抬进客堂。仲英赶急迈步登楼，孙素兰出房相迎，请进让坐。华铁眉知其不甚善饮，不复客套。葛仲英问有何言，铁眉道："亚白请客小启耐阿看见？啥个绝世奇文，请倪一淘去赏鉴。"仲英道："我问小云，也坎坎晓得。"遂历叙高、尹赌东之事，铁眉恍然始悟道："我正来里说，姚文君屋里末，为仔个瘌头鼋勿好去请客，为啥要老旗昌开厅？陆里晓得痴鸳来浪高兴。"

道言未了，只见娘姨金姐来取茶碗，转向素兰耳边悄说一句。素兰猛吃大惊，随命跟局的大姐盛碗饭来。铁眉怪问为何，素兰悄说道："瘌头鼋来里。"铁眉不禁吐舌，也就撤酒用饭。食

---

① 捉讹头——故意找碴欺侮无知的人。
② 随喜——随人游玩。

顷，倏闻后面亭子间豁琅一声响，好像砸破一套茶碗。接着叱骂声，劝解声，沸反盈天。早有三四个流氓门客，履声橐橐，闯入客堂，竟是奉令巡哨一般，直至房门口，东张西望，打个遭儿。葛仲英坐不稳要走，华铁眉请其稍待，约与同行。孙素兰不敢留，慌忙丢下饭碗，用干手巾抹了抹嘴，赶紧出去。只见赖公子气愤愤地乱嚷，要见见房间里是何等样恩客。那些手下人个个摩拳擦掌，专候动手。金姐、大姐没口子分说，扯这个，拉那个，哪里挡得住。素兰只得上前按下赖公子，装做笑脸，宛转赔话。赖公子为情理所缚，不好胡行，一笑而止。流氓狎客亦皆转柁收篷，归咎于娘姨、大姐，说是莽撞得罪了。

一时，葛仲英、华铁眉匆匆走避，让出房间。孙素兰又不敢送，就请赖公子："去喤。"赖公子假意问："陆里去?"素兰说："房间里。"赖公子直挺挺坐在高椅上，大声道："房间里勿去哉，倪来做填空！"流氓狎客听说，亦皆拿腔作势，放出些脾气来，不肯动身。禁不起素兰揣着赖公子两手，下气柔声，甜言蜜语的央告。赖公子遂身不由主，趔趄相从。一边金姐、大姐做好做歹，请那流氓狎客一齐踅进房间。赖公子只顾脚下，不提防头上，被挂的保险灯猛可里一撞，撞破一点油皮，尚不至于出血。赖公子抬头看了，嗔道："耐只勿入调个保险灯，也要来欺瞒我！"说着，举起手中牙柄折扇轻轻敲去，把内外玻璃罩，叮叮当当敲得粉碎。素兰默然，全不介意。一班流氓狎客却还言三语四，帮助赖公子。一个道："保险灯勿认得耐呀，要是恩客末，就勿碰哉！看仔俚保险灯，也蛮乖哚。"一个道："保险灯就不过勿会说闲话，俚碰耐个头，赛过要赶耐出去，阿懂嗄?"一个道："倪本底子勿该应到该搭正房间里来，倒冤枉煞个保险灯！"赖公子不理论这些话，只回顾素兰道："耐（要勿）来里肉痛，我赔还耐末哉。”素兰微哂道：“笑话哉喤！生来倪个保险灯挂得勿好，要耐少大人赔还?”赖公子没下脸道：“阿是勿要?”素兰急改口道：“少大人个赏赐，阿有啥勿要嗄。故歇说是赔还倪，故末倪勿要。”赖公子又喜而一笑。弄得他手下流氓狎客摸不着头脑，时或浸润挑唆，时或夸诩奉承。素兰看不入眼，一概不睬，惟应酬赖公子一个。

赖公子喊个当差的，当面吩咐传谕生全洋广货店掌柜，需用大小各式保险灯，立刻赍送张挂。不多时，当差的带个伙计销差。赖公子令将房内旧灯尽数撤下，都换上保险灯。伙计领命，密密层层挂了十架，素兰见赖公子意思之间不大舒服，只得任其所为。赖公子见素兰小心伺候，既不亲热，又不冷淡，不知其意思如何，既而赖公子携着素兰并坐床沿，问长问短。素兰格外留神，问一句说一句，不肯多话。问到适间房内究属何人，素兰本待不说，但恐赖公子借端兜搭，索性说明为华铁眉。赖公子欻地跳起身子道：“早晓得是华铁眉，倪一淘见见蛮好碗!”素兰不去接嘴。那流氓狎客即群起而撺掇道：“华铁眉住来浪大马路乔公馆，倪去请俚来，何好?”赖公子欣然道：“好，好！连搭仔乔老四一淘请。”当下写了请客票头，另外想出几位陪客，一并写好去请。素兰任其所为，既不怂恿，亦不拦阻。赖公子自己兴兴头头，胡闹半日，看看素兰落落如故，肚中不免生了一股暗气。及当差的请客销差，有的说有事，有的不在家，没有一位光顾的。赖公子怒其不办事，一顿“王八蛋”，喝退当差的，重新气愤愤地道：“俚哚才勿来末，倪自家吃!”

当下复乱纷纷写了叫局票头。赖公子连叫十几个局，天色已晚，摆起双台。素兰生怕赖公子寻衅作恶，授意于金姐，令将所挂保险灯尽数点上，不独眼睛几乎耀花，且逼得头脑烘烘发烧，额角珠珠出汗。赖公子倒极为称心，鼓掌狂叫，加以流氓狎客哄堂附和，其声如雷。素兰在席，只等出局到来，便好抽身脱累。谁知赖公子且把出局靠后，偏生认定素兰，一味地软厮缠。素兰这晚偏生没得出局，竟无一些躲闪之处。初时素兰照例筛酒，赖公子就举那杯子凑到素兰嘴边，命其代饮。素兰转面避开。赖公子随手把杯子扑地一碰，放于桌上。素兰斜瞅一眼，手取杯子，笑向赖公子婉言道："耐要教我吃酒末，该应敬我一杯。我敬耐个酒原拿拨我吃，阿是耐勿识敬。"也把杯子一碰，放于赖公子面前。赖公子反笑了，先自饮讫，另筛一杯授与素兰，素兰一口呷干。席间皆喝声彩。赖公子豪兴遄①飞，欲与对饮。素兰颦蹙②道："少大人请罢，倪勿大会吃酒。"赖公子错愕道："耐再要欺瞒我！出名个好酒量，说勿会吃。"素兰冷笑道："少大人要缠煞③哚！倪吃酒，学得来个呀。拿一鸡缸杯酒一淘呷下去，停仔歇再挖俚出来，难末算会吃哉。出局去到仔台面浪，客人看见倪吃酒一口一杯，才说是好酒量，陆里晓得转去原要吐脱仔末舒齐。"赖公子也冷笑道："我勿相信！要么耐吃仔一鸡缸杯，挖拨倪看。"素兰故意岔开道："挖啥嗄？耐少大人末，教人挖仔再要教人看。"

赖公子一路攀谈，毫无戏谑，今听斯言，快活得什么似的，张开右臂，欲将素兰揽之于怀。素兰乖觉，假作发急，俏声一喊，仓皇逃遁。只见金姐隔帘点首儿，素兰出房，问其缘故。原来是华铁眉的家奴，名唤华忠，奉主命探听赖公子如何行径。素兰述其梗概，并道："耐转去搭老爷说，一径噪到仔故歇，总归

① 遄（chuán）——快，迅速地。

② 颦蹙（pín cù）——皱眉皱额，形容忧愁的神情。

③ 缠煞——纠缠，误会得很厉害。

要扳俔个差头。问老爷阿有啥法子?”华忠未及答话，台面上一片声唤“先生”，素兰只得归房。华忠屏息潜踪，向内暗觑，但觉一阵阵热气从帘缝中冲出，席间科头跣足，袒裼裸裎①，不一而足。赖公子这边被十几个倌人团团围坐，打成栲栳圈儿，其热尤酷。赖公子喝令让路，要素兰上席划拳。素兰推说：“勿会豁。”赖公子拍案厉声道：“划拳末阿有啥勿会个嗄!”素兰道：“勿曾学歇，陆里会嗄。少大人要划拳，明朝我就去学，学会仔再豁末哉。”赖公子瞋目相向，狞恶可畏。幸而流氓狎客为之排解道：“俚哚是先生，先生个规矩，单唱曲子，勿划拳。教俚唱仔只曲子罢。”素兰无可推说，只得和起琵琶来。

华忠认得这一班流氓狎客，都是些败落户纨绔子弟与那驻防吴淞口的兵船执事，恐为所见，查问起来难于对答，遂回身退出，自归大马路乔公馆转述于家主。华铁眉寻思一回，没甚法子，且置一边。

次日饭后，却有个相帮以名片相请。铁眉又寻思一回，先命华忠再去探听赖公子今日游踪所至之处，自己随即乘轿往兆贵里孙素兰家等候复命。素兰一见铁眉，呜呜咽咽，大放悲声，诉不尽的无限冤屈。铁眉惟恳恳地宽譬慰劝而已。素兰虑其再至，急欲商量。铁眉浩然长叹，束手无策。素兰道：“我想一笠园去住两日，耐说阿好?”铁眉大为不然，摇头无语。素兰问怎的摇头，铁眉道：“耐勿晓得有多花勿便哚。我末先勿好搭齐韵叟去说，癞头鼋同俔世交，拨俚晓得仔末，也好像难为情。”素兰道：“姚文君来浪一笠园，就为仔癞头鼋，啥勿便嗄?”铁眉理屈词穷，依然无语。

---

① 袒裼裸裎（tǎn xī luǒ chéng）——赤身露体。

良久，素兰鼻子里哼了一声道："我是晓得耐个人，随便啥一点点事体，用着仔耐末，总归勿答应。耐放心，我不过先告诉耐，齐大人搭我自家说末哉，癞头鼋晓得仔，也勿关耐事。"铁眉拍手道："故末蛮好。晚歇倪到老旗昌，耐要说末就说。"素兰鼻子里又哼了一声，亦复无语。两人素性习静，此时有些口角，越发相对无言。直至华忠回来报说："故歇少大人来浪坐马车，转来仔到该搭。"铁眉闻信，甚为慌张，方启口向素兰道："倪去罢。"素兰闻信，愈觉生气，迟回半晌，方启口答道："随便耐。"于是铁眉留下华忠，假使赖公子到此生事，速赴老旗昌报信。素兰嘱付金姐好生看待赖公子，只实说出局于老旗昌便了。

两人相与下楼，各自上轿。刚抬出兆贵里，便隐隐听得轮蹄之声，驶入石路。一霎间追风逐电，直逼到轿子旁边。铁眉道是赖公子，探头一张，乃系史天然挈带赵二宝，分坐两把马车，一路朝南驶去，大约即为高亚白所请同席之客。等得马车过后，轿子慢慢前行，转过打狗桥，经由法马路，然后到了老旗昌。只见前面一带歇着许多空轿、空车，料史天然必然先到，又见后面更有许多轿子衔接抬来。华铁眉、孙素兰站定少待。那轿子抬至门首，一齐停下，却系葛仲英、朱蔼人、陶云甫三位，连带的局吴雪香、林素芬、覃丽娟，共是六肩轿子。大家厮见，纷纷进门。高亚白在内望见，与两个广东婊子迎出前廊，大笑道："催请条子刚刚去，倒才来哉。再有个天然兄，还要早，好像大家约好个辰光。"一行人蹑足升阶，至于厅堂之上。先到者除史天然、赵二宝之外，又有尹痴鸳、朱淑人、陶玉甫三位。

大家见过，尚未入座，陶云甫就开言道："倪末勿是约好辰光，为仔痴鸳先生绝世奇文，要紧请教。快点拿得来，我要急煞哉！"尹痴鸳道："倪要等客人到齐仔末交卷哚，耐（要勿）来里

性急。”葛仲英道：“等到啥辰光喤？”高亚白道：“难快哉，就是个陈小云同仔韵叟勿曾到。”众人没法，相让坐下，因而仔细打量这厅堂。果然别具风流，新翻花样，较诸把势绝不相同。屏栏窗牖非雕镂即镶嵌，刻画得花梨、银杏、黄杨、紫檀层层精致；帐幕帘帷非藻绘即绮绣，渲染得湖绉、官纱、宁绸、杭线色色鲜明。大而栋梁、柱础、墙壁、门户等类，无不耸翠上腾，流丹下接；小而几案、椅杌、床榻、橱柜等类，无不精光外溢，宝气内含。至于栽种的异卉奇葩，悬挂的法书名画，陈设的古董雅玩，品题的美果佳茶，一发不消说了。众人再仔细打量那广东婊子，出出进进，替换相陪，约摸二三十个，较诸把势却也绝不相同。或撅着个直强强的头，或拖着根散朴朴的辫，或眼梢贴两枚圆丢丢绿膏药，或脑后插一朵颤巍巍红绒球。尤可异者，桃花颧颊好似打肿了嘴巴子，杨柳腰肢好似夹挺了脊梁筋。两只袖口晃晃荡荡，好似猪耳朵；一双鞋皮踢踢踏踏，好似龟板壳。若说气力，令人骇绝。朱蔼人说得半句发松闲话，婊子既笑且骂，扭过身子，把蔼人臂膊隔着两重衣衫轻轻捽上一把，捽得蔼人叫苦连天。连忙看时，并排三个指印，青中泛出紫色，好似熟透了牛奶葡萄一般。众人见之，转相告戒，无敢有诙谐戏谑者。婊子兀自不肯干休，咭咭呱呱说个不了。

幸而外间通报：“齐大人来。”众人乘势起立趋候。齐韵叟率领一群娉娉袅袅、袅袅婷婷的本地婊子，即系李浣芳、周双玉、张秀英、林翠芬、姚文君、苏冠香六个出局。那广东婊子插不上去，始免纠缠。齐韵叟见了众人，四顾一数，向尹痴鸳道：“客人齐哉畹，耐个奇文喤？”高亚白代答道：“齐末勿曾齐，赛过齐个哉，陈小云是外行，等俚做啥。”尹痴鸳不从道：“故末（要勿）欺瞒俚，再等歇也勿要紧畹。”史天然插问道：“我要问耐，客人勿齐也勿要紧哓，为啥要等嗄？”华铁眉接说道：“我来里想，痴鸳先生个绝世奇文，常恐是做勿出勿曾做喤，嘴里末一径说交卷，一径搭浆下去。”葛仲英、朱蔼人、陶云甫皆抵掌道：“一点勿差，定归是做勿出勿曾做！”大家你一言我一语，唯朱淑人、陶玉甫不措一词。尹痴鸳只是微哂。谈笑之间，陈小云亦带金巧珍而至。齐韵叟道：“难无啥说哉哓。”尹痴鸳道：“我是做勿出勿曾做，说啥嗄。”齐韵叟俨色庄声，似怒非怒道：“拿得来！”

第五十回终。

第五十一回

胸中块《秽史》寄牢骚　眼下钉小蛮争宠眷

按：尹痴鸳鼓掌大笑，取出怀中誊真底稿，授与齐韵叟。众人争先快睹，侧立旁观。只见首行标题乃是《秽史外编》四字。

众人阅毕，皆怔怔看着齐韵叟。不料韵叟连说："好，好！"更无他词。惟史天然、华铁眉两人爱不释手，葛仲英、朱蔼人、陶云甫三人赞不绝口，连朱淑人、陶玉甫亦自佩服之至。异口同声，皆道："洵不愧为绝世奇文矣！"葛仲英道："俚用个典故，倒也人人肚皮里才有来浪，就不过如此用法，得未曾有。"华铁眉道："妙在用得恰好地步，又贴切，又显豁。正如右军初写《兰亭》，无不如志。"朱蔼人道："最妙者，'鞭刺鸡锥'搭仔'马牝沟札'多花龌龊物事，竟然雅致得极。"史天然道："像'扪之有棱'一联，此情此景，真有难以言语形容者，亏俚写得出！"陶云甫道："我倒匆懂，俚末为啥忽然想到《四书》《五经》浪去，《四书》《五经》末为啥竟有蛮好句子拨俚用得去？阿要稀奇！"说得大家皆笑。

尹痴鸳道："既蒙谬赏，就请赐批如何？"史天然、华铁眉沉吟并道："要批倒难批哰。"葛仲英矍然道："我有来里。"即讨取笔砚，向底稿后面空幅写下行书两行道：

试问开天辟地，往古来今，有如此一篇洋洋洒洒，空空洞洞，怪怪奇奇文字否？普天下才子读之，皆当瞠目愕顾，箝口结舌，倒地百拜，不知所为！

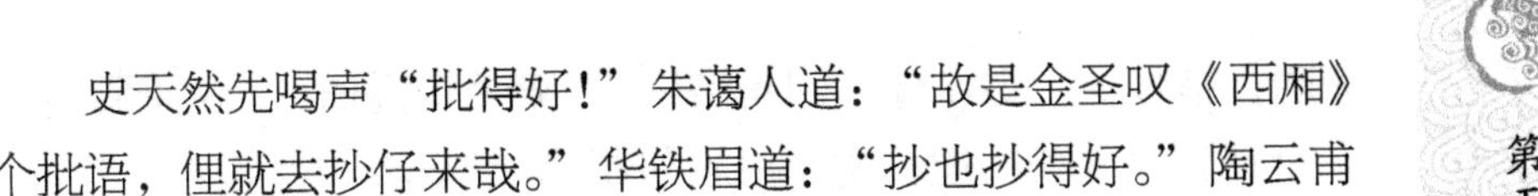

史天然先喝声“批得好！”朱蔼人道：“故是金圣叹《西厢》个批语，俚就去抄仔来哉。”华铁眉道：“抄也抄得好。”陶云甫点头道：“果然抄得好，除脱仔实概个批语，也无拨啥好批哉啘。”

葛仲英顾见高亚白独坐于旁，片言不发，讶而问道：“亚白先生啥勿声勿响嗄，难道痴鸳先生做得勿好？”亚白道：“好末阿有啥勿好，耐阿晓得城隍庙里大兴土木，阎罗王殿浪个拔舌地狱刚刚收作好，就等个痴鸳先生去末，要请俚尝尝滋味哉！”大家复笑哄堂，尹痴鸳也笑道：“俚乃输仔东道，来里肉痛，无啥说仔末，骂两声出出气，阿对？”齐韵叟道：“亚白不过说说罢哉，我末要劝耐句闲话。大凡读书人通病，往往为坎坷之故，就不免牢骚；为牢骚之故，就不免放诞；为放诞之故，就不免溃败决裂，无所不为。耐阿好收敛点，君子须防其渐也。”尹痴鸳不禁悚然①改容，拱手谢教。

其时满厅上点起无数灯烛，厅中央摆起全桌酒筵，广东婊子声请入席。众人按照规例，带局之外，另叫个本堂局。婊子各带鼓板弦索，呕呕哑哑，唱起广东调来。若在广东规例，当于入席之前挨次唱曲，不准停歇。高亚白嫌道聒耳，预为阻止。至此入席之后，齐韵叟也不耐烦，一曲未终，又阻止了。席间方得攀谈行令如常。

既而华铁眉的家丁华忠趄上厅来，附耳报命于家主道：“少大人到仔清和坊袁三宝搭去，兆贵里勿曾来。”华铁眉略一颔首，因悄悄诉与孙素兰，使其放心。适为齐韵叟所见，偶然动问。铁眉乘势说出癞头鼋软断缠情形，韵叟遽说道：“价末到倪花园里

① 悚（sǒng）然——恭敬的样子。

来喤，搭仔文君做淘伴，阿是蛮好？”素兰接说道：“倪原要到大人个花园里，为仔俚乃说，常恐勿便。”韵叟转问铁眉道：“啥勿便嗄？耐也一淘来末哉碗”。铁眉屈指计道：“今朝末让俚先去，我有点事体，二十来张俚。”韵叟道：“故也无啥。”天然也说是“二十来”。铁眉见素兰的事已经妥议，记起自己的事，即拟言归。高亚白知其征逐狎昵皆所不喜，听凭自便。华铁眉去后，丢下了素兰没得着落，去住两难。韵叟微窥所苦，就道：“该搭个场面，生来全夜天哚碗，我转去要困哉。”高亚白知其起居无时，惟适之安，亦唯有听凭自便而已。

齐韵叟乃约同孙素兰带领苏冠香，辞别席间众人，出门登轿，迤逦而行。约一点钟之久，始至于一笠园。园中月色逾明，满地上花丛竹树的影子，交互重叠，离披动摇。韵叟传命抬往拜月房栊，由一笠湖东北角上兜过圈来。刚绕出假山背后，便听得一阵笑声，嘻嘻哈哈，热闹得很，猜不出是些什么人。比到拜月房栊院墙外面，停下轿子，韵叟前走，冠香挈素兰随后，步进院门。只见十来个梨花院落的女孩儿，在这院子里空地上相与勃跤①打滚，踢毽子，捉盲盲②，玩耍得没个清头。蓦然抬头见了主人，猛吃大惊，跌跌爬爬，一哄四散。独有一个凝立不动，一手扶定一株桂树，一手垂下去弯腰提鞋，嘴里又咕噜道：“跑啥，嗄，小干仵无规矩!”

韵叟于月光中看去，原来竟是琪官。韵叟就笑嘻嘻上前，手搀手说道：“倪里向去喤。”琪官趄得两步，重复回身，望著别株桂树之下，隐隐然似乎有人影探头探脑。琪官怒声喝道：“瑶官，来!”瑶官才从黑暗里应声趋出。琪官还呵责道：“耐也跟仔俚哚

---

① 勃跤——摔跤。

② 捉盲盲——即捉迷藏。

跑（要勿）面孔！”瑶官不敢回言。一行人踅进拜月房栊，韵叟有些倦意，歪在一张半榻上，与素兰随意闲谈，问起癞头鼋，安慰两句。见素兰拘拘束束地不自在，因命冠香道：“耐同仔素兰先生①到大观楼浪去，看看房间里阿缺啥物事，喊俚哚舒齐好仔。”素兰巴不得一声，跟了冠香相携并往。

韵叟唤进帘外当值管家，吹灭前后一应灯火，只留各间中央五盏保险灯。管家遵办退出。韵叟遂努嘴示意，令琪官、瑶官两人坐于榻旁，自己朦朦胧胧合眼瞌睡，霎时间鼻息鼾鼾而起。琪官悄地离座，移过茶壶，按试滚热，用手巾周围包裹。瑶官也去放下后面一带窗帘，即低声问琪官道：“阿要拿条绒单来盖盖？”琪官想了想，摇摇手。两人嘿嘿相对，没甚消遣。琪官隔着前面玻璃窗，赏玩那一笠湖中月色。瑶官偶然开出抽屉，寻得一副牙牌，轻轻地打五关。琪官作色禁止，瑶官佯作不知，手持几张牌，向嘴边祷祝些什么，再呵上一口气，然后操将起来。琪官怒其不依，随后攫取一张牌藏于怀内。急得瑶官合掌膜拜，赔笑央及，无奈琪官别转头不理。瑶官没法，只得涎着脸，做手势，欲于琪官身上搜检。琪官生怕肉痒，庄容盛气以待之。两人正拟交手扭结，忽闻中间门首吉叮当帘钩摇动声音。两人连忙迎上去，见是苏冠香和大姐小青进来。琪官不开口，只把手紧紧指着半榻。冠香便知道韵叟睡着了，幸未惊醒，亲自照看一番，却转身向琪官切切嘱道：“阿姐请我去，说有生活来浪，谢谢耐两家头替我陪陪大人。晚歇困醒仔，教小青里向来喊我好哉。”瑶官在旁应诺。冠香嘱毕，飘然径去。琪官支开小青不必伺候，小青落得自在嬉游。

---

① 先生——上海旧时对妓女的称呼。

琪官坐定，冷笑两声，方说瑶官道："耐个呆大末少有出见个，随便啥闲话，总归瞎答应。"瑶官追思适间云云，惶惑不解道："俚勿曾说啥碗？"琪官哼地从鼻子里笑出声来道："耐是俚买个讨人，该应替俚陪陪客人，勿曾说啥！"瑶官道："价末倪走开点。"琪官睁目嗔道："啥人说走嗄，大人教倪坐来里，陪勿陪挨勿着俚说碗！"瑶官才领会其意思。琪官复哼哼地连声冷笑道；"倒好像是俚哚个大人，阿要笑话！"

这一席话，意忘了半榻上韵叟，粲花之舌，滚滚澜澜，愈说而愈高了。恰好韵叟翻个转身，两人慌掩住嘴，鹄候半晌，不见动静。琪官蹑足至半榻前，见韵叟仰面而睡，两只眼睛微开一线，奕奕怕人。琪官把前后襟左右袖各拉直些，仍蹑足退下。瑶官哪里有兴致再去打五关，收拾牙牌装入抽屉，核其数三十二张，并无欠缺，不知琪官于何时掷还。两人依然嘿嘿相对，没甚消遣。相近夜分时候，韵叟睡足欠伸，帘外管家闻声舀进脸水。韵叟揩了把面，瑶官递上漱盂，漱了口。琪官取预备的一壶茶，先自尝尝，温暾①可口，约筛大半茶锺递上，韵叟呷了些。韵叟顾问："冠香喤？"琪官置若罔闻，瑶官道："说是姨太太搭去。"韵叟传命管家去喊冠香。琪官接取茶锺，随手放下，坐于一旁，转身向外。韵叟还要吃茶，连说三遍。琪官只是不动，冷冷答道："等冠香来筛拨耐吃，倪笨手笨脚陆里会筛茶。"韵叟呵呵一笑，亲身起立，要取茶锺。瑶官含笑近前，代筛递上。韵叟吃过茶，就于琪官身傍坐下，温存熨贴了好一会。琪官仍瞪着眼，呆着脸，一语不发。韵叟用正言开导道："耐（要勿）来浪糊涂，冠香是外头人，就算我同俚要好，终勿比耐自家人。自家人一径

---

① 温暾——指水、酒等温而不热。

来里，冠香一年半载末转去哉啘，耐也何必去吃个醋？”

琪官听说，大声答道：“大人，阿是耐无拨仔淘成哉？倪末晓得啥醋勿醋！”韵叟讪笑道：“吃醋耐勿晓得？我教个乖拨耐，耐故歇末就是叫吃醋。”琪官用力推开道：“快点去吃茶罢，冠香来哉！”韵叟回头去看，琪官得隙挣脱，招呼瑶官道：“冠香来哉，倪去罢。”韵叟见侧首玻璃窗外，果然苏冠香影影绰绰来了，就顺势打发道：“大家去困罢，天也勿早哉。”瑶官一面应诺，一面跟从琪官踅下台阶，劈面迎着冠香。琪官催道：“先生快点来喤，大人等来浪。”冠香不及对答，迈步进去。琪官、瑶官两人遂缓缓步月而归。

第五十一回终。

第五十二回

小儿女独宿怯空房　贤主宾长谈邀共榻

按：琪官、瑶官两人离了拜月房栊，趁着月色，且说且走。瑶官道：“今朝夜头个亮月，比仔前日夜头再要亮。前日夜头末闹热仔一夜天，今朝夜头一个人也无拨。”琪官道：“俚哚阿算啥赏月嗄，像倪故歇，故末倒真真是赏个月。”瑶官道：“倪索性到蜿蜒岭浪去，坐来哚天心亭里，一个花园通通才看见。该首赏月末最好哉。”琪官道：“正经要赏月，耐阿晓得啥场花？来里志正堂前头高台浪，有几花机器，就是个看月亮同看星个家生。有仔家生，连搭仔太阳才好看哉，看仔末，再有几花讲究。俚哚说同皇帝屋里观象台一个样式，就不过小点。”瑶官道：“价末倪到高台浪去罢。倪也用勿着俚家生，就实概看看末哉。”琪官道：“倘忙碰着个客人，勿局个。”瑶官道：“客人才勿来浪呀。”琪官道：“倪还是大观楼去张张孙素兰阿曾困，故末蛮好。”瑶官高兴，连说：“去嗅”

两人竟不转弯归院，一直踅上九曲平桥，遥望大观楼琉璃碧瓦映着月亮，也亮晶晶的射出万道寒光，笼着些迷濛烟雾。两人到了楼下，寂静无声，上下窗寮一律掩闭，里面黑魆魆地，惟西南角一带楼窗，系素兰房间，好像有些微灯火在两重纱幔之中。两人四顾徘徊，无从进步。

琪官道：“常恐困哉嗅。”瑶官道：“倪喊声俚看。”琪官无语，瑶官就高叫一声：“素兰先生。”楼上不见接应，却见纱幔上

忽然现个人影儿，似是侧耳窃听光景。瑶官再叫一声，那人方卷幔推窗，望下问道："啥人来里喊?"琪官听声音正是孙素兰，搭嘴道："倪来张耐呀，阿要困哉?"素兰辨识分明，大喜道："快点上来喤，倪勿困哩。"瑶官道："勿困末，门才关哉啘。"素兰道："倪来开，耐等一歇。"琪官道："（要勿）开哉，倪也转去困哉。"素兰慌的招手跺脚道："（要勿）去呀，来开哉呀!"瑶官见其发急，怂恿琪官略俟一刻。那素兰的跟局大姐一层层开下门来，手持洋烛手照，照请两人上楼。素兰迎见，即道："我要商量句闲话，耐两家头困来里（要勿）转去，阿好?"琪官骇异问故，素兰道："耐想该搭大观楼，前头后底几花房子，就剩我搭个大姐来里，阴气煞个，怕得来，困也生来困勿着。正要想到耐搭梨花院落来末，倒刚刚耐两家头来喊哉。谢谢耐，陪我一夜天，明朝就勿要紧哉。"瑶官不敢作主，转问琪官如何。琪官寻思半日，答道："倪两家头困来里，本底子①也勿要紧，故歇比勿得先起头，有点间架哉。要么还是耐到倪搭去哝浓罢，不过怠慢点。"素兰道："耐搭去最好哉，耐末再要客气。"

当下大姐吹灭油灯，掌着灯台，照送三人下楼，将一层层门反手带上，扣好钮环。琪官、瑶官不复流连风景，引领素兰、大姐径望梨花院落归来。只见院墙门关得紧紧的，敲够多时，有个老婆子从睡梦中爬起，七跌八撞开了门。瑶官急问："阿有开水?"老婆子道："陆里再有开水，啥辰光哉嗄，茶炉子隐仔长远哉。"琪官道："关好仔门去困，（要勿）多说多话。"老婆子始住嘴。四人从暗中摸索，并至楼上琪官房间。瑶官划根自来火，点着大姐手中带来烛台，请素兰坐下。琪官欲搬移自己铺盖，让

① 本底子——本来。

出大床给素兰睡。素兰不许搬，欲与琪官同床，琪官只得依了。瑶官招呼大姐，安顿于外间榻床之上。琪官复寻出一副紫铜五更鸡①，亲手舀水烧茶。瑶官也取出各色广东点心，装上一大盘，都将来请素兰。素兰深抱不安。三人于灯下围坐，促膝谈心，甚是相得。一时问起家中有无亲人，可巧三人皆系没爷娘的，更觉得同病相怜。琪官道“小个辰光无拨仔爷娘，故末真真是苦恼子②！阿哥阿嫂陆里靠得住，场面蛮要好，心里来哚转念头。小干仵勿懂啥事体，上仔俚哚当还勿曾觉着。倘然有个把爷娘来浪，我为啥到该搭来！”素兰道：“一点勿差。我爷娘刚刚死仔三个月，阿伯就出我个花样，一百块洋钱卖拨人家做丫头。幸亏我晓得仔，告诉仔娘舅，拿买棺材个洋钱还拨仔阿伯，难末出来做生意。陆里晓得个娘舅也是个坏坯子③，我生意好仔点，骗我五百块洋钱去，人也勿来哉！”

瑶官在旁默然呆听，眼波莹莹然要掉下泪来。素兰顾问道：“耐来仔该搭几年哉？”琪官代答道：“俚乃再要讨气！来个辰光俚个爷一淘同得来，俚自家也叫俚‘爷’。后来我问问俚，啥个爷嗄，是俚慢娘④个姘头！”素兰道：“耐两家头运道倒无啥，才到仔该搭来也罢哉。我个命末生来是苦命，才说我无拨帮手个勿好，碰着仔要紧事体，独是我一干子发极，再有啥人替我商量商量；有仔点勿快活，闷来浪肚皮里，也无处去说碗。要寻个对景点娘姨、大姐，才难煞哚。”琪官道：“耐也总算称心个哉，比仔倪好多花哚。像倪就说是两家头，阿有啥用场嗄？自家先一点点

① 五更鸡——一种便于夜间煮食的铜制小火炉。

② 苦恼子——可怜。

③ 坏坯子——坏人，坏蛋。

④ 慢娘——指继母。

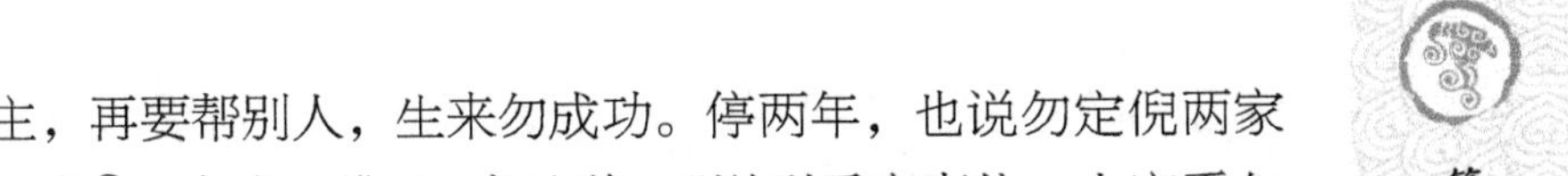

做勿来主，再要帮别人，生来勿成功。停两年，也说勿定倪两家头来浪一堆①勿来浪一堆。”素兰道：“说到后底事体，大家看勿见，怎晓得有结果无结果。我想无拨啥法子，过一日末是一日，碰去看光景。”瑶官插说道：“倪末来里过一日是一日，耐个后底事体，有点数目来浪。华老爷搭耐好得非凡，嫁得去末，端正享福好哉，阿有啥看勿见？”

素兰失笑道：“耐倒说得写意哚，要是实概说起来，齐大人也蛮好哘，耐两家头为啥勿嫁拨仔齐大人嗄？”瑶官道：“耐末说说正经就说到仔歪里去！”琪官点头道：“闲话倒也是正经闲话，总归做仔个女人，大家才有点说勿出个为难场花，外头人陆里晓得，单有自家心里明白。想来耐华老爷好末好，终勿能够十二分称心，阿对？”素兰抵掌道：“耐个闲话故末蛮准，可惜我勿是长住来里，住来里仔同耐讲讲闲话，倒无啥。”瑶官道：“故也陆里说得定，倪出去也勿晓得，耐进来也勿晓得，耐说个‘碰去看光景’。”琪官道：“我说大家闲话对景仔，倒勿是定归要来浪一堆，就勿来浪一堆，心里也好像快活点。”素兰闻言，欣然倡议道：“倪三个人索性拜姊妹阿好？”瑶官抢说：“蛮好，拜仔末大家有照应。”

琪官正待说话，只听得外面历历碌碌，不知是何声响。琪官胆小，取只手照②拉同瑶官出外照看。那月早移过厢楼屋脊，明星渐稀，荒鸡四叫，院中并无一些动静。两人各处兜转来，却惊醒了榻床上大姐。迷糊着两眼，问是“做啥”，两人说了，大姐道：“下头来浪响呀。”说着，果然历历碌碌响声又作，乃班里女孩儿睡在楼下，起来便遗。两人呼问明白，放心回房，随手掩上

---

① 一堆——一起，一块儿。

② 手照——手持的照明用具，如烛台、灯盏等。

房门，向素兰道："天要亮哉，倪困罢。"素兰应诺。瑶官再请素兰用些茶点，收拾干净，自去间壁自己房间睡下。琪官爬上大床，并排铺了两条薄被，请素兰宽衣，分头各睡。

素兰错过睡性，翻来覆去睡不着，听琪官寂然不动，倒是间壁瑶官微微有些鼻声。俄而一只乌鸦哑哑叫着，掠过楼顶。素兰揭帐微窥，四扇玻璃窗倏变作鱼肚白色，轻轻叫琪官不答应，索性披衣起身，盘坐床中。不想琪官并未睡着，仅合上眼养养神，初时不应，听素兰起坐，也就撑起身来，对坐攀话。素兰道："耐说倪拜姊妹阿好？"琪官道："我说勿拜一样好照应，拜个啥嗄？要拜末今朝就拜。"素兰道："好个，今朝就拜。那价个拜法嗵？"琪官道："倪拜姊妹，不过拜个心。摆酒送礼多花空场面，才用勿著，就买仔副香烛，等到夜头，倪三个人清清爽爽，磕几个头末好哉啘。"素兰道："蛮好，我也说写意点好。"琪官见天已大明，略挽一挽头发，跨下床沿，趿双拖鞋，往床背后去。一会儿，出来净过手，吹灭梳妆台上油灯，复登床拥被而坐，乃从容问素兰道："倪拜仔姊妹，赛过一家人，随便啥闲话才好说个哉。我要问耐，倪看个华老爷无啥啘，为仔啥勿称心嗄？"素兰未言先叹道："（要勿）说起，说起仔末真真讨气！俚乃个人倒勿是有啥个勿称心，我同俚样色样蛮对景，就为仔一样勿好。俚乃个人做一百桩事体末，定归有九十九桩勿成功哚，有点干己个事体，俚乃①生来勿肯做。就教俚做桩小事体，俚乃要四面八方通通想到家，是勿要紧个，难末再做，倘然有个把闲人说仔一声勿好，就勿做个哉。耐想实概个脾气，阿能够讨我转去？俚自家要讨也勿成功。"

---

① 俚乃——他。

琪官道："倪一径来里说，先生小姐要嫁人，容易得势，陆里一个好末就嫁拨仔陆里一个，自家去拣末哉。故歇听耐说华老爷，倒划一为难。"素兰转而问道："我也要问耐，耐两家头自家算订，阿嫁人勿嫁人？"琪官亦未言先叹道："倪末再要为难也无拨！故歇无啥人来里，搭耐说说勿要紧。倪从小到个该搭，生来才要依个大人，依仔哉啘，故末真间架。大人六十多岁年纪哉，倘忙出仔事体下来，像倪上勿上下勿下，算啥等样人嗄？难要想着仔嫁人末，晚哉！"素兰道："坎坎瑶官来浪说，出去也说勿定，阿是实概个意思？"琪官道："俚乃肚皮里还算明白，就不过有点勿着落。看仔末十四岁，一点勿懂轻重，说得说勿得才要说出来。耐想倪故歇阿好说该号闲话？坎坎幸是耐，碰着别人说拨大人听仔末，也好哉。"琪官一面说，一面打了个呵欠。素兰道："倪再困歇罢。"琪官道："生天要困哩。"素兰便也往床背后去了一遭，却见一角日光直透进玻璃窗，楼下老婆子正起来开门，打扫院子，约摸七点钟左右，两人赶紧复睡下去。素兰道："晚歇耐起来末喊我一声。"琪官道："晚点末哉，勿要紧个。"这回两人神昏体倦，不觉沉沉同入睡乡。

直至下午一点钟，两人始起。瑶官闻声进见，笑诉道："今朝一桩大笑话，说是花园里逃走两个倌人。几花人来浪反，一径反到我起来，刚刚说明白。"素兰不禁一笑。琪官吩咐老婆子传话于买办，买一对大蜡烛，领价现交，无须登账。素兰亦吩咐其大姐道："耐吃过仔饭末，到屋里去一埭，回来再到乔公馆问俚阿有啥闲话。"大姐承命，和老婆子同去。瑶官急问："阿是倪今朝拜姊妹？"素兰颔首。琪官道："耐闲话当心点个喤！啥个逃走倌人，倘然冠香来里，阿是要多心嗄？就是倪拜姊妹，也（要勿）去搭冠香说。冠香晓得仔，定归要同倪一淘拜，无趣得势。"

瑶官唯唯承教，并道："我一径勿说末哉。"素兰道："勿曾拜末（要勿）说起，拜过仔就勿要紧。故是倪明明白白正经事体，无拨啥对勿住人个场花。"瑶官又唯唯承教。

说话之间，苏冠香恰好来到，先于楼下向老婆子问话。琪官听得，忙去楼窗口叫"先生"。冠香上来厮见，爰致主人之命，立请素兰午餐。素兰即辞了琪官、瑶官，跟着冠香由梨花院落往拜月房栊。齐韵叟既见孙素兰，就道："昨日夜头俚哚才勿来浪，我倒勿曾想着，难教冠香来陪陪耐，再一夜天末铁眉来哉。"素兰慌道："倪（要勿）呀，梨花院落蛮蛮适意。今朝夜头说好来浪，原到几首去。"韵叟道："价末让冠香一淘到梨花院落来，讲讲闲话有淘伴，起劲点。"素兰道："倪（要勿）呀，倪同冠香先生一样个啘。大人当仔倪客人，倪倒勿好意思住来里，要转去哉。"苏冠香听说，将韵叟袖子一拉道："耐勿懂末再要瞎缠，俚哚梨花院落闹热得势，我去做啥嗄？"韵叟笑而置之。

不多时，陶玉甫、李浣芳、朱淑人、周双玉都回说不吃饭了，高亚白、姚文君、尹痴鸳相继并至，大家入席小酌。高亚白、姚文君宿醉醺然，屏酒不饮。尹痴鸳疲乏尤甚。揉揉眼，伸伸腰，连饭吃不下。齐韵叟知道孙素兰好量，令苏冠香举杯相劝。素兰略一沾唇，覆杯告止。餐毕，大家各散。尹痴鸳归房歇息，高亚白、姚文君随意散步，孙素兰也步出庭前。苏冠香留心探望，见素兰仍望梨花院落一路上去。冠香因笑着，欲和齐韵叟说话，转念一想，又没有什么话，便缩住口不说了。韵叟觉得，问道："耐要说啥说末哉。"冠香思将权词推托，适值小青来请冠香，说是姨太太要描花样。冠香眼视韵叟，候其意旨。韵叟方将歇午，即命冠香："去末哉。"冠香道："阿要去喊琪官来？"韵叟一想道："（要勿）喊哉。"冠香叮嘱帘外当值管家小心伺候，自

带小青往内院去了。

韵叟睡足一觉，钟上敲四点，不见冠香出来。自思哪里去消遣消遣，独自一个信着脚儿踱去，竟不觉踱过花园腰门，这腰门系通连住宅的。大约韵叟本意欲往内院寻冠香，忽又想起马龙池，遂转身往外，到书房里谒见龙池，相对清谈，娓娓不倦。谈至上灯以后，亲陪龙池晚餐，然后作别兴辞，将回内院。刚踅出书店门口，顶头撞着苏冠香匆匆前来，一见韵叟，嚷道："耐啥一干子跑到该搭来嗄？"我末倒来里花园里寻耐，兜仔好几个圈子，赛过捉盲盲。"韵叟慰藉两句，携了冠香的手，缓缓同行。比及腰门岔路，冠香撺掇韵叟大观楼去。韵叟勉从其请，重复折入花园，经过陶、朱所住湖房，从墙外望望，并未进去。相近九曲平桥，冠香故意回头，倏失惊打怪道："阿是亮月嗄？"韵叟看时，只见一片灯光从梨花院落楼窗中透出，照着对面粉墙，越显得满院通红。冠香道："勿晓得俚哚来浪做啥。"韵叟道："定归是碰和，阿对？"冠香道："倪去看喤。"韵叟道："（要勿）去做讨厌人，噪散俚哚场子。"冠香只得跟随韵叟原往大观楼。

第五十二回终。

第五十三回

强扭合连枝姊妹花　乍惊飞比翼雌雄鸟

按：齐韵叟挈苏冠香同至大观楼上，适值高亚白、姚文君都在尹痴鸳房间里，大家厮见。高亚白手中正拿了一本薄薄的草订书籍要看，齐韵叟见其书面签题，知为小赞所做时文试帖，特来请教于尹痴鸳的。韵叟因问痴鸳道："近来阿有进境?"痴鸳道："还算无啥，有点内心。"亚白道："耐拿个《秽史外编》一淘去教会仔俚，（要勿）说有内心，连外心也有哉。"大家笑了。痴鸳忽向韵叟道："耐昨日劝我个闲话，佩服之至。别人以绮语相戒，才是隔靴搔痒，耐末对症发药，赛过心肝五脏一塌括仔拨耐说仔出来。"韵叟道："我看耐《秽史》倒勿觉着啥绮语，好像一种抑塞磊落之气，充塞于字里行间，所以有此一说。"亚白道："痴鸳文章就来里绮语浪用个苦功，拨俚钻出仔头来。以绮语相戒，此其人可谓不知痴鸳，并不知绮语。"大家又笑了。

这里说笑，那边姚文君也说得眉飞色舞，心花怒开。苏冠香怔怔呆听，仅偶然趁口而已。韵叟听讲的是碰和情事，遂唤文君道："素兰来浪碰和呀，耐高兴末去喤。"文君道："俚哚定归勿是碰和，要碰和，阿有啥勿来喊我个嗄。"韵叟道："耐碰和阿是好手?"文君嘻著嘴笑。冠香接说道："俚打个牌凶煞哚，就是个琪官同俚差勿多，倪总归要输拨俚。"亚白道："说俚凶也勿见得喤。"文君道："倪陆里会凶嗄！凶个人可惜打差仔个牌。"亚白道："前日天个牌，我勿曾打差，摸勿起真生活。"文君欻地起立，嚷道：

“耐说勿曾打差，拿牌来大家看。”说著，转问痴鸳：“耐副牌嗅？”痴鸳慌忙拦道：“好哉，（要勿）看哉，耐总无拨差末哉。”文君哪里肯依，竟自动手开橱，搜寻牌盒。痴鸳撒个谎道：“橱里陆里有牌，拨琪官借得去，一径勿曾还哕。”文君没法，回身屹立当面，还指天划地数说亚白手中若干张牌，所差某张，应打某张，一一数说出来，请大家公断。韵叟、冠香只是笑，痴鸳颦蹙道：“面孔阿要点嘎？勿是相打就是相骂。我末该倒运，刚刚住个对过房间，拨俚哚两家头噪煞。”亚白也只是笑。文君冷冷答道：“耐自家阿晓得厌气？说来说去两声闲话，大家才听过歇，再有啥新鲜点说说倪听嗅？”几句倒堵住了痴鸳的嘴，没的回言。亚白不禁抚掌大笑。韵叟想些别样闲话搭讪开去，文君亦就放下不提。

消停一会，月出东方，渐渐高至树杪，大家皆有些倦意，韵叟、冠香始起告行。痴鸳送出房门，亚白、文君顺路回房，直送至楼门口而别。韵叟仍携了冠香的手，缓缓踅下大观楼，重过九曲平桥，望那梨花院落中灯光依然大亮，惟逼着外面月色，淡而不红。冠香复撺掇韵叟道：“倪去看看俚哚阿是碰和。”韵叟道：“耐啥要紧得来，明朝问素兰好哉。”冠香不好再强，同出花园，归于内院，相与就寝无话。

次日辰刻，韵叟起身，外面传报华老爷来。韵叟径往花园，请华铁眉在拜月房栊相见。韵叟先嘲笑道：“今朝拨我猜着，该应是耐先到。”铁眉似乎不好意思。韵叟顾令管家快请孙素兰先生。须臾，陶玉甫、朱淑人、高亚白、尹痴鸳及李浣芳、周双玉、姚文君、苏冠香、孙素兰四路俱集，华铁眉一概躬身延接。孙素兰轻轻叫声“华老爷”，问：“昨日忙，身里向①阿好？”铁

① 身里向——即身子。

眉道："无啥，还好。昨日舒齐仔，要想到该搭来张张①耐，碰着仔耐大姐，难末勿曾来，就交代俚一打香槟酒带转去，阿曾收到？"素兰道："谢谢耐，一打陆里吃得完，分一半送拨仔人哉。"尹痴鸳背地指向朱淑人，悄悄笑道："耐看俚哚两家头，客气得来，好像长远勿看见。"高亚白听见，也悄悄笑道："自有多花描画勿出一副功架，也勿是个客气。"大家掩口胡卢而笑。华铁眉、孙素兰相离虽远，知道笑他两个，赶即缄口。齐韵叟惋惜道："刚刚有点意思，一笑末啰勿响哉。"大家越发笑出声来。华铁眉装做不知，搭讪道："痴鸳先生，令翠□？"尹痴鸳带笑答道："勿曾到。"

一语未终，早见陶云甫挈着覃丽娟、张秀英，朱蔼人挈着林翠芬、林素芬来了。大家迎见，更不寒暄。朱蔼人袖出一封书信，业经拆开，奉与齐韵叟。韵叟看那封面，系汤啸庵自杭州寄回给蔼人的，信内大略写着，"黎篆鸿既允亲事，特请李鹤汀、于老德为媒，约定二十晚间同乘小火轮船，行一昼夜可以抵沪，一切面议。惟乾宅亦须添请一媒为要"云云。韵叟阅竟放下，问道："请个啥人喤"蔼人道："就请仔云甫。"韵叟道："我最喜欢做媒人，耐倒勿请我。"陶云甫道："耐起先就做过个媒人哉，故歇挨耐勿着。"说得大家皆笑。独朱淑人一呆，逡巡近案，从侧里偷觑那封信，仅得一言半句，已被其兄蔼人收藏。淑人心中忐忑乱跳，脸上却不露分毫，仍逡巡退归原座，复瞟过眼去偷觑周双玉，似觉不甚理会，才放了些心。

接着管家又报说："葛二少爷来。"只见葛仲英挈着吴雪香并卫霞仙，相偕并至。齐韵叟诧异道："阿是耐带仔霞仙一淘来？"

① 张张——探望，窥看。

葛仲英道："勿是，就园门口碰着个霞仙。"韵叟自知一时误会，随令管家快请马师爷。尹痴鸳向韵叟道："耐喜欢做媒人末，俚哚倪子要养快哉，耐为啥勿替俚哚做？"陶云甫抢说道："俚哚用勿着媒人，自家勿声勿响，就房间里点仔对大蜡烛拜个堂。我倒吃着个喜酒。"大家大笑哄堂。苏冠香上前拉着齐韵叟问道："耐阿晓得，昨日夜头素兰先生勿是碰和末，做个啥？"韵叟道："勿曾问俚。"冠香道："我倒问过哉，也来浪房间里点仔对大蜡烛拜个堂呀。"韵叟不胜错愕。孙素兰遂将三人结拜姊妹之事，缕述分明。韵叟道："拜姊妹倒无啥，为啥单是三个人拜嘎？要拜末一淘拜，我来做个盟主。昨日夜头勿算，今朝先生小姐才到齐仔，一淘再拜个姊妹，阿好？"孙素兰默然，苏冠香咬着指头要笑，其余皆不在意。韵叟即命小青去喊琪官、瑶官。高亚白向韵叟道："难末耐个生意到哉，起劲得来，连搭仔做媒人也（要勿）做哉。"韵叟道："我有仔生意末，耐要做生活哉啘。耐末替我做篇四六序文，就说个拜姊妹话头。序文之后，开列同盟姓名，各人立一段小传，详载年貌籍贯，父母存没，啥人相好末就是啥人做。苏冠香同琪官、瑶官三个人，我做末哉。名之曰'海上群芳谱'，公议以为如何？"大家无不遵教。

韵叟当命小赞准备文房四宝听用，亚白便打起腹稿来。恰好外边史天然挈着赵二宝进来，里边马龙池及琪官、瑶官出来，与现在众人大会于拜月房栊。众人争前诉说如何拜姊妹，如何做小传，史天然、马龙池皆道："故是应得效劳。"于是大家各取笔砚，一挥而就。不及一点钟工夫，不但小传齐全，连高亚白四六序文亦皆脱稿。齐韵叟托尹痴鸳约略过目，再发交小赞誊真。尹痴鸳向众人道："倒有点意思！亚白个序文末，生峭古奥，沉博奇丽，勿必说哉。就是小传也可观：琪、瑶、素、翠末是合传体，赵、张两传未参互成文，李浣芳传中以李漱芳作柱，苏冠香传中虽不及诸姊而诸姊自见；其余或纪言，或叙事，或以议论出之，真真五花八门，无美不备。”大家听了欣然，齐韵叟益觉高兴。其时已交午牌，当值管家调排桌椅。瑶官乘隙暗拉琪官踅出廊下，问道：“大人教倪一淘拜姊妹，阿要拜嗄？”琪官道：“大人说末生来依依俚，就一淘拜拜也无啥要紧。”瑶官道：“价末倪三个人拜个倒匆算？”琪官道：“耐末要缠煞哉，啥匆算嗄？倪三个人为仔要好，拜个姊妹，拜仔也不过要好点。故歇大人教倪拜，要好匆要好，倪自家主意，大人匆好管倪个碗”瑶官涣然冰释，颌首无言。听得里面坐席，两人原暗地捱身进帘，掩过一边。不想齐韵叟特命琪官、瑶官一同入席，坐列苏冠香肩下。琪官、瑶官当着众人面前，敛手低头，殊形局促。

酒过三巡，食供两套，齐韵叟乃向史天然道：“耐该埭到上海，带仔几花物事来，无拨一点用场，我要耐一样好物事，耐定归匆送拨我。故歇搭耐饯行哉，再客气仔匆着杠哉，耐阿肯送点拨我？”天然大惊，问：“啥物事嗄？”韵叟呵呵笑道：“我要耐肚皮里个物事。耐赵二宝搭倒还有副对子做拨俚，我末连对子才无拨，阿是欺人太甚？”天然恍然悟道：“我为仔四壁琳琅，无从着笔。难年伯要我献丑，也无法子，缓日呈教末哉。”韵叟拱手道谢。华铁眉因问饯行之说，天然说：“接着人家信，月底要转去一埭。”铁眉道：“倪也要饯行哉碗”韵叟道：“耐要饯行末，同葛仲英搭仔个姘头，索性订期廿七，就来里该搭，阿是蛮好？”铁眉道：“再早点也无啥。”韵叟道：“早点无拨空，从明朝到廿四，大家才有点事体。廿五末高、尹饯行，廿六末陶、朱饯行，耐同仲英只好廿七个哉。”铁眉就招呼仲英约定，天然亦拱手道谢。适小赞将誊真的《海上群芳谱》呈上齐韵叟看了。韵叟遂令

管家传谕，志正堂中安排香案；又令小赞赍这《群芳谱》四座传观。葛仲英看是一笔《灵飞经》小楷，妍秀可爱，把小赞打量一眼。高亚白讪笑道："耐（要勿）看轻仔俚，俚个衔头叫'赞礼佳儿'，'茂才高弟'。"尹痴鸳插口道："耐末喜欢拨人骂两声，为啥要带累我？"小赞在傍嗤地失笑，仲英一些不懂。

痴鸳分说道："俚是赞礼个倪子，人才叫俚小赞。时常做点诗文请教我，亚白就同俚打岔，出个对子教俚对，说是'赞礼佳儿'。俚对勿出，亚白就说：'我替耐对仔罢，"茂才高弟"阿是蛮好个绝对？'"仲英朗念一遍，道："真个对得好！"

小赞接取《群芳谱》，送往别桌上去。痴鸳悄向仲英耳边说道："耐看俚年纪末轻，坏得野哚！俚个爷问俚：'高老爷个对子为啥勿对？'俚说：'我对个哉，为仔尹老爷一淘来浪，勿曾说。'问俚：'对个啥？'俚说：'对"尚书清客"。仲英大笑道："为啥勿说'狎客'嗅？索性骂得爽快点哉啘。"亚白、痴鸳共笑一阵。席间上到后四道菜，管家准备鸡缸杯更换。大家止住，都欲留量，以待晚间畅饮。齐韵叟不复相强，用饭散席。

于是齐韵叟声言，请众姊妹团拜，请诸位老爷监盟。众人一笑遵命，各率相好由拜月房栊来到志正堂。只见堂前一桁湘帘高高吊起，堂中烛焰双辉，香烟直上，地下铺着一片大红毡毯。众人散立两旁，监视行礼。小赞在下唱名，众姊妹按齿排班，雁行站定，一齐朝月拜了四拜，又转身对面拜了四拜。礼毕。各照所定辈行，互相称唤。卫霞仙廿三岁，最长，是为"大阿姐"；李浣芳十二岁，最幼，是为"十四妹"。其余不能尽记，但呼某姊某妹，系之以名而已。齐韵叟欢喜无限，谆嘱众姊妹此后皆当和睦，毋忘今日之盟。众姊妹含笑唯唯，跟随众人，踅下志正堂来。恰有一匹小小枣骝马，带着鞍辔，散放高台下吃草。姚文君自逞其技，竟跑过去亲手带住，耸身骑上，就这箭道中跑个趟子，众人四分五落看她跑。

琪官看罢转身，不见了齐韵叟，四面找寻。见韵叟独自一个大踱西行，琪官暗地拉了瑶官，撇下众人，紧步赶上，跟在后面。韵叟并未觉着，只顾望拜月房栊一路上踱去。踱至山坡之下，突然刺斜里闪过一个人，蹑手蹑脚的钻入竹树丛中，韵叟道是朱淑人捕促织儿，也蹑手蹑脚赶上，要去吓他作耍。比到跟前，方看清后形，竟是小赞在那里做手势，好似向人央求样子。韵叟止步，扬声咳嗽。小赞吓得面如土色，垂手侍侧，不则一声。韵叟问："再有个啥人?"小赞呐呐答道："无拨啥人来里啘。"瑶官在后面，用手指道："那，那!"韵叟不提防，也吃一吓。琪官急丢个眼色与瑶官，叫她莫说。韵叟却又盘问瑶官："说啥?"瑶官不得已，仍用手指了一指。韵叟再回头望前面时，果然影影绰绰，一个人已穿花度柳而去。韵叟喝退了小赞，带着琪官、瑶官拾级登坡。这山坡正当拜月房栊之背，满山上种的桂树，交柯接干，蓊翳①葱茏，中间盖着三间小小船屋，颜曰"眠香坞。"韵叟踱进内舱，踞坐胡床，盘问瑶官："看见个啥人?"瑶官不答，眼望琪官。韵叟即转问琪官，琪官道："倪也勿曾看清爽。"韵叟咳了一声道："我问耐末，再有啥勿好说个闲话?"琪官道："勿是倪花园里个人，等俚歇末哉。"

韵叟略想一想，遂置不究，复笑问道："我来个辰光，大家来浪看跑马，才勿觉着，耐两家头啥辰光跟得来?"瑶官道："阿是大人也勿曾觉着，倪是一径跟来浪。"琪官道："耐末要紧看仔前头哉。陆里晓得啥后底也来里看耐。"韵叟道："耐后底阿去看

① 蓊翳（wěng yì）——草木茂密的样子。

看，常恐再有啥人跟来浪。”瑶官道：“难是无拨啥人个哉。”琪官道：“要么不过冠香。”瑶官见说，真个出门去看。韵叟亦即起立，笑挽琪官的手，道：“倪到拜月房栊去。”举步将行，忽闻门外瑶官高声报说：“朱五少爷来。”韵叟诧异得紧，抬头望外，果然朱淑人独自一个，翩翩然来。韵叟请其登榻对坐，良久默然。韵叟搭讪问道：“听说前日捉着一只‘无敌将军’，阿有价事？”淑人含糊答应，并未接说下去。又良久，淑人面色微红，转眼偷盼，似有欲言不言光景。韵叟摸不着头脑，顾令琪官喊茶。琪官会意，拉同瑶官退出门外，单剩韵叟、淑人在眠香坞中。

第五十三回终。

第五十四回

负心郎模棱联眷属　失足妇鞭棰整纲常

按：朱淑人见眠香坞内更无别人，方嗫嚅向齐韵叟道：“阿哥教我明朝转去，勿晓得阿有啥事体？”韵叟微笑道：“耐阿哥替耐定亲呀，耐啥勿曾晓得？”淑人低头蹙頞而答道：“阿哥末总实概样式。”韵叟听说，不胜惊讶道：“替耐定亲倒勿好？”淑人道：“勿是个勿好，故歇无啥要紧碗。阿好搭阿哥说一声，（要勿）去定啥亲？”韵叟察貌揣情，十猜八九，却故意探问道：“故末耐啥意思喤？”连问几声，淑人说不出口。韵叟乃以正言晓之道：“耐（要勿）去搭阿哥说。照耐年纪是该应定亲个辰光，耐咿无拨爷娘，生来耐阿哥做主。定着仔黎篆鸿个囡仵，再要好也无拨。耐故歇勿说阿哥好，倒说道（要勿）去定啥亲，（要勿）说耐阿哥听见仔要动气，耐就自家想，媒人才到齐，求允行盘才端正好，阿好教阿哥再去回报俚？”淑人一声儿不言语。韵叟道：“虽然定亲，大家才要情愿仔末好。耐再有啥勿称心，索性说出来，商量商量倒无啥。我替耐算计，最要紧是定亲，早点定末早点讨，故末连搭仔周双玉一淘可以讨转去，阿是蛮好？”

淑人听到这里，咽下一口唾沫，俄延一会，又嗫嚅道：“说起个周双玉，先起头就是阿哥代叫几个局，后来也是阿哥同得去吃仔台酒，双玉就问我阿要讨俚。俚说俚是好人家出身，今年到仔堂子，也不过做仔一节清倌人，先要我说定仔定讨俚个末，第二户客人俚勿做哉。我末倒答应仔俚。”韵叟道：“耐要讨周双

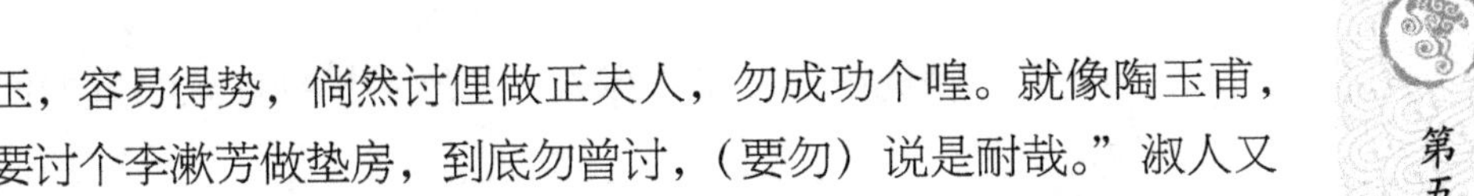

玉，容易得势，倘然讨俚做正夫人，勿成功个喤。就像陶玉甫，要讨个李漱芳做垫房，到底勿曾讨，（要勿）说是耐哉。”淑人又低头蹙頞了一会道：“难倒有点间架来浪。双玉个性子强得野哚，到仔该搭来就算计要赎身，一径搭我说，再要讨仔个人末，俚定归要吃生鸦片烟哚。”韵叟不禁呵呵笑道：“耐放心，陆里一个倌人勿是实概说嗄。耐末再要去听俚。”淑人面上虽惭愧，心里甚干急，没奈何又道：“我起先也勿相信，不过双玉勿比得别人，看俚样式倒勿像是瞎说。倘忙弄出点事体来，终究无啥趣势。”韵叟连连摇手道：“啥个事体，我包场末哉，耐放心。”淑人料知话不投机，多言无益。适值茶房管家送进茶来，韵叟擎杯相让，呷了一口，淑人即起兴辞。韵叟一面送，一面嘱道：“我说耐故歇去，就告诉仔双玉，说阿哥要替我定亲。双玉有啥闲话，才推说阿哥好哉。淑人随口唯唯。

两人踅出眠香坞，琪官、瑶官还在门外等候，一同跟下山坡，方才分路。齐韵叟率琪官、瑶官向西往拜月房栊而去。朱淑人独自一个向东行来，心想：“韵叟乃出名的‘风流广大教主’，尚不肯成全这美事，如何是好？假使双玉得知，不知要闹到什么田地！”想来想去，毫无主意，一路踅到箭道中，见向时看跑马的都已散去，志正堂上只有两个管家照看香烛。淑人重复踅回，劈面遇见苏冠香，笑嘻嘻问淑人道：“倪大人到仔陆里去，五少爷阿看见？”淑人回说：“在拜月房栊。”冠香道：“拜月房栊天拨啘”淑人道：“刚刚去呀。”冠香听了，转身便走。淑人叫住问她：“阿看见双玉？”冠香用手指着，答了一句。

淑人听不清楚，但照其所指之处，且往湖房寻觅。比及踅进院门，闻得一缕鸦片烟香，心知蔼人必在房内吸烟，也不去惊动，径回自己卧房。果然周双玉在内，桌上横七竖八摊着许多瓷

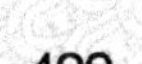

盆，亲自将莲粉喂促织儿，见了淑人，便欣然相与计议明日如何梢带回家。

淑人只是懒懒地。双玉只道其暂时离别，未免牵怀，倒以情词劝慰。淑人几次要告诉她定亲之事，几次缩住嘴不敢说，又想双玉倘在这里作闹起来，太不雅相，不若等至家中告诉未迟。当下勉强笑语如常。迨至晚间，张灯开宴，丝竹满堂，齐韵叟兴高采烈，飞觞行令，热闹一番，并取出那《海上群芳谱》，要为众姊妹下一赞语，题于小传之后。诸人齐声说好。朱淑人也胡乱应酬，混过一宿。

次日午后，备齐车轿，除马龙池、高亚白、尹痴鸳及姚文君原住园内，仅留下华铁眉、孙素兰两人，其余史天然、葛仲英、陶云甫、陶玉甫、朱蔼人、朱淑人及赵二宝、吴雪香、覃丽娟、李浣芳、林素芬、周双玉、卫霞仙、张秀英、林翠芬一应辞别言归。齐韵叟向陶玉甫道：“耐是单为仔李漱芳接煞①，要去一埭碗，明朝接过仔就来罢。”玉甫道：“明朝想转去，廿五一准到。”韵叟见说转去，不便强邀，转向朱淑人道：“耐明朝可以就来。”淑人深恐说出定亲之事，含糊应答。

大家出了一笠园，纷纷各散。朱淑人和周双玉坐的马车，一直驶至三马路公阳里口。双玉坚嘱：“耐有空末就来。”淑人“噢噢”连声，眼看阿珠扶双玉进弄，淑人才回中和里。只见阿哥朱蔼人已先到家中，正在厅上拨派杂务。淑人没事，自去书房里闷坐，寻思这事断断不可告诉双玉，我且瞒下，慢慢商量。将近申牌②时分，外间传报：“汤老爷到哉。”淑人免不得出外厮见。汤

① 接煞——指招魂。旧时迷信，于人死后所谓魂复归之日，请巫祝招之还家。

② 申牌——指下午三时至五时。

啸庵不及叙话，先向蔼人说道：“李实夫同倪一淘来，故歇也来里船浪。”蔼人忙发三副请帖，三乘官轿，往码头迎请于老德、李实夫、李鹤汀登岸。再着人速去西公和里催陶老爷立等就来，不料陶云甫不在覃丽娟家，又不知其去向。蔼人方在着急，恰好云甫自己投到，见了汤啸庵，说声“久别。”蔼人急问道：“到仔陆里去？请也请勿着耐。”云甫笑道：“我来里东兴里。”蔼人道：“东兴里做啥？”云甫笑耐攒眉道：“原是玉甫哉嗹。李漱芳刚刚完结末，李浣芳来哉，咿有点间架事体。”蔼人道：“啥事体嗄？”云甫未言先叹道：“还是李漱芳来浪辰光，说过歇句闲话，说俚死仔末教玉甫讨俚妹子。故歇李秀姐拿个浣芳交代拨玉甫，说等俚大仔点收房。”蔼人道：“故也蛮好啘。”云甫道：“陆里晓得个玉甫倒勿要俚，说：‘我作孽末就作仔一转，难定归勿作孽个哉！倘然浣芳要我带转去，算仔我干囡仵，我搭俚拨仔人家嫁出去。’”蔼人道：“故也蛮好啘。”云甫道：“陆里晓得个李秀姐定归要拨来玉甫做小老母，俚说漱芳苦恼，到死勿曾嫁玉甫，故歇浣芳赛过做俚个替身。倘然浣芳有福气，养个把倪子，终究是漱芳根脚浪起个头，也好有人想着俚。”蔼人听罢点头，汤啸庵插口道：“大家闲话才勿差，真真是间架事体。”陶云甫道：“我倒想着个法子，一点勿要紧。”

一语未了，忽见张寿手擎两张大红名片，飞跑通报。朱蔼人、朱淑人慌即衣冠，同迎出去，乃是于老德、李鹤汀两位，下轿进厅，团团一揖，升炕献茶。朱蔼人问李鹤汀：“令叔为啥勿来？”鹤汀道：“家叔有点病，此次是到沪就医。感承宠招，心领代谢。”蔼人转和于老德寒暄两句，然后让至厅侧客座，宽衣升冠，并请出陶云甫、汤啸庵两位会面陪坐。大家讲些闲话，惟朱淑人不则一声。少顷，于老德先开谈，转述黎篆鸿之意，商议聘

娶一切礼节，朱淑人落得抽身回避。张寿有心献勤，捉个空，寻到书房，特向淑人道喜。淑人憎其多事，怒目而视。张寿没兴，讪讪走开。晚间，张寿来请赴席，淑人只得重至客座，随着蔼人陪宴。其时亲事已经商议停当，席间并未提起。到得席终，于老德、李鹤汀、陶云甫道谢告辞，朱蔼人、朱淑人并送登轿。单剩汤啸庵未去，本系深交，不必款待，淑人遂退归书房，无话。

廿二日，蔼人忙着择日求允。淑人虽甚闲暇，不敢擅离。直至傍晚，有人请蔼人去吃花酒，淑人方溜至公阳里周双玉家一会。可巧洪善卿在周双珠房里，淑人过去见了，将定亲之事悄悄说与善卿，并嘱不可令双玉得知。善卿早会其意，等淑人去后，便告诉了双珠。双珠又告诉了周兰，吩咐合家人等毋许漏言。别人自然遵依，只有个周双宝私心快意，时常风里言，风里语，调笑双玉。适为双珠所闻，唤至房里，呵责道："耐再要去多说多话，前日子银水烟筒阿是忘记脱哉？双玉反起来，耐也无啥好处！"双宝不敢回嘴，默然下楼。

隔了一日，周兰往双宝房间里床背后开只皮箱，检取衣服，丢下一把钥匙不曾收拾，偶见阿珠，令去寻来。阿珠寻得钥匙，翻身要走。双宝一把拉住，低声问道："耐为啥勿到朱五少爷搭去道喜嗄？"阿珠随口答道："（要勿）瞎说！"双宝道："朱五少爷大喜呀，耐啥勿曾晓得？"阿珠知道双宝嘴快，不欲纠缠，大声道："快点放嗄，我要喊无娒哉！"双宝还不放手，只听得客堂里阿德保叫声"阿珠，有人来里看耐。"阿珠接应，问："啥人？"趁势撇下双宝，脱身出房，看时，乃旧伙大姐大阿金。阿珠略怔一怔，问："阿有啥事体？"大阿金道："无啥，我来张张耐呀。"阿珠忙跑进去将钥匙交明周兰，复跑出来，携了大阿金的手，趄到弄堂转弯处，对面立在白墙下切切说话。大阿金道："故歇索性勿对哉！（要勿）说是王老爷，连搭两户老客人也才勿来，生客生来无拨，节浪下脚通共拆着仔四块洋钱。倪末急煞来浪，俚倒坐马车，看戏，蛮开心！”阿珠道：“小柳儿生意蛮好来浪，阿有啥勿开心？我替耐算计，歇仔末好哉啘。”大阿金道：“难要歇哉呀！俚哚来浪租小房子，教我跟得去，一块洋钱一月，我定归勿去。”阿珠道：“我听见洪老爷说起，王老爷屋里无拨个大姐，耐阿要去做做看。”大阿金道：“好个，耐替我去说嘘。”阿珠道：“耐要去末，等我晚歇再问仔声洪老爷。明朝无拨空，廿六两点钟，我同耐一淘去末哉。”

大阿金约定别去，阿珠亦自回来。廿五日早晨，接得一笠园局票，阿珠乃跟周双玉去出局。翌日，阿珠到家传说道：“小先生要廿八转来哚。”周兰没甚言语。吃过中饭，略等一会，大阿金就来了，会同阿珠，径往五马路王公馆。两人刚至门首，只见一个后生慌慌张张冲出门来，低着头一直奔去，分明是王莲生的侄儿，不解何事。两人推开一扇门掩身进内，静悄悄地竟无一人。直到客堂，来安始从后面出来，见了两人即摇摇手，好像不许进去的光景，两人只得立住。阿珠因轻轻问道：“王老爷阿来里？”来安点点头。阿珠道：“阿有啥事体嗄？”来安趄上两步，正待附耳说出缘由，突然楼上劈劈啪啪一顿响，便大嚷大哭，闹将起来。两人听这嚷哭的是张蕙贞，并不听得王莲生声息。接着大脚小脚一阵乱跑，跑出中间，越发劈劈啪啪响得像撒豆一般，张蕙贞一片声喊“救命”。阿珠听不过，撺掇来安道：“耐去劝嘘。”来安畏缩不敢。猛可里楼板“嘭”的一声震动，震得夹缝中灰尘都飞下些来，知道张蕙贞已跌倒在楼板上。王莲生终没有一些声息，只是劈劈啪啪地闷打，打得张蕙贞在楼板上骨碌碌打滚。阿珠要自己去劝，毕竟有好些不便之处，亦不敢上楼。楼上

又无第三个人，竟听凭王莲生打个尽情。打到后来，张蕙贞渐渐力竭声嘶，也不打滚了，也不喊救命了，才听得王莲生长叹一声，住了手，退入里间房里去。

阿珠料想不好惊动，遂轻轻辞别了来安要走。大阿金还呆瞪着两眼发呆，见阿珠要走，方醒过来。两人仍携着手，掩身出门，又听得楼上张蕙贞直着喉咙，干号两声，其声着实惨戚。大阿金不禁吁了口气，问道："到底勿晓得为啥事体？"阿珠道："管俚哚啥事体，倪吃碗茶去罢。"

大阿金听说高兴，出弄转弯，迤逦至四马路中华众会，联步登楼，恰遇上市辰光，往来吃茶的人逐队成群，热闹得很。两人拣张临街桌子坐定，合泡了一碗茶，慢慢吃着讲话。阿珠笑道："起先倪才说王老爷是个好人，故歇倒也会打仔小老母哉，阿要稀奇！"大阿金道："王老爷搭倪先生好个辰光，嫁仔末倒好哉。倘然倪先生嫁拨仔王老爷末，王老爷陆里敢打嗄。"阿珠道："沈小红阿好做人家人，故末再要好白相点哩。"大阿金太息道："倪先生末真真叫自家勿好，怪勿得王老爷讨仔张蕙贞。上海挨一挨二个红倌人，故歇弄得实概样式！"阿珠冷笑道："故歇倒勿曾算别脚哉喤。"

正说时，堂倌过来冲开水，手揣一角小洋钱，指着里面一张桌子道："茶钱有哉，俚哚会过哉。"两人引领望去，那桌子上列坐四人，大阿金都不认得。阿珠觉有些面熟，似乎在一笠园见过两次，惟内中一年轻的，认得是赵二宝阿哥赵朴斋。因朴斋穿着大袍阔服，气概非凡，阿珠倒不好称呼，但含笑颔首而已。一会儿，赵朴斋笑吟吟踅过外边桌子旁，阿珠让他坐了，递与一根水烟筒。朴斋打量大阿金一眼，随向阿珠搭讪道："耐先生来里山家园呀，耐啥转来哉嗄？"阿珠说："难要去哉。"朴斋转问大阿

金："耐跟个啥人？"大阿金说是沈小红。阿珠接嘴道："俚故歇来里寻生意，阿有啥人家要大姐？荐荐俚。"朴斋矍然道："西公和张秀英说要添个大姐，等俚转来仔，我替耐去问声看。"阿珠道"蛮好，谢谢耐。"朴斋即问明大阿金名字，约定廿九回音。阿珠向大阿金道："价末耐就等两日末哉。张秀英哚勿要么，再到王老爷搭去。"大阿金感谢不尽。朴斋吸了几口水烟，仍回里面桌子上去。须臾，天色将晚，阿珠、大阿金要走，先往里面招呼朴斋，朴斋同那三个朋友也要走，遂一齐踅下华众会茶楼，分路四散。

第五十四回终。

第五十五回

订婚约即席意彷徨　掩私情同房颜忸怩

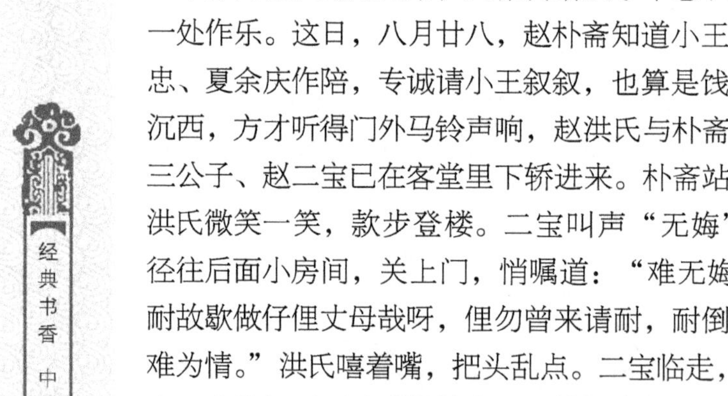

按：赵朴斋自回鼎丰里家里，见了母亲赵洪氏，转述妹子赵二宝之言，廿八日要给史三公子饯行，另办一桌路菜，皆须精致丰盛。朴斋说罢出外，自去找寻大姐阿巧，趁二宝不在家，和阿巧打情骂俏，无所不至。阿巧见朴斋近来衣衫整齐，银钱阔绰，俨然大少爷款式，就倾心巴结起来。因此朴斋倒断绝了王阿二这段交情。便是向时一班朋友，朴斋也渐渐不相往来，只和一个小王十分知己，约为兄弟；又辗转结识了华忠、夏余庆，四人时常一处作乐。这日，八月廿八，赵朴斋知道小王自必随来，预约华忠、夏余庆作陪，专诚请小王叙叙，也算是饯行之意。等到日色沉西，方才听得门外马铃声响，赵洪氏与朴斋慌张出迎。只见史三公子、赵二宝已在客堂里下轿进来。朴斋站立一边。三公子向洪氏微笑一笑，款步登楼。二宝叫声“无娒”，一把拉了洪氏，径往后面小房间，关上门，悄嘱道：“难无娒（要勿）实概喤！耐故歇做仔俚丈母哉呀，俚勿曾来请耐，耐倒先跑得出去，阿要难为情。”洪氏嘻着嘴，把头乱点。二宝临走，又嘱道：“我先上去，晚歇俚再要请耐见见末，我教阿虎答应耐，耐看见俚，就叫仔声三老爷好哉，（要勿）说啥闲话，倘忙说差仔拨俚笑话。”洪氏无不遵依。二宝遂开门出房，到楼梯边，忽见朴斋帮着小王搬取衣包什物。二宝低声喝道：“等俚哚搬末哉，要耐去瞎巴结！”朴斋连忙交与阿虎带上楼去。二宝随同到了楼上房里，脱换衣

裳，相伴三公子对坐笑语，没有提起赵洪氏。

一时，对过书房排好筵席，阿虎请去赴宴。二宝要说些亲密话儿，并不请一个陪客。三公子道："请耐无姆、阿哥一淘来吃哉呀。"二宝道："俚哚勿局个，我来里陪耐哉啘。"当请三公子南向上坐，手取酒壶，满斟三杯，自斟一小杯，坐于其侧。三公子三杯饮尽，二宝乃从容说道："耐明朝要转去哉，我末要问声耐。耐一径说个闲话，阿做得到？倘然耐故歇说得蛮高兴，耐转去仔，屋里倒勿许耐，阿是耐要间架哉嗄。耐索性说明白仔，倒也无啥。"三公子惶然起立道："耐阿是勿相信我？"

二宝一手捺坐，笑道："勿是我勿相信耐，我为仔阿哥勿争气，无法子做个倌人，自家想，陆里再有啥好结果。耐要讨我做大老母，故是我做梦也想勿到实概个好处。不过耐屋里有仔个大老母，故歇再讨个大老母转去，好像人家勿曾有过歇。（要勿）晚歇忒起劲仔，倒弄得一场空。"三公子安慰道："耐放心，倘然我自家想讨三房家小，故末常恐做勿到；故歇是我嗣母个主意，再要讨两房，啥人好说声闲话？索性搭耐说仔罢，嗣母早就看中一头亲事来浪，倒是我搭个浆，勿曾去说。难转去末就请媒人去说亲，说定仔，我再到上海接耐转去，一淘拜堂。不过一个月光景，十月里我定归到个哉。耐放心！"

二宝听说，不胜欢喜，叮咛道："价末耐十月里要来个哩。耐去仔，我一干子来里，勿出门口，勿见客人，等耐来仔末，我好放心。耐（要勿）为啥事体多耽搁仔哩。倘然耐屋里个夫人勿许耐讨，耐就讨我做小老母，我也就哝哝末哉。"二宝说到这里，忽然涕泪交颐，两手趴着三公子肩膀，脸对脸地道："我是今生今世定归要跟耐个哉，随便耐讨几个大老母，小老母，耐总（要勿）豁脱我。耐要豁脱仔我是……"一句话说不完，噎在喉咙口，呜呜地竟要哭。慌得三公子两手合抱拢来，搂住二宝，将自己手帕子替她轻轻揩拭，一面劝道："耐瞎说个啥嘎，耐故歇末该应快快活活，办点零碎物事，舒齐舒齐。耐倒再要哭，真真勿着落！"二宝趁势滚在三公子怀中，缩住哭声，切切诉道："耐勿晓得我个苦处，我拨乡下自家场花人说仔几几花花邱话，故歇说是耐要讨我去做大老母，俚哚才勿相信，来浪笑，万一勿成功下来，我个面孔搁到陆里去！"三公子道："再有啥勿成功，除非我死仔，故末勿成功。"二宝火速抬身，一把握了三公子的嘴道："耐阿要无清头，难勿搭耐说哉。"三公子一笑丢开。

二宝斟一杯热酒，亲奉三公子呷干。三公子故意问问乡下风景，搭讪开去。二宝早自领会，抛撇愁颜，兴兴头头和三公子玩笑。二宝说道："倪乡下有只关帝庙，到仔九月里末做戏，看戏个人故末多到个无拨数目哚，连搭墙外头树丫枝浪才是个人。倪就搭张秀英看仔一埭，自家搭好仔看台，爬来哚墙头浪，太阳照下来，热得价要死！大家才说道，好看得来。像故歇大观园，清清爽爽，一干子一间包厢，请倪看，啥人高兴去看嘎。"三公子点点头。二宝又敬两杯酒说道："再有句笑话告诉耐，倪关帝庙间壁有个王瞎子，说是算命准得野哚。前年倪无娒喊俚到屋里算倪几家头，俚算我末，说是一品夫人个命。俚还说可惜推扳仔一点点，勿然要做到皇后哚。倪末道仔俚瞎说，陆里晓得故歇倒拨俚算得蛮准。"三公子笑而点头。两个细酌深谈，尽兴始散。三公子踅过房间里，向楼窗口喊声"小王。"二宝在后拦道："我来里呀，再要喊俚哚做啥？"三公子问："小王阿来里？"二宝道："小王末，是倪阿哥请俚到酒馆里饯饯行。耐啥事体喊俚？"三公子道："无啥，教俚转去收捉行李，明朝早点来。"二宝道："晚歇倪搭俚说末哉。"三公子没甚言语，消停多时，安置不表。

次日，二宝起个绝早，在中间梳洗，不敷脂粉，不戴钗钏，并换一身净素衣裳，等三公子起身，问道："耐看我阿像个人家人？"三公子道："倒蛮清爽。"二宝道："就今朝起，我一径实概样式。"说着，陪三公子吃了点心。三公子遂令阿虎请了赵洪氏上楼厮见。三公子于靴叶子内取出一张票子交与赵洪氏道："我末要转去一埭，再等我一个月，盘里衣裳头面，我到屋里办得来。耐先拿一千洋钱去，搭俚办点零碎物事。嫁妆末等我来仔再办。"洪氏不敢接受，只把眼睃二宝。二宝劈手抢过票子，转问三公子道："耐个一千洋钱末算啥？要是开销个局帐，故末倪谢谢耐。耐说就要来讨我个末，再拨倪啥个洋钱嘎？说到仔零碎物事，倪穷末穷，还有两块洋钱来里，也（要勿）耐费心个哉。"三公子见如此说，俯首沉吟。洪氏接嘴道："三老爷客气得来，难是一家人哉呀，无啥客气啘。"二宝忙丢个眼色，勿令多言。赵洪氏辞别下楼。

三公子只得收起票子，喊小王打轿。二宝也坐了轿子去送三公子。先到了公馆里，发下行李，用过中饭，却有一起一起送行的络绎不绝。三公子匆匆会客，没些空闲。直至四点多钟，三公子才收拾下船。二宝送至船上，只见阿哥赵朴斋正在舱中替小王照看行李。二宝悄问："路菜阿曾挑来？"朴斋回说："来哉。"二宝寻思没事，将欲言归，紧紧握着三公子的手，嘱道："耐到仔屋里，写封信拨我。我身体末原来里上海，我肚皮里个心也跟仔耐一淘转去个哉。耐（要勿）到别场花再去耽搁嘎。"三公子唯唯答应。二宝又道："耐十月里啥辰光来？有仔日脚末再写封信拨我。能够早点最好。耐早一日到，倪一家门几花人早一日放心。"三公子又唯唯答应。二宝再要说时，被船家催促开船，没奈何撒手登岸。史天然立在船头，赵二宝坐在轿里，大家含泪相视，无限深情。直到望不见船上桅影，赵朴斋始令轿班抬轿回家。

原来赵二宝是个心高气硬的人，自从史天然有三房家小之说，二宝就一心一意嫁与天然。又恐天然看不起，极力要装些体面出来，凡天然所有局帐，二宝不许开销，以为你既视我为妻，我亦不当自视为妓，一过中秋便揭去名条，闭门谢客，单做史天然一人。天然去时约定十月间亲来迎接，二宝核算家中尚存英洋四百余元，尽够浇裹①，坦然无忧。这日送行回来，赵朴斋自去张秀英家，荐个大姐大阿金生意。赵二宝却和母亲赵洪氏商议道："俚说嫁妆等俚来再办，我想嫁妆该应倪坤宅办得去末对啘。俚办来浪，常恐俚哚底下人多说多话，坍俚个台。"洪氏道："耐要办嫁妆末，推扳点哉喤。故歇就剩仔四百块洋钱啘。"二宝咳了一声道："无㑚末总实概个，四百块洋钱陆里好办嫁妆嘎！我想末，先去借得来办舒齐仔，等俚拿仔盘里个银两来末，再去还。"洪氏道："故也无啥。"

二宝转和阿虎商议道："耐阿有啥场花借点洋钱？"阿虎道："倪就好借末也有限得势，倒勿如做个账。绸缎店，洋货店，家生店，才有熟人来浪，到年底付清好哉。"二宝大喜，于是每日令阿虎向各店家赊取嫁妆应用物件。二宝忙碌碌自己挑拣评论，只要上等时兴市货。赵朴斋在家没事，同阿巧绞得像饴糖一般，缠绵恩爱，分拆不开。阿巧知道朴斋是史三公子的嫡亲阿舅，更加巴结万分。朴斋私与阿巧誓为夫妇，将来随嫁过门便是一位舅太太了。二宝没工夫理会他们，别人自然不管这些事。

一日，忽见齐府一个管家交到一封书信，是史三公子寄来的，朴斋阅过，细细演进一遍。前面说是一路平安到家，已央人去说那头亲事，刻尚未有回音；末后又说目今九秋风物，最易撩

① 浇裹——泛指日常生活开支。

人，闷来时可往一笠园消遣消遣。二宝既得此信，赶紧办齐嫁妆，等待三公子一到，成就这美满姻缘。

朴斋因连日不见夏总管，问那管家，说是现在华众会吃茶。朴斋立刻去寻，果见夏余庆同华忠两人，泡茶在华众会楼上。华忠一见朴斋，问道："耐为啥一径勿出来？"夏余庆抢说道："俚末屋里向有仔点花样来浪哉，阿晓得？"华忠愕然道："啥花样嗄？"夏余庆道："我也勿清爽，要去问小王哚。"朴斋讪笑入座。堂倌添上一只茶钟，问："阿要泡一碗？"朴斋摇摇手。华忠道："价末倪去罢。"夏余庆道："好个，倪走白相去。"当下三人同出华众会茶楼，从四马路兜转宝善街，看了一会倌人马车，踅进德兴居小酒馆内，烫了三壶京庄，点了三个小碗，吃过夜饭。余庆请去吸烟，引至居安里潘三家门首，举手敲门。门内娘姨接应，却许久不开。夏余庆再敲一下。娘姨连说："来哉，来哉！"方慢腾腾出来开了。三人进了门，只听得房间里地板上历历碌碌一阵脚声，好像两人扭结拖拽的样子。夏余庆知道有客，在房门口立住脚。娘姨关上大门，说道："房里去喤。"

夏余庆悄问那上楼的客人是何人。潘三道："勿是倪客人，是客人哚个朋友呀。"夏余庆道："客人哚个朋友末，啥勿是客人嗄？"随手指着华忠、赵朴斋道："价末俚哚才勿是客人哉畹？"潘三道："耐末再要瞎缠，吃烟罢。"夏余庆向榻床睡下，刚烧好一口烟，忽听得敲门声响。娘姨在客堂中高声问："啥人嗄？"那人回说："是我。"娘姨便去开了进来，那人并不到房间里，一直径往楼上。知道与楼上客人是一帮，皆不理会。

夏余庆烟瘾本自有限，吸过两口，就让赵朴斋吸，自取一支水烟筒坐在下手吸水烟。华忠和潘三并坐靠窗高椅上讲些闲话。忽又听得有人敲门。夏余庆叫声"阿唷"道："生意倒闹猛哚惋！”说着，放下水烟筒，立起身来望玻璃窗张觑。潘三上前拦道：“看啥嘎？搭我坐来浪！”夏余庆听得娘姨开出门去，和敲门的唧唧说话，那敲门的声音似乎厮熟。夏余庆一手推开潘三，赶出房门看是何人，那敲门的见了慌地走避。夏余庆赶出弄堂，趁着门首挂的玻璃油灯望去，认明那敲门的是徐茂荣，指名叫唤。徐茂荣只得转身，故意喊问：“阿是余庆哥嘎？”余庆应了。茂荣方才满面堆笑，连连打恭道：“我再匆靠帐余庆哥来里。”一面说，一面跟着夏余庆踅进房间，招呼华忠、赵朴斋两人。朴斋认得这徐茂荣，曾经被他毒手殴伤头面，不期而遇，着实惊惶。茂荣心里觉着，外面只做不认得。

大家各通姓氏，坐定。夏余庆问徐茂荣道：“耐为啥看见仔我跑得去？”茂荣没口子分说道：“匆晓得是耐呀。我就问仔声虹口杨个阿来里，匆来里末，我生来去哉惋。陆里晓得耐倒来里？”余庆鼻子里哼了一声。徐茂荣笑嘻嘻望着潘三道：“三小姐长远匆见，好像壮仔点哉。阿是倪余庆哥拨耐吃仔好物事？”潘三眼梢一瞟，答道：“耐末为仔长远匆见，再要教倪骂两声，阿对？”徐茂荣拍掌道：“划一！蛮准！”接着别转脸去，又向华忠、赵朴斋指手画脚的，且笑且诉道：“前埭倪余庆哥来里上海末，就做个三小姐，倪一淘人才到该搭来寻俚，一日天跑几埭，赛过是华众会，拨三小姐末骂得来要死。故歇余庆哥匆来仔，倪一淘人也才匆来哉。”华忠、赵朴斋不置一词。徐茂荣却问潘三道：“为啥倪余庆哥匆来？阿是耐得罪仔俚？”潘三未及答话。夏余庆喝住道：“（要匆）瞎说哉，倪有公事来里！”

第五十五回终。

第五十六回

私窝子潘三谋胠箧　破题儿姚二宿勾栏

按：潘三因夏余庆说有公事，逡巡出房，且去应酬楼上客人。徐茂荣正容请问“是何公事？”夏余庆道：“耐一班人管个啥公事，倪山家园一堆阿曾去查查嘎？”茂荣大骇道：“山家园阿有啥事体？”余庆冷笑道：“我也勿清爽[①]！今朝倪大人吩咐下来，说山家园个赌场闹猛得势，成日成夜赌得去，摇一场摊有三四万输赢哚，索性勿像仔样子哉！问耐阿晓得？”茂荣呵呵笑道：“山家园个赌场末，陆里一日无拨嘎，我道仔山家园出仔个强盗，倒一吓。难明朝我去说一声，教俚哚（要勿）赌仔末哉。”余庆道：“耐（要勿）来浪搭个浆，晚歇弄出点事体来，大家无趣相！”茂荣移坐相近道：“余庆哥，山家园个赌场，倪倒才勿曾用过一块洋钱啘。开赌个人，耐也明白来浪。几花赌客才是老爷们，倪衙门里也才来浪赌啘，倪跑进去，阿敢说啥闲话？故歇齐大人要办，容易得势，我就立刻喊齐仔人一塌括仔去捉得来，阿好？”余庆沉吟道：“俚哚勿赌仔，倪大人也勿是定归要办俚哚。耐先去拨仔个信，再要赌末，生来去捉。”茂荣拍着腿膀道：“原说呀，有几个赌客就是大人个朋友。倪勿比仔新衙门里巡捕，有多花为难个场花哚呀。”余庆怫然作色道：“大人个朋友，就是李大少爷末赌过歇，勿关倪事。倪门口里啥人来浪赌？耐说说看。”

---

① 勿清爽——不了解。在吴语中，“勿清爽”也有不干净，脱不了干系等含义。

茂荣连忙剖辩道："我勿曾说是门口里啘。倘然耐门口里有人去仔，我阿有啥勿告诉耐个嗄？"夏余庆方罢了。徐茂荣笑着，更向华忠、赵朴斋说道："倪个余庆哥，故末真真大本事！齐府浪通共一百多人哚，就是余庆哥一干子管来浪，一径勿曾有歇一点点差事体。"华忠顺口唯唯，赵朴斋从榻床起身，让徐茂荣吸烟，徐茂荣转让华忠。

正在推挽之际，欻地后房门呀的声响，趱进一个人，踮手踮脚，直至榻床前。大家看时，乃是张寿，皆怪问道："耐啥辰光来个嗄？"张寿不发一言，只是曲背弯腰，眯眯地笑。华忠就让张寿躺下吸烟。夏余庆低声问张寿道："楼浪是啥人？张寿低声说是"匡二"。余庆道："价末一淘下头来坐歇哉啘。"张寿急摇手道："俚赛过私窝子，（要勿）去喊俚。"余庆鼻子里又哼了一声道："为啥故歇几个人才有点阴阳怪气！"随手指着徐茂荣道："坎坎俚一干子跑得来，同娘姨说闲话，我去喊俚，俚倒想逃走哉，阿要稀奇。"徐茂荣呲着嘴，笑向张寿道："余庆哥一径来里埋怨我，好像我看勿起俚，耐说阿有价事？"张寿笑而无语。夏余庆道："堂子里总归是白相场花，大家走走，无啥要紧。匡二哥道仔我要吃醋，俚也转差仔念头哉。"张寿道："俚倒勿是为耐，常恐东家晓得仔说俚。"余庆道："再有句闲话，耐去搭俚说，教俚劝劝东家，山家园个赌场里（要勿）去赌。"即将适间云云缕述一遍。张寿应诺，吸了一口烟，辞谢四人，仍上楼去。只见匡二、潘三做一堆儿滚在榻床上。见了张寿，潘三才缓缓坐起，向匡二道："我下头去。耐勿许去个喤，我有闲话搭耐说。"又嘱张寿："坐歇，（要勿）去。"潘三遂复下楼。

楼上张寿轻轻地和匡二说了些话。约半点钟光景，听得楼下四人纷然作别声，潘三款留声，娘姨送出关门声。随后潘三喊

道："下来罢。"匡二遂请张寿同到楼下房间。张寿有事要去。匡二要一淘走，潘三哪里肯放，请张寿："再吸筒烟哩。"一手拉着匡二拉至床前藤椅上，叠股而坐，密密长谈。张寿只得稍待，见那潘三谈了半日，不知谈的什么事，匡二连连点头，总不答话。及潘三谈毕走散，匡二还呆着脸踌躇出神。张寿呼问："阿去嗄？"匡二始醒过来。临出门，潘三复附耳立谈两句，匡二复点点头，始跟张寿踅出居安里。张寿在路问："潘三说啥？"匡二道："俚瞎说呀，还仔债末要嫁人哉。"张寿道："价末耐去讨仔俚哉啘。"匡二道："我陆里有几花洋钱。"

当下分路，匡二往尚仁里杨媛媛家。张寿自往兆富里黄翠凤家，遥望黄翠凤家门首七八乘出局轿子，排列两旁，料知台面未散。进得门来，遇见来安，张寿问："局阿曾齐？"来安道："要散哉。"张寿道："王老爷叫个啥人？"来安道："叫两个哚：沈小红、周双玉。"张寿道："洪老爷阿来里？"来安道："来里。"张寿听说，心想周双珠出局，必然阿金跟的，乘间溜上楼梯，从帘子缝里张觑。其时台面上拳声响亮，酒气蒸腾。罗子富与姚季莼两人合摆个庄，不限杯数，自称为"无底洞"，大家都不服。王莲生、洪善卿、朱蔼人、葛仲英、汤啸庵、陈小云联为六国，约纵连横，车轮鏖战，皆不许相好、娘姨、大姐代酒，其势汹汹，各不相下，为此比往常分外热闹。张寿见周双珠跟的阿金空闲傍立，因向身边取出一枚叫子，望内"许"的一吹。席间并未觉着，阿金听得，溜出帘外，悄地约下张寿隔日相会。张寿大喜，仍下楼去伺候，阿金复掩身进帘。席间哪有工夫理会他们，只顾划拳吃酒。这一席，直闹到十二点钟，合席有些酩酊，方才罢休。许多出局皆要巴结，竟没有一个先走的。

席散将行，姚季莼拱手向王莲生及在席众人道："明朝奉屈一叙，并请诸位光陪。”回头指着叫的出局道：“就来里俚搭庆云里。”众人应诺，问道：“贵相好阿是叫马桂生？倪才勿曾看见过。”姚季莼道：“我也新做起。本底子朋友来浪叫，故歇朋友荐拨我，我就叫叫末哉。”众人皆道：“蛮好。”说毕，客人、倌人一齐告辞，接踵下楼。娘姨、大姐前遮后拥，还不至于醉倒。罗子富送客回房，黄翠凤窥其面色，也不甚醉，相陪坐下。翠凤问道：“王老爷为仔啥事体，才要请俚吃酒？”子富道：“俚要江西做官去，倪老朋友生来搭俚饯饯行。”翠凤失声叹道：“难末沈小红要苦煞哉！王老爷来里末，巴结点再做做，倒也无啥；难去仔，好哉啘！”子富道：“故歇个王老爷，勿晓得为啥，好像同沈小红好仔点哉。”翠凤道：“故歇就好煞也无行用啘。起先沈小红转差仔个念头，起先要嫁拨仔王老爷，故歇就勿要紧哉，跟得去也好，再出来也好。”子富道：“沈小红自家要寻开心，姘个戏子，陆里肯嫁嘎。”翠凤又叹道：“倌人姘戏子个多煞，就是俚末吃仔亏。”两人评论一回，收拾不表。

次日是礼拜日，午后，罗子富拟作明园之游，命高升喊两把马车。适值黄二姐走来白相，到房间里叫声“罗老爷”及“大先生”。黄翠凤仍叫“无娒”，请其坐下。寒暄两句，翠凤问及生意。黄二姐蹙頞摇头道：“（要勿）说起！耐来浪个辰光，一径蛮闹猛①，故歇勿对哉，连搭仔金凤个局也少仔点。心想买个讨人，常恐勿好末，像诸金花样式。就实概哝下去总勿齐头，我来搭耐商量，阿有啥法子？”翠凤道：“故末无娒自家主意，我勿好说。买个讨人也难煞，就算人好末，生意陆里说得定？我故歇也无拨啥生意。”黄二姐寻思不语，翠凤置之不睬。须臾，高升回报：

① 闹猛——热闹，繁忙。

“马车来哉。”黄二姐只得告辞，踯躅而去。于是罗子富带着高升，黄翠凤带着赵家姆，各乘一把马车，驶往明园，就正厅上泡茶坐下。子富说起黄二姐，道：“耐无娒是无用人，倒原要耐去管管俚末好。”翠凤道：“我去管俚做啥！我原教俚买个讨人，俚舍勿得洋钱，勿听我闲话，故歇无拨仔生意，倒问我阿有啥法子。再拨点洋钱俚哉喤。”子富笑了。翠凤又说起沈小红道：“沈小红故末是无用人，王老爷做仔张蕙贞末，最好哉啘，耐（要勿）去说穿俚，暗底下拿个王老爷挤，故末凶哉。”

说犹未了，不想沈小红独自一个款步而来。翠凤便不再说。子富望去，见沈小红满面烟色，消瘦许多，较席间看的清楚。小红亦自望见，装做没有理会，从刺斜里踅上洋楼。随后大凤园武小生小柳儿来了，穿着单罗夹纱崭新衣服，越显出吉灵即溜的身儿；脚下厚底京鞋，其声橐橐；脑后拖一根油晃晃朴辫，一直踅进正厅，故意兜个圈子，捱过罗子富桌子旁边，细细打量黄翠凤。原来翠凤浑身缟素，清爽异常，插戴首饰，也甚寥寥①；但手腕上一副乌金钏臂从东洋赛珍会上购来，价值千金。小柳儿早有所闻，特地要广广见识。黄翠凤误会其意，投袂而起，向罗子富道：“倪去罢。”子富自然依从，同往园中各处随喜一遭，至园门首坐上马车，径驶回兆富里口停下。踅进家门，只见厢房内文君玉独坐窗前，低头伏桌，在那里孜孜地看。罗子富近窗掂脚一望，桌上摊着一本《千家诗》。文君玉两只眼睛离书不过二寸许，竟不觉得窗外有人看她。黄翠凤在后，暗地将子富衣襟一拉，不许停留。子富始忍住笑，上楼归房，悄悄问翠凤道：“文君玉好像有点名气个啘，啥实概样式嗄？”翠凤不答，只把嘴一撇。赵

① 寥寥——形容数量少。

家姆在傍悄悄笑道："罗老爷，阿是好白相煞个？倪有辰光碰着仔，同俚讲讲闲话，故末笑得来。俚说故歇上海赛过拗空，夷场浪倌人一个也无拨，幸亏俚到仔上海，难末要撑点场面拨俚哚看！"说着又笑，子富也笑个不了。赵家姆道："倪问俚：'价末耐个场面阿曾撑嗄？'俚说：'难是撑哉呀。可惜上海无拨客人，有仔客人总归做俚一干子。'"子富一听，呵呵大笑起来。翠凤忙努嘴示意。赵家姆方罢。

比及天晚，高升送上一张请客票头，子富看是姚季莼的，立刻下楼就去。经过文君玉房门首，尚听得有些吟哦之声。子富心想上海竟有这种倌人，不知再有何等客人要去做她。高升服侍上轿，径抬往庆云里马桂生家。姚季莼会着，等齐诸位，相让入席。姚季莼既做主人，哪里肯放松些，个个都要尽量尽兴。王莲生吃得胸中作恶，伏倒在台面上。沈小红问他："做啥？"莲生但摇手，忽然"哇"的一响，呕出一大堆，淋漓满地。朱蔼人自觉吃得太多，抽身出席，躺于榻床，林素芬替他装烟，吸不到两口，已瞢腾睡去。葛仲英起初推托不肯多吃，后来醉了，反抢着要吃酒。吴雪香略劝一句，仲英便不依，几乎相骂。罗子富见仲英高兴，连喊："有趣，有趣！倪来划拳。"即与仲英对豁了十光觥。仲英输得三拳，勉强吃了下去。子富自恃酒量，先时吃的不少，此刻加上这七觥酒，也就东倒西歪，支持不住。惟洪善卿、汤啸庵、陈小云三人格外留心，酒到面前，一味搪塞，所以神志湛然，毫无酒意。因见四人如此大醉，央告主人姚季莼屏酒撤席，复护送四人登轿而散。季莼酒量也好，在席不觉怎样，欲去送客，立起身来，登时头眩眼花，不由自主，幸而马桂生在后挡住，不致倾跌。桂生等客散尽，遂与娘姨扶掖季莼，向大床上睡下，并为解钮宽衣，盖上薄被。季莼一些也不知道，竟是昏昏沉沉一场美睡。天明醒来，睁眼一看，不是自家床帐，身边又有人相陪，凝神细想，方知为马桂生家。

这姚季莼为家中二奶奶管束严紧，每夜十点钟归家，稍有稽迟，立加谴责。若是官场公务丛脞①，连夜不能脱身，必然差人禀明二奶奶。二奶奶暗中打听，真实不虚，始得相安无事。在昔做卫霞仙时，也算得是两情浃洽②，但从未尝整夜欢娱。自从当场出丑之后，二奶奶几次噪闹，定不许再做卫霞仙，季莼无可如何，忍心断绝。但季莼要巴结生意，免不得与几个体面的往来于把势场中，二奶奶却也深知其故。可巧家中用的一个马姓娘姨，与马桂生同族，常在二奶奶面前说这桂生许多好处。因此二奶奶倒怂恿季莼做了桂生，便是每夜归家时刻，也略为宽假些，迟到十二点钟还不妨事。不料季莼醉后失检，公然在马桂生家住了一宿，斯固有生以来破题儿第一夜之幸事。只想着家中二奶奶这番噪闹，定然加倍厉害，若以谎词支吾过去，又恐轿班戳破机关，反为不美，再三思维，不得主意。

桂生辛苦困倦，睡思方浓。季莼如何睡得着，却舍不得起来。眼睁睁的直到午牌时分，忽听得客堂中外场高叫："桂生小姐出局。"娘姨隔壁答应，问："啥人叫个?"外场回说："姓姚。"季莼听得一个"姚"字，心头小鹿儿便突突地乱跳，抬身起坐，侧耳而听。娘姨复道："倪个客人就是二少爷末姓姚，除仔二少爷无拨哉啘。"外场复格声一笑，接着啁啾③嘈杂，声音低了下去，听不清楚说些甚的。季莼推醒桂生，急急着衣下床，喊娘姨进房盘问。娘姨手持局票，呈上季莼，嘻嘻笑道："说是二

① 丛脞（cuǒ）——烦琐。

② 浃（jiá）洽——和谐、融洽。

③ 啁啾（zhōu jiū）——鸟叫声。

奶奶来里壶中天，叫倪小姐个局。就是二少爷个轿班送得来票头。”季莼好似半天里起个霹雳，吓得目瞪口呆，手足无措。还是桂生确有定见，微微展笑，说声“来个”，打发轿班先去。桂生就催娘姨舀水，赶紧洗脸梳头。季莼略定定心，与桂生计议道：“我说耐（要勿）去哉，我去罢。我横竖勿要紧，随便俚啥法子来末哉，阿好拿我杀脱仔头？”桂生面色一呆，问道：“俚叫个我喤，为啥我勿好去？”季莼攒眉道：“耐去末倘忙晚歇大菜馆里噪反仔，像啥样式嗄？”桂生失笑道：“耐搭我坐来浪罢。要噪末陆里勿好噪，为啥要大菜馆里去？阿是耐二奶奶发痴哉。”季莼不敢再说，眼看桂生打扮停当，脱换衣裳，径自出门上轿。季莼叮嘱娘姨，如有意外之事，可令轿班飞速报信。娘姨唯唯，迈步跟去。

第五十六回终。

第五十七回

甜蜜蜜骗过醋瓶头　狠巴巴问到沙锅底

按：马桂生轿子径往四马路壶中天大菜馆门首停下，桂生扶着娘姨进门登楼，堂倌引至第一号房中。只见姚二奶奶满面堆笑，起身相迎。桂生紧步上前，叫声“二奶奶”，再与马娘姨厮见。姚奶奶携了桂生的手，向一张外国式皮褥半榻并肩坐下。姚奶奶开言道：“我请耐吃大菜，下头账房里缠差仔，写仔个局票。耐喜欢吃啥物事？点嗅。”桂生推说道：“倪饭吃过哉呀。二奶奶耐自家请。”姚奶奶执定不依，代点几色，说与堂倌，开单发下。姚奶奶让了一巡茶，讲了些闲话，并不提起姚季莼。桂生肚里想定话头，先自诉说昨夜二少爷如何摆酒请客，如何摆庄划拳，如何吃得个个大醉；二少爷如何瞌睡不能动身，我与娘姨两个如何扛抬上床；二少爷今日清醒如何自惊自怪，不复省记向时情事，细细的说与姚奶奶听，绝无一字含糊掩饰。姚奶奶闻得桂生为人诚实，与别个迥然不同，今听其所言，果然不错，心中已自欢喜。适值堂倌搬上两客汤饼，姚奶奶坚请桂生入座，桂生再三不肯。姚奶奶急了，顾令马娘姨转劝，桂生没法，遵命吃过汤饼，换上一道板鱼。姚奶奶吃着，问道：“价末故歇二少爷阿曾起来嗄?”桂生道：“倪来末刚刚起来，说仔二奶奶来里喊我，二少爷急得来，常恐二奶奶要说俚。我倒就说：‘勿要紧个。二奶奶是有规矩人，常恐耐来里外头豁脱仔洋钱，再要伤身体。耐自家（要勿）去无淘成，二奶奶总也勿来说耐哉啘。’”

姚奶奶叹口气道："说到仔俚末真真要气煞人！俚勿怪自家无淘成，倒好像我多说多话。一到仔外头，也勿管是啥场花，碰着个啥人，俚就说我多花勿好，说我末凶，要管俚，说我勿许俚出来。俚也叫仔耐好几个局哉，阿曾搭耐说过歇？"桂生道："故是二少爷倒也勿个，二少爷个人说末说无淘成，俚肚皮里也明白来浪。二奶奶说说俚总是为好，倪有辰光也劝声把二少爷，倪说：'二奶奶勿比仔倪堂子里。耐到倪堂子里来，是客人呀。客人有淘成无淘成，勿关倪事，生来勿来说耐。二奶奶搭耐一家人，耐好末二奶奶也好，二奶奶勿是要管耐，也勿是勿许耐出来，总不过要耐好。倪倘然嫁仔人，家主公外头去无淘成，倪也一样要说个啘。'"姚奶奶道："难我勿去说俚哉，等俚歇末哉。我说末定归勿听，帮煞个堂子里，拨个卫霞仙杀坯当面骂我一顿，还有俚铲头东西再要搭杀坯去点仔副香烛，说我得罪仔俚哉！我阿有面孔去说俚？"

姚奶奶说到这里，渐渐气急脸涨，连一条条青筋都爆起来，桂生不敢再说。当下五道大菜陆续吃毕，桂生每道略尝一脔①，转让与马娘姨吃了。揩把手巾，出席散坐。桂生复慢慢说道："倪勿然也勿好说，二少爷个人倒划一无淘成得野哚，原要耐二奶奶管管俚末好喤。依仔二少爷，上海夷场浪倌人，巴勿得才去做做。二奶奶管来浪，终究好仔点。二奶奶阿对？"姚奶奶虽不曾接嘴，却微露笑容。消停半刻，姚奶奶复携了桂生的手，踅出回廊，同椅栏杆，因问桂生几岁，有无父母，曾否攀亲。桂生回说十九岁，父母亡故之后，遗下债务无可抵挡，走了这条道路；那得个有心人提出火坑，三生感德。姚奶奶为之浩叹。桂生因问

① 脔（luán）——切成小块的肉。

姚奶奶："阿要听曲子？我唱两只拨二奶奶听。"姚奶奶阻止道："（要勿）唱哉，倪要去哉。"遂与桂生回身归座，令马娘姨去会帐。

姚奶奶复叹道："我为仔卫霞仙个杀坯末，搭俚噪仔好几转，出仔几花坏名气，啥人晓得我冤枉。像故歇二少爷做仔耐，我就蛮放心——要是吃醋末，为啥勿噪哉嗄？"桂生微笑道："卫霞仙是书寓呀，俚哚会骗。像倪是老老实实，也无拨几户客人。做着仔二少爷，心里单望个二少爷生意末好，身体末强，故末一径好做下去。"姚奶奶道："我再有句闲话要搭耐说，既然二少爷来里耐搭，我就拿个二少爷交代拨耐。二少爷到仔夷场浪，（要勿）放俚再去叫个倌人。倘然俚定归要叫，耐教娘姨拨个信我。"桂生连声应诺。姚奶奶仍携着手款步下楼，同出大菜馆门首。桂生等候马娘姨跟着姚奶奶轿子先行，方自坐轿归至庆云里家中。只见姚季莼正躺在榻床上吸鸦片烟。桂生做势道："耐倒舒齐哚啘，二奶奶要打耐哉！当心点，阿晓得？"季莼早有探子报信，毫不介意，只嘻着嘴笑。桂生脱下出局衣裳，遂将姚奶奶言语情形详细叙述一遍。喜得季莼抓耳爬腮，没个摆布，桂生却教导季莼道："耐晚歇去吃仔酒末，早点转去。二奶奶问起仔我，耐总说是无啥好，陆里好比卫霞仙。"季莼不等说完，嚷道："再要说个卫霞仙，故末真真拨俚打哉喤！"桂生道："价末耐就说是幺二堂子无啥趣势。二奶奶再问耐阿要做下去，耐说故歇无拨对意个倌人，做做罢哉。照实概两声闲话，二奶奶定归喜欢耐。"季莼唯唯不迭。又计议一会，季莼始离了马桂生家，乘轿赴局办些公事，天晚事竣，径去赴宴。

这晚是葛仲英在东合兴里吴雪香家为王莲生饯行，依旧那本位陪客。姚季莼本拟早回，不及终席而去。其余诸位只为连宵大醉，鼓不起酒兴，略坐坐也散了。

王莲生因散的甚早，便和洪善卿步行往公阳里周双玉家打个茶会，一同坐在双玉房间。周双珠过来厮见，就道："今朝倒还好，像昨日夜头吃酒，怕煞个。"阿珠方给莲生烧鸦片烟，接嘴道："王老爷，难酒少吃点，多吃仔酒，再吃个鸦片烟，身体勿受用，阿对？"莲生笑而颔之。阿珠装好一口烟，莲生吸到嘴里，吸着枪中烟油，慌地爬起，吐在榻前痰盂内。阿珠忙将烟抢去打通条，双玉远远地坐着，望巧囡丢个眼色。巧囡即向梳妆台抽屉里面取出一只玻璃缸，内盛半缸山楂脯，请王老爷、洪老爷用点。莲生忽然感触太息。阿珠通好烟枪，替莲生把火，一面问道："难小红先生搭就是个娘来里跟局？"莲生点点头。阿珠道："价末大阿金出来仔，大姐也勿用？"莲生又点点头。阿珠道："说要搬到小房子里去哉呀，阿有价事？"莲生说："勿晓得。"

阿珠只装得两口烟，莲生便不吸了，忽然盘膝坐起，意思要吸水烟。巧囡送上水烟筒，莲生接在手中，自吸一口，无端掉下两点眼泪。阿珠不好根问。双珠、双玉面面相觑，也自默然。房内静悄悄地，但闻四壁厢促织儿唧唧之声，聒耳得紧。善卿揣知莲生心事，无可排遣，只得与双珠搭讪些闲话。适见房门口帘子一扬，探进一个头来望望，似乎是小孩子。双珠喝问："啥人？"外面不见答应。双珠复喝道："跑得来！"方才遮遮掩掩，趄至双珠面前。果系阿金的儿子阿大，咭呱咕噜告诉双珠，不知说的什么。双珠鼻子里哼了一声，阿大逡巡退出，随后楼下"蹋蹋蹋"一路脚声，直跑到楼上房间里。双珠见是阿金，生气不理。阿金满面羞惭，溜出中间与阿大切切商量。善卿不觉失笑。莲生再躺下去吸两口鸦片烟，遂令阿珠喊来安打轿。善卿及双珠、双玉都送至楼门口而别。

王莲生去后，善卿径往双珠房间。阿珠收拾既毕，特地过来问善卿道："王老爷为啥气得来？"善卿叹道："也怪勿得王老爷。"阿珠道："王老爷做仔官末，该应快活点，再有啥气嗄？"善卿道："起先王老爷阿是一径喜欢个沈小红，为仔沈小红勿好末，去讨仔个张蕙贞。陆里晓得张蕙贞也勿好，难末为仔张蕙贞勿好，再去做个沈小红。做末来浪做，心里末来浪气。"阿珠道："张蕙贞啥个勿好？"善卿道："也不过勿好末哉，说俚做啥。"阿珠乃说出前日往王莲生公馆听张蕙贞被打一节，善卿亦说道："险个！王老爷打仔一泡，勿要哉。张蕙贞末吃个生鸦片烟，原是倪几个朋友去劝好仔，拿个阿侄末赶出，算完结该桩事体。"阿珠亦叹道："张蕙贞也忒啥个勿争气，拨沈小红晓得仔，故末快活得来，要笑煞哚。"

刚刚讲得热闹，外场喊报："小先生出局。"阿珠回对过房间跟周双玉出局去了。善卿转向双珠道："可惜王老爷要去哉，勿然让俚做双玉，倒蛮好。"双珠道："说起仔双玉，想着哉。倪无娒要商量句闲话，我倒忘记脱仔勿曾说。"善卿急问："啥闲话？"双珠道："倪双玉山家园转来，一径勿肯留客人。我同无娒说仔好几转，俚说五少爷定归要讨俚，说好个哉，倪勿好说穿俚。请耐去问五少爷，该应那价样式。要讨末讨得去，勿讨末教五少爷自家搭双玉说仔声末，让俚做生意，阿对？"善卿道："双玉倒勿靠帐①俚，花头大得野哚。"双珠道："俚哚两家头才是拗空，(要勿)说五少爷定仔亲，就勿定末，阿能够讨双玉去做大老母！"善卿未及接言，不想周双宝因多时不见善卿，乘间而来，可巧一脚跨进房门，就搭讪道："陆里来个大老母嗄？拨倪看看

① 靠帐——预料、预想，估计。

喤。”双珠憎其嘴快，瞪目相视。双宝忙缩住口，退坐一傍。阿金随到房里向双宝附耳说话，双宝也附耳回答。阿金轻轻地骂了一句，转身坐下，取出那副牙牌随意摆弄。善卿问问双宝近日情形。

须臾，双玉出局回家，双宝听见，回避下楼。双玉过来闲话一会，敲过十二点钟，巧囡搬上稀饭，阿金丢下牙牌，服侍善卿、双珠、双玉三人吃毕。巧囡收起碗筷，阿金依然摆弄牙牌。善卿见阿大躲在房门口黑暗里，呼问：“做啥？”阿大即蹑足潜逃，转瞬间仍在房门口踯躅不去。双珠看不入眼，索性不去说他。既而闻得相帮卸下门灯，掩上大门，双玉告睡归房。巧囡复舀上面水，阿金始将牙牌装入匣内，服侍双珠捕面卸妆。吹灭保险灯，点着梳妆台长颈灯台，揭去大床五色绣被，单留一条最薄的，展开铺好。巧囡既去，阿金还向原处低头兀坐。阿大捱到房里。偎傍阿金身边。善卿肚里寻思，看她怎的。

俄延之间，阿德保手提水铫子来冲了茶，回头看定阿金，冷冷的问道：“阿转去嗄？”阿金哆嘴不答，挈带阿大拔步先行，阿德保紧紧相从。一至楼梯之下，登时沸反盈天，阿德保的骂声打声，阿金的哭声喊声，阿大的号叫跳掷声，又间着阿珠、巧囡劝解声，相帮拉扯声，周兰呵责声，杂沓并作。善卿要看热闹，从楼门口望下窥探，一些也看不见。只听得阿德保一头打，一头骂，一头问道：“大马路啥场花去？我问耐大马路啥场花去？说喤！”问来问去要问这一句话。阿金既不供招，亦不求饶，惟狠命的哭着喊着。阿珠、巧囡、相帮乱烘烘七手八脚的拉扯劝解，哪里分得开，挡得住。还是周兰发狠，极声喝道：“要打杀哉呀！”就这一喝里，阿德保手势一松，才拖出阿金来。阿珠、巧囡忙把阿金推进周兰房间里去。阿德保气不过，顺手抓得阿大，问他："耐同仔娘大马路去做啥？耐个好倪子，耐只猪猡！"骂一声打一下，打得阿大越发号叫跳掷，竟活像杀猪猡一般。相帮要去抢夺，却被阿德保揪牢阿大小辫子，抵死不放。双珠听到这里，着实忍耐不得，蓬着头，赶出楼门口，叫声"阿德保"，道："耐倒打得起劲煞来里阿是，俚乃小干仵末懂啥嗄？"相帮因双珠说，一齐上前用力扳开阿德保的手，抱了阿大，也送至周兰房间。阿德保没奈何，一撒手，径出大门大踏步去了。善卿、双珠待欲归寝，遇见双玉也蓬着头，站立自己房门首打听阿金阿曾打坏。善卿笑道："坍坍俚台呀，打坏仔末阿好做生意。"当下大家安置。阿金、阿大就于周兰处暂宿一宵。

次日，善卿起得早些。阿金恰在房间里弯腰扫地，兀自泪眼凝波，愁眉锁翠。善卿拟安慰两句，却不好开谈。吃过点心，善卿将行，不复惊动双珠，仅嘱阿金道："我到中和里去，等三先生起来搭俚说一声。"阿金应承。善卿离了周双珠家，转两个弯，早到朱公馆门首。张寿一见，只道家有事故，猛吃大惊，慌问："洪老爷做啥？"善卿倒怔了一怔，答道："我张张五少爷，无啥啘。"张寿始放下心，忙引善卿直进里面书房，会见朱淑人，让坐攀谈。慢慢谈及周双玉其志可嘉，至今不肯留客，何不讨娶回家，倒是一段风流佳话；否则周兰为生意起见，意欲屈驾当面说明，令双玉不必痴痴坐待，误其终身。淑人仅唯唯而已，善卿坚请下一断语，淑人只说缓日定议报命。善卿只得辞别，自去回报周兰。

淑人送出洪善卿，归至书房，自思欲娶周双玉，还当与齐韵叟商量，韵叟曾经说过容易得势。但在双玉意中，犹以正室自居，降作偏房，恐非所愿。不若索性一直瞒过，捱到过门之后，穿破出来，谅双玉亦无可如何的了。到了午后，探听乃兄朱蔼人已经出门，淑人便自坐轿径往一笠园来。园门口的管家皆已稔熟，引领轿子抬进园中，绕至大观楼前下轿，禀说大人歇午未醒，请在两位师爷房里坐歇。淑人点点头。当值管家导上楼梯，先听得中间内一阵历历落落的牙牌声音。淑人知是碰和，踌躇止步。管家已打起帘子，请淑人进去。

第五十七回终。

第五十八回

李少爷全倾积世资　诸三姐善撒瞒天谎

按：朱淑人踅进大观楼中间，见碰和的一桌四人，乃是李鹤汀和高亚白，尹痴鸳及苏冠香，皆出位厮见。苏冠香就道：“我替大人输脱仔多花哉，五少爷来碰歇罢。”朱淑人推说：“勿会”。高亚白道：“勿会碰也勿要紧，有冠香来里。”尹痴鸳道：“（要勿）听俚瞎说，前回凤仪水阁同周双玉一淘碰个啥人嗄?”朱淑人不好意思，入座下场。刚碰得一圈庄，齐韵叟歇过午觉，缓缓而来。朱淑人见了，起身让位。齐韵叟道：“耐碰下去哉唲。”朱淑人执意不肯。韵叟亦不强致，仍命苏冠香代碰，自与淑人闲话。淑人当着众人绝不提起商量的事。挨延多时，齐韵叟方要下场亲手去碰，却嘱朱淑人道：“耐住来里，晚歇叫周双玉来，一淘白相两日，等赏过仔菊花转去。”淑人呐呐承命。待至天色将晚，碰和散场，大家踅下大观楼，迤逦南行，抄入横波槛。齐韵叟用手隔水指道：“菊花山倒先搭好，就不过搭个凉棚哉。”李鹤汀、朱淑人翘首凝望，只见西南角远远地楼房顶上，三四个匠作蹲着做工，并不见有菊花山，左张右觑，但于蒙茸竹树中露出一角朱红栏杆。高亚白：“该搭来里菊花山背后，生来看勿见。”尹痴鸳道：“啥要紧看，再歇一日天末才舒齐。”

说话时，大家出了横波槛，穿过凤仪水阁，踅至渔矶。上面三间厦屋，当头横额写着“延爽轩”三个草字，笔势像凌风欲飞一般。其时落日将沉，云蒸霞蔚，照得窗棂几案，上下通明。大家徘徊欣赏，同进轩中。管家早经安排一席筵宴。等得四个出局杨媛媛、周双玉、姚文君、张秀英陆续齐集，齐韵叟乃相邀入席。杨媛媛袖出一张请帖，暗暗递与李鹤汀。鹤汀阅竟，塞在褡裢袋内，便有些坐不安，只想要走，哪里还吃得下酒。朱淑人心中有事，亦自懒懒的，不甚高兴。因此席间就寂寞了许多。点心之后，肴馔全登。李鹤汀托故兴辞。齐韵叟冷笑道："耐再要骗我，我晓得耐有要紧事体。故歇正好哩。"鹤汀面有愧色，不敢再言。

少时，终席散坐，李鹤汀方与杨媛媛道谢告别，即于延爽轩前上轿而去。抬出一笠园门口，两肩轿子背道分驰，杨媛媛自归尚仁里。李鹤汀却转弯向北，不多几步停在一家大门楼下。匡二先去推开一扇旁门，里面有人提灯出迎，叫声"李大少爷，今朝晚仔点哉碗。"鹤汀见是徐茂荣，点点头，跟着进门。及仪门首，即有马口铁玻璃壁灯嵌在墙间，徐茂荣就止步，让鹤汀主仆自行。自此以内，一路曲曲折折的弄堂，皆有壁灯照着接引，弄堂尽处，乃是正厅。正厅上约有六七十人攒聚中央，挤得紧紧的，夹着些点心水果小买卖，四下里串来串去，却静悄悄鸦雀无声，但闻开配者喊报"青龙""白虎"而已。这里叫做"现圆台"。鹤汀踮起脚，望了望，认得那做上风的是混江龙。鹤汀不去理会，从人缝中绕出正厅后面。管门的望见，赶紧开门，放进鹤汀主仆。这门内直通客堂，伺候客堂的人忙跑出来，一个邀着匡二另去款待，一个请鹤汀先到客堂。上面设立通长高柜台，周少和在内坐着管账。这是兑换筹码处所。

鹤汀取出一张二千庄票交付少和。少和照数发给筹码，连说"发财，发财！"鹤汀笑而颔之。然后请鹤汀到了厢房，拾级登楼。楼上通连三间，宽厂高爽，满堂灯火，光明如昼。中央一张

董桌，罩着本色竹布台套，四百围坐不过十余人，越发静悄悄地。这会儿是殳三坐的上风，赢了一大堆筹码、李鹤汀不胜艳羡。殳三下来，乔老四接着上场摇庄。鹤汀四顾，问："赖头鼋为啥勿来？"殳三道："转去哉呀。刚刚来里说，赖头鼋去仔末，少仔个人摇庄哉。"鹤汀也说："无趣！"乔老四亮过三宝，鹤汀取铅笔、外国纸画成摊谱，照谱用心细细地押，并未押着宝心。鹤汀遂不押了，径往靠壁烟榻吸两口鸦片烟。乔老四摇到后来，被杨柳堂、吕杰臣两人接连打着四平头复宝，只得撮起骰子。李鹤汀心想，除了赖公子更无大注的押客，欻地从烟榻起身，坦然放胆，高坐龙头，身边请出"将军"，摇起庄来。起初吃的多，配的少，约摸赢二千光景。忽然开出一宝重门，尽数配发兀自不够。

鹤汀心中懊恼，想就此停歇，却没甚输赢；不料风色一变，花骨无灵，又是两宝进宝，外面押家没一个不着的，竟输至五六千。鹤汀急于翻本，不曾照顾前后，这一宝摇出去便大坏了。第一个乔老四先出手，押了一千孤注。殳三跟上去也是一千，另押五百穿钱。随后三四百，七八百，孤注钱，参差不等。总押在进宝一门。鹤汀犹自暗笑，那里见得定是进宝。揭起摊钟，众目注视，端端正正摆着"幺""二""四""六"四只骰子。鹤汀气得白瞪着两只眼，连话都说不出。旁人替他核算，共须一万六千余元。鹤汀所带庄票连十几只金锞只合一万多些，十分焦急，没法摆布。乔老四笑道："故末啥要紧嗄，故歇借得来配出去，明朝还拨俚好哉。"

一句提醒了鹤汀，就央杨柳堂、吕杰臣两人担保，向殳三借洋五千，当场写张约据，三日为期，方把一应孤注穿钱分别配发清楚。

李鹤汀仍去烟榻躺下，越想越气，未及天明，喊楼下匡二点灯，还由原路踅出旁门，坐上轿子，回到石路长安客栈，敲开栈门，进房安睡，也不问起乃叔李实夫。次日饭后，始问匡二：“四老爷来哚陆里？”匡二笑道：“就不过大兴里哉嘘。”鹤汀自己筹度，日前同实夫合买一千篓牛庄油，其栈单系实夫收存，今且取来抵用，以济急需。爰命匡二看守，独自步行往四马路大兴里诸十全家，只见门首停着一乘空的轿子，三个轿班站在天井里。鹤汀有些惶惑，诸三姐认得鹤汀，从客堂里望见，慌的迎出叫道：“大少爷来嘘，四老爷来里呀。”鹤汀进去，问道：“阿是四老爷个轿子？”诸三姐道：“勿是，四老爷请得来个先生，就叫是窦小山，来里楼浪。大少爷楼浪去请坐。”鹤汀踅上楼梯，李实夫正歪在烟榻上撑起身来厮见。诸十全还腼腼腆腆的叫声“大少爷”，惟窦小山先生只顾低头据案开方子，不相招呼。

鹤汀随意坐下，见实夫腮边额角尚有好几个疮疤，烟盘里预备下一叠竹纸，不住的揩拭脓水。倒是诸十全依然脸晕绯红，眼圈乌黑，绝无半点瘢痕。一会儿，窦小山开毕方子，告辞去了。鹤汀始问实夫要张栈单。实夫怪问道：“耐要得去做啥？”鹤汀谎答道：“昨日老翟说起，今年新花有点意思，我想去买点来浪。”实夫听说，冷笑一笑，正欲盘驳，忽听得诸三姐脚声，一步一步蹭到楼上。见她两手掇著个大托盘，盘内堆得满满的，喊诸十全接来放下。诸三姐先从盘内捧出一盖碗茶送与鹤汀，随后搬过一盆甜馒头，一盆咸馒头，一盆蛋糕，一盆空着，抓了一把西瓜子装好，凑成四色点心，排匀在桌子中间，又分开两双牙筷，对面摆列。

实夫就道：“耐啥一声勿响去买得来哉嘎。”诸三姐笑嘻嘻不答，只把个诸十全望前用力推搡。诸十全只得踅近两步，说道：

"大少爷请用点心。"说的声音轻些，鹤汀不曾理会。诸三姐忍不住，自己上来，一面说："大少爷用点喤。"一面取双牙筷，每样夹一件送在鹤汀面前。鹤汀连声阻止，早夹的件件俱全，还撮上些西瓜子。实夫笑劝鹤汀："随意吃点。"鹤汀鉴其殷勤，拆一角蛋糕来吃，并呷口茶过口。诸三姐在旁蓦然想起，连忙向押屉寻出半匣纸烟，拣取一卷，点根纸吹，送上鹤汀说："大少爷请用烟。"鹤汀手中有茶碗，口中有蛋糕，接不及，吃不及，不觉好笑起来。诸十全不好意思，把诸三姐衣襟悄地一拉，诸三姐才逡巡退下。

实夫乃将药方交与诸三姐，诸三姐因问："先生阿曾说啥?"实夫道："先生也不过说难好点哉，小心点。"诸三姐念声"阿弥陀佛"道："难好仔罢，耐生来浪，倪心里一径急煞"！诸三姐说着，转向鹤汀，叫声"大少爷"，慢慢说道："四老爷末吃仔个两筒烟，来里乡下勿比仔上海，随便陆里小烟间才是龌龌龊龊个场花，想来四老爷去吃烟末，倒勿知勿觉困下去，就过仔个毒气。四老爷坎到辰光，怕得来，面孔浪才是个哉！倪说：'四老爷陆里去过得来个嗄?'故末四老爷忒啥个写意哉，连搭仔自家才勿曾晓得是啥场花。我同十全两家头成日成夜伏待四老爷无拨困。幸亏个先生吃仔几帖药，好仔点；勿然，四老爷再要生下去，我同十全一径来里服侍，倘忙两家头才过仔，一淘生起来，难末真真要死哉！大少爷阿对?"鹤汀暗忖这段言辞，亏她说得出口，眼看着诸十全打量一番。诸三姐复道："大少爷阿晓得?外头人再有点勿明勿白冤枉倪个闲话，听着仔气煞人哚！说四老爷该个疮，就是倪搭过拨俚毒气。倪搭末不过十全搭仔我，清清爽爽两家头，啥人生个疮嗄?要说十全生来浪，四老爷两只眼睛阿是瞎哉嗄?"说到这里，一手把诸十全拖到鹤汀面前，指着脸上道：

"大少爷看喤。四老爷面孔浪，倪十全阿有点相像？"又捋出诸十全两只臂膊，翻来覆去给鹤汀看了道："一点点影踪才无拨啘。"诸 十全羞得挣脱身子，避开一边。鹤汀总不则声，但暗忖这诸三姐竟是个老狐狸，若实夫为其所愚，恐将来受害不浅。

当下实夫嗔着诸三姐道："外头人闲话听俚做啥，我总勿曾说耐末，才是哉喤。"诸三姐笑道："四老爷生来勿曾说啥，四老爷再要说倪，故末倪要……"诸三姐说得半句即缩住嘴，笑而下楼。实夫方向鹤汀笑道："耐末也（要勿）起啥个花头哉，耐自家洋钱自家去输，勿关我事。故歇我手里拿得去栈单，倘忙输脱仔下来，教我转去阿好交代？"鹤汀默然不悦。实夫道："栈单来里小皮箱里，要么耐自家去拿，我勿好拨耐。"鹤汀略一沉吟，起身就走。实夫问："阿要钥匙？"鹤汀赌气不要了。楼下诸三姐挽留道："大少爷再坐歇喤。"鹤汀也不睬，一直出了大兴里，仍回长安客栈，心想实夫既然怕不好交代，又教我自家去拿，难道说我偷的不成？似这等鄙琐悭吝，怪不得诸三姐撮弄他，摆布他。我如今也不去管他，但是殳三一款，如何设法？想来想去，只好寻出两套房契，坐轿往中和里朱公馆谒见汤啸庵，托他抵借一万洋钱。汤啸庵应承，约定晚间杨媛媛家回话。李鹤汀先去坐等。

汤啸庵送客之后，寻思朱蔼人处所存有限，须和罗子富商量，即时便去兆富里黄翠凤家相访。罗子富正在楼上房里，请进厮见。适值黄二姐在座，也叫声"汤老爷"。汤啸庵点点头道："长远勿见哉，生意阿好？"黄二姐道："生意勿局，比仔先起头悬进①哚。"黄翠凤冷笑插口道："耐是有生意勿做啘，啥勿局

① 悬进——相差大，距离远。

嗄！”汤啸庵不解所谓，丢开不提，袖出房契给罗子富看，说明李鹤汀抵借一节。子富知其信实，一口允诺，当与啸庵同诣钱庄划付汇票。黄二姐见罗子富、汤啸庵既去，房里没人，遂告诉黄翠凤道：“前日天看仔个人家人，倒无啥，我想就买仔俚罢，不过新出来，勿会做生意。就年底一节末，要短三四百洋钱哚，真真急煞来里。”翠凤低着头不言语。黄二姐道：“耐阿好替我想想法子，阿是进个把伙计？阿是拿楼浪房间租拨人家？”翠凤仍低着头，好似转念头样子。黄二姐揣度神情，涎脸央及道：“谢谢耐，耐说来闲话，我总归才依耐。倘忙生意好仔点，我也勿忘记耐个呀。谢谢耐，替我想想法子。”

翠凤开言道：“耐个人忒啥个心勿足，故歇（要勿）说无法子，倘然有法子教拨耐，赚着仔三四百洋钱，耐倒再要嫌道少哉啘！”黄二姐没口子分辩道：“故是无价事个，有得赚末再好无拨个哉，再要嫌道少，阿有该号人嗄！”翠凤又低着头，足足有炊许时不言语。黄二姐亦自乖觉，静静地在旁伺候。翠凤忽睁开眼，把黄二姐相了一相，即招手令其近前，附耳说话。黄二姐弯腰偻背，仔细听着。又足足有炊许时，翠凤说话才完。黄二姐亦自领悟。计议已定，恰好罗子富回来，手中拿的一包抵借契据，令翠凤将去收藏。黄二姐跟至床背后，帮翠凤撑起皮箱盖，怪问道：“罗老爷个拜匣有两只来里哉？”翠凤道：“一只是我个呀，赎身文书末就放来哚拜匣里。”子富听其重重关锁停当，黄二姐就辞别去了。翠凤鼻子里哼的一声，向子富道：“阿是拨我猜着，俚要向我借洋钱哉呀。”子富诧异道：“黄二姐再要借洋钱？”翠凤道：“俚个人末阿有啥淘成，两个月勿曾到，一千洋钱完结哉啘。”子富随风过耳，亦不在意。

隔得一日，黄二姐复来，再三再四求告翠凤。翠凤咬定牙关，一毛不拔。黄二姐一连五日纠缠不清，翠凤索性不睬，黄二姐渐渐噪闹起来。子富看不过意，欲调和其间，不想黄二姐一口要借五百。子富劝其减些，黄二姐便唠唠叨叨，缕述从前待翠凤许多好处道：“故歇会做仔生意，俚倒忘记脱哉！我末定归勿成功，赎身勿赎身，总是我个囡仵，阿怕俚逃走到外国去！”子富接不下嘴，因将其言诉与翠凤。翠凤笑道：“有仔赎身文书末怕俚啥嗄，随便啥法子来末哉。”

第五十八回终。

第五十九回

攫文书借用连环计　挣名气央题和韵诗

按：一日午后，黄二姐到了黄翠凤家，将欲噪闹。黄翠凤令外场喊两把皮篷车，径和罗子富作明园之游，丢下黄二姐坐在房间里，任其所为。及至明园泡下茶，翠凤还是冷笑道："赎身文书来浪我手里，看俚再有啥法子！"子富道："耐该应教个大姐陪陪俚。"翠凤头颈一扭道："等俚歇末哉，啥人去陪俚嗄。"子富道："勿局个喤。"翠凤道："啥勿局，阿怕俚偷仔倪个家生？"子富道："俚家生末勿要，赎身文书晓得来哚皮箱里，俚阿要偷嗄。"

一句提醒了翠凤，登时白瞪瞪两只眼，失声道："阿哟，勿好哉！"赵家姆在傍也是一怔道："划一勿好喤，倪快点转去罢。"子富欲令翠凤先行，翠凤道："耐末生来一淘转去，倘忙拨俚偷仔去末，也好替我商量商量。"当下三人各坐原车赶回家中，一进家门，翠凤先问："无娒阿来里楼浪？"外场回说："刚刚转去，勿多一歇。"翠凤三脚两步奔到楼上房间里，看看陈设器皿，并未缺少一件，再往床背后打一看时，这一惊非同小可。翠凤跺脚嚷道："难末勿好哉呀！"子富随后奔到，只见皮箱铰链丢落地上。揭开盖来，箱内清清爽爽只有一只拜盒。翠凤急的只是跺脚，又哭又骂，欲向黄二姐拼命。子富与赵家姆且劝翠凤坐下，慢慢商量。翠凤道："商量啥嗄，俚是要我个命呀！我就死仔，难末俚有仔好处哉！"子富道："耐末先拿我个拜匣放好仔再说。"

翠凤复从皮箱中取那只拜匣，别处收藏，忽然失惊打怪的喊道："咿，倪只拜匣来里碗！"既而恍然大悟道："噢，俚拿差哉，拿仔罗老爷个拜匣去哉。"说着，呵呵大笑。

子富听说，慌问："我只拜匣阿来里嗄？"翠凤捧出那只拜匣给子富看，嘻嘻笑道："俚拿差哉，拿仔耐个拜匣，倪拜匣末倒来里。"子富面色如土，拍腿说道："难末真真勿好哉！"翠凤道："耐只拜匣勿要紧个，俚拿得去也无啥用场。阿敢去变洋钱，俚也无拨场花好变碗。"子富呆想不语。翠凤乃叫赵家姆吩咐道："耐去搭无姆说，该只是罗老爷个拜匣，问俚拿得去做啥。故歇罗老爷等来浪要哉，原教俚拿得来。"赵家姆答应而去。子富终有些忐忑惶惑。翠凤却决定黄二姐断无扣留不放之理。一会儿，赵家姆回来，见了子富，先拍着掌笑一阵，然后复道："故末笑语，俚哚还勿曾觉着拿差个呀，倒快活煞。我说是罗老爷个拜盒，难末刚刚晓得仔，呆脱哉，一声闲话响勿出。我末笑得来，俚哚教我带转去，我说勿管就走。"子富跌足道："嗳，耐为啥勿带仔来嗄？"赵家姆道："俚哚拿得去个末，让俚哚自家拿得来。"翠凤接口道："勿要紧个，晚歇定归来。"

子富像热锅上蚂蚁一般，坐不定，立不定，着急得紧。翠凤见子富着急，欲令赵家姆去催。子富止住，把高升唤至当面，令向黄二姐索取拜盒，并道："耐闲话（要勿）去多说，就说我有事体，要用着个拜盒，快点拿得来带转去。"高升领命，径往尚仁里黄二姐家。黄二姐见是高升，满面堆笑，请去后面小房间。高升口致主人之言，立等要那拜盒。黄二姐道："拜盒来里呀，我要搭罗老爷说句闲话。耐（要勿）要紧，请坐喤。"

高升不得已坐下。黄二姐喊人泡茶，从容说道："耐来得正好。我有多花闲话来里，拜托耐去说拨罗老爷听。先起头翠凤来

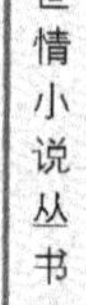

里做讨人，生意闹猛得野哚，为仔倪搭开销大，一径无拨多洋钱。翠凤赎仔个身末，勿好哉，生意一点也无拨，开销倒省勿来，一千洋钱个身价，勿知勿觉才用完，难末无法子哉啘。原去搭个翠凤商量，借几百洋钱用用，陆里晓得个翠凤定归勿借，跑仔好几埭，倪倒定归回报我无拨。我想耐翠凤小个辰光，梳头缠脚才是我，出理耐到故歇，总当耐是亲生囡仵，耐倒实概无良心！我第一转开口，耐就一点情面才无拨，故末气得来要死。今朝我也勿说哉，有心要拿倪个赎身文书难难倪，拿着仔倪赎身文书末，喊倪转来，原搭我做生意。倪倘然再要赎身末，定归要一万洋钱哚。再勿靠帐拿差仔，勿是个赎身文书，倒拿仔罗老爷个拜匣。罗老爷是再要好也无拨，生意浪末照应仔倪几几花花，就是小个场花也幸亏罗老爷十块廿块借拨我用。我勿像是翠凤个无良心，时常来里牵记个罗老爷。坎坎晓得是罗老爷个拜匣，我就忙煞个要送得来。不过我再来里想，翠凤搭仔罗老爷赛过是一个人，罗老爷个拜匣赛过是翠凤个拜匣。我末气勿过个翠凤，要借罗老爷个拜匣押来里，教翠凤拿一万洋钱来赎得去。等翠凤一万洋钱拿仔来，我就拿拜匣送还拨罗老爷。耐转去搭罗老爷说，教罗老爷放心末哉。”

高升听这一席话，吐吐舌头，不敢擅下一语，回至兆富里，一五一十细细说了。翠凤听至一半，直跳起来，嚷道：“啥个闲话嘎，放屁也勿实概放个啘！”子富也气得手足发抖，瘫在榻床，说不出半句话。翠凤呆了一呆，欻地站起身来，说声“我去”，就要下楼。子富一把拉住问：“耐去做啥？”翠凤道：“我要去问声倪阿是要我个命！”子富连忙横身拦劝道：“耐慢点喤。耐去无啥好闲话，我去罢，看倪阿好意思说啥。就依倪末，也不过借几百洋钱末哉。”翠凤咬牙切齿恨道：“耐要气杀我哉，再要拨洋钱俚！”子富即喊高升，打轿前去。小阿宝迎着，请至楼上先时翠凤住的房间。黄金凤、黄珠凤同声叫“姐夫”，并说：“姐夫长远勿来哉。”子富问：“耐无娒喤？”小阿宝说：“来浪来哉。”道声未了，黄二姐已笑吟吟掀帘进房，踅到子富面前，即扑翻身磕了个头，口中说道：“罗老爷（要勿）动气，我搭罗老爷磕个头，种种对勿住罗老爷。罗老爷个拜匣末，就该搭放两日，同放来哚翠凤搭一样个呀。罗老爷一径搭倪要好煞，倪阿敢糟蹋仔拜匣里个要紧物事，难为罗老爷。耐罗老爷索性（要勿）管，勿怕翠凤勿赎得去。等翠凤发急仔，自家奔得来寻我，难末好说闲话哉。翠凤个人勿到发急辰光，陆里肯爽爽气气拿一万洋钱来拨我。”

子富听其一派胡言，着实生气，且忍耐问道：“耐瞎说末（要勿）说，终究要借俚几花，说拨我听听看。”黄二姐笑道：“罗老爷，我勿是瞎说呀。起初不过借几百洋钱，故歇倒勿是几百洋钱个闲话哉。翠凤无良心，难下去再要无拨仔洋钱，翠凤生来勿借拨我，我也无啥面孔再去搭翠凤借。难得故歇有罗老爷个拜匣来里末，一归要敲俚一敲哉！一万倒勿曾多喤，前日天汤老爷拿得来房契阿是也有一万哚？”子富道：“价末耐来浪敲我哉，勿是为翠凤！”黄二姐忙道：“罗老爷勿是呀，翠凤陆里有一万洋钱？生来搭罗老爷借。罗老爷一节个局帐有一千多哚，勿消三年，就局帐浪扣清仔好哉。罗老爷阿对？”子富无可回答，冷笑两声，迈步便走。黄二姐一路送出来，又说道：“难末种种对勿住罗老爷，总归是无拨生意个勿好，用完仔洋钱无法子。横竖要饿杀末，阿怕啥难为情嗄？倘然翠凤再要搭我两个强，索性一把火烧光仔歇作，看俚阿对得住罗老爷！”

子富装做不听见，坐轿而回。翠凤迎问如何。子富唉声叹气，只是摇头。问的急了，子富才略述大概。翠凤暴跳如雷，抢

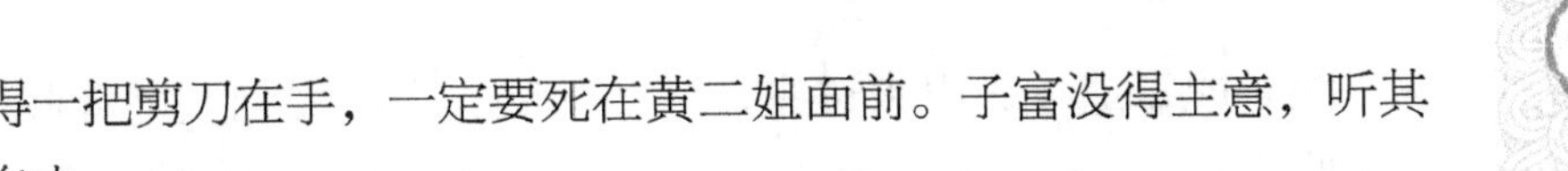
得一把剪刀在手，一定要死在黄二姐面前。子富没得主意，听其自去。

翠凤跑至楼下，偏生撞见赵家姆，夺下剪刀，且劝且拦，仍把翠凤抱上了楼。翠凤犹自挣扎道：“我总归要死个哉呀，为啥一班人才要帮俚哚，勿许我去嗄？”赵家姆按定在高椅上，婉言道：“大先生，耐死也无行用啘。耐末就算死哉，俚哚也拼仔死末，真真拿只拜匣一把火烧光仔，难罗老爷吃个亏常恐要几万哚▮。”子富听说，只得也去阻止翠凤。翠凤连晚饭也不吃，气的睡了。子富气了一夜，睁睁的睡不着。清早起来，即往中和里朱公馆寻着汤啸庵，商议这事如何办法。啸庵道：“翠凤赎身不过一千洋钱，故歇倒要借一万，故是明明白白拆耐个梢。若使经官动府，倒也不妥。一则自家先有狎妓差处；二则抄不出赃证，何以坐实其罪？三则防其烧毁灭迹，一味混赖。一拜匣个公私文书，再要补完全，不特费用浩繁，且恐纠缠棘手。”子富寻思没法，因托汤啸庵居间打话，啸庵应诺。

子富遂赴局理事，直至傍晚公毕，方到了兆富里黄翠凤家。下轿进门，只见文君玉正在客堂里闲坐，特地叫声“罗老爷”。子富停步，含笑点头。君玉道：“罗老爷阿看见新闻纸？”子富大惊失色，急问：“新闻纸浪说啥嗄？”君玉道：“说是客人个朋友，名字叫个啥……噜苏得野哚！”说着又想。子富道：“名字（要勿）想哉，客人朋友末啥个事体？”君玉道：“无啥事体，做仔两首诗送拨我，说是上来哚新闻纸浪。”子富嗑的笑道：“倪勿懂个。”理不回头，直上楼去。文君玉不好意思，别转脸来向个相帮说道：“我刚刚搭耐说上海个俗人，就像仔罗老爷末也有点俗气。拗空算客人，连搭仔做诗才勿懂，也好哉！”相帮道：“难末拌明白哉，耐说上海客人才是熟人，我倒一吓。耐生意海外得来，故是成日成夜，出来进去，忙煞哉啘，大门槛阿要踏坏嗄。陆里晓得陌生人耐也说是熟人。”君玉道：“耐末瞎缠哉喤。我说个俗人勿是呀，要会做仔诗末就勿俗哉。”相帮道：“先生耐（要勿）说，上海丝茶是大生意。过仔垃圾桥，几花湖丝栈，才是做丝生意个好客人，耐熟仔末晓得哉。”君玉又笑又叹，再要说话，只听相帮道：“难末真个熟人来哉。”君玉抬头一看，原来是方蓬壶，即诉说道：“俚哚喊耐俗人，阿要讨气。”蓬壶踅进右首书房，说道：“讨气倒勿要紧，耐搭俚哚说说闲话，（要勿）拨俚哚俗气熏坏仔耐。”君玉抵掌懊悔道：“故倒划一，幸亏耐提醒仔我。”

蓬壶坐下，袖中取出一张新闻纸，道：“红豆词人送拨耐个诗，阿曾赏鉴过歇？”君玉道：“勿曾呀，让我看喤。”蓬壶揭开新闻纸，指与君玉看了。君玉道：“俚来浪说啥？讲拨我听喤。”蓬壶带上眼镜，将那诗朗念一遍，再演解一遍。君玉大喜。蓬壶道：“耐该应和俚两首送拨俚，我替耐改。题目末就叫‘答红豆词人即用原韵’九个字，阿是蛮好？”君玉道：“七律当中四句，我做勿来，耐替我代做仔罢。”蓬壶道：“故末生活哉！明朝倪海上吟坛正是，陆里有工夫。”君玉道：“谢谢耐，随便啥做点末哉。”蓬壶正色道：“耐啥个闲话嗄！做诗是正经大事体，阿好随便啥做点。”君玉连忙谢过。蓬壶又道：“不过我替耐做倒要写意点，忒啥个惨淡经营，就勿像耐做个诗，俚哚也勿相信哉。”君玉亦以为然。于是蓬壶独自一个闭目摇头，口中不住地呜呜作声；忽然举起一只指头向大理石桌上上戳了几戳，划了几划，攒眉道：“俚用个韵倒勿容易押，一歇倒做勿出，等我带转去做两句出色个拨耐。”君玉道：“该搭用夜饭哉呀。”蓬壶道：“（要勿）哉。”君玉复嘱其须当秘密而别。

蓬壶踱出兆富里，一路上还自言自语的构思琢句，突然刺斜里冲出一个娘姨，一把抓住蓬壶臂膊，问：“方老爷陆里去?”蓬壶骇愕失措，挤眼注视，依稀认得是赵桂林的娘姨，桂林叫做“外婆”的。蓬壶便也胡乱叫声“外婆”。外婆道：“方老爷为啥倪搭勿来？去喤。”蓬壶道：“故歇无拨空，明朝来。”外婆道：“啥个明朝嗄！倪小姐牵记煞耐，请仔耐几埭哉，耐勿去!”不由分说，把蓬壶拉进同庆里，抄到尚仁里赵桂林家。赵桂林迎进房间，叫声“方老爷”道：“阿是倪怠慢仔耐，耐一埭也勿来?”蓬壶微笑坐下。外婆搭讪道：“方老爷就前节壶中天叫仔局下来末，勿曾来歇。两个多月哉，阿好意思。”桂林接嘴道：“拨个文君玉迷昏哉呀，陆里想得着该搭来。”蓬壶慌地喝住道：“耐（要勿）瞎说！文君玉是我女弟子，客客气气，耐去糟蹋俚，岂有此理!”桂林哼了一声无语。外婆一面装水烟，一面悄悄说道：“倪小姐生意，瞒勿过耐方老爷。前节方老爷来里照应，倒哝仔过去，故歇耐也勿来哉，连浪几日天，出局才无拨。下头杨媛媛末碰和吃酒，闹猛得来；倪楼浪冰清水冷，阿要坍台。”蓬壶不等说完，就插口道：“单是个碰和吃酒，俗气得势。我前回替桂林上仔新闻纸，天下十八省个人，陆里一人勿看见？才晓得上海有个赵桂林末，实概样式比仔碰和吃酒难说哚。”

外婆顺他口气，复接说道：“难方老爷原像前回照应点俚罢。耐一样去做个文君玉，就倪搭走走，啥勿好？吃两台酒，碰两场和，故是倪要巴结煞哉。”蓬壶道：“碰和吃酒末，啥稀奇嗄？等我过仔明朝，再去搭俚做两首诗末哉。”外婆道：“方老爷，耐末无啥稀奇，倪倒是碰和吃酒个好。耐辛辛苦苦做仔啥物事送拨俚，俚用勿着碗；就勿是碰和吃酒末，有场花应酬，叫叫局，故也无啥。”蓬壶呵呵冷笑，连说：“俗气得势!”外婆见蓬壶呆头呆脑，说不入港，望着赵桂林打了一句市俗泛语。桂林但点点头，蓬壶哪里懂得。外婆水烟装毕，桂林即请蓬壶点菜，欲留便饭。蓬壶力辞不获，遂说不必叫菜，仅命买些熏腊之品。外婆传命外场买来，和自备饭菜一并搬上。

第五十九回终。

第六十回

老夫得妻烟霞有癖　监守自盗云水无踪

按：方蓬壶和赵桂林两个并用晚饭之后，外婆收拾下楼。稍停片刻，蓬壶即拟兴辞。桂林苦留不住，送出楼门口，高声喊“外婆”说：“方老爷去哉。”

外婆听得，赶上叫道：“方老爷慢点喤，我搭耐说句闲话。”蓬壶停步问：“说啥？”外婆附耳道：“我说耐方老爷末，文君玉搭（要勿）去哉，倪搭一样个呀。我搭耐做个媒人，阿好？”蓬壶骤闻斯言，且惊且喜，心中突突乱跳，连半个身子都麻木了，动弹不得。外婆只道蓬踌躇不决，又附耳道：“方老爷，耐是老客人，勿要紧个。就不过一个局，搭仔下脚，无拨几花开销，放心末哉。”蓬壶只嘻着嘴笑，无话可说。外婆揣知其意，重复拉回楼上房间里。桂林故意问道：“为啥耐忙煞个要去，阿是想着仔文君玉？”外婆抢着说道：“啥勿是嗄，难末勿许去个哉！”桂林道：“文君玉来浪喊哉喤，耐当心点！明朝去末，端正拨生活耐吃。”蓬壶连说：“岂有此理，岂有此理！”外婆没事自去。桂林装好一口鸦片烟，请蓬壶吸，蓬壶摇头说：“勿会。”桂林就自己吸了。蓬壶因问：“有几花瘾？”桂林道：“吃白相，一筒两筒，陆里有瘾嗄。”蓬壶道：“吃烟人才是吃白相吃上个瘾，终究（要勿）去吃俚好。”桂林道：“倪要吃上仔上瘾，阿好做生意。”

蓬壶遂问问桂林情形，桂林也问问蓬壶事业。可巧一个父母姊妹俱没，一个妻妾子女均无，一对儿老夫老妻，大家有些同病相怜之意。桂林道："倪爷也开个堂子，我做清倌人辰光，衣裳、头面、家生倒勿少，才是倪娘个物事。上仔客人个当，一千多局帐漂下来，难末堂子也歇哉，爷娘也死哉，我末出来包房间，倒空仔三百洋钱债。"蓬壶道："上海浮头浮脑空心大爷多得势，做生意划一难煞。倒是倪一班人，几十年老上海，叫叫局，打打茶会，生意末勿大，倒勿曾坍歇台。堂子里才说倪是规矩人，蛮要好。"桂林道："故歇我也勿想哉，把势饭勿容易吃，陆里有好生意做得着。随便啥客人，替我还清仔债末就跟仔俚去。"蓬壶道："跟人生来最好，不过耐当心点，再要上仔个当，一生一世吃苦哚啘。"桂林道："难是勿个哉。起先年纪轻，勿曾懂事体，单喜欢标致面孔个小伙子，听仔俚哚海外闲话上个当；故歇要拣个老老实实个客人，阿有啥差嗄?"蓬壶道："差是勿差，陆里有老老实实个客人去跟俚?"说话之间，蓬壶连打两次呵欠。桂林知其睡的极早，敲过十点钟，喊外婆搬稀饭来吃，收拾安睡。不料这一夜天，蓬壶就着了些寒，觉得头眩眼花，鼻塞声重，委实不能支持。桂林劝他不用起身，就此静养几天，岂不便易。蓬壶讨副笔砚，在枕头边写张字条送上吟坛主人，告个病假，便有几个同社朋友来相问候。见桂林小心服侍，亲热异常，诧为奇遇。

桂林请了时医窦小山诊治，开了帖发散方子。桂林亲手量水煎药，给蓬壶服下。一连三日，桂林顷刻不离，日间无心茶饭，夜间和衣卧于外床，蓬壶如何不感激。第四日热退身凉，外婆乘间撺掇蓬壶讨娶桂林。蓬壶自思旅馆鳏居，本非长策，今桂林既不弃贫嫌老，何可失此好姻缘，心中早有七八分允意。及至调理痊愈，蓬壶辞谢出门，径往抛球场宏寿书坊告诉老包，老包力赞其成。蓬壶大喜，浼老包为媒，同至尚仁里赵桂林家当面议事。

老包跨进门口，两厢房倌人、娘姨、大姐齐声说："咿，老

包来哉！”李鹤汀正在杨媛媛房间里，听了，也向玻璃窗张觑，见是老包，便欲招呼，又见后面是个方蓬壶，因缩住嘴，却令赵家姆楼上去说：“请包老爷说句闲话。”约有两三顿饭时，老包才下楼来，李鹤汀迎见让坐。老包问：“有何见教？”鹤汀道：“我请殳三吃酒，俚谢谢勿来。耐来得正好。”老包大声道：“耐当我啥人嗄？请我吃镶边酒，要我垫殳三个空！我（要勿）吃。”鹤汀忙赔笑坚留，老包偏做势要走。杨媛媛拉住老包，低声问道：“赵桂林阿是要嫁哉？”老包点头道：“我做个大媒人，三百债，二百开销。”鹤汀道：“赵桂林再有客人来讨得去？”杨媛媛道：“耐（要勿）看轻仔俚，起先也是红倌人。”说时，只见请客的回报道：“再有两位请勿着，卫霞仙哚说：‘姚二少爷长远勿来哉。’周双珠哚说：‘王老爷江西去仔，洪老爷勿大来。’”李鹤汀乃道：“难老包再要走末，我要勿快活哉。”杨媛媛道：“老包说白相呀，陆里走嗄。”俄而请着的四位——朱蔼人、陶云甫、汤啸庵、陈小云——陆续咸集。李鹤汀即命摆台面，起手巾。大家入席，且饮且谈。

朱蔼人道：“令叔阿是转去哉？倪竟一面勿曾见过。”鹤汀道：“勿曾转去，就不过于老德一干子末转去哉。”陶云甫道：“今朝人少，为啥勿请令叔来叙叙？”鹤汀道：“家叔陆里肯吃花酒！前回是拨个黎篆鸿拉牢仔，叫仔几个局。”老包道：“耐令叔划一有点本事哚！上海也算是老白相，倒勿曾用过几花洋钱，单有赚点来拿转去。”鹤汀道：“我说要白相，还是豁脱点洋钱无啥要紧，像倪家叔故歇阿受用嗄？”陈小云道：“耐该埭来阿曾发财？”鹤汀道：“该埭比仔前埭再要多输点。殳三搭空仔五千，前日天刚刚付清。罗子富搭一万哚，等卖脱仔油再还。”汤啸庵道：“耐一包房契阿晓得险个嗹？”遂将黄二姐如何攘窃，如何勒措，缕述一遍，并说末后从中关说，原是罗子富拿出五千洋钱赎回拜匣，始获平安。席间摇头吐舌，皆说：“黄二姐倒是个大拆梢！”杨媛媛嗤地笑道：“夷场浪老鸨末才是个拆梢碗。”老包闻言，欻地出位，要和杨媛媛不依。杨媛媛怕他恶噪，跑出客堂，老包赶至帘下。恰值出局接踵而来，不提防陆秀宝掀起帘子，跨进房间，和老包头碰头猛地一撞，引得房内房外大笑哄堂。老包摸摸额角，且自归座。李鹤汀笑而讲和，招呼杨媛媛进房，罚酒一杯。杨媛媛不服，经大家公断，令陆秀宝也罚一杯过去。于是老包首倡摆庄，大家轮流划拳，欢呼畅饮。一直饮至十一点钟，方才散席。

李鹤汀送客之后，想起取件东西，喊匡二吩咐说话。娘姨盛姐回道：“匡二爷勿来里，坐席辰光来仔一埭，去哉。”鹤汀道：“等俚来末，说我有事体。”盛姐应诺。鹤汀又打发轿班道：“碰着匡二末喊俚来。”轿班也应诺自去。一宿表过。

次日，鹤汀一起身就问：“匡二喤？”盛姐道：“轿班末来里哉，匡二爷勿曾来碗。”鹤汀怪诧得紧，喝令轿班：“去客栈里喊来！”轿班去过，复命道：“栈里茶房说，昨日一夜天匡二爷勿曾转去。”鹤汀只道匡二在野鸡窝里迷恋忘归，一时寻不着。等不得，只得亲自坐轿回到石路长安客栈，开了房间进去，再去开箱子取东西。不想这箱子内本来装得满满的，如今精空干净，那里有什么东西。鹤汀着了急，口呆目瞪，不知所为；更将别只箱子开来看时，也是如此，一物不存。鹤汀急得只喊“茶房”。茶房也慌了，请账房先生上来。那先生一看，蹙頞道：“倪栈里清清爽爽，陆里来个贼嗄！”鹤汀心知必是匡二，跺足懊恨。那先生安慰两句，且去报知巡捕房。鹤汀却令轿班速往大兴里诸十全家，迎接李实夫回栈。实夫闻信赶到，检点自己物件，竟然丝毫

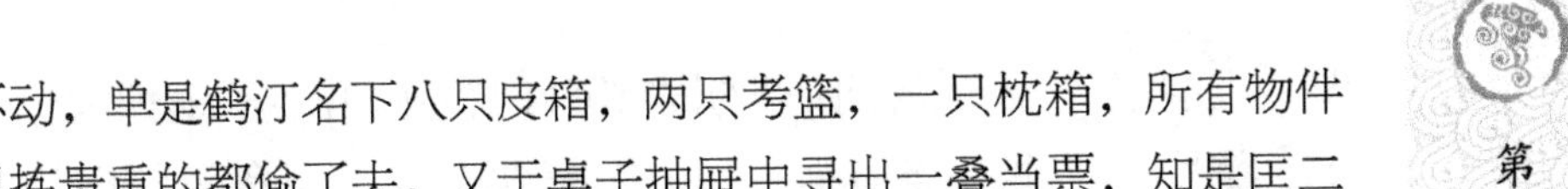

不动，单是鹤汀名下八只皮箱，两只考篮，一只枕箱，所有物件只拣贵重的都偷了去。又于桌子抽屉中寻出一叠当票，知是匡二留与主人赎还原物的意思。鹤汀心中也略宽了些。正自忙乱不了，只见一个外国巡捕带着两个包打听前来踏勘，查明屋面门窗一概完好，并无一些来踪去迹，此乃监守自盗无疑。鹤汀说出匡二一夜不归，包打听细细的问了匡二年岁、面貌、口音而去。

茶房复告诉：“前一礼拜，倪几转看匡二爷背仔一大包物事出去，倪勿好去问俚。陆里晓得俚偷得去当嘎？”李实夫笑道：“俚倒有点意思！耐是个大爷，豁脱点勿要紧，才偷仔耐个物事，勿然末，我物事为啥勿要嘎？”鹤汀生气不睬，自思人地生疏，不宜造次，默默盘算，唯有齐韵叟可与商量，当下又亲自坐轿望着一笠园而来。园门口管家俱系熟识，疾趋上前搀扶轿杠，抬进大门，止于第二层园门之外。鹤汀见那门上兽环衔着一把大铁锁，仅留旁边一扇腰门出入，正不解是何缘故。管家等鹤汀下了轿，打千①禀道：“倪大人接着电报，转去哉，就不过高老爷来里。请李大少爷大观楼宽坐。”鹤汀想道：“齐韵叟虽已归家，且与高亚白商量亦未为不可。”遂跟管家款步进园，一直到了大观楼上，谒见高亚白。鹤汀道：“耐一干子阿寂寞嘎？”亚白道：“我寂寞点勿要紧，倒可惜个菊花山，龙池先生一番心思哚，故歇一径闲煞来浪。”鹤汀道：“价末耐也该应请请倪哉喤。”亚白道：“好个，就明朝请耐。”鹤汀道：“明朝无拨空，停两日再说。”亚白问：“有何贵干？”

鹤汀乃略述匡二卷逃一节，亚白不胜骇愕。鹤汀因问：“阿要报官？”亚白道：“报官是报报罢哉。真真要捉牢仔贼，追俚个

① 打千——旧时男子下对上通行的一种礼节。

赃，难哉喤。”鹤汀就问：“勿报官阿好？”亚白道：“勿报官也勿局，倘忙外头再有点穷祸，问耐东家要个人，倒多仔句闲话。”鹤汀连说：“是极。”即起兴辞。亚白道：“故也何必如此急急。”鹤汀道：“故歇无趣得势，让我早点去完结仔，难末移樽就教如何？”亚白笑说：“恭候。”一路送出二层园门，鹤汀拱手登轿而别。

亚白才待转身，旁边忽有一个后生叫声“高老爷”，抢上打千。亚白不识，问其姓名，却是赵二宝的阿哥赵朴斋，打听史三公子有无书信。亚白回说：“无拨。”朴斋不好多问，退下侍立。亚白便进园回来，踅过横波槛，顺便转步西行。原来这菊花山扎在鹦鹉楼台之前，那鹦鹉楼台系八字式的五幢厅楼，前面地方极为阔大。因此菊花山也做成八字式的，回环合抱，其上高与檐齐，其下四通八达，游客盘桓其间，好像走入“八阵图”一般，往往欲吟“迷路出花难”之句。亚白是惯了的，从南首抄近路，穿石径，渡竹桥，已在菊花山背后。进去看时，先有一人小帽青衫，背立花下，彷徨踯躅，侧着头，咬着指，似乎出神光景。亚白打量后形，必是小赞，也不去惊他，但看他做什么。那小赞俄延许久，欻地奔进鹦鹉楼台，亚白即悄悄跟去。只见小赞趴着桌子，磨墨舐笔，在那里草草写了几行。亚白含笑上前，照准小赞肩头轻轻的拍了一下。小赞吃惊，张皇返顾，见了亚白，慌忙垂手站过一边。亚白笑问：“阿是做菊花诗？”小赞道：“勿是，尹老爷出个窗课诗题。”亚白索其底稿，小赞只得惭颜呈阅。上面写着：“赋得眼花落井水底眠，得眠字，五言八韵。”及观其诗，却为涂抹点窜，辨认不清，只有中间四五六韵明白，写道：

醉乡春荡荡，灵窟夜绵绵。

插脚虚无地，埋头小有天。

痴龙偎冷月，瞎马啸荒烟。

亚白阅过，连声赞好。小赞赔笑道："故是幸亏尹老爷，稍微有仔点一知半解。高老爷看下来，倘然还可以进境点个末，阿好借'有教无类'之说，就正一二？"亚白沉吟道："我说耐原等尹老爷来请教俚，俚改笔比我好。要么我有空闲辰光同耐谈谈，倒也未始无益。"小赞诺诺答了，逡巡退出。

亚白说了这句话，并不在意，独自赏回菊花，归房无话。那小赞却甚欣然，连夜把本年窗课试帖，拣得意的誊真二十首，一早送上大观楼。亚白鉴其殷殷向学之意，披览一遍，从容说道："耐个诗再好也勿有，我倒觉着耐忒啥个要好哉。大约耐肚皮里先有仔'语不惊人死不休'一个成见，所以与温柔敦厚之旨离开得远仔点。做诗第一要相题行事，像昨日'眼花落井'题目，恰好配耐个手笔。若一概如此做法，也勿大相宜。"说着，指出"春草碧色"诗中第六韵，念道：

化馀苌叔血，斗到谢公须。

"做是做得蛮好，又瑰奇，又新颖，十二分气力也可谓用尽个哉。其实就不过做仔'碧草'两个字，无啥大意思。"又指出"春日载阳"诗中第六韵，念道：

秦无头可压，宋有脚能行。

"该两句再有啥说嘎，念下来好像石破天惊，云垂海立，横极，险极，幻极；细按题目四个字，扣得也紧极。但是以理而论，毕竟于题何涉。要晓得两个题目只消淡淡著笔，点缀些田家之乐，羁客之思，就是合作，勿必去刻意求工，倒豁脱仔正意。所谓相题行事者，即此是也。"

小赞听罢默然，颇不满意。亚白复沉吟笑道："阿是耐勿相信我闲话？我有个诗题来里，耐去做做看。做得合式仔末，就晓得其中甘苦哉。”小赞请示何题，亚白说是“还来就菊花”。

小赞心想，此种题目有何难处，就要做一百首，立刻可以成就，微笑一笑，抽身告退，径归班房作起诗来。一时清思妙绪，络绎奔赴，一首哪里说得尽，接连作了五首，号纸誊真。自己看看嫌其肤廓浮泛，不像题目神理，重复用心删节改削，炼成一首，以为尽善尽美，毫发无憾的了。遂欣欣然踅往大观楼请教高亚白。

第六十回终。

第六十一回

舒筋骨穿杨聊试技　困聪明对菊苦吟诗

按：小赞既至大观楼，呈上一首“还来就菊花”试帖诗。高亚白阅过一遍，不说好歹，却反笑问小赞道：“耐自家说，该首诗做得如何？”小赞攒眉道：“照仔个题目末，空空洞洞，不过实概做法，为啥做下来总是笼统闲话，就换仔个题目，好像也可以用得着。”

亚白呵呵笑了，即向书架上抽出一本袖珍书籍，翻检一条给小赞自去研究。小赞看那书，是《随园诗话》。其略云：

瑶华主人檀樽世子“赋得寒梅著花未”诗后自跋云：“此那东甫课士题也，友人卢药林请赋之。因见诸生赋此题者，不过一首梅花诗而已，如《随园诗话》中所谓相题行事者竟无一人，因书此以质之仓山居士。”

小赞看毕，寻思无语。亚白道：“‘还要就菊花’末搭仔‘寒梅著花未’差仿勿多，耐末就做仔一首菊花诗，所以才是笼统闲话。耐看俚‘寒梅著花未’一首诗，阿是做得蛮切帖？耐就照俚个样式再去做，总要从‘还来就’三个虚字着想，四面烘托渲染，摹取其中袖理，‘菊花’两个字，稍微带着点好哉。”小赞连连点头，心领神会，退出外间。亚白窥他在外间痴痴地站了一会，踱了一会，才去。

亚白无所事事，检点书架上人家送来求书求画的斗方，扇面，堂幅，单条，随意挥洒了好些。天色已晚，那小赞竟不复来，想必畏难而退的了。次日，亚白仍以书画为消遣。午餐以后，微倦上来，欲于园内散散心，混过睡性，遂搁下笔，款步下楼。但见纤云四卷，天高日晶，真令人心目豁朗。踅出大观楼前廊，正有个打杂的拿着五尺高竹丝笤帚，要扫那院子里落叶。亚白方依稀记得昨夜五更天，睡梦中听见一阵狂风急雨，那些落叶自然是风雨打下来的，因而想着鹦鹉楼台的菊花山如何禁得起如此蹂躏，若使摧败离披，不堪再赏，辜负了李鹤汀一番兴致，奈何奈何。一面想，一面却向东北行来，先去看看一带芙蓉塘如何，便知端的。踅至九曲平桥，沿溪望去，只见梨花院落两扇黑漆墙门早已锁上，门前芙蓉花映着雪白粉墙，倒还开得鲜艳。亚白放下些心，再去拜月房栊看看桂花，却已落下了许多，满地上铺得均匀无隙，一路践踏，软绵绵的，连鞋帮上粘连着尽是花蕊。亚白进院看时，上面窗寮格扇一概关闭，廊下软帘高高吊起，好似久无人迹光景，不知当值管家何处去了。亚白手遮亮光，面贴玻璃，望内张觑，一些陈设也没有，台桌椅杌颠倒打叠起来。亚白才待回身，忽然飞起七八只乌鸦，在头顶上打盘儿，来往回翔，哑哑乱叫。亚白知道有人来，转过拜月房栊，寻到靠东山坡，见有几个打杂的和当值管家簇拥在一棵大槐树下，布着一张梯子，要拆毁树上鸦窠。无如梯短窠高，攀跻不及，众人七张八嘴议论，竟没法儿。

亚白仰视那窠儿，只有西瓜般大小，从三丫杈生根架起，尚未完成。当命管家往志正堂取到一副弓箭，亚白打量一回，退下两步，屹然立定，弯开弓，搭上箭，照准那窠儿翻身舒臂只一箭。众人但听得呼的作响，并不见箭的影儿，望那窠儿已自伶伶仃仃挂在三丫杈之间，不住地摇晃。方欲喝彩，又听得呼的一箭，那窠儿便滴溜溜滚落到地。喜得众人喝彩不迭，管家早奔上

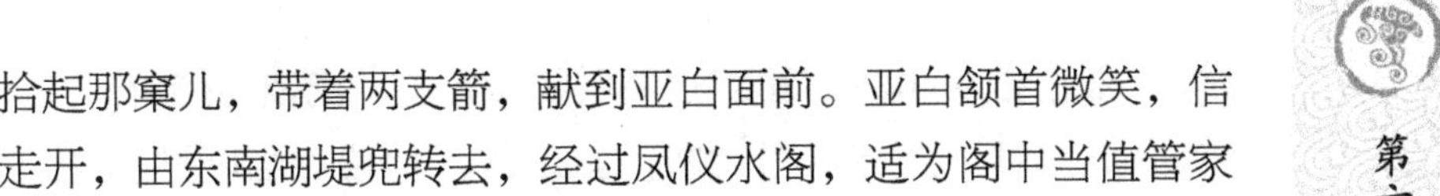

去拾起那窠儿，带着两支箭，献到亚白面前。亚白颔首微笑，信步走开，由东南湖堤兜转去，经过凤仪水阁，适为阁中当值管家所见，慌的赶出，请亚白随喜。亚白摇摇手，径往鹦鹉楼台踅去。刚穿入菊花山，即闻茶房内嘈嘈笑语之声，大约是管家碰和作乐。亚白不去惊动，看那菊花山，幸亏为凉棚遮护，安然无恙，然其精神光彩似乎减了几分，再过些时恐亦不免山颓花萎，不若趁早发帖请客，也算替菊花张罗些场面。亚白想到这里，忙着回来。将及横波槛，顶头遇见小赞，手中仍拿着一首“还来就菊花”试帖诗，正要请教亚白。亚白停步，接诗在手，阅过一遍，又笑问小赞道：“耐自家说，该首诗做得如何？”小赞又攒眉道：“该首诗搭个题目末好像对景个哉，不过说来说去就是‘还来就菊花’一句闲语，勿但犯仔叠床架屋个毛病，也做勿出好诗哉啘。”亚白呵呵笑道：“故末倒是我教耐看仔《随园诗话》个勿好，拨俚‘寒梅着花未’一首诗束缚住哉，耐（要勿）去泥煞个喤。难索性豁开仔俚个诗，再去做，耐末摆好仔‘还来就菊花’个题目，（要勿）钻到题目里向去做，倒要跳出题目外头来，自家去做自家个诗，同题目对勿对也（要勿）去管俚，让题目凑到我诗浪来，故末好哉。”小赞又连连点头，心领神会。

亚白撇下小赞，回到大观楼上，连写七副请帖，写着“翌午饯菊候叙”，交付管家，将去赍送。俄闻楼下呖呖然燕剪莺簧一片说笑，分明是姚文君声音。亚白只道管家以讹传讹叫来的局，等姚文君上楼，急问：“耐来做啥？”文君道：“癞头鼋咿到仔上海哉呀。”亚白始知其为癞头鼋而来，因笑道：“我刚刚明朝要请客，耐倒来哉。”两人说着，携手进房。文君生性喜动，赶紧脱下外罩衣服，自去园中各处游玩多时，回而来向亚白道：“齐大人去仔就推扳得野哚！连搭菊花山也低倒仔个头，好像有点勿起劲。”亚白拍手叫妙，且道：“耐要做仔首‘还来就菊花’个诗末，出色哉！”文君究问云何，亚白乱以他语。当晚两人只在房间任意消遣，过了一宵。

这日，十月既望，葛仲英、吴雪香到的最早，坐在高亚白房里，等姚文君梳洗完毕，相与同往鹦鹉楼台。葛仲英传言陶、朱两家弟兄有事谢谢勿来。高亚白问何事，仲英道：“倒也勿曾清爽。”接着华铁眉挈了孙素兰相继并至，厮见坐定。高亚白道：“素兰先生住两日哉晼，听说癞头鼋来里。”葛仲英道：“癞头鼋勿长远转去，为啥咿来嗄？”华铁眉道：“乔老四搭我说，癞头鼋该埭来要办几个赌棍。为仔前回癞头鼋同李鹤汀、乔老四三家头去赌，拨个大流氓合仔一淘赌棍倒脱靴①，三家头输脱仔十几万哚。幸亏有两个小流氓分勿着洋钱，难末闹穿仔下来。癞头鼋定归要办。”

高亚白、葛仲英皆道：“故歇上海个赌也忒啥个勿像样，该应要办办哉。”华铁眉道：“倒勿容易办哩。我看个访单浪，头脑末二品顶戴②，海外得来！手下底一百多人，连搭衙门里差役，堂子里倌人，才是俚帮手。”孙素兰、吴雪香、姚文君皆道：“倌人是啥人嗄？”华铁眉道：“我就记得一个杨媛媛。”众人一听，相视错愕，都要请问其故。适值管家通报客至，正是李鹤汀和杨媛媛两人。众人迎着，截口不谈。高亚白问李鹤汀：“耐失窃阿曾报官？”鹤汀说：“报哉。”杨媛媛白瞪着眼，问：“阿是耐去报个官？”鹤汀笑说：“勿关耐事。”杨媛媛道：“生来勿关倪事，耐去报末哉哩。”鹤汀道：“耐末瞎缠，倪说个匡二呀。”杨媛媛方默然。

---

① 倒脱靴——指赌场中的一种骗局。

② 顶戴——清代官员用以区别等级的帽饰。

将及午牌时分，高亚白命管家摆席。因为客少，用两张方桌合拼双台，四客四局，三面围坐，空出底下坐位，恰好对花饮酒。一时，又谈起癞头鼋之事。杨媛媛冷笑两声，接嘴说道："昨日癞头鼋到倪搭来，说要办周少和。周少和是夷场浪出名个大流氓，堂子里陆里一家勿认得俚！前回大少爷同俚一淘碰和，倪也晓得俚生来总有点花样。不过倪吃仔把势饭，要做生意个琬，阿敢去得罪个大流氓？就看俚哚做花样末，倪也只好勿响。故歇癞头鼋倒说倪搭周少和通同作弊，阿有该号事体！"说罢，满面怒容，水汪汪含着两眶眼泪。李鹤汀又笑又叹，华铁眉、葛仲英劝道："癞头鼋个闲话，再有啥人相信俚，等俚去说末哉。"高亚白要搭讪开去，顾见小赞一傍侍立，就问其菊花诗阿曾做。小赞道："做末呷做仔一首，勿晓得阿对。"亚白道："耐去拿得来看。"小赞应两声"是"，立着不动，亚白甚是怪诧。小赞禀道："鼎丰里赵二宝搭差个人来，要见高老爷。"

说声未绝，只见小赞身后转出一个后生，打个千，叫声"高老爷"。亚白认得是前日园门遇见的赵朴斋，问其来意，原为打听史三公子有无书信。亚白道："该搭一径无拨信，要么别场花去问声看。"赵朴斋不好多问，跟小赞退出廊下。小赞自去班房取了另做的诗稿来，呈上高亚白。亚白展开看时，上面写道：

赋得还来就菊花得来字五言八韵

只有离离菊，新诗索几回。
不须扶杖待，还为看花来。
水水山山度，风风雨雨催。
重阳佳节到，三径主人开。
请践东篱约，叨从北海陪。
客愁相慰藉，秋影共徘徊。

令我神俱往，劳君手自栽。

桑麻翻旧话，记取瓦缸醅。

高亚白看毕，只是呵呵地笑，不发一言，却将诗稿授与李鹤汀、葛仲英、华铁眉。传观殆遍，高亚白乃笑问道："请教该首诗做得如何？"大家见问，面面厮觑。李鹤汀先道："我看无啥好。"葛仲英点头道："好末无啥好，也无啥勿好。"华铁眉道："我想仔半日，要做一联好诗，竟想勿出如何做法，可知该首诗自有好处。"高亚白仍笑着，顾命小赞取副笔砚，请三位各出己意，下一批语。李鹤汀接过来就写道："轻圆流利，如转丸珠；押韵尤极稳惬。"搁下笔复说道："再要说俚好处，也无拨哉碗。"葛仲英略一寻思，写道："一气呵成，面面俱到，百炼钢化为绕指柔矣。"华铁眉笑道："我要拿看文章法子批俚该首诗。"提笔写道："题中不遗漏一义，题外不拦入一意，传神正在阿堵中。"李鹤汀道："拨耐两家头一批，倒真个好仔点哉。"葛仲英道："通首就是'秋影'一句做个题面，其余才好。"华铁眉道："好在运实于虚，看去如不经意；其实八十字坚如长城，虽欲易一字而不可得。"李鹤汀道："让亚白自家去批，看俚批个啥。"

高亚白呆脸一想道："倒也无可批哉喤。"葛仲英道："亚白必然另有见解。"华铁眉道："大约亚白个见解末就是无可批。"高亚白呵呵大笑，一挥而就。大家看后面写着十五字道："是眼中泪，是心头血，成如容易却艰辛。"大家笑道："此所谓无可批之批也！"高亚白笑向小赞道："倒难为耐。"小赞心中着实得意，接取诗稿笔砚，抽身出外，孜孜的看那四行批语。不意赵朴斋还在廊下，一把拉住小赞，央告道："谢谢耐！再替我问声看，昨日听说三公子到仔上海个哉，阿有价事？"小赞只得替他传禀请示。高亚白道："俚听差哉，到个是赖公子，勿是史公子。"赵朴

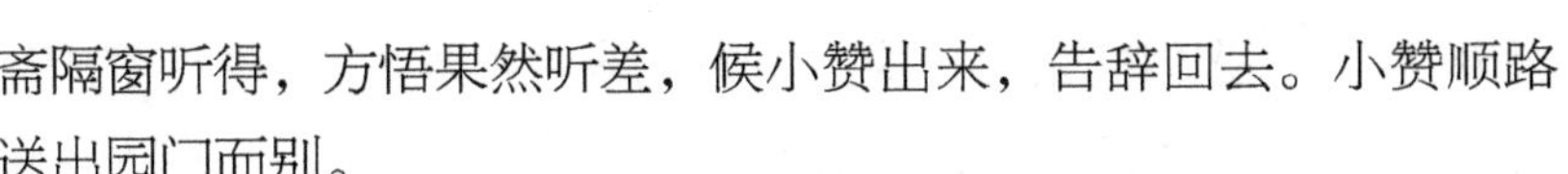

斋隔窗听得，方悟果然听差，候小赞出来，告辞回去。小赞顺路送出园门而别。

赵朴斋一路懊闷，归至鼎丰里家中，复命于母亲赵洪氏，说三公子并无书信，并述误听之由。适妹子赵二宝在傍侍坐，气的白瞪着眼，半晌说不出话。洪氏长叹道："常恐三公子勿来个哉喤，难末真真要哉！"朴斋道："故是勿见得，三公子勿像是该号人。"洪氏又叹道："也难说嗄，先起头索性跟仔俚去，倒也无啥。故歇上勿上落勿落，难末啥完结喤！"二宝秋气，头颈一摔，大声喝道："无娒再要瞎说！"只一句，喝得洪氏咂嘴咂舌，垂头无语。朴斋张皇失措，溜出房去。娘姨阿虎在外都已听在耳里，忍不住进房说道："二小姐，耐是年纪轻，勿曾晓得把势里生意划一难做，客人哚个闲话阿好听俚嗄！先起头三公子搭耐说个啥，耐也勿曾搭倪商量，倪一点勿晓得，故歇一个多月无拨信，有点勿像哉晼。倘忙三公子勿来，耐自家去算，银楼，绸缎店，洋货店，三四千洋钱哚，耐拿啥物事去还嗄？勿是我多说多话，耐早点要打桩好仔末好，（要勿）到个辰光坍台。"二宝面涨通红，不敢回答。忽闻楼上中间裁衣张司务声唤，要买各色衣线，立刻需用。阿虎竟置不管，扬长出房。洪氏遂叫大姐阿巧去买。阿巧不知是何颜色，和张司务纠缠不清。朴斋忙说："我去买末哉。"二宝看了这样，憋着一肚皮闷气，懒懒地上楼归房，倒在床上，思前想后，没得主意。

比及天晚，张司务送进一套新做衣服，系银鼠的天青缎帔、大红绉裙，请二宝亲自检视。请了三遍，二宝也不抬身，只说声"放来浪"。张司务诺诺放下，复问："再有一套狐皮个，阿要做起来？"二宝道："生来做起来，为啥勿做嗄？"张司务道："价末松江边镶滚子缎子搭仔帖边，明朝一淘买好来浪。"二宝微微应一声“噢”。张司务去后，楼上静悄悄地。直至九点多钟，阿巧、阿虎搬上晚饭，请二宝吃。二宝回说：“（要勿）吃！”阿巧不解事，还尽着拉扯，要搀二宝起来，二宝发嗔喝开。阿巧只得自与阿虎对坐，吃毕，撤去家伙。阿虎自己揩把手巾，并不问二宝阿要揩面，还是阿巧给二宝冲了壶茶。阿虎开了皮箱，收藏那一套新做衣服。阿巧手持烛台，啧啧欣羡道：“该个银鼠好得来，阿要几花洋钱?”阿虎鼻子里哼的冷笑道：“着到仔该号衣裳，倒要点福气个喤！有仔洋钱，无拨福气，阿好去着俚嗄。”床上二宝装做不听见，只在暗地里生气，阿巧、阿虎也不去瞅睬。将近夜分，各自睡去。二宝却一夜不曾合眼。

第六十一回终。

第六十二回

偷大姐床头惊好梦　做老婆壁后泄私谈

按：赵二宝转了一夜的念头，等到天亮，就蓬着头蹑足下楼，踅往母亲赵洪氏房间。推进门去，洪氏睡在大床上，鼾声正高，旁边一只小床系阿哥赵朴斋睡的，竟是空着。二宝唤起洪氏，问："阿哥喤?"洪氏说："勿晓得。"二宝十猜八九，翻身上楼，踅进亭子间，径去大姐阿巧睡的床上，揭起帐子看时，果然朴斋、阿巧两人并头酣睡。二宝触起一腔火性，狠狠的推搡揪打，把两人一齐惊醒。朴斋抢着一条单裤穿上，光身下床，夺路奔逃。阿巧羞得钻进被窝，再不出头露面。二宝连说带骂，数落一顿，仍往楼下洪氏房间。洪氏已披衣坐起，二宝努目哆嘴，签坐床沿。洪氏问道："楼浪啥人来浪噪?"二宝不答，却思这事不便张扬，不如将计就计，遂和洪氏商量，欲令朴斋赶往南京，寻到史三公子家中问个确信。洪氏亦以为然。二宝便高声喊："阿哥。"朴斋不敢不至，惴惴然侍立一旁。二宝推洪氏先说。洪氏约略说了，并命即日起行，朴斋不敢不从。二宝复叮咛道："耐到仔南京末，定归要碰着仔史三公子，当面问俚为啥无拨信，难末啥辰光到上海。（要勿）忘记!"朴斋唯唯遵命，二宝才去梳头。踅到楼上自己房间，只见阿巧正在弯腰扫地，鼻涕眼泪挥洒不止，二宝索性不理。

恰好这日长江轮船半夜开行，朴斋吃过晚饭，打起铺盖，向洪氏讨些盘缠。洪氏嘱其早去早归，娘姨阿虎闯口道："倪看下来有数目个哉，南京去做啥嗄？就去末也定归见勿着史三公子个面啘。史三公子抵桩勿来，就见仔面也无行用。”洪氏道：“俚勿相信个呀，定归要南京去一埭，问仔个信，故末相信哉。”阿虎道：“二小姐勿相信末，耐是俚亲生娘，要提亮①俚个呀。二小姐肚皮里道仔史三公子还要来个哉，定归要问个信。耐想去问啥人嗄？就碰着仔史三公子，问俚，俚人末勿来，嘴里阿肯说勿来，原不过回报耐一句难要来哉。二小姐再要上仔俚个当，一径等来浪，等到年底下，真真坍仔台歇作！”洪氏道：“闲话是勿差，难等南京转来仔再说。”阿虎道：“勿然也勿关倪事，倪就为仔三四千店帐来里发急。倘然推扳点小姐，倪倒勿去搭俚拿仔几几花花哉。倪看见二小姐五月里一个月，碰和吃酒，闹猛得势，故歇趁早豁开仔史三公子，巴结点做生意，故末年底下还点借点，三四千也勿要紧。再要哝下去，来勿及哉啘！”洪氏默然，朴斋道：“让我去问仔个信看，倘然史三公子勿来，生来做生意。”阿虎冷笑走开。朴斋藏好盘缠，背上铺盖，辞别出门。

过了一宿，二宝便令阿虎去东合兴里吴雪香家喊小妹姐来。阿虎知道事发，答应而去。二宝想好几句闲话，教给洪氏照样向说，不必多言。一会儿，阿虎同着小妹姐引见洪氏，二宝含笑让坐。洪氏说道：“倪月底一家门才要到南京去寻个史三公子，让阿巧去寻生意罢。一块洋钱一月，倪拨到俚年底末哉。”小妹姐听了，略怔一怔道：“价末到个辰光让俚出来，也正好啘。”二宝接嘴道：“倪勿做仔生意，生活一点无拨，阿巧来里也无啥做，早点出去末也好早点寻生意，阿对？”小妹姐没的说，就命阿巧去收拾。二宝教洪氏拿出三块洋钱交与小妹姐，又令相帮担囊相

① 提亮——点明，提醒。

送。小妹姐乃领阿巧道谢辞行。

随后裁衣张司务要支工帐，二宝亦教洪氏付与十块洋钱。阿虎背着二宝悄对洪氏道：“耐末样式样依仔个二小姐，二小姐有点勿着落个哩。故歇一塌括仔还有几块啥洋钱，再要做衣裳！该号衣裳，等俚嫁仔人做末哉啘，啥个要紧嗄?”洪氏道：“我也搭俚说过歇个哉，俚说做完仔狐皮个停工。”阿虎太息而罢。

不想次日一早，小妹姐复领阿巧回来，送至洪氏房中。小妹姐指着阿巧向洪氏道：“俚乃是我外甥囡，俚哚爷娘托拨我，教我荐荐俚生意。俚乃自家勿争气，做仔（要勿）面孔个事体，连搭我也无面孔，对勿住俚哚爷娘。我末寄仔封信下去，喊俚哚爷娘上来，耐拿俚个人交代俚哚娘爷好哉，我勿管账。”洪氏茫然，问道：“耐说个啥闲话，我勿懂啘。”小妹姐且走且说道：“耐勿懂末，问阿巧，等俚自家说。”楼上二宝刚刚起身，闻声赶下。小妹姐已自去了，只有阿巧在房匿面向壁呜咽饮泣。二宝气忿忿地瞪视多时，没法处置。洪氏还紧着要问阿巧。二宝道：“问俚啥嗄!”遂将前日之事径直说出。洪氏方着了急，只骂朴斋不知好歹，无端闯祸。

二宝欲令阿虎和小妹姐打话，给些遮羞洋钱，着其领回。阿虎道：“小姐妹倒勿要紧，我先问声俚自家看。”遂将阿巧拉过一边，稍唧稍唧问了好一会。阿虎笑而覆道：“拨我猜着，俚哚两家头说好来浪，要做夫妻个哉，洋钱末倒也勿要，等俚爷娘来求亲好哉。”洪氏大喜道：“价末耐就替我做仔个媒人罢。”二宝跳起来喝道：“勿局个！（要勿）面孔个小娘仵，我去认俚阿嫂。”洪氏呆脸相视，不好做主。阿虎道：“倪说末，开堂子个老班①讨

① 老班——即老板。

个大姐做家主婆，也无啥勿局。”二宝大声道：“我勿要嘘！”洪氏不得已，一口许出五十块洋钱，仍令阿虎去和小妹姐打话。二宝咬牙恨道：“阿哥个人末生就是流氓坯！三公子要拿总管个囡仵拨来阿哥，阿要体面，啥个等勿得，搭个臭大姐做夫妻。”洪氏听说，虽也喜欢，但恐小妹姐不肯干休，等得阿虎回家，急问如何。阿虎摇头道：“勿成功！小妹姐说：‘耐个囡仵末面孔生得标致点，做个小姐；俚也一样是人家囡仵呀，就不过面孔勿标致，做仔大姐。做小姐个末开苞要几花，落镶要几花，俚大姐也一样个啘。拨耐倪子困仔几个月，故歇说五十块洋钱，阿是来里拗空？”洪氏着实惶惧，眼望二宝候其主意。二宝道：“等俚爷娘来，看光景。”洪氏胆小，忐忑不宁。

转瞬之间，等了三日，倒是朴斋从南京逃回家来。洪氏一见，极口埋怨。二宝跺脚道：“无娒，让俚说仔了嘎！”朴斋放下铺盖，说道：“史三公子勿来个哉。我末进个聚宝门，寻到史三公子府浪，门口七八个管家才勿认得。起先我说寻小王，俚哚理也勿理。我就说是齐大人差得来，要见三公子，难末请我到门房里，告诉我，三公子上海回来就定仔个亲事，故歇三公子到仔扬州哉，小王末也跟仔去。十一月二十就来里扬州成亲，要等满仔月转来哚。阿是勿来个哉。”二宝不听则已，听了这话，眼前一阵漆黑，囟门里“汪”的一声，不由自主，往后一仰，身子便倒栽下去。众人仓皇上前搀扶叫唤，二宝已满嘴白沫，不省人事。适值小妹姐引了阿巧爷娘进门，见此情形，不便开口，小妹姐就帮着施救。洪氏泪流满面，直声长号。朴斋、阿虎一左一右，掐人中，灌姜汤，乱作一堆。须臾，二宝吐出一口痰涎，转过气儿。众人七张八嘴，正拟扛抬，阿虎捋起袖子，只一抱，拦腰抱起，挨步上楼。众人簇拥至房间里，眠倒床上，展被盖好。众人

陆续散去，惟洪氏兀坐相伴。

二宝渐渐神气复原，睁眼看看，问："无娒来里做啥?"洪氏见其清醒，略放些心，叫声"二宝"，道："耐要吓煞人个哩，啥实概样式嗄?"二宝才记起适间朴斋之言，历历存想，不遗一字，心中悲苦万分，生怕母亲发急，极力忍耐。洪氏问："心里阿难过?"二宝道："我故歇好哉呀，无娒下头去啘。"洪氏道："我勿去。阿巧个爷娘来里下头。"二宝蹙輊沉吟，叹口气道："难阿哥生来就讨仔阿巧末哉。俚爷娘故歇来里末，无娒教阿虎去说亲哉啘。"洪氏唯唯，即时唤上阿虎，令向阿巧爷娘说亲。阿虎道："说末就说说罢哉，勿晓得俚倷阿肯。"二宝道："拜托耐说说看。"阿虎慢腾腾地姑妄去说。谁知阿巧爷娘本系乡间良懦人家，并无讹诈之意，一闻阿虎说亲，慨然允定，绝不作难。小妹姐也不好从中挠阻。洪氏、朴斋自然是喜欢的，只有二宝一个更觉伤心。

当下阿虎来叫洪氏道："俚倷难是亲家哉，耐也去陪陪嗄。"洪氏道："有女婿陪来浪，我勿去。"二宝劝道："无娒耐该应去应酬歇个呀，我蛮好来里。"洪氏犹自踌躇。二宝道："无娒勿去末我去。"说着，勉强支撑坐起，挽挽头发，就要跨下床来。洪氏连忙按住，道："我去末哉，原搭我困好仔。"二宝笑而倒下。洪氏切嘱阿虎在房照料，始往楼下应酬阿巧爷娘。二宝手招阿虎近前，靠床挨坐，相与计议所取店账作何了理。阿虎因二宝意转心回，为之细细筹划，可退者退，不可退者或卖或当，算来倒还不甚吃亏。独至衣裳一项，吃亏甚大，最为难处。二宝意欲留下衣裳，其余悉遵阿虎折变抵偿，如此合算起来，尚空一千余元之谱。阿虎道："像五月里个生意，空一千也勿要紧，做到仔年底下末就可以还清爽哉。"二宝道："一件狐皮披风，说是今朝做好，耐去搭张司务说，回报俚明朝勿做哉。”阿虎道：“耐随便啥才忒要紧，就像做衣裳，勿该应做个披风，做仔狐皮满末，阿是蛮好?”二宝焦躁道：“（要勿）去说起哉呀!”阿虎讪讪趷出中间传语张司务，张司务应诺而已，别个裁缝故意嘲笑为乐。二宝在内岂有不听见之理，却哪里有工夫理论这些。迨至晚间，吃过夜饭，洪氏终不放心，亲自看望二宝，并诉说阿巧爷娘已由原船归乡，仍留阿巧服役，约定开春成亲。二宝但说声好。洪氏复问长问短，委曲排解一番，然后归寝。二宝打发阿虎也去睡了，房门虚掩，不留一人。

二宝独自睡在床上，这才从头想起史三公子相见之初，如何目挑心许；定情之顷，如何契合情投；以后历历相待情形，如何性儿浃洽，意儿温存；即其平居举止行为，又如何温厚和平，高华矜贵，大凡上海把势场中一切轻浮浪荡的习气一扫而空。万不料其背盟弃信，负义辜恩，更甚于冶游子弟。想到此际，悲悲戚戚，惨惨凄凄，一股怨气冲上喉咙，再也捺不下，掩不住。那一种呜咽之声，不比寻常啼泣，忽上忽下，忽断忽续，实难以言语形容。

二宝整整哭了一夜，大家都没有听见。阿虎推门进房，见二宝坐于床中，眼泡高高肿起，好似两个胡桃。阿虎搭讪问道：“阿曾困着歇嗄?”二宝不答，只令阿虎舀盆脸水。二宝起身捕面，阿巧揩抹了桌椅，阿虎移过梳具，就给二宝梳头。二宝叫阿巧把朴斋唤至当面，命即日写起书寓条子来贴，朴斋承命无言。二宝复命阿虎即日去请各户客人，阿虎亦承命无言。

二宝施朱傅粉，打扮一新，下楼去见母亲洪氏。洪氏睡醒未起，面向里床，似乎有些呻吟声息。二宝轻轻叫声“无娒”。洪氏翻身见了，说道：“耐啥要紧起来嗄?勿适意末，困来浪末

哉。”二宝推说：“无啥勿适意。”趁势告诉要做生意。洪氏道：“故末再停两日也正好晼。耐身向里刚刚好仔点，推扳勿起。倘忙夜头出局去，再着仔冷，勿局个喤。”二宝道：“无娒，耐也顾勿得我个哉。故歇店帐欠仔三四千，勿做生意末，陆里有洋钱去还拨人家？我个人赛过押来里上海哉呀！”这句话尚未说完，一阵哽噎，接不下去。

洪氏又苦又急，颤声问道：“就说是做生意末，三四千洋钱陆里一日还清爽嗄？”二宝吁了口气，将阿虎折变抵偿之议也告诉了，且道：“无娒索性（要勿）管，有我来里，总归勿要紧。耐快活末我心里也舒齐点，（要勿）为仔我勿快活。”洪氏只有答应。二宝始问：“无娒为啥勿起来？”洪氏说是“头痛”。二宝伸手向被窝里摸到洪氏身上，些微觉得发烧。二宝道：“无娒常恐寒热喤。”洪氏道：“我也觉着有点热。”二宝道：“阿要请个先生吃两帖药？”洪氏道：“请啥先生嗄！耐替我多盖点，出仔点汁末好哉。”二宝乃翻出一床棉被，兜头盖好，四角按严，让洪氏安心睡觉。二宝自回楼上房间，复与阿虎计议。议至午后，阿虎出去了理店账，顺路请客。

这个信传扬开去，各处皆知。不出三日，吹入陈小云耳中，甚是骇异，以为史三公子待她不薄，娶作夫人自是极好的事，如何甘心堕落，再恋风尘。正欲探询其中缘故，可巧行过三马路，遇着洪善卿。小云拟往茶楼一谈，善卿道：“就双珠搭去坐歇末哉。”于是两人踅进公阳里南口，到了周双珠家。适值楼上房间均有打茶会客人，阿德保请进楼下周双宝房间，双宝迎见让坐。小云把赵二宝再做生意之信说与善卿，善卿鼓掌大笑道：“耐蛮聪明个人，上俚哚个当！我先起头就勿相信，史三公子陆里无讨处，讨个倌人做大老母。”双宝在傍也鼓掌大笑道：“为啥几花先生小姐才要做大老母！起先有个李漱芳，要做大老母做到仔死；故歇一个赵二宝，也做勿成功；做到倪搭个大老母，挨着第三个哉。”

小云不解，问第三个是谁。双宝努嘴道：“倪搭双玉，倒勿是朱五少爷个大老母。”小云道：“朱五少爷定仔亲哉啘”双宝故意只顾笑，不接嘴，善卿忙摇手示意。不想一抬头，周双玉已在眼前，双宝吓得敛笑而退。善卿知道不妙，一时想不出搭讪的话头。小云察言观色，越发茫然。大家呆瞪瞪地，你看着我，我看着你。

第六十二回终。

第六十三回

集腋成裘良缘凑合　移花接木妙计安排

按：周双珠、周双玉房间内打茶会客人，乃是赖公子、华铁眉、乔老四、乔老七四位。乔老四本做周双珠，遂为小兄弟乔老七叫了周双玉几个局，故此四人虽是一起，却分据两间房间。及洪善卿同陈小云来时，赖公子正和周双珠闲话，双珠因善卿系熟客，不必急急下去应酬，只管指东划西，随口胡说。周双玉要央善卿寄信于朱淑人，先自下楼，从周双宝后房门抄近进去，刚刚听得陈小云、周双宝云云，并窥见洪善卿摇手之状。双玉猛吃一惊，急欲根究细底，转念一想，大约朱五少爷定亲之事秘密不宣，不可造次。当下迈步搴帷①，见了陈小云、洪善卿，侧坐相陪，不露圭角。

随后双珠进房，双玉趁势仍归楼上。一直等到晚间客散关门，周双玉独自一个往见周兰，叫声“无娒”，周兰和颜悦色命其坐下。双玉宛转说道：“我做仔无娒个讨人，单替无娒做生意。除仔无娒再也无拨第二个亲人，除仔做生意也无拨第二样念头。故歇朱五少爷定仔亲，故末就是无娒个生意到哉。无娒该应去请仔朱五少爷来，等我当面问俚，阿怕俚勿拿出洋钱拨来无娒，无娒为啥要瞒我嗄？阿是常恐朱五少爷多拨仔耐洋钱，耐客气勿要嗄？”周兰道：“勿是瞒耐呀。为仔朱五少爷说，常恐耐晓得俚定

① 搴（qiān）帷——揭起、撩起帷幕。

仔亲，勿快活，教倪（要勿）说起。”双玉道：“故末无姆笑话哉！做我个客人多煞来里，就比仔朱五少爷再要好点也勿稀奇。阿怕我无拨人讨得去，啥个勿快活？”周兰听说亦自失笑，方才将八月底朱淑人聘定黎篆鸿之女，尽情告诉了双玉。双玉方才想起两月以来，时常听得双宝嘴里大老母长，大老母短，原来是调侃我的，心下重重恼怒，忍不住淌眼抹泪，渐放悲声。

周兰始悔自己失言，只见双玉又道：“我搭阿姐两家头，做个生意来孝敬耐无姆，无姆也勿曾说过倪一句邱话。我就气勿过双宝，双宝生意末一点无拨，拿倪两家头孝敬无姆个洋钱，买仔饭拨俚吃，买仔衣裳拨俚着，俚坐来浪无啥做，再要想出几花闲话说倪，笑倪，骂倪！”说着，呜呜地掩面而泣。周兰道：“双宝陆里敢骂耐。”双玉便缕述双宝的风里言风里语，再添上两句重话装点逼真。气得周兰一叠声喊“双宝”，双宝战惕趋至。周兰不及审察，绰起烟枪兜头就打。却被双玉一手托住，劝道：“无姆（要勿）嗄，耐故歇打仔双宝，晚歇拨双宝加二骂两声，无姆陆里晓得！倘然无姆喜欢双宝，也容易得势，让双宝原到楼浪去；我末说拨幺二堂子里做伙计。无拨个人说我，骂我，我心里清爽点，也好巴结点做生意，孝敬耐无姆。”周兰越发生气，丢下烟枪，问道：“我为啥喜欢双宝嗄？耐阿姐来浪说，倘忙有辰光生意忙勿过，教双宝代代局也无啥；勿然末，双宝早就出去哉啘。我为啥喜欢双宝嗄？”双玉冷笑道：“无姆，耐嘴里末说让双宝出去末哉，一径说到仔故歇，双宝原勿曾出去，倒勿是喜欢双宝？”周兰怒道：“故也勿要紧，明朝让双宝去，省得耐多说多话！”双玉道：“无姆（要勿）动气，我搭双宝才是无姆个讨人，无啥喜欢勿喜欢，就要出去末，等商量好仔再去，啥要紧嗄？”

周兰沉吟半晌，怒气稍平，喝退双宝，悄问双玉如何商量。

双玉道："无娒耐自家去算，双宝进来个身价就算耐才豁脱①仔，也不过三百洋钱。故歇双宝来里，生意末无拨，房间里用场倒同倪一样哚啘，几年算下来，阿是豁脱仔勿少哉？我替无娒算计，勿如让双宝出去个好。"周兰点点头。双玉又道："阿姐个生意好，要双宝代局。我生意不过实概样式，双宝出去仔，倘然阿姐忙勿过，我去代局末哉。"周兰又点点头。于是周兰竟与双玉定议，拟将双宝转卖于黄二姐家，楼上双珠绝不与闻。比及明日，周兰欲令阿珠去黄二姐家打话，双珠怪问何事，始悉其由。双珠阻止道："无娒，耐也做点好事末哉！黄二姐个人勿比仔耐，双宝去做俚讨人，苦煞个嗄！我说无啘耐定归勿要双宝末，也该应商量商量。南货店里姓倪个客人，搭双宝蛮要好，倪去请俚来，问声俚，要讨末教俚讨仔去。双宝有仔好场花，倪身价也勿吃亏。无啘想阿对？"

周兰领悟，叫回阿珠，转令阿德保以双宝名片去南市请广亨南货店小开倪客人。双玉心想如此办法，倒作成了双宝的好姻缘，未免有些忿忿，但因双珠出的主意，不敢再言。

不多时，那倪客人随着阿德保接踵并至，坐在双宝房间里。周兰出见，当面说亲。倪客人满心欣慰，满口应诺；既而一想，三百身价之外尚须二百婚费，一时如何措办，倒又踌躇起来。双宝恐事不济，着急异常，背地去求双珠设法。双珠格外矜全，特地请了洪善卿、乔老四等几户熟客，告知此事，拟合一会帮贴双宝。众人好善乐施，无不愿意。洪善卿复去告知朱淑人，也与一角，却不令双玉得知。倏届迎娶之期，倪客人倒也用了军健乐人、提灯花轿，簇拥前来，娶了过去，也一样的拜堂，告祖，合

---

① 豁脱——损失，花费。

卺，坐床，待以正室之礼。三朝归宁，倪客人也来了，请出周兰，双双拜见，口称“岳母”，磕下头去。周兰不好意思，赶紧买了一副靴帽相送，盛筵款待，至晚而回。

自双宝出嫁以后，双玉没了对头，自然安静无事。周兰欲劝双玉接客，尚未明言。双玉已揣测知之，心中定下一个计较，先去灶间煤炉旁边，将剜空生梨内所养的促织儿尽数释放，再令阿德保去买一壶烧酒，说要擦洗衣裳烟渍，然后令阿珠去请朱五少爷。朱淑人闻得定亲之事早经泄露，这场噪闹势所必然，然又无可躲避，只得惶惶然来。见了双玉，抱惭负疚，无地自容。双玉却依然笑脸相迎，携手纳坐，颜色扬扬如平时。淑人猜不出其是何意见，嘿嘿相对，不则一声。将近上灯时分，淑人告辞言归。双玉牵衣拉过一边，昵昵软语，欲留一宿。淑人不忍故违其意，颔首从命。须臾，叫局的络绎上市，双玉遂更衣出门，留下巧囡在房服侍淑人便饭。等得双玉回家，更有打茶会的，一起一起应接不暇。一直敲过十二点钟，渐渐的车稀火烬，帘卷烟消。阿珠收拾停当，声请淑人安置而去。

双玉亲自关了前后房门，并加上闩，转身趄来，见淑人褪履上床。双玉笑道：“慢点困喲，我有事体来里。”淑人怪问云何，双玉近前与淑人并坐床沿。双玉略略欠身，两手都搭着淑人左右肩膀，教淑人把右手勾着双玉脖项，把左手按着双玉心窝，脸对脸问道：“倪七月里来里一笠园，也像故歇实概样式，一淘坐来浪说个闲话，耐阿记得？”淑人心知说的系愿为夫妇生死相同之誓，目瞪口呆，对答不出。双玉定要问个明白。淑人没法，故乱说声“记得”。双玉笑道：“我说耐也勿该应忘记。我有一样好物事，请耐吃仔罢。”说罢，抽身向衣橱抽屉内取出两只茶杯，杯内满满盛着两杯乌黑的汁浆。淑人惊问：“啥物事？”双玉笑道：

"一杯末耐吃，我也陪耐一杯。"淑人低头一嗅，嗅着一股烧酒辣气，慌问："酒里放个啥物事嗄？"双玉手举一杯凑到淑人嘴边，赔笑劝道："耐吃嗄。"淑人舌尖舐着一点，其苦非凡，料道是鸦片烟了，连忙用手推开。双玉觉得淑人未必肯吃，趁势捏鼻一灌，竟灌了大半杯。淑人往后一仰，倒在床上，满嘴里又苦又辣，拼命地朝上喷出，好像一阵红雨，湿漉漉的洒遍衾裯。淑人支撑起身，再要吐时，只见双玉举起那一杯，张开一张小嘴，"咕嘟咕嘟"尽力下咽。淑人不及叫喊，奋身直上，夺下杯子，掼于地下，豁琅一声，砸得粉碎。双玉再要抢那淑人吃剩的一杯，也被淑人搪落跌破。淑人这才大声叫喊起来。

楼下周兰先前听得碗响，尚不介意，迨至淑人叫喊，有些疑惑，手持烟灯，上楼打探。淑人赶去拔下门闩，迎进周兰。周兰见淑人两手一嘴及领衣袍袖之上，皆为鸦片烟沾濡涂抹，已是骇然；又见双玉喘吁吁挺在皮椅上，满脸都是鸦片烟，慌问："啥事体嗄？"淑人偏又呐呐然说不清楚，只是跺脚干急。幸而那时双珠、巧囡、阿珠都不曾睡，陆续进房，见此情形，十稔八九。双珠先问："阿曾吃嗄？"淑人只把手紧指着双玉。双珠会意，唤个相帮速往仁济医馆讨取药水。巧囡舀上热水，给淑人、双玉洗脸漱口。淑人抹净手面，吐尽嘴里余烟。双玉大怒，欻地起立，柳眉倒竖，星眼圆睁，咬牙切齿骂道："耐个无良心杀千刀个强盗坯！耐说一淘死，故歇耐倒勿肯死哉！我到仔阎罗王殿浪末，定归要捉耐个杀坯！看耐逃走到陆里去！"

周兰还是发怔。双珠叫声"双玉"，从中排解道："五少爷是勿好，勿该应定个亲；不过耐也年纪轻，勿懂事，客人个闲话才是瞎说。就算故歇五少爷勿曾定亲，阿要讨耐去做大老母？"双玉不待说完，嚷道："啥个大老母小老母！耐去问俚，啥人说个一淘死？”淑人拍腿哭道：“勿是我呀！阿哥替我定个亲，一句闲话无拨我说啘！”双玉欻地扑到淑人面前，又狠狠的戟指骂道：“耐只死猪猡！晓得是耐阿哥替耐定个亲，我问耐为啥勿死？”吓得淑人倒退不迭。

正忙乱间，相帮取到一瓶药水，阿珠急取两只玻璃杯，平分倒出。淑人心疑尚恐不曾吐尽，先去呷了一口。双玉怒极，一手抢那杯子照准淑人脸上甩来，泼了淑人一头药水。幸亏淑人头颈一侧，那玻璃杯从耳朵边�了过去，没有甩着。淑人远远央告道：“耐也吃点喤。耐吃仔个药水，随便耐要啥，我总归依耐，阿好？”双玉大声道：“我要啥嗄？我末要耐死哉啘！”周兰、双珠同词劝道：“死勿死末再说，耐吃仔了喤。”阿珠、巧囡也帮着千方百计劝双玉吃药水。双玉不禁哼地笑道：“劝啥嗄？放来浪等我自家吃末哉啘！倗勿死，我倒犯勿着死拨倗看，定归要倗死仔末我再死！”说着，举起玻璃杯，一口一口慢慢地呷。巧囡绞上手巾，揩了一把。不多时，一阵翻腹搅肚，喉间汩汩作响，便呕出一汪清水。周兰、双珠一左一右，搀着臂膊，叫双玉只顾吐。双玉一面吐，一面还喃喃不绝地骂。直至天色黎明，稍稍吐定，大家一块石头落地，不好再去睡觉，令灶下开了煤炉，燉口稀饭，略点一点。

淑人知道双玉兀自不肯干休，背地求计于双珠。双珠攒眉道：“双玉个脾气，五少爷也明白个哉，倗陆里肯听人个闲话。倪是一家人，也勿好搭倗说，就说末也无行用。耐倒是请个朋友来劝劝倗，倗倒听句把。”一句提醒了淑人，当即写张字条速令相帮去南市咸瓜街请永昌参店洪老爷。大家把双玉扶上大床，各自散去。淑人眼睁睁地独自看守，守到日之方中，洪善卿惠然肯来。淑人赶出迎见，请进双珠房间，细述昨宵之事，欲恳善卿去劝双玉。

善卿应承，踅过双玉房间，见双玉歪在大床上，垂头打盹，调息养神。善卿近前轻轻叫声“双玉”。双玉睁眼见了，起身让坐。善卿随口问道：“身向里阿好？”双玉冷笑两声，答道：“洪老爷，耐末（要勿）假痴假呆哉！五少爷请耐我劝劝我，我无拨第二句闲话，我故歇末定归要跟牢仔俚一淘死！俚到陆里我跟到俚陆里，定归一淘死仔末完结。无拨第二句闲话！”善卿婉婉说道：“双玉（要勿）喤，五少爷一径蛮要好，定亲个事体也是俚阿哥做个主，倒（要勿）去怪俚。我说一样个人，无啥大小。我做个大媒人，原嫁仔五少爷，耐说阿好？”双玉下死劲啐道：“呸！我去嫁俚无良心个杀坯？”只说了这一句话，仍自倒下，合目装睡。

善卿无路可入，姑转述于淑人。淑人更加一急，唉声叹气，没个摆布。善卿探问双珠，毕竟双玉是何主见，不想双珠亦自不知。善卿道：“阿是有啥人教俚个嗄？”双珠道：“双玉末陆里要人教！倘然是倪教个末，单有教俚做生意，无拨教俚噪个啘。”善卿再四寻思，终不可解。双珠道：“我想双玉个意思，一半末为仔五少爷，一半还是为双宝。”善卿呵呵鼓掌道：“一点也勿差，难末有点道理哉。”淑人拱立候教。善卿复寻思多时，呵呵鼓掌道：“有来里哉，有来里哉！”淑人请问其说。善卿道：“耐（要勿）管。耐说双玉随便要啥，耐总依俚，阿有该句闲话？”淑人说：“有个。”善卿道：“我替耐解个冤结，多则一万，少则七八千，耐阿情愿？”淑人说：“愿个。”善卿道：“价末才是哉。”

淑人请问终究如何办法。善卿道：“故歇勿搭耐说，等事体舒齐仔，耐也明白哉。”淑人抱着个闷葫芦无从打破，且令阿珠传命叫菜，与善卿两人便饭。善卿手招双珠，并坐一边高椅上，搭肩附耳，密密长谈。双珠从头至尾，无不领悟。少顷谈毕，双珠辗转一想，却又迟回道："说末说说罢哉，勿见得成功喤。"善卿道："定归成功，俚哚勿在乎此。"

双珠乃蹔过双玉房间，为说客捉刀。适值阿珠搬上饭菜，善卿叫住，就摆在双珠房间里，善卿、淑人衔杯对酌。既而双珠回房复命道："稍微有点意思；就不过常恐勿成功，再要拨人家笑话。"善卿道："耐去说，倘然真真勿成功，我原拿五少爷交代拨俚。"双珠重复过去说了，回复道："才是哉，俚说故歇五少爷就交代拨耐。"善卿呵呵鼓掌而罢。

第六十三回终。

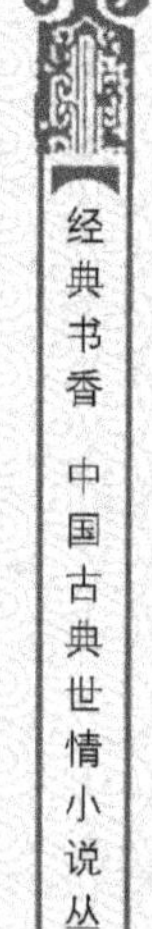

第六十四回

吃闷气怒拚缠臂金　中暗伤猛踢窝心脚

按：朱淑人、洪善卿在周双珠房间里用过午餐，善卿遂携淑人并往对过周双玉房间，与双玉当面说定。善卿自愿担保，带领淑人出门。双玉满面怒色，白瞪着眼瞅定淑人，良久良久，说道："一万洋钱买耐一条性命，便宜耐！"淑人掩在善卿肘后，不敢作声，善卿搭讪说笑，一同出门。

淑人在路，问起一万洋钱作何开销。善卿道："五千末拨俚赎身；再有五千，搭俚办副嫁妆，让俚嫁仔人末好哉。"淑人问："嫁个啥人？"善卿道："就是嫁人个难。耐（要勿）管，耐去舒齐仔洋钱，我替耐办。"淑人欲挽善卿到家与乃兄朱蔼人商量。善卿不得已，随至中和里朱公馆见蔼人于外书房，淑人自己躲去。

善卿从容说出双玉寻死之由，淑人买休之议，或可或否，请为一决。蔼人始而惊，继而悔，终则懊丧欲绝。事已至此，无可如何，慨然叹道："豁脱仔洋钱，以后无拨瓜葛，故也无啥。不过一万末，好像忒大仔点。"善卿但唯唯而已。蔼人复道："难是生来一概拜托老兄，其中倘有可以减省之处，悉凭老兄大才斟酌末哉。"善卿恧[①]颜受命而行。蔼人送至门首，拱手分别。

善卿独自踅出中和里口，意思要坐东洋车，左顾右盼，一时

① 恧（nǜ）——惭愧。

竟无空车往来，却有一个后生摇摇摆摆自北而南。善卿初不在意，及至相近看时，不是别人，即系嫡亲外甥赵朴斋，身上倒穿着半新不旧的羔皮宁绸袍褂，较诸往昔体面许多，朴斋止步叫声“娘舅”，善卿点一点头。朴斋因而禀道：“无娒病仔好几日，昨日加重仔点，时常牵记娘舅。娘舅阿好去一埭，同无娒说说闲话？”善卿着实踌躇了半日，长叹一声，径去不顾。朴斋以目相送，只索罢休，自归鼎丰里家中，复命于妹子赵二宝说：“先生晚歇就来。”并述善卿道途相遇情状。二宝冷笑道：“俚末看勿起倪，倪倒也看勿起俚！俚个生意，比仔倪开堂子做倌人也差仿勿多。”

说话之间，窦小山先生到了，诊过赵洪氏脉息，说道：“老年人体气大亏，须用二钱吉林参。”开方自去。二宝因要兑换人参，亲向洪氏床头摸出一只小小头面箱开视，不意箱内仅存两块洋钱，慌问朴斋，说是“早晨付仔房钱哉，陆里再有嘎！”二宝生恐洪氏知道着急，索性收起头面箱，回到楼上房中和阿虎计议，拟将珠皮、银鼠、灰鼠、紫毛、狐嵌五套帔裙典质应急。阿虎道：“耐自家物事拿去当也无啥，故歇绸缎店个账一点也勿曾还，倒先拿衣裳去当光仔，勿是我说句邱话，好像勿对。”二宝道：“通共就剩仔一千多店帐，阿怕我无拨！”阿虎道：“二小姐，耐故歇末好像勿要紧，倘忙无拨仔，（要勿）说是一千多，要一块洋钱才难嘎！”

二宝不服气，臂上脱下一只金钏臂，令朴斋速去典质。朴斋道：“吉林参末，就娘舅店里去拆仔点哉啘。”被二宝劈面啧了一脸唾沫道：“耐个人也好哉，再要说娘舅！”朴斋掩面急走。二宝随往楼下看望洪氏，见其神志昏沉，似睡非睡。二宝叫声“无娒”，洪氏微微接应。问：“阿要吃口茶？”伺候多时，竟不搭嘴。

二宝十分烦躁。

忽听得阿虎且笑且唤道："咦，少大人来哉！少大人几时到个嗄？楼浪去啘。接着靴声橐橐，一齐上楼。二宝连忙退出，望见外面客堂里缨帽箭衣，成群围立，认定是史三公子，飞步赶上楼去，顶头遇着阿虎，撞个满怀。二宝即问："房里啥人？"阿虎道："是赖三公子，勿是史三。"二宝登时心灰足软，倚柱喘息。阿虎低声道："赖三公子有名个癞头鼋，倒真真是好客人，勿比仔史三末就不过空场面。耐故歇一个多月无拨几花生意，难要巴结点。做着仔癞头鼋，故末年底下也好开销。"

道犹未了，房间里一片声嚷道："快点喊大老母来嗄！让我看，阿像是个大老母！"阿虎赶紧撺掇二宝进房。二宝见上面坐着两位，认得一位是华铁眉，那一位大约是赖三公子了。

原来赖公子因前番串赌吃亏，所以此次到沪，那些流氓一概拒绝，单与几个正经朋友乘兴清游。闻得周双玉第三个大老母之说，特地挽了华铁眉引导，要见识这赵二宝是何等人物。二宝踅到跟前，赖公子顺势拉了过去，打量一番，呵呵笑道："俚就是史三个大老母？好，好，好！"二宝虽不解所谓，也知道是奚落她，不去瞅睬，只问华铁眉道："史公子阿有信？"铁眉回说："无拨。"

二宝约略诉说当初史公子白头之约，目下得新忘故，另娶扬州。铁眉道："价末俚局帐阿曾开销？"二宝道："俚去个辰光拨倪一千洋钱，倒是倪搭俚说：'耐就要来末，一淘开销也正好。'陆里晓得去仔人也勿来，信也无拨。"赖公子一听，直跳起来嚷道："史三漂局钱，笑话哉啘！"铁眉微笑道："想来其中必有缘故，一面之辞如何可信。"二宝遂绝口不谈。

阿虎存心巴结，帮着二宝殷勤款洽，二宝依然落落大方。偏偏赖公子属意二宝，不转眼地只顾看，看得二宝不耐烦，低着头，弄手帕子。赖公子暗地伸手揣住手帕子一角，猛力抢去，只听哗喇一响，把二宝左手养的两只二寸多长的指甲，齐根迸断。二宝又惊又痛，又怒又惜；本待发作两句，却为生意起见，没奈何忍住了。赖公子抢得手帕子，兀自得意。阿虎取把剪刀授给二宝，剪下指甲，藏于身边。二宝正要抽身回避，恰好朴斋在帘子外探头探脑，二宝便踅出中间。朴斋交明兑的参，当的洋钱，二宝就命朴斋下去煎参，自己点过洋钱，收放房中衣橱内。赖公子故意诧道："陆里来个小伙子，标致得来！"二宝说："是阿哥。"赖公子道："我倒道是耐家主公。"阿虎道："（要勿）瞎说。"回头指着阿巧道："哪，是俚个家主公呀。"阿巧方给华铁眉装水烟，羞得别转脸去。二宝憎嫌已甚，竟丢下客人，避入楼下洪氏房间。华铁眉乖觉，起身振衣，作欲行之状。无如赖公子恋恋不舍，当经阿虎怂恿，径喊相帮摆个台面，铁眉不好拦阻。赖公子因问二宝何住，阿虎道："来里下头张张俚娘，俚娘生仔个病。"随口装点些病势说给赖公子听。

支吾许久，不见二宝回来，阿虎令阿巧去喊。二宝有心微示瑟歌之意，姗姗来迟。赖公子等得心焦，一见二宝，疾趋而前，张开两只臂膊，想要抱入怀中。二宝吃惊倒退，急地赖公子举手乱招。二宝远远站住，再也不肯近身，赖公子已生了三分气。华铁眉假作关切，问二宝道："耐娘是啥个病？"二宝会意，假作忧愁，和铁眉刺刺不休，方打断了赖公子豪兴。随后相帮调排桌椅，安设杯箸，二宝复乘隙避开。赖公子并未请客，但叫了七八个局，又为华铁眉代叫三个，孙素兰不在其内。发下局票，不等起手巾，赖公子即拉华铁眉入席对坐。相帮慌地送上酒壶，二宝又不及敬酒。阿虎见不成样子，自己赶下洪氏房间，只见朴斋隅

坐执烛，二宝手持药碗用小茶匙喂与洪氏。阿虎跺脚道：“二小姐去，台面坐仔歇哉呀！教耐巴结点，耐倒理也勿理哉！”二宝低喝道：“要耐去瞎巴结！讨人厌个客人倪勿高兴做。”阿虎着紧问道：“赖三公子个客人耐勿做，耐做啥个生意嗄？”二宝红涨于面。阿虎道：“耐是小姐，倪是娘姨，生来做勿做随耐个便！店帐带挡才清爽仔，勿关倪事！”二宝暗暗叫苦，开不出口。阿虎亦自赌气，不顾台面，趄往灶下闲坐。台面上只剩阿巧一人夹七夹八说笑。

赖公子含怒未伸，面色大变。华铁眉为之解道：“我闻得二宝是孝女，果然勿差，想来故歇服侍俚娘，离勿开。难得难得！”遂连声赞叹不置，赖公子不觉解颐。

二宝喂药既毕，仍扶洪氏睡下，然后回房应酬台面。适值出局络绎而至，赖公子发话道：“倪勿曾去叫赵二宝个局碗，赵二宝啥自家来哉嗄？”二宝装做没有听见。华铁眉讨取鸡缸杯，引逗赖公子划拳，混过这场口舌。赖公子大喜，一鼓作气，交手争锋。怎奈赖公子这拳输的多，赢的少，约摸输了十余拳。赖公子自饮三杯，其余倌人、娘姨争先代饮，阿虎也来代了一杯。赖公子不肯认输，豁个不了。豁到后来，输下一拳，赖公子周围审视，惟赵二宝不曾代过，将这杯酒指交二宝，二宝一气饮干。赖公子要取回那杯子，伸过手去，偶然搭着二宝手背。二宝嗔其轻薄，夺手敛缩。赖公子触动前情，放下杯子，扭住二宝衣领，喝令过来，二宝抵死往后挣脱。赖公子重重怒起，飞起一只毡底皂靴，兜心一脚，早把二宝踢倒在地。阿虎、阿巧奔救不及。

二宝一时爬不起，大哭大骂。赖公子愈怒，发狠上前索性乱踢一阵，踢得二宝满地打滚，没处躲闪，嘴里不住地哭骂。阿虎拦腰抱住赖公子，只是发喊。阿巧横身阻挡，也被赖公子踢了一跤。幸而华铁眉苦苦地代为讨饶，赖公子方住了脚。阿虎、阿巧搀起二宝，披头散发，粉黛模糊，好像鬼怪一般。

二宝想起无限委屈，哪里还顾性命，奋身一跳，直有二尺多高，哭着骂着，定要撞死。赖公子如何容得如此撒泼，火性一炽，按捺不下，猛可里喝声“来”！那时手下四个轿班、四个当差的，都挤到房门口垂手观望，一喝百应，屹立候示。赖公子袖子一挥，喝声“打”！就这喝里，四个轿班、四个当差的撩起衣襟，揎拳捋臂一齐上，把房间里一应家伙什物，除保险灯之外，不论粗细软硬，大小贵贱，一顿乱打，打个粉碎。华铁眉知不可劝，捉空溜下，乘轿先行。所叫的局不复告辞，纷纷逃散。阿虎、阿巧保护二宝从人丛里抢得出来。二宝跌跌撞撞，脚不点地，倒把适间眼泪鼻涕吓得精干。

这赖公子所最喜的是打房间，他的打法极其厉害，如有一物不破损者，就要将手下人笞责不贷。赵二宝前世不知有甚冤家，无端碰着这个“太岁”。满房间粗细软硬大小贵贱一应家伙什物，风驰电掣，尽付东流。本家赵朴斋胆小没用，躲得无影无踪。虽有相帮，谁肯出头求告？赵洪氏病倒在床，闻得些微声息，还尽着问：“啥事体嗄？”赵二宝踉跄奔入对过书房，歪在烟榻上歇息。阿巧紧紧跟随，厮守不去。阿虎眼见事已大坏，独自踅到后面亭子间怔怔地转念头，任凭赖公子打到自己罢休，带领一班凶神，哄然散尽。相帮才去寻见朴斋，相与查检。房间里七横八竖，无路入脚。连床榻橱柜之类，也打得东倒西歪，南穿北漏。只有两架保险灯晶莹如故，挂在中央。

朴斋不知如何是好，要寻二宝，四顾不见，却闻对过书房阿巧声唤：“二小姐来里该搭。”朴斋赶去，又是黑魆魆的。相帮移进一盏壁灯，才见二宝直挺挺躺着不动。朴斋慌问：“打坏仔陆里搭？”阿巧道：“二小姐还算好，房间里那价哉嗄？”朴斋只摇摇头，对答不出。二宝蓦地起立，两手撑着阿巧肩头，一步一步忍痛蹭去，蹭到房门口，抬头一望，由不得一阵心痛，大放悲声。阿虎听得，才从亭子间出来。大家劝止二宝，搀回烟榻坐下，相聚议论。朴斋要去告状。阿虎道：“阿是告个癞头鼋？（要勿）说啥县里、道里，连搭仔外国人见仔个癞头鼋也怕个末，耐陆里去告嗄？”二宝道：“看俚个腔调，就勿像是好人！才是耐要去巴结俚！”阿虎摆手厉声道：“癞头鼋自家跑得来，咿勿是我做个媒人，耐去得罪仔俚吃个亏，倒说我勿好！明朝茶馆里去讲，我勿好末我来赔。”说毕，一扭身去睡了。

二宝气上加气，苦上加苦，且令朴斋率同相帮收拾房间，仍令阿巧搀了自己，勉细蹭下楼梯。一见洪氏，两泪交流，叫声“无娒”，并没有半句话。洪氏未知就里，犹说道：“耐楼浪去陪客人唍，我蛮好来里。”二宝益发不敢告诉其事，但叫阿巧温热了二和药，就被窝里喂与洪氏吃下。洪氏又催道：“难无啥哉，耐去唍。”二宝叮嘱“小心”，放下帐子，留下阿巧在房看守，独自蹭上楼梯。房间里烟尘历乱，无地存身，只得仍到书房。朴斋随后捧上一只抽屉，内盛许多零星首饰，另有一包洋钱。朴斋道：“洋钱同当票才豁来哚地浪，勿晓得阿少。”二宝不忍阅视，均丢一边。朴斋去后，静悄悄的，二宝思来想去，上天无路，入地无门，暗暗哭泣了半日，觉得胸口隐痛，两腿作酸，趄向烟榻，倒身偃卧。忽听得弄堂里人声嘈嘈，敲地大门震天价响。朴斋飞奔报道：“勿好哉，癞头鼋咿来哉！”二宝更不惊慌，挺身迈步而出。只见七八个管家拥到楼上，见了二宝，却打个千，赔笑禀道：“史三公子做仔扬州知府哉，请二小姐快点去。”

二宝这一喜真乃喜到极处，连忙回房喊阿虎梳头，只见母亲

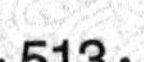

洪氏头戴凤冠，身穿蟒服，笑嘻嘻叫声“二宝”，说道：“我说三公子个人陆里会差，故歇阿是来请倪哉。”二宝道：“无娒，倪到仔三公子屋里，先起头事体（要勿）去说起。”洪氏连连点头。阿巧又在楼下喊声“二小姐”，报道：“秀英小姐来道喜哉。”二宝诧道：“啥人去拨个信，比仔电报再要快？”

二宝正要迎接，只见张秀英已在面前。二宝含笑让坐，秀英忽问道：“耐着好仔衣裳，阿是去坐马车？”二宝道：“勿是，史三公子请倪去呀。”秀英道：“阿要瞎说！史三公子死仔长远哉，耐啥勿曾晓得？”二宝一想，似乎史三公子真个已死。正要盘问管家，只见那七八个管家变作鬼怪，前来摆扑。吓得二宝极声一嚷，惊醒回来，冷汗通身，心跳不止。

第六十四回终。

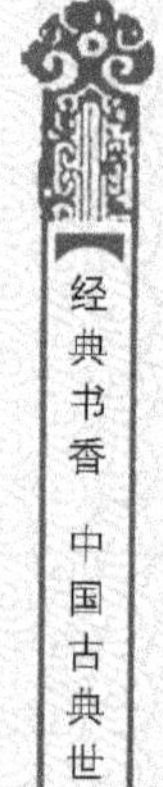

跋

客有造花也怜侬之室而索六十四回以后之底稿者。花也怜侬笑指其腹曰：稿在是矣。

客请言其梗概。花也怜侬皇然以惊曰：客岂有得于吾书耶，抑无得于吾书耶？吾书立六十四回，赅矣，尽矣，其又何言耶？今试与客游太行、王屋、天台、雁荡、昆仑、积石诸名山，其始也，扪萝攀葛，匍匐徒行，初不知山为何状；渐觉泉声鸟语，云影天光，历历有异，则徜徉乐之矣；既而林回磴转，奇峰沓来，有立如鹄者，有卧如狮者，有相向如两人拱揖者，有亭亭如荷盖者，有突兀如锤、如笔、如浮屠者，有缥缈如飞者、走者、攫拿者、腾踔而颠者，夫乃叹大块之文章真有匪夷所思者。然固未跻其巅也。于是足疲体惫，据石少憩，默然念所游之境如是如是。而其所未游者，揣其蜿蜒起伏之势，审其凹凸向背之形，想像其委曲幽邃回环往复之致，目未见而如有见焉，耳未闻而如有闻焉，固已一举三反，快然自足，歌之舞之，其乐靡极。噫，斯乐也，于游则得之，何独于吾书而失之！吾书至于六十四回，亦可以少憩矣。六十四回中如是如是，则以后某人如何结局，某事如何定案，某地如何收场，皆有一定不易之理存乎其间。客曷不掩卷抚几以乐于游者乐吾书乎？

客又举沈小红、黄翠凤两传为问。花也怜侬曰：王、沈、罗、黄前已备详，后不复赘。若夫姚、马之始合终离，朱、林之始离终合，洪、周、马、卫之始终不离不合，以至吴雪香之招夫教子，蒋月琴之创业成家，诸金花之淫贱下流，文君玉之寒酸苦命，小赞、小青之挟资远遁，潘三、匡二之衣锦荣归，黄金凤之孀居，不若黄珠凤俨然命妇，周双玉之贵媵，不若周双宝儿女成行，金巧珍背夫卷逃，而金爱珍则恋恋不去，陆秀宝夫死改嫁，而陆秀林则从一而终：屈指悉数，不胜其劳。请俟初续告成，发印呈教。目张纲举，灿若列眉，又焉用是哓哓者为哉？客乃怃然三肃而退。

花也怜侬书。